世界潮流浩浩
蕩蕩順之則昌
逆之則亡

孫文題

孙中山题词：世界潮流浩浩荡荡　顺之则昌逆之则亡

黄继树，原籍广西百寿县（今属永福县），1964年在《广西文艺》发表第一篇短篇小说《巧遇》，此后笔耕不辍，主要作品有《桂系演义》《败兵成匪》《北伐往事》《黄继树作品自选集》等。1988年加入中国作协，曾任广西作协副主席、桂林市文联主席、桂林市作协主席、桂林文学院院长。

桂系演义

GUIXI YANYI

增补版

第一册

黄继树 著

广西师范大学出版社

GUANGXI NORMAL UNIVERSITY PRESS

·桂林·

出版统筹：张　明
责任编辑：唐　燕
装帧设计：姚明聚［广大迅风艺术］
责任技编：王增元　伍先林
书名篆刻：胡擎元

图书在版编目（CIP）数据

　桂系演义：增补版：全 4 册 / 黄继树著. —桂林：
广西师范大学出版社，2015.8（2025.4 重印）
　ISBN 978-7-5495-7029-4

　Ⅰ . ①桂… Ⅱ . ①黄… Ⅲ . ①历史小说－中国－
当代 Ⅳ . ①I247.5

　中国版本图书馆 CIP 数据核字（2015）第 162842 号

广西师范大学出版社出版发行

（广西桂林市五里店路 9 号　邮政编码：541004）

网址：http://www.bbtpress.com

出版人：黄轩庄

全国新华书店经销

广西广大印务有限责任公司印刷

（桂林市临桂区秧塘工业园西城大道北侧广西师范大学出版社

集团有限公司创意产业园内　邮政编码：541199）

开本：700 mm × 990 mm　1/16

印张：100.75　　　字数：1 520 千字

2015 年 8 月第 1 版　　2025 年 4 月第 3 次印刷

定价：368.00 元（全四册）

目　录

0001　**主要人物表**

0003　**第一回**
　　　土崩瓦解　陆荣廷逃离麻雀巷
　　　势单力薄　李宗仁避走六万山

0019　**第二回**
　　　踌躇满志　陈炯明坐镇南宁城
　　　兵荒马乱　马君武修路积公德

0033　**第三回**
　　　痛心疾首　马省长洒泪哭公路
　　　风云突变　马晓军被困百色城

0048　**第四回**
　　　阴阳错位　张"罗盘"坡脚看风水
　　　虚张声势　白崇禧自封总指挥

0066 **第五回**

接受改编 李宗仁下山被点验

居心叵测 陈炯明缴炮费心机

0085 **第六回**

义正辞严 马省长怒愤贴讣告

语重心长 孙总统赴邕说竞存

0100 **第七回**

粤军班师 李宗仁移防玉林城

迁省梧州 马君武失妾罗泊湾

0115 **第八回**

破釜沉舟 黄绍竑夜袭三江口

金蝉脱壳 刘震寰撤退邕州城

0128 **第九回**

军情危急 马晓军胆怯逃北海

前途渺茫 黄绍竑流窜粤桂边

0141 **第十回**

口蜜腹剑 俞作柏欲施虎狼计

穷途末路 黄绍竑投奔李宗仁

0156 **第十一回**

乱世横行 蒙胡子铸印当省长

众叛亲离 陆老帅丧气麻雀巷

0171   **第十二回**
　　　　白马会盟　滇桂军讨伐陈炯明
　　　　钩心斗角　沈鸿英暗设"鸿门宴"

0187   **第十三回**
　　　　风过浪平　马晓军容县索老本
　　　　投靠革命　白崇禧晋谒孙中山

0203   **第十四回**
　　　　叛投北洋　沈鸿英新街就新职
　　　　沉着应战　孙元帅督师越秀山

0221   **第十五回**
　　　　分道扬镳　黄绍竑暗中挖墙脚
　　　　纵横捭阖　白崇禧上演"隆中对"

0240   **第十六回**
　　　　智取梧州　黄绍竑大闹花艇宴
　　　　威镇西江　李济深扶植讨贼军

0255   **第十七回**
　　　　瞒天过海　黄绍竑就任总指挥
　　　　冤家路窄　李石愚活埋两使者

0270   **第十八回**
　　　　暗图梧州　陈麻子出师走南路
　　　　四面包围　黄绍竑奇兵袭都城

0285 **第十九回**

一唱一和 黄绍竑演出双簧戏

枪杀陆炎 白崇禧暗拔眼中钉

0299 **第二十回**

与民同乐 陆老帅桂林耍龙灯

兵临城下 邓瑞徵夤夜渡漓水

0313 **第二十一回**

联沈倒陆 李黄白起兵攻南宁

关帝降坛 陆老帅弃城走全州

0328 **第二十二回**

剑拔弩张 李石愚火并俞作柏

力挽危局 黄绍竑推戴李宗仁

0342 **第二十三回**

激战上雷 "小诸葛"临危施巧计

允带三人 韩彩凤兵败入深山

0357 **第二十四回**

严明军纪 李宗仁挥泪撤何武

酒店遇险 黄绍竑夜半遭枪击

主要人物表

　　孙中山（1866—1925），名文，又名中山，号逸仙，广东香山（今中山）人。中国同盟会总理、中国国民党总理、中华民国临时政府大总统、广州中华民国政府非常大总统、广州大元帅府陆海军大元帅。1921年夏，命令粤军进攻广西，推翻陆荣廷的统治，为在桂军中任下级军官的李宗仁、黄绍竑、白崇禧创造了崛起的历史机遇，并支持他们统一广西，其革命思想对李、黄、白产生深远影响。

　　李宗仁（1891—1969），字德邻，广西临桂人。从桂军的一名下级军官崛起，成为北伐名将，抗日英雄，民国副总统、代总统。陆军一级上将。1965年从美国回归祖国大陆。有《李宗仁回忆录》传世。

　　黄绍竑（1895—1966），字季宽，广西容县人。与李宗仁合作统一广西，任广西省政府主席。1930年年底脱离桂系团体投奔蒋介石，先后任浙江、湖北省政府主席，监察院副院长。在蒋桂之间奔走，左右逢源。1949年出任国民政府和平谈判代表团成员。

　　白崇禧（1893—1966），字健生，广西临桂人，回族，有"小诸葛"之称。在统一广西、北伐和抗日战争中，以其卓越的军事指挥才能著称。任国民政府国防部部长、华中军政长官公署长官。陆军一级上将。与李宗仁并称为"李白"。

黄旭初（1892—1975），广西容县人。中国陆军大学第四期毕业。黄绍竑离桂投蒋后继任广西省政府主席，是李、白在广西的"大管家"，时人合称"李白黄"。

陆荣廷（1859—1928），字干卿，广西武鸣人，壮族。从一个广西边关上的流浪汉成为清军高级将领。辛亥革命后任广西都督、两广巡阅使，长期把持两广军政大权。1921年夏被粤军赶下台。1923年在北京政府的支持下复出，任广西全省善后督办。1924年被其旧部李宗仁、沈鸿英驱逐出广西。

沈鸿英（1871—1938），字冠南，广西雒容（今鹿寨）人。原为陆荣廷手下大将，粤军进攻广西，临阵通电宣布脱离陆荣廷。1923年投效孙中山，率军东下讨伐陈炯明。1924年在广东起兵反对孙中山，被击败后退回广西。1925年1月，所部被李宗仁、黄绍竑的"定桂讨贼联军"消灭，只身潜往香港。

李济深（1886—1959），原名济琛，字任潮，广西苍梧人。粤军第一师师长、国民革命军第四军军长、黄埔军校副校长，是李宗仁、黄绍竑崛起的有力支持者。1948年在香港成立中国国民党革命委员会，任主席。

俞作柏（1887—1959），字健侯，广西北流人。是李宗仁、黄绍竑崛起统一广西的得力战将，又是将其赶下台逐出广西的枭雄军人。

廖磊（1890—1939），字燕农，广西陆川人。原为唐生智旧部，后投桂系。1929年3月20日助白崇禧从唐山开平出逃。抗战时任第二十一集团军总司令、安徽省政府主席。率部参加淞沪会战、徐州会战、武汉会战。1939年10月23日，因积劳成疾，在安徽病逝。同年11月，国民政府追赠为陆军上将。

汪精卫（1883—1944），名兆铭，广东三水人。国民政府常委会主席兼军事委员会主席、国民政府行政院院长、国民参政会议长。在民国政治舞台上扮演过重要的角色又几经沉浮。1938年12月29日，发表"艳电"，公开叛国投降日本，被国民党开除党籍，并撤除其一切职务。

蒋介石（1887—1975），名中正，浙江奉化人。黄埔军校校长、国民革命军总司令、国民党总裁、军事委员会委员长、中华民国总统。特级上将。与李宗仁既是换过兰谱的结拜兄弟，又是政治斗争的对手，两人之间既有密切合作，又有明争暗斗。

何应钦（1890—1987），字敬之，贵州兴义人。黄埔军校总教官、国民革命军第一军军长兼北伐军东路军总指挥、国民政府军政部部长、军事委员会参谋本部参谋总长、中国陆军总司令、国民政府国防部部长、行政院院长。陆军一级上将。既是蒋介石的黄埔嫡系，又是李宗仁、白崇禧军政上的盟友。

阎锡山（1883—1960），字伯川，山西五台人。1928年任国民革命军第三集团军总司令，山西省政府主席兼平津卫戍总司令。1930年4月，与冯玉祥、李宗仁联合反蒋，兵败出走。1937年8月任第二战区司令长官。1949年6月积极奔走于蒋介石与李宗仁之间，在广州组织"战斗内阁"，得任行政院院长兼国防部部长。陆军一级上将。

孙科（1891—1973），字哲生，广东香山（今中山）人，孙中山的哲嗣。1947年4月任国民政府副主席兼立法院院长，与李宗仁竞选副总统失败后，辞去立法院院长职，任行政院院长。1949年1月，李宗仁当上代总统后，孙将行政院迁往广州，导致府院分裂，旋即辞去行政院院长职。

唐生智（1890—1970），字孟潇，湖南东安人。国民革命军第八军军长兼北伐军前敌总指挥。1927年11月，率军由武汉东下进军南京，被程潜、白崇禧的西征军击败下野，余部被白崇禧收编，随白北伐进入平津。1929年3月复起，到平津收回旧部，迫使白崇禧只身仓猝逃出北平潜回广西。同年12月，在郑州受汪精卫任命为护党救国军总司令，率部反蒋，所部被蒋介石消灭。1935年4月，国民政府授其为陆军一级上将。1949年8月，与程潜、陈明仁等通电起义。

陈济棠（1890—1954），字伯南，广东防城（今属广西）人。李济深旧部，广东军政界的实力派人物。1931年2月因胡汉民被蒋介石扣留软禁，在广东反蒋，给困守广西的李、白带来复起的转机。1935年4月，国民政府授其为陆军一级上将。1936年6月1日联合李宗仁发起抗日反蒋运动，失败后下野。1949年4月复起，任海南特区行政长官兼警备司令。

司徒雷登（1876—1962），一位出生在中国杭州的美国传教士，长期在华从事教育事业。抗日战争胜利后，出任美国驻华大使，曾对李宗仁寄予政治上的期望。

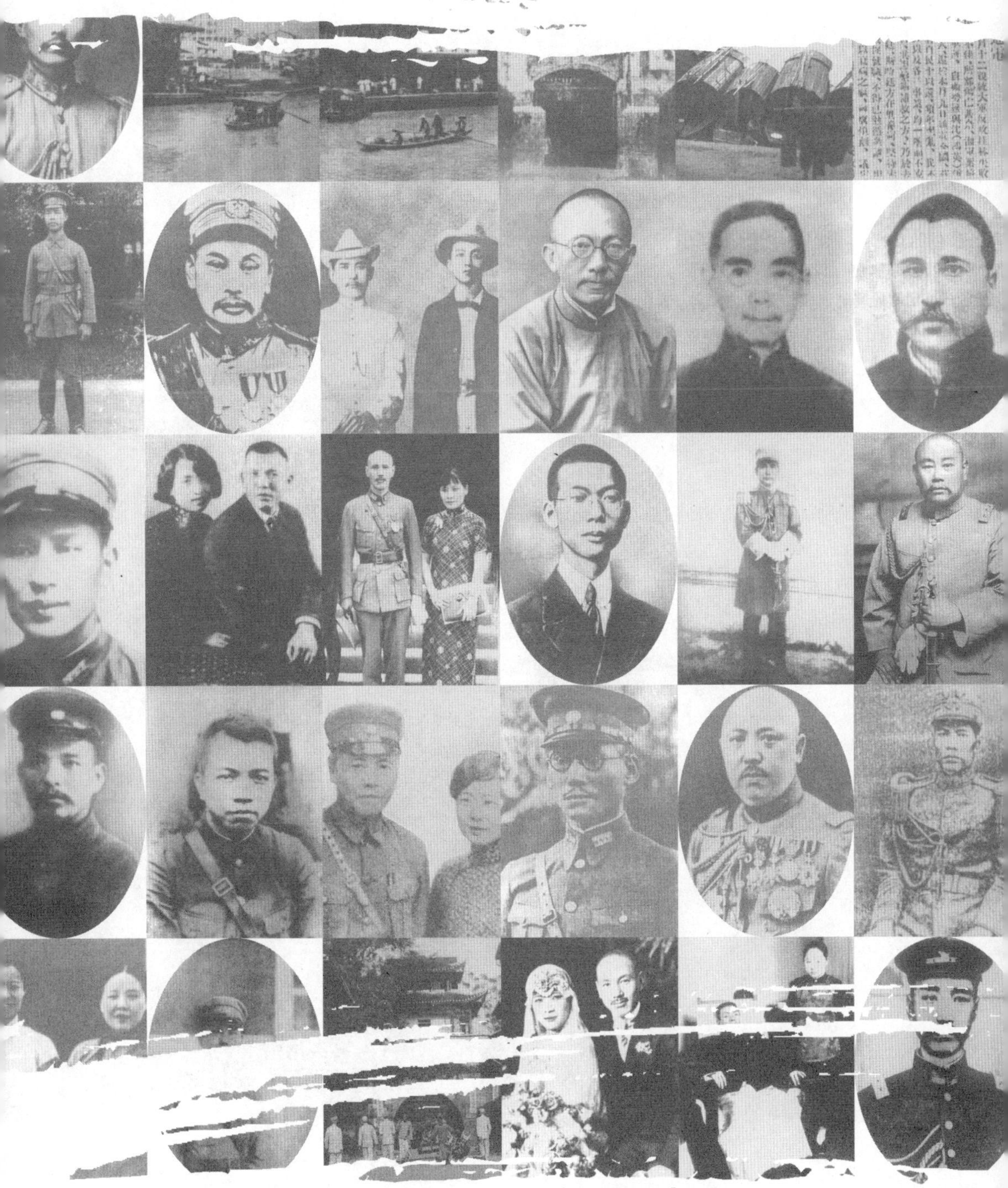

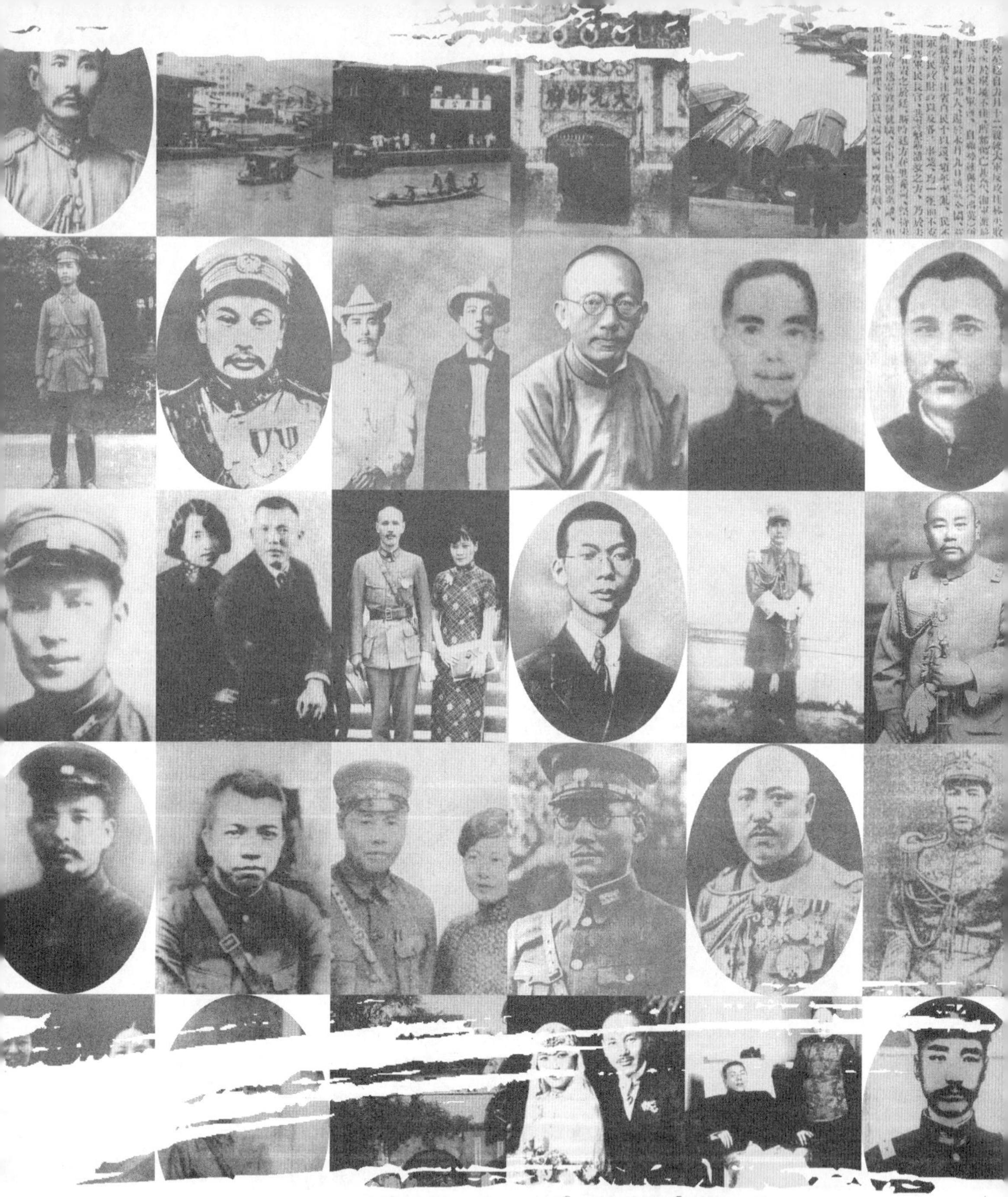

第一回

土崩瓦解　　陆荣廷逃离麻雀巷
势单力薄　　李宗仁避走六万山

　　民国十年七月十七日，在省会南宁麻雀巷的"耀武上将军"府第里，笼罩着一片慌乱惊惶的气氛。管家们低声吆喝着，指挥马弁家丁扛抬着贵重物品出出进进，府第门口那几辆马车上已经堆得满满的，还有成堆成堆的东西摆在院子里，那些临时抽来的精壮挑夫们正在整理着担子。丫鬟、小姐、太太们则在房中忙乱地收拾着金银细软、梳妆用品……

　　在这偌大的府第里，虽然下人们慌乱一团，惶然无措，但是府第的主人——老帅陆荣廷却镇静如常。他今年六十三岁，体格魁伟，面孔宽阔，天庭饱满，下颚圆长，无论是用江湖相士的眼光还是常人的眼光来看，这都是一副难以见到的好相貌。可惜的是，右下颚有一伤痕把这副好相给扭歪了一点，歪成一个"毋"字。虽然下颚这点残缺有损于他的相格，但是，那双细长有神的眼睛和线条粗犷的鼻子，又给他增添了几分剽悍豪放的气质，使人觉得，似乎他的右下颚必定要有那么一条伤痕，那脸也必定要扭成这么一个"毋"字，才算是真正的富有绿林好汉传奇色彩的陆荣廷。此刻，他身着白竹布汗衫，摇着一把大蒲扇，正在花厅上漫步，不时停

老桂系首领陆荣廷

下步子，逗一逗笼中的画眉鸟。

"老帅，搬家之事已准备就绪，何时上路，请你下令。"秘书陆瑞轩来到花厅，向陆老帅请命。

"急什么？"陆荣廷不慌不忙地摇着大蒲扇，"你们听风就当雨，孙大炮的部队，还远在梧州呢，他们又没长翅膀！"

"老帅，自从游击司令刘震寰在黎木根倒戈投粤之后，粤军兵不血刃而占梧州，陈炳焜和韦荣昌两位司令的中路军不战而溃，大河一带门户洞开，粤军的陆、海军正沿浔江而上追击我军，不要多久，他们就会抵达南宁。"

"嘿嘿！"陆荣廷冷笑一声，"我就怕他们不来！"

"老帅是说……"身为随从秘书，又一向颇能揣度老帅心意的陆瑞轩，这回竟琢磨不透老帅的心计了，因为前天，老帅明明吩咐他准备搬家，到底往哪搬，却又不明说。老成练达的陆瑞轩见战局不利，估计陆老帅八成是要上边关龙州去避风了。他忙了两天一夜，一切已经就绪，难道又不走了？

"这叫'引蛇出洞'，你懂吗？"陆荣廷用扇柄朝陆瑞轩点了点，说道，"我把正面的梧州让给他，还可以把省会南宁让给他。"

"啊——懂了，我懂了！"陆瑞轩把后脑勺一拍，省悟地说道，"老帅让开正面，诱敌深入，然后以右路黄业兴司令的第一路军攻高州，以左路沈鸿英司令的第二路直扑四会，两路大军，深入广东，直插广州，去捉孙中山。妙！妙！真是太妙了！"

"哈哈！"陆荣廷放声大笑，那"毋"字脸经这一笑，扯得更歪了，但却并不难看，反而带着一股令人生畏的倔硬气势。

"家还要不要搬呢？"陆瑞轩见老帅气度非凡，心想粤军虽然占了梧州，恐怕是无法到南宁的了。

"唔，反正是要坐船，不是下广州就是上龙州，到底去哪一方嘛——"陆荣廷把那个"嘛"字拖得老长，"这还要听观音菩萨的安排。难道你不晓得再过六天是什么日子吗？"

"啊——观音诞！"陆瑞轩马上明白了，今年是辛酉年，再过六天即农历六月十九日，这是观音菩萨的诞辰日，每年的这一天，老帅照例要举行规模盛大的祭祀和庆祝活动。只因时局紧张，戎马倥偬，连身为老帅心腹的陆瑞轩竟也差点把这个盛大的节日给忘了。

那观世音本是佛教大乘菩萨之一，据佛经说此菩萨为广化众生，示现种种形象，多达三十三身，然而都未提及其诞辰日子。六月十九日这观音诞辰又从何而来呢？说来倒也颇为滑稽荒唐。原来，陆荣廷出身贫寒，自幼丧父，十岁那年母亲又病死，从此流落武鸣街头。白天，他出入赌场，向赌徒们乞讨些"利市"；晚上，则潜入茶楼酒馆，干些偷鸡摸狗的勾当。十六岁那年，他竟偷到县太爷衙门里去了。县太爷闻报大怒，命捕快差役闭城搜捕，定要将陆荣廷捉拿归案。捕快差役奉命后，立刻闭城搜查，把个小小的武鸣县城折腾得如梳篦梳头一般，但却不见窃贼的踪影。原来，陆荣廷见事发，无处藏匿，急得窜入城中一座观音阁，藏身于观音像之后。半夜里，他从观音阁中出来，潜到城墙上，跳城逃走，竟毫无损伤——这天，恰好是清朝同治十三年（一八七四年）农历六月十九日。陆荣廷逃出武鸣，远走边关龙州，浪迹绿林之中。后来应募入伍，不久又被遣散，便在边关上啸聚山林，成为游勇首领。清政府也奈何他不得，只好把他招安出来，封了个管带。不料陆荣廷从此官运亨通，扶摇直上，当了广西提督，到辛亥革命那年，他又夤缘时会，当了总揽全省军政大权的广西都督。民国五年，他利用"讨袁护国"之机，将广东地盘夺到手上，他控制两广，又进军湖南，成为拥兵自重的西南实力派首领。时人以"南陆北冯"相提并论，那"北冯"便是北方的直系首领冯国璋。陆荣廷从一个无依无靠的孤儿，沦落为少年窃贼、绿林好汉，最后竟发迹为都督、耀武上将军和统治两广的巡阅使，他自认全靠观音菩萨的庇佑。如果那天他不避入观音阁，不仅性命难保，更无以到得边关龙州，特别是他小小年纪，从那几丈高的城墙上跳下竟无半点损伤，这不是观音菩萨暗中佑助又是什么呢？因此他发迹之后，就大兴土木，筑观音阁，修庙宇，家中供奉观音像，行军作战亦带着观音像，每遇疑难之事，总要向观音像卜卦问吉凶。他又别出心裁地以观音托梦为由，定六月十九日为观音诞辰。每年的这一天，他都要请京戏、桂戏、粤戏各一班，到自己府中的观音阁演唱。唱完戏，即令人用轿子抬着观音像，令戏子们在后载歌载舞，又令他的卫队全部换上白衣白袍，跟在后面沿街游行，笙歌曼舞，吹吹打打，好不热闹。

陆瑞轩知道，现在孙中山命令粤军伐桂，兵凶势险，像这样性命攸关的大事，老帅当然要仰仗观音菩萨的佑助了。他见陆荣廷没有下令马上搬家，就悄悄地退出花厅，吩咐下人们看管各项重要物件去了。

陆荣廷也离开花厅，径到府中的观音阁来。那观音阁中的神台上置放着坐在莲花蒲团上的观音像，像前有三只香炉，中间一只最大，是赤金铸的，旁边两只略小，是黄铜铸的。香炉之前是一张紫檀雕花案几，案几上摆着一把九狮军刀，这是不久前，北京政府特地赠给陆荣廷的。军刀一侧，放着一叠黄纸、一把剪刀、一支毛笔、一块墨砚。陆荣廷来到观音像前，先跪下拜了几拜，然后站起来，左手拿起一张黄纸，右手拿剪刀，将那黄纸剪成一个"纸人"模样。

他一连剪了四个纸人，这才放下剪刀，取过毛笔，在第一个略大的纸人上写了"孙中山"三字，又在比"孙中山"略小的那个纸人上，写了"陈炯明"三字，最后在那两个大小差不多的纸人上分别写了"许崇智"和"叶举"两个名字。陆荣廷拿起"孙中山"，像巫师念咒一般，念道：

"孙文呀，孙文，你和我无仇无怨，为何要与我不断作对？今日在观音菩萨面前，我要你粉身碎骨！"

陆荣廷念罢，随即将那写有孙中山名字的"纸人"对着观音菩萨焚化。接着，他又将"陈炯明""许崇智""叶举"也一齐烧了。

陆荣廷与孙中山政见不合，格格不入，由来已久。事情要追溯到民国六年的夏天。孙中山在领导讨伐张勋复辟之后，面对践踏约法、反对共和的北洋军阀段祺瑞，决定再予声讨。他从上海率领一支海军护法舰队和部分国会议员到广州，组织护法军政府，自任大元帅。两广本是陆荣廷的势力范围，陆一向视为禁脔，不容他人染指。他表面敷衍孙中山，暗中却与西南另一实力派滇省军阀唐继尧勾结起来，拆孙中山的台。孙中山当时没有实力，被迫于次年五月离粤赴沪。他在辞职通电中怒斥陆荣廷与北洋军阀为"一丘之貉"。孙中山在上海住了两年，决定再下广东举起护法旗帜，继续领导革命。去年八月，他命令粤军总司令陈炯明由福建回师，进攻广东，仅两个多月时间，便将桂军逐出广东。今年五月五日，孙中山在广州被国会非常会议举为非常大总统。为了削平变乱，统一全国，以便实现民主共和，孙中山决心消灭盘踞广西的陆荣廷桂系势力。六月二十七日，孙中山任命陈炯明为总司令，兵分三路伐桂，以陈炯明指挥粤军主力及海军舰队为中路军，以粤军第二军军长许崇智、粤军前敌总指挥叶举分率左、右两路军，向广西进击。陆荣廷也以三路桂军迎战，命广西护军使陈炳焜指挥桂平镇守使韦荣昌部为中路军，守梧州；以军长沈鸿英部任左路，布防贺县、信都、怀集一带，伺机进击粤北；以司令黄业兴部为右路，由玉林、陆川向广东南路高雷一带进攻；以广西督军谭浩明指挥两个师集结于玉林、北流、容县一带，策应正面和左路。不料，正面与粤军刚一接触，桂军游击司令刘震寰就在梧州前线倒戈降敌，粤军顺利占领梧州，形势对桂军颇为不利。正当桂军上下惊惶的时候，陆荣廷令沈鸿英率左路攻粤北，直趋四会；令黄业兴率右路猛攻高雷，欲合击广州，使粤军首尾难顾。陆荣廷深感成败之机在此一举，如沈鸿英、黄业兴获胜，他就可重下广州，再一次摧毁孙中山的革命大本营；如两路受挫，粤军正面长驱直入，不过十数日，南宁将不保，他只得远走边关龙州了。因此他不得不命令秘书陆瑞轩做好搬家的准备。

陆荣廷正在观音菩萨面前诚惶诚恐地祈祷着，忽闻身后响起一阵急促的脚步声，他气得一下跳将起来。因为他向观音菩萨祈祷的时候，是不准任何人前来干扰的，现在何人斗胆闯入观音阁来？陆荣廷既不喝问，也不扭头去看，即时伸手在紫檀雕花案几上取过那把九狮军刀，"嗖"的一声从刀鞘中拔出刀来，他要一刀砍下来人的脑袋，以向观音菩萨示诚。

"姐……姐夫，是我！是我呀！"

陆荣廷这才扭头一看，来者不是别人，正是他的内弟——广西督军谭浩明。他心里猛地一惊，忙放下那九狮军刀，急急地问道：

"月波（谭浩明字月波），前线怎样了？"

"不好，不好！"谭浩明惊慌失措地摇着头，"刘震寰引着粤军自大河而上，追击我军，桂平镇守使韦荣昌已率部向粤军投降，陈炳焜走了，我在茂林桥与粤军接仗，又败了！"

"哈哈！月波，你受点小挫就急成这个样子，快来拜拜观音菩萨吧，菩萨会保佑我们的。"陆荣廷并不在乎正面的溃败，因为桂军主力不在正面，而在左、右两路。

"是！"谭浩明马上对着观音菩萨磕起头来。

谭浩明与陆荣廷的关系不同寻常。当年陆荣廷逃离武鸣，远走边关龙州，无依无靠，又由龙州流浪到水口圩。水口圩离龙州不远，与越南仅一河之隔。陆荣廷在水口圩认识谭浩明的父亲谭泰源，谭家务农兼撑渡船，为小康之家。谭泰源见陆荣廷性格活泼，身体壮实，孔武有力，遂收留令其帮撑渡船，陆荣廷这才有了个落脚之地。日久，谭浩明的姐姐看上了陆荣廷，并与其正式结婚，陆、谭遂成郎舅之亲。当陆荣廷发迹，扶摇直上的时候，谭浩明之地位也跟着水涨船高，位至广西督军之职，时人常以"陆谭"并称。其实，谭浩明本不学无术的庸碌无能之辈，不过借着与陆荣廷有裙带关系才得以任要职。今日从前线战败归来，陆荣廷自然不会追究他的责任。谭浩明拜过观音菩萨之后，与陆荣廷从观音阁中出来，只见秘书陆瑞轩面带惊惶之色匆匆奔来，向陆荣廷报告：

"老帅，沈鸿英在粤北战败，退回贺县，通电宣布自治，声明与老帅脱离一切关系，自称救桂军总司令……"陆瑞轩急喘喘的，不得不停下来吸一口气，又接着报告，"另据报，右路军黄业兴部在粤军围攻下退出高州，黄业兴率部退回广西后，又突然率军开向钦廉方向，似有将部队开入南路投降粤方的意图。"陆瑞轩满头冷汗，颤抖着将手中的两封电报呈给陆荣廷。

"姐夫，我们左、中、右三路大军，都完啦！"谭浩明哀叹一声，用哭一般的声音说道。

"哼哼！爹娘都给他们生了两只脚，走东走西由他们去好了！"陆荣廷将电报往地上一扔，随随便便地说道。

"姐夫，我们怎么办？"谭浩明眼定定地望着陆荣廷。

"他们要来，我们就走嘛。"陆荣廷抬了抬他那有一条伤痕的下巴，仍不在乎地说道，"打败算什么，打败就上山，我们不都是从山上下来的嘛，只要手上抓住本钱，世界是有得捞的！"

"瑞轩，你马上去给我把福祥找来！"陆荣廷对陆瑞轩道。

"是！"

不久，长得黑胖的旅长陆福祥奉命来到，他既是陆荣廷的义子，又是陆氏身边的一员悍将。陆荣廷命令道：

"福祥，你把存放南宁的军火全部运回武鸣老家去，将部队撤到高峰坳一带布防，要保存实力，必要时可拉上山去，听我的命令随时准备反攻！"

"是！"陆福祥奉命去了。

"老帅，我们呢？"陆瑞轩心神不定地问道。

"到龙州去。"

陆荣廷说得干脆而轻松，仿佛这不是败逃，而是去游览观光一般。但陆瑞轩透过那张"毋"字脸，看得出老帅内心是痛苦的。他点了点头，说道：

"我去安排一下吧！"

陆瑞轩正要走，陆荣廷却又唤住了他：

"且慢！"

"老帅有何吩咐？"陆瑞轩忙转身问道。

"走，我们要走得堂堂正正的。"陆荣廷摆出一副豪爽的大丈夫气派，"你拟个电文吧，就说为了不使地方糜烂，百姓免遭兵灾，我陆某人自愿下野，以息干戈，以全桑梓，以救斯民……"陆荣廷虽然从三十七岁才开始学文化，但文字功夫并不粗浅，他作的诗、写的大字胜过那些饱读经书的文案幕僚，平时给部下批阅电文，常有画龙点睛之妙。

"是！"

"把那三个戏班子也一起带上，我们到龙州去祝观音诞！"

"是！"

陆瑞轩口头上答应着，那两条腿却站着不动，脸上一副沮丧凄惶之色。他知道此电一发，陆老帅一离开南宁，等待着他们的将是流亡和寓公生活……

"莫那么想不开嘛，坐江山和赌钱坐庄一样，今天是我，明天是你，下一次又轮到我来，赌输的钱是可以再赢回来的！"陆荣廷把两只衣袖往上一推，像在番摊上下大注一样，气派不减当年。

也许是陆老师这几句颇具"哲理"的话给陆瑞轩打了气，壮了胆，他点了点头，这才去拟老帅的下野电文。

下野通电一发，陆荣廷带着广西督军谭浩明、省长李静诚等一批文武要员，离开南宁麻雀巷，到凌铁村码头乘船，上边关龙州去了。

俗话说"兵败如山倒"，黄业兴统率的右路军在攻下高州之后，忽闻桂军中路全线溃败，恐孤军深入，后路被断，急从高州撤回广西玉林，又闻桂平镇守使韦荣昌已降粤，黄业兴见大势已去，即自谋出路。他本是广东钦州人，所部大多是钦廉子弟，便决定脱离桂系，将所部开往广东南路，再图发展。黄业兴统率的这支队伍原是桂军名将林虎的第二军，因林虎反对向广东用兵而辞职离桂，陆荣廷即以该军师长黄业兴升司令，统率全军进攻高雷。第二军虽桂军劲旅，但在粤军的追击之下，又闻各路桂军皆已战败，官兵已无斗志，逃的逃，降的降，士气瓦解，溃不成军。他们由广东逃回广西，复又奔向广东，官兵惶惶，皆不知所往。这天，当部队从玉林逃到北流县的六靖镇时，已是黄昏时分。由于整天胡乱奔跑，官兵疲惫不堪，一时听到宿营的号声，士兵们那两条跑得麻木了的腿一下酥软下来，像被伐了的一片丛林，伏地而倒。大路旁，河沟边，古树下，三五成群，横七竖八，一个个仿佛中了瘟疫一般，除了口中不住地喘息外，四肢皆已动弹不得。不过，也有个别体魄特别强健的士兵趁混乱之机，军纪荡然，独自提着枪，摸入百姓早已逃空的镇子上寻找食物，捞点"外水"。

黄昏退尽，天幕上挂起满天星斗，收割后的田野上，蛙声虫鸣依然如旧，只有这些大自然中的小生命没有感触到世道的变乱、人间的沧桑，它们自由自在地觅食、鸣唱、嬉戏，没有疾苦也没有忧伤。

"他妈的，整天没命地奔跑，又不知往哪里去，弟兄们一个个都跑散了骨架！"水田边，一处僻静的草坡上，几个疲乏的下级军官席地而卧，嘴里叼着烟卷，正在长吁短叹、发着牢骚。

"看样子，黄司令要把部队拉到广东南路去。"

"很可能，他是广东南路人，现在林虎军长又已离队他去，他正好把部队拉去投粤。"

"他们要去广东，由他们去好了，我们是广西人，与其到广东去被别人收编、遣散，流落他乡，还不如就地散伙，弟兄们回家也近一点！"

"不，我们既不能跟他们去广东被人吃掉，也不能就地遣散，出生入死六七年，炒了几年'排骨'才熬得这杯'莲子羹'[1]，如果被人吃掉或遣散，丢了手中本钱，又到哪里去找饭碗？"

"听说陆老帅也败逃到边关龙州去了，我们不去广东，又投奔何人呢？"

"是呀，怎么办？李帮统怎的还不见回来呢？"

这几位连长你一句我一句地议论着，叹息着，但却毫无办法。时局变幻，前途渺茫，他们地位卑微，实力弱小，虽深为个人之处境而忧虑，但又无能为力。他们的营长李宗仁不久前刚晋升为帮统，但实际统辖的仍旧是他这一营基本部队。队伍在六靖宿营，李宗仁到总司令部去了，令部下几位连长在此等他，说有大事商议。连长们估计，李宗仁要与他们商议的大事，必定是与今后的去向有关，因此他们的议论也自然围绕着这个问题，但是议来议去，谁也说不出个所以然来。沉默了一阵，第三连连长钟祖培那粗暴的嗓门响了起来：

"他妈的，老子才不投靠广东人！我看把队伍拉上山去，只要手上抓着本钱，落草也干。陆荣廷不是土匪出身么？他手下的大将谭浩明、陈炳焜、沈鸿英、莫荣新哪个不是做过土匪头。"

"我堂堂军校学生，做土匪，不干！"第二连连长尹承纲是保定军校第一期毕业生，坚决反对上山落草。

"嘀……嗒……嘀嘀……"

镇子那边，突然吹响了出发号，几位躺在地上争论不休的连长，神经仿佛被电

---

[1] 旧军中谓当排长为"炒排骨"，当连长呼为"莲子羹"。

猛地一击，都不约而同地从草地上跳了起来。朦胧的月光下，一支大部队影影绰绰地绕过镇子继续前进。几位连长陡地紧张起来，多年的军事生涯经验提示他们，部队临时改变宿营决定，而且又急急向广东方向开去，证明他们判断的正确——黄司令果真要把队伍拉去广东了。他们的前途，他们的命运，都将在这瞬间决定下来。

第一连连长封高英不由仰天长叹一声：

"只好听天由命啦！"

尹承纲、钟祖培和第四连连长林直廷都面面相觑，一时说不出话来。

"嘚嗒嘚嗒……"

一阵阵战马的疾驰声由远而近，月光下，一匹高大壮实的战马，四蹄密密地敲击着路上的石子，马蹄铁砸出一串串闪闪的火星子。几位连长见了，仿佛落入茫茫大海之中的遇难者看见了迎面驶来的救生艇一般。

"营长回来了！"

战马驰到草地前，一声长嘶，前腿高高提起，卷起一阵旋风，马背上倏地跳下一人，虽在疾驰之中戛然而止，但骑者却着地轻盈，身子不闪不歪不顿不喘，显出他卓越的骑术和强健的体魄。

"营长，怎么样，我们走不走？"

四位连长一齐围了上去，焦急地询问着。李宗仁虽然刚升了帮统，但连长们还习惯地称他营长。

"你们说呢？"

李宗仁倒提着那条皮制马鞭，双手背在身后，看着这四位曾经与他患难与共的部下，平静地问道。

"我不想跟他们去广东！"钟祖培道。

"我不想跟谁上山当土匪！"尹承纲道。

"我不想遣散部队！"林直廷说。

"我听营长的安排！"封高英说。

李宗仁点了点头，说："我刚从总司令部梁参谋长那里回来，各位的想法，甚合我意。"

"梁参谋长怎么说？"四位连长一齐问道。

"梁参谋长说，按计划，我们应开往南宁待命。不过，现在陆老帅已通电下野，桂局全非，恐怕开往南宁也非上策。"李宗仁说道，"我问梁参谋长，那究竟怎么办呢？他说，黄司令可能要把部队开往钦廉、防城一带待机。"

"你怎么对他说呢？"钟祖培急忙问道，他深恐李宗仁也把部队跟着拉去广东。

"我说，我统率的这四个连，官兵大多是广西桂林一带的人，万一我部下的官兵不愿随大军向钦廉撤退，又怎么办呢？"

在桂军中任下级军官的李宗仁

"对，那梁参谋长又怎么回答呢？"钟祖培追问道。

"梁参谋长说，如果你的部下不愿随大军远去，那只好由你自己酌裁了。"

"好！"钟祖培拍了拍自己腰上的盒子枪，兴奋地说道，"此地离六万大山不远，我们有枪有炮，正好占山为王，哪个也奈何不了我们大块吃肉，大碗喝酒，让弟兄们也快活一阵子，待天下有变，我们还可下山抢块地盘。"

"人活在世上，要有个好名声，我决不上山为匪，要去你们去好了！"尹承纲坚决反对钟祖培的意见。

"难道除此之外，就没有别的路可走了吗？"封高英急切地问道。

李宗仁没有说话，他背着双手，不停地在几位连长面前踱步，朦胧的月光把他那壮实敦厚的身影投映在草地上。也许他的坐骑已发现前面正在开拔的队伍，不时昂首发出一声嘶鸣，似乎也在催促他的主人，何去何从，快拿主意。

"我们都是广西人，带的又都是广西兵，你们不愿去广东，我也不愿去广东。

但是你们想过没有，我们才四连人，一旦脱离大军，能够独立生存下去吗？"

李宗仁停下步子，望了几位连长一眼，又接着说道：

"梁参谋长是我的学长，与我有同窗之谊，他会谅解我率队脱离大军他去，但是黄司令能放我们离去吗？植轩兄（钟祖培字植轩）提出要上六万大山落草，部下官兵愿上山去吗？上山之后，给养怎么解决呢？我们这支部队，本自护国军改编而来，在讨龙[1]、护法诸役中，战功卓著，向为桂军劲旅，今日兵败，如遁入六万大山落草，岂不等于抹掉了自己的光荣历史？"

李宗仁一向为人稳重，遇事必三思而后行，他提出这一连串的问题，大家都觉得十分有理。

"只要不上山为匪，办法我倒有一个。"尹承纲见李宗仁并不赞同钟祖培的意见，灵机一动，马上想出一个主意来。

"你说吧。"李宗仁道。

"目下粤军入桂，兵锋甚锐，陆老帅又已下野，我们不如找一处地方蛰伏下来，保存实力，静观时局，待机而动。玉林五属，地方富庶，六万大山横跨好几个县，上山不愁找不到吃的。只要不存心为匪，我赞成把队伍拉上六万大山暂避一时。"

李宗仁点了点头，看得出他赞成尹承纲的意见。

尹承纲又说道："四个连上山力量单薄，为了壮大力量，可以再拉些人跟我们一道上山。军直属炮兵连连长何武、军直属机关枪连连长伍廷飏、步兵连连长俞作柏，都是我们广西老乡，平时又与我们来往密切，只要跟他们说清利害关系，他们会跟我们一起上山的。"

李宗仁听了心中暗喜，因为这两天来，他就一直在考虑这个问题，上六万大山暂避，保存实力，待机而动，独树一帜。他想过这条路子，但为稳妥起见，他并不曾对人说过。他在部队到达六靖宿营时，即去总司令部找与他有同窗之谊的梁参谋长探问情况，以便在他率队脱离大军时，梁参谋长能在黄司令面前转圜，免受追

---

[1] 即讨伐袁世凯在广东的爪牙龙济光。

究。现在，他见部下几位连长有心跟他上山，心里也就变得更踏实了，但他仍平静地问道：

"你们三位的意见呢？"

"同意上六万大山暂避，保存实力，以待时局。"钟祖培、封高英、林直廷齐声答。

"那好！"李宗仁那握着马鞭的手用力往下一挥，"那就上山，事不宜迟，赶快行动。各位即回自己的连队里去，听令行事。我去找何武、伍廷飏、俞作柏商量。"

四位连长正要散去，忽听路上响起一阵急促的马蹄声，一骑如飞而至，马上之人高声叫道：

"李帮统在吗？"

李宗仁和四位连长不由一愣，却又不知马上之人是谁，为何事而来。李宗仁忙答道：

"我就是。"

"黄司令命你率部立即跟进，如果怠慢，军法从事！"

骑者也不下马，只是在马上传达完命令，即勒马回头，打马而去。

黄业兴的命令仿佛一瓢冷水，狠狠地泼到李宗仁和四位连长的头上。钟祖培忙道：

"难道黄司令已知我们的意图了？"

"恐怕他要解决我们啦！"林直廷也慌了。

李宗仁没有说话，背着手又踱起步来，远处，大军仍在开拔，嘈杂之声惊得树上的鸟雀乱飞。忽然，前边传来一声声严厉的军号声，司号兵来报告：

"长官，总司令部正用号声催调我部跟进。"

四位连长紧张地围着李宗仁，在等他最后拿主意。李宗仁停下步子，缓缓地说道：

"诸位不要怕，也不要急，现在后有追兵，全军前途渺茫，黄司令当不会用同室操戈、自相火并的下策来对付我们，何况，还有梁参谋长帮我们说话呢。诸位请即率队跟进，使黄司令免生疑窦，上山之事，我自有安排！"

四位连长见李宗仁稳重得像座泰山，方才放下心来，各自回连去率队跟上大军。李宗仁则飞身上马，只身往前，在黑夜里追寻何武、伍廷飏和俞作柏三位广西籍连长去了。

炮兵连连长何武，是广西昭平县人，全军资格最老的一位连长，民国初年即在南京政府陆军总长黄兴指挥的第八师里当连长，他的为人与他的身体一样都体现出一个"粗"字。由于李宗仁在林虎军中以骁勇善战著称，现在又利害相同，何武经李宗仁一说即合，当即表示愿率本连跟李宗仁上六万大山。接着李宗仁又分别找机关枪连连长伍廷飏和步兵连连长俞作柏游说。伍廷飏是广西容县人，俞作柏是广西北流县人，他们也愿率本连随李宗仁上山。李宗仁见能掌握七个连队，七位连长军事素质皆好，又有山炮和机枪，武器精良，很能成点气候，心中大喜过望。他密嘱何、伍、俞三位连长，以借口休息为名，将队伍慢慢向他率领的那四个连队靠拢，以便伺机采取行动，脱离黄业兴的大部队，避往六万大山。

天明之后，部队已走近六万大山边缘，大概黄业兴也担心有人会乘机离队上山，他亲自带着卫队，沿途严厉督促，不准部队稍停。无奈经过一夜的急行军，官兵疲乏已极，有的走着走着便栽倒在路旁，有呼呼睡去的，有痛苦呻吟的，黄业兴用手杖戳着士兵们的身子，大声叫骂着：

"丢那妈，快快走，快快走，到了廉州放你们三天假！"

士兵们懒洋洋地爬起来，用步枪当拐杖，有气无力地迈开沉重的步子，摇摇晃晃地往前走去。只有李宗仁率领的这四个连队部伍整齐，紧紧地跟在大队后头走来，李宗仁也不骑马，和士兵们一样走着，司令黄业兴见李宗仁精神抖擞，所部士气颇旺盛，高兴地拍着他的肩膀，褒奖起来：

"李帮统，你带兵有方，到了廉州，我要提升你为统领！"

李宗仁向黄业兴敬礼："谢司令官栽培，宗仁定督率本部紧跟司令官至死不渝！"

"好！好！好！"黄业兴连连在李宗仁那宽厚的肩膀上拍了三下，"我命令你率部负责全军后卫，并收容各部掉队官兵。"

"是！"李宗仁立正敬礼。

又是半天的急行军，傍午时分，部队到达一处名叫城隍圩的地方，黄业兴命令不准停顿，各部继续前进。李宗仁见何武、伍廷飏、俞作柏的连队已"掉队"，与他的四连官兵走到一起了，便借口整顿部队，命令所部暂停前进。司令官黄业兴见李宗仁几天来忠心耿耿，对部队督率甚力，所部官兵没有掉队逃散，因此对李宗仁甚为满意和信赖，闻报李部暂停整顿收容散兵，也毫不怀疑。李宗仁在一棵大榕树下，召集了何、伍、俞三个连及自己的四个连排长以上军官开会。他指着前边的一个岔道口，说道：

"诸位，我们现在休息的地方正是一个三岔路口，往左走，是通向广东之路，往右走，便是六万大山。"

李宗仁说着慢慢地望了大家一眼，接着说道："黄司令已率大部队往左走了，他是广东人，部下又多是广东子弟，他们自然要回广东去的，我们这些广西老乡怎么办呢？"

那些连长们原是和李宗仁串通好了的，这时齐声答道：

"愿听李帮统的指挥，我们愿跟李帮统走！"

李宗仁转身抚摸着那棵古老的榕树，满怀感情地说道：

"诸位，你们看这古榕，总也有上百年的历史了吧，它枝干虽然老拙，但苍劲而有生机，它的每一条干枝，几乎都有一根根枝蔓伸入地下，靠着脚下土地的养育，它才根深叶茂，绵延百年。我们都是广西人，现在陆老帅已经失败下野，我们如果远离了广西这块土地，到了广东被人收编或遣散，流落他乡，别说回家，连块埋骨的地方怕也没有啊！请诸位想想，我们在这三岔路口，该何去何从？"

李宗仁说得情真意切，声泪俱下，正好触到这些下级军官们的痛处，连、排长立即一致说道：

"一切皆听李帮统的，我们跟随李帮统走！"

"诸位既是信得过我李某人，那么，我决定把你们带到六万大山去暂避一下，静观时局，以待时机。我们这一千多人的队伍，有枪有炮，大家都是从炮火中杀出来的，只要齐心，不愁今后没有用武之地。不过，六万大山本是广西有名的匪巢，我们上山绝不是落草为寇，如果你们发现我纵容部下打家劫舍，为非作歹，可随时开枪将我打死！"

李宗仁说着从腰上取出手枪，顶上子弹，"叭"的一枪，将老榕树的一根枝丫击断，随即声色俱厉地说道：

"上山后谁要干出匪徒之勾当，恕我绝不宽容！"

连、排长们见李宗仁那国字脸上神色异常严峻刚毅，立即肃然，齐声答道：

"遵命！"

会议散后，李宗仁即令队伍从右边拐入小路，一路兼程急进，开上了六万大山。从此脱离了黄业兴部，独树一帜。

第二回

踌躇满志　陈炯明坐镇南宁城
兵荒马乱　马君武修路积公德

麻雀巷里换了新的主人。那显赫的"耀武上将军"府第门前，站着一排威严的岗兵，不但连行人不敢打门前经过，就连那些唧唧喳喳的麻雀们也不敢轻易飞入去觅食，因为站岗放哨的大兵们，横眉竖眼的，老远看见有人朝这儿走来，就吆喝着，挥动手里的大枪驱赶着。南宁城里，一片兵荒马乱的景象，市民们吓得关门闭户，店铺老板们更是把铺门上得紧紧的。满街里充斥"丢那妈"的叫骂声，枪托击打声……

要问这麻雀巷里新来的主人姓甚名谁？说来他也是两广堂堂有名的大人物——姓陈，名炯明，字竞存。若要问到他的官衔，着实也要吓你一跳。他两只肩膀上一共扛着六块大牌子：中华民国政府陆军部长、内政部长、粤军总司令、广东省省长、广西善后督办、广西总司令。一身兼六职，这在国民党内，除他之外，再也找不出第二个人来了。他来到麻雀巷，正值南宁炎夏，虽然身为军政要人，他既不穿军装、扎武装带，也不用西装革履，只是身穿一套白府绸长衫，手摇一把特大的檀香骨折扇，口袋内吊一只赤金链表，颇有些飘飘然的绅士风度。他身材魁梧，仪表

与孙中山貌合神离
的粤军总司令陈炯明

堂堂，只是那双眼睛似乎有些斜视，而那对眉毛却往下吊，是有名的吊梢眉，这一对眼睛和那一双眉毛相配，着实大煞风景。如果突然看见他，你会觉得此人仪表不凡，是位将才，可是你再仔细一看，便觉得他目光斜视，殊欠正派，使人很自然想起孟夫子那句"胸中不正则眸子眊焉"的名言。

却说陈炯明自到南宁后，也着实忙碌，早晨侍卫刚给他送过茶点，门外的石阶上便响起了沉重急促的军靴声，副官马上通报：

"总司令，叶总指挥来了。"

"小客厅里见。"陈炯明呷了一口香茶，吩咐副官道。

副官明白，小客厅是陈炯明专门会见粤军高级将领的密室，他出去引着粤军总指挥叶举往小客厅去了。这叶举的长相恰恰和陈炯明相反，他长得五大三粗：身材大、头大、鼻子大，再加上大手、大脚，颈粗、腰粗、腿粗，是一个典型的趄趄武夫相。他在粤军中的地位仅次于陈炯明，因此，来麻雀巷的机会也最多。

"总司令，我们在进攻高峰坳时吃了点亏，伤亡五百余人。"叶举刚坐下，便气喘吁吁地说道，不知是这大热天他仍佩着武装带、穿着军靴的缘故还是因为太胖，动一动总感到气不够用。

"哦！"陈炯明听了着实吃了一惊，但他马上用那把特大的檀香骨折扇扇了扇，借以掩盖他内心的惊惧。

"对方是什么人在指挥？"

"陆福祥，武鸣人。陆荣廷临退出南宁时，曾命他率桂军精锐和大量军火辎重退守高峰坳阻击我军。"叶举答道。

"命令部队，将南宁至武鸣大道两侧的村落民房全部焚光，不让敌人凭借掩护。"陈炯明恶狠狠地说道。

"这个，不用总司令吩咐，我已经这样做了，弟兄们到广西来，本来就是带着报复心的，桂系统治我广东五年，烧杀抢掠无恶不作，现在天作报应，粤军入桂，即以其人之道，还治其人之身嘛。"叶举冷笑道。大概是气不够喘，他在陈炯明面前不得已解开了紧紧箍着的武装带。

"嗯，"陈炯明满意地点点头，他对部下的赞许，常常是"嗯"一声。"高峰坳打下了没有？"

"正在加紧攻击，估计今日可下。"叶举答道。

"这是通往武鸣必经之路，打下高峰坳武鸣便无险可守了，只有攻占武鸣，南宁才稳定。"

"是！"叶举把那颗硕大的肥脑袋点了一下。

"不过，切忌硬攻，一定要注意保存实力，平定广西之后……"陈炯明"喇"的一声将折扇展开，轻轻一扇，把后面的话给扇掉了。停了好一会儿，他才阴笑着问叶举道："你听说过武鸣那个地方吗？"

"我只知道武鸣是陆荣廷的老家，别的……别的就不知道了。"叶举不解地望着陈炯明，不知道这位永远使人难以捉摸的总司令，问这话是什么意思。

"武鸣，"陈炯明顿了顿，他见叶举那张红光满面的胖脸上出现迷惑不解的神色，心里很有些得意，"武鸣这个地方，很不错，据说有八个很好的景致，叫'武鸣八景'。不过，最有名的还是那个叫作'石眼吐龙睛'的灵水，那水可不像我们广东从化的温泉——太热了。灵水，它一年四季清澈明净，温度不高不低非常宜人，从灵水再往前走，便是陆荣廷的老家宁武庄，那是一个龙脉和风水都不错的所在。不过，这些对我们都没有用，听说，那宁武庄上陆荣廷藏有许多的金银财宝，哼哼，叶总指挥……"

"我懂了，总司令！我回去对弟兄们说，攻下高峰坳，到武鸣放假三天，宁武庄上的金银财宝，谁先到就归谁！"叶举挥动着他那粗大的拳头说道。

"嗯。"陈炯明满意地点了点头，摇了摇手中的扇子，一仰头发出一阵"哈哈哈……"的笑声，那笑声，吓得房顶的麻雀四散飞逃。

西江水涨，波涛汹涌，一艘内河兵舰行驶着，船头激起很高的浪花，几只灰色的水鸟在炮舰的桅杆前后翻飞。一位西装革履风度翩翩的中年人站立在前甲板上，眺望着大河两岸的风光。西江两岸，素来是富庶的地区，阡陌纵横，农业发达，可是过了梧州之后，只见两岸村落破败，商旅断绝，已是夏收时节，而金黄的稻谷却成片成片地倒伏在田里，没有人来收割。那中年人摇着头，感叹道：

"离开广西快十年了，没想到家乡竟破败到如此程度！"

"省长，您是南北议和那年离开广西的吧？"中年人身旁一人问道。

"是的，"那位被称为省长的中年人答道，"辛亥革命第二年，南北议和告成，南京政府撤销，我回到桂林。我是一九〇〇年秋到新加坡去找康有为而离开桂林的，那次正好是我离开桂林的第十二个年头。我回到桂林，和桂林的同盟会诸人，把桂林的'共和促进会'改为'中国同盟会广西支部'。中国同盟会广西支部成立后，我又返回上海去了，记得离开桂林乘船东下时，回忆往事，百感交集，曾作《别桂林》一诗以抒感慨。"中年人大概萦怀在往事之中，低头沉思，慢慢地吟起诗来——"莫使舟行疾，骊歌唱未阑；留人千尺水，送我万重山。倚烛思前路，停樽恋旧欢；漓江最高处，新月又成弯""最古桂林郡，相思十二年；浮桥迷夜月，叠嶂认秋烟。同访篱边菊，闲乘郭外船；为寻诸父老，把酒说民权"。

这位中年人姓马，名和，号君武，广西桂林人，青年时代即追随孙中山革命。他自幼饱读诗书，曾留学日本、德国。辛亥革命南京临时政府成立，孙中山曾命他为实业部次长，代行部长职权。民国六年七月，孙中山率海军舰队和部分国会议员南下护法，开府广州，任命马君武为交通部长，兼任广州石井兵工厂无烟火药工厂工程师。民国十年四月，孙中山重回广州，组织中华民国政府，五月五日就任非常大总统，任命马君武为总统府秘书长。在孙中山决定进军广西、讨伐陆荣廷时，由于马君武长期追随孙中山革命，得到孙的信任，加上马君武在旅粤人士中声望最高，本着"粤人治粤，桂人治桂"的意旨，总统府于七月二十九日发表命令令马君武任广西省长。八月四日，粤军攻占南宁，马君武乘炮舰由广州出发，带少数随从，赴广西上任了。眼见大河两岸一片荒凉残败，马君武感叹不已，他不由想起临离开广州时，孙中山对他的勉励。

那是上月底的一天，在广州德宣路观音山总统府的客厅里，他作为总统府秘书长陪同孙中山大总统接见旅粤广西籍人士的几位代表。孙大总统目光炯炯，面带笑容，身着中山装，坐在皮沙发上和大家亲切谈话：

"诸位很关心广西的事情，这很好。现在，陆荣廷已从南宁逃往龙州，粤军即将占领南宁，桂林、柳州也将很快被我军攻占，陆荣廷这班土匪头的反动统治，已经土崩瓦解了。对于广西善后的事情，诸位有何高见？"

一位代表道："当务之急，是要马上任命一位德高望重的省长，以便治理广西。"

孙中山点点头，随后指着身旁的秘书长马君武说道："我准备派这位不贪财也不惜死，既能文也懂理工的马君武同志做你们的长官，怎么样？"

几位代表齐声说道："孙大总统派马君武先生出掌桂政，这是对处于水深火热境地的广西民众的热情关怀！"

马君武非常激动地说道："君武学的是化学工艺、冶金工艺和农科，政治活动实非所长，对于出掌桂政，不过由于朋友的感情、总统的任命，而且又是服务桑梓，所以不敢固辞！"

想起这些，马君武的心情像兵舰前头激起的层层浪花。他早年追随孙中山先生革命，决心献身于国家的兴盛、民族的富强，虽然从事行政非他所长，但是他看到大河两岸的阡陌，那儿不是可以发展机械化农场么？远处连绵的群山，那儿必定蕴藏着矿产，这脚下奔流不息的大河，可以发展运输，兴办水利电力……广西是大有作为的！壮丽的河山激发着马君武奔涌的激情。

马君武乘坐的兵舰到达南宁凌铁村码头的时候，欢迎他的人群早已站

孙中山与马君武（右）

满码头两边的石级上。这里的码头非常简陋，只有十几块长条麻石砌就，岸边并无房屋，仅有的一间由陆荣廷修筑专供自己使用的"避雨亭"，在前几天粤军攻占南宁的时候已被毁坏，江两岸一片凄凉景色。马君武和欢迎他的人们见过面后，便乘坐轿子，往城里去了。陆荣廷的公馆、广西督军谭浩明的公馆这些显赫的府第，均被陈炯明和叶举占了，马君武的省长公署是一座颇为简单的建筑。

他任命杨愿公为民政厅长，吕一夔为财政厅长，林伯榕为省府直辖军务处长。其他教育、司法、实业等暂设科办理。上任伊始马君武便雄心勃勃，励精图治，提出禁烟、禁赌、整顿金融、发展实业、兴办教育、修筑公路、建立新军等改造广西的计划。

他上任的第二天，南宁商会便派代表到省长公署见他，代表说道：

"马省长，陆荣廷逃离南宁时，已将广西银行的现金席卷一空，银行早已关了门。原来陆荣廷发行的纸币，票面已跌到三五成，起落无定，我们请求马省长给予维持原票面值。"

"不行！"马君武断然地说道，"广西银行过去发行的纸币一律按照票面五成行使。省款、地方款一律按照规定收支，严禁低价操纵！"

商会的代表刚走，又有几位南宁市民来到省长公署门口鸣冤叫屈。马君武命人把他们带到办公室来，询问他们有何冤屈。

一位市民答道："禀告省长大人，粤军进入南宁后，烧杀抢劫，小民的一间店铺，昨晚被粤军抢劫一空，请大人为小民做主，追回财物……"

另一位市民接着说道："禀告省长大人，小民的一个女儿，昨日黄昏后被粤军抢走了，至今生死不明……"

马君武听了两条浓眉一竖，拍案而起，愤然说道："竟有这等事！"

那几位禀告的市民一齐跪下道："小民所告，俱是事实，如有半点捏造，甘受制裁！"

"这是土匪行径，强盗所为！"马君武又拍了一下桌子。

"陆荣廷当政时，尚未有这等事……"一位胆子大些的市民自言自语地又说了一句。

"你们先回去，我去找粤军总司令陈炯明，要他下令追查，勒令粤军退财、放人！"马君武毫不含糊地说道。

"省长恩典，小民没齿不忘！"几位市民又作揖又打拱，千恩万谢地退出了省长公署。

马君武也走出了办公室，出得省长公署，上了轿子，直往麻雀巷走去。进了那座显赫的公馆，陈炯明已在大客厅外迎候了。

"陈总司令，鄙人上任伊始，便接到几起市民告发贵部在邕的不轨行为，乞望约束贵部，与民休养生息……"马君武刚一坐下，便直言道。

"哦，这等事，我也曾听说过。"陈炯明一边慢摇着他那把檀香骨大折纸扇，一边斜视着马君武，"嗨，难呐，马省长，谁叫陆荣廷把我们广东弄成那个样子呢？弟兄们心中的怨气，实在难以消除啊！我给你讲个小小的笑话吧。"

马君武听陈炯明这么说，心中已极大不快但仍忍耐着，照他过去的脾气，他早就要给陈炯明两手杖的。民国二年三月，在孙中山召开的一次会议上，宋教仁反对起兵讨伐袁世凯，马君武大怒，指责宋教仁为袁的说客，出卖革命，说着几步奔上前去，挥拳击伤宋教仁的左眼。民国六年二月九日，在国会讨论对德宣战提案的会上，国民党议员猛烈抨击段祺瑞内阁，但国民党议员李肇甫却赞成对德宣战，马君武拍案而起，大呼："放狗屁！"说罢挥舞手杖，狠狠地叩打了李肇甫两棍。现在听陈炯明这番类似"放狗屁"的话，马君武怎能不怒火中烧，他那双眼睛已经燃起了怒火，两只脚不停地搓着地板，那根手杖被右手攥得紧紧的。

"陆荣廷的大舅子谭浩明手下有位参谋长名叫陈继祖，家住贵县，在广东搜刮了大宗财富，在本县修了座大洋楼，刚刚竣工，我粤军就打到贵县了。当然这座大洋楼结果是遭到了破坏。事后，我曾下令追查，但是部下却报告道：'总司令，那洋楼上写着一行字，怎好追查？'"陈炯明像个说书人似的，在故意卖弄关子，"马省长，你道那墙上写的是什么字？"陈炯明顿了顿，用眼斜视了马君武一眼，接着说道："那墙上的一行字原来是一位粗通文字的士兵写的，他写道：'你凭仗陆荣廷的势力到我地广东去铲地皮，回来建筑大屋，你现在也不得住，等老子来开张。'嗨，这都是些无知的士兵所为。马省长，我这当总司令的如何约束得住？还有，"陈炯明又瞟了马君武一眼，说道，"桂军驻防广东时，军中曾有一句流行话，就是桂军每到一处，官长就对士兵说：'弟兄们，有鸡劏鸡，有鸡丢害[1]！'……"

"叭"的一声，马君武挥动手杖，狠狠地劈了下去。陈炯明一怔，本能地跳了起来，他是深知这位怒发冲冠手下无情的马博士的厉害的。只不过，马君武的那一杖并没有向陈炯明身上劈去，而是打在那铺着青砖的地面上。马君武圆睁双眼，怒不可遏，指着陈炯明道：

"陈总司令，孙大总统命令你率粤军入桂讨伐强盗，救斯民于水火，没想到撵走了陆荣廷这班强盗，又来了一些新的强盗！"

马君武说完，提着手杖，头也不回地走出了陈炯明的客厅。

过了两天，马君武任命到贵县去当县长的贵县人梁世昌狼狈地跑回来向他报告道：

"马省长，这……这太不像话了！他们粤军眼里根本就没有省府和马省长！"

"怎么回事？梁县长，你慢慢说嘛！"马君武十分诧异地问道。

"说起来气死人，马省长！"梁世昌十分愤慨地陈述道。

原来，梁世昌奉命接任贵县县长时，其时驻贵县的正是粤军的游击司令杨坤如，杨知道梁世昌是马君武所委任的，事前没取得他的同意，因此暴怒起来，拍着腰上的手枪说道："马君武算个什么东西，他不先问问我腰上的家伙，就敢任命县长！姓梁的如果来，我就把他的头扭转过来，看他是怎样！"杨坤如说完，便派兵到水筏上等候南宁船泊岸，准备逮捕梁世昌。好在梁世昌的家人和朋友探知这个消息，预先派人雇艇到上游离城十里的独山旁边等候南宁船开来，船到后便急过船通知梁世昌，先行逃避。船到贵县时，杨部军士上船搜查，找不到梁世昌，这才了事。

听梁世昌这么一说，马君武气得连话都讲不出来，只是倒提着手杖，在办公室里走来走去。梁世昌见马君武不说话，忙说道：

"马省长，写状子到广州找孙中山大总统，告他们去！"

---

[1]　"丢害"，粤语，意即玩女人。

马君武放下手杖，两手扶着杖柄，好久才说道："中山先生，也有他的难处啊！我们何必去打扰他，我只要在省长这一职务上担任一天，就会鞠躬尽瘁，为广西民众做些有益的事情，别的，也就管不了许多了！"

这一夜，马君武由他的爱妾彭文蟾陪伴着，喝喝闷酒，长吁短叹，竟至半夜。

半夜里，马君武上床刚睡去，一阵粗暴的喝叫声、打门声、急促的枪声，把他惊醒。文蟾虽是位弱女子，却倒镇静，她一边摸黑穿衣，一边问道：

"君武，这是怎么回事？"

马君武穿好衣服，戴上眼镜，倾耳细听，答道：

"恐是士兵闹饷哗变，你在屋里等着，我去喝退他们！"

马君武虽是文人出身，但追随孙中山革命多年，危险场面也自见过，加上他秉性刚直，不畏强暴，因此在危急时刻，能镇静如常，不为暴力所屈。在广州总统府时，他曾亲眼看见孙中山大总统处理一起伤兵闹饷事件。那一日，他正随孙大总统在总统府办公，忽报一群伤兵持枪闯进总统府闹饷，吓得府中上至部长下至阁员无不惊慌失措。有人主张急调部队将这伙伤兵包围消灭，但孙大总统不同意。他从容地提上手杖，走出办公室，来到院中，亲切地接见伤兵们，问暖问寒，慰勉有嘉，伤兵们深受感动，一齐高呼"孙大总统万岁"，然后散去。

马君武因估计是士兵闹饷哗变，便提着手杖，开门出来准备说服制止。刚出得房门，正遇省府卫队长匆匆而来，慌张地报告道：

"马省长，粤军已经包围省署，扬言要收缴我们卫队枪械！"

"岂有此理！"

马君武气得用手杖戳得地板咚咚直响，他直奔办公室，抓起电话筒就给粤军总司令陈炯明打电话。可是，摇了半天，对方却无人接电话，马君武将电话筒"乓"的一声摔在桌上。卫队长跑进来报告道：

"粤军已砸破省府大门，冲进大院，马省长，他们欺人太甚，我们拼了！"

"拼什么，把枪交给他们！"马君武冷冷地说道。

"马省长，弟兄们都气不过……"卫队长极不情愿地说道。

"还不快把枪交出去！"马君武向卫队长厉声喝道。

"是！"卫队长出门执行任务去了。

院子里，到处是粤军，有的鸣枪吼叫，有的骂着"丢那妈"，四周的围墙上都架着机枪。卫队长看了方知马省长命令他交枪的原因，实是寡不敌众，进行抵抗只有徒遭牺牲。

办公室里的电话铃响了，马君武拿过话筒，里边传来陈炯明的声音：

"马省长，你受惊了！"

"为何半夜三更打上门来，缴我卫队枪械？"马君武怒气冲冲地喝问道，"这不是强盗行为又做何解释？"

"马省长，请别见怪，你的卫队乃是由桂军改编过来的，有人向我密报，说他们私通陆、谭，欲谋害你马省长，然后发动政变，夺取省府机关。为了保障马省长及僚属之安全，严惩不轨之徒，我特令粤军以迅雷不及掩耳之势，黄夜行动，收缴阴谋叛变之卫队枪械，遣散他们，此举实乃是不得已而为之，望鉴谅。"

陈炯明在电话中解释着，但马君武却冷冷地说道：

"军人横行，武人侵政，辛亥以来中国早已司空见惯。我虽身为一省之长，但甘愿作全省民众之公仆，公仆何须卫队？陈总司令不必介意，几支破枪，尽管拿去好了！"

马君武说完，便断然撂下电话筒，背着双手，在室内不停地踱步，直到天亮。用过早餐，他命人把省府实业科长请来，对他说道：

"我决定从南宁到蒲庙修条公路，你准备一下，后天随我去进行实地勘测。"

实业科长听了不由大吃一惊，说道："省内不靖，何能修路？再说，经费从何而来？税收皆被粤军霸占……"

马君武把实业科长拉到地图前，指着地图说道："陆荣廷治桂十年，省内还算安宁，桂军长期占领广东，搜刮了不少民脂民膏，但他只修了一条由自己家乡武鸣到南宁的公路，供他专用，其他实业建设，则一片空白。如此说来，纵使天下太平，府库充裕，如不为民众谋福利，又何能谈实业建设？"

实业科长点了点头，马君武又道："诚然，省府经费拮据，陆、谭逃出南宁前，已将金库席卷一空。粤军入桂，霸占税收，省内贫瘠，经此变乱，民不聊生，实业建设，经费难以筹措。幸我由广州赴桂时，多得孙大总统支持，亲自批给我数万元毫银作开府之用，目今尚未动用，我欲将这笔钱用来修筑公路，也算对省内实业建设尽了绵薄之力。别的方面，虽百废待举，但我心有余而力不足了！"

实业科长深受感动，遂告辞回去做准备去了。第三天，马君武头戴凉帽，身着中山装，足蹬博士布鞋，持根手杖，亲自率领勘测人员出发了。说起勘测人员，也是可怜。陆、谭治桂，提倡武力扩张，扩军备战，侵略邻省，但对省内文化教育及实业科技人才之培养，则毫不重视。实业科长费了九牛二虎之力，也找不到一个工程师，只觅得几个能写会算的省府录事职员充作勘测人员，至于勘测所用之器材，仅能找到几把皮尺。实业科长对马君武苦笑道：

"马省长，你看如何是好？"

马君武却毫不介意地说道："能找到这几个人和几把皮尺，已经很不错了，我不就是一个工程师吗？至于器材，我在临离广州前，已托人买好了一套，这都不成问题。"

实业科长又提醒道："目下粤军正向武鸣进攻，陆荣廷旧部陆福祥在高峰坳一带抵抗，南宁周围，兵荒马乱，极不安全。"

马君武拍着胸膛道："我马君武造福桑梓，不怕掉脑袋。南宁至蒲庙一带，我已命人前去活动，向民众宣传修公路之好处，动员民工，又着人联络地方势力，拟收编民团，作护路之用。"

实业科长见马省长已做周密部署，这才放心出发。

出了南宁城郭，便是乡村小道，野草没径，一片荒芜景象，时值秋末，南宁依然炎热，知了还在一个劲地噪叫着。马君武汗流满面，一个随员忙张开凉伞，为他避阳。他手一挥，说道：

"不用！"

"马省长……"那随员有些为难地说道。

"我现在是工程师，不是省长！"马君武掏出手绢，揩了把汗，随即把挂在腰上的水壶拉过来，喝了口水，命人将测量仪器架好，又着人扶正刻有红白标志的标杆，亲自动手，开始勘测。他一边使用仪器测量，一边计算，一边绘图，动作相当干练。实业科长和那些随行的工作人员无不惊叹，想不到这位省长大人竟如此精通测量业务和技术。

前面是一片旱地，种着木薯和黄豆，那黄豆豆荚金黄，挂满枝头，地的那边是几十株枝叶婆娑的荔枝。扶持标杆的工作人员已跑进地里站着，将标杆端正地扶了起来。马君武连忙摇手，命那扶标杆的工作人员从地里出来。实业科长忙道：

"公路通过这片旱地，无论测量和筑路，都非常方便，何故改道？"

"这几亩地，是民众血汗的结晶，不可毁了！"马君武揩掉脸上的汗水，用手向右边指着说道，"我们稍稍拐一点弯吧。"

右边是一片荆棘丛莽，芒草没人，野刺丛生，实业科长看了直皱眉头。马君武却毅然向芒草丛中走去。几个村民得知省长大人亲自前来测路，又保护了他们的农作物和土地，心里感激不尽，忙拿来镰刀，为马君武在丛莽中开出一条路来。从荆棘丛中钻出来，马君武的脸上和手上被划破一道道血痕，汗水浸渍，一片麻辣。马君武毫不介意，他嘴上叼着一只漆黑发亮用海铁树制作的精致圆曲形烟斗，神态怡然地抽着烟，不时弯下腰去，取下脚上的博士布鞋，倒掉灌在鞋中的沙粒。一条初现雏形的公路，终于在他脚下出现。

经过半个多月的辛劳，由南宁至蒲庙的公路勘测已经全部完成。马君武返回南宁省府时，风尘仆仆，脸膛消瘦黧黑，精神却十分饱满。爱妾文蟾见了，忙为他置酒庆贺。君武却摇手笑道：

"还早呢，待公路全线竣工之后，我要举行隆重的竣工通车典礼，到时请你坐在头一辆汽车上，由南宁直达蒲庙！"

公路刚刚破土动工，南宁城外已经枪声四起，陆荣廷残部四处袭击。由于粤军大肆烧杀掳掠，激起民众强烈反抗，连乡村僻壤也都竖起了自治军的白旗。马君武的筑路计划和他的省政府一样，处在风雨飘摇之中。马君武也不管这些，几乎每天都到公路上视察，指导筑路。那些职员和民工们，虽感局势不宁，心中难免惶惶，但见这位省长大人每天均到工地，嘴上时常叼着那黑漆发亮的圆曲形烟斗，精心指点着修路，也就放心施工。马君武常常在那段已经修筑好的不到一公里长的平整路面上漫步，叼着烟斗，持着手杖，两眼像欣赏一件价值连城的艺术品似的，在端详着脚下的公路，那藏在深度近视眼镜后面的眼角上，时常泄出几丝欣慰自得的微笑来。

这天，马君武照例又到工地视察，处理完一些技术问题后，他又叼着烟斗，提着手杖，漫步在新修的公路上。忽然，一阵急促的马蹄声传来，马君武忙抬头看去，只见几十匹马已踏上新修的路面，骑在马上的是几十个军人，他们直奔马君武面前，一齐跳下马来，为首的那人佩着少将军衔，身材矮小瘦弱，穿一双齐膝的长统马靴。马君武打量了来人一眼，觉得对面站着的这个不是什么军人，而是活像安徒生或者格林在他们的童话中所描述的一种穿着靴子的古怪的大公猫。那只童话中的"大公猫"来到马君武面前，既不问候，也不施礼，劈头就说：

"喂，马博士，现在不是修公路的时候，陆福祥已经杀来了，快将修路的款项取给我，以充军饷！"

那只"大公猫"嘴里喷出一股使人恶心的酒肉气味，马君武提起手杖，对着他的胸膛一戳，把他戳得倒退了几步，然后厉声喝道：

"你是何人？敢在我面前胡言乱语！"

那只"大公猫"见马君武全不把他放在眼里，气得直跳脚，大声嚷道："老子是刘震寰，难道你没听说过吗？"

原来，这刘震寰原名刘显臣，广西柳州基隆村人，早年曾加入同盟会，辛亥革命时，与刘古香等人在柳州活动，任过帮统之军职，后来投靠陆荣廷。陈炯明率粤军进攻梧州，刘震寰时任桂军游击司令，率队在梧州梨木根倒戈响应粤军，使桂军中路不战而溃。刘震寰虽降粤有功，但陈炯明初时并不信任他，曾拟将他逮捕枪毙，后多得粤军前敌总指挥叶举从中说项，方才留得条命。刘震寰遂自称桂军第一师师长，为粤军引路，直迫南宁。粤军烧杀劫掠，广西民众受害不浅，因此不但深恨粤军，对响应粤军入桂的刘震寰亦恨得咬牙切齿，呼其为"反骨仔"。刘震寰到达南宁后，见省长马君武没有实力，加上多年在外，在广西又没有什么根基，上任以来，令不出南宁城郭，且又与陈炯明貌合神离，省政无从展布，整日里只埋头修公路。刘震寰忖度，马君武一介书生，省长必做不久，便很想兼摄省长职务。这天，他带着大批随从卫队，骑马直奔工地而来，想先吓一吓马君武，把这位只懂修公路的省长大人吓走，以便取而代之。

马君武微微地偏着头，用鄙夷的目光看着刘震寰，喝道：

"你要干什么？"

"现在不是修公路的时候，打仗要紧，我们的部队需要军饷，快把修路用的款项拨给我！"刘震寰吼叫着，那双长统马靴蹬得地面像要出火。

马君武用手杖指着刘震寰的鼻子，斥责道："我素来不怕打仗，打仗早已成为中国的家常便饭，若说打仗不能修公路，那就等于百政不办。须知打仗是军人责任，筑路是文官职责，若不要修公路，就是叫我不要做省长了！"

马君武说得气愤，又把那手杖使劲在地上敲着戳着，连连叱呵：

"岂有此理！岂有此理！"

刘震寰实在没想到竟会碰上这样一位吓不倒压不屈的硬骨头省长，脸上顿时红一片、白一片，倒似真的变成了一只童话中穿上靴子无法走路的大公猫一般。他回到城里，越想越气，便去禀报粤军总司令陈炯明，对马君武进行诬蔑一番：

"陈总司令，我看马君武省长已经精神失常了。"

"嗯？"陈炯明用那双斜视眼看了刘震寰一眼，一时不明白对方这话是什么意思。

"他整天不理政事，只是在那半公里的路面上来回转悠，还说什么文官修路，武官打仗，语无伦次，这神经还正常吗？我看他肯定是癫了！"

"嗯！"陈炯明点了点头。"陈总司令，一省之长，总不能让一个神经不正常的人来当啊，您看……"刘震寰见陈炯明也赞同他的看法，心里感到很惬意，像那只大公猫看见了鱼一般。

"嘿嘿，"陈炯明不冷不热地笑道，"果真如此，那，我只有保荐你当广西省长啦！"

刘震寰听了顿时心花怒放，受宠若惊，他一下从沙发上跳起来，把那套着长统马靴的双腿一并，给陈炯明敬礼：

"谢总司令知遇之恩！"

"嘿嘿！嘿嘿嘿……"陈炯明一仰头，发出一串令人难以捉摸的笑声。

第三回

痛心疾首　马省长洒泪哭公路
风云突变　马晓军被困百色城

马省长自那日痛斥刘震寰之后，仍每日到公路上巡视。

这一日，当他到了工地，颇觉诧异，往日里民工们熙熙攘攘，有说有笑车推肩抬运取土石的场面没有了，炸石放炮的声音也听不见了，工地上一片死寂，一只羽毛微黄、头顶黑亮的鸟儿正站在一棵苦楝树枝上，发出一串令人迷惘的声音：

"死了——闷了——"

马君武感到好生奇怪，忙问随来的实业科长："怎么回事？"

实业科长惶惑地摇头道："昨天不是还很正常的么？"

忽然，他们听到一阵呜呜的哭声，那声音十分苍老、凄厉而又满怀愤懑之情。马君武和实业科长忙朝哭声走去，只见在一块褐色的大石之旁，一个老者斜靠在石头上，在哭泣呻吟，他脸上有血，腿上也有血，马君武忙俯身下去，问道：

"这位老人家，你怎么啦？"

老者认得马君武，他见省长大人前来问候，忙挣扎着想站起来，但由于腿部受伤，无法站立，只是颤颤巍巍地说道：

广西省长马君武

"马省长,人……人都挨抓走了!"马君武这才发现,民工们临时住宿的工棚已全被砸毁,锅头、碗筷、工具抛得满地狼藉,他忙问道:

"土匪袭击你们了?"

"粤军!"那老者从牙缝中迸出两个字来,好一会才接着说道,"年轻的都被抓去当挑夫了,我这老骨头嘴硬说了他们几句,便被打伤在地,马省长,他们比土匪还恶呀!"

马君武不再说话,双手扶着手杖,呆呆地伫立着,像一根立在地上的测量标杆,与前面那些插着小红布的勘测标志连成一线。

然而,那些表示公路将向前延伸过去的一根根标志,将孤单地立在荒草丛中,被风雨剥蚀,遭烈日曝晒,然后与野草荆蔓一同枯萎,默默倒下。来年,春雷动,春雨起,春风吹,野草荆蔓又会破土而出,爬满大地,而那一根根浸染着马君武一腔心血的勘测标志,它们却再不会站立起来。他脚下刚修好的这段仅有一公里的新路,像刚从母体生下一个头的婴儿,尚未呱呱坠地,便被掐死夭亡在母腹之中。中国的事情,竟是这样的难做啊,他满腹经纶,精通理、工、农、文和教育专业,他不但是当今广西找不出第二个的人才,便是在偌大的中国,也是屈指可数的博士专家。他本不善从政,但为了跟随孙中山先生革命,改造中国,改造混沌之中的故乡——广西,他才出任广西省长。可是,作为一省之长,他处处受掣,令不出郭门,他欲兴办实业,但费尽心血,却只能修得一里之路。中国啊!广西啊!难道你就是这样地永远落后下去?黑暗下去?混沌下去?荒蛮下去?

"我的路啊!你到底在哪里?在哪里呀?!"

马君武朝天呼唤,向地质问,他那悲怆的呼声在旷野里回荡,显得那么孤单而落寂,那山,那水,那荒野,没有传来一点回声,它们也是那么冷漠而无动于衷!

一行行辛酸的泪水从马君武那深度近视眼镜后边的眼眶中，潜然而下，一行行，一串串，一滴滴，纷纷洒落在喷着泥土芬芳的公路上……

马君武回到省长公署，便病倒了，不理政事，也不会见宾客，每日里只有他的爱妾彭文蟾侍奉跟前，房中不时传出文蟾弹奏的满怀凄绝而悲壮的《昭君出塞》古曲。这一日，秘书来报：

"原陆、谭旧部，现驻百色的模范营营长马晓军求见。"

马君武靠在沙发上，神情疲乏，只把眼皮抬了抬，文蟾按下琴弦，房中一片寂静。秘书估计马君武不愿会客，便道：

"我打发他走就是。"

"慢。"马君武把手一抬，吩咐秘书，"客厅见！"

"是。"

文蟾见君武破例地要会客，一边为他取过西服穿上，一边问道：

"先生已多日不会宾客，何故要见陆荣廷旧部的一个营长？"

"你有所不知，"马君武一边穿衣一边说道，"这马晓军我虽未见过，但听说他是广西容县人，是广西唯一的留日士官生，他营中的军官全都是军校学生，人才济济，非一般旧军可比，目下陆、谭已经垮台，孙大总统早有以两广为后方、出兵北伐之志。将来孙大总统出兵北伐，必用粤军为主力，斯时陈炯明定将随孙大总统北伐而去。那么，广西的军政事务，还得委之于广西人来操办，我自掌桂政以来，深感广西人才奇缺，未雨绸缪，不得不为今后的局面做考虑。"

文蟾点了点头，用略带凄然的声音笑道："先生的一颗心，都献给广西了！"

马君武进了客厅，见秘书已将来客引入客厅落座。马晓军不穿军服，一身西装革履让身材虽不算魁梧的他，倒也相貌端正。他大概已从秘书那里得知马省长已多日不见客，今日是破例会见他，因此一见马君武进入客厅，他马上起立，深深地行了一鞠躬礼。马君武轻轻地一抬手：

"请坐。"

马晓军又躬了躬身子，随即重新入座，但那双眼睛却一直瞅着马省长，想从对方的脸色上寻找自己所需要的东西。

"马营长，你的部队是驻在百色吗？"

"是。"

马晓军点头答道，他已从马君武的脸色上迅速抓住了机会，他知道，马君武虽是一省之长，但手上毫无实力，连卫队都被粤军缴了械，而马君武又是一个不甘居于逆境之人，因而对握有一营训练有素精锐武装力量的马晓军的到来，是怀有某种企望的。否则，他便不会破例地接见他了。当然，马晓军于此时由百色专程来拜见马省长，也同样抱着自己的目的。马晓军见说话的时机到了，便赶快说道：

"请允许我将部队的情况向马省长报告。"

"说吧。"

马晓军便将自己部队的情况，从头一一向马君武做了报告。

原来，马晓军这支部队，也颇有些来历。民国六年，陆荣廷决定在桂军中创办陆军模范营，以安置学成归来的各军校毕业生。陆荣廷本系绿林出身，自小未进过学堂，因此对桂军模范营的各级官佐的选定，初时颇有些为难，因为这些学生毕业于各种军校，有留日士官生，有保定军校生，有速成中学生，也有陆军大学生，还有毕业于讲武堂的，因为都是学生出身，还没有战功，究竟给谁当营长、给谁当连长、给谁当排长，陆荣廷一时拿不定主意，只是抓着花名册在胡乱翻着，心想，老子血里来火里去，吃尽多少苦，几次死里逃生，方才捞得个管带当，那时的管带不是相当于现在的营长么？你们这些人家中有钱，读得起书，从学校一出来，便能弄个营长、连长当当，真是占了大便宜，他本想对这些军校学生弃而不用，但又怕北京政府陆军部那里不好看，而且湖南督军赵恒惕却又偏偏重视军校学生，听说毕业于保定军校的广西籍学生李品仙、叶琪、廖磊、周祖晃等人，在湘军中皆受重用，陆荣廷担心这些学生在广西如得不到安置，便会一个个投到湘军中去，将来对自己不利。但是这模范营的官佐又怎么定呢？当然，他本可以拿笔在花名册上随便一勾，但又怕这种乱点鸳鸯谱似的做法，闹出笑话来，想了想，便唤秘书来问：

"陆军大学和保定军校，哪个大点？"

"老帅，"秘书答道，"陆军大学乃是我国当今培养军事人才的最高学府。"

"唔，"陆荣廷点了点头，又问道，"那么这日本的士官学校呢？"

"日本士官学校乃是世界上有名的军校，日本陆军的将领多出自此校。"

"唔，"陆荣廷又点了点头，接着问道，"保定军校与陆军速成中学、讲武堂又有何不同？"

"保定军校之学生，皆由陆军中学毕业生考入，至于讲武堂尚算不上正规之军校。"秘书答道。

"好！"陆荣廷灵机一动，便提笔在花名册上勾划起来，然后将花名册丢给秘书，吩咐道，"模范营官佐的人选，我已定了，画圈的当营长，画勾的当连长，画三角的当连副，其余的都给我'炒排骨'去！"

秘书拿起花名册一看，见陆老帅圈定的模范营营长乃是日本士官学校第十四期毕业生马晓军，说来他也算走运，因为自前清至民国，广西留日士官生只有马晓军一人，这模范营营长，由于不是论功行赏擢升，而是根据学历文凭圈定，当然是马晓军的了。秘书再看时，陆老帅打了勾的是黄旭初、朱为珍、曾志沂，三位全是陆军大学毕业生，陆荣廷任他们为连长。名字前打三角的几位，全是保定军校毕业生，他们是黄绍竑、白崇禧、夏威，陆荣廷任他们为连副，其余的张淦、刘斐等人，只有资格去"炒排骨"了。

陆荣廷圈定了陆军模范营的官佐人选后，随即招兵买马，调拨士兵，这模范营便算正式成立。由于陆荣廷自他本人到部下将领军官，几乎全是绿林出身，因此这一营由军校学生率领的部队，在桂军中便显得很不一般，时人喻为"万绿丛中一点红"，"万绿"指的当然是桂军中那些绿林好汉，"一点红"就是这一营由军校学生带的部队了。不过，这"一点红"却并不红，他们常受绿林好汉们的歧视，时刻处在被监视和包围之中，因为陆荣廷并不信任他们。直到后来陆荣廷命他们到左江五属去剿匪，连长白崇禧用计一次枪杀了八十余名已经招安出来的惯匪，使得广西境内远近的匪徒闻之莫不胆寒。模范营仅用两个多月的时间，便将左江五属匪患肃清，加上军纪严明，百姓无不称赞，许多村镇还为此给营长马晓军立了"生祠"，那些绿林好汉出身的军官虽心怀嫉恨，但也不得不刮目相看。

民国九年夏，孙中山命令粤军由闽回粤，驱逐陆荣廷的势力。桂军在广东连吃败仗，马晓军奉命率部开赴广州助战，但桂军已全线崩溃，马部便也跟着退回广西。陆荣廷闻知粤军中一些军官与模范营中的军官有同学关系，生怕军校学生们阵前倒戈，因此，他便将这一营人调到远离前方的广西西北角的重镇百色驻扎。次年，陈炯明率粤军入桂讨伐陆荣廷，桂军再度败北，陆荣廷下野，逃离南宁。马晓军和部下军官们原与这些绿林好汉们无历史渊源关系，加上平日多受歧视，现在见陆荣廷的世界已经完蛋，便商议出路问题。白崇禧、黄绍竑、夏威本是马晓军得力的部下，平时马戏呼黄、白、夏为军中"三宝"。值此变乱之际，他们都建议马晓军另谋出路，到南宁找省长马君武，请求委以新的名义。

"敝部官兵，一致表示拥戴马省长，愿为省政府效力，请马省长委以名义。"

马晓军报告完之后，一双眼睛只管在马君武身上转着，心里不免有些紧张。因为如果马君武不委以新的名义，粤军向右江上游追击陆、谭残部时，他这一营人自不能免，不是被缴械遣散，便是被强行收编，这将使他失掉本钱，无法在省内立足。

"嗯，"马君武抬起头来，看着马晓军说道，"大家都是广西人，要为广西父老做事，你们愿投效孙大总统革命，这很好。马营长，我委任你为田南警备司令，部队可用田南警备军之名义，我将田南十二县的军政事务交由你负责，你看如何？"

马晓军一听，马君武不但给了他部队新的名义，而且还加委他为警备司令，节制田南十二县，使他由陆、谭的一员裨将变成了上马管军、下马管民的方面大员，他顿感心花怒放，忙起立向马君武又致了一个深深的鞠躬礼。

在广西的西北角，有个颇为引人注目的城镇——百色。桂西北本是荒乡僻壤之地，唯独这百色却出奇的繁荣，它四面环山，右江从旁流过，水路可通汽船，直达南宁、梧州和广州。陆路北经汪甸、逻里，越过红河可达贵州省境的安顺府；西由禄丰、剥隘又可通云南省内的广南府，这里水陆交通便利，又是云、贵两省出口货物的集散地，尤以鸦片烟土最为著名。百色的繁荣是畸形的，沿右江左岸，依山傍河鳞次栉比的是会馆、旅店、酒楼、妓院、烟馆，江中停泊的汽艇、小火轮、木船都满载鸦片烟土，围绕其中的则是装饰华丽的花舫和紫洞艇，上面装的则是酒肉笙歌，烟榻丽娘。北来南往的烟帮马驮、港客粤商，皆汇聚于此。陆上马帮驮来的是鸦片，水上船艇运走的是烟土。鸦片烟土的诱惑力把无数做着黄金梦的人吸引到百色来冒险。沿江的街道上，茶楼酒肆之中，烟商、匪徒、军警暗中勾结，尔虞我诈，酒食征逐，把百色山城弄得个乌烟瘴气。

马晓军的司令部设在天主教堂隔壁的一所楼房内。他自到南宁拜见马君武省长后，摇身一变，当上了田南警备司令，所部换上粤军的旗号，变成了田南警备军。马晓军升了官，部下的连长们也跟着他升了官，黄旭初当上了警备司令部参谋长，黄绍竑、白崇禧、夏威也都由连长提升为营长，陈雄为机

田南警备军司令马晓军

关枪连连长。原陆荣廷第一师工兵营连长韦云淞，率百余人枪来投，马晓军遂委以工兵营营长。部队有了名义，又有了地盘，马晓军招兵买马，将所部扩充到两千余人，倒也成了一点气候。

可是好景不长。被粤军击溃的陆、谭残部刘日福、陆云贵、马玉成等人，在靖西、天保、镇边等地重新集结起来，他们公推旅长刘日福为广西自治军第一军总司令，率所部八千余人向百色移动，大有吞并马晓军部、占领百色之势，山城百色的空气顿时紧张起来。这里由于地处僻壤，自清末到民国数十年来，尽管外边社会动荡，此地倒也安宁，烟商市民并不害怕军队，因为自前清百色便驻有右江镇总兵，民国后也一直有防军驻守，驻军一向是靠护送烟帮发财的——军队和烟商们有着共同的利害关系，他们都最怕打仗，战争一起，商旅断绝，交通梗阻，鸦片烟土运送不出去，便都失去了发财的机会。因此，刘日福的自治军向百色进逼时，不仅烟商们惊慌失措，便是警备司令马晓军也感到惶恐不安。此前，参谋长黄旭初已到南宁，担任省署军务厅中校科长，百色局势动荡不宁，马晓军急得坐卧不安，忙召营

长黄绍竑、白崇禧、夏威、韦云淞和机关枪连连长陈雄前来司令部商量对策。

"司令,俗话说'来者不善,善者不来',对刘日福等此来,我们绝不可掉以轻心。"第二营营长白崇禧首先发言。他是广西桂林人,今年二十八岁,身材修长,脸庞白皙,直直的高鼻梁上架着副无边近视眼镜,再配上穿戴得体的军服和军帽,使他在勃勃的英气中透出几分文人气质,如不看他腰上斜挎着的德造驳壳手枪,人们很难相信他会是位已带了好几年兵的下级军官。

"刘日福虽率八千之众来攻百色,但并不难对付,根据兵力上敌强我弱的情况,我建议可采用如下两策:一是迅速集中兵力坚决抗击,即使力不能敌,亦可退守险要等候粤军前来再图反攻;二是暂时避战,把部队撤离百色,保存实力,以待时机。但不论采用哪一种对策,眼下必须做到:立即派人到南宁通过黄旭初向粤军联络,请粤军迅速派出有力部队沿右江西上来援。命令全军集结百色,将护送烟帮和在那坡监督开金矿的部队火速抽回,全军进入紧急战备!"白崇禧说得有条有理,听他分析战局,又很难使人相信他只是位长期带兵的下级军官。

听了白崇禧的发言,马晓军不置可否地沉吟着,他抽出一支三炮台香烟,慢慢地吸了起来,好一会,才扭头向黄绍竑道:

"季宽(黄绍竑字季宽),你对健生(白崇禧字健生)的意见有何看法?"

第一营营长黄绍竑是广西容县人,与司令马晓军同乡,今年二十六岁,身材高大,颧骨有些突出,目光冷峻,一副典型的南方人相貌。他正在玩弄着木壳手枪上的一束穗子,见马晓军叫他,这才抬起头来,眨了眨眼睛,说道:

"据我所知,粤军占领南宁后,正派出强有力的追击部队,分向左、右两江扫荡陆、谭残部。我们既已投向孙中山大总统的革命营垒,且已受马省长委以田南警备军之名义,与粤军同属友军,如刘日福进攻百色,粤军必会溯右江西上来援。因此,在兵力上我们虽居劣势,但刘日福不见得敢对我们下手。目下,我们一方面可派出警戒部队,使刘日福等见我有备而不敢轻犯,一方面可派人持函致刘日福,晓以利害,使其归顺粤军,这样既可避免冲突,又可消除对我们的威胁。"

"不可,不可!"白崇禧立即反对道,"刘日福此来不为图我又为何而来?他们都是绿林出身,与陆、谭关系密切,利害一致,平时视我等军校学生为'非我族类'，我们接受马省长委以的名义，挂了粤军旗帜，他们更是咬牙切齿，大骂我等为'反骨仔'，必欲连根拔除而后快。据我部军士密报，昨日有人在百色城三面窥视，测绘地图，此必刘日福派人所为，大敌当前，我们岂可迟疑不决，优柔寡断，仍旧醉生梦死，享乐逍遥，而断送全军之前程！"

白崇禧慷慨陈词，言词犀利而有所指，马晓军、黄绍竑、夏威、陈雄等都感到白崇禧的话带着一根根无形的钢针，直刺到他们的心窝深处。原来，马部自奉调百色之后，军官们即为烟帮头子所引诱，首先是黄绍竑干起了护送烟帮、抽收保护费的勾当，他与那些亦匪亦商的烟帮头子过从甚密，并与烟帮头子陆华圃（陆炎字华圃）结拜为兄弟，明里暗里弄了不少钱。他吃喝嫖赌抽大烟，五毒俱全，也纵容部下吃喝弄钱，因此部下官兵对他也有好感，都说："跟着黄连长图个快活！"夏威则在那坡县监督金矿开采，也弄了些黄金。陈雄当然不甘落后，效法黄、夏也千方百计弄钱。百色素有"小金山"之称，手上有枪，钱自然好捞。军官们捞到了钱，便到妓院、花艇、烟馆、酒楼上倾散，小小的百色山城整日里都弥漫着鸦片烟的奇香和打情骂俏的欢声。司令马晓军自然也不例外，他的胃口比之部下的连长们更大，不长的时间里，也聚敛了大量财富。他的司令部里有专门堆着上等烟土的房间，他的卧室里有十几只箱笼，装的全是黄金、白银、"袁大头"。

这一切，唯独对白崇禧来说没有产生诱惑力。他忠于职守，勤于练兵，治军很严，不准部下与烟帮来往，沾染恶习，他除了领取自己那份饷之外，不巧取豪夺。他自己过着清苦的生活，部下士兵却眼睁睁地看着别人分肥发财，一个个心妒、手痒、眼红，恨不得也去捞它一把，但又惧怕白崇禧军纪森严，巧取豪夺会受到严惩，只是心有怨愤，口不敢言。恰巧有天白崇禧奉命到百色营部开会，会刚开到一半，他的勤务兵忽然仓皇跑来报告，说驻在丰禄的第三排士兵因受烟帮头子的引诱，将排长打死，集体挟械叛逃上山去了，而且还把他那匹心爱的战马也一同劫持而去。白崇禧闻报，当即向马晓军告辞，星夜驰回防区，即率第一排和第二排士兵前去追赶。不想追了三天三夜，仍无踪迹，这天黄昏，白崇禧率部追到云、桂交界的八角山下，已是人困马乏，还不见逃兵的影子，排长张淦气喘吁吁地摆弄着手里的一只罗盘，口中念念有词，左瞧右看，对白崇禧道：

"连长，据我用阴阳八卦推算，此山无有叛兵藏身之所，翻过此山，便是滇省境内，我们是不能越境的，还是回去吧！"

白崇禧却爬到一块巨石上，用望远镜朝树木翁郁的山上搜索，一边看，一边对张淦说：

"'罗盘'，据我推算，那些士兵必定藏匿在此山中！"

"何以见得？"

排长张淦因平日素喜堪舆之术，每逢行军作战，身上总不离那只大罗盘，因此官佐们都以"罗盘"呼之，张淦也应之泰然。但见白崇禧如此说，颇为惊诧地问道。

"他们不过是受烟帮头子的引诱，为了弄几个钱而已。他们都是广西人，绝不会流亡到云南去，况区区数十人，为匪何用到邻省去？我平素治军极严，对土匪一向严惩不贷，士兵们绝不敢持械上山为匪的。他们之所以打死排长逃遁，全是受一时之惑而畏罪潜逃，逃到此地，已前无去路，必定在此山暂避。"

白崇禧说到这里，忽闻八角山上传来马鸣之声，他忙循声望去，只见他那匹心爱的黄马被拴在一棵树下，旁边还有些士兵和烟帮头目。他们神色惶然，正在乱窜，大约是已发现山下有追兵到来。白崇禧忙将望远镜递给张淦，说道：

"'罗盘'，你看，连我的坐骑都在山上哩！"

张淦举起望远镜细看，果然见到了白崇禧的那匹黄马，忙说道：

"快点上山搜索，不然天黑后他们要跑掉的。"

白崇禧笑道："不必劳神上山了，我要他们自己下山归队。"

说罢，遂下令让正在山下歇息的两排士兵，张大喉咙，拼命朝山上呼喊：

"白连长来了，兄弟们快下山归队！"

一阵呼喊过后，紧接着山鸣谷应，仿佛有万千人马到来。白崇禧又令士兵们朝山上放了一轮排枪，他举起望远镜看时，果见二三十名士兵陆续下山，前头的士兵还牵着他的那匹黄马呢。天黑之前，这一排叛兵除了三名策划叛变打死排长的班长跟随几个烟帮头目继续逃跑之外，全都归回了连队。

回来后，白崇禧即向马晓军引咎自请处分。马晓军不敢定夺，遂转报督军谭浩明，不想谭督军却复电云：“此次兵变，该连长处置妥捷，殊甚嘉奖。”白崇禧尽管没有受到处分，还得到了嘉奖，但心中却很是忧虑，他知道，即使自己严谨自持，但他只抓得了一个连，其余的连队腐化掉了，自己也独木难支。他心怀大志，胸有韬略，但却被困在百色这座“小金山”下。那缭绕的鸦片烟，花艇上的笙歌丽娘，酒馆桌上的山珍海味，都是一些看不见的敌人，他们包围自己的部队，每日每时在发起无形的进攻。他看着自己的袍泽们一个个被击倒，部队的斗志在瓦解，军心已涣散，虽然同僚们已腰缠万贯，但他们离掉脑袋的时候已经不远了。他常常想向他们大声疾呼，使他们在醉生梦死中醒来。但他发出的声音却又是那么脆弱，被花艇上的笙歌所淹没。

他出生在桂林会仙乡山尾村，十一岁时父亲去世，家道贫寒，靠叔父资助才勉强读完小学，后来考入陆军小学，不幸因病辍学。辛亥革命那年，十八岁的白崇禧毅然报名参加学生敢死队，随第一批北伐军出发武昌协同革命军作战。南北议和告成，他被送入武昌南湖陆军预备学校学习，毕业后升入保定军官学校。他熟读兵法，研究战略战术，崇拜管仲、孔明，很想干一番惊天动地的大事业。可是离开军校之后，郁郁不得志，几年来一直充当一名小小的连长，不但抱负无法实现，相反被困在百色这不死不活的地方，不知何日才能出头！想得烦闷，有时不免独自到右江边上长吁短叹一番。因此，当他闻知刘日福率数千之众欲向百色进击时，心里不但不慌，反而感到兴奋。古人云：“生于忧患，死于安乐。”白崇禧心想，正好借刘日福自治军的威胁，实行紧急备战，以此整饬军纪，革除恶习，使全军振作起来，达到起死回生之目的。夏威、陈雄、韦云淞见白崇禧说得有理，也赞成集中兵力，抗击刘日福的入侵，黄绍竑亦感到局势严重，遂也同意加强战备，以武力抵抗刘日福。马晓军迟疑不决，想了半天，才说道：

“如果刘日福见我们备战要打他，岂不是使他进攻我们更有了借口吗？我看还是以和为上吧，我写两封信，一封派人送到南宁，要黄旭初请粤军总司令陈炯明迅速派兵西上增援，一封信着人送交刘日福，质问他，大家都是桂人，彼此又曾同为陆、谭袍泽，为什么要以刀兵相见？要他就此罢兵。”

白崇禧正要说话，马晓军的两个弟弟却从外边闯了进来，气急败坏地说：

"哥，要打仗了吗？我们在西隆还有一大批烟土没运出来呢，你快点派兵去帮助护送吧！迟了就完啦！"

马晓军点了点头，便对工兵营营长韦云淞说道："世栋（韦云淞字世栋），你就带人亲自去走一趟吧。"

几位营长见马晓军已作决定，知道再说也无用，便都从司令部里退了出来。黄绍竑拉着白崇禧道：

"健生，走，跟我到艇上吃花酒去！"

"现在都什么时候了，你还花天酒地，难道刀架在颈脖上了也还要喝吗？"白崇禧愤愤地说道。

"嗨，我说你老兄真是个清教徒，荷包里空得布贴布的，还怕什么呢？马司令的金银财宝，十几箱也装不完，他尚且不怕刘日福来，你我还操什么心呢？"黄绍竑冷冷地笑道，随即指挥夏威和陈雄，"煦苍（夏威字煦苍）、杰夫（陈雄字杰夫），你们给我把他绑了，拉到花艇上去灌醉，然后把他锁到一个姑娘的房间里去，看他插翅飞了不成！"

夏威、陈雄与黄绍竑都是容县老乡，平时吃喝玩乐都混在一起，他们对白崇禧那一套很不以为然，现在听黄绍竑一说，便一左一右把白崇禧挟持着，嘻嘻哈哈地拉到江边的一艘花艇上去了。

三天后，刘日福的自治军突然兵临城下，将百色城三面围了个水泄不通。原来，这百色城与他处城池不同，它依山傍河，只有东、西、南三座城门，没有北门。马晓军的部队，第一、二营，工兵营，机关枪连和第三营大部分都驻在城内，第三营第九连驻在百色城外北边数里远的一个苗圃。韦云淞奉命到西隆为马氏兄弟护烟，带走了工兵营一个连及第二、三营各一个排，城内守军多是刚扩编不久的，加上疏于防范，突被包围，士兵们无不感到惊惶。而司令马晓军慌乱的程度却远远超过部下的官兵，他实在没料到刘日福会来得这么快、这么凶，一点面子也不给他。他感到六神无主，手脚发抖，眼看着卧室中大大小小的箱笼，呆呆地直出神，最后干脆一屁股坐到那只盛满金条的暗绿色的保险柜上，不住地哀叹着：

"怎的好？怎的好……"

"司令，快下命令，突围！"

白崇禧、黄绍竑、夏威、陈雄一齐来见马晓军。尽管兵临城下，敌强我弱，白崇禧仍镇静如常，他对马晓军道：

"司令，务请当机立断，下令突围，如相持下去，后果不堪设想！"

"我带全营由南门杀出，健生由西门突围，煦苍、杰夫与司令出东门，全军沿江东下，到田州汇合！"黄绍竑拔枪在手，两只衣袖卷得高高的，十分剽悍，他是个可塑性很强的人，抽大烟、赌番摊、逛花艇比谁都玩得凶，可打起仗来，却又临危不惧，随机应变，冒死冲锋，非常人可比。

"走吧！司令。"夏威、陈雄也都拔出手枪，催促马晓军下令突围。

马晓军仍然愣愣地坐在他的保险柜上，好半天才说道：

"突围，我……我的这些东西怎么带走？"

"司令，只要手上抓着队伍，什么东西都会有的，把队伍搞丢了，别说你这些东西，恐怕连脑袋也保不住。快下令突围！"

黄绍竑急得将马晓军一把从保险柜上拉了下来，马晓军战战兢兢地走到办公桌前，拿出笔来，正要发布突围命令，却又迟疑地问道：

"敌人那么多，我们能冲得出去吗？"

白崇禧忙道："敌军刚到，不知我军虚实，况敌军之来，不过为占百色，他要发财，我们要保存实力，只要让出百色，敌军已满足，必不与我死战，我们定能杀出重围。"

马晓军听白崇禧说得甚有道理，这才定下神来，下达突围命令。不想他刚在纸上落笔写了个"令"字，他的那两个弟弟便冲进门来，一把夺去他手上的毛笔，劝阻道：

"哥，敌众我寡，这仗万万打不得的呀，与其冲出去让人打死，还不如派人去和刘日福讲和的好，这样既可保全你我兄弟性命财产，又免得糜烂地方，军民受祸。"

黄绍竑大怒，用手枪指着马晓军的两个弟弟，喝道："大敌当前，你们贻误戎机，干扰指挥，我军覆没，罪在你们！"

马晓军忙喝道："季宽，休得无礼！"

黄绍竑无奈，只得放下手枪，白崇禧气得咬牙切齿，恨声不绝，夏威、陈雄也都瞪着眼睛，谁也没再说话。这时，室外走廊上传来一串鹦哥的叫唤声：

"快给司令打烟！快给司令打烟！"

原来，司令马晓军有个习惯，每天早、中、晚三个时辰，均要抽一次鸦片烟，现在已到中午时分，该抽午烟了，那巧嘴鹦哥也真精灵，一到时辰，便能传呼卫士们给马司令打烟。

一个卫士在鹦哥的叫唤声中走了进来，他手捧一只托盘，盘内装着一只精致的骨制小盒，盒内装着特制的烟膏。马晓军听到鹦哥的叫唤，又见卫士进来准备为他打烟，顿时烟魔大作，哈欠迭声，两只脚像被什么拉扯着似的，立刻走向烟榻。卫士点着了烟灯，在烟枪上装好烟泡，开始给马晓军烧烟。马晓军刚吸得一口，一卫士匆匆进来报告道：

"司令，东门守军在敌人的收买下，开城投降，敌军已蜂拥入城！"

"啊！"马晓军这一惊非同小可，那刚吸入喉咙深处的一口大烟，立时噎住了，使他半天说不出话来。这时又进来一个卫士报告道：

"司令，西门、南门也同时被打开了，敌人已将司令部包围！"

马晓军从烟榻上爬起来，结结巴巴地对黄绍竑道："季……季宽，你……你看怎么办？"

"现在唯一的办法是请司令重新躺到烟榻上去，继续抽烟，准备当俘虏！"

黄绍竑冷冷地说着，接着便紧握驳壳枪，倏地冲了出去，他的部队是警卫司令部的，他想迅速出去掌握部队。白崇禧、夏威、陈雄也都拔枪在手，和黄绍竑一道冲了出去。马晓军见他们扔下自己走了，又听到司令部外面人声杂沓，情知不妙，他想跑，又舍不得这大大小小的箱笼，只是抓着手里的烟枪，对几个卫士叫唤着：

"快快快！把门给顶好，不让他们进来！"

那几个卫士本来也想逃跑，见马晓军要他们顶门，无奈只得搬起桌子、凳子将房门顶住。马晓军此时不知在什么地方摸出一支左轮手枪，又爬到他那只暗绿色的保险柜上坐下，守卫起他的财产来。不久，房门外便传来急促的打门声和粗鲁的叫骂声，那用桌子、凳子顶着的房门经不住冲砸，一下便被砸开，敌军破门而入，将马晓军和他那几个卫士一齐俘虏了。一个自治军军官将房内一只大箱子砸开，里边全是光华耀眼的银元，不禁心花怒放，抓起直往口袋里塞，那些士兵们也跟着砸开一只只箱笼，胡乱地抢夺其中的财物，马晓军见了真像心头被刀割一般。另一伙敌兵正猛砸那只暗绿色的保险柜，马晓军不顾一切地扑了上去，用两手死死地抱着那只保险柜，呼天抢地叫唤着：

"这是我的东西，你们不能动！不能动！"

"啪"的一声，一个敌兵用枪托在马晓军后脑上一砸，他只觉天昏地暗，他的军队、他的财产、他的性命，顷刻间似乎一齐掉下了一个黑沉沉的深渊……

第四回

阴阳错位　张"罗盘"坡脚看风水
虚张声势　白崇禧自封总指挥

却说黄绍竑闻报敌军已将司令部包围，急忙从马晓军的房间里冲出，欲速回本营指挥部队抵抗，但刚跑到院子里，一伙自治军已经破门而入，正好与他迎面相撞，黄绍竑措手不及，被几个敌兵拦腰抱住，缴去手枪，当了自治军的俘虏。白崇禧、夏威、陈雄三人因走在后面，相距尚有数丈远，因敌众我寡，无法救助黄绍竑，又不能从正门硬冲出去，白崇禧急中生智，忙喊道：

"快把手表丢出去！"

说罢，他急将腕上戴着的瑞士手表脱下，朝敌兵扔过去，夏威、陈雄也脱下手表跟着扔去，为首的几个自治军士兵忙弯腰去争抢扔在地上的三块手表。白崇禧带着夏威、陈雄一个急转弯，拐到后院门，一脚将门踢开，倏地冲了出去。后门外虽也有自治军把守，但猝不及防，竟被白、夏、陈三人夺门而出。他们跑到街上，见满街都是自治军，白崇禧自忖难以脱身，遂和夏威、陈雄钻入一家民房暂避。挨到天黑，街上仍是一片混乱，茶楼酒馆之中，全是自治军的军官们在吃喝，妓女们擦胭抹脂，又开始迎接新来的嫖客。只有那些花纱布匹庄口，洋广杂货店、山货店的老板们害怕抢劫，把店铺门关闭得紧紧的。百色商会会长自有一套应付军队的办法，刘日福的军队，过去住过百色，与地方士绅也熟识，这次进占百色，未发生战斗，军民皆不曾遭受损失，商会当然高兴，商会会长便假粤东会馆摆上几十桌盛宴，热情款待刘日福和他部下的军官。

正当刘部官佐在粤东会馆大吃大喝、庆祝胜利的时候，白崇禧、夏威、陈雄三人从藏身的民房中走了出来，夏威问道：

"健生，我们到哪里去？"

白崇禧毫不迟疑地答道："赶快逃离百色，另谋生路！"

陈雄道："三个城门都有自治军把守，盘查甚严，恐怕出不去。"

白崇禧道："从城门出不去，我自有办法，你们跟我来！"

夏、陈两人，不知白崇禧到底有何妙计脱身，也不多问，遂紧随白崇禧之后，借着暗夜的掩护，拐弯抹角，穿街过巷，不久，他们便到了城墙脚下。白崇禧令夏威蹲下身子，他踏上夏威的两肩，利用夏威站立起来的功夫，一跃便上了城墙。白崇禧登城后，看看并无敌兵巡哨，忙解下脚上的绑腿，把夏威、陈雄两人分别拉了上来。因在百色住的时间较长，白崇禧又是个细心之人，每段城墙他都了如指掌，他带着夏威、陈雄，摸到一处地方后，对夏、陈两人说道：

"此处城墙最矮，高不到九尺，可以跳下去。"

说罢，白崇禧便轻轻往城外一跳，"嗖"的一声，安全着地。夏威、陈雄也都跟着跳了下去，三人终于虎口脱身。

夏威喘了口气，问道：

"我们孑然一身，何处安身立命？"

"城北面苗圃尚住有我们一连人，到那里后再说！"白崇禧果断地说道。

三人夜奔苗圃，刚到第九连的驻地，便见士兵三三两两地走动，排长刘斐报告，有几个班长因受自治军的收买，正暗中煽动哗变，全连军心已呈不稳，他无法控制，正欲出走。

白崇禧却不露声色地说道：

"全连集合，我要训话！"

足智多谋、自封总指挥的白崇禧

夏威道："部队已受人运动，军心不稳，集合训话，如发生哗变，我们性命恐难保！"

白崇禧道："不必惊慌，我自有办法。"

全连集合后，白崇禧开始训话："弟兄们，工兵营韦营长率队前去西隆护烟，路上碰到了一些麻烦，马司令命令我即率你们前去支援，现在马上跟我出发！"

那几个已受自治军收买正煽动部队哗变的班长却大大咧咧地说道：

"白营长，自治军已进占百色城内，听说马司令和黄营长已成阶下囚，他何能再发布命令？"

"白营长，你大概是从城内逃出来的吧？"

"我们要投自治军，你不要干涉！"

"弟兄们，把他的枪下了，捆起来，送交自治军刘总司令请赏去！"

那几个班长一鼓噪煽动，果然有十几名士兵端枪上来将白崇禧团团围住，明晃晃的刺刀一齐对着他的前胸和后背。夏威、陈雄、刘斐都捏着一把汗，但又无法上前制止。白崇禧却轻松地笑道：

"弟兄们，我只想问你们一句，你们到底想不想发财？"

"百色这地方，连乌龟都想发财！"一个端着步枪指向白崇禧的老兵油子答道。

"不错，"白崇禧答道，"不管谁来百色，为的都是发财，城内的事情，我们先不管他。现在韦营长护送的一批十万两烟土，在途中遭受强大股匪的袭击，急需增援，只要我们前去击溃土匪，三万元的保护费我把它平均分摊给弟兄们！"

士兵们听说能分到大批银钱，顿时来了精神，连那十几个用刺刀指着白崇禧的士兵，也都收下了枪刺。

"不愿去的，可以留下看家。"白崇禧又说道。

"我们都愿去！"士兵们嚷嚷着。

"好，全连跟我跑步前进！"白崇禧一声令下，率领这一连军心不稳，但又企求发财的官兵们，向西北方向急急跑去。跑了一夜，行程百里，白崇禧虽然已疲困到极点，但怕自治军衔尾追击，又怕军中生变，仅停下草草吃了顿饭，又向前奔跑，他一边跑，一边气喘吁吁地对士兵们喊道：

"弟兄们，快跑，迟了烟土被土匪劫走，我们就发不了财啦！"

这些为发财的士兵们，见白崇禧疲于奔命，无不相信前边有着堆成小山似的烟土和白花花的银洋在等候着他们。一个个咬着牙，喘着气，狠命地跟着、跑着，生怕掉队失去了发财的机会。黄昏时候，到达潞城，正好碰上韦云淞护烟的部队归来，白崇禧、夏威、陈雄这才松了口气。白崇禧遂将百色被自治军占据，部队已被缴械，马晓军、黄绍竑生死不明，他们只带得驻在城外的一连逃出，估计自治军已知他们的行踪，必派兵追击，潞城亦不可久留的情况向韦云淞说了。

"我们兵单力薄，到哪里安身去？"韦云淞有些茫然地问道。

"你们也有三百人枪，何愁不可在这黔桂边境上横行！"烟帮头子陆炎说道。他是烟帮头子，又是匪帮头子，手上有二三十杆枪，他亦商亦匪，又结交百色上层人物，与军警亦有较深的关系，是黄绍竑的把兄，在这桂西北的边境上，算得上是个赫赫有名的特殊人物。此次韦云淞到西隆护烟，他一路同行，因见白崇禧等穷蹙落魄，便想拉他们下水。

"陆兄，"白崇禧摇头笑道，"我与季宽都是堂堂军校出身，胸怀救国救民之大志，青年人应当报效国家，建功立业，岂可图一时之快活。目下我们处境虽然困难，但这是暂时的，粤军已由南宁溯江西上，不日定将刘日福部消灭，我们现在需要整顿队伍，养精蓄锐，为下一步配合粤军作战做好准备。但部队新败之后，军心不稳，冬天已到，军衣军食皆无着，我决定将部队开入贵州的册亨境内休整，驻该地的黔军旅长刘瑞棠是我保定军校同期同学，他是会给予帮助的。"

夏威、韦云淞、陈雄等也觉得眼下只有到黔省暂避，休整部队是唯一可行的办法，当下便决定在此暂宿一夜，明日向旧州、坡脚开拔，渡过红水河，到黔南的板坝暂避。部署既定，白崇禧对陆炎道：

"陆兄，我想请你帮两个忙，不知肯否？"

"健生老弟，季宽是我的把兄弟，你和我虽未换过谱，论年纪和辈分，也该是我的弟辈，有何难处，只管说来，为兄愿两肋插刀，赴汤蹈火！"陆炎拍着胸膛说话，那一嘴的唾沫从两排镶着金牙的口中喷出来，有几粒星子竟射到白崇禧脸上。白崇禧尽管心里感到厌恶，但脸上却露出笑容，他知道此时陆炎对他有着特殊的作用。

"请陆兄用你的面子，向镇上商会权借些银洋，以充军食，日后我定加倍奉还。"白崇禧道。

"这有何难，我只要出面，他们就会把钱拿出来的！"

陆炎说话间现出几分匪霸的面目来。

白崇禧见了，怕陆炎上门向商会勒索钱财，坏了自己部队的名声，忙写了一张借据，说明仅借大洋贰仟圆，权充军食，日后定加倍奉还，特立下借据，下署"田南警备军营长白崇禧"。陆炎拿上白崇禧的借条正要走，白崇禧又道：

"我这里有十几名士兵，其中军士班长三名，他们在百色时曾图谋叛变，请陆兄帮我将他们处决！"

夏威忙道："此地已远离百色，又有世栋的两百多人，他们才十几个人，不怕他们反水，况目下我们兵力单薄，正是用人之际，我看不必追究了。"

白崇禧把手往下一劈，斩钉截铁般地说道："治军之道，恩威并重，目下军心不稳，对叛逆者不杀不足以维系军心！"

随即命人将那十几名曾用刺刀对着他的士兵和三名班长唤来，白崇禧对他们说道：

"诸位弟兄从百色跟我跑到这里，为的是发财，对吗！"

"是！"士兵们齐声答道。

"好，现在我命令你们跟陆老板去拿钱，你们跟他去吧！"白崇禧笑眯眯地说道，他那白皙的脸盘上，表情诚恳而亲切。

"多谢营长！"那十几个士兵和三个班长齐声道了谢，便跟着陆炎去了。

夏威愣愣地看着那十几个前去送死的士兵，向白崇禧问道：

"健生兄，去年你连里那一排兵打死排长，携械叛逃，你率两排人追了三天三夜，追到八角山才把他们追回，你不但不处罚他们，反而向上峰引咎自责，今日这十几名士兵，他们虽心怀不轨，但尚未造成叛变之举，你为何反而把他们杀了呢？"

白崇禧微微一笑，意味深长地说道："此一时，彼一时也！"

夏威哪里知道白崇禧的心计，那时白是马晓军手下的一个连长，一排士兵打死排长叛变，他有着不可推卸的管教不严的责任，即使不被军法从事，也要被撤差的。如果再将追回的几十名士兵予以枪杀，也避免不了受到上峰的追究。因此，他采用了

田南警备军营长夏威

以退为进的手法，将归队的士兵们好言抚慰一番，又主动向上峰引咎自责，请予处分。上司见部队已追回，他又能认错，何能再处分他呢？这样做既得军心，又可得上司的欢心，可以说是一举两得，因而黄绍竑说他是"因祸而得福"。现在，司令马晓军和那位能孚众望的营长黄绍竑都已生死不明，夏威、韦云淞这两位营长是不能与他争上下的，他现在需要建立自己的威望，一种不可凛犯的权威，把这几百人牢牢地控制在手上，以图大举，因此，对这十几个士兵和三个敢于冒犯虎威的班长，是非杀不可的。

不久，陆炎便回来了，他身后跟着一个护兵，扛着一袋子东西，陆炎一见白崇禧便说道：

"老弟，钱我给你借来了，两千银洋，一个不少。"说罢，从护兵肩上取下那个袋子，把一袋白花花的银元交给白崇禧。

白崇禧连数也不数，便交给陈雄道：

"杰夫，这钱由你管着，作行军的伙食费，军衣、军饷，只好到贵州打秋风了！"

"那十几个家伙的脑袋，都被我扔到江中去了。"陆炎轻松地说着，似乎他只是往江里扔了十几粒微不足道的石子一样。

第二天一早，白崇禧率领部队继续北上，渡过红水河，直到进入贵州省境的板坝方才驻扎下来。由于白崇禧治军严谨，一路之上，部队军纪严明，买卖公平，不侵扰百姓，进入黔境后，军民相处倒也融洽。部队驻下后，白崇禧便和夏威、韦云淞、陈雄等商量。白崇禧道：

"我们虽只剩下两三百人，但军中不可无主，现在需要推戴指挥官一人出来负责，请诸位提议。"

原来，在马晓军的模范营中，营长马晓军平时不甚管事，许多事情，诸如练兵、作战之事，多委之于黄绍竑和白崇禧负责办理，因此，黄、白两人事实上成了营中的核心人物，现在黄绍竑不在，白崇禧便是当然的指挥官了。当下夏威、韦云淞、陈雄便推白崇禧为田南警备军指挥官。白崇禧当了指挥官，便着手整编部队，虽然共有人枪不足三百，但仍编为三营的番号，派夏威为第一营营长，陆炎为第二营营长，韦云淞为第三营营长，每营辖三连。整编完毕，白崇禧便向部队训话，分析省内形势，告诉官兵们粤军已向百色进攻，刘日福的自治军不久定会被击溃，我部随时准备反攻打回百色去云云。白崇禧善于辞令，能说会道，经他一番训话，居然鼓舞了士气，官兵们振作了起来。白崇禧便令夏威专管操练，每日三操两讲，竟把这二百余人训练得和正规军一般。安排甫定，白崇禧便偕陈雄、陆炎前往南笼拜会他的保定同学刘瑞棠。

再说黔军旅长刘瑞棠，现时正兼着南笼警备司令，卫戍黔西的安顺、兴义一带。几天前，他已闻报有一支桂军约两三百人进入他的辖区板坝，正欲派兵前去收编缴械，忽报这支桂军的指挥官保定同学白崇禧前来拜见。刘瑞棠眼睛转了转，一时沉吟不语。参谋长忙道：

"我们正要派兵前去缴他们的械，他倒送上门来了。"

"白崇禧是我保定同学……"刘瑞棠慢慢说道。

"司令，这年头还管他什么同学不同学的，父子相杀，兄弟互斗，难道我们见得还少吗？先把白崇禧捆了，将他的那几百人枪收编过来。如司令要念旧日同窗之情，不杀他也可，委他个营长、团长当，不是也显得司令胸怀开阔，重情仗义么？"

刘瑞棠点了点头，对参谋长道："我先会会白崇禧，看他怎么说。你去把王县长请来，要他和我陪客。"

不一会儿，参谋长将当地县长请了来，刘瑞棠和县长便到客厅会客，参谋长则去布置卫队，准备擒拿白崇禧。刘瑞棠偕王县长进入客厅，白崇禧、陈雄、陆炎即起立向刘瑞棠致意。刘瑞棠笑道："健生兄，保定别后，山高水远，你我同学今日有幸相会，真是难得啊！"他也不待白崇禧答话，便喊道："上烟！"

刘瑞棠一声令下，便有几名卫士捧着烟膏盒进来侍候，客厅中摆着现成的烟榻烟具，刘瑞棠邀白崇禧上烟榻用烟，随唤王县长道：

"王县长，请你给我的同学白健生打烟！"

那位王县长唯唯诺诺，毕恭毕敬地来到烟榻前，为白崇禧上好了烟泡。白崇禧却连连摇手道：

"瑞棠兄，我不会吸烟！"

刘瑞棠笑道："入乡随俗，我们这里的规例，'入门三口烟'是敬客的礼貌，不接受就是没有礼貌了，我今特请本县王县长来为你打烟，健生兄休得推辞。"

白崇禧知道推辞不得，便硬着头皮，躺到烟榻上去。那位特地请来打烟的王县长，大概对这种差事已视为例行公事了，他见白崇禧是军人，便按武人抽"武烟"，文人抽"文烟"的惯例，给白崇禧烧了一斗浓重的"武烟"。白崇禧刚吸一口，便觉脑袋昏沉，但为了应付老同学的盛情，又勉强吸了两口，便再也支持不住，一时醉倒在烟榻之上，好一会儿才清醒过来，苦笑着对刘瑞棠道：

"瑞棠兄，我真是无福消受啊！"

刘瑞棠见白崇禧真不会吸烟，便命撤去烟具，邀白崇禧入座饮茶叙谈。白崇禧仍感到头脑有些昏沉，太阳穴发胀，从烟榻上站起来时，忽见窗外站着全副武装的士兵，不由暗中一惊，心想难道刚脱虎穴又闯入魔窟？这年头信义和诺言都比不上一杆枪的分量了，同学之间、友军之间落井下石，收编缴械已是司空见惯。这位刘瑞棠同学现身为旅长兼警备司令，有钱有枪有地盘，对于他这位战败窜入邻省的老同学，难道不会来个顺手牵羊么？白崇禧虽然心中不安，但脸上却非常镇静，应付自如。他知道眼下不但不能让这位老同学吃掉自己，而且还必须从他那里找到吃的。

　　"健生兄此来何干？"刘瑞棠呷了口茶，问道。

　　"我此次赴黔，乃负有重要之使命。"白崇禧边喝茶边答道。

　　"啊？"刘瑞棠放下茶杯，愣了一下，然后笑道，"听说你们的部队在百色被刘日福消灭了，健生兄此来定是入黔避难的吧？"

　　"哈哈！"白崇禧仰头笑道，"瑞棠兄坐镇黔西边境，身为警备司令，何以消息如此闭塞？"

　　"啊？"刘瑞棠仍紧紧地抓着茶杯，有些诧异地望着白崇禧道，"愿闻其详。"

　　白崇禧道："孙中山大总统命令陈炯明总司令指挥粤军入桂，讨伐陆荣廷、谭浩明。粤军已攻占南宁，陆、谭已下野逃亡，孙大总统已任命总统府秘书长马君武先生为广西省长。我部在百色起义归附孙中山大总统，马君武省长委以我部为田南警备军，马晓军为本军司令，我为前敌指挥官。陆、谭残部刘日福等自称自治军，反对孙中山大总统。孙中山大总统已命陈炯明总司令指挥粤军溯右江西上，与我军夹击刘日福部，为诱敌深入，麻痹刘部，我军乃主动放弃百色，消灭刘部，在近日也！"

　　白崇禧分析局势，侃侃而谈，有理有节，不亢不卑，刘瑞棠不得不微微点头。这时，刘瑞棠的参谋长进来，向刘瑞棠打了个眼色，说道：

　　"司令，白君远道而来，我已备下薄酒，请即至后堂入席，为白君洗尘。"

　　刘瑞棠明白参谋长的意图，是在进入后堂之时将白崇禧等捉起来。他忙摇了摇手，对参谋长说道：

　　"我们正谈得入港，不忙！"

　　白崇禧本是个精细之人，那参谋长的眼色，如何瞒得过他？他忙站起来，拉住那参谋长道："请参谋长赐教。"

　　刘瑞棠一来不怕白崇禧跑掉，二来他久居边境深山，对时局感到隔膜，现听白崇禧谈话，颇有顿开茅塞之感，因此，他向参谋长招了招手，示意他坐下。

　　"我此次赴黔，乃奉广西省长马君武先生之命，与瑞棠兄等磋商黔桂联合之议题。"白崇禧谈话奇兵突出，神出鬼没，刘瑞棠和他的参谋长实在没料到白崇禧是奉有广西省长之命的使者，但刘瑞棠想了想，却说道：

"健生兄既是奉有广西省长之命，前来磋商黔桂联合事宜，本人只是区区一旅长兼警备司令，实难决策，还是请健生兄到贵阳去吧！"

"哈哈！"白崇禧又仰头笑道，"难道瑞棠兄就满足于当个旅长？"

"我才疏学浅，兵微将寡，能谋一旅长之职，已感足矣！"刘瑞棠也笑道。

白崇禧正色道："瑞棠兄，我是看在我们同学的面上，才来找你的，我是想为你造就一发展之契机，当今天下汹汹，正是大丈夫建功立业之时，岂可苟安于一隅之地！"白崇禧呷了口茶，轻轻放下茶杯，接着说道："黔省实力，共有五个混成旅，第一旅旅长窦居仁，驻铜仁一带；第二旅旅长谷正伦，驻镇远一带；瑞棠兄之第三旅驻安顺、兴义一带；第四混成旅旅长张春浦，驻遵义、松坎、湄潭一带；第五混成旅旅长何应钦，驻新场、贵阳。卢焘将军虽执黔政，但他是广西人，徒有虚名，不能安定黔局。谷正伦、何应钦正在争短长，袁祖铭和刘显世、刘显潜兄弟欲乘机复辟作乱。据我看来，不久，黔局必将发生新的扰攘变化。瑞棠兄卫戍黔西之安顺、兴义一带，现有之兵力是不敷分配的。好在戍境广产烟土，可大批运出桂境售卖，所获款项，我们可代为购买枪械，瑞棠兄倘能增加步枪数千支，机关枪数十挺，必能随机应变，收拾黔局。"

白崇禧这一席话，正中刘瑞棠下怀，他一把紧紧握住白崇禧的双手，激动地说道：

"知我者，健生兄也！"

当下他们又畅谈了全国和西南局势及将来的行动，气氛十分欢洽，那参谋长借口有事辞出，悄悄将准备逮捕白崇禧的武装士兵撤去。这里，白崇禧仍继续和刘瑞棠会谈。他见刘瑞棠和那参谋长都非常推崇自己的见解，为了提高身份，他遂向刘瑞棠道：

"瑞棠兄，你处可有电台？"

"有一部。"刘瑞棠道。

"我欲将我们商妥的黔桂联合追随孙中山大总统革命之要点，向孙中山大总统、粤军总司令陈炯明、广西省长马君武发电报告。"白崇禧道。

刘瑞棠也欲借此提高自己的身价，忙说道：

"请健生兄即拟电稿，交电台拍发。"

白崇禧当即拟就了致孙中山、陈炯明、马君武的电稿，交刘瑞棠的电台拍发。心中却不免有些好笑，因为孙中山、陈炯明、马君武根本就不知道他这仅有二百余残兵的营长白崇禧到底为何许人也！好在黄旭初自到广西省府担任马君武省长的军事科长之后，已将省府的电台联络密码转告了田南警备军司令部。细心的白崇禧早已记在心中，因此他这三封电报全发到黄旭初处，由善于随机应变的黄旭初妥善处理了。发过电报之后，白崇禧对刘瑞棠说道：

"瑞棠兄，我此次赴黔，使命已经完成，不日将返桂指挥军事，与粤军共同夹击刘日福部，目下尚感军饷军衣有些困难，我们既已达成黔桂联合之协议，可否暂借我军一些饷项、军衣？"

"好，我借给你两万块钱，军服四百套。"刘瑞棠慷慨地说道。

他们又谈了些黔桂边境上的风土人情、历史沿革等闲话，当晚白崇禧、陈雄、陆炎在刘瑞棠的司令部里留宿，刘瑞棠举行盛宴，以久负盛名的茅台酒热情款待他们。第二日，刘瑞棠命参谋长带卫队押运那两万块钱和四百套军服随白崇禧等一同去板坝，这真是雪中送炭了。

却说白崇禧得到刘瑞棠的资助，官兵振奋，士气高涨，在板坝盘桓数日，便决定率部返回桂境的西隆县。夏威说道：

"据探报，刘日福已派潘文经率一团人到达西隆鸦口附近，准备消灭我们。"

白崇禧却轻松地说："据我得到的确实消息，粤军已攻占百色，到达鸦口的自治军乃是早先由百色溃退下来的残部，他们人枪虽多，但人心惶惶，不堪一击，我们此时正好打回去，以图发展。"

陆炎道："此时正是寒冬腊月，新年在即，这里有吃有喝，何不过了年再走，也让弟兄们得个痛快！"

白崇禧坚持道："战局瞬息万变，时不待我，正好号召弟兄们，打回广西境内过年！"

其实，白崇禧的心计，乃是怕在板坝久留，让他的老同学刘瑞棠看出他这个仅有两百余名残兵的"指挥官"的真实面目。再则，返回本省，筹措经费和补充兵员都较为方便，对各方情况也容易了解。至于对百色方面的情况，他的消息是有隔膜的，他之所以说百色已被粤军攻占、到达鸦口的自治军是由百色溃退下来的，不过是为了鼓舞士气所作的一种大胆预测而已。不过他断定，刘日福对南宁方面的粤军是全力以赴警戒的，派到西隆来的必是一小部。现时自己人枪虽少，但士气旺盛，可用奇兵取胜。再者，按照两省边境上来往的惯例，他如此时回去，刘瑞棠将出于礼貌，必派兵相送，更何况他现在的身份已不是一般的军官，而是得到孙中山总统、陈炯明总司令、省长马君武所"倚重"的而又将对刘本人有好处的重要人物呢。白崇禧估计，刘瑞棠起码会派一连兵送他进入西隆，这样自己的实力就不会太单薄了。部署既定，他便派陈雄为代表，第二天到南笼去向刘瑞棠告别。果然，刘瑞棠派兵一营为白崇禧等送行。白崇禧即命陆炎制作一面大旗，上书"黔桂联军"，又自封为"黔桂联军总指挥"，并书写布告若干，以"黔桂联军总指挥"白崇禧的名义发布命令，为绥靖地方，着人预先潜入西隆境内，秘密张贴。一切准备就绪，白崇禧便率领他的"黔桂联军"，一路浩浩荡荡向桂境的西隆县进发。当夜宿营于坡脚，对面即是奔腾咆哮的红河，对河有自治军把守，过了河便是桂境的西隆县了。部队宿营方定，连长张淦忽来见白崇禧，报告道：

"营长……"

白崇禧瞪了张淦一眼，示意他看插在司令部的那面"黔桂联军"的大旗，张淦忙改口道：

"报告总指挥，坡脚不可宿营，请即改换地方。"

"为什么？"白崇禧问道。

"据我用罗盘观测，坡脚之地，阴阳错位，风水上属于凶地，不宜于军旅屯住，否则，必蹶上将军。"张淦道。

白崇禧笑道："'罗盘'，坡脚乃是我入桂必经之地，渡河攻击对岸之敌，地形也颇有利。风水上的事，如你有兴趣，可将你的观测告知本地乡绅，使他们葬祖之时，谨慎考虑。但此事万不可在军中议论，以免蛊惑军心，影响士气！"

张淦见白崇禧不采纳他的建议，遂怏怏而退。

却说坡脚居大山之中，傍红河之岸，时值冬月，天空漆黑，不见星月。黄昏前飞过一阵牛毛细雨，更显夜色浓重，寒风刺骨。白崇禧治军严谨，常有夜出巡哨的习惯，这晚，虽严寒袭人，他仍照例起床巡哨。他带着两名护兵，悄悄出门，天空飘下的细雨，落在脸上，冰冰寒侵，使人分不清那到底是雨是雪。河对岸是敌军的阵地，"叭叭"地不时射来几声冷枪。

白崇禧忙令随行护兵，熄灭手电筒，高一脚低一脚地摸黑巡哨。蓦地，他听到哨位上有人说话，似乎还有光洋发出叮当的响声，前面好像有座茅舍，窗户眼里透出微弱的黄光。白崇禧怀疑是士兵们在赌钱，即忙带着护兵过去抓赌。不想天黑路滑，失足摔了一跤，他只觉得身体往下飞落，仿佛跌入万丈深渊之中，然后重重一击，只感到粉身碎骨，连叫唤一声都来不及，便什么也不知道了。待他醒来之时，只觉得下半身剧痛难耐，仿佛骨头被人用铁锤一节一节敲断了似的，疼痛得浑身直冒冷汗，虽牙巴骨咬得格巴直响，但仍不得不发出痛楚的叫唤。

"总算醒过来了！"旁人不由喘了一口气。

白崇禧睁开眼睛看时，在几支摇晃的烛光中，朦胧看见夏威、韦云淞、陆炎和陈雄等人站在他的周围，他的那副无边眼镜已经摔坏了，也许是头脑昏沉或者是没有眼镜，眼前的人面目有些模糊。

"我到底怎么样了？"白崇禧问道。

"白指挥官，你夜里巡哨，失足摔下两丈余深的悬崖底，经检查，左腿胯骨已经折断了。"正巧刘瑞棠派来送行的那一营部队中，有医官一员，他仔细检查白崇禧的伤势之后，如实报告道。

白崇禧这才感到，他下身的疼痛，确实是从左腿上发出的，但他根本不相信自己会被跌断骨头，硬挣扎着要爬起来，口里叫道：

"胡说，我的腿不会摔断，我要起来——哎哟……"

一阵剧痛，白崇禧刚支起的半边身子又倒了下去，他这才感到问题确实严重，呻吟了一阵，他抬起手腕，想看手表，但他的表已在百色逃跑时丢给了自治军，他忙问韦云淞：

"世栋，现在几点了？"

韦云淞看表答道："现在是下半夜三点一刻。"

白崇禧道："拂晓之前，全军渡河发起攻击，由煦苍代替我指挥，务必攻克对岸敌军之阵地，午后进占西隆县城！"

众人答了声："是！"

白崇禧轻轻挥了挥手："你们不必管我，都回去做好准备。"

夏威、韦云淞、陈雄、陆炎、刘斐等都退了出去，独有张淦低头不语，白崇禧忙唤道："'罗盘'，你还有话要说吗？"

张淦摇了摇头，说道："该说的，我都已经说过了。"

白崇禧心头猛地一震，不觉想起张淦说的"必蹶上将军"的话来，他是个回教徒，对阴阳八卦堪舆之术并不相信。他一向认为，管仲如不生在诸侯纷争兼并的春秋战国时期，不遇齐桓公这样有雄才大略的君主，他注定是一事无成的；诸葛亮如果不生在战乱频繁的三国，不遇盼贤若渴的刘玄德，那他只有在卧龙岗下永远做个散淡之人而老死林泉之下。一个人的命运永远和时代、和际遇、和个人的奋斗紧紧相连，对此白崇禧深信不疑。他才华横溢，又十分自信，"天生我材必有用"，在这军阀割据、混战不已的当今，他是必能施展自己的才干的，而使他常感迷惘的却是他的齐桓公或刘玄德不知在哪里？但眼下系着他的命运的还不是齐桓公或刘玄德，而是拂晓渡河这一仗，偏偏天不作美，让张淦不幸而言中，他摔断了腿骨，无法亲自前去指挥，而让夏威代替自己指挥，他又十分放心不下。因为夏威为人稳重有余，而机智果断不足。如果有黄绍竑在，他倒是放心让黄绍竑来指挥这一仗。现在，却不知黄绍竑这"鸦片鬼"在哪里？或许他的灵魂已经在九泉之下，到阎王爷那儿抽鸦片去了吧！白崇禧心里顿时产生一种惋惜和孤独感。

"'罗盘'，你给我推算一下黄季宽吉凶如何？"白崇禧异想天开地竟要张淦推算黄绍竑的吉凶来，话说出之后，连他也感到诧异。

"连马司令我都早给推算过了。"张淦道。

"马、黄二人吉凶如何？"白崇禧问道。

"马司令退财消灾，黄季宽大难不死。"张淦那话说得简直比铆钉铆在钢板上还牢靠，不容别人有半点质疑。

"啊？"白崇禧笑着不置可否。

"我要诓人，你把我的罗盘砸了，再掌嘴一百下。"张淦道。

"那你再给我推算一下，今日拂晓夏煦苍指挥渡江作战胜败如何？"白崇禧突然问道。

"请稍候，我用罗盘观测过后再来报告。"张淦说罢，便出去拿罗盘观测去了。

不久，张淦跑了回来。白崇禧问道："看得如何？"

张淦面露喜色，说道："敌占西北，我居西南，北属阴，南属阳，阳盛阴衰，此卦大吉。煦苍渡江必获大胜！"

白崇禧摇头道："你所算马司令和黄季宽的情况，可能算准，而言煦苍渡江必获大胜则恐未必……"

正说着，白崇禧感到左腿又剧痛起来，不能再说下去了，医官忙给他敷上生筋驳骨止痛药，他在恍惚之中又昏睡了过去。

白崇禧醒来的时候，忽听床前有人哭泣，他大吃一惊，疑是自己的伤势恶化了，使部下不安。他睁眼看时，只见夏威站在他床前哭，他忙问道：

"煦苍，你怎么了？"

"指挥官，我对不起你，对不起全体官兵！"夏威痛哭流涕。

"什么事？"白崇禧问道，但他心中已有数了：必是战斗失利。

"敌凭险据守，地形对我不利，我指挥无方，渡河战败，损兵折将，阵亡中尉排长一员，死伤士兵十八人。"夏威边哭边报告道。

"胜败乃兵家常事，不必忧虑。"白崇禧安慰夏威道，"你把部队整顿好，全军饱餐一顿，然后安歇睡觉，明日拂晓我要亲自指挥渡河。"

"你？"夏威惊叫道，"你左腿伤势沉重，应当调养，不能前去亲冒矢石！"

白崇禧忍着伤痛，轻松地笑道："反正腿已经伤了，骨头也断了，再让子弹穿上几个洞也无妨！"

夏威不好再说什么，便回去整顿部队去了。夏威刚走，张淦匆匆跑来，双手捧着他那只大罗盘，满脸愧色地对白崇禧道：

"指挥官，我要当着你的面，把这罗盘砸了，自己打自己的嘴巴一百下。"

白崇禧摇手笑道："莫砸了，我这腿不是让你给说中了么，很可能马司令、黄季宽的下落也会让你言中的。以诸葛之智尚有荆州之失、街亭之败，何况你呢！'罗盘'，你马上回去照应部队，做好准备，我明日拂晓要亲自率兵渡河！"

张淦闻言大吃一惊，连连摇手道："指挥官去不得，千万去不得！"

"怎么，你又看出什么名堂了？"白崇禧问道。

"指挥官气色不正，身带重伤，实乃冲撞了白虎星君，出师不利！"张淦直言不讳。

"成败之机，在此一举，便是冲撞了天王老子，我也要亲自去拼一场！"白崇禧狠狠地说道。

张淦默然而退。

白崇禧随即命令护兵，去找来一副山筻，要他们把自己扶到山筻上躺下，医官见了忙问道：

"白指挥官，你要干什么？"

"到河边查看地形！"白崇禧答道。

"寒风刺骨，你腿伤严重，感染了风寒，腿伤更难以治愈。"医官劝阻道。

"不碍事，我多盖点。"白崇禧命令护兵用两条军毯盖到自己身上，然后让他们抬着，到河边看地形去了。

拂晓前，白崇禧命令部队在河边集结。天地一片漆黑，朔风怒吼，林涛翻滚，江水奔腾，细雨夹着雪粒沙沙而下，这深山峡谷之中，黎明前最冷，寒气裹着每一棵树、每一块石头和伫立在河边的每一个官兵。白崇禧躺在山筻里，盖着厚厚的军毯，由两名护兵抬着，从一排排士兵身旁慢慢走过。他咬着牙，强忍着伤痛，对士兵们说道：

"弟兄们，对岸之敌，乃是在百色被粤军击败的残敌，不堪一击。我们要回百色，必须将他们打败！我的腿已经跌断了，但我决心要护兵抬着，跟你们一道冲锋陷阵！"

官兵们闻言，勇气顿时倍增。白崇禧说罢，便由护兵抬着，与渡江士兵登上了第一条出发的木船，后面的十几条木船也跟着同时出发。船抵对岸，敌哨兵发觉，开枪射击。白崇禧卧在山箩里，指挥部队从两翼迅猛攻击。敌军猝不及防，当面防线立即被突破，但他们人多势众，溃退不远便又组织反击。战场附近全是石山，喊杀声、枪炮声震撼山谷，战况异常激烈。白崇禧深知背水一战，只有破釜沉舟死拼到底，方能取胜。他命令护兵一边抬着他，一边高呼：

"白指挥官在此！"

士兵们见指挥官与自己共存亡，一个个遂奋勇抗击敌人的反扑。战至天明，战斗更为激烈，由于兵力不足，白崇禧无预备队可调，便将身旁几名轮流为他抬山箩的护兵也增加到火线上去，仅留那员医官随护。经过一上午的激战，始将敌军击溃。白崇禧忙命将俘虏押来问话，果然百色已被粤军熊略、苏廷有部攻占，刘日福等已四散逃窜，逃到西隆的乃其一部。白崇禧闻言大喜，遂于当日进据西隆县城，发电向各方告捷。送行的黔军一营，即返回黔境。

白崇禧率军重返百色，进至逻里，忽报黄绍竑带着数百人枪在此等候会师。两部官兵，久别重逢，无不欢天喜地。黄绍竑满脸胡须，过来看望躺在山箩里的白崇禧，关切地问道：

"健生，怎么了？"

"腿骨跌断了！"白崇禧苦笑着，"你怎么蓄起胡子来了？"

"蓄须以明志！作为军人，手上拿着枪杆而被人缴械，这是奇耻大辱！"黄绍竑愤愤说道。

白崇禧点点头，又问道："马司令呢？"

"马司令被俘后，由商会出面将他保释出来，他即往南宁，与粤军溯江而上，现时已到百色。我则由烟帮头子刘宇臣说项得脱，遂逃往黄兰一带组织武装。"黄绍竑道。

当下，即在逻里杀猪宰羊，共庆胜利。黄绍竑、夏威、韦云淞、陆炎、陈雄等人，即在司令部内大摆烟榻，吞云吐雾。白崇禧却躺在床上，看着他们抽鸦片，当即告诫道：

"诸位，难道你们都忘了在百色被缴械的情形了，那都是被鸦片烟害的！我们都是年轻有为的军官，要负起救国救民的重大责任，我主张，自今日起，全军上下，实行戒烟！"

　　黄绍竑从烟雾中探出头来，嘿嘿冷笑道："健生，你只知其一，而不知其二，这鸦片烟可以害人，但还可助人哩！"

　　"此话怎讲？"白崇禧问道。

　　"我们在百色被缴械，不错，这鸦片烟起了作用，但我们能够复起在此会师，难道不也是鸦片烟起的作用吗？"黄绍竑意味深长地说道。

　　白崇禧心里猛地一震，是啊，黄绍竑之所以大难不死，是得到烟帮头子的活动，黄绍竑能在短期内组织起数百人的武装，也全靠当地烟帮头子的资助。白崇禧本人与夏威、陈雄等逃往贵州，途中托陆炎去借的两千元也是向烟商打的主意。至于他在南笼向刘瑞棠鼓吹的"黔桂联合"不也是以鸦片烟的销售为前提的么？刘瑞棠慷慨解囊借给他两万元，也大部分是向各帮烟商临时筹借出来的。"鸦片，鸦片，简直是一种神秘的武器！"白崇禧默然说道。

　　"我们要想在广西做大事，就离不开这伙计啊！"黄绍竑挥挥手里的烟枪说道。

　　"哈哈……"夏威、韦云淞、陆炎等都笑了。

　　白崇禧没有笑，他陷入了深深的沉思之中……

第五回

接受改编　李宗仁下山被点验
居心叵测　陈炯明缴炮费心机

　　横亘粤桂两省边境的六万大山，群峰连绵起伏，层峦叠嶂，山势险峻。从山下仰视，宛如一堆堆被旋风掀起的狂澜，直扑云天；从山的最高处鸟瞰，却又像无数毛色杂混的巨牛紧紧地挤在一起，有的站立，有的卧地，形态各异。六万大山，乃是广西最有名的匪巢之一，它与十万大山、四十八峉齐名。山中盗匪出没，打家劫舍，杀人越货，行人闻之，莫不谈虎色变，真是一个阴森恐怖的所在！

　　李宗仁率领的这一千多人开进了六万大山中，只见山中荒芜，庐舍为墟，罕见人烟。四面群峰逶迤，乱石突兀，连一小块可供屯兵扎寨的平地也不易找到。部队走得人困马乏，黄昏时分，李宗仁便下令宿营。各连各排，傍山依谷，就着汩汩小溪，结草为庐，山溪谷旁，升起袅袅炊烟。

　　第二天早晨，李宗仁到各连去察看部队，只见士兵官佐，席地而坐，有摆摊摸牌的，有哼唱下流小调的，有练拳踢腿的，有脱下衣裤捉虱子的，真是五花八门，应有尽有。

　　李宗仁看了，心里顿时烦闷起来，这成什么军队了？这不是上山落草，称王扎寨么？他一边走，一边不觉摇头叹息起来。这时，正躺在一棵山胡椒树下吸烟的一个军官，倏地向李宗仁跑来，笑眯眯地说道：

"李帮统，弟兄们肚子里没什么油水了，何不派人出去打两趟生意？"

李宗仁一看，说话的不是别人，正是那位保定军校出身的连长俞作柏，由于他长着一双诡谲的大眼，作战狠勇却又有些谋略，因此同级官佐便常以"俞大眼"呼之。李宗仁晓得，俞作柏说的"生意"，便是"抢劫"的隐语，便正色道：

"健侯（俞作柏字健侯），我们进山仅是暂避，为权宜之计，绝不是当土匪，怎能做打家劫舍的勾当！"

俞作柏讪笑着，不以为然地说道："这年头，兵匪难分，明抢暗夺，还不是一路货色。"

李宗仁还是断然地说道："我李某人不当土匪，也绝不容许部下去做土匪！健侯，你我皆是军校出身，又身为官长，一定要约束住部下。"

俞作柏见李宗仁不为所动，只好眨了眨那双大眼，怏怏而去。

李宗仁又察看了几个连队，情况都差不多。而且由于黄业兴部队大溃败，部队仓皇逃跑，所带给养不多，李宗仁的部队当然也不例外，因此用不了几天，全军就会断粮，李宗仁十分焦急。这六万大山中，莽莽苍苍，虽说可以采野菜猎野兽充饥，可这怎么坚持得了呢？李宗仁站在一块褐色的石头上，见士兵们在小溪的岩缝里捉山蚂拐，上岩壁采野韭菜，在茅草丛中摘蕨菜苗，心中倒也得到几分慰藉。因为他自带兵以来，由排长而连长，由连长而营长，虽说他刚补上帮统头衔，毕竟也逐步往上升。他平时能严格约束部下，伙食军需一向公开，不吃空缺，打仗时能身先士卒，在林虎军中，倒也颇有些名气，因此在这艰难的非常时期，尚能稳定军心。

"长官，请用餐吧。"

李宗仁的护兵捧着一盒饭、一只猪肉罐头和一瓶桂林三花酒走过来。

李宗仁见了灵机一动，忙从护兵手里接过猪肉罐头和酒，对护兵说道："我到连里和弟兄们一起吃。"说罢，一手提着酒瓶，一手抓着罐头走到伍廷飏的重机枪连去了。重机枪连不是李宗仁的基本营里的连队，对这些新归附的部队，他对他们更为关心。

重机枪连正在开早饭，士兵们端着碗胡乱坐在草坡上，菜盆中全是青绿的野菜。士兵们见李宗仁来了，三三两两地站起来，一个排长跑过来，向李宗仁敬礼，请他训话。李宗仁和蔼地笑着，举着手里的三花酒瓶，亲切地说道：

"我是来和弟兄们一起吃饭的。"说着向士兵们摆摆手，"坐下，弟兄们请坐下。"

李宗仁说着忙将酒瓶拧开，又将猪肉罐头盒打开，走到士兵们面前，说道：

"弟兄们，你们辛苦了，进了这六万大山，没有什么好吃的，这是我仅剩下的一瓶酒和一盒罐头，让我们共同来享用！"说罢，他走到士兵们面前，给士兵倒酒，每人发给一小匙罐头肉。士兵们见了十分感激，连声说道：

"感谢帮统的恩典！"

"感谢长官看得起我们！"

李宗仁笑着，说道："我也感谢弟兄们看得起我！"正说着，他忽然发现在一块大石头下，靠着一个呻吟不止的伤兵，忙走了过去，问道："这位弟兄哪里挂彩了？"

"脚，右边这只脚。"那伤兵有气无力地说着，眼里贪婪地望着李宗仁手上的酒和罐头。

李宗仁放下酒瓶和罐头盒，从衣袋里取出一小盒云南白药，一边卷起那伤兵的裤脚，一边往伤口上敷药，那伤兵含着眼泪说道：

"李长官，你就是我的再生父母呀！"

李宗仁一听，这伤兵的口音好生熟识，忙问道："这位弟兄，听口音，好像你是我的同乡？"

伤兵道："正是，我家离长官家枞头村只有七里路呢。"

"哦，以后有事，你可以直接找我。来，你也喝点酒，吃点肉吧。"李宗仁把酒瓶里剩下的最后一口酒和那罐头盒中的几点肉末，全部给了那伤兵，又去给他打了一碗饭来放在面前，待这位伤兵千恩万谢地端起饭碗之后，李宗仁才回到士兵们那里，也端了一碗饭，和士兵们席地而坐，有说有笑地吃起野菜来。

李宗仁和士兵们一起吃饭的事，很快便传遍了部队。

他这一举动，对稳定动乱中的军心起了很大的作用。可是，天黑之后，俞作柏却气急败坏地跑来报告，说他连中有两排士兵因不满这艰苦的生活，乘黑夜携械逃跑了。李宗仁听了，忙命传令兵去把几位连长请来商议。

"立即派队伍去将他们追回来！"

几乎所有的连长都是这么说，并且都要求李宗仁派他去追这两排逃兵，特别俞作柏喊得最起劲。李宗仁听了，沉思良久，摇着手，说道：

"让他们去吧！人各有志，不必相强。前天我们脱离大队、避入山林时，黄司令和梁参谋长并没派人来追我们回去。现在，有哪个要走的，我还让他走，我李某人当了这些年的下级军官，身无余财，两袖清风，可惜不能发给路费。好在弟兄们手上有钢枪一杆，子弹百发，每杆枪现时可卖两百元，子弹每粒两角，这些加起来，回到乡村，一时倒也不用愁生活！"李宗仁说罢，几位连长都不做声了。俞作柏低着头，脸上直感到热辣辣的。因为对于他连里那两排逃跑的士兵，他是纵容的，原本以为李宗仁会派他去追那两排士兵，他也顺便下山去趁机打两趟"生意"，没想到李宗仁竟如此宽宏大量，不咎既往，作为这连的官长，他心里感到很不是滋味，因此不敢抬头看李宗仁一眼，只是暗暗喊倒霉，跑了两排兵，他这个连长还怎么当呢！

六万大山是不平静的，夜色浓重，猛兽长嘶，毒虫鸣叫，树影草丛，像无数魔鬼向人扑来。查过哨之后，李宗仁回到他的小帐篷里，怎么也无法入睡。夏夜，六万大山中虽然还算凉爽，但是那外号叫"麻鸡婆"的山蚊，竟可以透过蚊帐来袭人。他钻出蚊帐，走出帐篷，野外漆黑，看不见月亮，抬头只见苍穹一角，星星数点，山深谷狭，连天也变得窄了小了。李宗仁轻轻叹了口气，他对自己的前途颇感忧虑。

他出生在距桂林城约六十里的临桂县两江圩，少年时代考入广西陆军小学，上过陆军速成中学，做过小学的体操教员。护国军兴时，投入滇军中做排长，参加过讨伐袁世凯爪牙龙济光的战役，曾负过伤，后来入湘，参加护法战争，再次负伤，由排长、连长而营长，在林虎军中，向有能征善战之名，军中呼为"李猛子"。现在，全军战败，土崩瓦解，他率队遁入深山之中，脱离了黄业兴的部队，今后，他可以独树一帜，这是个绝好的机会。也许，他在一年半载之内，便可以一下跨过团长、旅长、师长这样够他一辈子爬的阶梯，因为由排长到营长，他整整爬了六年。但是，眼下的处境却又使他深感忧虑，因为他实力有限，摆在面前的似乎只有两条路可走：一是沦为盗匪，二是被人收编遣散，但他的"李猛子"的性格，却又偏偏不能走这样的路。他是辛亥革命后投身于军旅生涯的，他的思想与其时的旧式军人不同，他受过较为完整的教育，很想干一番轰轰烈烈的大事业，他是个不愿为命运所屈的人。然而，他的道路又该怎么走？天是那么的黑，又是那么的狭小，深山黑谷，连一条路的影子都没有，他感到极端的压抑，真想猛喝一声，把眼前这些魔鬼一般的山影喝退。

天亮之后，忽听哨兵报告，发现山外有一队人马匆匆朝山里开来。

"莫非粤军知我入山，尾追来了？"李宗仁双眉一扬，随即下达命令，"准备战斗！"

各连各排均做好了战斗准备，李宗仁带着他的基本营，直跑到最前边去。经过一番观察，发现这支数百人的队伍，士兵大都背着枪，只顾往山里走，看样子不像是粤军的追兵，李宗仁忙命人前去打探。不久，去打探的人带着一个下级军官来到李宗仁面前，一问，才知道也是桂军部队，亦是到山中来躲避的，他们一共有两连官兵，枪械齐全。这两连官兵也曾听说过李宗仁的为人，均表示愿意归编李部。李宗仁便把这两连官兵交给俞作柏指挥，俞作柏心中暗喜。后来，又陆续从山外进来些零星队伍，李宗仁把他们都收编了。这样，在他直接指挥下，驻在六万大山中的部队便有约两千人枪。李宗仁感到又喜又忧，喜的是自己部队越来越多，这年头，风云变幻，有枪有人便有势力有地盘；忧的是，部队一增加，本来就紧张的给养更感拮据。几天之后，全军粮食终于告罄，军心开始不稳，李宗仁焦急万分，他明白，如果不及时解决给养问题，他这两千人枪的队伍便会得而复失，用不了几天，他将会成为光杆司令！

李宗仁是三分喜，七分忧，更加辗转难眠。他想了许久，终于想出了个办法。原来，在粤军入桂之前，他曾率全营驻扎在六万大山外的城隍圩剿匪，这城隍圩虽不是什么通衢大邑，但颇多富户，李宗仁驻兵城隍圩时，由于军纪严明，剿匪认真，和当地商绅关系甚好。因此他决定派尹承纲率少数精壮士兵，到城隍圩拜访商绅，请求接济，估计可解燃眉之急。尹承纲带人下山后，到城隍圩去与商绅人士联系，果然一说即合，商会答应帮忙，为李部筹粮，数日之间，全军粮食便有了着落，李宗仁闻之，顿觉大喜。

却说李宗仁在山中又住了些日子，正是"山中方一日，世上已千年"，广西的局势已起了很大的变化。粤军攻占南宁、桂林、柳州等重要城镇后，正向百色、龙州一带追击陆、谭残部，陆荣廷早已通电下野，孙中山委派的广西省长马君武已到南宁视事。在广州的孙中山大总统，正准备由西江上溯漓江，赴桂林着手组织北伐大本营。而陆、谭散在广西各地的部队，除少数接受改编外，大部都潜伏在各地乡村进行游击，对抗粤军。其中尤以武鸣、都安、那马及左右江一带的势力最为雄厚。粤军为迅速平定桂局，正源源从广东开入广西，六万大山下的城隍圩每天都有大批粤军经过。

李宗仁躲在山中，不敢轻易出动。好在军粮这个棘手问题已经暂时解决，眼下不愁吃的，日子虽然过得清苦些，但能保存实力，以待时局，这就算很不错了。但是，他这两千人马蛰伏六万大山中，却又无法遮人耳目，不久，便为驻扎在玉林的粤军陈炯光部探知了。这陈炯光乃是粤军总司令陈炯明的胞弟，在粤军中也充当一个司令，颇有实力。他派人入山传令，要将李宗仁部收编，如果拒绝，便要派遣大军进山，悉数剿灭。李宗仁会见了陈炯光的使者后，忧心忡忡，左右为难，因为如接受陈炯光的收编，势必要被粤军吃掉，这与跟随黄业兴到钦廉去的结果是一样的；如果不接受改编，他这仅有两千人枪的部队是绝难与粤军大部队抗衡的，抗拒的结果，必然被粤军消灭，因此无论是接受改编还是据险反抗，都将有被消灭的危险。况此时粤军在城隍圩已驻有部队，这对李宗仁部队的给养来源亦是一大威胁。李宗仁左思右想，正苦无良策可对的时候，第二连连长尹承纲来了，他对李宗仁道：

"陈炯光的参谋长谢婴白，与我乃是保定军校第一期的同学，我去找他活动活动，收编之事，或有余地可以商量。"

李宗仁听了，那愁云紧锁的国字脸上，立刻绽出几丝笑纹，心想到底是天无绝人之路，忙对尹承纲道：

"你快去吧，请谢参谋长通融通融，使我们渡过这一难关。"

尹承纲道："我明天就下山前往玉林，不过，如果陈炯光坚持硬要收编我们的话，可否提些条件和他周旋？"

"嗯，"李宗仁点了点头，说道，"实力便是后盾，我们如果据险抗击，粤军也得付出沉重的代价，这便是我们讨价还价的筹码。你可对谢参谋长说，如果粤军定要收编我们的话，我有两个条件：一、我部绝不受任何单位收编，我要直属于粤军总部，成一独立单位；二、我要一职兼两省的头衔，不愿直属于任何一省。我就这两个条件，你和他们谈去。"

尹承纲想了想，说道："对，这两个条件好，这样做就可以防止被乱调动而无故被缴械的危险。同时，也可应付时局的变化。"

第二天，尹承纲便带了两名卫兵，下山去了。李宗仁送之到山岔口，直到尹承纲的身影在褐色如带的山间小道上消失，才慢慢返回。

尹承纲一去五天，音讯全无，李宗仁每天都差人到山岔口去探望，但都不见尹承纲的影子。他暗想，尹承纲此去，为何连个信都没有回来？为了应付不测，第六天上午，李宗仁便下令，全军往六万大山的腹地退去，潜伏在大山的更深处，且四周派出便衣游动哨，到处探听粤军的虚实。又等了几天，李宗仁正在忐忑不安的时候，哨兵忽来报告，山沟里有三个人正往这边走，看样子像是尹连长他们。

李宗仁听了忙带着护兵，站在山顶上俯瞰，只见那三个人走得非常急迫，看了好一阵子，李宗仁终于认出了，来人正是尹承纲和他带去的两名卫兵，他心中一块石头终于落了地，只是不知道尹承纲带回的消息是吉是凶，是祸是福。他要急于知道情况，便飞步朝山沟那边奔去。有道是，望山跑死马，虽然他和尹承纲只隔着一道山梁，但他足足跑了一个多钟头，才和尹承纲碰面。

"情况怎样？"李宗仁一边喘气一边迫不及待地问道。

"我早知道你等得不耐烦了，你把部队往深山里一撤，害得我多跑半天路！"尹承纲一边抹着脸上的汗水，一边说道。

"粤军对我提出的收编条件，怎么说的？"李宗仁忙问道。

尹承纲不慌不忙地说道："粤军对我们的条件全部接受！"

"啊？"李宗仁感到有些意外。

尹承纲接着从衣袋里摸出一张纸来，递给李宗仁，笑道："恭喜你，李司令，你升官了，这是粤军总司令陈炯明亲自签发给你的委任状。"

李宗仁接过委任状一看，只见上面写道：

"兹将李宗仁部编为粤桂边防军第三路，任李宗仁为司令。"

李宗仁收下委任状，喜之不胜，忙紧紧握住尹承纲的手，激动地连连说道："这就好办了！这就好办了！"

"陈炯明命令我们，全军刻日开赴横县点验。"尹承纲说道。

"啊！"李宗仁脸上的笑容顿时消失，恰如晴天里风云突变，"他们是什么意思？"

"摸不透，连谢婴白参谋长也说不出个所以然来。"尹承纲摇头说道。

李宗仁一下子觉得拿着的这张委任状成了一只扎手的刺猬，丢了可惜，拿着又棘手。他当然明白，粤军要想派兵来六万大山中缴他这两千人的械，必将付出巨大的代价，而将他诱骗出山、经过长途跋涉之后，走得人困马乏之时，再四周包围强迫缴械然后遣散或编散，那就容易得多了。现在怎么办？是去还是不去？

回到部队驻地，李宗仁立即召开了连长以上会议，商量关于去横县点验的问题。多数人认为，陈炯明居心叵测，我们如果遵命前去横县点验，全军必蹈覆辙，因此反对下山。坚持去的人认为，我军既已接受陈炯明收编，李帮统又接下委任状，如不去横县点验，即是抗不从命，粤军要消灭我们便是师出有名，且对我军今后前途诸多不利，因此不如遵命前去，如果途中遭到包围袭击，全军便与他决一死战。主张不去的人，还认为现时在六万大山中，吃的暂时不愁，不如藏在山中，静待时局，比下山去被人吃掉要好得多。两种意见，争论十分激烈，相持不下，最后只等李宗仁决断了。

"诸位发表的意见，都有道理。"李宗仁站起来说道。

他们的会议是坐在草地上开的，既无桌子也无凳子，大家席地而坐，自由发言。李宗仁在草地上踱了几步，两手叉腰，伫立着仰望六万大山那无边无际的群峰，好一会才说道：

"此去横县，凶多吉少，但坐守六万大山，也非我愿！"

他又踱了几步，回过头来，望着大家说道："冒险是军人的本性，如果不愿冒险，当初我还不如在桂林省立模范小学当体操教员，同时又兼着县立桂山中学的课，同事和学生都对我极好，合计两校给我的薪金，比一个上尉官俸还多四十元。我为什么要跑出来带兵？只因天下汹汹，军阀混战，兵荒马乱，民不聊生，此乃军人用武之时，何不舍此热血之躯，拼搏一场，既可救斯民于水火，又可垂功名于青史！"

李宗仁说得激动起来："诸位，横县道上，终是赴汤蹈火，九死一生，我亦愿闯；六万山中，虽可苟安于一时，但我不愿扎寨称王，也不愿使这两千余人养成流寇！"他那双激动得有些湿润而显得发亮的眼睛，望着大家，斩钉截铁地说道："我意已决，明日整队下山，开赴横县点验，有不愿跟我走的，悉听尊便！"

他说完，特地看了看俞作柏，那俞作柏一双大眼却心不在焉地只顾盯着远处一棵杨梅树，那树梢上，一只羽毛斑斓的五色鸟正在鸣叫着，声音清脆悦耳。

第二天，李宗仁在一个坡度较为平缓的山坡上集合全军，宣读陈炯明给他的委任状，正式就任粤桂边防军第三路司令，并宣布即日开赴横县接受点验。为了严明军纪，李宗仁规定所部官兵，不准侵扰百姓，违者定将严惩不贷。士兵们一听说要离开六万大山，都面露喜色。李宗仁一声令下，全军便浩浩荡荡地开出山去了。

却说李宗仁率领全军下得六万大山来，便向西开拔。这一带是粤军入桂经过之地，时值战乱，加上粤军烧杀抢掠，十室九空，沿途乡村、圩镇的居民早已逃光，因此，李宗仁军经过时，连粮饷也无法筹到。士兵们身上背的粮袋，仍是在山下城隍圩筹到的米粮，一天走下来，粮袋只见瘪下去，看看所剩无几，而陈炯明又不发开拔费，全军衣履破烂不堪，许多士兵，竟赤脚行军，一向注意军容风纪的李宗仁，虽说心中不满，但使他焦虑的却是粮饷无着，前途吉凶未卜。部下官兵们，原来以为归编粤军，离开六万大山那个穷山沟，便可摆脱困境，没想到整天行军，衣食无着，比起山沟里的日子还过得艰难，因此全军怨声载道，牢骚满腹，行行止止，军容不整。走着走着，有的士兵便扔下枪杆，躺倒在路旁，任凭官长怎么呵斥，也不肯起来。那俞作柏又生就一副火爆脾气，见了或则拳打脚踢或则用驳壳枪吓唬。有些不怕死的老油子兵，不是乘机携械逃跑，便是躺倒不起。一次，俞作柏正鞭笞一名倒地不起的士兵，李宗仁见了，忙过来劝道：

"不可鞭打他们，说实在的，我要不是官长，也早就躺下了！"

说完忙扶起那士兵，好言劝道："这位弟兄，我也和你们一样，大半日还没吃饭，你看我这双脚！"

李宗仁穿的是一双破烂布鞋，裸露的脚趾磨起一串串紫色的血泡。那士兵含着泪水，颤抖地站了起来，说道：

"司令，我……我跟你走！"

又走了几日，这一日到达民乐圩，往前，渡过邕江，便是横县县城了。李宗仁加倍警惕，行军大队前方和左、右两翼，均派出搜索部队，严防粤军暗算。大队刚进入民乐圩，忽见前方数骑如飞而来，李宗仁一看，是几位粤军军官，由李部先头部队的连长封高英陪同而来，封连长也骑着一匹马。到了李宗仁面前，封连长滚鞍下马，报告道：

"司令，这是陈总司令派来的点验人员。"他指着一位上校向李宗仁介绍道，"这位是粤军总司令部的张参谋，点验组长官。"

封高英说完，那位上校也不下马，只是挥着马鞭傲慢地命令道：

"奉陈总司令之命，着你部停止前进，就地接受点验。"

李宗仁见那上校军官用马鞭指着他，心中极不痛快，但听陈炯明命他不去横县，心中却又踏实一些了。但是，粤军是否会趁点验之机，猝然包围而缴械呢？李宗仁不得不防，因此这时他也没心思再计较那上校参谋的傲慢无礼，脸上立刻堆上笑容，向那上校参谋说道：

"请张参谋到司令部休息片刻，让我去安排点验之事。"

说罢把那上校和几位粤军军官请进了他的司令部里，由尹承纲奉陪，抽烟喝茶。李宗仁和封高英走出司令部，封高英说道：

"司令，据我刚才派出的侦察人员回来报告，前面邕江已被粤军封锁，戒备森严，现在陈炯明又命我军就地接受点验，我看粤军定会趁我军点验无备，突然包围缴械。"

李宗仁沉思了一下，说道："完全有可能。但是，我军左、右两翼却并未发现敌情，看来粤军阻我渡江的意图似乎仅是提防我军突然袭击他们，因此戒备森严。"李宗仁停了一下，又说道："现在非常时期，什么情况都会发生，我们既已到此，总要接受点验，但要加倍提防。"

说罢，他带着封高英布置点验的事去了。为了防止粤军突然袭击，包围缴械，李宗仁在几个高地上派了观察哨，发现敌情，即鸣枪为号。又派出了十几名精悍的便衣人员，四处侦察，把触角伸得远远的，在点验地点的选择上，他选择了四个有利于部队在发生情况时便于紧急散开、抢占有利地形的高坡，并决定全军分四批接受点验。当这一切都部署就绪之后，李宗仁和封高英才回到司令部。李宗仁对那上校军官说道：

"点验之事已向全军宣布，并已准备就绪，请张参谋前往视事。"

那位上校参谋嘴里哼了两声，屁股却总是坐着不动，接着不住地打起哈欠来，鼻涕口水也一齐来了。李宗仁知道是鸦片烟瘾发作的缘故，鄙夷地看了那上校参谋一眼，但又不敢发火，只得说道：

"敝部从上至下，皆无吸食鸦片烟的习惯，请尹连长到圩上去和商会商量商量，为张参谋寻觅烟榻烟具。"

尹承纲出去不久，便着人抬来了一张烟榻，一副烟具，刚摆放好，那上校参谋便迫不及待地躺了上去，忙着装烟烧斗，一时间，横床直竹，司令部里烟雾缭绕，李宗仁皱着眉头，但又不便离开，只得强忍着坐在一旁。那上校参谋过足了烟瘾，这才从烟榻上爬起来，整整服装，精神抖擞地对李宗仁说道：

"李司令，我要开始点验了。"

李宗仁说道："请吧！"

李宗仁陪着那上校参谋，走出了司令部，到达部队的四个集结地点，李宗仁说道：

"敝部人员装备全部集结在此，请张参谋逐一点验。"

那上校参谋看了一眼，忽然厉声责问道："李司令，请问你部是在接受总部点验，还是举兵叛乱？"

李宗仁这才发现，那四个集结点上的部队都已进入戒备状态，全军依托地形，严阵以待，步枪都上了雪亮的刺刀，德造克鲁伯水凉重机枪和粤造气凉重机枪那长长的子弹带早已卡进枪膛，李宗仁见了也不由暗自大吃一惊。这时，只见封高英飞马而来，跑到李宗仁面前，滚鞍下马，急忙把李宗仁拉到一旁，悄声报告道："司令，邕江上、下游均发现小股粤军渡江朝我军左右两翼开进！"

"啊？"李宗仁猛地抬起头来，只见天边黑压压地聚积起一堆乌云，一道闪电在云层中燃烧，雷声隆隆，疾风飕飕。一场酝酿已久的暴雨，眼看就要到来！

"你看清了，只有小股粤军从我上、下游渡江？"李宗仁随即镇静地问道。

"没错，两股渡江的粤军最多一个连，我亲自前去看过的。"封高英答道。

"这是粤军由县城派出的警戒部队。"李宗仁肯定地说道。

"何以见得？"封高英问道。

"粤军如要攻击我们，他们不会主动渡江，而是令我们渡江，半渡击之，才能重创我军；如粤军欲将我军包围缴械，必选一有利地形四面暗布伏兵，待我军集合时动手，但经过侦察，四周并无伏兵。这说明驻横县之粤军兵力有限，对我军不构成威胁。"李宗仁命令道，"你去传达我的命令，要全军持枪集合，重武器就地架放，立刻接受点验！"

"司令……"封高英不放心地望着李宗仁。

"去吧！"李宗仁挥挥手。

封高英驰马去了，李宗仁赶忙走过来，对那上校参谋赔笑道：

"张参谋，适才敝军进行小小的演习，不必误会，我已命令全军整队接受点验，请吧！"

上校参谋一看，果然刚才伏地卧倒，进行戒备的部队正在列队集会，轻重机枪和山炮已架放在队前，他这才在李宗仁的陪同下，向集合的队伍前走去，开始点验。经过点验，李部共有两千余人，步枪一千零四支，德国克鲁伯厂造水凉重机枪六挺，广东石井兵工厂制气凉重机枪四挺。另有德国克鲁伯厂造七升的五退管山炮四门。点验完毕，李宗仁又陪那上校参谋回到司令部，刚坐下，上校参谋便问道：

"李司令，你部的编制是……"

李宗仁随即答道："粤军总部已给敝军'粤桂边防军第三路'的番号，陈总司令委我为本军的司令，司令之下辖两个支队。支队设支队司令，第一支队司令为李石愚，第二支队司令为何武。每个支队下辖两营，每营直辖四连，每连辖三排。第一支队的两位营长为俞作柏、钟祖培，第二支队的两位营长为伍廷飏、陆超。"

本来，自陈炯明给李宗仁部"粤桂边防军第三路"的番号后，李宗仁虽任了司令，但由于全军久困山中，赴横县点验又走得仓促，因此部队来不及整编，只是为了应付粤军总部的点验，临时和几位连长商量了一下。关于部队的编制，李宗仁颇费了一番心思，如果他司令之下只辖几位营长，那么论实力，他就只相当于团长阶级了。但如果在司令之下，设师长、旅长、团长，粤军总部派人一点验，他的部队仅两千余人，很可能会取消他的"粤桂边防军第三路"的番号，这样既不利于将来的发展，又难以笼络住现在这批部下，他左思右想，绞尽脑汁，才想出在司令之下设两个支队，支队编制灵活得很，可大可小，支队之下再辖两个营，把那几位有能力的连长升为营长，这样做既可应付粤军总部的点验，又可笼络住部下，有利于部队的发展。因此，当这位上校参谋问到编制时，李宗仁便井井有条地说了起来。

上校参谋听后，用那双细小的眼睛狡黠地盯着李宗仁，问道：

"李司令，我们粤军只有军、师、团、营、连、排的编制，你这支队相当于哪一级编制，支队司令是什么阶级？"

李宗仁不慌不忙地笑着说道："张参谋，陈总司令给敝军的番号既不是粤军，又不是桂军，而是'粤桂边防军第三路'，因此理所当然，敝军的编制既不同于粤军，也不同于桂军。"李宗仁眨了眨眼睛，说道："敝军的支队相当于粤军的师，又相当于桂军的军，支队司令也就相当于军长、师长阶级吧！"

那上校参谋听得出李宗仁在讨价还价，便不耐烦地用手指敲着桌子说道：

"我说的是实力，不是空架子，李司令，你部仅有两千余人……"

谈判僵持住了，在门外候着的尹承纲忙笑眯眯地走了进来，向张参谋和李宗仁点了点头，说道：

"张参谋，我们已备好便饭，请你赏脸。"说着又将一大包东西送到面前，笑道，"这是上等云南货，请张参谋笑纳。"

张参谋见了那一大包上等的云南烟土，笑得嘴都合不拢了，遂不再提编制的事，便和李宗仁、尹承纲走出司令部，吃喝去了。

点验既毕，吃喝亦了，张参谋这才命随从打开一只皮箱，露出白花花的银毫，对李宗仁说道：

"李司令，这是总部发给你部的二十天伙食费，计士兵每人每天伙食银二角，官长加倍，请在收据上签字吧！"

李宗仁一看那收据上，总部发给的伙食费明明是一个月，那十天的伙食费，不用说是进了这位张参谋的腰包了，李宗仁敢怒而不敢言，只得忍气吞声签了字。李宗仁随即命令集合全军，当众把这二十天伙食费散发给每个官兵，自己分文不多取，那位张参谋暗暗惊奇，忙问站在身旁的尹承纲道：

"你们李司令一向都是这样的么？"

尹承纲答道："我和李司令共事有年，他从不克扣士兵军饷，不吃空名，军需公开。"

张参谋讪笑着点头道："难得，难得，李司令如此廉洁奉公真是难得呀！"

点验后张参谋回粤军总部复命去了，总部随即命令李宗仁部开驻北流。

北流是玉林五属的一县，李宗仁率军到达北流后，将所部扩为十六个连分驻城郊训练，并随时剿匪。因北流一带土匪经常出没，杀人越货，弄得民不聊生。到北流不久，一天，尹承纲陪着两位军人来司令部见李宗仁。尹承纲现任李宗仁司令部的中校参谋，代行参谋长之职。他把那两位军人给李宗仁介绍道：

"司令，这两位是粤军总部陈总司令派到我军的联络参谋。"

那位上校阶级的参谋睁大一双细小的眼睛，向李宗仁躬躬身子："在横县点验之时，与李司令已相识，今后，望多多包涵。"说着又指着那位中校阶级的参谋道："这位姓刘，是初次与李司令相见。"

那中校刘参谋也向李宗仁躬了躬身子，说道："请李司令多多抬举！"

张参谋接着从衣袋里取出一个大信封，递与李宗仁，显得颇有身份地说道：

"这是陈总司令给李司令的亲笔函件。"

李宗仁见张参谋那副神气，心中老大不快，及待拆阅陈炯明的信后，见陈函委派张、刘二人为该军之联络参谋，今后一切重大事宜，皆得与之商量云云。心想，这是什么联络参谋，与监军何异？内心更是不悦。但他也没说什么，只是望着张参谋诉起苦来：

"张参谋，本军自横县点验后，开赴北流已是一月有余，此前发的微末伙食费早已花光，全军盼饷有如大旱之望云霓，陈总司令把二位派来我部，想来对此必有见地。"

张参谋打着哈哈，说道："李司令，俗话说'靠山吃山，靠水吃水'嘛，军饷为何不可就地筹集，想这北流乃玉林五属之县份，是富庶之区，我军驻此，地方自应供给不误，何敢抗拒？"

李宗仁摇首道："不可，不可，我李某人当下级军官时不但本人不妄取于民，即对部下也严加约束。我今升为本军司令，自驻军北流以来，早已严令全军，不占民房，不派捐税，严禁烟赌，公平买卖。"

张参谋却不以为然地说道："按往昔驻军通例，总是就地取材，派捐包赌，军民也不以为异。"

李宗仁坚决地说道："我驻军北流，决心废此通例。"说着意味深长地看着张参谋："张参谋，到时候说不定连买烟土都没钱啊！"

张参谋只是嘿嘿地讪笑着，心想：我走遍大江南北，还没见过吃素念佛的丘八哩，你嘴上说的比唱的还好听！

张参谋到任不久，陈炯明又派了一位姓胡的镇守使率兵三千驻扎在玉林城内。北流距玉林仅有六十余里，胡部平时警戒森严，且常派人到北流来察看李部虚实。李宗仁心里明白，这支军队是陈炯明专门派来监视自己的，李宗仁心想，陈炯明身为总司令，却心地如此狭窄多疑，给我派来两位坐探一般的联络参谋尚嫌不够，今又派三千人马来监视我，陈炯明如此不相信我，当初又何必接受他的改编！因此每每想自找出路，但又苦于自己兵少力薄，仅能局处北流一隅，寄人篱下，仰人鼻息，心中甚为苦闷。但对部下，他却一如既往，严加管束，各项学、术科训练，每日都抓得甚紧，他常到操场亲自督促，为官兵们示范动作。他的马术、体操、步兵操都是做得极好的，射击、战术动作也精湛熟练，因此官兵们也自是敬佩，部队训练颇有长进。但是，时间一久，问题也就跟着来了。他不派捐税，严禁烟赌，公平买卖，虽颇得民心，但全军生活极端清苦，看看也实在难以维持下去了。特别是那位驻兵玉林监视他的胡镇守使，却公开包烟聚赌，派捐抽税，甚至无理勒索，随意苛求，虽绅商路谤与日俱增，但他的部队自上而下都搜刮得不少浮财，士兵官佐，每日吃喝嫖赌，花天酒地，为所欲为，这对六十里外的李宗仁部队来说，产生了相当大的离心作用。

有一天，俞作柏和伍廷飏、钟祖培等几位营长到司令部来见李宗仁。俞作柏进了司令部，二话没说，解下腰上的驳壳枪，往桌上一丢，对李宗仁说道：

"报告司令，这个家伙，我不要了！"

李宗仁颇感诧异地问道："为什么？"

俞作柏一屁股坐在那张硬板凳上，牢骚满腹地发泄道：

"离此地百多里的桂平县西山，有座龙华寺，香火十分旺盛，司令，你何不把我们全军都带去西山，削发为僧呢？"

"一个月都没有见到一星半点肉了，司令，这样下去，我带不了兵啦！"伍廷飏也不满地说道。

李宗仁这才明白，这几位营长是来发牢骚的。确实，部队生活非常清苦，再这样下去，兵不走，官也要走了，他的部队，他的事业，已经到了生死存亡的关头，能退步吗？蓦地，一场生与死的搏斗场面展现在他的眼前：那是去年夏秋之际，陆荣廷在广东失败，粤军追击桂军。李宗仁所在的林虎第二军在退回广西途中，被粤军李福林、魏邦平部阻于天险莲塘口。那莲塘口险峻异常，在两列高山中露出唯一"出口"，只有两三百米宽。粤军在两侧的山坡上和正面的狭谷中，都筑有工事，架设机枪，居高临下。正是前无去路，后有追兵，形势非常危迫。总司令林虎亲赴前线督战，猛攻莲塘口，终日激战未能攻下。当时担任后卫的营长李宗仁自动请缨，决心为全军杀开一条血路。他当即召集部下四位连长训话，对大家说道："进攻莲塘口是死里求生、义无反顾，这次抢关，势在必得。否则只有全军缴械！"说罢，李宗仁亲率全营五百余人，在峡口前面附近散开。他自己带着掌旗兵和号兵冲在前面。粤军的轻重机枪和步枪猛烈扫射，封锁着这两三百米的峡口。李宗仁命令全营号兵猛吹冲锋号，一声喊杀，全营蜂拥而上，冒死冲锋，一举将粤军阵地突破，终于为林虎军退回广西杀开了一条血路。这一役，李宗仁全营伤亡百数十人，随身的一名掌旗兵阵亡，两名号兵，一死一伤，两名卫兵也伤了一个……

想起这些，李宗仁激动起来，他对几位营长说道："当初，我不愿在六万大山中过打家劫舍的土匪生活，是因为当土匪成不了什么气候，纵使像陆荣廷这样土匪出身的人，虽夺得了广西和广东地盘，但称雄于一时便彻底垮台。我也不愿意当像现在这样一些对民众敲诈勒索、明争暗抢与土匪无异的军队将领，这样的将领虽可拥兵自重于一方，但他的命运也只是过眼烟云！"

那俞作柏本是一个极有野心的人，听李宗仁这么一说，忙翻了翻眼皮，问道："司令，你想做什么样的人？"

"大丈夫当气吞山河，囊括四海，雄视九州！"李宗仁这番话真是碰石出火，落地有声，直惊得俞作柏、伍廷飏、钟祖培这几个营长面面相觑。钟祖培叹了一声，说道：

"司令志气不凡，只是，我们才这么点小小的本钱啊！"他伸出两个手指晃了晃。

"汉高祖刘邦当初位不过一亭长，手中只有一把剑，后来竟得天下！"李宗仁两手叉腰，两眼雪亮，亮得像两把剑。

伍廷飏说道："司令的雄心大志，令人敬佩，我等也愿追随司令，做一番大事业。只是眼下部队饷项全无，眼看就要饿饭了，恐怕再难维持下去。"

李宗仁道："俗话说'人是铁饭是钢，一餐不吃饿得慌'，没有饭吃则百事无成，你们不说，我也清楚。"他沉思了一阵，说道："看来眼下只有这一招了。"

俞作柏忙问道："司令有何高招？"

李宗仁向几位营长招了招手，说道："你们跟我来吧！"

几位营长一时不知李宗仁想出了什么办法，如同丈二和尚摸不着头脑，只好跟着他走。来到司令部西头的一间库房前，李宗仁命守库的士兵开了库房，把几位营长领了进去，他指着枪架上那排列整齐的一批步枪说道：

"这是从各连伤病士兵中缴回库存的一百支闲枪，我决定每支枪配上两百发子弹，折价每支一百五十元，卖给本地防匪团体，估计可得洋一万五千元，充作全军伙食费。"

俞作柏见李宗仁要卖枪，心痛地说道："司令，这是我军的命根子呀，卖掉它……"

李宗仁忙打断俞作柏的话，说道："我军的命根子不是枪杆子，而是民心。自古得天下者先得民心，北流乃玉林五属之一，地方富庶，这块地盘，经营得好，将来可以大有发展啊！这一百支枪算得了什么。"

李宗仁卖枪解决全军伙食费的事，不久便让地方绅商们知道了，他们见李部军纪严明，与民无犯，又勤于剿匪，保境安民，便乐于为李部筹集粮饷，李宗仁终于渡过了这道难关。

却说陈炯明派来的那两位联络参谋，本是为监视李部而来的，他们原以为北流地方富庶，他们又是钦差大臣，大可捞一把的。现在见李宗仁卖枪度日，全军生活艰苦，司令李宗仁一日三餐也是清茶淡饭，平时总是在训练场上和士兵一道摸爬滚打，满头大汗，一身尘土。这两位联络参谋当然过不惯这种生活，特别是那位烟瘾极大的张参谋，每日常常烟瘾发作，鼻涕口水一齐流，可是囊中空空如也，尹承纲也不再笑嘻嘻地送上等云南烟土来了。他便借口回南宁去向总部汇报，一去竟不返了。

可是不久，粤军总司令陈炯明却下了一道命令，要李宗仁将所部的四门德造七升的五退管山炮上缴。李宗仁问其原委，陈炯明函复说因为李部原是步兵，不必有炮，令其即日将炮交出，口气坚决，不容迟缓。李宗仁可以卖掉那一百支步枪，但这四门山炮一旦上缴，他的部队战斗力将大大下降。因此接到陈炯明的缴炮令后，他又行文到粤军总司令部，以剿匪需要为名婉拒。谁知行文呈送上去不久，忽接陈炯明要他即日出发去南宁的电令。李宗仁自忖，此恐与缴炮之事有关，陈炯明居心叵测，如遵令赴邕吉凶难料，便召集部下官佐，开会商议。会上大家认为陈炯明两番下令我军缴炮，而我们都不遵其令，定是疑我将有异动，以电召李司令去南宁为由，乘机扣押作人质，然后将我军缴械遣散，因此南宁绝不可去。

俞作柏还擂着桌子说道："怕他陈炯明怎的，逼得急了，我们就再反上山去！"

钟祖培也道："对，不行就再上六万大山！"

何武也高声说道："我们上山、下山，又闯过了点验这一关，已经脱离虎口，为何还要送上门去？"

尹承纲沉思良久，说道："事已至此，去亦难，不去亦难，去与不去，请司令自决。"

李宗仁想了想，最后说道："如今广西乃是粤军的天下，我军区区两千余人，断难与之抗衡，唯有委曲求全，静待时机。因此，我不如遵命赴邕，见机行事，与之周旋，或可有余地。再者，新任省长马君武先生，与我是桂林同乡，我到南宁，设法拜访马省长，若得他的支持，对我们今后在广西的发展岂不有利？"

李宗仁见部下不说话，知他们为他的安全担心，便笑道：

"诸位，不入虎穴，焉得虎子？"

沉默了一阵，第一支队司令李石愚问道："司令赴邕后，倘或有不测，陈炯明又欲缴我们的械，将如何对付？"

李宗仁答道："古人云'进退盈缩，与时变化，圣人之常道也'，我倘有不测，诸君或战或降或上山，皆可自作决策，千万不必为我而投鼠忌器。"

第二天，李宗仁带卫士一名，离开北流，前往贵县，乘船往南宁去了。

第六回

义正辞严　马省长怒愤贴讣告
语重心长　孙总统赴邕说竞存

　　李宗仁带着一名卫士，由贵县乘船来到南宁，找了一家旅馆住下。歇息了半日，他打听得不少情况。原来，自从粤军势如破竹进入广西后，陆荣廷和广西督军谭浩明、省长李静城等已由南宁逃往龙州。孙中山大总统为了最后一次争取陆荣廷，曾派人由越南到龙州带信给陆荣廷，劝说他归降。可是陆荣廷非但不接受孙大总统的劝告，反而把那位使者给枪杀了。

　　孙中山怒不可遏，命令粤军总司令陈炯明督率粤军，扫荡陆荣廷残部。粤军向龙州、百色、靖西一带追击，陆荣廷、谭浩明无法立足，只得逃往越南，跑到上海去了。自陆、谭走后，广西在政治、军事上已失去统一。同时由于粤军入桂怀着报复心理，纪律极坏，由梧州沿河直到龙州、百色，除了几个较大的城市之外，几乎所有市镇都被烧杀掳掠一空，乡村残破，路有饿莩，惨不忍睹。粤军的暴行激起了广西民众的极大仇视和反抗。桂军残部和地方武装纷纷竖起自治军的白色旗帜，与粤军作战。百色一带以刘日福为首，河池、都安方面以林俊廷、陆福祥、蒙仁潜为首，柳州方面以韩彩凤为首，桂林方面以梁华堂为首，浔州一带以陆云高、张希栻为首，声势十分浩大。

探听到这些情况后，李宗仁心里暗想：广西虽被粤军占领，但鹿死谁手尚未可知，眼下群雄纷争，正是自己大显身手的时候。但他此次来邕，既是奉粤军总司令陈炯明之命，因此自是不敢怠慢，第二天上午，便准备去拜谒陈总司令。

行前，他特地刮了胡子，整好军容，便对那跟随而来的卫士吩咐道：

"我现在要去见陈总司令，如果今夜不归，便有不测。你也不必在南宁等我，可自搭船往贵县回北流去，报告李、何二位支队司令，好生提防，断不可让部队缴枪遣散！"

那卫士跟随李宗仁征战有年，与李宗仁感情颇深，现在听长官此说，眼泪便簌簌地落了下来，不忍离去。说道：

"长官，让我跟你一起去吧。"

李宗仁笑道："你去何用？当然，这是我做的最坏打算，谅必陈总司令也不会拿我怎样的，你放心在此等候好了。"

李宗仁离了旅馆，一人径自向麻雀巷走去，不久便到了陈炯明的司令部门口。门前戒备森严，几名持枪的粤军在守卫着。李宗仁取出名片和陈炯明召他赴邕报告的电令交给卫兵长，请他引见。那卫兵长转身进去，不久便出来对李宗仁说道：

"陈总司令在大客厅接见你，请跟我来吧。"

李宗仁又理了理军容，这才跟着那卫兵长，往司令部的大客厅走去。到了大客厅，只见陈炯明已高高在座，李宗仁忙行了军礼。陈炯明坐着微微点了点头，算是回了礼，接着便说了两个字：

"请坐。"

李宗仁向陈炯明躬了躬身子，便落座在离陈较远的一张单人沙发上，卫兵长给他端来了一杯茶，便肃立在客厅门口。李宗仁双眼迅速扫视了这间厅堂和他的上司一眼。这间厅堂非常宽敞，摆着几张古色古香黑漆发亮的桌椅，四周又放着几盆形态古拙的福建茶和雀梅，正中挂一幅威虎图，那只毛色斑斓的猛虎正对来客虎视眈眈。威虎图两边，挂着郑成功那副名联："由秀才封王，撑持半壁旧山河，为天下读书人顿生颜色；驱外夷出境，开辟千秋新世界，愿中国有志者再鼓雄风。"李宗仁暗想，这位陈总司令看来气概不凡！的确，陈炯明穿着佩有上将军衔的军服坐在那里，显得仪表堂堂，威风凛凛，不过，细看时他的眼睛却显得有些毛病。坐下之后，陈炯明用那双斜视的眼睛看了李宗仁一眼，问道：

"李司令，你部是驻在北流吗？"

"是的，总司令，自从在横县点验之后，职部便遵命移驻北流，履行训练剿匪职责。"

"唔。"陈炯明用鼻子应了一声，也没再接着问下去，却随手端起茶几上那只精巧的褐色小茶壶，慢慢地喝起茶来。

李宗仁感到很不自在，又怕陈炯明追问起缴炮之事，便先发制人地说道：

"总司令，关于命令职部缴炮之事，由于玉林五属一带匪患严重……"

"唔，"陈炯明又用鼻子哼了一声，放下手中那只小小的茶壶，傲慢地把手一挥，打断了李宗仁的话，"这些，我都知道了。不过，那几门炮，你还得交上来，否则……"

李宗仁心里一震，他不知道陈炯明在"否则"之后还要说些什么？是扣留，撤职，缴械？他心里正在忐忑之际，只见一个参谋模样的军官走了进来，见客厅中有人在座，便径自走到陈炯明面前，呈上一纸电文，附耳低声说了几句什么，只见陈炯明把眉头一皱，随即站了起来，对李宗仁说道：

"李司令，你先回去吧！"

李宗仁见状，忖度必有火急军情使陈炯明匆匆结束谈话，他忙起立，向陈炯明行了礼，便由那位一直肃立在门口的卫兵长引着，走出了司令部。李宗仁回到旅馆，那位立在门口眼巴巴正在盼望着的卫士，见长官如此快便回来了，立即高兴地迎了上去，喊了声：

"长官，你回来了！"

李宗仁笑道："回来了，你等慌了吧？"

卫士却问道："陈总司令没留你吃饭吗？"

李宗仁摇了摇头，他这才想起，陈炯明为何不留他吃饭呢？照例，高级长官召见远道而来的部下，总要垂询一些军中情形，随机慰勉训示，然后设宴招待。可是他与陈炯明的会见谈话刚开了个头，陈炯明便中止了谈话，既没留他吃饭，又没定下续谈的时间，更没再提起缴炮之事，三言两语，"唔"了几声，便没了下文。李宗仁寻思一阵，觉得其中必有缘故，遂决定在邕暂时住上几日，看看情况再说。

与陈炯明见面不得要领，李宗仁便决定去拜访省长马君武。因为马省长是桂林人，和李宗仁有同乡之谊，这样会更好说话一些，如能从他那里争取领到饷项，也不虚此一行。

第二天，李宗仁来到省长公署门口，只见许多人正在围观什么东西，有的愤怒指责，有的摇头叹息，真是群情鼎沸，不可遏止。李宗仁见了好生奇怪，心想省长公署这里不知发生什么大事了，他也忙挤过去，想看个究竟。人们见他披着"老虎皮"，有的立即惊惶地走开了，有的却骂得更加起劲，甚至有人竟朝他吐口水。他由于不知就里，也不便计较，只是往前挤去。到了前面，才看清原来大家围观议论的是贴在墙上的一篇讣告。李宗仁刚看了开头几句话，便大吃一惊，那讣告上写道：

"不孝君武，不自陨灭，祸延广西……"

开始他还以为是马省长的父母大人过世，省长公署正在为马省长父母操办丧事呢，可是仔细一看，才知道是马省长用讣告的方式函复省议会。讣告中历数粤军入桂，祸害广西民众的罪行，而对于省议会屡次要求省长出面制止，他却无能为力，惭愧至极，遂向全省父老请罪。李宗仁看过马省长亲笔手书的这篇"讣告"，心情也十分愤慨沉重，但值得欣慰的是，他无论是坐困六万大山中，还是开赴横县及驻兵北流，所部官兵还没有发生祸害百姓的行为。想到这里，他更想去拜会马省长了。他掏出名片，交给省长公署的传达，那位传达见他是军人，料想又是粤军总部的人来找麻烦了，便没好气地说道：

"马省长正在和法国驻龙州领事谈话，没时间接见你！"

李宗仁谦和地说道："我和马省长是同乡，专程来拜望他的。"

那传达见李宗仁说的是桂林官话，态度温和，这才说道：

"你稍等一下吧。"

李宗仁便在传达室里坐着等候，顺便问那位传达："法领事常来见马省长么？"

传达道："自马省长上任以来，法领事已来过两次了。陆荣廷、谭浩明在位时，这位领事每次来，省长李静城都以香槟酒招待，还仍恐不周，但法领事态度却十分傲慢，指手画脚，连陆荣廷都不放在眼里。马省长刚一上任，法领事来谒，马省长只飨以清茶一杯，连支香烟也没有。没想到法领事却非常谦恭，他见了马省长，老远便深深地鞠起躬来。口里连说：'我尊敬的马博士、马省长，您好！您好！'你说怪也不怪？"

那传达正说着，只见马省长已经送客了，他只站在客厅门口，没有下阶送客，那法国领事却向他深深地鞠了九十度躬，然后小心翼翼地离去，李宗仁看得十分真切。那传达趁着空隙，去向马省长禀报有位桂林军人求见。马省长说了声："请。"那传达便跑回来，对李宗仁说道："快去吧，马省长在客厅等着你。"

李宗仁颇感诧异地问道："马省长连秘书随从也没么？"

那传达道："会见宾客，马省长不喜欢用秘书随从，他曾吩咐过我：不论是文武官员或平民百姓，凡有事要见他，可随时通报，他均抽时间予以接见。"

李宗仁点点头，像是对传达又像是对自己说道："到底是孙大总统派来的省长啊！"说着他走进了客厅，把军帽取下，向马省长行了鞠躬礼。马省长忙招呼他坐下，命人送来了烟茶。李宗仁坐下后，便向马省长报告了个人的简历和现在驻扎北流部队的情况。马君武听了满意地说道：

"原来你就是在北流靠卖枪度日的李司令，北流县商会曾向我具函褒奖你治军严明，不侵扰百姓的事。好，很好！像你这样的军人，现在真是凤毛麟角呀！"随后，他把脸色一沉，又说道："入桂粤军，纪律之坏，与匪盗不分，不由使我想起前年桂军在广东时的情形来。如今广西各界人士，每天函电和上门向我告状的，皆不下数十起，如此下去，我这个省长有何面目见广西父老！"

李宗仁见马省长面带愠色，马上联想到刚才在省署门口见到的那张"讣告"，知他为人耿直却又无拳无勇，无法控制局势，心里甚为同情，忙说道：

"马省长，我在北流靠卖枪度日，也是不得已而为之呀，作为一个有良心的军人，在此变乱之际，不能保境安民，已深感惭愧，如再纵容部下祸害百姓，更是天理难容！目下，我部官兵两千余人，衣食无着，请马省长适当拨给军饷，以便维持。"

马君武见李宗仁向他要军饷，顿时皱起眉头，说道："李司令，你有所不知，我虽身为一省之长，但号令不出郭门，省内各地皆为驻军盘踞，无法约束。关于军饷弹械，我是不能接济你的。"

李宗仁听马省长这么说，也知他有难处，便不再提饷项之事，只是说道：

"前些日子，陈总司令曾函电数次，令敝部交出四门山炮。北流一带匪患猖獗，四处村镇皆筑碉楼，如匪伙占据，没有山炮难以进剿。因此，请马省长向陈总司令缓颊，不要再追缴那四门山炮。"

马省长非常干脆地说道："这四门山炮，既是你部用得着，就不必上缴了，陈总司令那边，我去给你说通就是。"

李宗仁见马省长甚忙，又见他愿帮忙说情不缴山炮，便起身告辞。回到旅馆，只见卫士带着一位军官来向他介绍道：

"长官，这位官长有事要见你，已在此等候多时了。"

李宗仁看时，却不认得这位军官，那军官忙说道："李司令，我们刘师长有请。"

说罢便递过一张名片来。李宗仁看了，才知道是原桂军驻梧州巡防队副司令刘震寰请客。原来刘震寰投降粤军后，被封为桂军第一师师长，率部驻扎南宁。他本想取马君武省长而代之，没想到却碰了马君武一个不软不硬的钉子。但他心里明白，无论马君武修了多少条公路，没有军事实力，省长还是做不久的。因此他便极力拉拢、收编各种零星部队，以充实自己的实力，准备取代马君武。李宗仁骁勇善战，他是早就听说过的，现在知李宗仁到了南宁，便很想将李部收编为己用，他打听得李宗仁的住处后，便派副官持名片来请，以便进行拉拢。李宗仁虽没见过刘震寰其人，但知道广西人都把刘呼为"反骨仔"，以示不齿。李宗仁认为他临阵投降，已非军人本色，而在通电中又过度诋毁陆荣廷以取悦陈炯明，心里更是反感。本想把那名片退还给刘的副官，谢绝邀请。但仔细一想，自己这次到南宁，就怀有探听各方情况的目的，既是刘震寰有请，何不与刘一晤，摸摸他的底细。想到这里，李宗仁对那副官道：

"谢谢你们师长的盛情，我也是桂军中人，亦曾想会见刘师长。"

说罢李宗仁便带着卫士，随刘震寰的副官去了。来到刘震寰的司令部，刘震寰本人早已在门口迎候了。论原在桂军中的资格和地位，刘震寰当然比李宗仁高，但现在大家都已投向粤军，又无统属关系，李宗仁也就以友军和同僚身份和刘相见了。刘震寰见李宗仁身体壮实，目光朗朗，相貌堂堂，果是一员虎将，心里暗自赞叹不已。他拉着李宗仁的手，一道步入早已摆满丰盛酒席的餐厅，邀李宗仁在身旁坐下，接着亲自斟满一杯酒递过来，说道：

"德邻（李宗仁字德邻）老弟，你的战功赫赫，我早有所闻，只恨相见太晚，来，今日聚会，我敬你一杯！"

李宗仁将酒饮过，说道："震寰兄，谢谢你看得起我！"那刘震寰本是文人出身，很会说话，他见李宗仁如此说，马上接过话柄说道：

"德邻老弟，现在陆荣廷那老头子和谭浩明已逃出广西，他们是彻底垮台了。至于他们散在广西各地的残部，虽为数不少，但缺乏统属，一盘散沙，成不了多少气候。粤军是客军，他们迟早是要回广东去的，所以，广西的事情，还得靠我们广西人来做。"

李宗仁说道："广西省长不是马君武先生在做着吗？"

刘震寰摇着头说："不行，不行，马君武不过一介书生，又长久在外，在广西没有关系，根基甚浅，而且手头毫无实力，一天只讲修公路，嘿嘿，我看他的精神还有点不大正常哩！"

"嗯。"李宗仁应了一声，并未反驳，却不露声色地问道，"粤军打下了广西，为何还要撤走呢？眼下有这种迹象么？"

刘震寰呷了一口酒，附耳对李宗仁说道："德邻老弟，这点你就没我知道的清楚了。广西已基本平定，孙中山大总统决定兴师北伐，问鼎中原，到时入桂粤军不要被抽去参加北伐吗？"

李宗仁心里豁然一亮，点了点头，对这个情况，他还不知道呢。于是又问道：

"孙大总统的北伐马上就会开始么？"

刘震寰道："快了，据说孙大总统已由广州到了梧州，过不了几天或许还会来南宁，说服陈总司令带粤军参加北伐。"

"啊？"李宗仁眨了眨眼睛，忙问道，"孙大总统要北伐，下一纸命令不就行了吗？为何还要亲自御驾前来说服陈总司令？难道……"

刘震寰三杯酒下肚之后，话就更多起来了，见李宗仁问起，便卖弄地说道：

"德邻老弟，你有所不知，长期以来，孙大总统与陈总司令皆有龃龉。远的就说那民国初年的北伐和'二次革命'，他们就曾政见不一，发生矛盾。近的么，这次粤军由福建回粤驱逐粤督莫荣新，打下广州之后，陈总司令竟然不欢迎孙大总统回粤主持一切，据说后来还是粤军第二军军长许崇智等人发去电报，恳请孙大总统回来的。孙大总统回粤重开国会，组织中华民国政府，被选举为非常大总统，陈总司令又反对孙大总统就职。据说，这次关于出兵北伐之事，孙、陈二人，主张相左，势同水火。"

刘震寰一口气说了这么多，停下来喝了口酒。李宗仁听得十分认真，趁刘震寰喝酒之机，忙问道：

"孙、陈二人之主张有何不同？"

"嗨，你不知道，粤军入桂，打倒了陆、谭，陈总司令为彻底消灭桂军残部，乃溯江西上，驻节南宁，志在从事改革两广政治，然后缓图发展。但此时北方直系曹锟、吴佩孚和奉系张作霖正酝酿大战，据说奉张曾向孙大总统求援以夹击直军。孙大总统则认为北洋军阀中直系势力最强，应先行消灭之，便答应了张作霖的请求，决定出兵北伐，打倒曹、吴，这便是孙、陈矛盾的所在。现时孙大总统已抵梧州，必来南宁催促陈总司令北伐，看来，好戏还在后头哩。"

李宗仁点了点头，刘震寰又说道："如果粤军出兵北伐，广西空虚，陆、谭势必卷土重来，到时他散处各地的旧部便会重新投入其麾下，这就不好办啦。所以我说德邻老弟，我们一定要趁此时扩充实力，控制广西局势，不能让陆荣廷再回来。现在我的第一师兵强马壮，又直属粤军总部，叶举总指挥说，他准备力荐我出任广西总司令，粤军走后，广西不就是我们的天下啦。德邻老弟，识时务者方为俊杰，我们合伙吧，把你那两千人拉过来，你就当我的第一旅旅长好了，我绝不会亏待你的！"

刘震寰说得唾沫横飞，李宗仁却慢声应道："震寰兄，关于归编你部之事，这关系到我军官兵的前途和利益，我虽身为司令，但对此重大问题，还得回去和大家商量。我还是开始时说的那句话：感谢你看得起我！"

其实，李宗仁本瞧不起刘震寰，哪里肯投靠他，此时嘴上不说，内心却想到，你刘震寰非军人出身，原不知兵，我怎么能当你的部属？你那些收编来的部队，全是乌合之众，哪堪一击？你想收编我，我还不愿收编你呢。李宗仁便避开这个问题，又闲扯了些别的事情，挨到散席，便告辞了。

却说粤军总司令陈炯明在召见李宗仁的时候，正谈话间，有一参谋进来，在陈炯明耳边说了几句什么，陈遂中断说话，命李宗仁回去。你道那参谋向陈炯明报告的是何紧急军情，竟打乱了这位粤军总司令召见部下的正常活动？其实，那位参谋向陈炯明报告的并非什么紧急军情，而是孙中山大总统从梧州即将乘舰来南宁的消息。陈炯明闻报，简直比听到十万敌军围攻南宁的消息还要惊惧。他立即中断了和李宗仁的谈话，退入密室，摇着他那把特制的檀香骨纸扇，迈着小方步，绕室而走，想了好一阵，才对那参谋说道：

"立即给梧州孙大总统发电，就说由梧至邕，沿江数百里，匪盗出没，护卫难周，请总统不要冒险赴邕，我当前往梧州拜谒。"

参谋拟好了电文，随即到电台拍发电报去了。陈炯明在密室里还是不断地摇着扇子，两条腿在迈着杂乱的步子，时而驻足沉思，时而抬腿迈步，显得心事重重，惶惶不安。你道那陈炯明既身为军政要员，何以这样惧怕孙中山来南宁？原来，孙、陈之间，一向存有矛盾。粤军打下广西之后，孙中山和陈炯明因战争而暂时掩盖下来的矛盾又爆发出来了。孙中山任命马君武为广西省省长；任命陈炯明为广西善后督办，并拟任他兼任广西总司令。陈炯明认为这是"调虎离山"之计，孙中山要排挤他出广东，对此项任命拒不接受。因此陈炯明进军广西，一心为保存实力，以待时局之变。他曾和湖南赵恒惕一起提倡"联省自治"，又和云南唐继尧暗通款曲，高唱"保境安民"。大总统孙中山因据有两广，后方已靖，适逢北洋军阀内部直、奉两派正在酝酿大战，遂决定与张作霖和段祺瑞结成三角联盟，夹击并消灭把持北京政权的直系曹锟、吴佩孚，因此于本年十月八日提请非常国会通过北伐案；十八日在广州东校场举行隆重的北伐誓师大会，旋即出巡广西。

对于孙中山北伐的决定，陈炯明一直采取拖的态度，他既不公开反对，但也不表示支持。粤军精锐部队都在他手上掌握，孙中山曾多次打电报给他，要他出师参加北伐，他均回电"须俟半年准备"。不久前，孙中山派许崇智的参谋长蒋介石来南宁，和陈炯明商洽北伐事宜。初见面时，陈炯明便对蒋介石说："介石，你在总司令部做过我的参谋，北伐大事，一切都还没有来得及准备，北伐北伐，谈何容易！"蒋介石问道："总司令，你看到底还要多少时间来准备？"陈炯明把手一挥，坚决地说道："半年，没有半年是不行的！"蒋介石看陈炯明的态度，知道再谈下去也无结果，便起身告辞，回到旅馆，当夜便买了船票，下梧州向孙大总统复命去了。孙中山见蒋介石去和陈炯明商谈毫无结果，便决定亲自走一趟，由梧州乘舰到南宁去和陈炯明当面商量北伐问题。陈炯明十分清楚孙中山此行的目的，在孙中山面前他怎么说呢？他深知孙中山是不好对付的。但是，眼下他和孙中山还不能决裂，他们的关系还得在表面上暂时维持下去。他知道孙中山是非要出兵北伐不可的，孙中山要走，尽管让他走，最好是一去不返。陈炯明是舍不得离开两广的，他要经营这块地盘，这年头，没有枪杆，没有地盘，便没有他的一切。他非常羡慕直系大将吴佩孚，人家也是秀才出身，拥兵自重，虎踞洛阳，八方风雨会中州，只要顿一顿脚，中国的土地便要动一动。和吴佩孚比，自己还差一大截哩。为此，他曾密派人赴洛阳，观风向，准备与吴大帅拉关系。此时，他是绝对不能跟孙中山去北伐的，但是，又怎样对付呢？想了半天，他才决定给孙中山发电，以梧邕沿江不安全，座驾舰难以护卫为辞，阻止孙中山来南宁，并说他将亲自上梧州见孙中山。其实陈炯明阻止孙中山来南宁是真，自己上梧州是假，这不过是他与孙中山周旋的一种手段罢了。可是，陈炯明却没有料到，他发往梧州劝阻孙中山不要来邕的电报才发出半日，便接到孙中山的回电，电云：

"南宁尚须镇守，总司令不可轻易离开，吾即日乘宝璧军舰赴邕。"

陈炯明拿着这份电报，简直成了热锅上的蚂蚁。看来，孙大总统对他的心思已经窥破，决心不容他再拖下去了，赴邕之意遂决。梧州至南宁，虽是溯江逆水，但宝璧军舰原是江防司令陈策的座驾舰，速度比一般船只快得多，估计明天不到后天一定到。见了孙中山怎么说？陈炯明在室内走来走去，想来想去，他扔下手中的折扇，抓起那个小巧的褐色茶壶，一边喝茶，一边冥思苦想，皆不得要领，他这个秀才出身的人，仿佛正被岁考的难题绞尽了脑汁一般……

却说孙大总统乘坐宝璧军舰由梧州出发，于十月二十四日上午到达南宁，军舰便停靠在昔日陆荣廷专用的凌铁村码头。陈炯明闻报，只得硬着头皮和省长马君武等文武官员，前往迎迓。孙中山大总统身着中山装，拄着手杖，在胡汉民等的陪同下，走下宝璧座驾舰。孙大总统一登岸，便问陈炯明道：

"竞存（陈炯明字竞存），关于出兵北伐之事，你准备得怎样了？"

陈炯明最怕看孙中山那双火灼灼的眼睛，也最怕孙中山追问他出兵北伐之事，没想到孙中山下舰伊始，便开门见山地向他提出了北伐问题。他知道推脱不得，又不准备做正面回答，沉吟良久，他只是用那双有点斜视的眼睛，看着孙中山的手杖，徐然答道：

"正在准备。嗯，先生，您长途跋涉，一路风雨波涛，也辛苦了，关于北伐之事，改日再谈吧！"

正说着，轿子已经抬过来了，陈炯明忙对孙中山做了个请的手势，说道：

"先生，请上轿吧！"

孙大总统坐上轿子，随行的文武官员有坐轿的，有骑马的，一齐往城里走来。孙中山下榻处是谭浩明的公馆。那谭浩明原是陆荣廷的妻舅，原任广西督军，现时已随陆荣廷逃出广西，他的公馆当然也很有气势。孙大总统在谭公馆门前下了轿，陈炯明正要告辞，却被孙中山一把拉住：

"竞存，现在我们就开始商谈北伐之事，你先不要走。"

陈炯明却说道："先生，您累了，先休息两天再说吧。"

孙中山道："北伐之举迫在眉睫，不能再耽搁了。"

说着，孙中山也不管陈炯明愿不愿意，拉着他便往谭浩明公馆里走。陈炯明无奈，只得跟着孙中山走。到了客厅里，刚坐下，孙中山便说道：

"竞存，我们的革命目的，是要打倒军阀，重建民国。现在，北洋军阀把持着北京政府，我们对其要采取分化瓦解、各个击破的办法。北洋军阀直、皖、奉三个派系，矛盾很深，我们要利用直系与皖系的利害冲突，联合段祺瑞，特别是关外实力派张作霖，三方合作声讨曹、吴！"

陈炯明没有说话，两只眼睛只管盯着茶几上那只正冒着热气的青花瓷茶杯，好像眼前除了这只茶杯外，别无他物。

孙中山见陈炯明没说话，便又接着说道：

"张作霖虽然参加过'反皖倒段'，但在第一次直、皖战争后，奉、皖双方已言归于好，并正酝酿如何推倒曹、吴。与此同时，奉张又与皖系卢永祥联络，双方议定在政治上互相呼应，在军事上攻守同盟。因此，目下我们出兵北伐，与奉张、皖段联合夹击曹、吴正是时机。机不可失，时不再来。广州非常国会已批准北伐案，本月十八日，我在广州东校场已召开北伐誓师大会，北伐军已经组成并正往广西开拔途中，准备取道湖南北上。"

陈炯明听得不由吃了一惊，忙问道："先生的北伐军已经出发了？"

孙中山道："是的，参加北伐的军队，有许崇智的部队、李福林的部队，还有朱培德的滇军，共三万多人。我这次专程到南宁找你，请你将入桂粤军抽出四十个营，参加北伐，由你担任中路总指挥。"

陈炯明心里像被火烫了一下似的，忙摇头道："先生，这不行，广西初定，陆、谭旧部散处各地，尚未肃清，北伐至少要半年之后。"

"半年之后，将失去良机，革命者的本分便是要把握时机，不计个人成败。竞存，你不要再犹豫了。"孙中山仍耐心地说服陈炯明。

陈炯明还是摇着头，但他那斜视的眼睛始终不敢正眼看孙中山，只是低头说道：

"两广甫定，后方不宁，前有强敌，先生北伐，绝难成功。我看，与其以两粤之精华作孤注一掷，倒不如切实整顿两广，待羽毛丰满，再相机北伐不迟。"

孙中山见陈炯明仍不同意出兵北伐，看来再谈下去也无结果，旷日持久，岂不白白浪费时间，时局瞬息万变，错失良机，北伐何日再举？他明白，陈炯明之所以不愿北伐，是怕丢了刚刚到手的两广地盘。为了进行北伐，孙中山决定对陈炯明的要求予以让步，以免造成僵局，他想了想，于是说道：

"竞存，进行北伐，打倒曹、吴，统一中国，重建民国，我的决心早已下定。诚然，战争之道，很难稳操胜券，唯有因势利导，争取胜利。如果我北伐成功，当在北京主持全国政局，不可能再回两广；假若北伐失败，我更加无颜重归两广。因此，无论北伐胜败，两广事宜，我均交你主持，只是希望你千万不要阻我北伐，并请你经营后方，切实接济饷械。"

陈炯明听孙中山不要他出兵北伐，心里这才一块石头落了地，非常恭谦地说道："先生说哪里话来，北伐成功与否，我都会拥护您的。关于两广，这是我们的一块根据地，是要好好经营一番。先生北伐成功，自不必说，倘使失败了，也有个落脚之处，以便发动再举。北伐军队的饷械问题，我一定遵先生之命，尽力接济。"

陈炯明虽不愿率兵北伐，但能答应接济饷械，对此，孙中山也不好再说什么了。他又询问了一些粤军入桂后的战况和目下广西的局势，特别强调军队的纪律要严明，切不可侵扰百姓，孙中山最后说道：

"对于广西各属约有三万的溃兵，必须设法招抚。总之，强盗与民国是不能并容的，今既驱之，则当绝其根株，勿使再有第二次强盗治桂出现。"

陈炯明抬起头来，目光正好与孙中山的目光相遇，他心里一愣，忙避开孙中山那火灼灼的目光。他明白，孙中山说的"强盗"，当然是指绿林出身的陆荣廷等人，但广西民众对于入桂粤军的烧杀掳掠行径，也曾目之为"强盗"的。联想到他本人对北伐的抵制，他不明白孙中山关于"强盗"之说，除陆荣廷等之外，是否还另有所指？总之，他是怀着惴惴不安的心情离开孙中山的住处的。

与陈炯明谈过话之后，孙中山仍未休息，又约省长马君武谈话，他对马省长修公路，进行实业建设的规划，甚为称许，说道：

"建设广西，必须利用外资开发各种资源，但主权决不能为外人攫取。"

马君武点头道："先生说的极是，前不久法国驻龙州领事曾来和我晤谈在广西投资建设之事宜，我亦是如此说的。"

孙中山道："对。此外，还要注意整顿吏治，绥抚地方，务令间阎得享安宁之福，民治有发展之机。"

马君武道："是。不过目下地方不靖，入桂粤军纪律败坏，侵扰百姓之事，层出不穷，君武身为一省之长，不能使广西百姓安宁，上对不起总统之栽培，下无颜报民众之厚望，我想，就此辞职……"

"不！"孙中山摇手道，"你不能知难而退。我明日当对民众演讲，阐述广西善后之方针，唤起民众之精神，上下一心，建设好三民主义之广西。"

第二天，马君武省长在南宁校场召集工农商学各界大会，欢迎孙大总统莅邕。孙中山在雷鸣般的掌声中出现在主席台上，他神采奕奕，向欢迎的人群挥手致意。孙中山见前来欢迎他的人中，大多数竟是工人和市民，他们穿着破衣烂鞋，许多人还赤着脚，但精神却相当的兴奋。孙中山站到台前，举起右手，静默了几十秒钟，欢呼的人群开始寂静下来，孙中山便别开生面地开始了他的演说：

"看看吧，各位穿的衣服都这样破烂，多数还没有鞋着，原因是什么呢？"

听众感到十分突然，他们看看孙中山，又各自看看自己的身上和光着的脚，愕然、惊奇而又莫名其妙，都静静地等着孙中山的解答。

"这就是陆荣廷、谭浩明一班强盗军阀剥削你们，弄到你们生活困难的结果。"孙中山一针见血，说得非常畅快明确，使听众毫不怀疑。他停顿了一会儿，接着又以昂扬的声调说道："革命就是要使工人农民以及各界人士都过好生活。现在广西的强盗军阀已经被打倒，马君武做广西省长，必定要负起这个责任，使人人都丰衣足食。你们是主人，省长是仆人。马省长现在首先要把陆荣廷、谭浩明等存在外国银行的现款设法取回，连同他们在省内的产业都拿出来分给大家，使大家有衣穿，有鞋着。"

听众中响起了雷鸣般的掌声。"孙大总统万岁！"兴奋的民众不断发出热烈的欢呼声。

"南宁附近有很多荒地，各位主人可以马上去开发，入息必定很快就增加，各位的生活会很快地富起来。北伐成功后，我还要来看望各位，到那时，你们将会穿着新衣、新鞋，在此地听我的演讲……"

孙中山的演说再次为听众热烈的欢呼声和掌声所打断。孙中山接着向大家具体地说明了广西善后方针。

演说结束，他便带着省长马君武等官员和十几位民众代表，前往南宁郊外观察荒地，和大家商量规划开荒问题。

孙中山在南宁只停留了两天，于十月二十六日乘宝璧军舰下梧州去了。他准备由梧州上桂林，在桂林组织北伐大本营。

孙中山一走，陈炯明便令粤军总指挥叶举到麻雀巷来见他。照例，他们议事的地方是在那间小客厅里。

"他走了！"叶举把大檐帽脱下挂在衣架上，又把箍得紧紧的武装带松开，喘了一口粗气说道。

陈炯明当然知道叶举说的"他"便是指的孙中山，因为叶举根本不愿在陈炯明面前称呼孙中山为"大总统"，照他的意思，似乎"总统"这个头衔应该加在握有两广实力，而又功勋卓著的陈炯明头上。

"嗯，"陈炯明展开扇子，摇了摇，显得非常轻松自如地说道，"我们，也得准备走了！"

"我们也走？"叶举把双小眼睁得不能再大了，"跟他去北伐？"

陈炯明"嚓"的一声收拢纸扇，冷笑道："北伐北伐，不成饿殍也变流寇，我的神经还不到失常的程度！"

"总司令是说……"叶举望着陈炯明试探地问道，"回广东去？"

"嗯，"陈炯明又"嚓"的一声展开扇子，轻轻地摇了起来，有些飘飘然地说道，"许崇智走了，李福林走了，朱培德也走了，广东是我们的老家，当然不能让它空了。我准备先回广州去，你留在南宁镇守，听候我的命令班师。"

"是！"叶举答道，"他这一走，两广就是我们的天下啦！"

"不必高兴得太早，此事万勿对外泄露。"陈炯明收拢扇子，指点着，告诫叶举。

第七回

粤军班师　李宗仁移防玉林城
迁省梧州　马君武失妾罗泊湾

　　且说李宗仁在南宁盘桓了十几日，除探访旧友同学外，和各方均有接触，对广西乃至广东之局势，多有了解。这时，恰值陈炯明忙于应付孙大总统的到来，自是无暇再顾及收缴李宗仁那几门山炮之事了。李宗仁眼见局势纷纭，他在南宁已经无事，便买好船票，由南宁搭船到贵县，返回北流原防。回北流不久，原驻玉林监视李宗仁的那位胡镇守使，奉命调往广东高雷驻防，李宗仁便趁机请调玉林，仍是认真训练部队和剿匪，军容风纪还是十分严明，所部与历年之驻军自是不同。

　　眨眼间便到了民国十一年的四月，这时两粤局势风起云涌，动荡不安。原来，自从孙大总统由南宁返梧州后，不久便到达桂林，旋即组织北伐大本营。参加北伐的部队除粤军第二军许崇智部及李福林部外，还有滇军朱培德部、赣军彭程万部和黔军谷正伦部等，共有十三旅之众，约计三万人。孙中山任命李烈钧为参谋长，胡汉民为文官长。而陈炯明亲自统率的粤军第一军，除参谋长邓仲元在第一师中抽出三营编成大本营警卫团外，一兵一卒也不参加北伐。陈炯明在孙中山离开南宁的次日，即和粤军总指挥叶举密谋了半日，之后，他就乘船回广州去了。陈炯明因率粤军由福建回广东驱逐占据广东的桂系督军莫荣新，随即又进军广西，将陆荣廷逐出广西老巢，诸役无一不胜，因此一时名噪两粤。他到达广州的当日，便受到各界的盛大欢迎，颇有志得意满之态，又先后作鼎湖、罗浮山之游，以示暇豫。孙大总统在桂林召开北伐重要会议，电请陈炯明赴会，他复电推忙，拒不到会。

孙大总统在桂林部署就绪，即下达北伐动员令，以李烈钧攻江西，许崇智出湖南。但陈炯明自返粤后，对北伐表示消极。由于湖南督军赵恒惕阻止北伐军取道湖南，不久，留守广州的粤军参谋长兼第一师师长邓仲元被人暗杀。孙中山在桂林闻报，深为哀痛，更感后方接济乏人，乃决定改道北伐，先行回师广东。当孙大总统率军到达梧州、肇庆之时，曾两次电召陈炯明前来会晤，想促他表明态度，以实际行动支持北伐。但陈不但不来，反以辞去本兼各职以对。孙大总统震怒，遂于四月二十一日下令免去陈炯明广东省长、粤军总司令及内政部长三职，但仍保留其陆军部长一职，冀望他能醒悟。陈炯明见孙中山将他免去三职，一气之下连陆军部长一职也不要了，于孙中山免他三职的同日，通电宣布下野，离开省垣前往老家惠州，住在惠州西湖的百花洲上，暗中命令他在广州的部队布防于石龙、虎门等地，另密电令尚在广西的叶举率领粤军主力，火速回师广州以应变。

却说李宗仁驻扎玉林不久，便奉到陈炯明由广州发来的电令，令其由玉林移驻贵县，由粤军陈炯光部进驻玉林。李宗仁奉令后，心里好生纳闷，即着人四出打听情况，方知驻扎南宁、桂平一带的粤军正在班师回广东去，人马杂沓，走得非常急迫。李宗仁闻报，不由大吃一惊，暗想目下广西不靖，粤军匆匆离去，广东方面必有大事。玉林地处粤、桂交通之中枢，陈炯明此时电调他去贵县，由其弟陈炯光接防玉林，疑其欲在粤军班师途中乘机袭扰。李宗仁势力单薄，更虑粤军大队在回粤途经玉林之时，以优势兵力将所部包围缴械。这年头，既无公理，更无国法，弱肉强食，早已司空见惯。因此李宗仁不敢怠慢，当夜即令所部撤离玉林，避开大道，专走小路，悄悄开往贵县。他自己则率兵一连，到玉林城外迎候陈炯光前来接防。

天亮之时，大队粤军果然到达。陈炯光乘坐一凉篷小轿，匆匆而来。李宗仁在道旁迎请陈炯光到玉林城里去，以便交接防务。陈炯光也没下轿，只是在轿上对李宗仁道：

"玉林防务，已决定交给罗统领，请李司令在此等候罗统领前来接防。"

陈炯光说完之后，便命抬轿兵赶路，又匆匆而去。李宗仁看着大队粤军，人不歇步，马不停蹄，走得甚为匆忙，他也不知那位罗统领现在何处，只是感到在此多待一刻，便多一分危险，他见陈炯光的凉篷小轿已经远去，忙率自己这一连兵，折向小道，追赶自己的部队去了。

却说李宗仁部下的营长俞作柏，平素作战勇敢，却又胆大妄为，李宗仁爱其骁勇善战，却又恨其难以驾驭。部队久困北流，日子过得艰苦，俞作柏心里早已闷得发慌，眼下移驻玉林不久，又往贵县开拔，平时李宗仁管束得紧，俞作柏无法擅自行动，现在李宗仁尚在玉林，又见大队粤军急急忙忙往东南方向开拔，队伍不整，戒备松懈，他心里不由感到痒痒的，手上也感到痒痒的。

"捞他一把！"俞作柏把那双大眼一眨，便暗自下了决心。但转念一想，此时不知李宗仁离开玉林了没有，如果李宗仁还在玉林正和陈炯光交接防务，他在这里一打，虽然可捞上些枪械，但却要把李宗仁赔进去。尽管俞作柏不怎么瞧得起李宗仁，但眼下这支部队除了李宗仁之外，也没有什么再合适的人来当头了。没有李宗仁，部队便会星散无存，他区区一营人马，更是独力难支，为了自身利益，他也不能把李宗仁赔进去。俞作柏想了想，看看时间尚早，地形亦不理想，便只好按捺着那乘机捞一把的心思，再等个机会。又走了一程，来到一个险要的隘口，此处离兴业县城有二十余里，是个打伏击的理想地形。因李宗仁命令部队专拣小道走，避免和大队粤军相遇，以防不测。因此俞作柏他们此时是从小道绕过隘口，而大队粤军却是从大道上急急通过隘口，并未派出搜索部队沿隘口两侧警戒搜索。俞作柏看了，"哈"的一声笑了起来，一双大眼里溢出喜色，仿佛一位猎者见猎物闯进了预设的陷阱，只待他下手去捉了。此刻，他也顾不上李宗仁还在不在玉林了，他所担心的只是李宗仁赶上部队，严令制止他捞这一把。俞作柏点上支香烟，猛地吸了几口，即令自己这一营人马停止前进，他对支队司令李石愚说道：

"李司令在玉林交接防务，却还不见回队，我营在此接应司令如何？"

支队司令李石愚也正担心李宗仁的安全，见俞作柏如此说，便同意他留下接应李宗仁。俞作柏抽完那支烟，见李石愚已率队远去，即令所部抢占隘口两侧地形，布下火力网，专打那走得困乏的粤军后队。不久，便见一队粤军缓缓走来，一顶轿子杂在队伍中间，士兵们大都背着枪，几乎每个兵都背着或提着抢掠来的百姓的东西。有的抓着"咯咯"叫唤的老母鸡，有的抬着"哇哇"嚎叫的大肥猪。俞作柏那双大眼睁得像铜铃一般，看得十分真切。他一声令下，隘口两侧的步枪和机枪猛扫，炽烈的火网，打得粤军猝不及防，当即便死伤几十人，那些没被打死的，慌忙丢下手上的老母鸡和肩上抬着的大肥猪，连枪支和辎重也顾不上要了，连滚带爬，慌乱逃命。那队中乘坐轿子的军官，吓得急忙跳下轿子。开始他还以为是碰上了土匪劫道，正欲指挥部队还击，但见伏击者火力猛烈，指挥沉着，断然不是一般匪徒或民团，又不知对方有多少人，一时手足无措，部下混乱，无法应战，便弃轿落荒而逃。

俞作柏打了一阵，解了馋，他也不追击溃逃的粤军，只是命令部下，前去收取粤军丢弃在隘口道路上的大量枪械财物。士兵们缴获了那顶支着凉篷的轻巧小轿，抬来问他如何处置。俞作柏"哈"的一笑：

"老子打瞌睡，他就送顶轿子来。"

说罢忙爬上小轿躺起，随即命令两名精壮士兵，一前一后抬着，大摇大摆地径自往贵县方向而去。李宗仁的安危如何，他早已置之脑后，走了一阵，那小轿上便响起了粗粗的鼾声……

却说李宗仁带着队伍，离开玉林后便急急追赶大队，这晚到达兴业县城宿营。忽听人说，白天他的部队在离县城二十里的隘口设伏，袭击了粤军的后续部队，缴获大批枪械。李宗仁听了大吃一惊，心想幸亏他没有听陈炯光之言在玉林等候罗统领，否则后果不堪设想。他早已明令所部，不得与粤军接触，到底是哪一位部下敢如此胡来？想来想去，只有俞作柏，李宗仁怀着七分庆幸、三分谴责地骂起俞作柏来：

"俞大眼这家伙，几陷我于不测！"

第二日，李宗仁到达桥圩，又住了一宿，当夜无事。可是早晨起来，正要上路，却见一骑如飞而至，一位骑马的军官来到李宗仁面前，一边滚鞍下马，一边气喘吁吁地报告道：

"报……报告司令，俞作柏营长昨……昨夜在贵县罗泊湾，袭击马省长的……船队，打死马省长……的妻妾……部属十几人。马……马省长大发雷霆，骂长官忘恩……负义，骂俞作柏营长……目无上官，骂……李石愚司令不约束部下。李石愚司令，命我前……前来向长官禀报！"

李宗仁听了，这一惊非同小可，两只眼睛睁得老大的，嘴里连连不断地重复着几个字：

"糟极了！糟透了！……"

仿佛顷刻之间他除了这两句话之外，什么话也不会说了一样。左右见他目瞪口呆的样子，吓得谁也不敢作声。部下们见过李宗仁在生死关头从不皱眉，他那方正的国字脸上，除了刚毅慈和的表情外，极少见到惊恐和愤怒，他严于律己，宽以待人，勇敢沉着，临阵不慌，遇事不乱。可是今天他却一反常态，第一次在部属面前露出惶恐和震惊，而引起他表情失态的又并非全军陷于重围，或遭覆灭之虞，只不过是他部下的一位营长袭击了无拳无勇的马省长的船队……

"司令，俞营长此举虽属不轨，但也用不着如此震惊……"一位参谋忙劝道。

"你懂个屁！"极少辱骂部属的李宗仁，这时竟用皮鞭指着那参谋骂了起来，"俞作柏前天虽违令伏击了粤军，但广西民众本来就痛恨那帮烧杀掳掠的广东佬，打一下也不要紧。而昨天他打的却是堂堂正正的马省长，马省长乃国内外知名人士，又是孙大总统亲自任命他为广西省长的，俞作柏此举，岂不与土匪无异，我李某人岂不成了土匪头，今后何以在广西做人！"

李宗仁一口气说了这许多，左右才知事态确是不同寻常，不由都埋怨起俞作柏来。李宗仁气得目眦尽裂，转而又大骂俞作柏：

"他妈的俞作柏，昨天你差点害死我，今天又在我脸上抹黑，你你你……你真不是人！"李宗仁骂过一阵之后，肚中怒气犹未尽散，却见李石愚差来向他禀报情况的那位军官仍立正站在旁边，等待他处置此事的命令。李宗仁一想兹事体大，但又弄不清楚为何马君武省长坐船到达贵县，是马省长出巡各地，还是前往广州述职途经贵县？但不管怎样，既然俞作柏已经肇事，作为全军主将的李宗仁，他必须迅速赶到现场，尽可能妥善地处理好这一桩棘手的事件，否则他的名声便将扫地。李宗仁明白，陆荣廷之所以能独霸两广，那是因为他在"护国讨袁"之中捞到了一个好名声，陆荣廷之所以失败得这么快、这么惨，那是因为他反对孙中山，得了一个坏名声。这年头，虽然有枪便是草头王，但是没有一个好名声，也成不了大气候。"不患位之不尊，而患德之不崇。"李宗仁一向推崇这句古之名言。

"叭"的一声，李宗仁挥起马鞭，将他的坐骑打得飞奔，他随后急追奔马，"嗖"的一声，一个利索的体操跳跃鞍马动作，两手往马臀上一按，身子便飞上马鞍，在臀部着鞍的同时，两腿将马肚子一磕，一紧缰绳，策马疾驰而去。那从贵县奉命专程前来报告情况的军官和李宗仁的数名卫士，也纷纷跨马，随李宗仁往贵县奔驰而去。

原来，当陈炯明密电粤军总指挥叶举把驻扎在南宁、桂平一带的粤军悉数开回广东时，散处广西各地的陆、谭旧部及各种名目的土匪打着广西自治军的白旗，以林俊廷、蒙仁潜等为首，见南宁空虚，遂乘机向南宁进逼，欲占据省城，自立为王，号令八桂。陈炯明命令粤军班师回粤时，曾任命刘震寰为广西善后督办，令其与粤军黄明堂部共守南宁。刘、黄所部仅有几千人枪，且又是粤桂军中的杂牌部队，实力单薄，只蜗缩于南宁附近，不敢出击。南宁城外，枪炮连天，四处是自治军的白旗，南宁城内，人心惶惶，一夕数惊。省长马君武见南宁城防空虚，朝不保夕，一筹莫展，每日只是在家中坐着喝闷酒。他那位年轻美貌多才多艺的爱姜文蟾，很是体谅他的苦衷，每日侍立左右，怀抱琵琶，抚琴低唱，以此消愁。这一日，马君武照例在后堂喝酒。他情绪沮丧，衣冠不整，左手支着下巴，用暗淡的目光盯着杯中之酒愣愣出神。孙中山大总统出巡南宁，说服陈炯明出兵北伐未果，他已看出孙、陈之间芥蒂之深已无法消除。而现在陈炯明不但不应允出兵北伐，且在广西尚动荡不安之时，竟将粤军悉数调回广东，马君武预感到两广又将陷入分裂和战乱之中，孙中山先生领导的革命事业亦将面临深重之危机，他虽忠于孙中山先生，但系一无拳无勇之文人，报国无门，尽忠无路，眼见桑梓残破，父老遭灾，他受孙中山大总统之命，出任广西省长十个月，虽胸怀大志，却只是修了几公里的公路，也许，这便是他掌桂十月的唯一硕果了。

"唉！我马君武生不逢时，满腹经纶，一腔热血，竟连个广西也治理不了！"

马君武一杯酒下肚，又是摇头，又是叹息。文蟾忙为他斟满酒，低声说道：

"先生，且听我唱一曲罢！"

文蟾把那纤纤玉指在弦上一拨，那琵琶声声，竟似漓江的潺潺流水，她低声唱了起来：

莫使舟行疾，骊歌唱未阑；
留人千尺水，送我万重山。
倚烛思前路，停樽恋旧欢；
漓江最高处，新月又成弯。

最古桂林郡，相思十二年；
浮桥迷夜月，叠嶂认秋烟。
同访篱边菊，闲乘郭外船；
为寻诸父老，把酒说民权。

文蟾婉转优美的歌声带着淡淡的哀愁，不但未使马君武那沉重忧愁的心绪平静下来，反而使他更感到压抑，仿佛文蟾那琵琶上的每一根琴弦，都揪着他那颗拳拳之心。文蟾唱的这支歌，乃是马君武十年前作的一首《别桂林》。那时，南北议和告成，南京政府撤销，马君武回到桂林，组织中国同盟会广西支部，然后他离开桂林乘船东下去上海，这首《别桂林》便是他在舟中时所作。此刻听到文蟾唱起，回忆往事，真是百感交集。他把杯中的酒一口喝尽，把杯子往桌上重重一放，慨叹道：

"把酒说民权，十年过去了，民众何权之有？！"

这时，门房来报："军务科长黄旭初来见大人。"

"请他来吧！"马君武点头道。

门房把黄旭初引至堂中，马君武向黄旭初招手示意，请他入座。黄旭初中等身材，眉毛浓而短，一对微陷的眼窝中藏着两只机敏的眼睛。他向马君武躬了躬身子，然后谨慎地在马君武对面的一张沙发上落座。

"省长，目下南宁防务空虚，恐难久持，应速采取应变之措施。"

马君武沉吟半晌，对黄旭初道："旭初，你是管军事的，在广西也有多年，你对此有何良策？"

黄旭初悄悄看了马君武一眼，见容貌绝美的文蟾仍抱着琵琶侍立一旁，一种不祥之兆跳入黄旭初脑际，使他蓦地想起《霸王别姬》的古曲来。他是个精明而又性格内向之人，喜怒哀乐皆不形之于色，他知大势已去，马君武连同这短命的省政府很快要消逝。现在，他想得更多的是自己个人的出路，而不是这行将覆灭的省政府。他陆军大学毕业后，曾在马晓军模范营充当过营副，与黄绍竑、白崇禧、夏威等人共过事。他深知模范营人才济济，纪律好，战斗力强，在当今乱世之际，正是用武之时，而马晓军此时又在恩隆就任了马君武委任的田南警备军第五路司令，何不请他把部队开来南宁，自己也好有个依靠和退路。黄旭初便是怀着这种打算来见马君武的。

"省长，眼下南宁被围，守城部队兵力单薄，需得生力军前来方可解围。田南警备军第五路马晓军部之战斗力在原桂军中属上乘，何不将其调来拱卫省垣？"黄旭初向马君武建议道。

"好吧，你就以我的名义给马晓军发电，令其率部速来南宁。"马君武点头道。

黄旭初起身告辞，即去给马晓军发电报去了。过了几日，马晓军独自一人来了，他是到南宁来观看风向的，因为恩隆周围全是自治军，部队开拔不易，到了南宁，又被自治军围困，马晓军见形势险恶，又得知守南宁的刘震寰和黄明堂欲弃城退往广东去，他知自己在广西独力难存，便也想跟刘、黄去广东，因此，到南宁后，马晓军便急电尚在恩隆掌握部队的统领黄绍竑，火速率队开来南宁，他则留在南宁等候黄绍竑。

再说马君武省长见南宁局势恶化日甚一日，马晓军所部又不知何日才能开来，而守城的刘震寰、黄明堂部队已呈不稳之势，马君武深感自己对于广西局势已无回天之力，与其株守孤城待毙，不如将省府迁往梧州，背靠广东，尚可进退。因此便决计到梧州设立省长公署。为了不使南宁人心更趋动荡，马省长只以出巡为名，命卫队营长卢象荣备好电船数艘，暗载其眷属，省公署部分职员，带上库存的几万元现款，在卫队营的护卫下，沿邕江悄然东下，往梧州去了。黄旭初见马君武没有根基，广东方面人生地不熟，沿途安全又无保障，因而不愿随其东下，但又怕南宁城破之时被自治军囚杀，便在马君武离邕的当日，化装到一位朋友家中藏匿起来，以观时局之变。

却说马君武带着几艘电船，顺风顺水东下，一路又有卫队戒备，倒也平安无事。这一日傍晚，便抵达贵县县城。此时正值春夏之交，汛期未到，水小河浅，电船不能夜航，只好在县城下游约一里处的罗泊湾对岸河面停泊过夜。

暮色苍茫，烟霭迷蒙，江上寂寥，这一向被视作桂东南通衢大邑的贵县，宽阔的西江却无舟楫，两岸人家，房屋残破，商旅绝迹，似乎只有几条惊惶的狗犬在寻觅食物，大军过后，一派劫后萧条而落寞的景象。卫队营长卢象荣站在船上观察良久，向马君武道：

"省长，当此兵荒马乱之时，船队在此停泊过夜，恐有不测，我看不如冒险摸黑顺水慢行，还安全些。"

马省长走出船舱，看到暮霭中有部队行动，忙问道：

"此处是何人防区？"

卢象荣道："原为粤军杨坤如部驻屯，杨部前日已拔队往广东，现在可能是李宗仁的部队驻防。"

马省长一听说是李宗仁的部队驻在贵县，遂放下心来，说道：

"李宗仁曾到南宁见过我，对我十分敬重，我们又都是桂林同乡。陈炯明曾要收缴他的四门山炮，是我从中说项，陈炯明遂免缴李宗仁部之炮。这次粤军班师回粤，有人密报李宗仁将在玉林异动，陈炯明为此电令叶举在回粤途经玉林时，将李部包围缴械。我得知此事，即电陈炯明，谓李宗仁与我有瓜葛亲，可保证李无异动，陈炯明采纳我建议，取消了将李部缴械的命令，只令其从玉林移驻贵县。李部既到贵县，我们在此暂宿一宵，安全绝无问题。"

卫队营长卢象荣见马省长如此说，又曾听闻李宗仁为人厚道，所部纪律严明，也想不会出问题，遂不再提起船队摸黑夜航之事。马省长想了想，又对卢象荣说道：

"我们既到此夜泊，应当与李宗仁的部队知会，以免发生误会，你上岸去和他们打一下招呼吧，如果李宗仁在贵县，你可请他到船上来见我。"

卢象荣领命，便带着两名卫兵离船登岸，一打听，果然驻军是李宗仁的部队，李部新近由玉林移防而来，先期到达的是第一支队司令李石愚所部，李宗仁尚在来贵县的途中。

卢象荣又打听到李石愚手下的营长俞作柏乃是保定军校同学，心中不觉大喜，便径自找到俞作柏营长的驻地，会老同学去了。两人一见，卢象荣便说道：

"健侯，马省长已抵贵县，电船停泊在罗泊湾，特派我前来与贵部知会，我们明日便下梧州。"

俞作柏听了，两只大眼睁得老大，两颗眼珠迅速一转，"哈"的一声笑，说道：

"好呀，既是马省长驾到，何必急急到梧州去，请他登岸多玩几天，岂不更好。此地有座南山寺，倒也值得去一游。再说这远近闻名的贵县大红莲藕，恐怕马省长还未品尝过哩。"

卢象荣摇头道："时局不宁，马省长心急如焚，想趁早到梧州去组织省长公署，以便尽快办公。"

俞作柏把两只诡谲的大眼眨了眨，说道："既是马省长要急于下梧州去办公，我等也不便强留他。你我本是保定同窗，戎马倥偬，难得此地一会，今天由我做东，我们喝几杯，叙谈叙谈吧！"

卢象荣见俞作柏一片热心，心想俞作柏是李宗仁部下，又和自己是保定军校同学，在老朋友老同学处歇脚，难道还不放心吗？便爽快地点头答应了。此时，夜幕已经降临。俞作柏命勤务兵端上菜肴，就在营部设宴，款待卢象荣。席间，俞作柏招待非常殷勤，一杯又一杯地给老同学敬酒，还不时说起军校时的同窗生活，席间气氛显得非常亲切而热烈。卢象荣渐渐有些醉意，话也多了。俞作柏一边喝，一边说道：

"马省长此次由邕赴梧，沿江水路，极不安全，老兄你这卫队营长的担子可不轻呀！"

卢象荣道："是呀，因为南宁待不下去了，马省长才准备到梧州设立省长公署，省库现存的五万多元毫银，马省长也带在船上哩，我这个差事，真不好当呀！"

俞作柏那两条粗眉往上耸，两只大眼已经发红了，酷似贪婪赌徒的眼睛一下子窥见了大笔银钱。他禁不住"哈"的一声笑，又给卢象荣斟满一杯酒，有些心动地说道：

"老兄，你何不回去向马省长美言几句，让我率部护送你们到梧州去。"

卢象荣虽在醉中，心中却倒还有些清醒，他觉得跟着马君武当个卫队营长，难有出头之日，如能把俞作柏这一营人拉上，他便可向马省长建议成立一个省府警卫团，他当团长兼一个营长，另一个营长由俞作柏来当。想到这里便说道：

"好呀，健侯兄既是愿跟马省长，那可是跟对了主，马省长深得孙大总统信赖，日后保你官运亨通。"

"多靠老兄提携，来，为感谢你的盛情，我再敬你一杯！"俞作柏又给卢象荣敬了一杯酒。

他们一直喝到夜里九点多钟，卢象荣此时已烂醉如泥，不省人事。俞作柏忙命卢象荣带来的两名卫兵搀扶着卢象荣，又命自己的一名勤务兵提上灯笼，送他们回船。俞作柏待卢象荣一走，立即传令全营，秘密开赴罗泊湾，神不知鬼不觉地将泊在江中的马省长的船队包围起来。此时正是农历四月初七夜，半只月亮半明半暗地悬在天际，江湾里电船上的灯火影影绰绰，江风湿润而清爽，江水潺潺，静谧极了。

俞作柏亲自率领部队，潜至江边，观察了一阵，见几艘船上均无戒备，大部分人已经入睡，值班的几个人正在打着麻雀牌。俞作柏心里暗喜，"哈"地差点笑出声来，他一挥手，狠狠地吼了一声：

"打！"

静谧的夜里立即爆发一阵惊雷，两边岸上以猛烈密集的火网撒向泊在江湾里的那几艘电船上。正在打麻雀牌的值班卫兵立即中弹身亡，船上的灯火全部被击灭，子弹飞蝗一般或在江水里咕咕作响，或在船身上叮当乱撞。马君武省长和随员们被枪声惊起，以为是土匪袭击，惊惶不已。卫队营长卢象荣此时正在酣睡之中，侍卫兵将他从梦中摇醒，他被这突如其来的打击惊得酒也醒了，忙命令卫队开枪还击，那些毫无准备的卫兵们，仓猝中举枪乱放，船上船下，弹雨横飞。俞作柏见船上开枪抵抗，狠狠地骂了一声娘，随即命令全营数百支轻重火器，集中猛扫中间那艘大船。那大船乃是马君武省长的座驾船，此船装饰华丽舒适，却经不住弹雨的猛袭，一时间便被打得千疮百孔。马省长和他的那位爱妾文蟾住在头等舱内，趴在地板上不敢动弹。那文蟾虽是位弱女子，在弹火中却牵挂着丈夫的安危，她毅然爬起来，伏到马君武身上，以身体掩护着丈夫。不幸一颗流弹飞来，击中她的头部，她"呀"的一声挣扎了一下，却仍紧紧地用身子贴着马君武。马君武只感到爱妾的身体正在瘫软下来，一股热麻麻的东西流到他身上，他惊呆了，使劲摇着文蟾：

"文蟾！文蟾！……"

文蟾已中弹死去。漆黑中，马君武抱着爱妾的遗体，仍在高声呼叫着，那呼声悲怆而凄绝，简直痛不欲生。邻舱住的是马君武一位新近由德国留学归来的朋友，听到马君武悲惨的呼号，忙跑过来探问，刚进得舱内便扑地而倒下，也被流弹击死。马君武看着爱妾和友人的遗体，悲痛欲绝。卫队营长卢象荣也在此船上，他见抵挡不住岸上的攻击，再相持下去只有葬身江底，忙向岸上大呼请求停火缴械。

俞作柏听了，"哈"地狞笑一声，随即下令停止向船上射击，命人向船上喊话，令其放下武器登岸。卢象荣无奈，只得命令卫队营官兵全体放下武器，他命人搀扶着马省长，狼狈地走出船舱，跟着徒手的官兵们，一个个从甲板走上栈桥。到得岸上，卢象荣在月光下看到了俞作柏，这才恍然大悟，真是又惊又气又恨，他指着俞作柏骂道：

"我算瞎了眼，看错了人！"

俞作柏"哈"地冷笑一声，说道："老兄，纵使你的船过得了罗泊湾，也到不了梧州，在我的防区里尚可保全性命，到了别人手上，你连命都没有，看在你我同学份上，我还算是客气的啦！"

马君武本是个硬君子，见对方说话如此放肆无礼，心中不觉大怒，他用手杖指着俞作柏喝道：

"你是何人？胆敢打劫我马君武的船队，打死我眷属和随员多人！"

"鄙人姓俞名作柏，李德邻司令部下营长是也！"俞作柏大大咧咧地答道。

"土匪！强盗！"

马君武一听打劫他船队的竟是李宗仁的部下，气得破口大骂起来，他挥起那支手杖，冲过去要揍俞作柏，却被随从死死地拉住不放。

"省长大人请息怒，我们乃是堂堂正正之军人，非匪亦非盗也。此举不过是欲向省长大人借点本钱，待我们削除群雄，统一广西后，还是拥戴您老当省长哩！"俞作柏大模大样地说着，随即喝令左右，"服侍省长大人前去安歇！"

卢象荣以为俞作柏要将马省长拉去枪毙，忙喝道："俞作柏，马省长乃当今名士，又是孙中山大总统委任的省长，休得向他下毒手！"

俞作柏仰头笑道："老兄多虑了，我以生命担保省长大人安然无恙。"说罢，即命一位连长带着十几名士兵，将马省长和卢象荣带到贵县参议会楼内安歇。然后命令士兵上船搜查，将军械武器现款财物悉数搬到他的营部里去。

马君武满身血迹，赤着双脚，在贵县参议会楼内的一间厅堂里坐下，他满脸怒容，一言不发，端坐不动，仿佛一尊冷冰冰的石雕。一位侍者端来盆热水，准备为他揩去脸上和手上的血迹。他哀痛地断然拒绝道：

"不能动，这是文蟾的血迹，我要永远留着它！"

那侍者愣住了，不知如何是好，马君武却命令侍者道：

"给我拿笔墨纸张来！"

那侍者也不敢动问，只得给他找来了笔砚和纸张。马君武磨墨提笔，泪水盈眶，当即挥毫在纸上写下一副悼念文蟾的挽联：

归我三年，如形影相依，那堪一死成长别
思君永夕，念精魂何处，未必来生得相逢

写罢挽联，马君武投笔于地，对侍立在身边的几位随从吩咐道：

"你们不必管我，请替我料理文蟾的丧事去吧！"

挨到天明，随从已将文蟾遗体入殓，马君武把她葬在贵县东南的登龙桥旁边。他身穿血衣，脸上和手上依然留着爱妾的血迹，双手扶着花圈，花圈上缀着那副昨夜他撰写的挽联。所有下属、随员和卫队五百余人，均跟在马省长身后，默默地为文蟾送葬。

送葬回来，正碰着李宗仁策马疾驰而来。李宗仁在马上看到长长的送葬队伍，心知不妙，立即从鞍上飞跨下地，在路旁侍立着。等到马君武过来，李宗仁摘下军帽，向马君武行了个深深的鞠躬礼，非常歉疚地说道：

"马省长，我来迟了，您受惊啦，昨晚的事，我实不知道！"

马君武两袖一甩，扭过头去，冷冷地说道："事已至此，知与不知，何必再说！"

"马省长……"李宗仁无言以对，只感到脸上火辣辣的，简直比挨打了两巴掌耳光还难受。

"你看看吧！"马君武从衣服口袋里掏出一封电报，扔到李宗仁面前。

李宗仁弯腰从地上拾起电报，展开一看，原来是粤军总司令陈炯明发给马君武的电报，电文大意是：马省长既以亲戚身份担保李宗仁，已着陈炯光回师时勿缴李部枪械云云。

"马省长，我……我对不起你，请你严厉处罚我好了！"李宗仁看罢电报，仿佛脸颊上又挨了两记更重的耳光，尴尬得半天说不出话来。

马君武用手指着河中那几艘弹痕累累的电船，愤慨地说道：

"李司令，河中还有那几艘破船，你想要，尽管也一并拿去好了，我马君武准备步行到梧州去！"

说罢，也不看李宗仁，昂首兀自朝河边走去。李宗仁呆呆地站着，看着马君武的背影，不知如何是好。待了一会儿，李宗仁只得把李石愚和俞作柏找来，大发雷霆，指责俞作柏道：

"马省长乃国内知名人士，为了几百杆枪而冒这样的风险，干这样的蠢事，传播出去，我还有脸见人吗？"

俞作柏却不以为然地眨巴着那两只大眼睛，说道："我们不要，别人也会要的，这几百杆好枪还有几万元现款，谁见了不眼红？与其让肥肉落在别人嘴里，还不如由我们来吞了。这年头，谁还顾得上自己的脸皮，只要有钱有枪脸皮上自然就会生光彩，陆荣廷是土匪出身，不也照样做了都督和两广巡阅使嘛！"

俞作柏的话，当然也不无道理，不过，俞作柏是俞作柏，李宗仁却是李宗仁，大家沉默了一会儿，李宗仁说道：

"事已至此，不必多说。但是，此事勿往外传。对外，只说是土匪所为，我军将土匪击退，保护了马省长。"

俞作柏听了差点"哈"的一声笑出来，心里暗道：既想当婊子，又想立牌坊！

李宗仁接着对李石愚道：

"你以支队司令的名义，在贵县张贴布告，就说昨夜有股土匪袭击马省长船队，已为我军击退。所幸马君武省长无恙，我军即将马省长礼送出境。"

李宗仁安排了当，便命人四处寻找修船工匠，为马省长修复被打坏的船只，又将俞作柏从马省长船上抢来的几万元巨款中，抽出一部分，亲自给马省长送去，又发还了部分损坏了的枪支。在马省长登船起航之日，李宗仁亲率部下官佐和地方绅士，到岸边举行隆重的欢送，一时间鞭炮齐鸣，鼓乐之声喧天，把个马省长弄得真是欲哭无泪，欲笑无声。李宗仁虽然千方百计挽回了自己的面子，马省长却感到丢尽了面子。他乘船继续东下，到梧州成立省长公署，派民政厅长杨愿公代行省长职务，自己下广州向总统府辞职，旋即离广州赴上海。一到上海，朋友便关切地问道：

"君武，你的省长做得怎样？"

"快别提了！"马君武摇着头，唏嘘一番这才慨叹道，"政治生涯，真是我所不能过的，悔不听你们的话。此次种种损失，种种危险，我都不在意，只可惜数千册心爱的书籍和许多未刊的诗文译稿完全丢失了，还有文蟾，她已长眠在贵县的登龙桥畔……这一切实在令我心痛，以后我再不从事政治活动了！"

第八回

破釜沉舟　黄绍竑夜袭三江口
金蝉脱壳　刘震寰撤退邕州城

　　马君武省长在撤离南宁前，见南宁处于自治军的包围之中，形势危殆，乃用黄旭初之计，命田南警备军第五路马晓军部驰援南宁。司令马晓军到南宁受命后，急电所部统领黄绍竑率领全军星夜由恩隆向南宁进发。恩隆地处右江下游，黄绍竑奉令后，率军由右江南岸行进。此时，右江一带，已是广西自治军的天下，到处白旗飘飘，村落大镇，尽为自治军所占据。黄绍竑这支归编了广西省府的部队，自然成了他们的眼中钉。黄绍竑率军且战且走，行军六天，和自治军打了七仗，部队相当疲乏，减员严重，却又无法休整补充。这一天黄昏，他们走得人困马乏，来到一个险恶去处，这里是左、右两江的交汇点，名叫三江口，只见两岸青山矗立，江水奔腾咆哮，一个个令人目眩的旋流，像无数的怪魔，潜伏在神秘阴森的江底，张开大嘴，等待着送上口来的船只和行人。而那铺在江上起伏不定的殷红残阳，却又像是从那一个又一个的旋流中涌出的鲜血，它仿佛告诫人们：那便是江底的怪魔咀嚼食物时从口中溢出的人血。飕飕的江风从江面掠过，给人带来的不是初夏的凉爽和湿润，而是一身鸡皮疙瘩。江面看不见一只水鸟，更无渔夫帆影。黄绍竑立在江岸

在桂军中任下级军官的黄绍竑

边，用全军那架唯一的望远镜观察对岸。夕阳映着他那胡子拉碴颧骨突出的瘦脸，显得十分精明剽悍。几位营长见黄绍竑站在这里，也都走了过来。这支部队，虽说多年来属马晓军统率，但黄绍竑、白崇禧、夏威三人却是这支部队的灵魂。现在白崇禧已到广州治腿伤，夏威自恩隆出发时就一直患病，不断发烧，由两名勤务兵用担架抬着，勉强随军前进。因此在这危急时刻，几位营长便自然靠拢到黄绍竑身边来了。他们一边看对岸，一边又回过头来看黄绍竑，谁也不说话。这时，那两名勤务兵也把夏威抬过来了。

"季宽，我们现在走到什么地方了？"夏威正在发烧，他从担架上支起半个身子，昏头昏脑地问道。

"什么地方？你不看这三江交汇之处，我们不是行到天的尽头，怕也是走到地的尽头了！"

黄绍竑那望远镜的镜片上，出现一个巨大的"人"字，左边那撇是左江，右边那一捺是右江，左、右交汇之处上延的一段是邕江。黄绍竑的部队，现在处在左、右两江包围的三角嘴上，对岸早已为自治军占据封锁，后面尾追的自治军像群饿狼一般，正不顾死活地向他们扑来。

"叭叭……"

对岸响起了枪声，显然，敌人已经发现了他们。

"报告黄统领，尾追之敌正与后卫部队交火！"一名军官跑来向黄绍竑报告。

约在五里外的地方，响起了密集的枪声，那是担任后卫的冯春霖营正在阻击尾追之敌。

"唉，兵临绝地！"

夏威长叹一声，刚支起的半个身子，又无力躺下去了，他感到无能为力，只有听天由命了。

围在黄绍竑身旁的几位军官——韦云淞、陆炎、陈雄，心头不由一紧，他们知道，现在只有听黄绍竑的，他们相信他会拿出办法来，只要有黄绍竑在，这支部队就垮不了。但是，黄绍竑却只默默地捋着颏下的胡须，一言不发。他的嘴唇在一阵阵地抽搐着，嵌在深陷的眼窝中的眼珠，闪着饥饿难挨的馋光，接着，他的肩膀也抽搐起来了，神色显得烦躁不安。烟帮头子出身的营长陆炎，知道黄绍竑的鸦片烟瘾发作了，忙扭头唤勤务兵：

"快拿烟来！"

勤务兵忙拿过鸦片烟枪和烟灯，陆炎将黄绍竑扶到一块背风的大石下。黄绍竑一见烟枪和烟灯，也不管地下尽是沙石杂草，便一下躺了下去，把身子弯成个虾弓状，陆炎亲自为他装斗烧烟。黄绍竑贪婪地吸了几口，接着就下达作战命令：

"世栋、煦苍、华圃三营跟我利用运载家眷行李的五条船，趁夜渡过右江北岸，抢占滩头阵地，务将守敌击溃！"

他对传令兵命令道："通知冯春霖营长，竭尽全力，向尾追之敌发起反冲击，将其击退，再猛追五里，然后迅速撤到江边，登船过河！"

部署既定，黑夜也随之降临，江风骤急，江涛拍岸，月黑山高，那流水湍急的江面，仿佛是一匹长长的使劲抖动着的黑色绒缎，又像是大地突然裂开的一条宽大的动荡不定的深渊。黄绍竑带着由韦云淞、夏威、陆炎三个营中抽调出的三百名精锐官兵，分乘五艘木船，利用暗夜和风浪的掩护，神不知鬼不觉地渡过了右江。黄绍竑命人将敌哨兵悄悄干掉，又令那五条船回去接运部队和眷属。待全军渡过之后，黄绍竑下令将五条木船全部凿沉，然后一声令下，猛扑敌阵。蹲在简易工事里的自治军，此时已酣然入睡，万没料到有人竟敢黑夜渡河，突破天险三江口，混乱之中，吓得抱头乱窜。黄绍竑挥兵一路追杀，直到天明，方才收队。

他将部队略加整顿，全军草草开饭，接着向南宁进发。一路仅有小股自治军袭扰，黄绍竑也不敢恋战，率队直奔南宁，直到离城四十里地的石埠圩，才摆脱自治军的追袭。部队在石埠圩休息了小半日，便继续前进，准备在天黑前进城。可是，离南宁城愈近，黄绍竑那刚松弛下来的神经，又倏地拉紧了。他觉得气氛不对，因为南宁方向的枪声响得又紧又密，还有大炮的轰鸣，城中有浓烟腾起。本来，经过七八天的作战厮杀，对于枪炮声，黄绍竑和他的部下已感到是家常便饭一般，没有什么值得大惊小怪的。但是，无论是他还是部下的官兵，都是抱着到南宁来休整、享受和发财的，除了求生的本能之外，便是南宁这座颇为繁华的省城在吸引着他们，是茶楼、酒馆、烟馆、妓院这些令人醉生梦死的花花世界驱使他们去厮杀拼搏。因为陆荣廷在广东战败，桂军被撵回广西，黄绍竑和他的官兵们到了偏僻的百色驻扎，那里虽是云、贵鸦片入桂的孔道，又是可以大发横财的地方，但是，可供他们挥霍享受的场所却太少。百色是座小小的山城，对于见过大世界的黄绍竑来说，更是处处看不上眼，总觉得一切都是那么土，就连江边那花艇上的姑娘，无论是唱的曲儿还是那迎客的眉眼，都远不及广州和梧州的姑娘。

黄绍竑在梧州驻扎时，曾在五显码头结识过一个漂亮的艇妹，到百色后他仍在怀念着她，时时想着在百色捞够了钱，再到梧州和广州去。后来在百色被刘日福缴械，差点一命呜呼，毕竟大难不死，能与白崇禧重振旧部，移驻恩隆。那恩隆比起百色来更是等而下之，如今好不容易奉到命令，出生入死将部队拉到南宁来，没想到那枪炮声又像呼号的鬼魂似的紧紧地跟随着他们，不愿离去。

"停止前进！"

黄绍竑命令部队停下，立即派人前去侦察情况。不久，侦察人员回报：

"自治军林俊廷、陆福祥、蒙仁潜的部队，已攻到离南宁城北十里的大王坟了。马君武省长已于数日前乘船东下，奉命守备南宁的刘震寰、黄明堂部粤桂军，势单力薄，已被迫退守城外的镇宁炮台。"

真是躲鬼又进了城隍庙，黄绍竑实在没料到，他在三江口破釜沉舟，来到南宁不仅享乐不成，恐怕连衣食饭碗也大成问题。为了稳定军心，他没把南宁的真实情况转告几位营长，只说马司令在城里差人来要他马上去商议大事，随即命令部队在西乡塘尧头村警戒待命。他带卫士数名，拣小道走，潜入南宁城内找马晓军去了。

黄绍竑进得城来，只见到处是一片兵荒马乱的景象，刘震寰、黄明堂的粤桂军到处拉夫、抢劫。

"看来他们要走了，也许就在今夜……"黄绍竑暗暗忖度着，心情更为沉重。在广西他这千把人根本无法生存，跟刘、黄窜往广东，他在粤军中又无根基，更何况两广关系几年来势如水火，他本人和所带的部队又都是广西人，到广东去只有被粤军缴械收编。黄绍竑急得心里油煎火燎的。他现在急需找到马晓军，商决今后的出路问题。虽然马晓军不见得能拿出什么好主意，但马晓军到底还是司令，这事非得找他商议不可。根据马晓军一向讲究吃喝的特点，黄绍竑断定，如果马晓军目前还留在城内的话，必然住在豪华的南宁酒店。黄绍竑到南宁酒店一打听，马晓军果然还住在这里。

他问清楚房间号码，径自上楼敲门去了。

却说马晓军自到南宁后，便住进了南宁酒店三楼一套豪华的房间。他遵照马君武省长的命令，急电黄绍竑率领全军由恩隆出发增援南宁，他自己则在南宁酒店整日饮酒作乐，只待黄绍竑把部队带来。没想到南宁风声日紧，马省长不敢在邕久留，率领省署职员及卫队乘船东下梧州去了。马晓军因有留守南宁的任务，不能随马省长前去，只得硬着头皮留在被自治军包围的南宁，待自己的部队到来再说。那位一向爱说大话的"大公猫"刘震寰，虽然就任了陈炯明委荐的"广西善后督办"，但他的日子并不比马君武好过。他兵微将寡，既怕被自治军包围消灭在城内，又怕放弃南宁被陈炯明追究，正在左右为难之际，得知马晓军部前来增援南宁，不觉心中暗喜，便决定来个金蝉脱壳之计。他命人将马晓军从南宁酒店找来，以督办身份傲慢地问道：

"马司令，目下南宁吃紧，请问贵部何日抵邕？"

"敝部正在开拔中，不日即可到来。"马晓军答道。

"马司令，军令岂可儿戏！"刘震寰端坐椅上，那双小眼睛里射着凶狠的目光，"如果贵部今晚天黑之前不能抵达南宁，可别怪我不客气啵！"

马晓军被刘震寰的话吓得两腿发抖，现今他只身在城内，身边只有两名随从卫士，如果刘震寰真要对他不客气起来，那他只有束手待毙了，他神不守舍地说道：

"请……请刘督办缓颊，敝部正……正在开拔途中，我……"

"我命令你在天黑前务必将部队投入长堽岭和镇宁炮台一带高地防线，逾时不至，军法重办！"刘震寰说罢把桌子一拍，霍地站了起来，转入后堂去了。马晓军待了半天，才跟跟跄跄地出了督办公署。他想了想，只得去找曾充当过他的副手的黄旭初商量，可省署军务科的办公室里，空无一人，黄旭初已不知去向。马晓军六神无主，只得回到南宁酒店他的房里喝闷酒，喝了几杯，不由又将口袋中的那只金怀表掏出来瞧瞧，时间在一分一秒地消失，转眼已到下午，他的部队现在到底在什么地方，他一点也不知道。他焦急万分，走到窗前，两眼失神地盯着西斜的太阳，耳畔听着城外震响的枪炮声，心头怦怦乱跳，真恨不得能用根竹竿顶住那西坠的日头。马晓军正急得灵魂出窍的当儿，却听得房门嘭嘭作响，他吓得忙把双眼一闭，一下子瘫软在沙发上。他料想必是刘震寰派人前来捉拿他去问罪了，是死是活，由他去吧！

"司令，黄统领来了！"他的卫士从套间外边进来报告。

马晓军仍紧闭双眼，无力地斜靠在沙发上，慌乱中，他听得好几个人正朝他走来。

"你……你……你们是……是来，拿……拿我的吗？"

马晓军差点连话都不会说了。

"司令，我把队伍给你带来了！"黄绍竑不知马晓军为何吓成这样，忙过来说道。

马晓军听得声音很熟，忙睁眼一看，见是黄绍竑来了，不由又惊又喜，他直愣愣地看着黄绍竑，好一会才说道："季宽，你来了，队伍在哪？"

"西乡塘尧头村。"黄绍竑说道，他一眼看到摆在桌上的一盘喷香的烤乳猪，立即馋得直吞口水，这七八天连续行军作战，他连饱饭都不曾吃上一顿。

"马省长下梧州去了，南宁被自治军围攻甚急，四面都是枪炮声，你也都听到了吧？"马晓军缓过神来，这才和黄绍竑说起南宁的情况。他是一向不过问部属的温饱和疾苦的，因此也不问黄绍竑吃过饭没有，部队官兵情况如何。

黄绍竑摸着胡子，拼命驱赶着那诱人馋涎欲滴的烤乳猪的香味，冷冷地问道：

"刘震寰给我们什么任务？"

马晓军一听黄绍竑问起任务，心有余悸地说道："他要我们将部队投入到长堽岭和镇宁炮台一带防线。"

"他们是否准备死守或者反攻呢？"黄绍竑紧紧地拧着双眉，腮上的肌肉微微地抽搐着，也许是饥饿或烟瘾发作所致，也可能是两者兼而有之。但黄绍竑能够忍耐，作为一个军人，他具有超越常人的忍耐力，而更多的，则是他不愿在马晓军面前表现出失态的精神面貌来。

被陈炯明封为"广西善后督办"的刘震寰

"不知道，反正他让我们在天黑之前投入那一带高地的防线，否则军法从事。"马晓军说着又从衣袋里掏出怀表看了看，惊恐地说道，"现在快六点钟了，季宽，你快去把队伍带到长堽岭和镇宁炮台去布防！"

黄绍竑没有作声，也不挪动脚步，右手紧紧地按压着腮下的胡须，突然一拳击在桌上，"咚"的一声，那盘烤乳猪差点被他击翻。马晓军吓了一跳，忙问道：

"季宽，你……你大概是还没吃饭吧？"

"司令，刘震寰用的乃是金蝉脱壳之计，他让我们垫底，自己却趁天黑后突围，然后把弃守南宁的责任推到我们头上。"

"何以见得？"

"他们正在城内到处拉夫，准备一走了事，却让我们掩护突围，想借刀杀人！"

马晓军经黄绍竑这一说，立时省悟过来，但又六神无主，只是愁眉苦脸地说道：

"季宽，你看我们怎么办？"

黄绍竑毫不犹豫地说道："好吧，司令，请你跟我快回部队去，我自有办法，再晚一步，便于事无补了。"

"好，我就走！"

马晓军即令卫士收拾行装，正当他们走出房间时，刘震寰的副官却带着一排全副武装的士兵迎面闯了过来。那副官把手枪顶住马晓军冷笑道：

"马司令，我们刘督办真是料事如神啊，你违抗军令，现在又欲畏罪潜逃，我奉命前来拿你。"说罢把下巴一摆，大喝一声，"跟我走！"

马晓军浑身哆嗦，嘴张了好久，也说不出半句话来。黄绍竑走上前去，对那副官道：

"我是马司令部下黄统领，现率队由恩隆来邕效命，敝部久驻百色，此次前来，给刘督办带了点薄礼。"黄绍竑指着卫士提着的那两只皮箱对副官道："你老兄来得正好，就请为我们引见刘督办，这是一点小意思，请笑纳。"说着从自己衣袋里摸出四块光洋，随手塞进那副官的衣服口袋里去。

刘震寰的副官见这位胡子拉碴自称黄统领的军官说话恭谨，又大方地塞给他四块叮当作响的光洋，那凶狠的马脸上立即露出笑容，收下手枪，说道：

"啊嘿！原来你们是去孝敬刘督办的，失礼，失礼了。"说罢把手一摆，"请，请！"

"司令，走吧！"黄绍竑拉了马晓军一把，跟着那副官，到刘震寰司令部去了。

刘震寰在司令部里收拾好金银细软，看看日已衔山，却不见马晓军的部队去接防长堙岭和镇宁炮台一带阵地，正担心黑夜撤出南宁时，被自治军咬住不放，又怕陈炯明追究他擅自放弃防地的责任，忙命副官率士兵一排，前去南宁酒店将马晓军拘来问罪。副官去后，他在司令部里焦急踱步。他此时的心情，恰恰和马晓军相反，只恨时间过得太慢，只待天一黑下来，他就率军撤出南宁，将一切罪名统统推到马晓军身上，这样既可逃脱被自治军消灭的危险，又可避免陈炯明问罪，可是，他又怕马晓军中途逃遁，失掉这个垫底的人。刘震寰正在左右盘算着，不觉副官已经回来向他报告：

"报告，马司令和他部下的黄统领特来给督办大人送礼，现在门外等候。"

"啊？"刘震寰感到十分意外，右手不住地摸着尖尖的下巴，一双三角眼眨了眨，狡黠地问道，"他们带了多少人来？"

"就几个卫士。"

"把他们给我看住，只放马、黄二人进来。"刘震寰命令副官。

"是！"

黄绍竑和马晓军各怀鬼胎，每人提着一只沉甸甸的皮箱，随那副官来见刘震寰。马晓军觉得此番凶多吉少，额上冒出粒粒冷汗，两条腿也不太听使唤了。黄绍竑生怕马晓军胆小露出破绽，坏了大事，又见那副官离得很近，不便说话，只以那双冷峻的眼睛不断地瞅着马晓军，示意他镇静，不必害怕。那副官引着马、黄二人进得门来，刘震寰叉开双腿站着，用那双狡诈凶狠的眼睛死死地盯着马晓军和黄绍竑。马晓军低垂着头，两只眼睛只顾看着刘震寰的军靴发呆。黄绍竑走过去，将马晓军手中的皮箱接过来，把两只皮箱轻轻地放在桌上，然后向刘震寰敬礼报告：

"报告督办，田南警备军第五路奉命开到南宁，请训示。"

"唔——"刘震寰从头到脚，把黄绍竑打量了一番，见这位年轻军官气宇轩昂，浑身透出一股凛然不可侵犯的英气，暗想这马晓军虽然懦弱，却有如此得力之部将，怪不得他的模范营有些名气。刘震寰还未言语，黄绍竑已上前将那两只皮箱打开，只见里边装着翡翠珠宝、金银首饰和一些光洋银币，黄绍竑笑嘻嘻地对刘震寰道：

"这是我们马司令命我从恩隆带来孝敬督办大人的一些小礼物，实在不成敬意，请笑纳。"

刘震寰见皮箱中装的全是上等货色，马晓军和黄统领又毕恭毕敬，心里很是高兴，忙笑道：

"难得二位一片诚心，大家本是桂军中袍泽，恕我不客气了。"

刘震寰命副官将那两只皮箱收下，马晓军顿感被人剜了心头肉一般，因为在百色被刘日福包围缴械时，他的积蓄大部丢失了，这两箱子东西还是他事前托人带出去的，不想现在被黄绍竑借花献佛，送给了刘震寰。他又气又恨，又无可奈何，只得暗骂黄绍竑和刘震寰攫夺他的钱财。

"马司令、黄统领，贵部何时可以增援长堽岭和镇宁炮台防线？"刘震寰得了那两皮箱东西后，说话显得客气一些了。

"报告督办，敝部正向长堽岭和镇宁炮台疾进，天黑之前绝对可以到达上述地点，马司令和我需即返部指挥作战。"

黄绍竑抓住时机，急欲脱身。

刘震寰得知马晓军部确已开来南宁，心想眼下四面都是自治军，马晓军部独力难支，不得不跟着他过日子，因此绝不敢违抗他的命令行事，便说道：

"目下非常时期，长堽岭、镇宁炮台防线对守卫南宁至关重要，请马司令、黄统领马上回去，指挥部队严密防守，没有我的命令，不得擅自撤退，到时我将为二位向陈总司令请功。"

"是！"

马晓军和黄绍竑向刘震寰敬礼后，立即告辞，出得门来，带上他们的卫士，急往西乡塘尧头村找部队去了。

马晓军脱了险，心里松弛下来，又想到了他那两箱金银钱财，被黄绍竑白白地送给了刘震寰，眼下两手空空，只有腰上别着的一只长条形皮匣子里还有几十块光洋和几枚金戒指。

他越想越心痛，越想越气愤，走着走着，他忽然破口大骂起来：

"黄季宽，你黑了良心啦！"

黄绍竑在前边正急急地走着，一听马晓军骂他，慢慢回过头来，笑道：

"司令，用那两箱子东西，换你一颗脑袋，难道还不合算吗？"

马晓军听黄绍竑如此说，一时竟无言以对，因为要不是黄绍竑的到来和施此巧计，他马晓军不但保不住那两箱子东西，就是脑袋恐怕也滚到地上去了。

"只是，觉得不甘心，又可惜……"马晓军嗫嗫嚅嚅地说道。

"司令，只要留着脑袋，又抓着枪杆子，何愁弄不到那点钱！"黄绍竑满不在乎地说道。

他们回到尧头村时，天已经黑了。几位营长见马司令和黄统领返来，这才放了心。马晓军忙问道：

"季宽，我们怎么办？你快说吧！"

"此地不可久留，全军立即出发，连夜渡过邕江南岸！"黄绍竑果断地说道。

马晓军虽然也感到留在南宁危险，极想将部队脱离战场，但又怕刘震寰追究责任，担待不起，迟疑地说道：

"这样做岂不违抗刘震寰的命令吗？万一他们把敌人击退，守住南宁，追究起来，我们要受军法重办的。到时候，你叫我到哪里去再弄两箱子东西送刘震寰呢？"

"刘震寰见我们已接受增援长塈岭和镇宁炮台防线的命令，以为我们已乖乖地为他们垫底了，难道他还不趁黑夜赶快撤出南宁吗？"黄绍竑那双眼睛在暗夜中发出两道熠熠冷光，他见马晓军仍无动于衷，又说道，"如果他们以后要追究，你就把责任推给我好了，因为部队已完全由我指挥，司令可以不负任何责任，即使刘震寰杀了我的头，部队也还是你的啊！如果现在不走，不但部队保不住，脑袋也要保不住，那才是人财两空啊！"

"这……这……"马晓军支吾半天，也说不出话来。

"各营立即出发，渡过邕江南岸！"黄绍竑一声令下，又拉上马晓军，"司令，快走吧！"

部队正准备出发，营长夏威拄着拐杖过来向马晓军和黄绍竑说道：

"司令，季宽，我身体不好，不能再随队行动了，请准我告假回容县老家养病！"

马晓军一听夏威要走，呵斥道："煦苍，你为一营之长，又跟我多年，我不曾亏待过你，岂能在此危难时刻弃军而去！"

黄绍竑知道，夏威并不是胆小之人，自恩隆出发，他就发烧，拖着病体，咬牙随军行动，本以为到了南宁可以休息，谁知到了城外又还得走，这一走，不知何处是归宿，如硬要夏威随军行动，即使不被打死，也要被活活拖死，不如让夏威回容县老家养病，尚可保全一命。但马晓军之言也不无道理，因为白崇禧伤腿之后已去广州治伤，现在夏威又要离队回家养病，部队中得力的战将已没有几个，而往后的日子也更为艰难，想起这些，黄绍竑也舍不得夏威离去。但黄绍竑是个非常果断之人，他处事毫不犹豫，他那敏捷的手腕，似乎可以握住天上转瞬即逝的闪电。

"司令，自恩隆出发时，煦苍已患重病，他能坚持到达南宁已非易事。"黄绍竑对马晓军道，"健生到广州治伤去了，我看也该让煦苍回容县老家养病。俗话说'千军易得，一将难求'，我们此后，吉凶难测，都在一起赔光了岂不可惜！"

"那就让他去吧。"马晓军同意了。

"望司令、季宽多加保重，我虽回籍养病，但心在军中，招之即来！"夏威随即换装，仅带随从一人，装扮成流离失所的百姓，扶根竹手杖，消失在浓重的夜色之中。

且说黄绍竑指挥部队刚刚渡过邕江到达南岸，即发现亭子渡口的浮桥上人马杂沓，一支部队正在仓促渡河南撤，黄绍竑忙派人前去探看，回报道：

"那是刘震寰和黄明堂的粤桂军，他们正从城内撤出。"

黄绍竑冷笑一声，说道："你会金蝉脱壳，老子会釜底抽薪，猫精老鼠也精，看谁滑得过谁！"

刘震寰和黄明堂的粤桂军渡过邕江之后，便往钦廉方向急急退去。黄绍竑自知难以在广西立足，便也取道亭子圩、吴村圩，跟在刘、黄部队的后面，向广东南路方向退去。天明后，马晓军和黄绍竑率部到达吴村圩，一夜疾进，部队已相当疲乏，黄绍竑遂下令在吴村圩打火做饭，歇息两小时。

不久，军需官来报：

"刘震寰、黄明堂的部队刚过此地，村庄已遭洗劫，百姓逃匿一空，无法筹到粮食。"

马晓军愤然道："刘、黄的部队纪律太坏了，沿途抢劫，老百姓都逃走了，跟在他们后头，我们连粥也别想找得吃。"马晓军虽然胆小怕事，缺乏主见，但他的部队里军校出身的军官多，纪律和训练方面比别的部队高出一筹，因此，他看不起刘震寰和黄明堂这些杂牌部队。

黄绍竑不断摸着下巴上的胡须，沉思了一会儿说道："找不到吃的倒还是其次，我们这样跟着他们一路瞎跑，刘震寰一旦追究起我们不执行命令的事来，恐怕就不好办了。"

黄绍竑的话正捅着马晓军的那块心病，马晓军忧心忡忡地说道："论实力，他们的兵比我们多几倍，现在他们逃跑要紧，奈何不了我们的，可是到了广东之后，我们就很难对付了。"

"很可能要把你我军法重办，也可能把我们的部队缴械。"黄绍竑说道，"否则刘震寰是不能向陈炯明交代他放弃南宁的责任的。"

"嗯，你……你说我们该怎……怎么办？季宽，我们得快拿主意！"马晓军一到了紧急关头，便没了主意，眼巴巴地望着黄绍竑说道。

黄绍竑不假思索地说道："反正不能再跟着刘震寰和黄明堂后头走了。我们即由吴村圩转向东，经桂境的那马、那连圩，然后进入粤属的灵山县整理，到了那里看情况再说。"

马晓军听了不由又踌躇起来，说道："我们不服从刘震寰的命令，擅自撤出南宁，已是违抗军令，现在又不跟大队走钦廉，而转向灵山县，岂不更增加他们的怀疑和不满吗？日后见面怎么交代呢？"

黄绍竑冷冷地说道："这年头是爹死娘嫁人，各人顾各人。日后，日后，日后他刘震寰和黄明堂还不知道自己怎么样呢？"

马晓军既拿不出主意，便只好依从黄绍竑了。部队在吴村圩找不到吃的，只得饿着肚子，勒紧皮带，折向东去，彻底和刘震寰、黄明堂的部队脱离了关系。

第九回

军情危急　马晓军胆怯逃北海
前途渺茫　黄绍竑流窜粤桂边

　　黄绍竑率队离开吴村圩，后边便跟着响起激烈的枪声，广西自治军尾追而至，黄绍竑只得且战且走，所幸自恩隆出发以来，便无日不在行军中激战，所部虽减员严重，但对打仗和走路已成家常便饭，因此倒也能应付得过来。当进入那马圩时，忽见一条河流挡在面前，此河虽算不得大，但时值暴雨过后，山洪暴发，浑浊的河水卷着树枝、房板、房草，往前汹涌奔腾而去，那气势却也吓人。河边无桥可过，徒涉更不可能，只有一只小木船系在河边一株古柳上，被怒涛撞击着、拉扯着，随时将要随波逐流而去。渡口上下，空寂无人，大概是枪声把船夫和待渡之人吓得早已躲藏起来。马晓军和黄绍竑急急来到河边，此时后面枪声已经迫近，在这前无去路，后有追兵的紧急时刻，马晓军不由连声叫起苦来，忙惊慌地询问左右。

　　"这是何处？"

　　因无向导，官兵中又无本地之人，左右皆摇头不能答。一名卫士，偶见河边的野草丛里，竖有一块残断的石碑，忙跑上前去，扒开草丛，只见那石碑上端端正正地镌刻着三个大字——"那马渡"。卫士忙跑回向马晓军报告道：

"司令，此地名叫那马渡，这河，想必也叫那马河了。"

马晓军一听"那马渡"三个字，顿时只觉得头顶"轰"的一声震响，双脚一软，差点倒在地上，左右忙将他扶住，惊问道：

"司令，司令，你怎么啦？"

马晓军并不回答左右的话，却只是胡乱地向黄绍竑摇手，战战兢兢地命令道：

"季宽，无论如何不能在此渡河，快……快撤退！"

"为什么？"

黄绍竑沉着地问道。他已经命令一个排的官兵，登上那只孤舟，准备渡河了。

"你不知道，这里名叫那马渡，'那马'和'拿马'，是一个音，我……我……我不正是姓马吗？在此渡河，凶多吉少，快……快撤退！"马晓军结结巴巴地说道。

黄绍竑和卫士们听了简直要捧腹大笑起来，但是，形势太严重了，谁也笑不起来。黄绍竑那两只冷峻的眼睛紧盯着已经登上小木船的官兵，斩钉截铁地说道：

"为了全军的生存，不管是'拿马'还是'杀马'，我们现在都要抢渡过去，出发！"

马晓军见黄绍竑如此说，浑身更加发起抖来，也不知这是吓的还是气的，他用手指着黄绍竑，骂道：

"你……你目中，还……还……有……没有我这个司……司令？这支部队，姓……姓马，绝不能在……在此渡河！"

马晓军说着，又跌跌撞撞地奔到即将挥舟抢渡的那五十名官兵面前，气喘吁吁地下达命令：

"回……回来！都……都给我，回来！"

不管怎么说，马晓军毕竟是这支部队的最高指挥官，官兵们见他下令不准渡河，也不敢放船而去，只是怔怔地望着他，有的已经从船上跳了下来。这时，后面的枪声越来越近，河中的浪涛也越来越猛，黄绍竑明白，如不及时抢渡过去背水一战，那就只有全军覆没了。他心中此时只有一个念头，那就是非抢渡那马河不可。这只孤舟，系着全军一千余人的安危，也系着黄绍竑的命运，时机不容他优柔寡断，也不容他向马晓军抗辩解释……

"司令，关于在此渡河问题，我刚刚口占一卜，乃大吉大利之举。"黄绍竑走到马晓军跟前，欣喜地说道。

"啊？"

马晓军惊奇地看着黄绍竑，他有些不明白，这位一向善战的黄统领，何时竟也学得此道。

"'那马''拿马''撒马'音皆相近，然今观此河中奔涌不羁一泻千里之波浪，乃似万千之奔马也，应取'撒马'之意方为贴切。"黄绍竑神秘地说道。

"有何根据？"马晓军眨着眼睛问。

"撒者，放开也。朱元璋之军师刘伯温有诗云'手摘桂树子，撒入大海中'，岂不正瑞应司令今日在此渡河么？"

马晓军听了立即转忧为喜，愣了好一阵才问道：

"季宽，这可是真的？那太好啦！我平生最信服刘伯温！"

黄绍竑也不再解释，只是向马晓军深施一礼："我等托马司令之洪福，得在此渡河脱难也！"说罢，也不待马晓军吩咐，随即命令传令兵道："要冯营长不惜代价，指挥后卫部队，抗击两小时，然后撤到此渡口渡河！"

黄绍竑又向那刚才从船上跳下的五十名官兵命令道：

"登船，快，抢渡过去！"

那五十名官兵得了渡河命令，赶忙登船，立即向对岸抢渡，那只木船像离弦的箭似的，穿波劈浪，直向对岸冲去。登岸后，官兵们立即抢占地形，掩护部队渡河，那只木船，又由两名士兵划了过来。黄绍竑忙命两名卫士搀扶着马晓军，一齐登上木船向对岸渡去。黄绍竑和马晓军登岸后，那只木船又划了回来，一批部队又乘船渡了过去，如此渡了十几船，这时冯春霖已完成掩护渡河任务，带着他那一营仅存的三十余名士兵，也急急赶到那马渡口，乘最后一趟木船渡河。这时，敌军已临近渡口，正用密集的火力扫射木船。

黄绍竑在对岸指挥火力掩护冯春霖渡河，冯春霖站在船头上，用手提机枪指挥士兵们向已冲到河边的敌军还击。木船由于中弹太多，开始下沉了，冯营长在纷飞的弹雨中挺身站在船头，毫不犹豫地将那支子弹已经打光的手提式机枪扔入河中。这时河水已经淹到膝头，他不慌不忙地从腰间取下一只暗红的酒葫芦，对着嘴，不停地喝着葫芦中的酒，水已淹到脖颈了，但他仍继续喝着，仿佛要把今生今世要喝的酒都在这一刻中全都喝完才痛快。一个浊浪扑来，淹没了冯春霖和他那三十余名士兵，那只暗红色的酒葫芦，在河面打了几个旋转，便没了踪影。波涛中有个人在发出呼喊："弟兄们，跟我来！"十几只脑袋，不甘于沉没下去，在波浪中起伏着，十几名士兵，浪里余生，竟爬上了对岸。黄绍竑急跑来看时，却没有冯春霖。一向不会流泪的黄绍竑，此时只感到两只眼眶里酸胀得难受。马晓军见全军大部在此危急时刻能安然渡河，真是大喜过望，忙命人找来香烛纸钱，就在那马河边烧祭一番，以谢神明之佑助。

黄绍竑渡过那马河之后，也不敢停留，仍向前以急行军速度前进，直到进入粤境边上的那楼圩，才完全摆脱了广西自治军的追袭。在那楼圩，黄绍竑命部队休整了两天，对残部也稍作了些整顿，然后拔队向粤境的灵山县进发。此时，部队的给养发生了问题。当由恩隆到达南宁的时候，刘震寰曾发给马晓军部一些广西军用钞票，这种钞票是陆荣廷、谭浩明旧桂钞作废后的代用品，在广西时，当兵的拿着它去购买物品，老百姓和商人看到那黑洞洞的枪口，也不敢不卖。可现在到了广东，便成了一堆废纸，一钱不值了。吃饭问题怎么办？在广西时，受自治军日夜追袭，每天除了打仗就是跑路，自治军是马晓军部队生死存亡的大敌，现在，吃饭问题便取代了自治军的威胁，甚至比在困境中的恶战还严重。

马晓军虽然庸碌，但他手下的"三宝"黄绍竑、白崇禧、夏威都精明强干，治军也较严，他们一向不准士兵强抢百姓财物，因此所部军纪较当时其他部队为好。在扶南一带剿匪时，因全军纪律好，又平息了匪患，当地百姓还为马晓军立了生祠。

现在，部队进入粤境，形同流寇，无依无靠，如果不加强约束，便会流为打家劫舍的匪伙，粤境之内，民风强悍，当流寇也不易生存。更何况黄绍竑是个心比天高之人，堂堂军校出身，他一向瞧不起绿林出身的陆荣廷、谭浩明等人，如今虽在困境中，却怎肯沦为草寇！但肚子问题怎么解决呢？俗话说：人是铁，饭是钢，一餐不吃饿得慌。现在已是午后时分，黄绍竑命部队在路边的树荫下休憩，士兵们三三两两，有靠在树身上睡觉的，有脱下衣服抓蚤子的，但是全军都是饥肠辘辘，一只蝉不知爬在树上的什么地方叫着"饥呀——饥呀——"。由于连日征战，黄绍竑的胡子长得怕人，他脸颊瘦削，颧骨突出，衣衫破烂，只有那双眼睛仍然闪射着两道冷峻的光芒，加上束在腰上的武装带，使他更显得剽悍而沉着，更富于冒险的拼搏精神。本来，他也是个酒色俱全、挥霍无度之人，吃喝嫖赌抽（鸦片）无所而不为，纸醉金迷，一掷千金。但是在险恶的环境中，他又能异常冷静而沉着，能吃苦耐劳，能与部下共患难。现在，他与士兵们一样，由早至午后，行军四十余里，尚粒米未进，饿得难受时，只是把腰上的武装带紧了紧，咽一口唾沫下肚。他此刻背着双手，在一棵大樟树下来回踱步，低头沉思。士兵们都在偷偷地看着他，他们见黄绍竑也和自己一样，挨饿得心慌，因此都不敢说饿。只有从那马河中死里逃生的一位老班长，正在津津有味地向士兵们讲述着广东名菜如何好吃：

"弟兄们，那广州'蛇王满'的五蛇羹，你们可曾吃过？"

那些饿得肚子咕咕叫的弟兄们，都摇了摇头，老班长更加卖弄地吹嘘起来：

"蛇王满在广州开的食店招牌上写着'蛇王满'三个大字，门上贴一联，上边写道——'卖蛇始祖蛇王满，老手妙制五蛇羹'。那五蛇羹究系哪五种蛇制成，你们晓得吗？"

老班长见弟兄们还是摇着头，便又说道："那五蛇羹是采用过山风、三线索、水律、南蛇、白花蛇制成。制作时，先把蛇壳拆骨后撕肉，加入鸡丝、火鸭丝、肉丝、冬菇、木耳及荸荠各款，烩为蛇羹。加入老猫的则称为'五蛇龙虎凤大会'，再添上果子狸的则叫'五蛇龙虎斗'，那味道，真是清甜纯香美味可口……"

老班长讲得津津有味，直刺激得那些本来饭囊空空的弟兄们的肠胃加倍地蠕动起来，连黄绍竑这位堂堂的统领，也不由连连地吞起了口水，而那老班长仍在唾沫横飞地吹嘘着：

"黄统领此番是带着我们进广州去享福的，一进了广州，我就带你们到'蛇王满'去一饱口福，眼下么，弟兄们都要把裤带系紧点，把胃口留住，进广州时，才能放量大吃啊！"

黄绍竑不由抬眼望了那老班长一眼，马上想到《三国演义》中曹操望梅止渴的故事，对这位老班长不由产生起好感来。黄绍竑又把武装带向里拉紧了一个扣眼，此时，竟奇迹般地闻到了一股迷人的酒肉香味，他把嘴轻轻地啧了啧，暗自骂道：

"妈的，想吃想癫了！"

他正在踱步苦思，忽听得那老班长破口大骂起来：

"操他娘，当官的有酒有肉吃，我们当兵的连口水也喝不上，弟兄们，拿上家伙，跟我到圩里抢去，不能在这里白饿肚子！"

黄绍竑忙抬头看去，只见在前边百余米的地方有个小酒馆，司令马晓军正在里边大吃大喝哩，那股使人馋涎欲滴的酒肉香味，便是从马晓军的餐桌上飘过来的。马晓军虽然在南宁丢了两皮箱金银钱财，但他腰上那只特大的皮匣子里，还有几根金条、戒指和一些光洋、东毫，因此每到一处，他不管别人有吃没吃，只顾自己到酒馆里吃喝。马晓军这一套，黄绍竑早已司空见惯，并不奇怪。

"他能管得上自己的吃喝，也就不错啦！"黄绍竑一边自言自语，一边把自己的皮带又紧上一只扣眼。

"他妈的，手上有家伙，还怕没吃的？走啊！"

"走，到圩里去打牙祭！"

那位刚刚还在吹嘘"蛇王满"的老班长，此时已拉上几十名因肚饿而骂骂咧咧的士兵，径自朝圩里走去。黄绍竑见了，猛地大喝一声：

"都给我站住！"

士兵们回头一看，见黄绍竑的脸色凶得吓人，便一齐停下步子。

"回来！"黄绍竑接着大吼一声。

那些饿得肚子咕咕叫的士兵，只得垂头丧气地走回来。

那位老班长见黄绍竑如此训斥，竟使出老兵油子的性子来，冲着黄绍竑道：

"黄统领，我们饿也是要被饿死，违犯军纪也是个死，你不如就此把我和弟兄们都毙了吧！"

"胡说！"

黄绍竑又大吼一声，由于用力过猛，又加连日吃不饱，今日断了炊，他只觉得眼前闪过一片金星，赶忙闭上眼睛。停了好一会，他才慢慢睁开眼睛，扭头吐掉口中的酸水，严厉地说道：

"本统领今日也还粒米未进，难道不想吃饭吗？我们的部队是正规军，不是流寇土匪，谁敢胡来，我就毙了他！"

黄绍竑命令司号兵吹号集合，他登上路旁一个小土坡，对全军训话：

"本统领现在重申军纪：一不准抢劫百姓，二不准占住民房，三不准强买强卖，四不准侮辱妇女。违者，即予枪决！"

这支部队由于平日纪律较严，现经黄绍竑重申军纪，顿时全军肃然。

"弟兄们，本统领也和你们一样，行军竟日，粒米未进。"黄绍竑喘了喘气，把那发软的双腿挺了挺，接着说道，"现在，我告诉你们，离此地二十里，有个陆屋圩，是个大圩镇，到了那里，我保证你们有餐饱饭吃。但谁要违犯军纪，我就先给他吃上一粒花生米！"黄绍竑说罢，用手拍了拍挂在腰上的手枪，那发青的面孔和长长的胡须，益发令人害怕。

队伍里没有一点声音，连刚才还在扯着嗓门叫唤"饥呀——饥呀——"的那只蝉，也不敢再出声了。黄绍竑接着下令，要营长、连长们整顿好自己的队伍，然后命令司号兵，吹号拔队启程。

司令马晓军已经酒足饭饱，他伸了个懒腰，见部队已经开拔，这才慢慢地从那小酒馆里走出来，带着两名贴身卫士，一边悠闲自得地剔着牙，一边慢慢地跟在队伍后边走。

黄绍竑带着部队，沿途秋毫无犯，老百姓见这支队伍虽然衣衫破烂，但是纪律却很好，因此并不惊慌逃走。到了陆屋圩，黄绍竑命令部队就地休息，没有命令不准进入圩镇。

他亲自带了几名卫兵，到圩里拜会商会领袖。一位本地的绅士在家里会见了黄绍竑。黄绍竑自称粤军统领，声言奉命率部由广西开回广东，因长途转战，饷项接济不上，请商会设法资助。那绅士沉吟片刻，面有难色地说道：

"今年以来，本地不断有军队经过，商旅阻断，民生凋敝……"

"先生，敝部系路过贵地，只求两餐一宿，不敢另有奢望。"黄绍竑谦恭地说道。

那绅士见这位军官言辞虽然谦谨，但看他一脸浓须，那双眼睛又冷冷逼人，心中便有些害怕，不敢拒绝，心想与其拒之，徒遭损失，还不如花上几百元把这些瘟神快点送走。他略一沉思，便说道：

"吃饭好说，只求贵部不要惊扰邻里。"

"本军皆粤中子弟，今入粤境，怎敢惊扰父老。"黄绍竑用粤语答话，那绅士更深信不疑，随即命人烧水煮饭去了。黄绍竑又借用了几间公用祠堂，即命卫兵出去传令，把队伍带进圩内祠堂歇息。商会也着人将煮好的饭食送来，果然全军饱餐一顿，当夜尚能安歇。第二日，开过饭后，黄绍竑亲向商会面谢，然后严整队伍，开拔去了。所部仍是秋毫无犯，倒是使那绅士和场上民众感到惊奇，又不敢打听是何人的部队。黄绍竑见这个办法既然行之有效，便每日行之，如此一日两餐一宿均能解决便顺利地到达了灵山县。

却说黄绍竑把队伍拖到灵山县城时，全军仅剩下四百余人了。这支部队由恩隆出发奉命增援南宁时，有近两千人。

由恩隆而南宁，由南宁而灵山，千里转战，几乎每日都在消耗之中，却又得不到补充和休整。现在，这支失去依附、力量薄弱的孤军，像一只在海面上被风浪折腾得行将支离破碎的小船，海天茫茫，何处归宿？总之，它是再也经受不住任何风浪的打击了。到达灵山县城，黄绍竑将部队略加整顿，便向广西方面警戒，所部每日两餐，照例是向商会"打秋风"，度日艰难。马晓军虽然腰上的皮匣子里有的是东毫和银元，个人吃喝每日不愁，但对这支残破不堪陷入绝境的部队的前途，已失去信心。他眼下担心的是自己个人的命运和前途，失去部队，便失去在军界和政界生存的本钱，跟着残部流窜，恐怕连生命也难以幸存，他整日愁眉不展，长吁短叹，焦灼不安，却又无计可施。黄绍竑早窥到马晓军的心病，于是建议道：

"司令，我们长此下去，也不是个办法呀，我看，你是否出去走一趟？"

"上什么地方去？"

"北海。"

"啊？"马晓军扫了黄绍竑一眼，"去北海做什么？"他虽然信任黄绍竑，那是因为黄绍竑能给他带兵打仗，但又不能不暗中提防这位统领篡位的野心。他害怕黄绍竑此时把他支走，带着部队去投奔了他人，夺去他这副本钱。

"刘震寰和黄明堂恐怕还会在北海，司令何不去向他们请示机宜。"黄绍竑道。

"嗯。"马晓军眨了眨眼睛，转而一想不妥，他是违抗刘、黄增援南宁的命令，事后又擅自撤退到灵山来的，到北海去找刘震寰和黄明堂，岂不是送上门去让他们军法究办？黄绍竑定是在打他的主意。想到这里，他把桌子一拍，指着黄绍竑骂道：

"黄季宽，我平日待你不薄，将你视作心腹股肱，在此危难之际，你却想借刀杀人，篡军夺权，这办不到！我告诉你，只要我不死，这支部队就永远姓马！"

"唉！"黄绍竑喟然长叹一声，苦笑道，"司令，你想到哪里去了！我们这支部队虽只剩四百多人，但关系仍属刘、黄系统，不去找他们又有什么办法呢？"

黄绍竑把两手抱在胸前，独自走了一圈，回头望着马晓军，说道："当然，对刘、黄二人不可不防。司令可带参谋陈雄一同赴北海，住下后，可着陈雄前去探听刘、黄对我们的态度，再相机行事，如不济时，可从北海搭船下广州，直接找军政府请示机宜，便可解脱部队目下的困境。"

马晓军经黄绍竑这么一说，茅塞顿开，有如拨散云雾而睹青天一般，连连点头道：

"可行，可行。"

次日，马晓军把几位营长请到司令部来开会，他对大家说道：

"我们到灵山仅是暂避，关于今后之前途不可不慎重考虑，为此我准备偕参谋陈雄去北海向刘震寰、黄明堂请示机宜，我走后，部队交由黄统领指挥，诸位意下如何？"

大家都没说什么，只是习惯地看着黄绍竑，由他拿主意。黄绍竑沉思良久，方才说道：

"司令去北海请示我军今后之行止，甚有必要。只是在此非常时期，全军无依无靠，无粮无饷，司令又不在军中，我才疏学浅，恐难孚众望呀！如有差池，亦难向司令交代……"

"季宽，你不行还有谁能代替我？你就暂时为我把这副家当管起来吧！"马晓军当即打断黄绍竑的话，又交代一句，"诸位今后听季宽的就像听我的一样，把部队维持好。"

有了马晓军这句话，黄绍竑才说道："既然司令和诸位都看得起我，又受命于危难之际，却之不恭，但我只以一月为期，倘司令一月之内不回时，恐再难从命。"

马晓军见黄绍竑如此说，便放心打点行装，偕同参谋陈雄，又带上两名贴身卫士，四人化装成商旅，登程往北海去了。

约莫过了一星期，陈雄独自一人匆匆回到灵山，黄绍竑忙问：

"杰夫，司令呢？"

"搭船往广州去了。"

陈雄说罢，疲乏地坐到凳上，神情显得恓惶颓然。黄绍竑忙命人取来鸦片烟枪，与陈雄两人躺下，各自过了一番烟瘾，陈雄这才把他陪马晓军上北海找刘震寰、黄明堂的遭遇详细说了。原来陈雄和马晓军到北海后，马晓军不敢去找刘震寰和黄明堂，只是由陈雄去找驻北海粤军中一位任参谋长的老同学打听情况。那位老同学一听，忙阻道："你们绝对不可把部队开来廉州，刘震寰和黄明堂已商定好，等你们一到就缴枪。因为我们是同学，所以告诉你，请千万不要对外人说。"陈雄将此事报告马晓军，马晓军顿时吓得面如土色，半天才说道："既如此，那只有去广州找陈炯明才能解决了，你明天就回部队去，叫季宽听候我的消息吧！"陈雄便和马晓军在北海分手，转头回灵山来了。

听陈雄如此说，黄绍竑倒并不惊慌，这本是他意料中的事情，从此，便绝了投奔刘震寰和黄明堂的念头。可是，不投粤军，又到何处安身呢？这灵山县也属粤境，值此天下汹汹，两广势同水火，灵山县绝不可能是他息影的世外桃源。这支力量单薄又脆弱的部队，现在只有四百多人，而且装备杂乱，枪支有九响、大什、土造七九、六八和粤造六八、七九。白崇禧、夏威这两位得力的军官已离队养病，骁勇善战的营长冯春霖又战死了，总之，这支部队眼下是无法独立生存的。黄绍竑要马晓军出去活动，给部队找出路是其一，但在此险恶的环境下，有马晓军这样一位司令在身旁掣肘，恐怕这支部队会灭亡得更快。黄绍竑本是个不受羁绊的干才，时刻想着个人的发展，他并非不想取马而代之，只是这支部队正处于风雨飘摇之中，首要的是维系军心，争取生存。马晓军走后，一去渺无消息，黄绍竑一筹莫展，他那腮上的胡须，像春草般竞长，两只眼窝深陷，颧骨更为突出，使人很难相信他是才二十几岁的青年人。

"听说李宗仁在玉林五属混得不错。"黄绍竑一边踱步，一边自言自语地说着。他和李宗仁、白崇禧都曾经是桂林陆军小学的同学，又曾在禄步圩突破粤军防线时并肩战斗过。灵山离玉林一带不远，李宗仁在玉林的活动，他也略有所闻。

"杰夫，你到李德邻那边去看看怎样？"彷徨中黄绍竑对陈雄说道，"离此地九十多里，便是玉林五属兴业县的城隍圩，据说李德邻部下的统领俞作柏在那里驻扎。俞作柏是我们保定军校的同学，你先去他们那里看看，顺便打听一下玉林方面的情况。"

在这上天无路、入地无门的时候，只要有一线生存的希望，黄绍竑也要设法抓住它。他知道眼下跟广东方面联系不上，这四百余人的小部队又都是广西人，在粤境是无论如何也生存不下去的，要想活，还得要在广西打主意。

"行，我先去看看。"陈雄赞成黄绍竑的主张。既然广东没有出路，就要在广西找立足点，以便尽快摆脱这种不死不活的局面。第二天，陈雄带着一名随从，照样扮成商人模样，向广西境内兴业县的城隍圩走去。

在贵县罗泊湾打劫了马君武省长船队的俞作柏，又如何到了兴业县的城隍圩来了呢？原来，自从粤军离桂后，李宗仁又回到了玉林。这时候，广东方面，孙中山与陈炯明的矛盾已发展到不可调和的地步，他们都无暇顾及广西。陆荣廷旧部刘日福已扯起广西自治军的白旗，自封为广西自治军第一路总司令，纠合陆云高、陆福祥、蒙仁潜等人向南宁进逼，声言驱逐"反骨仔"刘震寰，广西各地已成无政府状态。李宗仁感到原先陈炯明委任的"粤桂边防军第三路"的番号已经毫无作用，遂在这年五月下旬，在玉林通电将所部称为"广西自治军第二路"，自封总司令。李石愚、何武仍分任第一、二支队司令，俞作柏、钟祖培、伍廷飏、陆超四人为统领。因俞作柏一向胆大妄为，在贵县罗泊湾袭击马省长的船队，使李宗仁大受难堪，李宗仁对俞作柏部驻在这水陆交通发达的通衢大邑很不放心，怕他又闹出什么乱子来，因此便把俞作柏由贵县调至兴业县的城隍圩驻扎，兼尽剿匪之责。

却说陈雄赶路心切，九十余里路一天走完，到城隍圩投宿后，问清了俞作柏部的驻地，便去见俞作柏。在司令部里，两人见了面，俞作柏见陈雄一身商家打扮，颇感诧异地问道：

"老弟不是与黄季宽、白健生、夏煦苍同在马晓军那里恭喜么？为何改弦更张，从事买卖了，想必是发了大财啦？"

陈雄从头上取下那顶广式凉帽，往桌上一放，笑道：

"饭都没得吃了，还发什么财啰！"

俞作柏摇着头说道："老弟，我得知你们驻在百色，那个地方，有的是烟土，不是发财的好地方？不要在我面前装穷卖苦了。"

陈雄道："你老兄消息也太闭塞，我们早已不在百色了。"

"现在何处？"俞作柏问道。

"灵山。"陈雄道。

"哦——何时到的灵山？"俞作柏这才想起，"怪不得前些天我听说有一支几百人的队伍开到了灵山，正想着人前去仔细打探，不想却是你们。"

陈雄这才把他们在百色被自治军刘日福部缴械后，黄绍竑被俘，他和白崇禧、夏威等人逃到贵州边境一带，集合残部，汇合逃出虎口的黄绍竑，到恩隆集结，从恩隆奉命开赴南宁增援，从南宁撤退后到达灵山的情况，一一向俞作柏说了。俞作柏听完，那两条野蚕眉禁不住往上一耸，诡谲的大眼睛接着又眨了眨，咧开嘴，"哈"的一声笑了起来，说道：

"啊嗬，老弟你们倒是受苦了。来人哪！"俞作柏忙对勤务兵吩咐道，"快去备一桌上好酒席，让我为杰夫同学压惊，洗尘！"

不多时，勤务兵便来回报，酒席已经备好。俞作柏便邀陈雄到后厅入席，俞作柏招待得非常殷勤，酒阑，俞作柏问道：

"黄季宽准备把队伍拉到何处去呢？"

"这事，眼下还没个准。"陈雄道。

俞作柏眨巴着那两只大眼，对陈雄说道："我们大家都是同学，你回去跟季宽说吧，叫他不要再流窜了，我这里兵精粮足，还可以养很多的兵，让他从速把队伍开到我的防区来，一切都不成问题。"

陈雄望着俞作柏那双诡谲而森冷的大眼睛，宛如两汪深不可测的潭水，谁要跳下去，准有灭顶之灾，心里不觉一怔，但见俞作柏殷勤好客，热情款待，嘴上又不好说什么。只是答道：

"难得健侯兄一片诚心厚意，回去我一定跟季宽说。"

第二天，陈雄一早起来，便向俞作柏告辞，俞作柏又亲自赠送陈雄二十元毫银作旅费，并一再叮嘱道：

"回去跟季宽说，叫他快点把队伍开过来。"

陈雄答应着，登程仍往灵山，回去向黄绍竑复命去了。

"杰夫，常言道，'币重言甘，诱我也'。这俞大眼虽是同学，但他对你过分客气，且又急切劝我把队伍开过去，不可不防。他，连马省长的枪也敢缴，何况我们？"黄绍竑听了陈雄的回报，一边将着腮上的胡须，一边疑虑重重地说道。

"是，我也怀疑俞健侯心术不正。"陈雄很赞成黄绍竑的判断，但又忧心忡忡地说道，"马司令一去杳无音讯，灵山又不可久待，我们该到何处安身呢？"

黄绍竑没有说话，只是将着胡须踱步沉思，心事重重，很是踌躇。广东待不下，广西又回不了，真是上天无路，入地无门，想到苦闷处，黄绍竑不由仰天长叹：

"难道天地之大，竟没有我黄绍竑安身立命之处？"

第十回

口蜜腹剑　俞作柏欲施虎狼计
穷途末路　黄绍竑投奔李宗仁

　　俞作柏甜言蜜语，殷勤招待了陈雄一番，请陈回灵山后让黄绍竑把队伍开到
兴业县城隍圩来驻扎。俞作柏之意，并非真的关心他的老同学黄绍竑眼下的危难处
境，而是乘人之危，欲将其诱骗前来，包围缴械。俞作柏自袭击班师粤军，缴获
了一些枪械后，又接着打劫了马省长的船队，掳获大批枪支和现款，所部实力大
增，俞作柏官至统领，胃口也越来越大。现在见黄绍竑走投无路，正是下手的极好
机会，如果再把黄绍竑这几百人枪抓过来，在李宗仁部下，他便是首屈一指的人
物了。将来，说不定有一天还能独树一帜，横行天下呢。俞作柏越想越美，那双
大眼睛闪烁着亢奋的光芒，每日只是喝酒作乐，专等黄绍竑前来上钩。可是，陈雄
回灵山之后，好几天过去了，却并不见音讯。俞作柏等得渐渐不耐烦了，忙着人到
灵山去暗中打听，几天后，打听的人回报，说探得黄绍竑仍在灵山驻扎，并无开拔
兴业县城的动向。俞作柏估摸，黄绍竑正在进退维谷之际，必定疑虑重重，举棋不
定，尚不肯轻易上钩。俞作柏直把他那双老大的眼珠转了不知多少转，本想率领自
己这两营人马，前去偷袭灵山，将黄绍竑等人一网打尽，但又担心自己力量不够，

且黄绍竑又诡计多端，剽悍善战，也不是好对付的，弄不好，偷鸡不成蚀把米，岂不丢人现眼？俞作柏左思右想，一时苦无良策。不吃掉黄绍竑吧，心里总感到痒痒的，吃起来吧，又觉得那是块鲠喉的骨头，不好张口。俞作柏在他的司令部里转悠着，急得直骂娘。思忖了半日，不觉想到了李宗仁，自己力量不够，何不报请李宗仁再调两营人马前去围剿，用四个营对付四百余人，他黄绍竑纵是三头六臂也插翅难逃。想到这里，俞作柏把眼珠骨碌一转，"哈"的一声暗自笑了起来。但一想又觉不妥，李宗仁的为人俞作柏是深知的，要他干这种明火执仗之事，他是绝对不肯的，怎么办？俞作柏又把眼睛眨了几眨，顿时计上心来，"哈"的一声笑，忙唤道：

"来人呐！"

副官忙跑了进来，问道："统领有何吩咐？"

"备马。"俞作柏命令道。

副官即着人将俞的坐骑牵来，俞作柏带上几名随从卫兵，骑上马急急奔往玉林，找李宗仁去了。

俞作柏到了玉林，在司令部里见到了李宗仁，便说道：

"总司令，我近日打探得一宗上好买卖，不知你肯不肯做？"

李宗仁看见俞作柏那双诡谲的大眼睛不断地眨巴着，估计他又在算计着什么歪门邪道，忙说道：

"健侯呀，我让你率部驻扎兴业县城隍圩，是要你在那里剿匪练兵，你又想到什么做买卖上的事情去了？"

俞作柏"哈"地先笑了一声，又把一双大眼眨了眨，这才说道：

"我是想给总司令挣一笔可观的本钱啊，俗话说人无横财不富，马无夜草不肥，我们只在玉林想做大，何日才成得大事？"

李宗仁见俞作柏说话尽拐弯弯，更断定他此来必有企图，但俞作柏做事一向敢作敢为，截击班师粤军，夜袭马省长船队，他皆独断专行，并不请示，这次为何竟专程由城隍圩跑到司令部磨起嘴皮来了呢？李宗仁想了想，便断定俞作柏不是因为上次打劫马省长受到训斥后有所收敛，遇事先来请示，而是碰上了硬对手，不好下手，来请求支援的。李宗仁便追问道：

"到底有何事，请扯直说来，休得拐弯抹角。"

俞作柏忙凑近李宗仁的耳边，说道："黄季宽那个鬼仔有好几百条枪已到了灵山，正是穷池之鱼，走投无路之时，我看把他们收拾算了！"

李宗仁听了忙正色道："这哪能是人干的事！你上次搞到马省长头上，已属不仁；这次又想乘人之危动黄季宽的手，更属不义。古语云，'多行不义必自毙'。健侯，当个军人，也要正派呀！"

俞作柏如何听得进李宗仁这一套，什么仁呀义呀的，在他眼中吃掉对手扩大实力便是高于一切的准则，只要手上有实力，兵多将强，有大片地盘，便可名正言顺，无论讲仁道义都有人听，否则，那不过是隔着靴子搔痒，给聋子念经罢了。俞作柏当然明白，不管李宗仁嘴上仁呀义呀说得如何动听，但他脑子里日思夜想的不也是扩充实力，抢占地盘吗？只不过李宗仁做得不太露骨，显得"文明"一些而已。假如当初俞作柏不用动武，而是把马省长请到贵县或者到玉林开府，由马省长任命李宗仁为什么总司令之类的名义，由李宗仁收拾广西残局，马省长做个傀儡省长，那李宗仁不知要怎样感谢俞作柏呢。然而俞作柏到底是俞作柏，他做事喜欢痛快，既然手里拿着的不是吹火筒，带的也不是纸扎的人马，且不说战场上真枪真刀的厮杀俞作柏感到过瘾，便是明火执仗打家劫舍、杀人越货他也在所不辞。在这样的年代里，本来就兵匪难分，因此俞作柏倒也不怕李宗仁责怪。虽然在贵县他打劫了马省长的船队，受到了李宗仁和马省长的责骂，但事后李宗仁仍将从马省长卫队营缴来的几百支好枪任由俞作柏扩充一个步兵营，还提拔俞作柏营里的连长、俞的表弟李明瑞为营长，把俞作柏由营长升为统领，并且还滑稽地导演了一场土匪打劫马省长船队的闹剧。李宗仁既扩充了实力，又博得了好名声，只有俞作柏暗中"哈哈"自笑，连连好几天都眉飞色舞。现在，李宗仁不同意吃掉黄绍竑，无非是不同意吃得太露骨，因此俞作柏把眼一眨，干脆地说道：

"黄季宽目下势单力薄，正在走投无路，我们如果不动手，别人也会下手的。先把枪缴过来，黄季宽愿干，看在老同学份上，可以给他个营长当当，不愿干，送他笔路费，打发走掉了事。"

李宗仁仍摇着头，坚决地说道："大家都是同学，有难不扶已是有惭，还要落井下石，更是不该！"

俞作柏见李宗仁横直不答应，自己这两营人马又对付不了黄绍竑，眼看到嘴的肥肉吃不着，心里怏怏而退。李宗仁见俞作柏心里不痛快，又想灵山县距城隍圩仅九十余里，他担心俞作柏瞒着他带兵去缴黄绍竑的枪，黄绍竑必然拼死抵抗，到时两败俱伤，一则大损实力，二则别人定会以为俞作柏所为乃是奉李宗仁之命，岂不有损名声。其实，黄绍竑等人自退出南宁后，李宗仁早已密切注意其行踪，黄绍竑到达灵山，李宗仁也有所闻。俞作柏想的是吃掉黄绍竑，李宗仁想的却是把黄绍竑请来当他的第三支队司令，因此他怕俞作柏铤而走险，闹出乱子，现在不如先把俞作柏稳住，对黄绍竑那边，再作打算。

"健侯，你回来。"李宗仁对正走出司令部的俞作柏唤道。

俞作柏见李宗仁唤他回来，忙折回到李宗仁跟前，用那双略带嘲讽的大眼盯着李宗仁，笑道："动手吗？总司令！"

李宗仁摇摇头，神秘地笑道："我掐指一算，黄季宽现在已经不在灵山县城了。"

"啊？"俞作柏诧异地睁着大眼，但他也毕竟是个机敏之人，随即说道，"风声鹤唳，恐怕他们也不敢在灵山久待。不过，谅他们也走不出粤桂边境这几个县，我们多调点人，前后围堵，看他黄季宽往哪跑！"

李宗仁还是摇着头，慈和地笑道："健侯，我想帮黄季宽一把忙。"

俞作柏"哈"地笑了一声，说道："寒天的麻雀，任你撒多少食也不会进笼的。黄季宽那个鬼仔，精得很哩！"

俞作柏便把陈雄来城隍圩看虚实，他请黄绍竑拔队来城隍圩驻扎的事向李宗仁说了。李宗仁听了直把个头摇得像货郎的手鼓一般，说道：

"你欲乘人之危，骗黄季宽上钩，心术不正！那黄季宽也非等闲之辈，如何肯自投罗网。"

说罢，仍不断地摇头。俞作柏感到有些纳闷，便问道："你准备怎的帮他？"

李宗仁徐徐说道："我想请你到容县走一趟，把季宽的胞兄黄天泽和正在容县家中养病的季宽部下的营长夏威请到玉林来。"

俞作柏把那双大眼眨巴了十几下，也摸不透李宗仁命他容县之行到底葫芦里卖的是什么药，可又不便多问，只好答应一声"愿往"，便带着那几名随从卫士，骑上马，怀里揣着李宗仁给黄天泽和夏威的两封亲笔信函，向容县方向策马而去。

再说黄绍竑在灵山县城住了十几天，无依无靠，前途渺茫，想了许久，也无处投靠和安身，况且，灵山县也不能久驻。黄绍竑想得烦恼，除了不住地捋着腮上的胡须外，便是喝酒驱愁，在这走投无路之时，他不禁想到了老家。因他是广西容县黎村圩山嘴村人，和夏威、韦云淞、陈雄等都是容县的名门大族，回到老家，估计可以得到地方势力的支持，把容县作为一个暂时休息待机的地方，然后再派人到广东方面去联络，以图发展。打定主意后，黄绍竑便准备离开灵山取道粤桂边境的檀圩、武利圩、张黄圩、公馆圩、白沙圩、山口圩、青坪圩到廉江城，然后再经化州、高州、信宜折入广西境内容县的黎村圩。

驻灵山的前几天，恰遇广西清乡司令施正甫的部下统领陆清也由宾阳、横县方面率百余人枪退到灵山来。由于黄绍竑部和陆清部都是被广西自治军追击退出桂境的，因此到了灵山倒也能和睦相处。现在，黄绍竑要走了，便把行军路线和去向通告陆清，问其是否愿意同行。陆清也是势单力薄，走投无路的，见黄绍竑要走，自己仅有百余人枪，独立行动无以生存，便表示愿意同行，到了容县再说。

一路行军，还是按照黄绍竑的那个老办法，申明军纪，严整队伍，到了大小圩镇，便派人到商会接洽，要求提供两餐一宿，沿途倒也平安无事。这样，一直走了八天，眼看离廉江城已经不远了。这天中午，派出去打探情况的便衣人员回报，廉江城里住着大批粤军，已紧闭城门，严加戒备。黄绍竑闻报，觉得情况严重，忙登上路旁的高坡，用望远镜观察廉江城的情况。果然，城门已经紧闭，城墙上隐约可见伏兵，城外行人绝迹，气氛紧张，大约粤军已经得知他们将要经过廉江城的消息，正在张网待鱼了。黄绍竑放下望远镜，愁眉紧锁，拈着胡须一言不发。他这几百人无论如何冲不过高墙深垒戒备森严的廉江城的，现在正是欲进不能，欲退不得，也许这便是他的最后归宿了，想到这里，心中不觉感到一阵酸楚，一双冷冷的眼睛，只是颓然地盯着几里路外的廉江城。正在这时，卫士来报：

"统领，有人要见你。"

黄绍竑一回头，只见卫士引着个三十来岁绅士打扮的人过来，他一见来人，立刻惊呆了，那人却亲切地向他喊道：

"季宽弟！"

"四哥，你怎么在这里？"黄绍竑见来者不是别人，正是他的胞兄黄天泽，想不到异乡见亲人，黄绍竑又惊又喜，也忙喊了黄天泽一声。

黄天泽见到了自己兄弟，也是惊喜参半，他如释重负地说道：

"我已经在此等了三天三夜，现在总算等到你了！"

黄绍竑听了，更感诧异，因为他由灵山出发的行军路线，只通知部下几位营、连长和那位愿跟他一路同行的陆清，别人是根本不知道的，更何况他胞兄天泽现今住在容县老家，更不可能知道他流窜的行踪。黄绍竑见他四哥说话蹊跷，忙问道：

"四哥，你怎的知我要经过廉江？"

"有一个人算出你必经廉江城，因此托我在此专候。"黄天泽神秘地说道。

"什么人竟能算出我必经此地？"黄绍竑疑惑地望着黄天泽，"想必四哥到庙里烧过香、求过签？"

黄天泽只是笑而不答，好一会才摇着头说道："这里不是说话之处，你把队伍停下，跟我到前边那个小酒馆里慢慢谈吧。"

黄绍竑遂命令部队派出警戒，原地休息，又着陈雄到廉江城去与粤军洽商，说明自己也是粤军，刚由广西退回粤境，准备到化州方向去，请予放行。黄绍竑安排好了之后，这才跟着黄天泽到路旁一家小酒馆里去，拣僻静之处坐下。黄天泽要了两份酒菜，见四座无人，便从贴胸的衣服口袋里掏出一封信来，交给黄绍竑，说道：

"这是玉林李司令德邻致你的信函。"

黄绍竑拆开展阅，信中洋溢着李宗仁热情的问候和对黄绍竑目下所处环境的关怀，特托天泽兄专程前去慰问。并说出于同窗之谊，袍泽之情，他愿助黄一臂之力，以渡难关。

黄绍竑看毕，只是不断地将着胡须，却并不说话。

"季宽，"黄天泽见黄绍竑不说话，忙劝道，"李司令在玉林五属整军经武，修明地方吏治，民众能安居乐业，因此很受地方爱戴，我看他将来前途无量。他见你身处窘境，才请我携带信函在此专候，希望你能到玉林去和他一道共谋大业。"

黄绍竑仍然沉默不语，他不断地将着腮上的胡须，由于用力过重，已经把几根又粗又硬的胡须拔断了，但他似乎还没感受到。可以看出，他正在权衡着下最后的决心。

"季宽，"黄天泽又说道，"你这几百人，军不成军，伍不成伍的，无依无靠，这样下去，不是自取灭亡吗？李德邻对我说：'你告诉季宽，到廉江城后，如果继续东进，就要经过化州、高州，前途困难重重，后果不堪设想，请他慎重考虑。'李德邻现在是给你雪中送炭啊！"

"如果我去投奔李德邻，他准备给我什么职务？"黄绍竑用那双冷峻的眼睛盯着黄天泽问道。

"李德邻对我说，如果你愿意把队伍开过去合作，他将任命你为他的第三支队司令；如果你不愿与他合作，他准备赠送你一笔可观的军饷，何去何从，由你自决。现在，夏煦苍正带着李德邻赠你的那笔军饷，在陆川县的车田圩等候，你若不愿回广西的话，可派人跟我到车田圩去把军饷取来。"

李宗仁是仁至义尽，黄绍竑还能说什么呢？在此山穷水尽的时候，李宗仁向他伸出了救援之手，他若不抓住这只手，便要从绝路上滑落下去，他的前途，他的性命，都将化为乌有。尽管黄绍竑富于冒险精神，又是个极不安于现状之人，当然也不甘愿屈居李宗仁之下，但此时此地，别说李宗仁向他伸出一只热情的手来，便是什么人向他抛过来一只如丝的救生线索，他也会紧紧抓住不放的。

"我决定投奔李德邻！"黄绍竑好不容易才从嘴里吐出这句关系重大的话来。

"好！"黄天泽舒了口气，既为完成李宗仁的使命而高兴，又为胞弟黄绍竑的前途有了着落而宽心，"夜长梦多，事不宜迟，今日你便可绕道而行，直奔广西的陆川县车田圩去会夏煦苍。"

黄绍竑却摇着头，说道："事情恐怕没有这么简单。"

黄天泽见黄绍竑如此说，深恐有变，忙说道："一言既出，驷马难追，季宽你说话可要算数呀，怎么又变卦了？"

　　"李德邻现在自称是广西自治军第二路总司令，而我的部队自百色被广西自治军第一路总司令刘日福包围缴械后，我与白崇禧、夏威重整旧部，从那之后，一直和自治军作战。部下官兵，对自治军皆心怀深仇大恨。四哥，你可知道，我为何蓄着这一腮的大胡须？"黄绍竑抚着腮上的黑须，心情显得悲壮激昂，他接着说道，"自治军刘日福缴了我们的械，我在百色不幸被他们抓获，后来多亏朋友从中斡旋，方才留得一命，这是我从军以来最大的一次耻辱，我留着这胡须，便是永不忘记那次的耻辱与仇恨！我与我的部下怎么也不曾想到，转战千里，与自治军拼死拼活，到头来还得投靠自治军！"

　　黄天泽点点头，说道："我明白，你担心部下不明真相，会发生哗变。"黄天泽沉思了一会，说道："既如此，我跟你留在军中，一同开导官兵们，不管怎么说，眼下你只有这一条路了。"

　　"不必！"黄绍竑果断地摇着头，"倘发生意外，连个传信之人都没有了。四哥可由廉江即日往陆川车田圩夏威处等我，五日之内，我若不到车田，便是发生了不幸，四哥也不必去搜寻我的遗骨，只与李德邻报个信则可：就说我黄绍竑没有失信，只不过天有不测之风云，此生无缘与他共谋大事！"

　　"季宽弟！"黄天泽紧紧地抓着黄绍竑的双手，热泪盈眶，不忍分离。

　　"四哥，你走吧！"黄绍竑说得那么平淡，那么随便，仿佛兄弟之间，并无手足之情可言。

　　黄天泽见天时尚早，更知黄绍竑路途多艰，随即勉励了他一番，便在这小酒馆里告别，径直往广西陆川县车田圩会夏威去了。

　　黄绍竑与兄长别过，回到部队，陈雄也从廉江城回来了。据陈雄报告，他到城内与粤军的官长交涉了半天，总算获准通过。但粤军不准他们入城，须在武装监视之下绕道而过，否则将予以包围缴械。陈雄忧心忡忡地说道：

　　"季宽，廉江虽然可以通过，但是前边的化州、高州、信宜都是广东西部的重要县份，那里一定会有更多的粤军驻守，他们也能让我们通过吗？"

"反正天无绝人之路！"黄绍竑冷冷地说了一句，关于投奔李宗仁之事，他此时连陈雄也只字不提。

既然廉江驻军同意过境，黄绍竑便决定立即通过，以免发生不测，他整顿好部队，马上出发。这支几百人的部队，虽然军服破烂不堪，但由于经过千里转战，现在肩上扛上了带刺刀的步枪，加上队伍严整，更显得凛不可犯。廉江城上的粤军，虽严阵以待，但也不敢轻易动手，黄绍竑便顺利地通过了廉江城，却并不折向广西陆川方向，而是按行军路线，仍向化州方向前进。黄绍竑明白，不能转弯过快，否则便会翻车的。当夜宿营，他独自一人，挑灯静观粤桂边境地图，直到半夜，方才睡去。

次日，黄绍竑仍旧下令向化州前进。他自己则一路走，一路思考计策，待部队行到一处名叫石角圩的地方时，他立即发出命令，停止前进。原来，这石角圩乃是南北两条大道的交叉点，向东是去化州之路，向北则是进入广西境内陆川县的道路，昨晚黄绍竑夜观地图，苦苦思索，便是选定石角圩作为进入陆川之转折点。现在，石角圩已到，黄绍竑命令部队集合，进行训话：

"弟兄们，我刚才得到确实情报，廉江城的粤军已与化州的粤军联系好了，准备夹击消灭我们。现在情况紧迫，必须变更行军路线，转向北方，进入广西的陆川境内暂避！"

黄绍竑面色严峻，表情沉着，说完之后，用眼睛迅速扫了一眼全体官兵，还好，官兵们并无异样举动，仍像过去危急时刻那样向他投以信赖的目光。大概是因为昨天在经过廉江城时，粤军戒备的姿态给黄绍竑部下官兵的印象太深刻了，因此黄绍竑稍稍一提"敌情"，部下便信以为真，于是大家跟着向北，折向广西境内的陆川县。

从石角圩向北走之后，全是乡村便道，也无重要城镇，因此途中没有遇到粤军阻挠。黄绍竑又约束部队，除到大些的圩镇食宿外，沿途并不惊扰百姓。一路行程，倒也顺利，三天之后便进入广西陆川县境，首途便抵达桂粤边境的大圩镇——车田。

部队还未进入车田圩，黄绍竑便老远看见夏威和黄天泽从圩前的那兜大榕树下向他跑来了，夏威一跑到跟前，便把黄绍竑一把抱了起来，欣喜若狂地说道：

"季宽，你到底来了，李德邻算得真准啊！"

黄绍竑把夏威的肩膀摇了摇，感慨万端地说道："煦苍，我们今天能在此重新见面，也是一大幸事啊！"

夏威随即将李宗仁的委任状交给黄绍竑："这是李德邻任命你为第三支队司令的委任状。"

黄绍竑接过委任状，一把揣到衣袋里，并没说什么，他至为关心的是军饷，他的部队从上到下，除了几百杆步枪和少许子弹外，已再没有叮当作响的东西了。除了军饷之外，李宗仁的信用也是他极为关切的，因此一进入陆川县，他便四处派出便衣人员进行侦察，特别是车田圩周围一带是否有李宗仁设伏的部队。他虽然决定投奔李宗仁，但对李不能不存戒心，这年头，谁都想吃掉谁啊！夏威见黄绍竑接过委任状后显得冷漠，料想他眼下关心的是军饷问题，便把手一招，随即走过一个挑着一担沉重物品的精壮挑夫，夏威命那挑夫放下担子，便把担子两头扎封得严密的箩筐揭开盖，两手各抓了一把东毫和光洋塞给黄绍竑，说道：

"这是李德邻送你的军饷，他唯恐你还不想去玉林，想到广东那边去闯闯，因此送你的全是可以在广东通用的东毫和光洋。李德邻要我转告你：千万不要勉强，如你还要走的话，就不必去玉林，大家都是同学，后会有期。"

这时，派出去打探情报的便衣人员也纷纷回报，车田圩周围远近并无其他军队。黄绍竑心潮翻滚，方才真正相信李宗仁确是一番真心诚意。他一边手拿着一块锃亮的光洋，叮叮当当地敲着，那响声，仿佛是一只古筝弹奏出的清脆悦耳的乐曲，黄绍竑又把那些光洋和东毫在手里掂了掂，口里不住地说着：

"李德邻啊李德邻，我黄绍竑算服你了！"

黄绍竑接着下令，部队在车田圩暂时住下来，他准备在此宣布就职，并着手改编部队，夏威已经痊愈，就此归回部队。

此地百姓均是黄姓人家，经打听，曾是黄绍竑家族的远祖支派，因此对黄绍竑的部队颇为欢迎，于是杀猪宰牛，大宴部队。全军官兵，受此款待，更是喜气洋洋。

黄绍竑也在请客。入夜，司令部里摆着一桌相当丰盛的酒席，黄绍竑坐在上首，夏威、韦云淞、陈雄、陆炎和陆清等都在座，除陆清外，其余都是黄绍竑的亲信。席间，黄绍竑显得异常兴奋，一杯又一杯地请大家干。他那满腮胡须，沾着酒滴，在四支大蜡烛的黄光映照下，发着光亮，好像挂着一串串小小的珠子。他那两张嘴唇，油亮而泛红，那双眼睛，发着令人捉摸不透的冷光，在摇晃的烛影之下，显得寒碜碜的，使人不禁联想起"烛影斧声，千古之谜"的往事。酒过三巡，黄绍竑突然站了起来，他举着酒杯，走到陆清面前，说道：

"陆统领，难得你一路辛苦跟着我们，现在，让我敬你一杯！"

陆清猛地发现黄绍竑那双眼睛冷得怕人，再看他腮上的胡须和那张泛红的嘴唇，俨然是一个魔鬼，陆清吓得结结巴巴地说道：

"黄……黄统领，不……不必客气……"

黄绍竑"嘿嘿"两声冷笑，把那杯酒硬送到陆清嘴边，说道："喝吧，这是我敬你的酒！"

陆清已经看出黄绍竑不怀好意，随即挥起一拳，打掉黄绍竑送到面前来的酒杯，跟着又飞起一脚，踢翻了那张摆着酒肉宴的八仙桌，桌上的四支大蜡烛和那些盛着菜肴的盘盘碗碗全都滚翻在地，屋中一片漆黑。陆清趁机冲出屋外，可是立即被把守在门口的黄绍竑的卫士使了个绊子，"噗"的一声放翻在地，陆清刚要叫喊，黄绍竑早已奔出屋外，用椅子对准陆清的脑袋狠狠一砸，陆清还没叫喊出声，便被砸得昏死过去。黄绍竑对那几名卫士挥挥手，冷冷地说道：

"抬出去，趁黑夜到野外挖个坑，埋掉！"

卫士们七手八脚地抬起仍在抽搐着的陆清，又扛上铁锹，往野外去了。

夏威、韦云淞、陈雄和陆炎等人都被黄绍竑突然的一手弄懵了，夏威因刚回队，尚不知陆清的来历，心有余悸地问道：

"季宽，这……是怎么一回事？"

陈雄却有些愤然不平地说道："陆清是老民党[1]，他的部队和我们田南警备军

---

[1] 民国年间对辛亥革命前加入中国同盟会的老革命党人的习惯称呼。

又是有香火渊源的，而且在同驻灵山县的这段时间里以及作伴随行的十多天中，又没发现他有不可靠的迹象，为什么要开这样的杀戒？"

"嘿嘿！"黄绍竑冷笑了两声，"难道还让李德邻把他封为第四支队司令吗？"

韦云淞有些迟疑地说道："他还有一百多人枪啊！"

"活人还能让尿憋死？明天我自有办法处置他们！"黄绍竑显得非常轻松自如地说道，"诸位，刚才不过是一段小小的插曲，为大家助兴而安排的，请入席继续喝罢！"

夏威等人不知是已喝够了，还是被黄绍竑刚才表演的那段"小小的插曲"把酒兴打掉了，一个个都摇着头，告辞回去歇息了。黄绍竑却感到意犹未尽，命随从重新端上酒菜，点上烛灯，一个人放量痛饮起来。

第二天，黄绍竑把部队带到车田圩前头一块开阔地上，准备宣布就任新职和改编部队。他首先把马晓军自民国六年创立模范营以来，一直使用的那面白边红心中间大书一个白色"马"字的姓字军旗，改换成一面广西自治军的白旗，在白旗中间书上一个大大的"黄"字，又特地在部队中挑选了一名高大壮实的士兵来当掌旗兵。司令台前，白旗飘飘，白旗中那个大大的隶书"黄"字，显得异常醒目。陈雄摇了摇头，忙用手碰了碰夏威，说道：

"煦苍，季宽要'黄袍加身'啦，马司令回来，如何交代得过去？"

夏威微微一笑，不以为然地说道："古语云：'良禽择木而栖，忠臣择主而事。'我们这支部队，由季宽掌握要比马晓军掌握有希望得多，事实上，季宽早已是这支部队的首领了，我们不妨拥戴他就是。"

夏威与黄绍竑、白崇禧曾经是马晓军手下的三个营长，由于他们平时训练部队认真，又加在剿匪中有功，马晓军视其为股肱，戏呼"军中三宝"。由于黄、白、夏三人的努力，马晓军模范营之声名随之鹊起。现在，"三宝"之一的白崇禧远在广州治伤，黄、夏"两宝"又已串通一心，韦云淞到底是半途来入伙的，没有更多的发言权，陈雄也就只得听其自然，不再说话。

集合的士兵们见司令台上突然升起了广西自治军的白旗，都本能地骚动起来，一个个瞪着大眼，议论纷纷，不知发生了什么事情。黄绍竑一下跳到前面那张早已准备好的方桌上，左手叉腰，右手挥动着，制止士兵们的骚动：

"弟兄们，不要吵，不要吵！"黄绍竑严厉地连喝两声，士兵们方才肃静下来。

"现在，我要向你们宣布一件事情！"黄绍竑用他那双冷冷的眼睛扫了他的"弟兄们"一眼，"弟兄们"随即肃然"嚓"的一声全场立正静听。

"现在，本军已接受广西自治军第二路李宗仁总司令的改编，番号是广西自治军第二路第三支队，本人担任支队司令。本支队下辖三营，任命夏威为第一营营长，陆炎为第二营营长，韦云淞为第三营营长，陈雄为支队司令部参谋。"

黄绍竑一口气说到此，见部下仍肃静如常，这才又用那双充满杀气的眼睛望着陆清的那一百多人，接着说道："同行的陆统领愿将部队一齐交给我们改编，他于昨晚已离队他去，因此陆统领的部队分三部分别编入第一、第二、第三营中。现在，各营按新的建制序列重新站队！"

陆清的那一百多人，见首领不在，四面又被黄绍竑的部队监视着，只得依令而行，被拆散分别编入黄绍竑部的三个营中。编队工作眼看即将顺利完成，可是在开阔地中央，却有十几名士兵兀自站着不动，为首的一名老班长两只衣袖卷得老高，右手提着一支手提式机关枪，其余的十几名士兵手里也都端着上了刺刀的五响步枪。黄绍竑见了，暗吃一惊，仔细看时，才知道这十几个人是在抢渡那马河时沉船牺牲了的冯春霖营长那个营幸存下来的士兵，那位老班长，跟随冯春霖有年，作战勇敢，多次立功，冯春霖平日里甚是看得起他。

"他们抗拒改编，图谋不轨，让我集中火力，将其消灭干净！"夏威拍案而起，准备下手。

"不可盲动！"黄绍竑将手一挥，断然制止夏威，"今天是我就职的日子，切不可让部下以刀兵相见！"

黄绍竑说罢，即从方桌上跳了下来，向那一班持枪的士兵走过去。那位老班长见黄绍竑朝他们走来，以为是来收缴他们手中武器的，"刷"的一声，端起手提机枪对准黄绍竑，看样子，他是要拼命了。黄绍竑面无惧色，仍朝这一班人走来。那老班长的指头已轻轻贴在枪的扳机上了，只要他一抠，黄绍竑便会随时倒下去。但黄绍竑似乎没有看到这一切，还是迈着军人的步伐，继续走过来，当距离那老班长的枪口两米左右时，他站住了，用那双目光冷冷的令人望而生畏的眼睛看着这位老班长，平静而威严地问道：

"你们不愿跟我去当自治军？"

"这还用问！"

那老班长硬邦邦的一句话，像枪机撞击着子弹底火似的，"要当自治军，在百色、恩隆、南宁、那马河……哪里不可以，转战千里，吃了多少苦，死了多少人，连我们冯营长都战死了，为什么要向自治军低头？"

黄绍竑那冷冽的目光，被老班长这几句话碰得退了回来。他觉得眼眶里有些发酸，冯营长在那马河中站立在那只小木船上喝尽最后一口酒的形象，此时牢牢地屹立在他脑海之中，正用那不屈的眼光死死地盯着他，似乎老班长刚才的那些话，是由冯营长之口说出来的。他黄绍竑也是条铁骨铮铮的汉子，何曾想到要向自治军低头！他抚着自己腮上那又长又密的胡须，对老班长说道：

"你们当然知道，我这胡须为何至今还留着，那还不是为了铭记在百色被自治军缴械的耻辱！我的旗帜可以换成白色的，但腮上的胡须永远不会剃掉，除非我不再当军人！"

黄绍竑说得激动起来，他那双冷峻的眼睛里，老班长第一次发现竟也闪着两团火。他接着说道：

"从恩隆出发，奉命增援南宁，我带的部队有一千多人，可是现在只剩下四百多残兵疲卒，难道要把你们都拖死打光，我黄绍竑才算得上英雄好汉吗？！"

那老班长却还是硬朗朗地说道："反正我们不愿向自治军低头，宁死也不当自治军。黄统领，请你不要管我们好了！"说罢，把手一挥，命令他那一班人："走！"

这班兵手持有雪亮刺刀、子弹顶在膛上的步枪，随时准备厮杀格斗，与对手同归于尽。那老班长则手端机枪，亲自断后，在众目睽睽之下，往后走去。开阔地上，气氛紧张到了极点。夏威拔枪在手，牙齿咬得格巴直响，要不是黄绍竑与那班兵的距离太近，他早就要用密集的火力彻底消灭他们。

"站住！"

黄绍竑猛地大喝一声。那一班士兵原都是训练有素的，被长官这猛地一喝口令，"刷"的一声，步子本能地一齐停了下来。那走在队伍后头的老班长，见黄绍竑不让走，倏地把枪口一抬，直对着黄绍竑的胸膛，他偏着头，用凛不可犯的口吻问道：

"要拼命吗？黄统领！"

黄绍竑也不理会那把枪口逼住他胸膛的老班长，却扭头向司令台那边喝道：

"给我把钱拿来！"

一名卫士，立即捧着一袋子叮当作响的银元跑了过来。

黄绍竑接过那袋子钱，走到老班长跟前，说道：

"你们打从恩隆跟着我，转战千里，流血拼命，我至今还没有给你们发过饷——这并不是我黄绍竑克扣你们，实在是没钱可发啊！你们现在既然要走，人各有志，我也不强留你们。这点钱，就算是我给你们最后发的一次军饷吧！"说着，他从袋子里掏出十元银洋，递到老班长握着枪的手里，然后又亲自给每个士兵各人发了五元银洋，这才挥挥手，说道："走吧！"

那位老班长，平端着手提机枪，向长官黄绍竑深深地行了最后一个注目军礼，然后才带着全班，缓缓离去，走向前面一排莽莽苍苍的群山。

黄绍竑回到司令台上，下达了出发的命令，把部队向玉林开拔，投奔李宗仁去了。

第十一回

乱世横行　蒙胡子铸印当省长
众叛亲离　陆老帅丧气麻雀巷

却说刘震寰以金蝉脱壳之计撤离南宁，马晓军、黄绍竑不甘垫底，也于混乱之中连夜逃走。南宁城中，火光冲天，居民惊慌失措，四散逃遁，省城遍地烟火瓦砾，满目劫后之景况。天明之后，围攻南宁的各路自治军便蜂拥而入，占据了省会。

最先抢入城的，是蒙仁潜的一旅，跟着是陆云高的一旅，不久，陆福祥的部队也开到了。自称为广西自治军总司令的林俊廷，这时闻知南宁城空虚，也加紧督率所部，由怀远、庆远一带正向省城迅速推进，亦大有先入关中而为王的气势。蒙仁潜、陆云高、陆福祥、林俊廷何许人也？那蒙仁潜乃广西武鸣人氏，秀才出身，长着一大把胡须，诡计多端而又嗜杀成性，人称"蒙胡子"。那年月，谁家孩童顽皮，父母只要说一声："你还吵，蒙胡子来了！"再顽皮的孩子也吓得赶忙躲在父母怀中，不敢再吵闹。蒙仁潜原是陆荣廷部将，曾任广西陆军第三司令，现有人枪两千余，入南宁前驻在隆山、忻城一带。陆福祥也是武鸣县人，清光绪年间，在武鸣游勇陆采邦、王特燕的山寨里出入，到龙州边关上往投陆荣廷，后来当了旅长，是陆荣廷部下悍将。陆福祥为人粗俗但颇憨厚，陆荣廷下野后，他自称广西第一独立旅旅长，有人枪三千，驻武鸣、那马一带。陆云高则是陆荣廷的马弁，受陆荣廷卵翼成人，直升到广西陆军第一师第一旅旅长，所部装备精良，是陆荣廷的精锐部队。陆荣廷下野后，陆云高自称第一师师长，驻宾阳、上林、都安一带。林俊廷则是钦州人，早年与陆荣廷当过游勇和清朝巡防营军官，后来在陆手下做桂林镇守使。粤军入桂，他为保存实力率部退入黔桂边界。粤军回粤之后，广西境内自治军蜂起，在这些自治军将领中，林俊廷当过镇守使，军职最高，因此他便自封为广西自治军总司令，率所部向南宁进发。但走到迁江时，他便屯驻人马，不再前进。他在官场混的时间长，颇有见识，深知自封的官当不久，因此，当蒙仁潜等抢入南宁时，他却屯兵迁江，暗派其弟林毓麟为代表前往北京，找北洋军阀曹锟、吴佩孚做靠山，请求北洋政府任命他为广西绥靖督办。林俊廷便在迁江等候北洋政府的委任状。

却说蒙仁潜、陆云高、陆福祥等人进入南宁之后，广西成了群龙无首、四分五裂的混乱局面。那蒙仁潜是秀才出身，把一部《三国演义》读得烂熟，为人既狡猾又有野心。此番攻进南宁，他是抱着先到者为君、后到者为臣的目的。他的部队攻到镇宁炮台时，见无守军抵抗，便知南宁已经唾手可得，他即令部下：

"给我抢占省署，先到者重赏！"

他骑着一匹黄骠马，带着卫队，直奔马君武的省长公署。进入省署即搜寻马君武，当他得知马君武已离开南宁时，即用手枪逼着几个看守省署的年老职员，勒令他们交出省长和各厅厅长大印。那几个年老职员，因家眷皆在南宁，不能随马省长到梧州去，也无法下乡躲避，便只好整天守在省署衙门，实指望新来的省长大人念他们忠于职守，委个一官半职，没想到等来的却是阴险嗜杀的蒙胡子，因此一个个吓得战战兢兢，半天说不出话来。

"不给我交出省长和各厅厅长大印，我割下你们的脑袋当尿壶！"蒙仁潜即命卫弁把刀架在那几个省署老职员的颈脖上，恶狠狠地说道。

那几个老职员本来听到蒙胡子的大名便已吓得丧魂了，现在亲眼看到这个杀人不眨眼的胡子魔王站到面前，把雪亮的刀架在自己颈上，两个胆小的老职员竟一下昏死了过去。

"司……司令，印……印信，马……马省长都……都……都带走了！"一个胆子大些的职员，硬着头皮，结结巴巴地说道。

"老子不管他马省长，还是牛省长，你们要是交不出大印，就把脑袋交出来！"蒙仁潜接着大喝一声，"放血！"

卫弁们将明晃晃的刀一拉，鲜血立即从那几个职员的颈脖上流了下来，当场又有两人吓得昏死过去。刚才说话的那个职员，用手捂着流血的颈脖，跪下求饶道：

"司……司令，所有印信，马……马省长真的都带走了，司……司令，一……一定要的话，让……让我们去铸来就是。"

蒙仁潜眼珠一转，心想只要有大印就行，不管你是铸的还是刻的，喝道：

"快去给我铸来！"

卫弁们用刀押着那几个颈脖上还在流血的可怜职员，在省署里找出几块银锭，到银铺里铸印去了。蒙仁潜在省署的大堂上站着，命卫弁去把省长马君武办公坐过的一张高背皮靠转椅搬来，放在大堂正中，又在那高背皮靠转椅上铺一块杏黄缎子，便大模大样地坐了起来。坐了一阵，他还感到不过瘾，便拍着那转椅的扶手，大喝道：

"来人呐，我要办公了。"

卫弁们一齐到大堂上站立恭候，蒙仁潜又喝道：

"快把各种卷宗文案呈来！"

一卫弁头目答道："大人，尚没有任何卷宗文案可呈。"

蒙仁潜想了想，他刚坐上省长交椅，一时是还没有可批的呈文，便又喝道：

"我要审案！"

那卫弁头目又道："尚未捕到案犯。"

"混蛋！"蒙仁潜大怒，拍着转椅扶手吼道，"快去给我抓一个来！"

"是。"

卫弁头目答应一声，正要带人出去抓"案犯"，此时却见一个军官带着几个士兵，五花大绑押一个人进来，那军官报告道：

"司令，我们在入城搜查中，捕获要犯一员，现解送司令部，请司令发落。"

蒙仁潜看时，只见他部下的一个团长带着几个士兵押着一个人进来向他报告。那被押着的人中等身材，三十岁左右年纪，面皮白净，身着夏布长衫，虽被五花大绑着，但神情却镇静如常。蒙仁潜一看，顿时勃然大怒，将那高背皮靠转椅的扶手重重一拍，咬牙切齿地大骂道：

"黄旭初，你卖身投靠孙文，实为我桂省军人之叛徒，罪大恶极，今天落在我手上，定要将你碎尸万段！"

蒙仁潜实在没料到，他入省署审判的第一名"要犯"，竟是省长马君武的中校科长黄旭初。因这黄旭初曾在谭浩明督军署里任过中校参谋，蒙仁潜自然认得他，后来闻知黄旭初投了粤军，旋到孙中山委的广西省长马君武省署里任中校科长。蒙仁潜既恨粤军，更恨投效孙中山革命的广西人，今黄旭初落在他手里，正可解一时之恨。他见黄旭初不说话，气得又将转椅的扶手播得嘭嘭直响，喝道：

"黄旭初，你是广西的'吴三桂'，勾结粤军，入侵本省，糜烂广西，罪该万死！罪该万死！"

"我不是吴三桂，也没有勾结粤军入桂，我只不过是帮马君武省长做事，马省长是广西人，因此，我是帮广西人做事的，就和以前我帮谭督军做事一样。"

黄旭初轻声慢语地说着。他在马君武离邕的当天晚上，即到河西一个亲戚家里藏匿起来，也许是他的目标太大，或是行踪被人窥见，自治军刚入南宁，他便被蒙仁潜的部属抓了起来。

"狡辩！"蒙仁潜又播了皮转椅的扶手一拳，"马君武是广西的叛徒，你为他做事就是为虎作伥。给我拉下去，砍了！"

那几个兵推起黄旭初便往外走，准备拉出去杀头。黄旭初也不做声，头也不回地走了。这时，门外飞跑进来一个人，来到蒙仁潜面前，先呈上一只小皮箱，央求道：

"请蒙司令手下留情！"

蒙仁潜用手捋着那一大把胡须，看着这陌生人，颇感诧异地问道：

"你是何人？"

那人道："我是玉林李司令的副官。"

蒙仁潜把眼珠转了转，又把那胡须捋了捋，也许因为现时正是"司令满街走，将军多如毛"的时候，他竟一时想不起玉林的李司令到底是何许人，便又问道：

"玉林哪个李司令？"

"李德邻司令。"那人说道，"我们李司令和黄旭初先生有同窗之谊，因此命我前来向蒙司令央求，千祈不要伤害黄先生。"

那副官说罢，忙将那小皮箱打开，露出一箱白花花的大洋和几根黄灿灿的金条，副官随手将小皮箱送到蒙仁潜面前，说道："请蒙司令笑纳！"

蒙仁潜用手抓了一把光洋，在掌心叮叮当当地转了转，他感到十分开心，因为他一进了省署，坐上省长的交椅后，部下便给他抓来了黄旭初。他审了"案犯"，显了威，解了恨，现在远在玉林的李宗仁又给他送来了这一箱金银，他进了财，这是一个绝好的兆头，说明他从此要飞黄腾达了。蒙仁潜虽然对李宗仁以重金搭救黄旭初之事尚有疑虑，但李宗仁毕竟是和蒙仁潜同属自治军，且又颇有实力，蒙仁潜要当省长，也还得靠李宗仁等人的拥戴。因此他脸上露出一丝狡黠的笑容，对李宗仁的副官说道：

"李德邻还真讲朋友义气，嘿嘿。"他随即喝住了那几个正推搡着黄旭初的士兵，吩咐道，"留下'吴三桂'一条狗命，将他脚镣手铐监禁起来，听候发落！"

原来，李宗仁驻守玉林，上马管军，下马管民，担子很重，很想物色两个人做左右手。后来请了秀才出身的黄钟岳来担任他的秘书长。黄钟岳曾在谭浩明主桂政时做过民政厅的科长，又出任过县长，为人干练，是李宗仁处理民政、财政方面得力的助手，可是还缺一个精明能干的参谋长。忽一日，李宗仁想起他在陆军速成中学时的一位同学——高材生黄旭初，心想，如能得此人襄助，可成大事。但一打听，得知黄旭初在马省长那里做军务科长，一时不好请来，心中不免懊丧。因此，当马省长的船队在贵县遭俞作柏袭击时，李宗仁赶到，曾向马君武的随行人员探问黄旭初的下落，得知黄没跟船东下，留在南宁。此时，蒙仁潜、陆云高、陆福祥等人的部队正向南宁进攻，李宗仁担心黄旭初蛰居南宁受害，便派副官携重金到南宁，设法打听黄旭初的下落，如黄遭难，则设法进行营救。不想黄旭初被蒙仁潜部下押过大街时，碰巧让李宗仁的副官看到了，便救了黄旭初一命。

蒙仁潜本是个野心极大之人，他虽然占据了省署，但转念一想，目下广西四分五裂，自治军蜂起，占城夺地，自立为王，自己仅有人枪两千，占据的不过是南宁城中的一座省署楼房，外有多如牛毛的司令，而这南宁城中，除了他之外，还有陆云高和陆福祥，刘日福的部队也由右江东下，到达了南宁，林俊廷在迁江也随时准备来。蒙仁潜暗想，要当广西省长，还得靠这些实力派的拥戴，否则他想当省长的愿望不过是黄粱一梦。他把那长胡子捋了捋，便心生一计，着人去将陆福祥和陆云高请来省署商议。蒙仁潜对他两人说道：

"二位，我们虽占领了南宁，但省会已经瘫痪，政令不出，军饷无着，民不安定。我们三人应联名通电，邀请省内各地势力雄厚的自治军首领到南宁来，开善后会议，以筹组省府，安定地方。"

那陆云高虽是马弁出身，跟随陆荣廷多年，但为人极狡诈，他也想趁机占据南宁的有利地位，控制广西省政，便说道：

"老蒙这主意不错，请他们来商量一下，顺便把省府那些'豆腐块'分分。"

陆福祥粗俗憨厚，头脑简单，只会带兵，全不晓政治上的事情，他见蒙仁潜和陆云高如此说，也就不反对。邀请的电报发出不几天，几位实力雄厚的自治军首领便先后到达了南宁。

先来的是刘日福，他是广西博白县人，陆荣廷旧部。当陆下野后，刘日福在靖西一带收编陆部散兵数千人，自称广西自治军第一路总司令，率部向百色进逼，缴了马晓军部的械后，实力大增，但不久即为粤军熊略、苏廷有部击溃。后来粤军回粤，刘日福便乘机又占了百色，论兵力，他目前是广西最大的实力派。他的部队进入南宁后，即占据了广西银行。接着自称广西自治军第二路总司令的李宗仁也从玉林赶来了，只有率军到达迁江逡巡不进的林俊廷没有来。蒙仁潜等得不耐烦，便把刘、李、两陆几位请到他的司令部——省署开会了。

省署大厅里摆着几把椅子，几张桌子，刘、李、两陆分别坐在椅子上，只有蒙仁潜独自坐在那张铺着杏黄缎子的高背皮转椅上，位置十分显眼，看得出他是以主人和长官身份自居。陆云高当然清楚蒙仁潜召集开会的意图，因此也把自己的椅子往蒙仁潜这边挪过来，以显示既与蒙仁潜平起平坐的身份，而又比刘日福、陆福祥和李宗仁等人地位高出一头。陆福祥坐在椅子上，双腿大咧咧地架在前边的桌子上，眼皮下垂，让一个勤务兵一条腿跪在地上给他捶腿。刘日福则赤着双脚，蹲在椅子上，端着一把银制的水烟壶，呼噜呼噜地不断抽着水烟。这些人中，只有李宗仁感到极不自在。

因为蒙仁潜、陆云高、陆福祥和刘日福等人都是五十开外的人了，除蒙仁潜外，他们都是目不识丁，出身绿林行伍的大老粗。而李宗仁则是三十出头，受过正规军事学校教育的青年知识军人，无论是气质、性格和出身都与他们几人毫无共同之处。对他们的言语行动乃至坐着的姿态，都感到极不顺眼。李宗仁正襟危坐，岿然不动，目不斜视，仿佛是伫立在一堆突兀乱石中的一棵松树，显出几分挺峻的气质。

"诸位，我们都是广西的实力派，目下群雄割据，八桂纷乱，我们都身为桂人，桂人治桂，义不容辞。今天请诸位前来会议，便是商量如何收拾广西残局，重设省治，统一广西全省的军政问题。对此，请诸位不吝赐教，发表高见。"

蒙仁潜以召集人的身份说话了，说完，便用那双狡黠的眼睛，逐一在与会人的脸上扫过。陆云高见蒙仁潜以主人的身份说话了，生怕失掉自己与蒙仁潜平起平坐的身份，赶忙站起来说道：

"今天就把省长和各厅厅长定下来，我们每个人手上都有几千人马，谁要不服，就把他的枪缴了！往后，广西就归我们五个人所有啦！"他说完便迫不及待地对蒙仁潜道："喂，老蒙，快把你做的那些'豆腐块'拿出来分一分吧！"

蒙仁潜见陆云高竟以命令式的口气对他说话，心中甚觉不快，便把头高傲地靠在那高背皮转椅上，一边捋着胡须，一边漫不经心地说道：

"诸位，请发表高见吧！"

刘日福蹲在椅子上，悠然地抽着水烟，他手中那把银制的水烟壶发出"呼噜——呼噜——"的声音，仿佛一个受了伤风呼吸不畅的病人似的。陆福祥仍在让勤务兵捶着大腿，那双眼睛半睁半闭，一动不动，舒服极了。李宗仁端坐着，目光平视，头与两肩垂直，两肩与身躯垂直，身躯与两腿垂直，小腿又与大腿垂直，充分显出一个受过正规军事教育和训练，极富军人素养的姿态。

蒙仁潜见刘、陆、李三人都不发表任何意见，正中下怀，便说道：

"诸位既不反对，便是赞同我刚才的意见了。"

说罢，便起身走进后面的一个房间里，一会儿便抱着用黄缎包着的一大包沉重的东西走了出来。蒙仁潜把那黄缎包小心翼翼地放在桌子上，像个贪婪的财主拾到一大包宝贝似的，眼睛瞪得老大老大。这时，陆云高也忙走到桌边，一双牛蛋似的眼睛紧紧地盯着那黄缎包，好像那是只具有法术的包袱，你要什么，它便会给你变化出来。蒙仁潜慢慢地解开那黄缎包，他的动作，很有点道公祭法的味道，嘴唇在有节奏地蠕动着，像在默念着什么咒语，唇下的一大把胡须也跟着轻轻抖动。一会儿，只听得"叮咚"几声闷响，一个个银白的四方块便从那黄缎包里跳了出来，蒙仁潜慌得忙将双手按过去，生怕别人来抢夺。可是，除了陆云高伸出两手压在桌子上外，刘日福、陆福祥、李宗仁仍无动于衷，蒙仁潜这才松了一口气，用眼扫了扫双手按着的四方块，从中拣了块最大的，拿在手上向大家晃了晃，说道：

"诸位，我是秀才出身，做广西省长最合适，这块省长大印归我了！"

陆云高见蒙仁潜抢走了省长大印，急得忙在桌上乱翻起来，无奈他大字认不得一个，对那些银铸的四方块，一时认不出到底是何种官职大印。蒙仁潜见刘日福仍在呼嘟呼嘟地抽水烟，陆福祥还在让勤务兵捶着腿，那半睁半闭的双眼，并没向桌上那些银亮四方块瞅一瞅。只有李宗仁扭头看了看，但却并没有站起来，也不说话。陆云高拣起一方官印，问蒙仁潜道：

"老蒙，这是什么官？"

"建设厅长。"蒙仁潜用傲慢鄙夷的声调答道。

"咚"的一声，陆云高将那新铸的"建设厅长"官印扔在一边，接着又抓起一个四方块，问道：

"这是什么官？"

"教育厅长！"蒙仁潜故意扯着嗓门喊道，"陆高子，我看你当教育厅长蛮合适的啊，孟子曰：'君子有三乐，而王天下不与存焉。父母俱存，兄弟无故，一乐也；仰不愧于天，俯不怍于人，二乐也；得天下英才而教育之，三乐也。'"蒙仁潜手拈胡须，呼着陆云高的混名，摇头晃脑之乎者也地讽刺着。

"当个卵！"

陆云高骂了声粗话，随手将那"教育厅长"扔在一边，又抓起一方官印，还没等他发问，蒙仁潜便笑道：

"啊哈！陆高子，你真走运，给你捞着了财神爷——财政厅长！"

陆云高听蒙仁潜说他抓着的这个是财政厅长的大印，喜得忙将那银白的四方块一把揣进怀中，生怕被别人抢走似的，他咧着大嘴，说道：

"我做财政厅长了！"

蒙仁潜见刘日福、陆福祥、李宗仁对此都不说话，生怕他们起来反对，使他这省长做不成，便说道：

"诸位既然都同意重设省政府，那么也请都担任一定的职务为好，以共尽桂人治桂之义务。"

蒙仁潜说罢，便将那几颗大印捧在手上，走过去，递一颗到刘日福面前，说道：

"请刘兄当民政厅长吧。"

刘日福仍在抽着他的水烟，也不接那官印，蒙仁潜只得放在他面前的桌子上，又走到陆福祥的面前，说道：

"请陆兄当建设厅长。"

陆福祥半躺在椅子上，两只脚高高地搭在前面的桌子上，也没起来去接印，只是瓮声瓮气地对正在给他捶腿的那个勤务兵说道：

"大狗，我赏你块银子，把那四方块拿到银铺里给你老婆打副手镯吧。"

正在捶腿的勤务兵听陆福祥如此说，也不知好歹地便从蒙仁潜手里拿过那建设厅长的大印，然后跪下给陆福祥磕了个头，说道：

"谢旅长大人恩赐！"

蒙仁潜脸上只觉得热辣辣的，但又不好发火，只得耐着性子，拿着剩下的教育厅长大印，送给李宗仁，说道：

"德邻先生，你是陆军中学毕业生，又曾做过小学体操教员，这教育厅长，还是你来做最合适。"

李宗仁很有礼貌地站了起来，摇了摇头，说道：

"蒙司令，我李某人才疏学浅，难当此大任，还是另请德高望重之人来吧。"

"李德邻文武双全，当教育厅长最合适，休得推辞了。"

陆云高忙在旁帮腔，他生怕李宗仁不当，他和蒙仁潜的官也当不成。

"诸位要当什么职务，我都没有意见，至于我个人，此次赴邕，欲得一人便感足矣。"李宗仁说罢，便向蒙仁潜拱了拱手，"此事还得请蒙司令赏脸。"

蒙仁潜忙把那两只溜滑的眼珠转了转，接着哈哈一笑，说道：

"自古英雄多好色，不知德邻先生看中了南宁的哪一位漂亮女子，只管说来就是，我们马上派人去接来，与你即成洞房花烛之喜！"

那陆福祥本来半躺着不说话的，一听蒙仁潜说到女人之事，便来了精神，忙抬起头来说道：

"德邻，你是看中了南词班的'林黛玉'吧？那真是花中之王啊！"

陆福祥说罢便对陆云高喝道："陆高子，你他妈的把'林黛玉'独占了，何不学学老蒙分这豆腐块的办法，把她拿出来，给我们每人也吃上一口啊！"

李宗仁很不自在地摇了摇头，说道："宗仁已娶有妻室，安敢再作非分之想。我想要的这个人，便是正被蒙司令拘押着的黄旭初先生，他是我陆中同学，望蒙司令念我们多年同窗之情，将他释放出来。"

"这有何难？老蒙，你把黄旭初交给李德邻吧！"

陆云高此次一进南宁，便霸占了南宁最红的妓女"林黛玉"。这"林黛玉"乃是南词班的名妓，江南苏州人，擅长京剧清唱，色技倾城，一向为军政要人及外江富商包占。陆云高方才听李宗仁说这次到南宁是只为一人而来，正担心李宗仁和他争夺"林黛玉"，不想李宗仁却是为一区区囚徒黄旭初而来，那嫉妒之心方才消了，因此忙替李宗仁说好话。

蒙仁潜见李宗仁要黄旭初要得坚决，陆云高又帮他说话，为了稳住李宗仁，便只好说道：

"好吧，我看在德邻先生的面上，放了他就是。"

李宗仁一听蒙仁潜愿意放人，又怕他中途变卦，便忙说道：

"感谢蒙司令看得起我李某人，请即下令，我现在便去将黄先生领出来。"

蒙仁潜只得命他的一名卫弁，随李宗仁到监狱中去领出黄旭初。狱中的看守已得李宗仁副官送来的好处，现见蒙仁潜的卫弁领着李宗仁来要人，遂忙打开监狱大门。黄旭初一见李宗仁，惊喜地喊道：

"德邻兄，你不在玉林吗？怎的到此来？"

李宗仁亲手给黄旭初打开镣铐，搀扶着他从牢房中走出来，这才说道：

"我这次就是专为你而来的啊！"

黄旭初感激地看着他这位敦厚庄重的老同学，问道：

"我在狱中听说，蒙仁潜准备组织广西省政府，德邻兄也有些实力，必能在政府中担任要职。"

"哈哈！"李宗仁开心地笑道，"我们桂林有句俗话，叫作'会拣的拣儿郎，不会拣的拣嫁妆'。蒙仁潜拣了块省长大印，陆云高拣了个财政厅长之职，我嘛，拣了个精明能干的参谋长——黄旭初！"

黄旭初平时沉默寡言，现在更是激动得说不出话来，他紧紧地握住李宗仁的双手，好久才说出一句话来：

"德邻兄，我愿为你效力！"

李宗仁笑道："记得在陆中时，有一次，我和你开玩笑，我说：'旭初兄，你这样斯文，简直像个姑娘一样，我将来若当师长，请你当个参谋长怎样？'你微笑着说：'德邻兄，有你这样的同学关心，我今后不愁没有工作做了。'现在我当司令，你不是当了我的参谋长了吗？"

"当时，我并没认为你是开玩笑啊！"黄旭初认真地说道。

李宗仁把黄旭初接出监狱后，说道："为了防止蒙仁潜变卦，我们今晚就搭船到贵县回玉林去，我陪你到家中，收拾行装，连家眷也一齐带走。"

黄旭初点点头，便和李宗仁一同回到家中，收拾停当，当夜搭船一齐到贵县去了。从此，黄旭初出任李宗仁的参谋长，为李宗仁势力的发展壮大，出谋献策，组训军队，积极卖力。

却说蒙仁潜自封为广西省长，陆云高自封为省府财政厅长，刘日福和陆福祥二人不明不白算是做了民政厅长和建设厅长。蒙仁潜自铸的那省长大印，尽管盖了又盖，政令却总也出不了郭门，陆云高的财政厅长，只能在南宁城内收税。

这时的广西局面，更趋混乱不堪。各部自治军之间，你争我夺，远交近攻，战乱不止。各地土匪横行，白日打家劫舍，黑夜掳人勒索。在沿江一带，各种名目的武装势力则层层设卡，勒收"行水"，因而工农交困，商业凋敝，民不聊生。民间流传着两句话——"宁作太平犬，莫作乱世人"，道出了广大民众的凄苦和悲愤之情。因此，对于蒙仁潜的省政府，民众自是冷眼相看，漠然视之。

正是这个时候，被赶下台的陆荣廷，又回到了南宁麻雀巷他的"耀武上将军"府第。

原来，陆荣廷自下野后，从龙州经越南由水路到达上海，后又到天津，与北洋军阀曹锟、吴佩孚勾结。曹、吴见孙中山已据有两广，正在出兵北伐，且北伐军进展神速，已入江西攻占赣州，正向南昌挺进。便加紧支持陆荣廷，使其重返广西，以捣乱孙中山北伐军之后方。陆荣廷潜回龙州，就任了北京政府委任的边防督办之职。此时粤军已经回粤，广西局势混乱，陆荣廷眼睛瞄着南宁，准备重新登台。这时，林俊廷已经和北京政府拉上了关系，被委任为广西绥靖督办，他便由迁江率部到南宁来就职。陆荣廷看在眼里，虽然感到不太舒服，却也不甚介意。因为林俊廷、蒙仁潜、陆云高、陆福祥、刘日福、李宗仁这些实力派，全是他的旧部，他只要回到南宁麻雀巷的"耀武上将军"府第来，发号施令，谁还会不听他的呢？外有曹、吴的支持，内有旧部的拥戴，现时广东方面孙、陈势同水火，自顾不暇，广西还不是属于他陆荣廷的吗？于是，他择定吉日，率随从卫队，从龙州向南宁进发。一路上，他骑马打猎，好不自在。可是到了离南宁不远的十里亭，却并不见林俊廷、蒙仁潜等人前来迎候。他心甚感疑惑，忙问随从秘书陆瑞轩：

"我将于今日抵邕正式就任广西军务督办的事，给林俊廷、蒙仁潜他们发电了吗？"

"老师将于今日抵邕就职之事，在龙州出发的头一天，我就给林俊廷和蒙仁潜发了电报。"陆瑞轩答道。

"嗯……"陆荣廷皱着眉头，想了想，继续率随从向南宁进发。

五里亭到了，仍不见一个欢迎他的人，陆荣廷骑在马上，勃然大怒，禁不住大骂起来：

"林俊廷、蒙仁潜、陆高子都死了不成！"

"老帅息怒，让我到城里去叫他们率众前来欢迎，请老帅在此稍候。"陆瑞轩答道。

"你告诉他们，起码要动员五千民众团体，要用最好的仪仗，否则，我将不入城去！"陆荣廷愤然说道。

"是，老帅。"陆瑞轩忙带上几个随从，骑马往南宁城里去了。

陆荣廷在五里亭等了半天，既不闻鼓乐之声，又不见林俊廷等率众前来，气得又一阵大骂：

"林俊廷、蒙仁潜、陆高子，你们只要不死，都要吃我几马鞭！"

"父帅，'吾恐季孙之忧，不在颛臾，而在萧墙之内'，广西经此番变乱之后，恐人心亦不复收矣！"养子陆裕光忧心忡忡地说道。

"他们都是我提携起来的，没有我，能有他们的地位吗？目今八桂不宁，他们不靠我，难道靠孙文和陈炯明不成？"陆荣廷愤愤说着。

"老帅，陆秘书回来了。"这时陆荣廷身旁的一名随从忙报告道。陆荣廷看去，果然见陆瑞轩从那头策马而来，后面，只有他刚才带去的那几个人，陆荣廷心中好不惊疑，还没等陆瑞轩来到面前，他便迫不及待地问道：

"林俊廷他们呢？"

"老帅！"陆瑞轩垂头丧气地答道，"听说老帅要回来，刘日福昨日到百色去了，陆福祥去了都安，陆云高去了贵县，林俊廷、蒙仁潜也都走了，眼下南宁的驻军已经撤尽，省政空虚，无人主持。"

陆荣廷听了不由火冒三丈，但却压着怒火并不发作，他知道林俊廷他们有意回避，是不欢迎他重回南宁主政。诚如养子陆裕光所言，广西经过这番变乱之后，想要重新驾驭旧部，看来已非易事。好在有曹、吴的支持，他的义子马济已得吴佩孚的资助在湖南组建了一支武卫军，现时自己身边也还有韩彩凤、陆裕光几个忠实部将和几千人马，尚可勉强维持个小局面，因此，他心中虽然恼怒，但却装着无所谓地说道：

"只要他们晓得我回来就行了，愿不愿跟我，那是他们的事。留得青山在，何愁无柴烧！"

陆荣廷说罢，便命随从卫队，向南宁城进发，又命一小队骑兵，打马向城里疾驰，沿途高呼："陆老帅回来了！"

陆荣廷则骑马缓缓而行，以便南宁市民在城中来得及欢迎他。这一着果然有效，那一小队骑兵的高呼，早惊动了南宁商会。商会对于一切过往军队，照例要表示迎送犒劳，何况是陆老帅回来了，更不敢怠慢。商会会长急忙带着些人，敲锣打鼓，挨家挨户动员，总算临时凑起了百几十人。刚走到城门口，陆荣廷已经到了，一时间鼓乐喧天，鞭炮齐鸣，欢迎陆老帅回省主政的气氛，倒也有些热闹。陆荣廷见了，心里自然高兴。商会跟着又献上了酒、肉等礼品表示对陆部下的犒劳，陆荣廷命陆瑞轩一一收下。

陆荣廷回到麻雀巷，通电就了广西军务督办之职，不久，北京政府委派的广西省长张其锽也抵邕到任。陆荣廷既当了军务督办，即着手整顿广西全省军队，发布命令，要各地自治军将名册呈报，以便统一整编，重新号令。但他的命令，却并不比蒙仁潜那省长大印管用多少，令出郭门，即如石沉大海。陆荣廷等得不耐烦了，便命秘书陆瑞轩到各地催办，约莫半月之后，陆瑞轩返回南宁复命，陆荣廷忙问道：

"事情办得如何？"

陆瑞轩苦着脸，长叹一声报告道："经过这番变乱之后，人事全非，纵使老帅昔日之心腹也不复听调遣矣！"

"难道陆高子也敢不听我的？"陆荣廷问道。对这位昔日由他一手从马弁提升的将领，他相信是不敢公然违抗帅令的。

"老师不提到他也就罢了，一提气死人！"陆瑞轩摇头，愤懑地说道，"我到贵县去，要他将所部名册上报，接受老师整编，他却大咧咧地说道：'我的部队早编好了，还要他来整编什么？想必是那老头子闲来无事，何不叫他回宁武庄打猎去！'老帅，你说气不气死人？！"

陆荣廷一声不吭，只见他那"毋"字脸在微微地抽搐着，那两只因长期练习射击而变得一大一小的"虎目"，闪着灼人的怒火，但却在大厅里缓缓地走动着，仿佛什么事也没有发生一样。这时，檐下飞来一群麻雀，唧唧喳喳地叫唤不停，有的展翅摆尾，有的伸头探脑，有的上下嬉戏，似乎在嘲弄他、戏耍他。陆荣廷那心头火气正没处出，他随手从墙壁上取下那支自来德手枪，狠狠地骂道：

"忘恩负义的家伙，把你们喂饱了，羽毛丰满了，都从我手里飞啦！"

他一边咒骂，一边开枪射击，那些麻雀们经过这番变乱之后，一个个也都学得精乖了，见陆荣廷掏枪，早已飞蹿得无影无踪，陆荣廷枪法再好，也没碰着麻雀们半片羽毛。

第十二回

白马会盟　滇桂军讨伐陈炯明
钩心斗角　沈鸿英暗设"鸿门宴"

　　却说广西浔江边上，有一座远近闻名的白马庙。这白马庙十分奇特，庙宇之建筑虽颇为壮观，但庙中却无神佛，也无岳飞、关公之神像，庙堂之上，供奉的只是一匹白马。那白马昂首而立，十分英武雄壮，浑身雪白，无一杂毛，无缰无鞍。传说百几十年前，这大河中，每有妖怪出没，或撞翻船只，或吞噬行人，亦常闯入两岸之村落，每每伤及人畜。此地百姓，受害尤深，不少人举家迁徙，逃往他乡。河中舟楫阻断，商旅绝迹，这一带地方，遂成为一恐怖之所在。忽一日，雷声大作，暴雨倾盆，狂风呼啸，地动山摇，天空出现一匹雪也似的白马。那白马扑入江中，与妖怪搏斗，激起满江白浪，不多时，竟将那作恶多端的妖怪降伏。风停雨住，浪平河清，据说有人窥见那白马昂天长嘶一声，乘风而去，无影无踪。又据说那白马乃是南海龙王之子，他闻知此地百姓为妖怪所苦，便化成白马前来降妖。

　　从此，大河一带，风平浪静，人寿年丰，六畜兴旺。当地百姓为感念白马降妖之功，便择地兴建一座庙宇，塑造白马神像，年年供奉。一年一度的初春时节，是庙会最兴盛的日子，这白马庙所在之地，虽不是通衢大邑，但它的地理位置却很重要。由此地溯江而上，到桂平县城，便是广西的两条江——黔江和郁江的汇流之处。再由桂平乘船沿郁江西上，则可抵广西省会——南宁；若沿黔江北上——则可抵柳州。如果由此乘船东下，又可到广西的咽喉重镇——梧州。从梧州水路继续东下，便进入广东的封开、德庆、肇庆直达广州。

白马庙远近闻名，香火旺盛，那些善男信女们，有来自桂平、平南、藤县、梧州，甚至有远至广州的。庙会时节，南来北往的船只，搭的尽是香客。他们怀着虔诚的心理，匍匐在神殿帐下，对着白马磕头，在缭绕的香烟紫雾之中，追祀亡魂，超度祖先，求福、求财、求官、求子孙。据说，倒也十分灵验。

可是，今年冬天的一天，离往常庙会进香的日子还早得很，而白马庙里里外外，却突然热闹了起来。庙前的大河中，竟泊满了华丽的电轮、钢壳的炮舰，这些船舰上满载武装士兵，江岸边那用长条麻石砌就的简陋码头上，军靴震响，马刺贼亮，长柄指挥刀在军官们的腰上摆动着，来的全是些拥兵自重的高级将领。他们每人都带着大批卫队，有的人甚至还在自己的船上带着临时由花艇上雇来的"老举"[1]。他们的卫队，一部分留在船上看守船只，一部分跟随上岸，有的散布在码头两侧警戒，有的在庙前庙后巡逻，有的则紧紧相随进入庙中。他们是专程前来上香的么？既是又不是。因为毕竟离庙会的时节还早，并无大批香客光临，但他们这些人，又都各自带着自己的副官，那些副官们几乎每人都手持几炷用红纸圈扎着的香烛。到了神殿前，将军们一个一个地从副官手里接过燃起的香烛，非常虔诚地将其一一插在香炉之中，然后跪在铺着一方杏黄布垫的地上，对着那泥塑的白色神马，顶礼膜拜。口中还喃喃地祷告着，求神马保佑，每战必捷，升官发财，前途无量。拜过神马之后，他们便立在两侧，庙祝们抬来好几张黑漆发亮的八仙桌，摆成一个U形，又搬来好些椅子。那些椅子，靠背垂直，四张为组，每组的正面都按"福、禄、寿、喜"的顺序，刻成篆书，并饰以各种吉祥图案。桌子和椅子摆好之后，将军们便分头落座。从军服上看，他们并非一个系统的军人，而是分属滇、桂、粤三省。滇军将领居中，桂军将领居左，粤军将领居右。他们是来庙中会餐的

---

[1] 粤语，即妓女。

么？既是又不是。因为照往常的规矩，庙会之后，当地的士绅和望族，便在庙中举行盛宴，祭过神马之后，便大宴宾客，预祝一年的吉庆。但此时未逢庙会，而将领们泊在大河中的船舰上，却又在杀猪宰羊，准备宴席。

滇军将领杨希闵

"诸位都到了，现在请孙公的代表范先生宣读孙公签署的命令。"

主持会议的是滇军的杨希闵将军，他身材干瘦，背还有些驼，唇上留着两撇往上翘的胡须，一双眼睛显得睡眠不足，似乎仍在醉酒之中，两眼惺忪，讲话时嗓门有些沙哑。他话刚说完，孙中山由上海派来的代表范先生，便立即站了起来，他身着长衫，文人打扮，两只手利索地打开搁在八仙桌上的一只黑色小皮包，从里边取出一叠盖着鲜红大印的委任状，然后很有身份地看了看在座的各位将领，说道：

"诸位，鄙人受孙先生之命，由上海专程前来与诸位见面，并宣读孙先生给各位的命令。为了打倒陈逆炯明，打倒国内军阀，重建中华民国，孙先生正组织力量，各方均在发动之中。目下，原北伐军许崇智将军率领的部队，进入福建后已占领福州，孙先生已将许部两万余人改编为东路讨贼军，任许崇智将军为总司令，许部正厉兵秣马，准备西进入粤讨伐陈炯明。西路方面，孙先生对诸位寄予厚望，决定组织西路讨贼军。为此，特命鄙人携委任状前来，望诸位立即发动，东下讨陈。"

说完，便宣读孙中山签署的命令：

任命杨希闵为中央直辖滇军总司令、沈鸿英为中央直辖桂军第一路总司令、刘震寰为中央直辖桂军第二路总司令、刘玉山为中央直辖第七军军长、莫雄为中央直辖第一独立旅旅长、郑润奇为中央直辖第三师师长、杨胜广为中央直辖第二独立旅旅长、李易标为沈鸿英部桂军前敌指挥官。

原来，孙中山自从在南宁与陈炯明谈过话之后，便风尘仆仆直抵桂林，在桂林王城内组织北伐大本营。各路北伐军云集桂林，正欲挥师入湘，可是闻报陈炯明在广州叛迹益彰，而湖南督军赵恒惕又阻止北伐军入湘。孙中山无奈，只得移师粤北重镇韶关，令北伐军进攻江西。此时，陈炯明电令粤军总指挥叶举，悉数将驻桂粤军五十营火速调回广州。孙中山大总统闻讯，为了震慑后方，并最后争取陈炯明，毅然率大本营警卫团由韶关返回广州。

不料叶举部竟于六月十六日炮轰总统府，孙中山避入永丰舰与叛军相持五十余日，最后被迫退出广州，经香港到上海。孙中山被困永丰舰时，曾电令许崇智指挥的北伐军回师广州靖难，但许崇智部在韶关帽子峰一带遭陈炯明叛军阻击，损失奇重，回粤不成，遂退入福建待机。孙中山到上海后，经过一番准备，决定出师消灭陈炯明叛军，重建广州革命政权，命廖仲恺和蒋介石到福州协助许崇智回师入粤。此时，驻广西的滇军和桂军沈鸿英、刘震寰部及驻西江的部分陈系粤军，都表示拥护孙中山。孙中山遂派人持委任状前往，将其编为东路讨贼军。你道那滇军本在云南，竟如何到得广西？

原来，云南总司令顾品珍曾响应孙中山北伐的号召，调驻四川已故之赵又新部杨希闵、范石生、蒋光亮、杨池生、杨如轩等五个混成旅回滇，改编为云南北伐军，以张开儒为总司令，杨希闵为前敌总指挥，由滇入桂，准备到桂林大本营归孙中山大总统调遣，编入北伐军的序列。不料被顾品珍赶下台的云南军阀唐继尧此时由香港潜入广西柳州，将其在柳州的三千余人，扩编为四个军，颇有些虚张声势，分两路回滇重新夺权，向顾品珍部发动突然进攻。顾品珍在路南天生关鹅毛寨指挥部中弹身死。唐继尧重返昆明，再次控制了云南政权。

张开儒和杨希闵率领的这五个混成旅，全是顾品珍旧部，军次黔桂边境，闻知主帅顾品珍已经战死，唐继尧又重新控制了云南，他们不愿投靠唐继尧，便决定仍按计划前往桂林跟随孙中山大总统北伐。但由于孙中山改道北伐，大本营已由桂林转至韶关。该军又拟经柳州、梧州入粤，追赶孙中山大总统以加入北伐军序列。不想行抵浔州附近，得知陈炯明叛变，炮轰总统府，并派粤军进至梧州设防，以堵滇军东下，因此这支滇军便被困在广西，既回不了云南，也到不了广东。滇军孤军远戍，粮服弹秣俱缺，仅靠为黔滇烟商护送烟土收些保护费过活，情况十分狼狈。此时，云南是唐继尧的天下，广西贫瘠无以发展，他们的唯一出路便是东下广州，占块富庶地盘，以图发展。现在既有孙中山的命令，又有东路讨贼军和一些粤军的呼应，滇军将领无不摩拳擦掌，恨不能即日东下，进攻广州，赶跑陈炯明，首先夺取这块"肥肉"。

"诸位，范先生已经宣读了孙公给我们的任命。现在，我们就具体商讨东下讨贼事宜。"杨希闵用手捋了捋他那两撇上翘的胡须。那双睡眠不足的眼睛，像油量耗尽光亮暗淡的灯火，被人拨了一下，忽地闪亮了起来。

杨希闵才说完，滇军旅长范石生便霍地站了起来，他的长相与杨希闵完全相反，身材魁梧，仪表堂堂，腮上长着漆黑的胡须，说话嗓门响亮。

"诸位，我们滇军是一向拥护孙公的，我们背井离乡，远戍广西，就是为了前来投靠孙公北伐。可恨陈贼背叛孙公，我们北伐之志未遂。今日得孙公之命，我们当勠力东下，本旅长愿效前驱，讨贼杀敌，迎孙公回粤重组政府。"

范石生刚一说完，蒋光亮、杨池生、杨如轩几位旅长也纷纷站起来说道：

"滇军勇敢善战，打仗那是没说的，我们愿打头阵！"

"哼哼！"

桂军第一路总司令沈鸿英阴阳怪气地冷笑了两声，他的长相虽算不得仪表堂堂，倒也五官端正，唯有那双眼睛总是狡黠地望着人。他见滇军将领目中无人，便先冷笑一声，接着说道：

"俗话说：'好鸣之鸟懒做窝，多叫之猫捕鼠少。'你们红头军打得了仗，老子的兵就是泥巴捏的不成！广东那地方，我沈老总也坐过几年，人熟地熟，打头阵当然由我的部队担任。"

粤军入桂，沈鸿英在贺县八步发出通电，宣布自治，逼陆荣廷下野，企图取陆而代之。但是在粤军的进攻下，沈鸿英终于站不住脚，被迫退入湖南，辗转流窜，投靠了吴佩孚。

吴佩孚为了利用沈鸿英进攻广东，以牵制孙中山的北伐军，遂将沈部改编为陆军第十七师，任沈为师长。陈炯明本来就与吴佩孚有关系，叛孙之后，吴佩孚感到孙中山的威胁已经除掉，不让沈鸿英再攻广东，沈鸿英图粤不成，便趁粤军撤出广

桂军将领沈鸿英

西之机，桂北一带空虚，率所部窜回广西贺县，随即占据平乐、桂林。当他得知孙中山正发动各方进击陈炯明，并准备重返广州时，便极力派人到上海活动，表示拥护孙中山，终于得到中央直辖桂军第一路总司令的委任。沈鸿英图粤之心不死，虽然接受了孙中山的委任，却又紧紧抓着北洋军阀吴佩孚这条线不放，他是脚踩两只船的角色，只望能最先攻入广州，控制广东。因此，见滇军抢先要打头阵，他当然也不肯放弃这"抢肥肉"的机会。

"嘿嘿！"

沈鸿英说完之后，座中又有人发出两声冷笑，众人看时，发笑的不是别人，正是坐在沈鸿英旁边的那位刘震寰。他依然穿着双长统马靴，仍然像童话里穿着靴子的大公猫那样神气而滑稽可笑。他自从用金蝉脱壳之计退出南宁后，率所部一直退到广东的廉州。后见广西境内一片混乱，有机可乘，便又重回广西。但陈炯明却并不看重他，炮轰总统府后，陈炯明决定请曾任桂军军长的林虎经营广西，刘震寰一气之下，便跑到香港，与孙中山的代表秘密接上了头，得到了中央直辖桂军第二路总司令的委任。但刘震寰知道，自己的实力到底比不上滇军和沈鸿英，他见滇军和沈鸿英都想抢先进入广州，自己不能和他们竞争，便眉头一皱，心生一计，冷笑了两声之后，才接着说道：

"我们既是奉孙公之命东下讨贼，切不可轻举妄动，那陈炯明实力雄厚，轻视不得，我们应同心协力，一致行动，如果一味争功心切，便有被陈逆各个击破的危险。"

杨希闵见刘震寰说得有些道理，忙问道："震寰兄，你有何高见，请说吧！"

"嗯。"

刘震寰见他的话说动了杨希闵，心里不觉有些得意，他先"嗯"了一声，才慢慢地说道：

"我们西路讨贼军，计有滇、桂、粤各军，大家应协同作战。我看应组成两支联军，一支由滇军和桂军沈总司令的部队组成，到梧州会师，沿西江右岸，指向虎头沙、鹿步，然后到马口，渡河后沿广三铁路抵石围塘，直扑广州。另一路由敝部与响应讨贼的部分粤军组成，为粤桂联军，沿西江左岸，指向封川、江口，然后进军广州。"

杨希闵把他那双刚刚提起神的眼睛眨了眨，立刻便说道：

"要得！"

沈鸿英也把那双狡黠的眼珠转了转，跟着说道：

"做得！"

刘震寰用那双细小的眼睛瞧了瞧杨希闵和沈鸿英，意味深长地笑了笑，马上说道：

"一言为定！"

刘震寰这次用的乃是"火中取栗"的计策。他知道以自己的实力是不能跟滇军和沈鸿英去抢广州的，但也不愿去跟陈炯明打硬仗，消耗实力。由滇军和沈鸿英一起抄近路进攻广州，一则陈炯明为了死守广州，必须尽全力与滇军和沈军死战，如果陈炯明被打败，滇军和沈军攻入广州，实力也消耗得差不多了，进入广州之后，滇军和沈军为了争夺广州地盘和税收，必然还会互相争斗，爆发战争。到那时，滇军和沈军火并之后，两败俱伤，他便可从容不迫地率部进入广州。经过两战之后元气大损的滇军和沈军，自无力与他抗争，广州这块"肥肉"当然也就由他慢慢地吃了。用刘震寰的话来说，这就叫有多少本钱做多大的买卖，不会赔本还有赚。如果滇、沈两军在与陈炯明作战中被打败，他便可随后收编他们的残部，虽进不了广州，但却可借机扩充实力，一个向后转，回过头来还可以在广西称王称霸，做他的广西总司令。

杨希闵和沈鸿英当然不知刘震寰的如意算盘，只知他实力不济，不敢与他们争夺广州罢了。因此只想从速进兵，抢在东路讨贼军许崇智部的前头进入广州，夺到这块"肥肉"。然后请孙中山回粤，将孙控制在手上，挟天子以令诸侯。他们虽然各有各的打算，心怀鬼胎，但是在为了抢夺广州地盘的前提下，又不得不暂时听命于孙中山，举起讨贼的旗帜，联合东下。由于利害关系一致，这三部分军队总算取得了一致的军事行动。

"诸位，我等今日在神马面前聚会，实是幸事。现在事已议毕，应当对着神马庄严起誓。"

杨希闵说着首先站了起来，沈鸿英、刘震寰本是桂人，对这白马庙的白马早已敬若神明，他们各方尽管谁也瞧不起谁，但见杨希闵提议要向白马起誓，却又不敢不跟着站起来。

滇、桂、粤各军将领，在白马面前依次站定之后，几位早已准备好的副官，忙在神龛上重新点起二十四支明晃晃的大红蜡烛，在香炉中插上三大炷香，然后又摆上三牲祭品，庙堂中顿时显得庄严肃穆。由杨希闵领衔，对白马起誓：

"滇、桂、粤三军主将，奉大总统孙公之命，联合东下讨贼，誓同心勠力，一战到底，不剪除陈贼炯明誓不罢休。谨请神明佑助，出师报捷，旗开得胜，马到成功！"

杨希闵特地把"马到成功"那个"马"字念得特别响，以示对神马的虔诚。誓毕，三军将领又一齐跪下顶礼膜拜，各人暗自祷告一番。然后便在庙中举行盛大宴会，吃饱喝足，各军将领方才乘船而去，各回防区，秣马厉兵，刻日东下讨陈。

沈鸿英坐在虎皮交椅上，手拉胡琴，洋洋得意地哼唱着《王三打鸟》的调子。他年轻时，农忙帮人打工，农闲时，以肩挑小贩为生。他的家乡广西雒容县一带，时兴唱调子。那是一种传统的民间歌舞小戏，一把胡琴，两三个人便可演唱。沈鸿英年轻时唱过调子，他无师自通，可扮英俊的后生，又可演偷情的小姐，还可装多嘴的媒婆，他演什么居然也像什么。他后来投身绿林，借辛亥革命之机，投靠柳州革命党人刘古香，摇身一变由绿林成了革命党。他见陆荣廷势大，暗中出卖了刘古香，摇身一变成了陆荣廷部下的帮统。粤军入桂，陆荣廷统治岌岌可危，他又摇身一变，脱离陆荣廷，变成了独树一帜的救桂军总司令，后来又变成北京政府的"胁威将军"第十七师师长，再后来又变成孙中山手下的总司令。二十多年来，他虽然没有再公开登台演唱过家乡的调子，但是，在政治舞台上，他却不断地扮演着一个又一个的角色，这些角色，虽然因时而异，但却有一个共同的特点，便是反复无常。

白马会盟之后，沈鸿英扯起讨陈旗帜，率军东下，一路抢占地盘，先后占了梧州、肇庆。由于粤军官兵响应讨陈，陈炯明部署在西江一线阻击西路讨贼军的粤军第一师和第三师的部队，不战而溃。陈炯明下野，沈鸿英与杨希闵便迅速占领了广州。滇军占广州西堤、西关和市中心。沈部占白云山、观音山及四会、佛山。刘震寰没料到陈炯明没打几枪便跑了，他的"火中取栗"计划没有实现，他后到一步，只能占广州东堤一角和东莞、宝安等县。沈鸿英虽然不能全部控制广州，但他比起杨希闵和刘震寰来，占的地盘多，扩充的军队多，东下时，他的部队不过五六千人，可是进入广州后，他已编成五个军了。

"下一步，该唱什么戏呢？"沈鸿英哼过一阵家乡小调之后，摸着下巴，慢悠悠地自言自语道。

"唱一出《鸿门宴》怎么样？老总。"

沈鸿英抬头看时，进来的不是别人，正是他的参谋长邓瑞征。这邓瑞征乃广西榴江人氏，从前教过私塾村馆，长得精瘦，足智多谋，人称"智多星"，沈鸿英聘他为参谋长。邓瑞征之侄邓佑文，保定军校毕业，现为沈军师长。邓瑞征足智多谋，邓佑文骁勇善战，"两邓"一文一武，是沈军中赫赫有名的人物。

"老总，你快看看这个吧！"邓瑞征随手递给沈鸿英几份当日广州出版的报纸。

"我不看！"沈鸿英不屑一顾地说道。他虽读过两年私塾，认得些字，但他除了看看旧戏唱本之外，是什么书报都不看的。

"老总不看戏文，何能唱戏？"

邓瑞征不愧是沈鸿英的参谋长，对沈的脾性真是了如指掌。沈鸿英见说，忙从邓瑞征手中拿过报纸一看，这是一份广州出的《南华早报》，第一版上的大字标题是《昨日粤军第一、三两师官佐集会珠海，公推魏师长邦平为广东讨贼联军总司令》。另一份《安雅报》上也赫然醒目地刊载了"客军入境，广东亡省，粤军一、三两师由江门调回省城，魏师长邦平已通电就任广东讨贼联军总司令职。据闻，魏总司令将团结粤军以对付客军侵省……"沈鸿英看了气得将报纸往下一扔，拍案而起，恶狠狠地骂道：

"老子要把他魏邦平剿平！"

"老总，这出武戏只能文唱啊！"邓瑞征笑道。

"管他娘的武打还是文唱，老子都要剿平他！"沈鸿英气鼓鼓地从虎皮交椅上跳了起来，仿佛戏台上的大将要操兵器上阵厮杀一般。

"老总莫急。"邓瑞征摇头道，"我们在广东坐了这几年，难道还不知广东人的脾性么？他们排外性甚强，对外省之人皆无好感。目下魏邦平正是利用广东人这种情绪，企图对抗滇军和我们桂军。孙中山在上海还没回来，许崇智的东路讨贼军也还没入粤，他入粤要经过潮梅地区，东江那一带正是陈系粤军洪兆麟控制着，恐怕许崇智回粤也不那么容易。这就给我们一个机会，在孙中山和许崇智的部队回来之前，以迅雷不及掩耳之势，将粤军魏邦平部收拾掉，以除心腹之患！"

"好！你说要用多少兵吧？"沈鸿英将两只衣袖往上一推，果断地问道。

"兵不过数十，将不过一员。"邓瑞征道。

"用这点兵，怎么打？"沈鸿英望着邓瑞征说道，"这又不是上台唱戏。"

"这回就是要唱一出戏啊！"邓瑞征诡谲地笑道，"调兵遣将把粤军一、三两师包围缴械，这块骨头不好啃，常言道，杀人一万，自损三千。况且粤军一、三两师已宣布脱离陈炯明，投向了孙中山，与滇、桂军同属友军，我们要明目张胆地打他，便是师出无名，这不但在孙中山那里不好交代，而且对广东人也不好交代啊！"

"嗯。"沈鸿英点了点头。

"目下，粤军魏邦平部驻扎广州河南，滇军与桂军驻扎河北，已形成隔河对峙之状态。据闻，孙中山在上海已说话了，要将滇、桂军调出广州，送回云南和广西……"

"哼，他孙文真是白吃杨梅嫌核大，尽想好事，广州是我们打下的，要坐庄也轮不到魏邦平！”沈鸿英气呼呼地说道。

"常言道：拔出萝卜地皮宽，嫁出姑娘阿嫂宽。他要把我们挤走，我们就先把魏邦平拔掉，对粤军杀一而儆百，震慑粤省军民，使之不敢妄动，广州我们就能坐定了。"邓瑞征说道。

"怎么办？你说吧。"

"唱一出《鸿门宴》即可。"邓瑞征道，"不过，这出戏老总不必亲自披挂登台，只需躲在幕后看热闹就行了。"

邓瑞征说罢，便在沈鸿英耳边如此这般地说了一通，直说得沈鸿英眉飞色舞，连连说道：

"好戏！好戏！好戏！"

两日之后，由滇军杨希闵和桂军沈鸿英联合发出邀请书，邀粤军魏邦平、桂军刘震寰、粤军江防司令陈策及孙中山委任的广东省长胡汉民等人到西堤滇军旅长杨如轩的旅部开会，商讨各军在广州的防区分配问题。开会的当日，沈鸿英派人将他的第一军军长李易标请来面授机宜。这李易标虽在桂军中任职，却是一个地地道道的广东人，他长得身材短小精干，会武功，行动相当敏捷。他原在粤军中当团长，平时能与部属来往，与之共甘苦，战时则身先士卒，不畏死伤，故以能战出名。陆荣廷统治两广时，沈鸿英驻兵广东，以重金把李易标由粤军中挖过来，委以重任。那李易标本是有奶就是娘之人，他见沈鸿英器重，益发为沈卖命，立下了汗马功劳。

"易标，"沈鸿英靠在虎皮交椅上，有气无力地说道，"今日在江防司令部开会，商讨各军防区分配，我身体不适，请你代替我出席，不知你肯不肯？"

"老总身体不适，我去一趟就是。"李易标因是沈部第一军军长，沈鸿英为了笼络他，有时也命他代表自己去办一些事，李易标想坐军中第二把虎皮交椅，因此也乐而从命。

"此行责任重大，只不知你下得了手下不了手？"沈鸿英用那双狡黠奸诈的眼睛盯着李易标，密切注视他的反应。

"冲锋陷阵，杀人放火，面不改色，手不发软！"李易标拍着胸膛说道。

"趁开会之机，擒杀魏邦平，乱枪之中，射杀刘震寰、胡汉民、陈策等，务将他们一网打尽！"沈鸿英将那伸开的右手掌，猛地一收，握成拳头，一口气将任务向李易标交代完，一双眼睛仍然紧盯着李易标。

"我今日便将他们的头提来见老总，要是少了一个，就将我的头补上！"李易标爽快地答道。

"好你个李猛子！"沈鸿英满意地用拳头朝李易标的肩膀敲了敲，"事成之后，我提升你为本军的副总司令兼第一军军长。"

"谢老总栽培之恩！"李易标把手一拱，接着问道：

"如何下手？"

"你带卫士一排前往。我已和杨希闵约商好了，前来开会的人不准带卫士进入会议厅。你可将卫队布置在院内，守候门窗，不要让他们漏网了。你身藏手枪暗器等进入会议厅，代表我出席会议，会上设法和魏邦平发生争吵，然后趁其不备突然下手，顺便将刘震寰、胡汉民和陈策等人也毙了！"

"好！"李易标道，"我这就去准备，请老总在司令部等候点验首级！"

"你只管放心去做，我在长堤布下伏兵助你，如魏邦平等侥幸逃脱，他们的汽车必经长堤，我伏兵即以乱枪射杀！"沈鸿英说道。

李易标见沈鸿英安排得周密，便即告辞，回去准备一番，然后带上一排卫队，乘车往滇军旅长杨如轩的司令部去了。

却说滇军旅长杨如轩的司令部，亦是粤军的江防司令部。江防司令陈策，在陈炯明炮轰总统府时，曾护卫孙中山大总统上舰指挥平叛。滇、桂军进入广州后，为了控制江防舰队，滇军旅长杨如轩便以江防司令部暂作他的旅司令部，但对外仍称江防司令部。李易标乘车到达江防司令部时，只见周围滇军戒备森严，刚到司令部门口，一滇军值勤军官便将李易标的卫队拦住：

"奉杨总司令和桂军沈总司令之命，任何人的卫队皆不得进入院内。"

"我是桂军第一军军长李易标，因沈总司令贵体不适，由我代替出席会议，休得阻我卫队进入。"李易标以命令口气对那滇军值勤军官说道。

"便是杨、沈两总司令前来，卫队亦不得进入院内。"那滇军军官断然说道。

李易标正要发作，却见滇军总司令杨希闵的参谋长夏声驱车前来，忙喝住那滇军军官道：

"这位是桂军沈总司令的李军长，休得无礼！"

那滇军军官道："参谋长，我奉杨、沈两总司令之命在此值勤，为保证出席会议的官长们的安全，无论何人的卫队皆不准入内。"

夏声忙对李易标道："李军长，既是杨、沈两总司令有令，我们不妨遵命就是。"说罢便命他带来的卫队在外等候，他拉着李易标笑道："李军长，请吧。我们杨总司令贵体不适，由我代替出席今天的会议，李军长大概也是代表沈总司令来开会的吧。"

李易标一想，不知沈鸿英是否与杨希闵共同决定过不准带卫队入内，但见杨希闵的代表夏声已把卫队留在外边，他也不好再坚持带卫队进入，便和夏声两人走进了江防司令部。

不久，刘震寰、胡汉民、陈策、魏邦平等人也都来了。

刘震寰一进入会议厅，不见杨希闵和沈鸿英，只见夏声和李易标在座，心里不由一愣，便不动声色地问道：

"杨、沈两总司令何在？"

夏声答道："杨总司令贵体欠安，不能出席今天的会，特命我代替。"

李易标也道："沈总司令贵体不适，由我暂代。"

刘震寰见杨希闵和沈鸿英都托故不到会，便知今天这会开得蹊跷，心中顿生不祥之感，本想立即托故退出，但因进门伊始，一时又不便离开，只得硬着头皮落座，心里不断盘算着如何借机回避。魏邦平见杨、沈二人既发出会议邀请，却又托故避而不到会，亦是满腹的疑团。陈策因会议地点在江防司令部，此地虽被杨如轩占去大半，但名义还算他的司令部，因此无论杨、沈两人来与不来，他都得奉陪到底。只有胡汉民刚受孙中山之命，出任广东省长，他从香港来广州不到几天，虽知滇、桂军骄横，但杨希闵、沈鸿英是奉孙中山之命东下讨陈的，现时广州各军杂处，不时发生冲突，他这省长无权无勇，难以驾驭局势，杨、沈二人联名邀请他来开会，商讨各军防区问题，他倒觉得义不容辞，虽然杨、沈二人托故不到，他也不甚感到惊疑。

"诸位，大家都到了，今天由杨、沈两总司令动议召开此会，商讨防区分配问题，请各位发表高见，并就此磋商。"夏声是代表杨希闵的，因此便以召集人的身份道了开场白。

魏邦平随即说道："滇军和桂军进入广州之后，包烟聚赌，占驻机关民房店铺，弄得省城乌烟瘴气，广州市民，无不侧目而视。邦平身为粤人，对此深感不安，恳请各军停止开放赌禁，并将所占之机关房屋和店铺民房腾让出来，以平民愤。"

"咚"的一声，李易标一拳擂在桌上，指着魏邦平骂道：

"丢那妈，我地抽收赌捐维持伙食，有何不可？你个兵要食饭，我个兵就无要食饭吗？"

魏邦平见李易标竟当众开口骂人，以自己的身份又不便和他争吵，只得强忍着火气，说道：

"李军长，你也是粤人，应当多为粤中父老着想，何必……"

"咚"的一声，李易标又一拳擂在桌上，打断魏邦平的话：

"丢那妈，你魏邦平是个什么人？敢来教训我！"

说罢"嗖"地从腰上拔出手枪来，对着魏邦平"砰"的便是一枪，魏邦平立即跌倒在地上，随即钻到桌子底下去了。你道李易标这么近开枪，为何伤不着魏邦平？原来李易标掏枪要射时，站在他旁边的滇军参谋长夏声忙将李易标的胳膊往上一托，那一枪只击穿了会议厅的天花板，夏声忙道：

"李军长，今天是商讨防区分配问题，休得动武伤人，伤了和气，杨、沈两总司令会面子上不好交代。"

李易标已得沈鸿英的将令，务要取魏邦平之首级，还要拿下刘震寰等人的脑袋，他如何肯听夏声之言？只见他"嗨"的一声，一脚踢翻前面的桌子，正要开枪，恰在这时，会议厅两侧的房门突然打开，滇军旅长杨如轩亲率数十名精壮卫士，一拥过来，将李易标围住。李易标见开枪已经不行，遂将手枪一掷，随手抓起一把椅子，舞得飞转，那几十名滇军卫士竟无人敢近。可是刘震寰、胡汉民、陈策等人却趁混乱之机，早已逃出会议厅，潜往沙面日本领事署避难去了。只有魏邦平被滇军卫士捆了起来，押到里屋去了。李易标见自己一无所获，气得将手中那把椅子摔得稀烂，他随即向夏声要魏邦平，夏声却圆滑地笑道：

"李军长，魏邦平欲以粤军对抗我们，又煽动粤人仇恨我滇、桂军，真是罪该万死！但此事关系重大，你我皆无权处置，因此需将魏邦平先行拘禁，听候杨、沈两总司令发落。"

李易标见滇军卫士都持枪盯着他，知道寡不敌众，英雄无用武之地，只得忍气吞声离开了会议厅……

却说沈鸿英在李易标走了之后，独自靠在他那虎皮交椅上，越想越开心。这出戏真是太妙了，杀了魏邦平和刘震寰等人，既除去了心腹之患，又可将刘震寰部的桂军收编过来，他的实力和地盘都大大扩张。特别是杀了魏邦平，便可镇住粤军和粤中人士的反抗，他在广州就能坐稳了。他杀了人，却又可不负任何责任，不受任何一方指责，因为这一切都是发生在滇军旅长杨如轩旅部的，一切责任皆由滇军来负。再者，杀魏邦平之人乃是粤人李易标，与他无涉，李虽是他的部下，但是在开会时双方发生口角乃至动起手来，说到头还是广东人内部的事，与他广西人何干？

"树上的鸟儿喳喳地叫呀，园中的小姐嘻嘻地笑呀，哎呀呀哟嗨……"

沈鸿英越想越得意，便又拿起胡琴自拉自唱起来，这是他惯常爱哼的那《王三打鸟》中的调子。说的是穷汉王三，背着鸟枪出门打鸟，路过一员外花园旁边，只见园中正在赏花的小姐看着他笑。王三欲进花园中去和那小姐相会，但却被院墙挡着，无法进去，园中桂树上的鸟雀喳喳地叫唤，王三顿时心生一计，一枪将树上的鸟打落，便央求那小姐的丫鬟开门让他进去拾取鸟雀。丫鬟便打开了花园的后门，把王三放了进来……

"报……报告，总……总司令……"

沈鸿英抬头看时，只见李易标神色颓然地站在他的面前，两手空空，并没提着一串血淋淋的首级来让他点验。他愣了愣，忙停下手中正拉着的胡琴，急问：

"你回来了？"

"魏邦平被滇军抢走了，刘震寰、胡汉民、陈策逃跑了，总司令，我对不起你，现在，我只有把我的头交给你了！"

李易标说着拔出刀来，便要朝颈脖上拉，沈鸿英赶忙跳下虎皮椅，将李易标的手抓住：

"魏邦平的头何能抵我一员虎将！易标休得寻短见！"

李易标见沈鸿英如此器重他，立时"噗"的一声跪下。

"谢总司令不杀之恩，我以死相报！"

沈鸿英将李易标拉起，正想用好言抚慰一番，此时一名参谋忽来报告：

"总司令，不好了，本军第四军军长黄鸿猷和第五军军长刘达庆，同乘汽车误入长堤，被伏兵开枪射杀！"

"啊！"沈鸿英一时说不出话来。原来，沈鸿英布下"鸿门宴"之后，估计广州会有些动乱，便命驻四会和佛山的第四军军长黄鸿猷和第五军军长刘达庆速来广州总司令部开会。不想黄、刘两军长并不知长堤布有桂军伏兵，便驱车而过，那些奉了沈鸿英之命正待阻击魏邦平、刘震寰等人的桂军伏兵，见前方有汽车驶来，只当是魏邦平和刘震寰等人的汽车经过，一阵猛射，不料却打死了自己人！

"哈哈！"

沈鸿英一阵狂笑，忙又抓过那把胡琴拉了起来，琴上两根弦颤抖着，哧啦哧啦乱叫，已经不成调了……

第十三回

风过浪平　马晓军容县索老本
投靠革命　白崇禧晋谒孙中山

却说黄绍竑率那四百余人的残兵投靠李宗仁之后，被任命为李部的第三支队司令，部队驻扎在广西容县、岑溪两处地方。容县是黄绍竑的老家，这里素以匪患闻名，全县约有半数地方被土匪控制，黄绍竑驻军容县，肩负剿匪任务。

容县城里有座颇为宽敞的陈家祠堂，黄绍竑占作自己的司令部。司令部门口的青石阶上站着一个岗兵，祠堂的房檐下，斜挂着一面白底红心中书一个"黄"字的姓字旗。司令部的大厅上，一张黑漆发亮的八仙桌旁，营长夏威、陆炎、韦云淞和参谋陈雄等人正在搓麻将。黄绍竑则独自躺在鸦片烟榻上，对着烟灯，吞云吐雾。他腮上仍蓄着长长的胡须，两只眼睛虽被鸦片烟刺激得亢奋发亮，但却充满虚幻和迷惘，很难使人相信，他不久前曾率领千余人的部队，由恩隆至灵山转战千里，大小数十仗，在血与火中幸存。

"司令，我的手气不行，还是你来一局吧！"陆炎扭头对黄绍竑说道。

"手气？手气不如运气！"黄绍竑仍躺在烟榻上不动，吐了一口悠悠的白烟，答非所问地说道。看得出，他好像有什么心事。

"司令，我看你运气还不错，这一盘准是你赢了！"参谋陈雄意味深长地说道。

黄绍竑又吸了口烟，不再说话，微微地闭上了那双被鸦片烟刺激得发亮的眼睛，似乎他的灵魂也已随着飘渺而逝的烟霭，升到那虚无的极乐世界里去了。

八仙桌上的麻将又开始一局。

黄绍竑这两天来，确是心绪不宁，因为马晓军从广州来信，近日他将回容县重返部队视事。马晓军也是容县人，他在县城里的住宅称为"马馆"，他的家在县里也算得上是名门望族。马晓军在北海和陈雄分别后，搭船到了广州，他不敢去见陈炯明，在广州待了几个月后，探听得黄绍竑已将部队拉回容县驻防，惊涛骇浪过后，已经风平浪静。马晓军便决定返回部队当他的司令，他仍像以往那样，认为黄绍竑等人照旧会拥戴他。

黄绍竑得到马晓军将回来的消息，心里十分不安，因为这支部队毕竟是马晓军创立的，他也当了五六年的长官。从恩隆出发后，这支部队虽经长途转战，大量减员，但部队中的主要军官包括黄绍竑本人及夏威、陆炎、韦云淞、陈雄等人，都是马晓军多年的部下，士兵也大多是马晓军招募来的。现时部队又驻在容县，黄绍竑家虽是容县的名门大族，但马家在容县也很有势力。马晓军此次回来，必定要向黄绍竑索回部队。因此，黄绍竑几天来一直躺在烟榻之上，冥思苦索，寻找对策。他知道，这支部队虽是马晓军创立的，但马在部队中没有威信，而且夏威、韦云淞、陆炎、陈雄等人又是拥黄而非拥马。这支部队千里转战，九死一生，全靠黄绍竑的智勇，现在已归编了李宗仁，黄绍竑总算从名义到事实上掌握了这支部队，怎能轻易将大权再交回马晓军？黄绍竑本是个志大心高才气横溢的青年军人，带兵打仗，抢占地盘，横行天下，为所欲为，他何能甘居人下？这年头，枪杆子抓在手里便是铁的本钱、金的世界，个人的进退荣辱，显贵沉沦，都离不开枪杆子，黄绍竑不但不能放手，而且还要更加紧紧地抓住它。对马晓军的回来，黄绍竑采取了严密的防范措施。为了抓住部队，他这几天特地把三位营长从防区请来司令部里喝酒打牌抽烟，对他们严加控制，以防马晓军暗中将部队拉走。玉林那边，他又向李宗仁通报了情况，李宗仁早已了解马晓军其人，他当然是支持黄绍竑的。黄绍竑作了这一番布置之后，便在陈家祠堂司令部里的烟榻上躺着，等着马晓军的到来。

"马司令到！"

随着一声传呼，马晓军走进了陈家祠堂。其实，这一声传呼，既不是黄绍竑派在祠堂门口的岗兵所呼，亦非黄绍竑布在祠堂走廊上的卫士所唤，那是马晓军从他的"马馆"里临时带来的一名护兵，见马晓军进得门来，无人答理，为了给马壮声势而吆喝的一声。但是，散在祠堂二门外的黄绍竑的那些卫士，对马晓军的到来，既不立正敬礼，也未加阻挡。马晓军来到大厅之上，正在打麻将的几位营长似乎没有发现他的到来，仍在继续打他们的麻将。烟榻上躺着的黄绍竑，在青烟缭绕之中，面目模糊不清。

"马司令到！"

那"马馆"中的护兵见这些人仍无动于衷，又提高嗓门猛呼了一声。马晓军也咳了一声，表示上官的威严，又整了整他那刚穿上不久的少将军服。但是，大厅上除了麻将牌碰击的声音外，对他的到来，仍毫无反应。

马晓军这才觉得气氛不对，因为过去部下们无论是在打牌还是在抽鸦片，只要他马司令到，他们不管玩得如何兴浓，总是要站起来向他打招呼的。可是今天，他们眼里根本就没有他！对部属们的冷漠无礼，马晓军不禁大怒，他几步奔到烟榻前，指着黄绍竑，怒喝道：

"季宽，你给我起来！"

"啊？"黄绍竑从"云雾"中探出头来，他的灵魂，也似乎才从那幻虚的极乐世界返回。

"你来了，请坐。"黄绍竑却并没起来，他只是用烟枪指着烟榻旁边的一张板凳，随便对马晓军说道。

"混蛋！"马晓军气得一脚把那板凳踢翻了。

黄绍竑又抽了一口烟，微微地闭上眼睛，他的灵魂，又似乎随着那飘渺的烟霭重回到幻虚的极乐世界里去了。马晓军见黄绍竑不理睬他，又奔到牌桌前，一拳擂在那八仙桌上，喝道：

"煦苍、世栋、杰夫，我回来了，你们难道都没长眼睛吗？"

夏威、韦云淞、陈雄等人这才扔掉手中的麻将牌，故作惊讶地齐声问道：

"老长官何时归来？"

马晓军一听他们竟把自己称作"老长官"，更是气得火上加油，连喝带骂地命令道：

"什么老长官！我是你们的司令，顶头上司，我现在回来接管部队，你们都跟我走，我要立即巡视部队！"

"啊，老长官，请！"夏威那胖圆的脸上挤出几丝笑纹，拉着马晓军的衣袖说道，"老长官与我们分别的日子不短啦，来，先跟我们一起玩玩牌吧！"

马晓军甩掉夏威的手，拍着桌子叫喊道："我命令你们，现在马上跟我走！"

几位营长和参谋陈雄，面面相觑，不由慢慢地站了起来。

黄绍竑在"云雾"中看得真切，左手握着烟枪，右手却伸到烟榻枕头底下慢慢地抓住了那支子弹已经上了膛的手枪。

"走呀！"马晓军用眼光逼视着他的旧日部属，他知道，只要把这几位营长拉走，这支部队便还是他姓马的。

"唉，司令！"陈雄忍不住长叹一声，说道，"当日在北海我是怎么对你说的？可是你不听，现在米已成炊，大家也都拥护季宽，还有什么办法呢？你是老前辈，当不当司令，我们都是同样拥护你的。我看，你就不要再提部队的事了吧！"

"胡说！"马晓军怒气冲冲地拍着桌子，破口大骂道，"黄季宽忘恩负义，目无长官，犯上作乱！这副本钱，原是我的，他想拿到荷包里去，这办不到！你们跟着他，便是犯上作乱，不但情理难容，军纪亦难容，我要把你们军法从事，严加重办！"

夏威、韦云淞、陆炎和陈雄都低头不语，马晓军便大叫道：

"来人呐，给我把他们押下去！"

跟马晓军来的那个"马馆"护兵，从木壳里抽出驳壳枪来，对着夏威等人喝道：

"走！"

"叭"的一声，不知从哪里突然飞出一颗子弹，正好击中"马馆"护兵的脑袋，那刚刚还在耀武扬威吆喝的护兵，立时打了个跟跄，便栽倒在血泊之中，手中原先握着的驳壳枪，跟着摔在一边。马晓军一见，吓得大惊失色，双脚好似筛糠一般，刚才那阵威风，顿时烟消云散。他一手拉着夏威，一手扯着陈雄，连连哀求道：

"别……别……别动武，看在同乡的分上，千万别……别杀我，我……我……什么都……不要了！"

第二天，马晓军灰溜溜地离开了容县，又跑到广州去了。

黄绍竑撵走了马晓军，除掉了心腹之患，从此牢牢地控制了这支部队，但他脸上仍不见轻松满意的表情。他的鸦片烟瘾，本来不算很大，每日只吸午烟和晚烟，但最近却一早起来便命令勤务兵提上装烟膏的骨制小盒，到街上的"烟京"（熬制鸦片的熟膏店）去"挑烟"（买烟）。勤务兵买烟回来后，黄绍竑即命为自己打烟，从此，他抽上了早烟，一天早、中、晚三顿烟，一顿也不少。鸦片烟抽多了，他脸色焦黄、消瘦，再加上腮上那长长的浓黑胡须，乍看起来，确有几分吓人。除了抽鸦片烟，他平日很少说话，也无所事事。那双眼睛，在抽了几口鸦片烟之后，便显得异样的亢奋，可是当他从烟榻上下来时，却又感到是那么空虚无聊，整个身子轻飘飘的，好像那不是个二三十岁青年人的血肉之躯，而是一堆空泡的灯草。也许，他的雄心壮志，他的这副从老长官马晓军手上拿过来的"本钱"，乃至他的生命，都会默默无闻地无声无息地从那针头小的烟斗眼里吸进去，吸进去，不断地吸进去，然后化作缕缕白烟，飘散逝去，无影无踪。每当想起这些，他便感到不寒而栗，他并不是那种一味追求醉生梦死的人，也不是嗜烟如命之徒，他是为环境和形势苦苦地折磨着。尽管马晓军无法从他手中索走部队，但这支部队现时不但不能发展壮大，而且自从驻扎容、岑两县之后，包烟聚赌，军纪废弛，操课不上，简直和民团无异，加上剿匪不断减员，械弹损失又无法得到补足。

黄绍竑知道，照此下去，他这支部队，不用别人来打，也会自己灭亡的。他为此曾专程到玉林去找李宗仁商量，希望把部队拉出去向外发展。但是李宗仁却以时机不成熟、力量有限为理由，不同意他的要求。而最近，李宗仁居然又接受了重返南宁的陆荣廷任命为陆军第五独立旅旅长的委任状，将所部的三个支队改称为团，黄绍竑成了第三团团长，这使他更加苦闷，心中对李宗仁渐生不满之情，但又苦于无计可施，只得整日抱着那支鸦片烟枪打发时日，消愁解闷。

"季宽，我要走了！"

这一日，参谋陈雄忽然来向黄绍竑辞行。黄绍竑颇感诧异，忙从烟榻上坐起来，将烟枪让与陈雄，说道：

"吸一口，这是刚托人弄到的从印度进来的公烟，劲足得很。"

陈雄虽然也是瘾君子，但此时却推开黄绍竑递来的烟枪，心神不定地说道：

"季宽，在我走之前，我想向你说几句心里话。"

"且慢，先告诉我，你要到哪里去？"黄绍竑望着陈雄说道。

陈雄从衣袋里掏出一封信来，递与黄绍竑说道：

"这是叶琪新近给我来的信，他在湖南那边已经给我谋下了差事。"

黄绍竑接过信，看了起来。原来，叶琪也是广西容县人，不但与黄绍竑、夏威、陈雄等人是小同乡，而且还同是保定军校同学。黄绍竑等人自保定军校毕业后，即分发回广西陆荣廷的军队里作见习军官，而另外几位广西籍同学叶琪、廖磊、李品仙等被分发到湖南督军赵恒惕那里任军职。几年之间，叶琪扶摇直上，现在已经当了湘军旅长了。陈雄因见黄绍竑的部队偏处一隅，无法发展，而且军纪废弛，包烟聚赌无所不为，又回复到在百色被自治军刘日福部缴械前的那个样子，他感到前途渺茫，不愿再混下去了，便给叶琪写了封信，请他帮忙在湘军中谋份差事。那叶琪本是个重感情且又爽快之人，接到陈雄的来信，当即请准了上司，保荐陈雄在自己的旅部任参谋处长，特来函请他即日赴湘上任。因此他便来向黄绍竑辞行。

"杰夫，你有话尽管说吧！"

黄绍竑将叶琪的信交还给陈雄，此时，他那双被鸦片烟刺激得亢奋的眼睛，已变得冷峻起来，那神色有点像他当时率军突破三江口，为绝处逢生而拼搏时所表现出的果断与冷静一样。

"我是绝不在这里干下去了！"陈雄坦率地说道，"不过，看在多年的老朋友分上，在离别之前，我想对你说几句衷心话。现在我们的部队是处于不死不活的局面，名为军队，实为民团，这样下去不必说战斗力，便是独立生存之力也不会有。与其坐视死亡，不如趁早自寻生路！"

黄绍竑手捋胡须，果断地说道："你的想法，和我的想法完全一样。我早就有密信给白健生，要他在广州注意观察时局，不过，时机尚未成熟，还未对你们说。"

黄绍竑在大厅里踱了几步，接着说道："孙中山先生在上海发出讨伐陈炯明的通电，滇军杨希闵部和桂军沈鸿英、刘震寰部，在广西举行'白马会盟'，响应孙中山先生的号召，誓师东下讨陈。孙先生的部下许崇智等人也准备从福建打回广东。西路讨贼军的滇桂军进展迅速，据说已进抵肇庆，而粤军竟望风披靡，陈炯明恐怕抵挡不住。看来，两粤之局势，又将要发生新的变化。"

陈雄暗暗感到惊奇，别看黄绍竑整天躺在烟榻上消磨时日，却对时局大事又深有了解，真有点"秀才不出门，能知天下事"的味道。黄绍竑谈了一番时局之后，便扭头对陈雄道：

"既然你我主张一致，还跑去湖南找叶矮子干什么！"

黄绍竑也不等陈雄考虑，便果断地命令道："你现在就去广州和健生一道进行，随时给我来信，我好准备行动！"

黄绍竑的决定果断得近乎专横，他不容你对他的决定有半点动摇和疑虑。陈雄与黄绍竑都是保定军校出身，又共患难过，当然知道当机立断这句话的意义。而作为这支部队的灵魂和指挥者，黄绍竑几次当机立断，皆使其得以绝处逢生，现在，他这一果断之抉择，无疑是使这支目下不死不活的部队获得转机的唯一办法。

"好，我去广州！"陈雄毫不犹豫地说道，"不过，玉林李德邻那边会不会……"

"这个你就不用管了，船到滩头自然直。"黄绍竑说道。

"我现在就出发，到藤县搭船下梧州。"陈雄说道，"你还有何吩咐？"

黄绍竑睁大眼睛盯着陈雄，问道："这么急，今天是什么日子你忘了？"

"怎么会忘了，今天不就是大年三十——除夕嘛！"陈雄果决地说道，"我正是要选择这个日子离开容县，以示在新的一年到来的时候，已踏上新的途程！"

黄绍竑决然道："好，你走吧！钱我汇到广州叶琪的哥子叶均国的盐业公司转给你们，请代我向白健生问候。"

黄绍竑把陈雄一直送到县城十里之外，才挥手告别。这是一个天色阴沉，细雨迷蒙，寒风飕飕的日子，阴霾四合，旷野萧瑟。远远近近的人家，正在劏猪宰鸡，置办年货，为着欢度这一年中最隆重的节日而忙碌着，不知什么地方，鞭炮已经密密麻麻地燃响。黄绍竑站在高坡之上，远望着陈雄的身影消失在阴雨雾霭之中，忽有所感悟，口中不觉吟出一首对联来：

爆竹一声除旧岁，号角万里迎新程

却说陈雄别过黄绍竑，在途中度过除夕之夜，第二天便到达藤县。他直奔西江码头，但见奉孙中山之命东下讨伐陈炯明的滇军后续部队和辎重，挤满码头，有的乘船，有的沿江步行开拔，所有船只均被滇军征用。陈雄无奈等了六七天才到得广州。一到广州，他便投宿在仙湖街的"太邱正斋"，与白崇禧住的仙湖旅馆相隔仅几家，来往十分方便。陈雄一安顿好行装，便迫不及待地到仙湖旅馆找白崇禧去了。

"笃笃笃……"陈雄敲着房门。

门开处，只见一位长得英俊潇洒身着黑呢西装，头发梳得光亮的青年站在面前，还没容陈雄启齿，那青年便快捷地奔过来，拉住他的手，亲切地叫了声：

"杰夫！"

"健生！"陈雄也亲热地喊道，"半年多不见，你养得又白又胖了，伤都医好了吗？"

白崇禧忙拉陈雄到沙发上坐下，随手掩上房门，又过来为他沏了杯茶，动作十分敏捷，显得彬彬有礼。

"别说了，这半年多来，我没能在团体中出力效命，心中十分惭愧，真是身离鞍马，髀肉复生。季宽怎样？你们在李德邻手下混得不错吧？"

陈雄知道，黄绍竑将部队归编李宗仁之后，白崇禧在部队中已没有什么名义了，从刚才的话中，陈雄听出他有些懊丧之情，便说道：

"别提啦，我这次本来是准备到湖南去投奔叶琪的，不想却被季宽派到广州来找你。"

陈雄便把白崇禧离恩隆赴广州养伤之后，部队奉命开拔南宁增援，又由南宁仓促撤退到灵山、廉

广州大元帅府

江，转而投奔李宗仁及至驻防容县后的腐败情形详细地向白崇禧说了，并转达了黄绍竑对白的慰问及今后的想法。白崇禧听了，眉头渐渐地舒展开来，他已判断出黄绍竑把这支部队的生机，完全寄托他在广州活动的结果上了。因为在广西，上有李宗仁的掣肘，黄绍竑想独树一帜是不可能的，最重要的乃是两广的主要两位敌对人物都已重新上台了，孙中山已回广州就任大元帅，组织了大元帅府；而被推倒的陆荣廷也已重新上台，当了北洋政府委任的广西军务督办。孙中山是绝不允许陆荣廷卷土重来的，斯时必将再予讨伐。黄绍竑此时决定与广州方面拉关系，寻求发展，无疑是找准了方向。既如此，白崇禧将肩负重大的使命，他将来再回到部队里去，地位是不成问题的。他沉思了一下，对陈雄说道：

"自从孙中山先生发出讨伐陈炯明的通电之后，西路讨贼军的杨希闵、沈鸿英、刘震寰部滇桂军，于今年一月八日长驱而入肇庆，十五日陈炯明通电下野，率残部退往惠州。滇桂军纷纷开入广州。他们霸占各机关，控制税收，包烟聚赌，弄得广州乌烟瘴气。值得注意的是沈鸿英，他入粤只有五六千人，由于沿途招收降兵溃卒，短短一个多月便骤然扩充为五个军，所部分布在广州、肇庆、佛山及广西梧州、平乐、桂林一带。沈鸿英为人反复无常，野心极大，看来他是想独霸两广。"

白崇禧喝了口茶，继续说道："一月二十六日，沈鸿英与杨希闵邀刘震寰、

魏邦平、胡汉民、陈策等在江防司令部开会，讨论分配防区问题。沈鸿英的第一军军长李易标拔出手枪欲将魏邦平击毙。魏钻入桌底避弹，一时会场大乱，刘震寰掩护胡汉民、陈策等避入沙面日本领事署。沈鸿英的第四军军长黄鸿猷和另一桂军军长刘达庆在混乱中被自己的伏兵误杀。魏邦平被解往农林试验场滇军总部软禁。一月二十七日，沈鸿英、杨希闵联名宣布魏邦平罪状，并将他指挥的粤军第三师缴械。"

"广东混乱之程度，不亚于我们广西呀！"陈雄叹道。

"是的，现在看来，广东还得经几场大乱之后才能平定下来。"白崇禧肯定地说道，"二月十五日，孙中山先生偕同谭延闿等由上海启程，十七日到香港，二十一日到广州，当天即在滇军让出的农林试验场组织大元帅府，不再复任大总统，而是重任大元帅职。二十四日，孙大元帅下令指定肇庆及西江北岸上至梧州为沈鸿英的防地，刘震寰则以石龙、东莞、虎门为其防地，沈、刘两部所遗广州防区均由滇军接收。嗣后各军非有大元帅之命令，皆不得擅自移防。"

"健生，眼下我们该怎么办？"陈雄着急地问道。

白崇禧不假思索地答道："季宽这段时间不断有信给我，请我考虑这个问题。我想，我们的出路不能只在容县、玉林的范围内考虑，要从广西、广东乃至全国的情况来考虑。"

白崇禧呷了一口茶，轻轻放下茶杯，然后侃侃而谈：

"孙大元帅此次重返广州，第一个目标将是消灭退据东江的陈炯明残部，然后统一两广出兵北伐，问鼎中原，这是个大目标。广东问题我们先不谈，就广西问题而言，形势颇为复杂。今后由谁统一广西，这是个值得密切注意的问题。陆荣廷已重回南宁，并就任了北洋政府委任的督办，明显站在孙大元帅的敌对面，孙大元帅当然不会让陆再次统治广西。"

"对！"陈雄点头道。

"除陆荣廷外，便是沈鸿英。但据我看来，沈氏不久必将叛孙，因为他的野心和实力都促使他妄图称霸两广。但沈老总在两广不得人心，他举兵叛孙，必然失败。因此，孙大元帅也不可能将广西交给沈鸿英。剩下的一个人便是刘震寰，刘是老民党，早想夺取广西军政大权，但其实力有限，此时又远驻东莞、石龙一带，孙大元帅如要进军东江打陈炯明，必调刘部与滇军一同征战，刘想染指广西，短时期内尚不可能。"

白崇禧才思敏捷，叙述事件，条理极为清楚，分析形势，能一下抓住问题的实质，说得非常透彻。陈雄敬佩地说道：

"健生，我看你真有诸葛亮那两下子，未出茅庐便知三分天下，我要是孙大元帅，定聘你为帅府总参谋长！"

白崇禧自负地笑道："杰夫你放心，总有一天，我会出任中国最高统帅的参谋长！"

"那是将来的事啦，现在还是先说我们的吧！"陈雄道。

"眼下要想发展，将来能统一广西，首先必须投靠广州大元帅府，要设法得到孙大元帅委以的名义。第二步便是出兵占据梧州，背靠广东，以求得大元帅府的支持。这样，进可攻，退可守，名正言顺，便可扫平群雄，一统八桂。"白崇禧那两只敏锐的眼里，放出灼灼光彩。

陈雄听得着了迷，待白崇禧说完后，他一下跳将起来，兴奋地拍着白崇禧的肩膀，禁不住大声赞叹道：

"健生，你真是诸葛再生，孔明转世！"

"哈哈！"白崇禧自负地大笑道，"不敢当，不敢当，在下怎敢与诸葛先生相比，当个'小诸葛'足矣！"

"哈哈！"陈雄也放声大笑道，"健生兄这'小诸葛'当之无愧！"

陈雄与白崇禧本是血气方刚的青年人，两人说得兴奋，不免高声大语，放声大笑，得意忘形起来，不想此时门外有人大喝一声：

"何人在此放肆，胆敢口出狂言，给我抓起来！"

陈雄和白崇禧听得喝叫，不知发生了什么事情，心里正在吃惊，不料房门已被猛地推开，随即闯进来两名手持驳壳枪的"红头兵"（即滇军），用枪指着白、陈二人，喝道：

"走，快跟我们去见长官！"

白崇禧与陈雄对视了一下，陈雄皱着眉头自责道：

"都怪我！"

白崇禧却嘻嘻地笑道："刘皇叔既是盼贤若渴，怎的派张飞来请我呢？"

"少废话，快走！"

那两个"红头兵"吆喝着，用驳壳枪把白崇禧和陈雄押出了房间外面。他们一看，只见仙湖旅馆的客厅上站着一位滇军少将军官，那两个"红头兵"将白崇禧和陈雄推到那少将军官面前，报告道：

"长官，方才口出狂言的正是这两个家伙！"

"你们是什么人？"那少将军官严厉喝问道。

陈雄仔细一看，觉得那滇军少将军官好生面熟，突然一下子想了起来，忙上前施礼道：

"廖公，容县陈雄拜见！"

那滇军少将军官"啊"了一声，忙过来拉住陈雄道："是杰夫呀！"

原来，那滇军少将军官姓廖，名百芳，亦是广西容县人，现时正在滇军总司令部任秘书长。滇军东下讨陈时，廖百芳顺路回容县老家探亲，黄绍竑曾在陈家祠堂他的司令部里宴请过廖百芳，陈雄亦出席宴会作陪，因此得以与廖相识。因陈雄这次从容县出发走得匆忙，黄绍竑忘了告诉他必要时可去找廖百芳帮忙，陈雄走后，黄绍竑便修书一封，委托廖百芳的家人送往广州，因黄绍竑推断，陈雄可能与白崇禧同住仙湖旅馆，请廖百芳给予必要的照应。廖百芳一来以黄绍竑、陈雄乃容县同乡，二来黄绍竑曾向廖百芳流露过想向外发展的想法，因此接到信后，便到仙湖旅馆来看望陈雄，不想却在这里碰上了。

"这位是我保定军校同学，白健生君。"陈雄忙向廖百芳介绍白崇禧。

"哈哈，就是那位刚才自比诸葛孔明的吧？"廖百芳见白崇禧人才出众，忙过来拉住他的手，笑道：

"可惜我不是刘备呀！"

"请廖公提携！"白崇禧利索地行了个鞠躬礼。

"二位到广州有何贵干？"廖百芳问道。

白崇禧忙向陈雄递了个眼色，陈雄会意，便对廖百芳说道：

"我们此次赴粤，很想投效革命，欲一晤孙大元帅，不知廖公可帮忙否？"

"嗯，"廖百芳沉吟道，"孙大元帅回粤不久，百政待举，日常极为忙碌，恐怕不易见到。"他想了想，又说道："滇军朱培德部现充帅府拱卫军，朱培德本人则任帅府参军长，如能请他引见，便一定可见到孙大元帅。"

白崇禧赶忙说道："就请廖公先为我们引见朱参军长如何？"

廖百芳道："好，后天滇军总司令部举行宴会，到时我请你们去与朱培德参军长会见。"

在那天的宴会上，经廖百芳的介绍，陈雄和白崇禧结识了大元帅府参军长朱培德，朱培德爽快地答应为他们引荐晋谒孙大元帅。白崇禧和陈雄见一下子打通了关系，心里非常高兴。回到仙湖旅馆，陈雄道：

"健生，明天就要见到孙大元帅了，我们该怎么说呢？"

白崇禧在陈雄耳边如此这般地说了一番，陈雄连连点头。可是到了第二天，却不见朱培德派人来通知他们，又一连等了好几天，还是不见动静，急得陈雄在白崇禧的房间里抓耳挠腮，绕室而走，叹道：

"放着一个足智多谋的'诸葛亮'在这里，如何无人来顾！"

白崇禧虽然也等得心焦，但表面却还镇静自若，他见陈雄如此说，便抓起一把新会县出的葵扇，一边摇着，一边哼着京腔：

"我本是，卧龙岗，散淡的人……"

"笃笃笃……"

有人敲门，陈雄忙过去开门，只见一个滇军军官站在房门口，问道：

"此间有广西来的白先生和陈先生吗？"

"我们二位便是。"陈雄答道。

"我是朱参军长的副官，参军长请二位到帅府去。"那滇军军官掏出朱培德的名片来递与陈雄。

"好，我们就去。"陈雄与白崇禧兴奋地说道。

白崇禧与陈雄跟着朱培德的副官，出了仙湖旅馆，上了朱培德派来的小汽车，径直向广州河南驶去，到了江边，他们下车转乘汽艇，然后直奔大元帅府。

朱培德将白崇禧、陈雄领到孙中山大元帅的办公室兼会客室，将白、陈向孙中山做过简单介绍后就退出去了。孙中山坐在一张藤椅上，他那宽大的办公桌上，放着文房四宝，一摞文件，一只呈宝塔形的台灯，办公桌两侧的墙壁，被排列整齐的几个大书橱挡着，对面的墙壁上挂着他手书的气势宏博的两个大字——"奋斗"。临窗的阳台上，摆放着一排盛开的花卉，有腊梅、吊钟、天竹、玫瑰……办公室内的摆设相当简朴，除了办公桌椅、书橱之外，只有几张深咖啡色的皮沙发。还未进门的时候，白崇禧和陈雄心里都很紧张，因为他们都是第一次见孙中山——这位中国和世界闻名的伟大领袖人物。孙中山推翻清朝的封建统治，粉碎袁世凯的帝制阴谋，击退张勋的复辟逆流，孙中山之名，如雷贯耳！作为地位卑微的桂军下级军官，在这之前白崇禧和陈雄不但无缘得到孙中山的接见，更不可能和孙中山面对面地交谈，聆听这位伟人的教诲。但是，当他们一踏进这间简朴的办公室兼会客室的时候，紧张的心情随即松弛下来。

他们所崇敬的大元帅孙中山，是一位朴实的面色慈和的长者。他身着中山装，头发稀疏，面容清癯，那双眼睛却熠熠生辉，显出无比的刚毅和睿智，仿佛一位长途跋涉的旅人，经过和狂风恶浪搏斗之后，带着疲乏和胜利的喜悦出现在人们面前。白崇禧和陈雄一齐向孙中山行过礼之后，孙中山微笑着，请他们在沙发上坐下，卫士立即送上两杯清茶。陈雄起立，向孙大元帅报告道：

"报告孙大元帅，这位白崇禧君是本军的参谋长，请准许他将起义计划、准备归附大元帅府和要求帮助各节报告大元帅核示。"

孙中山慈祥地点了点头，说了声："好。"

白崇禧从沙发上起立，身体站得笔挺，虽然他仍然穿着那件黑呢西装，结着条花领带，但他的举止却是一个训练有素的军人。孙中山见白崇禧仪表不俗，心中已有几分满意。

"报告孙大元帅，本军现有人枪五千。"白崇禧说道。

陈雄心里不禁有些慌张，因为黄绍竑的部队总共不过六百多人——白崇禧一下子把它扩大了差不多十倍！就是连李宗仁那两个团加在一起，也不过两千多人。

第一次晋谒孙大元帅便当面撒谎，陈雄心里不禁慌张起来。他偷偷地瞟了孙中山一眼。孙中山脸色还是那么安详，带着长者的诚恳的微笑，在听白崇禧报告。陈雄心里立即由慌张变成了内疚，他觉得向一位忠厚长者撒谎，真有股说不出的滋味。但白崇禧似乎没有这种感觉，他口才极好，很善辞令，面部之表情与言词相当和谐。陈雄暗想，如把白崇禧派去作外交部长，恐怕也是相当合适的。

白崇禧把他们这支部队（尽管他已没有任何职务了，连刚才那"参谋长"还是陈雄临时给封的），从陆荣廷时代的陆军模范营，说到马君武省长的田南警备军，再说到粤军由广西撤退后无法立足，转战粤桂边境和目下驻扎广西容县一带的情况说了。接着他痛斥陆荣廷反对革命、反对孙大元帅的罪行，并说陆荣廷现已返回广西就任北洋军阀政府委任的广西军务督办，正在整编军队，妄图再犯广东。本军司令黄绍竑决心追随孙大元帅革命，特派参谋长白崇禧和参谋陈雄前来谒见孙大元帅，报告起义之行动计划。

孙中山自从民国六年南下广州组织护法军政府，便受到陆荣廷多方掣肘和排挤，及至粤军入桂，孙中山又派人劝陆荣廷认清局势，及早回头，休得顽抗到底，陆荣廷不但不听孙中山的忠告，而且连孙中山派去的使者也给杀害了，因此，孙中山深恨陆荣廷。对于广西眼下的形势，孙中山十分清楚，他正苦于一时找不到合适的人选来解决广西问题，而沈鸿英和刘震寰这两位拥兵自重的桂军将领，孙中山是不放心把广西交给他们的。恰在这时，这位风度翩翩、年轻有为的白崇禧突然出现在他的面前，且白的军队自称有人枪五千，看来实力颇雄厚，又肯起义归附，孙中山正是求之不得。他是相信有知识的青年人的，他觉得扶持像白崇禧这样的青年人收拾广西局势要比沈鸿英那些绿林好汉有希望得多。因此，他非常赞同白崇禧的计划，听白崇禧报告完之后，孙中山连说：

"很好，很好，你们能够参加革命，最好！你们都是青年军人，应该参加救国救民的革命工作。需要什么帮助，可以提出来。"

白崇禧当即提出："请孙大元帅委本军以建制名称，起义时本军拟向梧州进发，请孙大元帅到时派陆、海军援助，并酌情补助弹械。"

"好！"孙中山说道，"陈炯明、陆荣廷他们都是害民贼，都属讨伐之列，你们就用讨贼军的名义好了。到时我派陆、海军去援助你们，并补助弹械，你们回去好好准备吧！"

孙中山襟怀开阔，待人以诚，第一次见面就为白崇禧和陈雄敞开了革命的大门，并给予毫不怀疑的信任和有力的支持，使得白崇禧和陈雄都十分感动。他们回到仙湖旅馆，陈雄对白崇禧道：

"健生，孙大元帅待人那么诚恳，而我们今天却在他面前撒谎，我心里真有点难过呀！"

"这也是迫不得已而为之的呀！如果我们说：'孙大元帅，白崇禧、陈雄两人前来参加革命，请您委派工作。'孙大元帅恐怕会让我们去'炒排骨'哩。"白崇禧笑道，"不过，等到我们消灭了陆荣廷，统一了广西，到时再来向孙大元帅报告，心中便不会感到难过了。"

白崇禧说罢，就提起笔来给黄绍竑写信，告诉他在广州之事进展顺利，下一步可以按计划行动了。

第十四回

叛投北洋　沈鸿英新街就新职
沉着应战　孙元帅督师越秀山

　　沈鸿英心神不定地坐在虎皮交椅上，这柔软的虎皮椅已失去往日的舒适感，那张灿黄间着一条条黑色斑纹铺展平整的虎皮，上边的茸茸虎毛，仿佛变成了无数的钢针铁刺，直戳得沈鸿英的屁股和腰背疼痛难耐。他一忽儿跳将起来，在室内乱转，一忽儿又坐到那虎皮椅上，闭目沉思，但坐不了一袋烟的工夫，又跳起来绕室而走。他像一只已经窜入围场的老虎，正被两个猎人紧紧地追逐着，他时而落荒而逃，时而进洞而藏，时而龇牙咧嘴发出几声惊恐的嘶叫，时而又夹起尾巴警觉地嗅一嗅周围的气氛……

　　沈鸿英自导演那出砸锅的"鸿门宴"之后，不但粤军和广东人恨他，而且桂军刘震寰部也恨他。滇军总司令杨希闵比沈鸿英棋高一着，捆走魏邦平之后，即迫魏下令粤军第三师向滇军缴械，杨希闵吞掉了粤军第三师，实力和地盘都大大扩张。沈鸿英不但白白损失了两个军长，而且还被各方咒骂，真是"赔了夫人又折兵"，却又哑巴吃黄连，有苦说不出。不久，孙中山由沪抵粤，在广州组织大元帅府，就任大元帅职，即令沈鸿英率部退出广州，移防西江和北江，今后非有大元帅之命令，不得擅自移动。沈鸿英接到命令，气得大骂起来：

"孙中山把我们当成接养崽看待，全不念东下讨陈之功，现在他的亲生崽许崇智快回来了，就要撵走我们，真是忘恩负义！"

沈鸿英赖在广州，迟迟不走，每日只是坐在虎皮椅上，大骂孙中山。过了几天，忽报吴佩孚的密使来见。沈鸿英眉头一跳，忙到客厅会客。

"沈总司令，别来无恙！"

吴佩孚的密使是个肥头大耳的胖子，他见沈鸿英来到客厅，忙取下礼帽，鞠躬敬礼。他和沈鸿英早已相识，沈鸿英流窜湘赣，走投无路时，就是这位胖子衔吴佩孚之命把"胁威将军"印和陆军第十七师师长委任状亲自送到沈鸿英手里的。

"玉帅（吴佩孚字子玉，时人称玉帅）好吗？"沈鸿英问那胖子道。

"好。"胖子密使点头道，"玉帅这次派我来，又是给沈总司令道贺来的。"

"啊？"沈鸿英把眼珠转了转，一时不明白胖子的来意，"上次玉帅对我雪中送炭之恩，还没报哩！"

"这次沈总司令可是锦上添花啰！"胖子颇得意地笑道。接着随手打开带来的一只黑色皮箱，取出一张盖着鲜红大印的委任状，递与沈鸿英道："这是玉帅保举沈总司令为广东督军的委任状！"

沈鸿英接过那纸委任状，心头又惊又喜，当广东督军是他多年来梦寐以求的愿望。早在桂系统治广东的时候，广东督军莫荣新因年已七十，年老体衰，陆荣廷要莫荣新推荐继承人，莫与沈鸿英本是儿女亲家，便向陆荣廷推荐了沈。但陆却意属自己的养子马济。沈鸿英知道后愤恨不平，粤军由福建回师广东讨伐桂系时，沈鸿英正在东江前线指挥作战，忽接电文末署名"督军马"发来的电报，沈鸿英不知此电乃是督军莫荣新发来的，"马"原是"二十一日"的日脚代字。他误以为马济已继莫荣新当了广东督军，气得将那电报往地下一摔，破口大骂道："还打我个卵，帮人家打天下，撤！"沈鸿英时任中路军指挥官，他这一撤不打紧，立时牵动左、右两翼的桂军，东江战局遂成急转直下之势，益发不可收拾。粤军长驱直入，陆荣廷经营了五年的广东地盘，便这样给断送了。沈鸿英当广东督军的梦想，当然也就成了泡影。

"白马会盟"东下讨陈，沈鸿英自然是为了重温当广东督军的旧梦而来的。孙中山没让他当广东督军，想不到远在洛阳的直系首领吴佩孚却通过北洋政府给他送来了"广东督军"的桂冠，这怎能不使他大喜过望呢？然而，沈鸿英明白，孙中山绝不会让他当北洋政府的广东督军，粤军和广东人也不会同意他当，滇军杨希闵和桂军刘震寰也不会让他登上广东督军的宝座。论实力和人望，沈鸿英也知道此时难以如愿，特别是那出"鸿门宴"后他损兵折将又遭各方谴责，这时如公开接受吴佩孚的保举，就任北洋政府的广东督军，不啻把自己摆到各方军事和舆论的大力围攻之下，那样别说广东督军当不成，恐怕连在广东立足也不可能了。这便是沈鸿英接到那纸委任状又喜又惊的全部心情。他手捧着那张盖着鲜红大印的委任状，觉得他捧着的是广东的全部疆土和财富，他感到踌躇满志；又觉得捧着的是一颗随时便要爆炸的定时炸弹，要把他炸个粉身碎骨！他感到不寒而栗。那善于察言观色的胖子使者，早已窥透沈鸿英此时的心情，他深知吴佩孚起用沈鸿英的目的，更知自己来粤的使命，他见沈鸿英手捧委任状发愣，便笑道：

"沈总司令不必多虑，孙文甫抵广州，立足未稳，只要你采取坚决之行动，玉帅便会全力支持你的，目下玉帅已调方本仁、邓如琢、樊钟秀等三个旅驻屯赣南，一旦沈总司令举事，这三旅精兵便立即进入粤北，做你后盾。"

沈鸿英一听，这才转忧为喜，忙说道："难得玉帅想得周到。不过，到底何时动手，我还要跟部下好好商量。"

那胖子使者又给沈鸿英打了一番气，这才告辞出来，沈鸿英送他到门口，嘱咐他保守秘密。那胖子点了点头便去了。

谁知第二天，广州各报便纷纷报道沈鸿英暗中接受北洋军阀的督粤任命，即将发动武装叛乱的消息。广州市民奔走相告，有的携儿带女逃往乡下，闹得广州城内一时风声鹤唳，草木皆兵。

这一日，沈鸿英正坐在虎皮椅上，谋划着当广东督军的行动，忽然，搁在桌上的电话机急促地响了起来，他抬了抬头，喊了声：

"副官，给我接电话！"

副官拿起话筒，"喂"了几声，便对沈鸿英道："总司令，对方一定要你亲自接。"

"妈的，捣乱！"沈鸿英骂着，本想不予理会，但又怕是那胖子有要事相告，极不情愿地站了起来，从副官手里抓过话筒，不耐烦地叫道："你是哪个？"

"你是沈鸿英吗？"

话筒中传来一个非常严厉的声音，这种声音对于一向妄自尊大的沈鸿英来说，简直是不可思议的，即使是作为顶头上司的陆荣廷，过去也不直呼他的大名，而是呼以"冠南（沈鸿英字冠南）老弟"，既表示一种上下级的关系，又显出一同出自绿林的亲昵。今天此人竟在电话中直呼其名，而且声音又是这等严厉，沈鸿英听了如何不发火。

"他妈的，你是什么人？竟敢叫老子的大名！"沈鸿英紧紧地抓着话筒，仿佛那毫不客气地呼他大名的不是别人，而是手中这只大逆不道的话筒，他要狠狠地把它掐死！

"我是大元帅孙文！"对方说话更为强硬。

沈鸿英一听是孙中山亲自给他打电话，好像顿时被人推入冰水之中似的，不由便打了个寒噤，特别是那被他紧紧抓着的话筒，像是过电了似的电得手掌发麻发酥。这种过电的感觉又从电话筒直传导到他的手掌、手臂，直达心窝，他战栗着，感到莫名的恐惧，本能地要摔掉那电话听筒，手掌却又无法张开。沉默了几秒钟，话筒中又传来孙中山严正的声音：

"我知道你勾结北方军阀，想要造反，因此我有些话要与你面谈，说明你不能造反的道理。果真要造反，亦可由你自便，到那时我不用军队打你，只用广东民团便足够消灭你了！最好你来帅府面谈，保证你安全，如不便来，我只带随从副官一名到你处面谈。请你马上答复！"

沈鸿英这大半辈子闯荡江湖，流寇四省，见的场面不谓不多，历的艰险不可胜数，可是还从没经过像今天这样尴尬和狼狈的处境。孙中山由沪回粤的时候，身为孙中山任命讨贼的将领沈鸿英却拒绝去码头迎接，及待孙中山就任大元帅职，沈鸿英又不去参加就职仪式。因此孙中山虽回到广州一个多月了，但一直没有和沈鸿英见过面。今天孙中山突然打来电话，严正斥责他谋反的行为，和要讨伐他的决心，并且劝告他要悬崖勒马，为了最后争取他，孙中山仍表现得宽宏大度，约他到帅府面谈。沈鸿英抓着电话筒，一时瞠目结舌，不知说什么才好。拒绝前往帅府去见孙中山，便是公开抗命，于情理不容，且眼下他的布置尚未就绪，还得敷衍孙中山一段时间；去帅府与孙中山周旋，他又怕孙中山万一拿他问罪，岂不是自投罗网？让孙中山亲自到他的司令部来会谈吧，孙中山是屈驾来访，此时他不但还不敢加害孙中山，而且还得对孙的训示表示洗耳恭听，最令他生畏的还是如何回答孙中山当面的责问。

孙中山大元帅

“沈总司令，你不愿回答我的问题吗？”孙中山大概是等得不耐烦了。

“啊，不不不，孙大元帅，我是想，我是想……”沈鸿英头上冒出了汗水，这才想出一条缓兵之计来，“我明天亲到帅府拜谒孙大元帅，恭听训示。”

“好的，我明天就在帅府里等着你！”孙中山放下了话筒。

“他妈的，真像过了趟火焰山！”沈鸿英撂下电话筒，头上的汗水已经往下滴了。

明天去帅府，这不过是沈鸿英敷衍孙中山的手法，仅接一次孙中山的电话他已经大汗淋漓，宛如过火焰山一般难受了，要是到了帅府孙中山当面质问他如何与北洋军阀勾结图谋造反，那岂不是等于将他放到鼎沸的油锅中去吗！帅府是断断去不得的，可是给他的时间却只有今天一天了，明天要是孙中山见他不去，自己跑到他的司令部来，那不是更不好办吗？想着想着，沈鸿英又痛骂起那胖子使者来，为何将秘密泄露出去，害得他如今心神恍惚，如坐针毡，如履薄冰。沈鸿英愣了半天神，一时无计可施，只得命副官去将参谋长邓瑞征请来问计。

那邓瑞征果是“智多星”，刚一进门便对沈鸿英道：

"事已至此，倒似那晁盖、吴用等人劫了生辰纲一般，看来是要反上梁山去了。总司令对此不必介意，只需略施小计，便可稳坐广东督军的位置。"

沈鸿英听了立刻转忧为喜，忙问道："参谋长有何妙计？"

邓瑞征拈须徐徐答道："以退为进，反守为攻。"

沈鸿英虽是绿林出身，但气量却并不狭窄，上次的"鸿门宴"吃了亏，他既不怨李易标，更不怪邓瑞征，反以"谋事在人，成事在天"这句老话来宽慰李易标和邓瑞征，使李、邓两人十分感动，更加忠心为他效命。那邓瑞征眼见沈鸿英在广州的处境难堪，孙中山又下令要移防西、北江，便为沈鸿英谋划了这条计划。

"总司令今日便对广州各报发表声明，拒受北洋政府所委之职，忠心拥戴孙中山大元帅，严遵帅令行事，明日即率部全部退出广州，到新街设立行营，以正视听，以安人心。"

"好！"沈鸿英一拳头砸在虎皮椅的扶手上，如释重负地舒了口气，因为这样他不但可以不必去帅府受孙中山的训斥，孙中山也没有理由和办法再到他的司令部来了。更重要的是他一撤出广州，同时又向报界发表声明，表明心迹，则孙中山和滇军必不再疑他有异动，他便可以做好充分准备，突袭广州，将孙中山和滇军打个措手不及，取得广东地盘，当上广东督军。

"参谋长，你就以我的名义给报界发表声明，孙中山和广东人喜欢听什么，你就讲什么好了，我这就去通知各位军长，令他们做好准备，明日便率队撤离广州。"

邓瑞征见沈鸿英采纳了他的计划，便笑道："总司令务必严饬部佐，要他们撤离广州时做到秋毫无犯，否则，弄得鸡飞狗走，怨声载道，孙中山反疑我们图谋不轨了。"

沈鸿英点头道："我令卫队到各处督察，如有违令者格杀勿论！"

第二日，果然广州各报均在显要位置刊载了沈鸿英拒受北洋政府所委军职，拥戴孙中山大元帅，严遵帅令移防西、北江的声明。当日下午，沈鸿英便乘坐绿呢大轿，亲率驻穗各部沈军，撤出广州。因沈鸿英严令部属不准抢劫、扰乱市区秩序，又派出了卫队到各处督察，这一向以掳掠闻名的沈军，一时军纪肃然，秋毫无犯，如果不看那军中的姓字旗，谁能相信这会是沈鸿英的军队呢？但是，毕竟沈军秉性难改，经过闹市区时，一名连长带着十几名士兵趁机闯进了一间金银首饰店铺里，抢走了一批金银首饰，店铺主人和几名伙计见损失奇重，便不顾性命危险，从店里跑出来，与那位连长纠缠论理，要求发还金银首饰。那位连长本是沈鸿英的远房亲戚，在军中一向目无法纪，便是营长、团长也怕他三分，他见店铺老板竟敢来找麻烦，便把两眼一瞪喝道：

"你想找死尽管拿绳子去吊颈，免得身上多几个洞眼！"

那店主大概也是豁出去了，一边哭着一边揪住那连长诉道：

"老总呀，这店里的首饰，都是客户特地订制的啊，你拿走了，我怎么向他们交代呀，你……你……不如杀了我吧！"

那店主这一哭一闹，立刻引得许多市民前来围观，那些市民虽不敢上前规劝，但眼中无不对沈军的暴行射着怒火和对那遭灾的店主怀以深切的同情。

"妈的，让你尝尝老子的厉害！"那连长说着便张开五指，左右开弓，朝那缠着他不放的店主脸上狠狠地打了两个耳光。那店主被打得口中流血，趔趄倒地，待他爬起来时，那连长已带人扬长而去。他正要前去追赶，忽见一乘绿呢大轿威风凛凛地抬了过来，知是沈军的一个大官来了，便不顾一切地跑过去，拦轿下跪，哭诉道：

"大人呀，你的部属抢劫了我的店铺啊，抢走了全部金银首饰，求大人明鉴为小民做主啊！"

沈鸿英眼珠一转，便从轿子里走了出来，对正在行进中的部队猛喝一声：

"停下！"

部下官兵见沈鸿英突然下令，便"刷"的一声停下步伐，长长的行军队列在闹市中停了下来，沈鸿英回头对那嘴角还在流着血的店铺老板和蔼地说道：

"我便是沈鸿英，你说我的部属抢了你店铺中的金银首饰，只要你把他找出来，我一定严办。"

说罢沈鸿英便命身边一名卫弁，跟随那店铺老板到队伍中去找刚才抢劫金银首饰的人前来对证。不一会卫弁果然把那连长给带了来，那连长大大咧咧地来到沈鸿英面前，敬过礼之后，嘻嘻笑道："老总要我来有什么事？"

"有人指控你抢劫，可是事实？"沈鸿英厉声喝道。

那连长因与沈鸿英沾亲带故，况且平日抢掠百姓财物，已是家常便饭，便是这位沈总司令，不是也常以"发财"和"放假"来激励部下为他打仗卖命么？眼下离开广州，顺手牵羊捞几件金银首饰又算得了什么呢？那连长便坦率地说道：

"我是拿了他几件金银首饰，便算是老总赏的罢！"

说着一双眼睛得意地盯着那店铺老板，意思是：你看老总怎么发落我吧！

"把东西拿出来！"沈鸿英又喝道。

那连长以为沈鸿英想要这几件金银首饰，便从衣服袋里掏了出来。沈鸿英问那店铺老板道：

"这可是你店铺中被抢走的东西？"

"正是小民店铺中被抢的金银首饰。"那店铺老板答道。

"请你把东西拿回去吧！"沈鸿英对那店铺老板道。

"谢沈总司令！"那店铺老板感激地跪下去便给沈鸿英磕起头来。

沈鸿英待那店铺老板取走东西之后，这才沉下脸来，对那连长猛喝道：

"你违犯军纪，抢劫市民财物，我要重办你！"

那连长见沈鸿英今天神态反常，不禁害怕起来，忙说道：

"姑……姑……姑表爹！我……"

"住口！你莫要以为是我的亲戚，便可为非作歹，无法无天，左右，给我把这军中败类拉下去，就地正法，以申军纪！"沈鸿英猛地把手一挥，两名卫弁立即便将那连长拉了下去，只听"砰砰"两声枪响，那连长便被击毙在街中，沈军官兵见了，无不骇然。围观的无数市民，则更是刮目相看，甚至有啧啧称赞沈鸿英治军严明的。沈鸿英见了，便令卫弁到那金银首饰铺中，向老板借了一方小桌，随即登桌对围观的市民说道：

"各位父老先生们，我便是你们都知道的沈鸿英。沈鸿英的名字，在广州是不大好听的，有人骂我是土匪、强盗，说我的部队是兵匪不分。其实，我沈鸿英也是粤人，原籍广东恩平府，先世迁居广西雒容县城。只因家道贫寒，早时也做过小本生意。不幸为匪掳去，陷身匪巢。辛亥年响应中山先生号召，率部出来为革命效力，去年又得中山先生委以重任，率部东下讨贼，将陈贼炯明由广州逐去。敝部自进广州以来，时有少数不法官兵，侵扰市民，损我军之声名。为维护我父老同胞利益，为正敝部之声名，今后，凡有违纪之官兵，一经查出，本总司令定将严惩不贷！"

沈鸿英这一番慷慨激昂的即兴演说，顿使那些围观的市民肃然起敬，想不到平日里他们所诅咒的沈鸿英，竟是这样一位痛快的军人，且又与广东同籍，市民中竟有不少人随即鼓起掌来。内中有个绅士打扮的人过来对沈鸿英道：

"沈总司令治军严明，令人敬佩，何不就驻扎广州，卫戍省垣，以为父老撑腰！"

沈鸿英笑着，对那绅士拱手道："谢谢粤中父老看得起我，鸿英身为军人，军人以服从为天职，敝部由广州移防西、北江，乃是帅府之命，何敢抗命。鸿英就此与诸父老先生告别，乞望后会有期！"

说罢，向围观的市民们拱手告别，慢慢地登上了那绿呢大轿，冉冉而去。那金银首饰店铺的老板，更是感恩不尽，随即命店铺中的伙计去买来几串长鞭炮，"叭啦啦"地燃放起来。沈鸿英坐在轿子中，耳听着后边不断响着的鞭炮，对他刚才这番即兴表演，甚为得意，既收揽了人心，又可麻痹孙中山和大元帅府的注意力。他把头仰靠在座位上，感到飘然自得，右手指头轻敲着轿壁，又哼唱起他那《王三打鸟》的旧调子来：

"树上的鸟儿喳喳地叫呀，园中的小姐嘻嘻地笑呀，哪嗬嗨咿呀……"

对于那位死得有些冤枉的连长，他的什么姑表远亲，他早已忘到九霄云外去了。抬轿兵在外面听到老总惬意地哼着家乡小调，便也来了精神，抽动起双脚，扭起腰身，一拉起肩头，直把那绿呢大轿抬得上下悠悠颤动，节奏怡然。沈鸿英在轿中微闭双目，神思飘飘若仙……

"你们看，我像个督军的样子吗？"

沈鸿英在广州北面粤汉铁路上的新街车站他的行辕中，穿上佩着陆军上将衔的大礼服，手扶镶金的长柄指挥刀，端端正正地坐在虎皮交椅上，接受部下营长以上军官前来祝贺他就任广东督军的新职。他的就职仪式既简单又特别。大厅中，空荡荡的只有他一把虎皮交椅，虎皮椅背后的墙壁上，用大红纸裁成一个大棱形，中间书着一个大大的"义"字。"义"字前边，摆着一张长条细腿的黑香案，案上置一只古铜香炉，香炉中插着三大炷用红纸圈扎着的香。在袅袅的香烟中，沈鸿英背靠虎皮椅，正襟危坐，接受部下官佐的参拜祝贺。礼毕，军官们在虎皮椅两侧排列，听候这位广东督军的训示。沈鸿英并没有发表例行的就职演说，而是整整衣冠，颇为志得意满地对部下说了前边那句话。

"哈，父亲就像原先的莫督军样！"

沈鸿英的儿子、师长沈荣光忙称赞起来。因为原先桂系的广东督军莫荣新，和沈鸿英是儿女亲家，沈荣光之妹嫁与莫荣新之子莫正聪为妻，沈荣光觉得把父亲与莫督军相比，甚为合适。

"哼，莫荣新那个卵样子，虾弓背，衰佬！"没想到沈鸿英早已不把现时正在上海过着寓公生活的那位前督军、亲家莫荣新放在眼里。

"总司令这气派和大元帅孙中山差不多！"军长李易标见沈鸿英不齿于和莫荣新相提并论，便把孙中山搬了出来。

"嗯，和孙中山相比，我就差点卵主义罢了。"沈鸿英虽不推崇孙中山，却倒也还有些自知之明，不敢再骂"卵样子"和"衰佬"了，而且还公开承认"主义"不及孙中山。

"可总司令比孙中山有实力啊！"李易标见沈鸿英高兴，忙又加了一句。

"嗯！"沈鸿英满意地点了点头。

沈鸿英自从撤出广州进驻新街之后，一面派人到赣南和北洋军方本仁、邓如琢等联络，请求他们帮助反攻广州，方、邓两旅长早已奉有吴佩孚之令，自然一口应允。沈鸿英又命人到广州探听消息，闻知孙中山对沈军撤出广州表示满意。据说孙中山正在实施"裁粤兵之半"的计划，拟将国防军编为六个师，由大元帅直辖，省防军编为一百营定名为"保卫军"，由省长直辖。孙中山还准备执行之前所决定的滇军回滇，桂军回桂，湘军回湘的计划。广州防务松懈，滇军只是开烟聚赌，日夜享乐，桂军刘震寰部则屯兵石龙，以防东江陈炯明旧部。沈鸿英探听到这些情况后，便和参谋长邓瑞征密谋策划，决定在新街就任广东督军之职，出兵突袭广州，一举歼灭滇军，推翻孙中山的大元帅府，夺取广东军政大权。

"督军，敦促孙文下野离粤的通电已经拟就。"参谋长邓瑞征拿着电稿来向沈鸿英说道。

对邓瑞征称他为"督军"，沈鸿英心中像喝了口蜜糖一般，心里甜丝丝的，忙道：

"念来听听吧！"

"此前本督军曾欢迎中山回粤主政，乃中山回粤后，开府称尊，抗拒中央，准备北伐，无一不与沪上宣言相反。为中山计，宜即撤销帅府，回沪筹备工兵政策。盼各团体及友军欢送中山行旌……"

"好！"沈鸿英在虎皮交椅上狠狠地擂了一拳，部下知道这是他已下定决心的表示，忙立正听候命令。

"李军长易标率所部于明日拂晓前进攻越秀山及农林试验场滇军总部；沈师长荣光率所部由韶关南下进攻英德、四会，清除后患之敌。本督军亲率总部于石井圩设立指挥所督战，各部均于今夜秘密进军，拂晓前发动攻击。你们立即回去布置，明日午后，本督军在广州陈塘南酒家设庆功盛宴款待各位！"

各位将领即辞出，骑马、乘车赶回驻地准备去了。参谋长邓瑞征却站在沈鸿英的虎皮椅旁，轻声说道：

"督军常以'谋事在人，成事在天'的古训告诫部下，瑞征有一言不知该不该讲？"

沈鸿英将眼珠转了转，不知这位"智多星"参谋长要说什么，忙道：

"说吧。"

"此仗若胜，督军囊括广东自不待言，倘受挫时，切不可留恋广东之财富和地盘，宜及早脱离战场，保存实力，回师入桂，图桂后再期图粤。"

"哈哈，参谋长不必多虑，我既就广东督军之职，理所当然应在广东管事，广东到手，广西是不成问题的。"沈鸿英觉得邓瑞征畏首畏尾，便很不以为然地说道。

邓瑞征听沈鸿英如此说，心中顿觉有股寒意，他微微皱着眉头，手拈胡须，徐徐说道：

"滇军强悍，督军切不可轻敌。广东军事谋划已定，我想即日返回梧州，为督军经营好后方。"

沈鸿英一向是"狡兔三窟"，这也许是在绿林时他感受到的经验，由于在流窜湘赣时吃尽了苦头，对于后方基地他是十分重视的，现在见邓瑞征要求回去经营后方，也就答应了。邓瑞征略加准备，便带上一营兵力保卫，由粤北出鹰扬关，经贺县、怀集走往梧州去了。

这夜，孙中山睡得很晚，他和参谋总长李烈钧、广东省长胡汉民和帅府秘书长古应芬等人在帅府开了一个晚上的会，研讨裁军问题。除决定滇军回滇、桂军回桂、湘军回湘的计划外，还决定将李烈钧旧部滇军朱培德、赣军赖世璜两部交李烈钧统率，进攻江西。命姚雨平前往东江收编陈炯明旧部，命许崇智率军尽快回广州。开罢会，孙中山就寝，已是四月十六日凌晨了。他委实感到有些疲乏，不久便醺然睡去。但不知什么时候，他忽然被一阵激烈的枪炮声从梦中惊醒，他忙披衣起床，推窗看时，见四野仍被暗夜笼罩，但东方已经泛白，他看腕上的表时，正是早晨五点。他听出枪炮声是在河北那边响着，那一带是滇军的防区，便知情有变，急忙摇电话到滇军总部找杨希闵讲话。不一会儿，话筒中便传来滇军总司令杨希闵沙哑的声音：

"报告大元帅，我的总部遭受不明番号部队的猛烈攻击，形势非常紧张。"

孙中山心中一愣，马上想到是否滇军内讧，有人要夺取杨希闵的军权，当即命令道：

"坚守总部，迅速查明敌军番号，随时向我报告！"

"是！"

不久，杨希闵打来电话，报告道："现已查明，进攻我部的是沈军第一军李易标所部。"

"啊！"孙中山顿时怒愤起来，命令杨希闵道，"沈军此来必为夺取广州，杨总司令，你即指挥滇军反击，我马上到越秀山督战，以防敌军窜入市区！"

此时，天已亮了，孙中山即命侍卫副官马湘、黄惠龙，集合帅府卫队，渡过珠江，一同乘车往越秀山督战。

却说越秀山、小北门一带，本是滇军第二军范石生部防守。那范石生"白马会盟"东下讨陈时，原为滇军一旅长，进入广州后，已擢升为军长了。他有个嗜好，便是清晨一起来，就要先过一阵烟瘾。在他吸早烟的时候，照例是百事不

滇军将领范石生

问，部下当然知道他的脾气，因此虽听到滇军总部驻地枪声激烈地响着，也不敢贸然进来报告。范石生的司令部，就设在五层楼内。司令部里，仅有一张办公用的旧桌子，壁上挂着一把长柄指挥刀，最引人注目的还是那张特制的烟榻，那烟榻与众不同的是两头用两根茶杯粗细的大竹竿穿过，像四川人常用的那种滑竿一样。范石生正舒适地躺在那特制的烟榻上，由两名勤务兵轮流为他装烟烧斗。范石生在那高级云土的刺激下，其乐陶陶，忽听一阵脚步声响，耳畔响起如雷霆般的怒喝：

"范军长！我命你警戒这一带地区，现在敌人已迫近了，你部全无戒备，并且毫不察觉，欲置军法于何地？"

范石生是滇军的高级将领，自从军以来还没遭上司如此呵斥责骂过，他平日又一向骄傲狂妄，自尊自大，连唐继尧和杨希闵都全不放在眼里。他一听有人竟敢在他吸早烟的时候闯进吆喝，顿时怒发冲冠，也不看来的是何人，仍躺在烟榻上，骂道：

"给我滚出去！"

"左右，给我将范石生拿下！"

范石生抬头看时，这才发现来的不是别人，正是大元帅孙中山。孙大元帅胸

前挂着一架望远镜，右手提着一根黑漆发亮的手杖，满脸怒容，那一双火灼灼的眼睛，正向躺在烟榻上的范石生喷射着逼人的怒火。范石生见了，顿时吓得手足无措，连忙扔下烟枪，从烟榻上爬将起来，"咔嚓"一声双脚一并，用他从云南讲武堂学到的标准军礼，给孙中山鞠了一躬，然后后退一步，笔挺地站着，那两条腿却不住地在颤抖着。孙中山也不看范石生，即命侍卫副官马湘：

"马湘，你立即率领各卫士拿这里的机关枪去布置阵地，听我指挥！"

马副官随即高呼："奉大元帅令取机关枪杀敌！"

孙中山的卫士们当即取了范军轻机关枪三挺，石瓦兹重机枪两挺，在马副官的率领下，跑步到五层楼西边至大北门一带城墙上，选择地形和射界，放列轻重机关枪，占领阵地，听候孙大元帅指挥。孙中山提着手杖，在侍卫副官黄惠龙和几名手持手提机关枪的精悍卫士的护卫下，步出五层楼。范石生一下慌了神，一边命令参谋到各团去传令备战，一边戴上军帽，紧跟孙大元帅之后走出司令部。

五层楼外的范军官兵见大元帅前来督战，自是不敢怠慢，立即佩好武装，进入临时工事掩体，听候命令。孙中山进入阵地后，举起望远镜，只见大队沈军，如急风骤雨般冲来。沈鸿英平日训练部队，与别人不同，他特别重视部队爬山和跑步，因此沈军的行军和冲锋速度比一般部队快速。沈军前锋五百余人，转眼间便冲到离大北门七八百米处，便骤然停下，作跪姿射击，向五层楼下的滇军阵地放了一轮排枪。孙中山见敌军蹲下，也忙在阵地前卧倒，范石生卧在孙中山右侧，扭头命令道：

"开枪！"

"不，敌军尚未进入有效射程，放近再打！"孙中山卧在地上，仍用望远镜观察敌情。范石生虽有作战经验，但还是第一次看见孙中山亲临火线指挥，他见孙中山临危不惧，镇静异常，果断沉着，心里也不得不暗自敬佩。此时，沈军密集的弹火，从头上啾啾而过，直击得树叶乱飞，屋瓦作响，帅府卫队和范军官兵都趴在阵地上，监视沈军的动静。沈军蹲下放了一轮猛烈的排枪后，又纷纷起立，向大北门急进，距离滇军阵地只有四五百米了，范石生扭头看看孙中山，只见孙中山仍在不动声色地用望远镜观察着，他用左手举着望远镜，右手慢慢地抬了起来。这使范石生想起在欢迎孙中山回粤的大会上，听他发表演说时的那种神态：孙中山在暴风雨般的掌声中站在讲台上，慢慢地抬起右手，听众立时肃然，会场上寂静下来，孙中山将抬起的右手往下一挥，开头那几句话，说得像一挺畅快扫射的机枪。

"快放！"

范石生见孙中山突然站起来，一声令下，阵地上的轻重机关枪和步枪，顿时喷出一片密集的火网，正在冲击前进的大队沈军，一下子便被扫倒一大片。在猛烈的火力突然打击之下，沈军死伤过半，纷纷后退。孙中山这才对范石生命令道：

"范军长，敌人前锋已溃败，后续部队不久必到，我命你立即率部追击，不许敌人有喘息机会，务求将其全部消灭！"

范石生见孙大元帅指挥有方，顿时来了精神，双腿一并立正答道：

"是！我即率队追击，不敢再负委任！"

范石生手提指挥刀，一声令下："追击前进！"滇军官兵即从临时工事中跃出，跑步出击。范石生则躺到那张特制的烟榻上，两名卫弁一前一后抬起奔跑，两名勤务兵即为范石生装烟烧斗，一路青烟缭绕，香飘阵阵。孙中山在阵地上用望远镜看着，气得愤愤地责骂了一声：

"成何体统！"

却说沈鸿英在石井圩闻得偷袭滇军总部的李易标部被杨希闵击败，进攻大北门的部队也溃败下来，气得大骂一声："晦气！"便率部乘坐早已备好的火车匆匆往韶关退去。到了韶关，沈鸿英屯驻人马，正在寻思到底是依从参谋长邓瑞征的建议撤回广西去还是再作孤注一掷南攻广州。此时吴佩孚那位胖子密使又跑到韶关来为沈鸿英打气，并且吴佩孚那三旅北洋军已从赣南进入粤北，表示要不惜一切代价协助沈鸿英再下广州。沈鸿英因广东督军的位置还没坐上，心中不甘，又见吴佩孚不惜血本支持他，此时他就像一个刚进入赌场便输了头注的赌徒，无时不想扳回老本，便决定不回广西，他一拳头砸在那虎皮交椅的扶手上，大吼一声：

"妈的，老子这回博底了！"

沈鸿英整顿人马，命人将他控制在广韶铁路上的十四辆火车头略加改装，每辆车头只挂两个车皮，车头上驾着十几挺轻重机关枪，那两个车皮内则满载经过挑选给了重赏的敢死队官兵，命军长李易标亲自率领，开快车直扑广州。沈鸿英本人则带一团精兵，乘坐专车跟在那十四辆火车头之后督战。临行前，沈鸿英命令李易标道：

"李军长，如果这次再进不了广州城，你我就不必再见面了！"

李易标见沈鸿英已下破釜沉舟的决心，又想自己屡次失利，也知这次如再战败，亦无颜面再见沈老总了，便答了声："是！"接着登上第二辆火车头，正要率队出发，沈鸿英把手一挥，喊了声："且慢！"李易标知沈鸿英要对敢死队官兵训话，便站到火车头顶上，叫道：

"弟兄们，都站好，老总要训话！"

已登上车的官兵们，一齐站立起来。沈鸿英骑上马，来到每辆火车头前，对那些用重金收买作敢死队的官兵们说道：

"弟兄们，打进广州我放你们三天假，全广州的金银财宝和女人，我都赏给你们了！"

沈军官兵本是亡命之徒，这数千敢死队官兵则更是其中的佼佼者，他们听沈老总如此说，便都摩拳擦掌，准备厮杀发财。内中一个连长却高声叫道：

"只怕老总在那金银首饰铺前要重办我们哩！"

"哈哈，娘卖皮的！那不过是老子演的一出'挥泪斩马谡'，你有本事尽管给老子到广州城里去抢，我到时看你们哪个抢的多，那便是英雄好汉，你抢得多，我便升你为营长、团长、师长！"

沈鸿英训话完毕，那十四辆火车头便"哇——"的一声同时拉响汽笛，数千敢死队官兵也同呼一声"杀——"，人喊笛鸣，顿时地动山摇，令人骇然。那十四辆火车头吼叫着，像一条疯狂的巨龙，直向广州方向扑去。

孙中山大元帅对沈鸿英的猖狂反扑，已早做准备，除命滇军严加戒备外，又增调刘震寰部由石龙回穗，沿广韶铁路推进。同时令粤军第一师进入清远、英德、韶关，以拊沈军侧背。刘震寰率桂军沿广韶铁路两侧推进，不久即遇李易标率领的十四辆火车头凶猛扑来，车上的轻重机枪，直扫得土石横飞，如入无人之境。刘震寰如何抵挡得住，刚一接火，便溃败下来。这时滇军范石生部赶到，刘震寰哭丧着脸对范石生道：

"小泉兄（范石生字小泉），快快快，拉兄弟一把！"

范石生躺在他那特制的烟榻上，喷出一口烟，用烟枪指着刘震寰，傲慢地说道：

"下去吧，刘总司令！"

范石生随即跳下烟榻，拔出指挥刀一挥，大叫一声：

"上，将铁轨统统给我拔掉！"

数千滇军，附蚁而上，嗨嗨吼叫着，撬的撬，拉的拉，死命地拔那铁轨。不多时，沈军的火车头已经冲来，机枪扫，车轮碾，登上路轨的滇军不是被机枪击毙便是被车轮轧死，铁路上，鲜血飞溅，肢体狼藉，惨不忍睹。范石生也是一员悍将，他提着指挥刀，亲率卫队在后督战，死令不准退出铁路。滇军以血肉之躯趴在铁路上并不开枪还击，只是拼命撬着路轨。沈军的火车头像一把锋利的快刀，在剁斩着砧板上的肉一般，一段一段只管剁去。范石生部损失惨重，正在抵挡不住的时候，一根铁轨忽被撬开，沈军的火车头哗啦一声冲出轨外，翻倒在铁路下边。两节车厢里的沈军摔死大半。李易标乘坐的第二辆火车头，刹车不及，也倾倒在地。李易标从车里钻出来，并没受伤，他挥着手提机关枪，大呼一声：

"弟兄们，要发财的跟我来！"

那些没被摔死的沈军，也都纷纷从车皮里爬出来，提刀挥枪，随李易标扑向铁路上的滇军。后边那十二辆火车头上的沈军，见前边车辆受阻，无法前进，也都纷纷跳下车来，冲入敌阵，进行肉搏厮杀。范石生部虽然强悍，但却经不住这数千誓死要到广州去发财的沈军强攻，正在溃败时，滇军总司令杨希闵亲率他的第一军和蒋光亮的第三军及帅府朱培德的拱卫军赶到。刘震寰在孙中山的严令之下，也回军加入战斗，滇桂军两万余人围住李易标的数千敢死队冲杀。沈鸿英在后督战，亦令他率的一团精兵投入战场。铁路两侧，刀飞血溅，状极惨烈。沈鸿英坐在他的专车上，用望远镜观战，见两军胶着混战，正派人去催北洋军邓如琢的第十二混成旅迅速南下增援。不料，忽听来人报告，英德、清远、韶关一带均发现敌军，北洋军一时不能南下增援。沈鸿英听了大吃一惊，生怕后路被断，急令他的专车倒行，向韶关方向退去。正在指挥沈军拼杀的李易标，见沈老总跑了，自己又被数倍敌军围困，知战局断无转机，便率领百十人突出重围，经连平，走龙川，星夜投奔在潮梅一带的陈炯明旧部林虎去了。

却说沈鸿英乘火车逆行退回韶关，当车至黎洞站前一险要地段时，前头车厢"呼隆"一声突然窜出轨外，沈鸿英一头撞在车厢内壁上，他惊叫一声："不好！"那车厢便倾倒在路旁的岩壁下。他并没被撞昏过去，用手摸着额头上一块青紫的大包，定了定神，便由卫弁扶出车厢之外。只见他的专车脱轨翻倒在右侧，左侧却是悬崖绝壁，底下是奔腾咆哮令人目眩的北江。沈鸿英瞪着大眼，那舌头伸出老长，不断叫着：

"好险！好险！老天保佑，还有世界！"

第十五回

分道扬镳　黄绍竑暗中挖墙脚
纵横捭阖　白崇禧上演"隆中对"

却说黄绍竑接到白崇禧和陈雄的来信后，只是回了封"密切注视沈鸿英动向，速报"的简短密函，便整天闭门不出，躺在烟榻上吞云吐雾，抽的全是由印度进口的高级大烟，那两只眼睛整日都在亢奋的状态之中。不久，白崇禧和陈雄又来信了，报告沈鸿英在广州新街就任北洋政府委的广东督军，派其悍将李易标率军突然进攻广州，包围滇军总司令部，彻底暴露了他背叛孙中山大元帅的面目，眼下，孙大元帅和滇军总司令杨希闵正在火线上督战，讨伐沈鸿英的叛乱。黄绍竑接信，立即从烟榻上奋然而起，扔掉烟枪，给白崇禧和陈雄写了一封"我下梧州，即来一晤"的密函，当天便带着几名卫士，骑马到玉林找李宗仁去了。

到了李宗仁的司令部，副官告知，旅长到教导大队去了。黄绍竑问了教导大队的地点，便带着卫士，策马而去。教导大队那地方，原是清朝年间的校场，地势平坦，是一处练兵的好场所。黄绍竑到得那里，只见在一块新辟的操场上，两百余名行伍出身的班、排长横列两行，在看李宗仁教授骑术。李宗仁骑着一匹枣红马，那马奔驰如飞，踏出一串长长的烟尘。李宗仁双手扶住马鞍，将身体倒立在疾驰中的马背上。跑了一阵，他"嗖"地收拢身子，藏身在马的侧背，一只脚踏在马镫上，从腰间拔出手枪，以马背作掩体，进行快速射击。只听得百步之内放置的几枚瓦罐"砰砰"发出破裂粉碎之声，那些学兵们不禁发出一阵喝彩声。黄绍竑看了，也由衷地赞叹道：

"这个李猛仔，真有两下子！"

李宗仁从马背上跳下来后，忽然发现黄绍竑带着几名卫士站在操场边上，李宗仁忙将马交给马夫，朝黄绍竑走来。

"季宽。"李宗仁喊道。

"旅长，有件大事，想跟你商量。"黄绍竑道。

"好，回司令部去谈。"李宗仁看着黄绍竑那蜡黄的脸和满腮的胡须，忙规劝道："季宽，我看你气色不大好，烟，还是不抽的好吧！"

李宗仁和黄绍竑并肩走在一起，无论是气质和体形都成鲜明的对比。李宗仁身材壮实，黑红的四方脸膛，走起路来，军靴着地有力，步子迈得方正。黄绍竑身材瘦削，脸色蜡黄，颧骨突出，腮上胡须浓密，走起路来，步子轻飘无力，使人一看便知是位十足的瘾君子。

"旅长，你劝我不抽烟，可我的部队，困守容县，不死不活，这日子你叫我怎么过？"

到司令部里，刚一坐下，黄绍竑便向李宗仁诉起苦来。李宗仁亲自为黄绍竑沏了杯茶，用眼打量了他一番，问道：

"你怎么想呢？"

"我想要一个名义，向外发展。"黄绍竑坦率地说道，"我有位堂兄，现在沈鸿英处做秘书，经他向沈鸿英的参谋长邓瑞征保荐，同意任命我为沈部的第八旅旅长，邓瑞征要我将部队开往梧州待命。"

李宗仁听了先是暗吃一惊，转而对黄绍竑的坦率又感到欣慰，毕竟黄绍竑没有不辞而别，这一则是感激李宗仁在困境中收容了他，二则亦示黄绍竑心地坦荡。但是，李宗仁怎能把黄绍竑放走呢？他好不容易才收得这几百人枪，且黄绍竑、夏威等人又是保定军校学生，这支部队经过千里转战磨炼，战斗力较强，部队基础甚好，在目今广西混乱的局势中，这是一副不小的本钱啊！

"季宽，你的想法我甚为赞同，但是时机尚不成熟。目下，孙中山、陈炯明、沈鸿英几股势力正在广东较量，鹿死谁手，尚未可知，此时贸然以几百支枪投奔沈鸿英，是相当危险的。"李宗仁看着黄绍竑，接着说道，"且沈鸿英为人反复无常，又残忍好杀，多为两粤人士所不齿。他此次举兵叛孙，乃犯上作乱，不得人心，我看他必败无疑。因此我认为任何人的委任都可以接受，唯独沈鸿英的委任不宜接受。"

"旅长，你为我着想，情，我领了。"黄绍竑那双眼睛像两只钢珠一般，既冷又硬，与抽鸦片烟时亢奋的神色迥然两样。"我刚才说过了，我不过是要借个名义呀，我并非真的要去投奔沈鸿英，我晓得沈鸿英此次叛孙是要失败的，我的目的是要趁沈鸿英战败时袭取梧州。因此，任何人的委任我都要考虑，唯独沈鸿英的委任我无须考虑。"

"太危险了！"李宗仁摇头说道，"季宽，目下两粤局势如此动荡，我们发展的机会多得很。我想，只要我们把部队训练好，时机一到，便可挥师而进。我一心办教导大队，正是要加紧训练下级军官，养精蓄锐，待机大举。"

黄绍竑见李宗仁如此说，也不再辩论争执，只是默默地从腰上解下手枪往李宗仁面前一放，冷冷地说道：

"旅长，请允许我辞去军职，解甲归田！"

李宗仁对黄绍竑此举颇感诧异，本想再作劝说，但他的目光和黄绍竑那钢珠似的眼珠内射出的冷光相遇时，知道事已不可为。他脑海中迅速闪出几个对策：将黄绍竑扣留，把他的部队缴械？李宗仁马上否定了这个想法。因为黄绍竑一不叛乱，二不投敌，三不抗命；准其辞去军职，另行任命第三团团长？李宗仁又否定了这一想法。因为黄绍竑到底是个不受羁縻的干才，挽留不易，不如成全他向外发展的志向，异日或能收到表里为用之功。想到这里，他将黄绍竑放在桌面上的手枪，连皮带一起重新系到黄绍竑的腰上，情真意切地说道：

"季宽，大概你还记得，我委托你胞兄天泽持函到廉江城去等候你时，曾有一句话带给你，我当时对天泽兄说：'请转告季宽，如果他不愿意将部队开来玉林与我合作，我愿赠送他一笔军饷，何去何从，由他自决。'"

黄绍竑点了点头，表示他的胞兄天泽确曾将李宗仁这句话向他转达过。

"冒险犯难固是青年革命军人之本色，至于向外发展进取的原则，我更是绝对赞成的，你还有什么需要我帮助的，请一并说出来吧！"李宗仁诚恳地说道。

心中感激之情，顿时涌上黄绍竑那蜡黄的颧骨突出的脸膛。他仍坦率地说道：

"旅长，感谢你看得起我。在我未曾取得梧州之前，一切饷项费用请你仍然照发，万一我失败时，请你设法收容。"

"好！"李宗仁拍着黄绍竑那瘦削的肩膀，笑道，"将来局面搞大了，可别忘了我这个李大哥呀！"

"只要旅长不忘记我黄绍竑是你的部下就行了！"黄绍竑举手向李宗仁敬礼，告辞走出了司令部，带着卫士，骑马赶回容县去了。

黄绍竑回到容县后，把早、午两次鸦片烟都减掉了，只有到了晚上才抽一顿晚烟。可是，在考虑作战计划的时候，他才感到兵力拮据不够使用，他要夺取梧州，要对付的是一个整师的敌人，而且现时坐镇梧州，指挥西江战事的又是沈鸿英的参谋长，人称"智多星"的邓瑞征，此人多谋善断，不好对付。因此黄绍竑想以六七百支枪去夺取梧州这个战略要地，打败邓瑞征那一师精锐人马，正如李宗仁所说的那样确实"太危险了"！但黄绍竑又偏偏是个敢冒险的人，而且眼下袭取梧州的确是最好的时机，他决心不放过这个机会。

向李宗仁借兵么？他否定地摇了摇头，李宗仁虽然迫不得已放他出去发展，但绝不会再借给他一兵一卒的，因为在李宗仁眼中，他这次冒险是毫无把握的，李宗仁在玉林是想坐大，怎能把血本拿出去跟他冒险！黄绍竑绞尽脑汁，想来想去，也想不出弄到一兵一卒的办法。恰恰这时，他派往梧州沿江一带去搜集情报的人回来报告，沈鸿英被孙中山赶出了广州，已退往韶关。孙中山派李济深率粤军第一师和海军内河舰队沿西江而上，追击西路沈军，目下李济深正指挥粤军围攻肇庆沈军。沈鸿英在西、北两江自顾不暇，均感吃紧。黄绍竑接到探报人员的报告不久，沈鸿英又派人送来了委任黄绍竑为他的第八旅旅长的委任状，并命令黄部早日开往梧州归邓瑞征指挥，增强沈军在西江一带的防线。

原来，黄绍竑有位堂兄现时正在沈鸿英幕中任秘书，黄绍竑为了袭取梧州，特通过堂兄向沈鸿英活动，骗取了沈的信任，获得了沈部第八旅旅长的委任状。沈鸿英因感西江吃紧，手头正无兵可调，此时黄绍竑来投，正是雪中送炭，便令黄部立即开赴梧州助战。

　　黄绍竑一看，已到了万事俱备的时候。对于自己的决心，他是毫不迟疑和动摇的，为了达到自己的目的，他是从来不择手段的。现在，他决定再冒一次险——挖李宗仁的墙脚！在李宗仁的部属中，黄绍竑认为能下手的只有俞作柏和伍廷飏这两个营。俞作柏敢作敢为，而且勇敢善战，又一向对李宗仁在玉林死守中立的做法不满；伍廷飏则和黄绍竑是容县同乡，平时感情较为接近。因此黄绍竑决定瞒着李宗仁，将这两营人马私自拉走，至于后果如何，李宗仁会怎样对待他，这些问题他都不管，正如他这次冒险袭取梧州一样，是胜是败，结果如何，他是不考虑的。他觉得，只有冒险，才是他生命的动力！

　　黄绍竑连夜秘密赶到俞作柏部驻地北流县，将他向梧州发展的计划向俞作柏说了，并问他愿不愿一起去干。俞作柏也是早已感到困守北流闷得发慌，因此经黄绍竑一说即合，表示要瞒着李宗仁跟黄绍竑到梧州去捞世界。从俞作柏那里出来，黄绍竑顺道又找着了伍廷飏，他又对伍廷飏如此这般一说，伍廷飏也表示愿跟他出去发展。黄绍竑回到容县整顿好部队，便秘密向梧州进发，又派人通知俞作柏和伍廷飏，率队跟进。黄绍竑的三个营和俞、伍两营便秘密进到了梧州上游二十里的戎圩。

　　却说这天李宗仁照旧在教导大队教授骑术，他那匹心爱的枣红马在教场上飞驰，那马跑得四蹄生烟，快如的卢。李宗仁也追着战马飞跑，只见他一忽儿跃上马背，一忽儿翻身下马，一忽儿又跃上马背，连续上下十数次，面不改色，气也不喘，直把那些学兵们看得呆了。正在这时，他的副官惊慌地跑到教场上来，一把拉住缰绳，报告道：“旅长，不好了！”

　　李宗仁见状，急忙跳下战马，呵斥那副官：“什么事？如此大惊小怪的！”

　　“黄绍竑团长，把俞作柏和伍廷飏两营一齐拉走了！”

　　“叭”的一声，李宗仁猛挥马鞭狠狠地抽了他的爱马一鞭，那匹枣红马滚圆的屁股上立时现出一条血痕，那马委屈而痛苦地长嘶一声，却并不脱缰而去，只是眼泪汪汪地望着李宗仁。李宗仁两眼冒火，四方脸绷得像块钢板，牙巴骨在使劲地搓动着，上牙和下齿之间发出咯吧咯吧的响声，脸色吓人。在这位副官的眼中，他还是第一次见一向宽容厚道的李宗仁发这么大的火气。但副官此时是理解他的心情的，这事放在谁的头上不会发火呢？副官继续报告道：

"第一团团长李石愚，第二团团长何武，营长钟祖培、陆超、尹承纲等人已到司令部集议，对黄绍竑、俞作柏、伍廷飐的分裂背叛行为，众皆怒愤，一致要求武装讨伐，绝不可宽容忍让！"

李宗仁一句话也没说，只是把马鞭扔给马夫，扭头便往司令部走。回到司令部，营长以上军官已经在办公室里等着李宗仁了，只有参谋长黄旭初正在他负责开办的玉林军政干部教练所里给干部们授课，没有赶来。李宗仁看了部下们一眼，只见一个个正在摩拳擦掌，脸色神气像金刚一般。李石愚见李宗仁回来，便大叫道："黄绍竑、俞作柏、伍廷飐反了，下令吧，旅长，让我去剿灭他们！"

"黄绍竑这家伙真不是好东西，他亡命的时候，旅长以仁义之心收容了他，现在他却回过头来反咬我们一口。他的那支部队，也是从上司马晓军手里夺过来的，今天，他忘恩负义，自己不辞而别倒也罢了，却居然敢把旅长的两营主力部队拉走，真是混蛋透顶，不消灭他我们今后还怎么做人！"何武那大嗓门，震得房子都动了，每一句话都说得在理，每一句话都是一颗炮弹。李宗仁的心，怦怦地跳着，太阳穴也突突地跳着，他呼吸急促，似乎全身的血都往头顶冲击。

"旅长，下令吧，对反叛之人，如果心慈手软，今后何以维系军心！"陆超说道。

李宗仁慢慢抬起右手，部属们都紧紧地盯着他，他们对李宗仁这动作是熟悉的，知道他快要下决心了。就连司令部院子里那些刚刚由团长、营长们骑来的战马，也发出唦唦长嘶，似已感到即将驰骋疆场斯杀。但李宗仁那右手却并不狠狠往下一劈，像以往下达冲锋杀敌命令一样。只见他取下军帽，轻轻地随便往桌上一放，接着解开风纪扣，走到水架前，勤务兵早已在脸盆中打好水，毛巾也放好了。李宗仁拧好毛巾，擦掉脸上的汗水和尘土。接着，勤务兵又捧来一杯泡好的桂平西山名茶。李宗仁接过茶，轻轻地吹着茶水上漂浮的几片茶叶，然后慢慢地呷了一口。他的两只眼睛，此刻只盯着杯中金黄的茶水，那淡淡的茶香，沁人心脾，他好像忘记了面前还站着一群怒发冲冠的营、团长。

"好呀！旅长，你姑息养奸，纵容叛逆，前有车，后有辙，我李石愚也要走啦！"第一团团长李石愚大叫着，转身便走。

"回来！"

李宗仁低沉地然而异常严厉地喝住了已经走到门口的李石愚。

"黄季宽向梧州发展是奉我的命令去干的，他的第三团兵力单薄，我临时决定抽调俞作柏、伍廷飏两营归他节制。这是军事秘密，你们休得疑鬼疑神，影响本军的团结和睦。"李宗仁平静地但却非常严厉地说道，"你们马上回去，好好训练部队，不久本军将有大规模的作战行动。"

营、团长们见李宗仁如此说，便相信这是一场误会，那塞在胸中的怒气，立时烟消云散，一个个走出司令部，打马回营，加紧训练部队去了。

李宗仁待部属们都走了之后，这才"砰"的一声，将手中的茶杯砸得粉碎。他太恨黄绍竑了！因为黄绍竑的这一举动，几乎拉垮了他在玉林的局面。黄绍竑其人既然敢从上司马晓军手上夺走部队，机会到来的时候难道不会也从他李宗仁手上把部队夺走吗？事实上，黄绍竑已经夺走了他的两营人马，而且是他的两营主力部队！在当今群雄虎踞，八桂无主的形势下，两营装备精良训练有素的部队又是何等之重要。黄绍竑这一手太狠了，简直割掉了李宗仁两块心头之肉，他如何不恨！但事已至此，李宗仁又有什么办法呢？武装讨伐？结果不外乎是两败俱伤，实力大损，那时不仅是失去两营装备精良训练有素的人马，而且连老本都要拼光搏完。因为李宗仁的三个团，共有十一营，黄绍竑率第三团三个营走了，又拉走了第一团李石愚的俞、伍两营，现在黄绍竑有五个营可用，而李宗仁能掌握的却只有六个营了。以六个营去对付五个营，自相火并，谁要想占大便宜简直是白日做梦！李宗仁虽然在盛怒之下，但还不至于去干这等蠢事。不闻不问，让黄绍竑、俞作柏、伍廷飏自行其是吧，军纪不严，如何能约束部队？况李石愚等是绝对不服的。李宗仁想来想去，只得如此。但他这一决策，无疑又是非常正确的，对黄绍竑既没撕破脸皮，今后的关系还能有维持的基础，又不致影响到他在玉林的局面，而且也未动摇军心。李宗仁虽然慢慢地平息了胸中的怒火，但那个脸色蜡黄，颧骨突出，长着一腮黑须，目光冷酷的黄绍竑魔影，却总在他心中晃动着，使他无法安宁……

黄绍竑率领他的三个营，又勾走了李宗仁的俞、伍两营，到达戎圩后，屯住部队，黄绍竑带着一班卫弁，便要到梧州城里去见沈鸿英的参谋长邓瑞征。夏威忙提醒道：

"季宽，那邓瑞征诡计多端，万一被他识破我们的计划，岂不危险，何不另派人去梧州接洽？"

"这事非我亲自去不可！"黄绍竑果断地说道，"如果我有不测，你们可把部队重新拉回玉林去投李德邻，如不愿回玉林的话，可拉入山中暂避，速请白健生回来主持。"

黄绍竑说完，便令夏威布置警戒，一防玉林李宗仁派兵来解决他们，二防邓瑞征突然缴械。夏威领命，神色不安地派出了几支警戒部队，又着人化装尾随黄绍竑之后入城，随时探报黄绍竑之安危情况。

戎圩离梧州城只有二十余里，黄绍竑骑马仅用一个钟头便到了。梧州城里，步哨林立，戒备森严。黄绍竑暗想，沈军在肇庆大概吃不消了，可又一想，前线吃紧，邓瑞征会不会对他的到来抱有某种提防的心理呢？也许两种情况都有。由于黄绍竑持有沈鸿英派他增援西江前线的电令，沿途哨卡，仅作盘查，却并不阻挡他。到了邓瑞征的司令部，黄绍竑说明原委，门卫的一名沈军军官要黄绍竑将卫弁留在外面，只身随他进去见邓瑞征参谋长。

邓瑞征正在批阅公文函电，由于肇庆守将张希栻被围，求援电报如雪片般飞来，他派去增援的一旅人马也被粤军击溃，因此他正苦思无可解肇庆城围之计，彻夜未眠。他前天已接沈鸿英的电报，说即派新收编的第八旅旅长黄绍竑前来梧州增援西江防线。对于黄绍竑这支援军的到来，邓瑞征并不感到轻松，因为前年桂军在广东战败的时候，马晓军的模范营中由于有一些军官与粤军中下级军官是保定军校同学，他们暗中来往，曾有归附粤军的企图。陆荣廷闻报，为了防止模范营与粤军勾结，阵前倒戈，部队退回梧州后，便命马晓军将部队开到远离前线的百色驻扎。现在这支部队的指挥官黄绍竑正是保定军校出身，当年曾在模范营中当连长，对于他的到来，邓瑞征不得不防。

"报告邓参谋长，第八旅旅长黄绍竑奉命率部前来听候调遣。"

邓瑞征抬头看时，只见门卫值勤军官引着一个颧骨突出、浓须满腮的军官站在他面前。他慢慢放下手中的毛笔，仔细打量了黄绍竑一眼，徐徐问道：

"你就是黄绍竑吗？"

"是！"黄绍竑站得笔挺，立正答道。他觉得邓瑞征那双眼睛，像两把看不见的刀子正在他胸前划着，似乎要剖开他的胸膛，窥视他内心的秘密。

邓瑞征问过那句话之后，便没了下文，只见他右手的两只手指，在轻轻地拈着唇下的几根胡须，像一个沉着老练的棋手，正在不慌不忙地布局下着。黄绍竑虽然胆识过人，能沉得住气，但在邓瑞征那锐利的目光久久地审视之下，心里也不免感到有些不安，但他仍然笔挺地站着，听候邓瑞征的命令。室内静极了，壁上一架古老的挂钟，在嘁喳嘁喳地响着，远处码头的汽笛声不时传来。站得笔挺的黄绍竑好像已经变成了一尊石雕，似乎永远不会动了。

"嘭"的一声震响，邓瑞征那拈须的右手倏地往下一击，擂得桌上的文房四宝一齐跳了起来。他猛喝一声：

"来人呐，给我把黄绍竑推下去毙了！"

两名彪形大汉的卫士立即冲过来，把黄绍竑两手往后一扭，推起便往外走。

"哈哈！哈哈哈……"黄绍竑突然昂首放声大笑起来。

"你笑什么！"邓瑞征喝道。

"人称邓瑞征是'智多星'，依我看连那白衣秀士王伦也不如！哈哈！"黄绍竑一边摇头，一边仍放声大笑。

"住嘴！"邓瑞征喝道，"本参谋长并非像王伦那般不能容人，实是已查获你勾结粤军，以投效沈总司令为名，欲与粤军前后呼应，袭击梧州，今对你军法重办，斩首示众！"

黄绍竑心里不由一震，暗忖莫非白崇禧和陈雄回来途中在西江船上出了事？或者李宗仁用借刀杀人之计，将他暗图梧州的计划密告了邓瑞征，由邓将他杀掉，以除后患？但黄绍竑此时已不可能考虑那么多了，他想大不了是一死，便扭过头来，用那双冷峻逼人的眼睛，逼视着邓瑞征，镇静地质问道：

"说我勾结粤军，欲袭击梧州，证据何在？"

邓瑞征见黄绍竑镇静如常，那目光更是灼灼逼人，不由拈须笑道：

"黄旅长真乃胆识过人，委屈了，快请坐，快请坐！"

说罢，过来拉着黄绍竑的手，一同落座在一张沙发上，又命卫士给黄绍竑敬茶。安抚道：

"值此变乱时期，沈总司令吩咐用人须经考察，黄旅长对此不必介意。"

黄绍竑心中暗道，用土匪那套手段来考察我，你"智多星"之"智"不过如此而已！嘴上却说道：

"绍竑前来投效，尚未有点滴功劳于沈总司令，何敢斤斤计较！"

邓瑞征见黄绍竑非等闲之辈，便问道："黄旅长对目下西江战局有何看法？"

黄绍竑此时最担心的便是邓瑞征命他率部前去肇庆增援，想了想便说道：

"沈总司令在粤北作战不利，西江一带局势亦不容乐观。但据我看来，陈炯明所部在滇桂军入粤时，并未遭歼灭性打击，皆较完整地退入东江据守。孙中山下一步必进军东江，但他实力有限。目下粤军第一师进击西江我军，我看肇庆实难固守，不如集中兵力，坚守梧州。粤军溯江而上，但经肇庆、德庆、封开，我军节节抗击，纵使到达梧州，已成强弩之末，斯时我军由梧州以生力军出击，沿江而下，虽进不得广州，然肇庆仍可收复。如果倾梧州守军之力，东下驰援肇庆，必梧城空虚，倘援肇庆之战不胜，则梧州亦难保。我默察沈总司令在粤难以立足，不日必退据广西，如我们失掉了梧州，到时连个立足之地都没有了，那就重蹈流窜湘赣的老路啦！"

黄绍竑真像钻进了邓瑞征的心窝里一般，把他的心思窥得明明白白。邓瑞征见黄绍竑把自己日思夜虑的问题一下都说了出来，顿时叹道：

"黄旅长之论乃真知灼见！"

黄绍竑趁机便说道："敝部驻扎戎圩，与守梧州之冯葆初旅成掎角之势，进可攻，退可守，只是部队缺粮饷弹械，请邓参谋长批准给予补充。"

邓瑞征正虑守梧州的冯葆初乃是一赌徒出身，所部战力不强，今有黄绍竑前来帮助守城，正可加强梧州防务，当即便批给黄部两月粮饷和若干弹械。黄绍竑领到粮饷弹械后，即命卫士回戎圩通知夏威派人来取。他为了进一步取得邓瑞征的信任，自己并没有立即返回戎圩，而是带着几名贴身卫士，走到五显码头江边，找他三年前在梧州驻扎时结识的那位艇妹水娇去了。

五显码头一带江面舟楫如林，因肇庆沈军与粤军激战，商轮民船已经不通，出进码头的只有挂着外国旗帜的轮船。在那些各种船只之间，最惹人注目的还是那装饰华丽的紫洞艇。这种紫洞艇虽名艇，其实却是相当大的船。船头有拱檐，进去便是大厅，陈设华丽，可摆两三席酒。再后面便是妓女的住房。除紫洞艇外，还有一种便是水筏，下面用几条大船连接起来，上面盖楼房，分上下两层，每层分为若干厅房，厅用于吃花酒和开赌局，那些鸽子笼似的房间则专为妓女接客住宿所用。在广州，妓院称为"大寨"，妓女则称为"老举"。梧州与广州相近，交通方便，此地妓院之格局亦与广州近似。

黄绍竑一向向往广州和梧州的花花世界，特别是这几年来，困守在百色的山沟里，后来千里转战，过着流离失所的生活，被死亡和饥饿折磨，为紧张的环境所迫。驻兵容县又是一筹莫展，现在到了梧州，虽然是冒险前来，但他并不放弃一时的享受，更何况他与那艇妹水娇的交情亦不是一般的。

他知道，水娇不在紫洞艇上，也不在水筏上，她有她自己的艇。

黄绍竑沿五显码头下行，走了约莫里许，在一个江湾子里，看见一只小艇。那艇很是特别，并不华丽花哨，但却小巧玲珑，最引人注目的还是船篷顶上那只昂首而立木雕的龙，龙长约两丈，正好把艇首和艇尾相连。那木龙雕得栩栩如生，饰以彩漆，远远看去，宛如一条蛟龙携着那只小艇遨游在波涛之间。黄绍竑见了暗喜，站在江岸上，用双手围成个喇叭，向小艇发出"啊喂"一声，又拍了三下巴掌。那小艇上立时便钻出一个俏丽超群的女子来，接着只听一阵咿呀的桨声，那小艇便飞快地划了过来。黄绍竑命令卫士留在岸边放哨，他三步并成两步奔到水边，一下便跳到那小艇上去了。小艇一阵颠簸，那女子忙将黄绍竑扶住，只说了句："你总算来了，都三年啦！"她把黄绍竑扶到烟榻上，当即取来了烟枪和烟灯，又取来了一只精致的骨制膏盒，她一边为绍竑装烟，一边情切切地说道：

"这些都是你三年前用过的旧物，我一直为你收藏着，哪知你一去就是三年，你们男人的心，真是好狠哟！"

"我现在不是回来了嘛！"黄绍竑一边抽着大烟，一边用眼睛盯着水娇那高高隆起的胸脯。

"我都老了，你还找我干什么？"水娇见绍竑一双眼睛只管盯着她出神，便娇嗔地推了他一把。绍竑趁势将她一把拉到怀里，亲了起来。

"哎哟哟，你的胡子，戳死人了……"

"艇上的人，做得好事！"

黄绍竑正搂着水娇亲热的时候，忽听艇外有人吆喝，两人都吃了一惊。黄绍竑疑是他的梧州之行被邓瑞征看出了破绽，派人逮捕他来了，赶忙一把将水娇推开，跳下鸦片烟榻，拔出手枪来。水娇也吓得心头咚咚乱跳，正要走出舱外观看，只见两个身穿西服的年轻人已候地跳上艇来。黄绍竑觉得来人似乎有些熟悉，但艇子太小，他在舱内蹲着，一时又不能看清来人的面孔，正在着急的时候，只见登艇的一人哈哈笑道：

"总算被我们捉住了，哈哈！"

"二位先生是……"

水娇只得硬着头皮迎出艇外，和两位来客应酬。因为水娇和她的小艇不属于花捐公司管辖，她素喜自由自在，摇着小艇，在江上出没，独来独往。她也接客，但要中意的。她姿色出类拔萃，性格和行动又带几分传奇色彩，梧州的一些纨绔子弟，称她为"水上女神"。但她并不自由，经常要小心应付码头地痞的捉拿和敲诈。在梧州，码头地痞们捉水上私娼叫作拿"黄脚鸡"。因此，水娇见这两位头戴宽边礼帽，西装革履的青年从另一只竹筏突然跳上她的小艇，而且言语戏谑，便断定又是码头上的地痞来敲诈勒索了。水娇深知绍竑脾气倔暴，向来不吃这套，他身上又带着手枪，要是冲突起来，那就麻烦了。水娇正在焦急，来人中一位潇洒英俊的青年，嬉笑着用桂林官话向水娇问道："水妹子，仔细看看，还认得我们吗？"

水娇觉得这两位来客好生面熟，但一时又记不起在哪儿见过，她摇了摇头，拘谨地问道：

"请问先生尊姓大名？"

"嘻嘻，就是告诉了我姓甚名谁，你也不会认我的，我晓得在你的眼中，只有季宽兄嘛……"

那一口软柔的桂林官话，早已使躲在舱内的黄绍竑按捺不住了，他在里头朝外喊道：

"白健生，你还在油嘴滑舌的，当心老子剥你的皮！"

水娇这下终于想起来了，忙笑道："啊——你是白连长！"

"在下白崇禧便是！"白崇禧又指着陈雄道，"这位是机关枪队长陈雄先生。"

原来民国九年春，马晓军部奉命驻扎梧州时，当时的连长黄绍竑因和水娇相好，不时到她的小艇上请白崇禧、陈雄、夏威等同僚来喝酒，因此白崇禧和陈雄认得水娇。

"你们怎么知道我在这里？"黄绍竑对白崇禧和陈雄在水娇的艇上找到他，感到非常诧异。

"季宽兄的行踪，岂能瞒得了我？"白崇禧嘻嘻笑道。

"我跟健生打赌，说季宽要是在水娇的艇上，今晚由我做东请客。今晚我的客算是请定了。"陈雄也笑道。

原来，白崇禧和陈雄在广州见沈鸿英叛乱，孙中山亲自指挥平叛，认为此时打出孙中山委的讨贼军旗号，袭取梧州是最好的时机。此时他们又收到黄绍竑的密函，得知黄绍竑即将率队向梧州进发，要白、陈速到梧州晤面。白崇禧和陈雄便搭乘一艘悬挂英国国旗的港梧船，赶赴梧州。到梧州后，他们既不知道黄绍竑的下落，又不便四出打听，陈雄为难地说道：

"不知季宽到梧州了没有？"

白崇禧却笑道："我掐指一算，季宽此时必在水娇的艇子上幽会。"

陈雄摇手道："那是三年前的事了，去年的黄历今年不能用啦！"

白崇禧仍笑道："敢打赌吗？"

"赌就赌，如果季宽果真在水娇的艇上，今晚由我做东请客。"陈雄道。

他俩在梧州沿江码头上找了一阵，果然在水娇的艇上找到了黄绍竑。

"算啦，都是老朋友了，这个客，应当由我来请。"水娇笑道。

黄绍竑若有所思地说道："我们要马上回戎圩去！"

"饭也不吃啦？"水娇一听黄绍竑又要走，感到怅然若失，心里很不好受。

"饭，不能吃了！"黄绍竑那双冷峻的眼睛望着水娇，果断地站了起来，"我们现在就走！"

白崇禧知道水娇心里难过，便说道："水妹子，不出半月，我季宽大哥就要以你的艇子为家啦，耐心再等一等吧！"

"半个月？上回你们一走就是三年，你们男人的心，都是狠的！"

水娇那双明亮的眼睛里，涌出一潭泪水，那两只黑得发亮的眼珠，像浸在水中的两颗黑宝石。她轻轻地抽泣着，丰满的胸脯微微地颤动着，楚楚动人。黄绍竑从自己右手的无名指上，退下一只镶着钻石的金戒指，戴到水娇的手指上，然后便和白崇禧、陈雄下艇，急急赶回戎圩部队驻地去了。

回到戎圩，黄绍竑连夜召开营长以上会议。首先由白崇禧报告广东方面的情况，然后制订作战方案。最后决定，鉴于目前肇庆未下，梧州尚驻有冯葆初旅及其他沈军，敌强我弱。不宜过早发动，须待粤军第一师攻下肇庆，逼近梧州外围时才作大举。会后，黄绍竑仍派陈雄返回广州，以保持与大元帅府的联系。白崇禧则留下来当黄绍竑的参谋长。

"健生，有一件非常棘手的事，看来非得你亲自走一趟不可。"有一天黄绍竑忽然对白崇禧说道。

白崇禧见黄绍竑皱着眉头，便笑道："是要我到玉林去吗？"

黄绍竑先是愣了愣，然后点头道："嗯。"

白崇禧道："此事何难，李德邻那边的工作，由我去做好了，我保证他前嫌尽消，当然也不会使你丢面子。"

原来，黄绍竑自从将俞作柏、伍廷飏勾来戎圩之后，无时不在提防着李宗仁的报复，对玉林方面严加警戒。可是过了好几天，也不见李宗仁那边有什么动静，于是黄绍竑便派了几名心腹，前往玉林暗中打探情况。不想，打探情况的人回来都说李宗仁部下虽对黄的举动极为不满，甚至要派兵来追，但李宗仁却处之泰然，不但不责怪黄绍竑、俞作柏和伍廷飏，反而耐心说服部下，声言黄绍竑向外发展乃是经他批准的，而俞、伍两营则是奉了李的命令前往增援黄绍竑的。一场误会遂烟消云散，李宗仁每日只在教导大队教授马术、劈刺，精心练兵，毫无不利于黄绍竑部的任何举动。黄绍竑闻报，心中反觉愧疚，觉得很有些对不住李宗仁，但事已至此，解释亦无用，不说又不好，来日方长，也还免不了和李宗仁再打交道。他正在左右为难的时候，忽然想到了白崇禧。觉得这项工作，只有白崇禧能胜任，一来李、白是桂林同乡，好说话；二来白崇禧为人机警聪敏，又善于辞令。

因此他便决定派白崇禧到玉林去见李宗仁，把前因后果说清楚，请李谅解黄之苦衷，并商量下一步继续合作的事宜。那白崇禧本是个精细之人，黄绍竑的心事如何瞒得了他，因此黄一启齿，白便知了玉林之行的目的。黄见白已明了他的意图，便不再多说。第二天，白崇禧便带着几名随从，西装革履打扮，骑马往玉林找李宗仁去了。

却说白崇禧到了玉林，径直走进李宗仁的司令部里。副官见来人气宇轩昂，又称与李宗仁旅长是桂林同乡，赶忙请到会客室中，献茶之后，说道：

"旅长正在教授军事，请先生稍候。"

白崇禧忙从西服口袋里掏出一张印制精美的名帖，交给副官道：

"烦你即刻帮我送给你们旅长。"

副官答了声："是。"便直奔教导大队去了。到了教场，只见李宗仁正在教授学兵们劈刺。他手握一根枣木长棍，正和四名学兵一齐搏斗，教场上龙腾虎跃，喊杀连天。

那副官跑近喊了声：

"报告！"

李宗仁听得有人喊他，忙跳出圈子，问道："何事？"

副官送上名帖，李宗仁一看是白崇禧来访，立即扔掉手中的枣木棍，喝令马夫牵马过来。那马牵到面前，他举起皮鞭一扬，枣红马便四蹄一撒，倏地已奔出十数丈远，李宗仁从马后飞步追上，两脚在地上一蹬，两手向前按着马臀，从后一跃而上，副官看时，只见一阵烟尘，李宗仁和他的战马已经看不见了。

白崇禧在客厅里等着，不久便听到外面马蹄声响，院子里急火火地走进一个壮实的汉子，那有力的步子踏得地皮似乎都有些颤动了。白崇禧知是李宗仁回来了，忙站了起来。等到李宗仁一迈进客厅，白崇禧早已迎了上去，向李宗仁行了个鞠躬礼。

"德邻兄，会仙白崇禧拜见！"

李宗仁一把抓住白崇禧的双手，惊喜地说：

"百闻不如一见，健生兄真乃是'人中吕布'啊！"

"说来我和德邻兄还是见过面的哩，只是匆忙，并未细叙而已。"白崇禧说道，"民国九年冬，我们从广东撤退时，被粤军阻于禄步圩江畔，受水陆两路夹攻。德邻兄率全营奋勇冲在前头，黄季宽和我也都带着各自的连队与德邻兄一道冲锋，这才杀出一条血路，得以退回广西。"

李宗仁最喜欢别人在他面前提他打仗的事，经白崇禧这一说，他那两条粗黑的眉毛往上一抬，笑道：

"那次好险！敌军全是生力军，又占据着有利地形，我们都是些败兵疲卒，林虎军长又先行通过了，部队失去统一指挥，情势危急到了极点，不拼命冲那一下，就完了！"说到打仗的事，李宗仁立刻眉飞色舞的，他忽然想起什么事来，忙向白崇禧问道：

"健生兄，听黄季宽和夏煦苍说，你们在百色失败后，退入贵州境内，在一次巡哨中你不幸跌伤了右胯骨，后来到广州去留医。现在伤已好了没有？"

"基本好了。只是当时没法及时治疗，现在有些后遗症，凡急走疾进，便生疼痛。"白崇禧道。

李宗仁沉思片刻，看着白崇禧，诚恳地说道："健生兄此来，必有见教。"

"季宽派我专程来玉林，向德邻兄报告袭取梧州的行动计划。"

白崇禧说完这句话，用那双机灵的眼睛迅速扫了李宗仁一眼，只见李宗仁眉头舒展，那两片厚厚的嘴唇边轻轻动了动，白崇禧知道李宗仁对他刚才这句话是赞赏的。他趁机喝了口茶，接着便把他在广州半年多来的所见所闻，特别是晋谒孙大元帅的经过，孙中山对广西的期望和训示，说得绘声绘色，使人极为感奋。白崇禧说完广东的情况后，复就陆荣廷、沈鸿英等军阀长期摧残两广的罪行，以及跟着他们走，只有同归于尽、死路一条的道理说得相当透彻，又对袭取梧州的战略意义和时机，分析得令人信服。李宗仁听了，连连点头道：

"季宽是个干大事的人，他此行曾跟我商量过，我极力支持他的行动。然区区几营人，恐难完成此项艰巨之任务。因此，我决定再派遣一支有力部队，配合他袭取梧州的行动。"

话说到这里，白崇禧觉得黄绍竑派他来玉林的使命已经完成，他认为李宗仁不愧是位有胸怀有眼光的人物。因此，待李宗仁说完后，白崇禧立即起立，向李宗仁深施一礼，赞叹道：

"德邻兄，你的为人，就像你的名字一样，宗仁字德邻，既仁且有德呀！"

李宗仁听了这话，喜形于色，他拉住白崇禧的手，久久不放：

"健生兄，承蒙你看得起我李某人！"

他们一直谈到夕阳西下，李宗仁留白崇禧吃饭，饭后，他邀白到后花园中的一蔸荔枝树下坐谈。这是蔸百年古荔，树枝婆娑，红果累累，树下有光滑的石桌石凳。李宗仁命人置上茶点，从树上摘下一大串荔枝果，他和白崇禧各握一把大蒲扇，一边纳凉，一边谈话。

"健生兄，你对目下广西局势的发展，有何高见？"李宗仁问道。

"德邻兄与季宽必能削平群雄，统一八桂。"白崇禧手摇蒲扇，谈话有如奇兵突出。

"何以见得？"李宗仁被白崇禧这句毫不含糊的话说得心里一阵震动。

"黄季宽此番袭取梧州，虽有很大的冒险性，但必能成功。"白崇禧说话声音不高，但却非常有力，"季宽占据梧州，已得地利，但力量尚小。此时，德邻兄可仍以中立自居，作屏障以掩护季宽，否则广西境内的陆、谭旧部，沈氏残余便会直逼梧州，季宽将无法立足。此全仗德邻兄之力。"

李宗仁深以为然地点点头。白崇禧又说道："浔、梧两地，乃广西最富庶之区，德邻兄与季宽将其控制在手，则如汉高祖之入关中，可王天下。"

白崇禧见李宗仁已为之动，便又摇着蒲扇，现出几分孔明的姿态来，继续说道：

"目下陆荣廷已到邕发号施令，但他与北方曹、吴的通路尚未建立。他的义子马济正在湖南借助吴佩孚之力组建武卫军，因此，陆荣廷必定要北上桂林才能直接得曹、吴接济。但桂林现时被沈鸿英占据着，陆、沈向不睦，陆到桂林，必定爆发与沈鸿英的冲突。陆、沈交兵，德邻兄可于此时与季宽合兵袭取南宁，将省府之地夺到手上，则不仅广西而西南亦将震动。"

李宗仁暗暗称奇，佩服白崇禧的战略眼光，他一动不动地倾听白氏说话，连蚊子叮在脸上也没发觉。白崇禧喝了口茶，仍旧轻摇慢转着手中的大蒲扇，说道：

"我军攻占南宁，正在交兵的陆、沈双方，见我来势凶猛，咄咄逼人，可能暂时停战言和以图我。我军兵力单薄，难以两面作战，可用合纵之术，分化陆、沈，我军可以联沈倒陆，或联陆倒沈，分进合击，将陆、沈各个击破，便可一统广西。"

"健生兄，你真有孔明之计，敬佩，敬佩！"李宗仁拱手称赞。

"德邻兄过誉了！"白崇禧微微一笑，将手中的大蒲扇摇得有如孔明那把鹅毛扇一般。

李宗仁寻思，白崇禧才智过人，如果让他留在黄绍竑身边，于己终将不利，不如把他从黄绍竑那里拉过来，以免后患，想到这里，李宗仁便说道：

"健生兄，我看你就留在我这里，当我军的总指挥如何？"

白崇禧当然明白李宗仁的用心，李、黄之间，白崇禧当然乐意投效李宗仁。但是，如果白崇禧此番玉林之行竟"乐不思蜀"的话，李、黄之间的矛盾将无法调和，两人如不能合作，则一统广西的计划将无法实现。白崇禧个人又毫无实力可恃，纵然他有管仲之才、孔明之智，又何以能成大事？

"德邻兄，我和季宽都是你的部属，我在他那里和在你这里不都是一样吗？目下，袭取梧州的计划即将实施，事关重大，刻不容缓，我得马上回去协助季宽。"

李宗仁也想到此时如不放白崇禧回去，在黄绍竑面前亦不好交代，便说道：

"你明天就回戎圩去，对季宽说，俞、伍两部兵力还不够用的话，我这里还随时可抽兵增援，让他放手去干！"

他们一直畅谈到午夜之后，雄鸡啼唱，此起彼落，不知东方之既白。

第十六回

智取梧州　黄绍竑大闹花艇宴
威镇西江　李济深扶植讨贼军

却说黄绍竑将部队驻扎在戎圩等待时机，因李宗仁那里，经白崇禧去疏通之后，已无后顾之忧，黄绍竑除派少数侦察人员来往探听西江下游情况外，乃集中全部力量打梧州的主意。为了便于动手，他曾向邓瑞征建议，请调所部进驻梧州城内，以加强城防力量，但为旅长冯葆初所拒。因那冯葆初是梧州的地头蛇，为人极狡诈，他生怕黄绍竑进城后抢了他的地盘，便扬言如黄部进城，他不惜以刀兵相见。邓瑞征因正为肇庆城被围困，无力解围而伤脑筋，如梧州城内发生自相火并，不独梧州无法固守，便是自己的性命恐也难保，因此他仍令黄绍竑暂驻戎坪，非有命令，不得进城。黄绍竑见邓瑞征不放他入城，便当邓瑞征仍不信任他，反而更加警觉。

忽一日，只见大队沈军从梧州下游开到戎圩，黄绍竑闻报大惊，疑是邓瑞征已窥破他的秘密，派兵来解决他，忙着人去探听。经打听，才知道肇庆城已被粤军第一师用地道埋设炸药炸开，沈军旅长黄振邦于城破时被俘枪杀。眼下粤军第一师师长李济深正指挥陆、海军，沿西江追击沈军，已逼近梧州，开到戎圩的这些沈军乃是旅长黄炳勋率领的八九百人残部，他们在肇庆战败后，沿江退回广西，因梧州守军冯葆初部不允其入城，不得已乃退到戎圩来。黄绍竑听了，心中大喜，便对白崇禧道：

"今晚动手，先消灭黄炳勋残部，然后出兵抢占三角嘴，截断西江，控制梧州上游。"

"粤军距梧州还有一天路程，现时梧州城内又驻有冯葆初旅，城外周围又有新近由西江下游退回的部队，邓瑞征坐镇梧州，敌人兵力占绝对优势，是否再等一天发动？"白崇禧道。

"不！"黄绍竑果断得不容白崇禧有丝毫其他的打算。"在肇庆城破之后，粤军以水、陆劲旅沿江追击，沈军已成惊弓之鸟，我们在他鼻子底下动起手来，便可打他个措手不及。"

"好吧！"白崇禧有些勉强地答道。

"你把讨贼军的旗帜准备好，明天凌晨三点钟动手！"黄绍竑对白崇禧吩咐道。

入夜，黄绍竑便躺到鸦片烟榻上，慢慢地抽着鸦片，正是"横床直竹，一灯孤照"，他感到心旷神怡，每一条神经都处在高度的兴奋之中。因为，抽鸦片烟与冒险精神在他心理上有着某种共同之处：都是一种刺激。不抽鸦片，不冒险，似乎黄绍竑的生命便没了活力！白崇禧的建议当然是对的，沈军兵力占绝对优势，粤军又还远在百里之外，此时发动袭取梧州是危险的，再等一天，便是最好时机。但是，如等到粤军兵临城下，再作大举，梧州势必要被粤军占领，这块地盘，恐怕就没他的份了。再者，盘踞梧州城内的冯葆初与邓瑞征貌合神离，不知这"地头蛇"打的是什么鬼主意，如果他也像黄绍竑那样，暗中早与粤军勾结，待粤军兵临城下时，突然竖起粤军旗帜，那么黄绍竑只有望城兴叹了！冒险本是黄绍竑的特点，现在又利害相关，更促使他下定决心，提早动手，是胜是败，先不管它！

黄绍竑在烟榻上，一直躺到凌晨三点钟，烟瘾虽然过足了，但仍不愿起来。这时，戎圩周围突然响起一阵阵密麻的枪声，黄绍竑感到很惬意。他玩弄着手中的鸦片烟枪，像在欣赏一件价值连城的古玩。他这支烟枪，确是非同寻常，是他在百色时所得，据说非常名贵，抽起烟来，可发出宫、商、角、徵、羽种种奇妙的声音，像一名高超的乐师吹奏出令人飘荡销魂的神曲。

正在此时，白崇禧推门进来了。

"黄炳勋残部已全部被我缴械，黄炳勋本人已被俘，如何打发他？"白崇禧道。

"挖个坑，趁黑埋掉！"黄绍竑冷冷地说道。他从烟榻上起来，利索地穿上军服，佩上手枪，精神十足地对白崇禧道："将部队进逼梧州，拂晓前占领三角嘴，截断西江。我亲率俞作柏、夏威两营打进梧州去！"

黄绍竑部攻占三角嘴后，与梧州城区尚隔着条抚河，这时天已大亮。突见西江之上，旌旗飘飘，鼓角齐鸣，战舰如梭，黄绍竑见了不由大吃一惊。白崇禧忙道：

"必是粤军的追击部队日夜兼程提前赶到了！"

黄绍竑心中忐忑不安，又见梧州城内平静如常，并无抗击粤军的举动，忙派人潜入城内去打听邓瑞征和冯葆初的动静。不久，打探情况的人回报：由于粤军水陆并进，日夜兼程追击沈军，加上我军昨夜突然行动，将黄炳勋部包围缴械，打出讨贼军的旗号，邓瑞征见前有强敌，自己后院起火，天亮前弃城向信都、八步一带逃去。守城沈军旅长冯葆初原是个赌徒，为人狡猾，极善钻营，他见沈军大势已去，拒绝跟随邓瑞征逃走，仗着自己在梧州人熟地熟，见风使舵，连夜改换旗帜，派人与粤军联系，投向粤军，仍占据着梧州城区的地盘。黄绍竑听了，气得暴跳如雷，忙向俞作柏、伍廷飏、夏威、韦云淞等人下令道：

"打进梧州去，把冯葆初埋了！"

"且慢，粤军既已接受冯部投降，我们如再进攻城区，难免不会引起粤军误会。我看杰夫今日必到，还是待他回来再商量下一步的行动为好。"白崇禧忙说道。

黄绍竑听白崇禧说得在理，只得按下怒火，将部队暂时扎在三角嘴，对梧州城里虎视眈眈，愤恨之声不绝。恰在这时，陈雄回来了，白崇禧忙说道：

"杰夫，我们正在等你的消息呢！"

"好消息！"陈雄兴奋地说道，"粤军第一师师长李任潮（李济深字任潮）请二位到军舰上晤面。"

"啊，"黄绍竑用眼睛盯着陈雄，问道，"他这是什么意思？"

"好意思！"陈雄仍笑着道，"我这次由广州赶到肇庆，搭乘李任潮的座舰，途中多次交谈，得益匪浅。该师第三团团长邓择生（邓演达字择生）乃是保定军校同学，他曾向任潮建议说，广西局势目下虽极为复杂混乱，但陆荣廷、沈鸿英这些军阀早已失去人心，其他各地自治军实力不大，容易收拾。为彻底平定广西混乱局势计，还须利用桂人治桂的办法，将广西新起的而又较有朝气的黄绍竑、李宗仁两部扶植起来，使之团结一致，靠拢革命，协力剿戳其他自治军和土匪，统一全桂，既可使大元帅府不致陷于两面作战，东忧西虑分散兵力，又可将两广力量联在一起，发展革命势力，使革命事业成功更速。对邓择生之建议，任潮深然其说，决定采纳。目下，广州大元帅府已任命李任潮兼任西江善后督办，统理西江方面之军事、政治和财政等事务。任潮特令我来，邀请二位前去商讨今后的合作事宜。"

黄绍竑听了，好比在暑天饮下一杯凉茶，心中那股火气，顿时被冲散了。他偕同白崇禧和陈雄，径直到停泊在西江上的一艘内河浅水兵舰上去拜会李济深。

原来，李济深也是广西人，籍隶广西苍梧县。陆军大学毕业后，曾在北京政府陆军部工作，后经同学推荐，到粤军第一师当参谋长。师长邓铿因拥护孙中山北伐，被奸人暗杀，李济深遂继任第一师师长。民国十二年一月，杨希闵、沈鸿英、刘震寰等率领的滇桂军东下讨陈，李济深和团长邓演达等率粤军第一师官兵起而响应讨伐陈炯明，将陈炯明逐出广州。孙中山返粤不久，沈鸿英举兵叛乱，被滇军击败。沈鸿英率残部由粤北窜回广西平乐、八步一带，并乘虚占据桂林。此时，陈炯明旧部杨坤如、翁式亮等又在东江叛变，推举叶举为总指挥，于五月九日发动了大规模的反攻。孙中山大元帅即抽调兵力，挥师东征讨贼平叛。为解除东征的后顾之忧，孙大元帅乃命李济深率粤军第一师和江防舰队攻占肇庆，进据梧州，以粉碎沈鸿英重下广东的企图。

"请坐！"

待陈雄介绍过黄绍竑和白崇禧后，李济深便邀请他们在军舰的指挥室座谈。他身材不高，但相当结实，腰扎武装带，腿着齐膝军靴，两只肩膀宽厚，脸膛呈紫铜色，那双眼睛虽不显得锋芒四顾，但却很是严肃，两片嘴唇也是严严地紧闭着，

粤军第一师师长李济深

虽会见宾客，脸上亦无一丝笑容。使人感到他是个不苟言笑的军人，除了指挥杀敌，攻城略地之外，他还有什么思想、主张及爱好，那是很难使人揣摩得到的。白崇禧见了不禁暗自忖道："任潮这副模样和个性，怪不得他一个广西人，在粤桂两省视同仇敌的长时期里，能在粤军中担任要职，且得到不断升迁！"

"任公此番督师西江，扫荡沈军，乃是解广西民众于倒悬，造福桑梓呀！"黄绍竑坐下后，向李济深说道。

"说不上！"李济深严肃地说道，"我们力量有限，也仅能到达梧州，便要准备回师东江讨伐陈炯明。今后广西的事情，恐怕还得寄厚望于季宽兄和德邻兄呀，这也是孙大元帅的意思。"

黄绍竑听李济深如此说，心中一块石头方才落了地。白崇禧忙趁机探询道：

"任公率粤军班师之后，梧州防务未知拟交何人？"

李济深当然明白白崇禧这话的意思，他毫不含糊地说道：

"冯葆初是沈军旧部，因迫不得已才投过来的，而且所部又占据着梧州城内各要点，力量还不小。粤军撤退之后，如把梧州防务交给他，就无异于把两广的战略要点梧州城仍然交还沈鸿英，那我们这一趟岂不是白跑了吗？眼下，我们可还没有心思来梧州游览观光啊！"

李济深的话，说得在座的黄绍竑、白崇禧和邓演达等都笑了起来，但李济深那严肃的脸上，却毫无笑容。

"梧州防务，我决定交给季宽兄！"李济深仍十分严肃地说道，"关于冯葆初部的问题，由季宽、健生和择生商量解决。我率粤军撤走后，择生的第三团暂留梧州，我已电请大元帅府，任命择生兼任梧州军警督察处主任，维护城区治安，并监督冯葆初部。"

李济深从座位上站起来，两手背在身后，军靴磕碰着地板，发出缓慢而严肃的声音，他看着黄绍竑、白崇禧和陈雄慢慢地说道：

"在座的除了择生，都是广西人，有一个问题，不知诸位想过没有？"

李济深在陆军大学毕业后，曾留校当过五年教官，现时在玉林当李宗仁部参谋长的黄旭初，便是李济深教过的学生。现在，李济深那神态很像一位极有造诣的教官，正在课堂上向他的学生们提出问题，启迪他们的思维。

"陆荣廷在'护国讨袁'之时，何以能迅速出兵占据广东？粤军由闽回粤，无论是兵力和装备都不及桂军，何以能将陆荣廷之势力很快逐出广东？沈鸿英'白马会盟'东下讨陈，何以能势如破竹进入广州？沈军入粤时兵不过五千，陈炯明闻风丧胆，而沈鸿英在新街作乱之时，兵力已达五万多人，又何以失败得如此之速？"

李济深用的是启发式教学，并不一定要求学生立即回答。白崇禧和黄绍竑对视了一眼，他们对这位广西老大哥提的问题，似乎还没有什么思想准备，因此无意于马上回答。李济深缓缓地踱了几步之后，停下来，一双眼睛深邃地看着黄绍竑、白崇禧和陈雄，语重心长地说道：

"康有为先生在《上清帝第六书》中曾说过这么几句话：'物新则壮，旧则老；新则鲜，旧则腐；……'陆荣廷响应'护国讨袁'之号召，站在革命营垒一边，因而能因势利导，际会风云成为西南之重心人物。及待中山先生南下护法，开府广州，陆氏则处处作对，多方掣肘，最后逼走中山先生，此时之陆荣廷早已沦为一反动之军阀，故而在中山先生的革命号召下，粤军以摧枯拉朽之势，击败了陆荣廷。现时沈鸿英在广东的惨败，亦是蹈陆氏之覆辙也！作为广西军人，如果只眼红于广东的财富和地盘，并为此而不择手段巧取强夺，那便是自取灭亡！"

李济深把右手往下狠狠一劈，那严正的话语和有力的手势，似乎要击碎一切染指广东的梦想。黄绍竑和白崇禧心中猛地一震，因为这话是由一个广西人说出来的，更使他们感到那威力不亚于一颗重磅炸弹的震响，令人振聋发聩！

"中山先生此次回粤，倡导'三大政策'，致力于新的国民革命。诸位是出身于军校的年轻军人，有朝气抱负，应矢志跟随中山先生革命才有前途，否则难免不重蹈陆、沈之覆辙！"

李济深结束了他的讲话，回到座位上，姿势坐得笔挺，两手放在膝前，他由一位极有造诣的教官，变成了一名严肃的标准军人。黄绍竑随即站起来，说道：

"今日有幸拜会任公，畅聆伟论，使绍竑等茅塞顿开。我等早已投奔中山先生，成为革命营垒中一分子，今后关于两广方面的问题，尚盼任公不吝赐教！"

李济深点头道："贵部今后之决策和行动，应及时请示中山先生和大元帅府，以开创新的两广关系局面。"

会谈结束后，李济深留黄绍竑等在座舰上进餐。过了两天，李济深即率第一师和大部分舰艇开回肇庆去了，他在那里积极整训部队，准备出发东征讨伐陈炯明叛军。

李济深离开梧州后，黄绍竑、白崇禧便与邓演达秘商解决冯葆初的办法。但冯是梧州的"地头蛇"，嗅觉很灵，自被迫投向粤军后，极少公开露面，且严令所部在梧州城内日夜戒备，对黄绍竑驻在三角嘴的部队更是倍加提防。对于粤军，冯葆初也知道他们即将返粤参加东江战事，粤军一走，梧州便仍是他的天下，因此只是和邓演达虚与委蛇，平日小心谨慎，躲在警卫森严的司令部里，轻易不出来。由于冯葆初狡诈，黄绍竑、白崇禧与邓演达虽多次策划，但一时无从下手。如果用武力解决，一则杀降不智，二则在城内作战，冯部占据有利地势，战端一开，双方及百姓均将遭到重大伤亡，无论是即将出发东征的邓演达和羽毛未丰的黄绍竑，都不能在梧州死打硬拼消耗实力。正决择不下的时候，李济深又发来电令，催促邓演达尽快撤离梧州，率部回归本师开赴东江作战。黄绍竑、白崇禧见了李济深的电令，更加着急，因为在邓团撤出梧州之前，如不将冯葆初解决，黄绍竑则更不好下手了。

这一日，黄绍竑、白崇禧正在邓演达的团部里磋商，白崇禧和邓演达面对梧州地图出神。

浔江与桂江在梧州交汇，往下便是西江，桂江那一段又称抚河，抚河与西江极像一个垂直的坐标，抚河与西江形成的近似九十度的夹角，便是梧州城区；浔江与抚河形成的近似九十度的夹角，那就是与梧州城区一江之隔的三角嘴。时值盛夏，连降暴雨，西江水势猛涨，黄绍竑凭窗而立，看着波涛滚滚的江水，心里急得油煎火燎。这时，俞作柏、夏威、伍廷飏等纷纷派人前来报告，说连日大雨，抚河水涨，驻在三角嘴的部队受到大水威胁，无法立足，请求下令移防。黄绍竑听了，更是急得火上加油，因为如果将部队撤离三角嘴，便是等于放弃这一控制抚河、浔江、西江三条江的战略要点。黄绍竑没有船只，他一撤走，冯葆初必然会派兵乘船抢占三角嘴，今后要图梧州就更加困难了。黄绍竑正在焦急的时候，没想到白崇禧却一拍大腿，高兴地说道：

"此乃天助我也！"

邓演达忙道："健生兄有何妙计？"

白崇禧在黄绍竑和邓演达耳边如此这般地说了一番，直说得他两人喜上眉梢，连说：

"妙，妙，妙极了！"

邓演达随即打电话给冯葆初，告之由于抚河水涨，黄绍竑部驻地受到威胁，为避水患，特允许黄部三个营临时调驻梧州城内。初时，冯葆初表示城内驻军太多，影响市民百姓生活，反对黄部进城。邓演达明知冯葆初的用意并非维护梧州市民百姓的利益，实乃担心黄部进驻城内于己不利。便说道：

"黄部进城乃暂避水患，水退之后，即行撤出。至于担心黄部进城后将影响市民百姓生活的问题，本团长系梧州军警督察处主任，将派出军警维护城内治安秩序。"

冯葆初听邓演达如此说，便不好再加反对，估计大水三两天之内必退，谅黄部在城内亦不能久驻。即使黄部趁机进城发生异动，三个营兵力单薄，冯部又占有利地势，黄绍竑也捞不到便宜，因此便勉强答应了。

黄绍竑当日下午便将实力最强的俞作柏、伍廷飏和夏威三个营移驻梧州城内，令韦云淞、陆炎两营在城外警戒。与此同时，邓演达又召集所部营连长秘密开会，指示各连长利用值勤军警的便利条件，务于三日之内，分别调查清楚城内冯葆初部所属部队番号、人数、枪械和驻地情况，列表绘图详细报告。

三日之后，大雨已停，抚河水位，开始下降，冯葆初当即打电话给邓演达，要求将黄绍竑所部三个营立即撤出梧州城区。邓演达答应要黄绍竑明日上午撤兵，并通知冯葆初，他已奉到师长李济深的电令，将于明日率全团官兵返粤，参加东征战役。今晚，特在五显码头的紫洞艇上设宴告别，届时请冯出席。冯葆初迟疑了一阵，因为自从粤军进据梧州之后，他只是在军舰上会见过李济深和邓演达，以后一直未再与李、邓见过面，现在既然邓团要走，作为友军，理应欢宴钱别，但冯葆初生怕遭到暗算，便在电话里推说身体不适，难以赴宴，特派参谋长代表他前去送别邓团官兵。邓演达一听便生气了，捏着电话听筒大声说道：

"我告诉你，宴会之前将商量梧州防务问题，我已邀请黄季宽参加，来与不来，由你自便！"

冯葆初听了，知道此行关系到梧州防务将由谁接管的问题，事关重大，自己不得不出席，便答道：

"啊，既是如此，我将抱病前往，一切还靠邓团长多多给予照应。"

黄昏后，梧州五显码头江边的紫洞艇上，热闹非凡。这紫洞艇虽名为艇，其实却是相当大的船，船头有装饰精美的拱檐，进去便是大厅，厅中陈设华丽，可摆五六桌酒席。穿过大厅，便是摆设鸦片烟榻的房间，最后为厨房。今晚这紫洞艇上的宴会，名为给邓演达团连长以上官佐钱行，实则是白崇禧设下的"鸿门宴"。吃花酒，叫雀局，抽鸦片，本是黄绍竑的拿手好戏。民国九年，他又在梧州驻扎过，当时他虽是个下级军官连长，但是梧州的水筏、花舫、紫洞艇无不逛过，因此，这"鸿门宴"便由黄绍竑一手操办，白崇禧则躲在幕后指挥部队行动。

黄昏，江水轻拍，江面烟波迷蒙。客人陆续来了，他们几乎全是身着戎装的粤军官佐，军靴踏得艇面咚咚作响。黄绍竑整个下午都待在这艘最大的紫洞艇上，他过足了鸦片烟瘾，显得精神焕发，他身着戎装站在艇上的拱檐下，笑脸迎接宾客。为了显示他的气派，今晚的宴会他张罗得极为阔绰。大厅中摆了六大桌宴席，用的皆是名菜佳肴，请来陪酒的妓女便有二十多名，而且全是梧州城里最红牌的妓女。黄绍竑还准备好了麻将、牌九、打鸡等赌具，烟榻旁备下了进口的"大土"，以及演奏笙歌助兴的弦乐手等。可是，出席宴会的军官们又多是邓演达团的，黄绍竑的那些营连长们另有任务，都不能来。粤军第一师本是一支军纪严明、训练有素的部队，邓团在第一师中又更为突出，因此平时官佐皆不准赌博、吃花酒、抽鸦片。现在这些军官们上了紫洞艇，又见邓演达团长在场，更不敢乱动，因此一时显得有些冷落。

"季宽，你怎么来这一套？"邓演达皱着眉头，那圆圆的饱满的脸膛上现出不快的情绪，"我们是孙大元帅指挥下的革命军队，绝不能沾染这种纸醉金迷、挥金如土的腐化生活，你既已投效革命，定要革除旧军队的种种恶习！"黄绍竑一看下不了台，转而一想，米已成炊，不能更改了，便对邓演达笑道：

"择生兄所言极是，只是今晚我们醉翁之意不在酒。冯葆初本是腐化之人，不用这一套如何能迷惑得他？请择生兄下令，让弟兄们自由自在地玩一玩吧。"

邓演达见黄绍竑如此说，只得向前来赴宴的部下们挥挥手，说道：

"今天情况特殊，本团长有令，请诸位尽情欢宴，但绝不可胡闹！"

那些粤军军官们见邓演达下了令，便乐得痛快地玩一场，即分别成起赌局，有的打麻将，有的推牌九，有的玩打鸡，只是无人敢躺到烟榻上去吸食鸦片，也不敢明目张胆地和妓女们胡闹。

冯葆初姗姗来迟。他率领一个由百人组成的精锐卫士队来到五显码头时，天已快要黑了。他命卫队长在周围布置警戒，自己带着十名精壮卫士，登上栈桥，上艇赴宴。刚跨过栈桥，在紫洞艇上值勤的两名粤军军官便挡住了冯葆初的卫士：

"邓主任有令，无论何人均不得带卫士登艇赴宴！"冯葆初正要和那值勤的粤军军官争执，邓演达和黄绍竑已从那拱檐下走过来，同声说道：

"冯旅长，请！"

说罢，邓、黄两人一齐奔过来，一左一右拉着冯葆初进了大厅，他那十名贴身的精壮卫士，欲进不能，欲退又不得冯的命令，只得呆呆地在栈桥上站着。

冯葆初入席，他的左边坐着邓演达，右边坐着黄绍竑，宾主已经到齐，黄绍竑便令开

民国年间梧州港码头

宴。那些红牌妓女都是些善于交际应酬之人，有的敬酒，有的陪席，那些弦乐手则跟在陪唱的妓女之后，任客点句头。歌声弦乐，美酒金樽，行令猜拳，大厅里气氛相当热烈。那黄绍竑本是个见过场面之人，酒酣耳热之际，又命开大锣鼓，整条艇上，更是灯火辉煌，鼓乐喧天，好不热闹。冯葆初始时尚满怀戒心，一双眼睛滴溜转着，两只耳朵尖尖竖着，后见宴会开得很是热烈，邓、黄两人举杯频频，戒备之心才渐弛。他本是个善于交际钻营之人，便趁机与邓演达拉关系，邓演达便也以热情相待，两人谈得甚为入港。

不想正在这时，冯葆初的参谋长突然冲过栈桥头避开那两名值勤粤军军官的阻拦，直奔宴会大厅，他跑到宴席前，不管三七二十一便把冯葆初拉到一旁，气急败坏地报告道：

"旅长，粤军和黄绍竑部正向我军驻地秘密运动，情况紧急，请你立即回旅部！"

冯葆初一听，顿时大惊失色，方知中计，但为了脱身，强装镇静，过来与邓演达和黄绍竑两人打招呼：

"择生兄、季宽兄，我有些事务缠身，不能奉陪了，就此告辞！"

黄绍竑见冯葆初的参谋长突然闯进来，把冯拉到一旁嘀咕了一阵，现在冯葆初要中途退席溜走，便知事机已泄，此时无论如何不能将冯放走，便"嗖"地从腰上拔出手枪，对着冯葆初猛喝一声：

"不许动！"

冯葆初知难以脱身，自己的卫队又不在身旁，来硬的寡不敌众，便装得若无其事地大笑道：

"哈哈，季宽兄，听说你是海量，没想到才几杯白兰地下肚，脑袋便糊涂了。你这个玩笑，开得过头啰，快把家伙放下，看，都把莺莺燕燕们吓坏了！"

黄绍竑那双冷峻的眼睛只盯着冯葆初，手枪对准他的胸膛，毫无他顾。冯葆初知黄绍竑不入圈套，便随随便便地点上一支三炮台香烟，装出一副宽宏大度，好汉不吃眼前亏的样子说道：

"季宽兄，你我之间无仇无冤，你要是没有喝醉的话，有话只管说吧，何必扫大家的兴！"

"我要你缴械！"黄绍竑猛地喝道，"否则，便要你的脑袋！"

"哈哈！季宽兄，这个何不早说！"冯葆初说着便解下腰上扎着手枪的皮带，向邓演达走过来，笑道：

"择生兄，我看季宽兄真个是喝醉了！为避免闹出乱子，我就把这个家伙交给你暂时保管一下吧。"他接着又弦外有音地说道，"季宽兄要真的向我开起枪来，我死倒也算了，不过我那些在码头上警戒的几百名卫士，不知这艇上发生什么事了，他们用手提机关枪往这一扫，我看，艇上之人一个也别想活啊！"

冯葆初以退为进，佯把黄绍竑当作一名胡闹的醉汉，使在座的其他粤军军官帮他劝住黄绍竑，以借机脱身。他只要走出这紫洞艇，那栈桥上便有他的十名精壮卫士可以护卫他脱险，而且码头上还有大批卫队，那就更不用怕了。冯葆初的话倒是一下子提醒了黄绍竑，他现在只要一扣扳机，虽可把冯葆初一枪打死，但是免不了要发生一场混战，这样不但自己性命难保，还将殃及邓演达等粤军军官。黄绍竑便乘冯葆初向邓演达交枪之时，将手枪扔掉，一个箭步猛扑过去，一把抱住冯葆初，想把他摔倒在地。黄绍竑虽在军校学过格斗和擒拿等技术，但是冯葆初身材高大，黄绍竑又长期吸食鸦片，气力不足，斗不上几个回合，反被冯葆初摔倒在地。冯葆初紧紧地压在黄绍竑身上，两只手用死劲卡住他的颈子，黄绍竑死命挣扎，但终不得脱。那些被叫来陪酒唱曲的红牌妓女，一个个吓得乱哭尖叫，有的往桌下钻，有的往厨房跑，那些粤军军官因不知邓、黄合谋导演的这出"鸿门宴"的内幕，他们竟以为黄绍竑真的喝醉了与冯葆初斗殴，有的便过来劝架。邓演达因一直在监视着冯葆初的参谋长，一时帮不了黄绍竑的忙，见事情危急，便大叫道：

"奉李师长命令，要冯葆初缴械！"

说着便挥拳将冯葆初的参谋长打倒，接着举起一张椅子，朝冯葆初脑袋狠狠一砸，冯葆初当即被砸得昏死过去。黄绍竑从地上爬将起来，走到桌旁，抓起一杯白兰地酒，一饮而尽，随后把杯子重重地放到桌子上，他用那雪白的餐巾抹了抹胡子，把倒在地上的冯葆初狠狠踢了一脚，轻蔑地说道：

"现在，是你醉了，而不是我！"

这时，正在艇外警戒的黄绍竑的两名卫士跑进来报告，说俞作柏已派人将冯葆初在码头及栈桥上的卫队全部解决了。黄绍竑随手指了指倒在地上的冯葆初和他的参谋长，卫士忙问道：

"要挖坑吗？"

"不必了，到厨房去扛两袋大米出来，将他们身上各捆上五十斤大米，沉下江里，死后他们便不用愁吃的，也算对得起他们了！"黄绍竑显得十分慷慨地说道。

那两名卫士果真到厨房里扛出两包大米来，捆到冯葆初和他的参谋长身上，那参谋长嘴里还"哇啦"乱叫着，黄绍竑忙将一块餐巾塞进他的嘴里，两卫士一前一后地抬着，将冯葆初和他的参谋长先后丢下江里去了。这时候，梧州城里"叭叭叭"地响起枪声，黄绍竑知道白崇禧正在指挥解决冯部的战斗。"擒贼先擒王"，冯部首脑已被处决，白崇禧又足智多谋，此举必操胜算，因此黄绍竑便重邀粤军军官们入席，他亲自到桌子底下和厨房里，将那些吓得躲藏起来的妓女们，一个个像提小鸡一样拉到席前陪酒，又命那些弦乐手们高奏乐曲。黄绍竑举起酒杯，走到邓演达面前，感激地说道：

"现在是庆功宴会，择生兄厥功甚伟，我先敬你一杯！"

却说冯葆初部被解决后，梧州的政治、军事、经济大权遂掌握在黄绍竑手中，李济深虽在梧州设有善后处，但仅办理一些承上转下的公文和与黄绍竑部进行联络的工作而已，其他概由黄绍竑全权处理，黄绍竑终于获得了一个可供发展的重要基地。邓演达见黄绍竑已控制梧州的军政财权，粤军在梧州的任务已经完成，便准备将所部撤回广东。临行前，他想找黄绍竑谈一谈。他来到黄绍竑的司令部，只有白崇禧在坐，便问道：

"季宽呢？"

白崇禧笑道："在相好那里。"

邓演达见白崇禧如此说，便皱着眉头，又见黄绍竑的司令部里，摆着一具烟榻，旁置烟灯、烟枪和烟膏盒，邓演达本是个爽快坦荡的直人，便当即责问道：

"健生兄，你们这是怎么搞的？革命军队，绝不允许沾染此种恶习！如再不听劝告，我回广州向孙大元帅禀报，将你们裁汰！"

白崇禧苦笑道："择生兄，有道是江山易改，禀性难移呀，季宽积习根深，恐不易匡规。"

"健生兄，你既是他的参谋长，应该时常劝诫他。"邓演达认真地说道。

"好人难做呀！"白崇禧摇着头说道，"我们驻扎百色的时候，季宽他们抽收烟帮保护费，烟、嫖、赌三大害样样俱全，只有我集中全力练兵，和鸦片不沾边。可是问题就出在这上边，给我教训极深。"

"怎么回事？"邓演达问道。

"我那连官兵因见别人发横财，自己的日子却过得相当清苦，这样，便有一排兵趁我去百色开会的时候，发生哗变，叛兵们枪杀了排长，挟械向云南边境的深山中逃窜，我好不容易才将他们追回。"白崇禧叹道。

"过去的一切都罢了，但如今你们都已投入革命营垒，旧军队的一切腐败现象，绝不允许再发生！"邓演达十分严肃地说道，"走，我们找季宽去！"

白崇禧陪着邓演达，乘水筏沿江而下，很快便在江中找到了水娇的小艇。黄绍竑正躺在烟榻上吸烟。水娇蹲在榻前，为他装烟、点烟。白崇禧上得艇来，先咳了一声，水娇忙出来招呼。白崇禧道：

"水妹子，这位便是粤军的邓团长，前来看望季宽的。"

水娇向邓演达躬了躬身子，说了声："邓团长，请！"便引着邓演达和白崇禧走进艇中，黄绍竑见邓演达亲到艇上，显得有些不大自在地说道：

"择生兄请坐！"

邓演达和白崇禧坐下，水娇端上两杯香茶放在邓、白两人面前，便站在旁边侍立着。邓演达说道：

"季宽兄，李师长来电再次催我返粤，看来东江战事吃紧，急需敝部投入战斗，我在梧州之事现已告竣，部队明日乘船东下，临行前，特来和你谈谈。"

黄绍竑见邓演达脸色严肃，说话十分庄重，他因感激李济深和邓演达帮助自己占据了梧州，便谦意地说道：

"愿听择生兄教诲！"

"听说你和健生兄在百色时被人缴过械？"邓演达望着黄绍竑单刀直入地问道。

"是的，我们在百色被广西自治军刘日福部缴过械，状极狼狈，我还险些丧生。"黄绍竑坦率地说道。

"为何被缴械？是力不如人吗？"邓演达深入地问道。

"不，那是被鸦片烟害的。"黄绍竑仍很坦率地说道，"百色是云、贵两省鸦片烟的集散地，人称之为小金山。我一到百色，便被烟帮头子引诱，以武装运送鸦片烟土，抽收保护费，虽然处在自治军环伺、处境十分险恶的情况下，但终日仍花天酒地，醉生梦死，置军情于不顾，致使部下被敌人收买分化，最后被包围缴械！"

邓演达深沉地点了点头，说道："季宽兄，我们粤军明天就全部开回广东参加东征去了，梧州的一切，都交给你啦！梧州为两广咽喉，在军事、政治上为西江重镇，在财政、经济上则为广西命脉。财政上的收入包括国税和省税、正税和杂税，估计每月当在四十万元以上。大元帅府虽然经济拮据，但为了支持你们，任公已电请大元帅府，今后既不须将梧州国税转解广州大元帅府，又不用分担粤军第一师的经费，全由你自收自用。因此，很是可以大干一番革命事业的。"

邓演达停了一会儿，环顾了这陈设华丽的小艇，接着说道：

"百色我虽未到过，但这梧州，赌馆、娟馆、酒馆、花舫、烟馆比比皆是，这些腐蚀人们心灵和倾散资财的场所，也许要胜过百色十倍。贵部现住梧州，但愿兄等严饬部属，作鸿图之举，切莫重蹈百色之覆辙！"

黄绍竑听了邓演达这番发自肺腑之言，深受感动，他霍地一下站起来，一个箭步奔到烟榻前，将烟枪、烟灯、烟膏盒和烟榻一齐抱将起来，奔出小艇外面，"哗啦"一声，将一应烟具全部扔入江中，然后回过头来，对邓演达道：

"择生兄，你的话乃是金石之言，我从今日始便戒烟！"

邓演达和白崇禧见黄绍竑如此言行，不由肃然起敬，邓演达紧紧地握着黄绍竑的手，赞叹起来：

"季宽兄大有可为，大有可为啊！"

第十七回

瞒天过海　黄绍竑就任总指挥
冤家路窄　李石愚活埋两使者

却说黄绍竑在邓演达的支持下，消灭了冯葆初，取得了梧州地盘，这天，陈雄又从广州回来了。

"杰夫，有什么好消息？"白崇禧见陈雄满面春风，便猜中他从广州带回什么东西了。

"大好消息！"陈雄将一只小巧的黑皮箱往桌上一放，从头上取下那顶蘑菇似的白色凉帽，笑着说道。

黄绍竑却不言语，他像一头被关在笼中的狮子，烦躁地来回踱着步，脸色铁青，两眼深陷，脸颊上的颧骨益发显得突出，两片嘴唇发紫，只有腮巴上的黑须长势甚旺。陈雄见黄绍竑这般模样，不由大吃一惊，忙问道：

"季宽，你怎么啦？"黄绍竑嘴里正嚼着一块槟榔，只把陈雄望了一眼，仍在不停地走动着。

白崇禧忙说道："季宽戒烟了！"

"啊！"陈雄十分惊奇地问道，"谁有这等功夫使季宽决心戒烟？"

"邓择生！"白崇禧说道。

"啊，怪不得邓择生一到广州逢人便说季宽兄革命坚决，原来如此！"陈雄说着忙打开那只黑色小皮箱，从里边取出一件东西，送到黄绍竑面前，说道：

"季宽，恭喜你高升，这是孙大元帅亲自签发的委任状。"

黄绍竑迫不及待地接过委任状，陈雄又从皮箱里取出一包东西，也交给黄绍竑。

"这是大元帅府发的关防印信。"陈雄说道。

黄绍竑一边接过委任状，一边用那双冷冷的眼睛盯着委任状。只见他腮巴上的胡须颤动着，下巴上好像伏着一只被激怒的刺猬，只听"叭"的一声，他猛地将手中的关防印信和委任状摔在地上，口中狠狠骂道：

"他妈的！早知如此，当初还不如跟沈鸿英混下去！"

陈雄见黄绍竑如此，一时大惊失色。白崇禧忙从地上拾起那张委任状来，仔细一看，只见上边写着：

"兹委任黄绍竑为中央直辖西路讨贼军第五师师长。"

白崇禧马上明白了黄绍竑发火的原因：一是嫌师长官职太小，二是不愿当刘震寰的部下。因为在广州时，白崇禧已得知孙中山任命刘震寰为中央直辖西路讨贼军总司令，刘部原辖四个师，第一师师长韦冠英，第二师师长严兆丰，第三师师长梁鼎鉴，第四师师长伍毓瑞。黄绍竑现在成了刘震寰的第五师师长。对于刘震寰其人，黄绍竑早就不把他放在眼里，现在如何肯名正言顺地当他的部下？当然，白崇禧也明白，黄绍竑正在戒烟，心情烦躁，也是他发火的原因之一。

"季宽，你这个第五师师长还是我费了好多周折争取得来的。"陈雄见黄绍竑摔关防印信，便大为不满地说道，"你不知道刘震寰向广州军政府施加压力，要他们将孙大元帅签署的委任状留下不发，还是我上下奔走，左右疏通，才取得了这个名义。你既然不愿干，请直接去找孙大元帅面陈好了，我就此告辞，还是到湖南找叶琪谋差事去！"

陈雄说完便将皮箱锁起，将那白色凉帽往头上一扣，提着皮箱要走。白崇禧忙拉住他，说道：

"杰夫，季宽正在戒烟，心情烦躁，请你不要介意。这是我们团体的事情，好商量！"

"那你说该怎么办吧？"陈雄将皮箱重重地放在桌上，赌气地说道。

"乌龟王八蛋才当刘震寰的部下！"黄绍竑狠狠地将身旁一把竹躺椅踢翻，怒不可遏地大骂起来。

白崇禧却不声不响地将黄绍竑摔在地上的关防印信拾起来，和那纸委任状一起，装进了一只抽屉箱内，锁了起来，这才说道："如果季宽就任刘震寰的第五师师长，受刘节制，那么我们今后在广西便是为刘震寰打天下，别说季宽不平，就是我白崇禧也不会干啊！"

白崇禧几句话，说得黄绍竑和陈雄都冷静了下来，他们一齐望着白崇禧，都希望他继续说下去。

"当然，我们既然已投效孙大元帅，对于他和大元帅府的命令，表面上是不好违背的。不过，杰夫带回的这个委任状，我们也不必对外宣布。"

"那，我们的部队用什么名义？"陈雄忙问道。

"嘿嘿！"白崇禧笑道，"杰夫，你怎么忘了你当着孙大元帅的面，封我为参谋长的事了？"

"你是说……"陈雄纳闷地望着白崇禧，不知这位"小诸葛"葫芦里卖的什么药。

"目前群雄纷争，天下大乱，广西境内的司令多如牛毛，谁管得着？我们名义上是投效广东大元帅府，但孙中山内有滇、桂军牵制，外有叛军威胁，广西的事情，他还得靠我们来办。因此，我们虽然拥护大元帅府和孙中山，但广西的事情，该怎么办，我们还得怎么办。"白崇禧望着黄绍竑和陈雄，继续说道，"为了今后的发展，我们可用广西讨贼军的名义，季宽任总指挥即可。根据目前实力，下辖三团，相当于一师编制。这样既可以不受制于刘震寰，又可以向大元帅府交代得过去，可谓两全其美。"

白崇禧这么一说，黄绍竑那冰冷的脸上这才露出几丝满意的笑容：

"好，就用广西讨贼军的名义，我当总指挥，健生你当参谋长，马上草拟部队的编制。"

白崇禧才思敏捷，坐下来便拟就了广西讨贼军的编制：

总指挥黄绍竑，参谋长白崇禧，第一团团长白崇禧（兼），第二团团长俞作柏，第三团团长伍廷飏，独立第一营营长夏威，独立第二营营长韦云淞，独立第三营营长陆炎、副官长吕竞存。

"杰夫，你想干什么？"白崇禧望了望陈雄，问道。

"嗯，"陈雄搔着头说道，"广州的事情，看来还得留人在那里干啊！"

白崇禧明白陈雄想留在广州，因为带兵打仗既辛苦又危险，在广州则生活舒适，吃喝玩乐，应有尽有，而且又能代表黄绍竑与大元帅府的大员打交道，地位也十分重要。眼下，为了保持与孙中山和大元帅府的关系，也非得让陈雄留下不可。白崇禧笑道：

"杰夫，你当着孙大元帅的面封我为参谋长，今天季宽又任我为本军的参谋长，现在我该回敬你一下了。"

说着，白崇禧便在纸上写道："着陈雄为本军驻粤办事处主任。"

"怎么样？"白崇禧笑着问道。

主任的官职，可大可小，名义不错，陈雄十分满意。拟就了编制，白崇禧便送过去给黄绍竑审核。黄绍竑两只眼睛直盯着白崇禧兼的第一团团长的那个位置。白崇禧心里像敲着小鼓似的，一双眼睛焦躁不安地盯着黄绍竑。他知道，参谋长没多大实权，自从他离队到广州治疗腿伤后，部队经过千里转战，已经面目全非，不但白崇禧原来的基本营荡然无存，便是作为这支部队的创始人马晓军也被黄绍竑挤走了，眼下这支部队完全变成了黄绍竑的家底，白崇禧毫无实力，因此，他极想兼一个团长，以便扩充自己的本钱。可是，白崇禧虽号称"小诸葛"，但他的这个算盘如何瞒得过黄绍竑？黄绍竑知道白崇禧足智多谋，又好揽权，如果让他在部队中掌握实力，必将后患无穷。

"健生，本军正在草创时期，幕僚工作甚为重要，你不必再兼团长之职。"

黄绍竑说罢果断地拿起笔来，在第一团团长下边划去白崇禧的名字，改任俞作柏为第一团团长，伍廷飏为第二团团长，夏威为第三团团长。白崇禧看着黄绍竑挥笔将自己的名字划去，心头被割了几刀似的。黄绍竑抬起头来，正好与白崇禧的目光相遇，他察觉白崇禧面有怨愤之色，忙过来拍拍白的肩膀，笑道："健生，请不要介意，你是参谋长，同样可以指挥全军！"

"哪里，哪里！"白崇禧忙在脸上换上一副十分诚恳的笑容，说道，"我能为总指挥当参谋长，已是力不从心了！"

黄绍竑第二天便在梧州就任广西讨贼军总指挥之职，并发出讨伐沈鸿英和陆荣廷的通电。就职的第二天，陈雄来到总指挥部向黄绍竑和白崇禧辞行，准备返回广州，正式当他的广西讨贼军驻粤办事处主任。

"杰夫，我真羡慕你这个驻粤办事处主任的差事，说不定哪天孙大元帅看中，一下就把你提到部长的高位上去呢！"白崇禧说道。

陈雄听出白崇禧话中有话，想是他为没能兼上团长之职而发牢骚，便说道：

"当那空头部长何用？我这办事处主任，有总指挥和你做后盾，在广州说话比部长还响。"

"难说！"白崇禧摇着头，望了望正在烦躁踱步的黄绍竑，说道，"我们虽然占据了梧州，但力量还十分有限，陆荣廷、沈鸿英仍控制着广西大部地区，广东大元帅府又自顾不暇，往后我们的出路问题颇多。杰夫，不知你想过没有，就说玉林的李德邻吧，我们到底该怎样对待他呢？他如今是陆荣廷麾下的独立第五旅旅长，我们现在是孙中山属下的广西讨贼军，这两支部队完全是敌对性质的。而你们当初又是从李德邻那里跑出来的，还拉走了俞作柏和伍廷飏两营。后来，总指挥派我去玉林向李德邻做了疏通，前嫌虽释，但事到如今，我们是仍以上官对待他，还是以友军对待他，或是以敌人对待他？这里大有文章可做啊！"

白崇禧瞥了一眼正在踱步的黄绍竑，忧心忡忡地说道："我们把广西讨贼军的旗帜一打出来，总指挥就职的通电一发，就像在广西这个滚烫的油锅里泼下了一瓢水，一下子就会炸起来。陆荣廷、沈鸿英以及一切自治军、土匪，都会把我们当作敌人，群起而攻之，我们这点力量，如何四面应敌？弄得不好又会像当时你们从南宁被人家赶到灵山一样，连个立足之地也没有啊！"

"这个问题，绝不可掉以轻心！"陈雄对从南宁流窜到灵山那段艰险的日子犹历历在目，经白崇禧这一提，确是感到问题严重，他忙问道："健生，对此你有何高见？"

"事关重大，还是请总指挥拿主意吧！"

白崇禧轻松地朝黄绍竑努了努嘴。他知道黄绍竑此时也一定正为这个棘手的问题犯愁。因为李宗仁在玉林五属，正好把黄绍竑和陆荣廷、沈鸿英的势力范围隔开。如果李宗仁完全倒向陆、沈，黄绍竑在梧州便无法立足。但是，黄绍竑又不可能再做李宗仁的部下，况且他又拉走了李部两个主力营，纵使李宗仁宽宏大度，对此事容忍得，李部将领却难以容忍得。这种关系到底如何处理？这便成了眼下黄绍竑部生死攸关的大问题。而对这个问题，白崇禧现在具有左右形势的能力。因为他在李宗仁和李部将领心目中，没有像黄绍竑等人那样既受过李的恩——穷途末路中李收留了他们，又反过来咬了李一口——拉走了李部两个主力营。对这些事，白崇禧一概没沾过边，况且李宗仁与他同乡，感情极好。现在，黄绍竑部队中，虽有两三千人马，但能与李宗仁部对话的，却非白莫属！白崇禧握有这一张王牌，他捏着黄绍竑的生死命脉，他只要往李宗仁那里传一句话，便可断送黄绍竑的前程。对于黄绍竑勾掉他兼团长的心愿，他表面不说，但却耿耿于怀，在此关系到全军生死存亡的大问题上，他要拿黄绍竑一把，看看他的笑话，出出心中的怒气！

黄绍竑听了白崇禧的话，毫无反应，仍在烦躁地踱步。

他确实也正为这个问题而大伤脑筋。夺到了梧州这块至关重要的地盘，他是既喜又忧，仿佛一个赌徒在赌场上突然赢了很大一笔钱，其余的赌徒都用嫉妒的、仇恨的、不甘心的眼光一齐盯着他，他们不让他走掉，有的拔出刀来，有的摸出枪来，要夺走他赢的这笔钱，他要钱还是要命？也许两者都将失掉！黄绍竑身上冒出一层冷汗，不禁扭头看了白崇禧和陈雄一眼，陈雄显得十分焦虑，白崇禧却颇有几分得意，那神态简直像一个身怀绝技的人，在不动声色地观看一个卖药的人正在吃力地耍着一项即将砸锅的技艺一般。

黄绍竑心里暗自骂了一句："你别想看热闹，到时我还得要你上场！"他知道，自己占据梧州之后，李宗仁一定十分注意他的态度和行动，稍有不慎，便会招到李宗仁的敌视和反对。陆荣廷和沈鸿英一时对他还鞭长莫及，如果李宗仁在玉林五属给陆、沈让开一条大路，或者他倒向陆、沈一边合谋图梧州，黄绍竑都将无法立足！白崇禧对于应付这样的局面，必然胸有成竹，只不过想在此时拿一把而已。黄绍竑又偏偏是个自命不凡的人，岂肯低声下气地向白崇禧问计？他想了一想，把眉头一皱，心中暗道："我不怕你'小诸葛'有计不献！"

黄绍竑背着双手，又在房中急躁地踱了几圈之后，突然把桌子一拍，暴跳如雷地大吼一声："来人呐！"

副官忙跑了进来，见黄绍竑脸色铁青，满目怒容，心里吓了一大跳，赶忙笔挺地站着，听候吩咐。

"传我的令，全军明天早晨出发，杀奔玉林，把李德邻埋了！"黄绍竑在桌子上擂了一拳，两眼圆睁，满腮胡须抖动着，下达了命令。

"是！"副官正要退出去传达命令。

"总指挥，打不得，这仗千万打不得！"陈雄急得跳了起来，"此时如向玉林用兵，便是自取灭亡！"

"胡说！"黄绍竑又狠狠地一拍桌子，"我不信李德邻他有三头六臂！"

"慢！"白崇禧忙挥手站了起来，要副官在此稍候。他见黄绍竑情绪异常，恐怕是戒烟引起的反常现象，又碰上在李宗仁关系这个问题上苦无良策，一时暴怒失去理智，贸然下令向玉林用兵，诚如陈雄所言，要是真向玉林用兵，便是自取灭亡。白崇禧虽对黄绍竑不满，但却不能让黄绍竑自取灭亡。他深知眼下离开了黄绍竑，不但他白崇禧无从发展，便是玉林的李宗仁也将失去一臂而独力难支。对于李宗仁和黄绍竑，白崇禧一个也离不了，"皮之不存，毛将焉附？"没了这层皮，他白崇禧又到何处栖身？因此无论黄绍竑出于什么目的下令向玉林用兵，他都要挺身而出，维护这"两张皮"。

"你去把伍廷飏团长和吕竞存副官长请来。"白崇禧吩咐副官道。

那副官看了看黄绍竑，见黄绍竑无动于衷地仍在踱步，便只得遵照白崇禧的命令，出去把伍廷飏和吕竞存两人给请了来。

"请你们二位代表总指挥到玉林李德邻那里走一趟。"白崇禧对伍廷飏和吕竞存说道。

伍廷飏和吕竞存一听白崇禧要他们到玉林去见李宗仁，都吓得面如土色，两人面面相觑，一时竟说不出话来，正在不停地踱步的黄绍竑，也停下步子，用狐疑的眼光盯着白崇禧，心里不得不提防这位诡计多端的"小诸葛"又在算计他什么。

"总指挥，参谋长，我们两人如果犯有什么过失差错，要罚便罚，要杀便杀，一切听候军法处置，何必要派我们去玉林送死？"

伍廷飏和吕竞存原来是李宗仁部第一团团长李石愚部下的营长和连长，只因受黄绍竑的勾引，秘密率部脱离了李宗仁部，投到黄绍竑麾下来，为此，李石愚对伍、吕两人恨之入骨，曾扬言誓将他们剥皮抽筋方解心头大恨。现在，伍、吕两人在黄绍竑手下虽然升了官，但如何敢去玉林见旧上官李宗仁和李石愚呢？现在白崇禧偏偏要他们代表黄绍竑去玉林见李宗仁，这不但伍、吕二人认为白崇禧欲借刀杀人，便是黄绍竑也疑心白之居心叵测了。白崇禧当然明白个中底蕴，便笑道：

"你们二位说哪里话来，玉林之行，关系我讨贼军今后发展大计，你们重任在身，切勿疑神疑鬼，我保证你们二位到了玉林，不但不会受到伤害，李德邻还将待你们如上宾。"

伍廷飏和吕竞存见白崇禧如此说，虽仍心怀余悸，但只得答道：

"既是总指挥和参谋长信得过我们，赴汤蹈火，在所不辞！"

见了李德邻说什么，怎么说，白崇禧如此这般地详细向伍、吕两人交代了一番，两人点头会意。

"你们是代表我去的，我现在是广西讨贼军总指挥，不再是李德邻的第三团团长了，明白吗？"黄绍竑特意对伍廷飏和吕竞存说道。

"明白，我们是总指挥的使者！"伍、吕两人立正答道。

黄绍竑对他们的回答还算满意，便不再言语。白崇禧却在两张纸片上写了几个什么字，然后迅速装进两只信封里，封好后，这才郑重其事地交给伍廷飏，说道：

"此去玉林，必得经过李石愚团的防区，我这里有'锦囊'一个，将近李团防区时方可开拆，可保你两人平安无事。"白崇禧又将另一只信封交给伍廷飏，"这个在与李德邻会谈前可开拆，可保你们二位不辱使命，成全大事！"

伍廷飏和吕竞存也知道白崇禧有"小诸葛"之称，虽对白这一套装模作样，效法孔明的做法心中暗自好笑，但既然黄绍竑、白崇禧对他们玉林之行寄予重望，白崇禧又做了精心安排，这才如释重负，急忙回去准备一番，第二天便带着两名随从上路，到玉林找李宗仁去了。

却说李宗仁也和黄绍竑一样为着同一个问题而发愁。

自从黄绍竑配合粤军打下梧州之后，在广西各个实力派中立即引起震动，大家不由都把目光投向了梧州。因为这是广西的经济命脉所在，而黄绍竑又公开打出讨贼军的旗帜，并通电讨伐陆荣廷、沈鸿英，投靠了孙中山，这十分明显地表现了黄绍竑欲借广州大元帅府的支持，夺取广西军政大权的动向，这不能不引起广西实力派们的嫉恨。最先采取行动的，便是老帅陆荣廷。当他接到黄绍竑借粤军之力进占梧州，并通电讨伐他的消息时，气得大骂黄绍竑是继刘震寰之后广西的第二个"反骨仔"，他立即电令已经在名义上归编他的独立第五旅旅长李宗仁为前敌总指挥，率所部及陆福祥两旅，刻日向梧州进攻，擒杀"反骨仔"黄绍竑，将梧州夺取过来。

李宗仁接到陆荣廷的电令，眉头紧皱，心事重重。他知道，自己虽然名义上受陆荣廷节制，但陆并不信任他，正在打他的主意。而李宗仁内心也并非拥戴陆荣廷，在陆荣廷时代，他虽作战勇猛，屡建军功，但位不过一营长之职，而陆氏下台后这短短的一年时间，李宗仁已拥兵数千，占据了玉林五属，其势正是方兴未艾之时。他接受陆荣廷的改编，不过是一时的权宜之计，现在，他如何肯为陆去火中取栗。况且，陆荣廷派他领兵去打黄绍竑，这里边难免不存"假途灭虢"之心。但如果拒绝接受命令，便是抗命不从，陆荣廷将借口进攻黄绍竑，派大军强行进入玉林五属，以武力强占他的地盘。眼下，论实力，他还不能直接与陆荣廷抗衡。而梧州那边呢？自从黄绍竑走后，李宗仁部无论是感情和力量都发生了分裂。黄绍竑投靠了粤方，已经自成体系，他是不可能再作李宗仁的部下了，虽然经白崇禧疏通，但两军无论主将或部将都仍不同程度地存在对立之心理，因此，与黄绍竑联合也难以图成。

李宗仁正在左思右想，苦苦思索之际，参谋长黄旭初走了进来。他自出任李宗仁的参谋长后，一直潜心于为李宗仁训练班、排、连长等下级军官。他毕业于陆军大学，军训和参谋业务都很精通，加上为人谨慎，工作勤勉，很受李宗仁赏识，他是在教导大队接到李宗仁的电话后，策马赶回司令部的。

"旭初兄，这是陆荣廷来的电报，请你看看。"李宗仁一边将电报递给黄旭初，一边为他沏了杯茶，送到面前。

黄旭初仔细看了电报，没有马上说话，只是慢慢地喝着茶，既不惊慌，也不焦急，仿佛他看到的并不是一纸关系李部生死存亡的电报，而是一张微不足道的便条似的。李宗仁晓得黄旭初的脾气，无论什么急事，到了他手上，只要你不问，他是不会讲的，李宗仁忙问道：

"旭初兄，你有何高见？"

黄旭初慢慢放下茶杯，轻声细语地对李宗仁说道："数日之内，梧州黄季宽那边必定会派人到玉林来。陆荣廷的电报，先不管他。"

"不会吧？"李宗仁疑惑地说道，"黄季宽已投靠粤方，与我完全脱离了关系，他也明白眼下两军不睦，还来干什么？"

"放心，数日之内，必有消息。"黄旭初不慌不忙地说道，仿佛他此刻不是李宗仁的参谋长，而是黄绍竑的参谋长似的。

正在这时，李宗仁的司令部小院外骤然响起一阵急促的马蹄声，紧跟着传来门岗的喝问声，来人并未按常规下马，而是打马直冲入小院，卫兵大喝："站住！"接着便拉起枪栓。李宗仁和黄旭初感到情况异常，连忙站起来，拔腿便往外跑，刚到门口的石阶上，只见骑在马上的那军官急忙跳下马背，奔向李宗仁报告道：

"报告旅长，李石愚团长正在活埋黄绍竑派来的两名代表！"

"啊！"

李宗仁和黄旭初不由大吃一惊，两人面面相觑，都不约而同地奔到小院左边的马厩前，大呼：

"快备马！"

马弁连忙牵出两匹马来，李宗仁和黄旭初飞身上马，命那前来报告的军官引路，直往李石愚的团部飞驰而去。半个小时后，到达第一团团部，他们并不进去，而是驰往后面一处荒郊野地。在马上，李宗仁和黄旭初已经看见，第一团团长李石愚手握马鞭，站在一堆新鲜的黄土上，大声喝叫着：

"快！快填土，把这两个叛徒埋掉！"

不知是正往坑里填土的士兵于心不忍，还是李石愚嫌他们动作太慢，只听"叭"的一声，他一鞭打在一名正在挥锹填土的士兵身上，又大声喝骂起来：

"只便宜了他妈的黄绍竑，要是他来，老子今天就亲自动手埋了他！"

原来，伍廷飓和吕竞存带着两名随从，根据白崇禧的吩咐，从梧州出发到玉林来见李宗仁。进入李宗仁的第一团团长李石愚的防区，伍廷飓和吕竞存照白崇禧的指示，拆了第一个"锦囊"，那"锦囊"中白崇禧写着八个字："绕道而走，避免接触。"伍廷飓和吕竞存深知李石愚地位仅次于李宗仁，而他又最恨黄绍竑挖了李部墙脚，拉走俞作柏和伍廷飓两部，现在伍廷飓在黄绍竑那边当了团长，吕竞存当了副官长，李石愚如何肯放过他俩？伍廷飓和吕竞存一想白崇禧言之有理，正想绕道而行，不想却是冤家路窄，偏偏让李石愚的巡逻队发现了。伍、吕二人，想跑已经来不及。巡逻队的一名军官正好是容县人，原也认得伍廷飓的。伍廷飓只好硬着头皮，上前打招呼，声称受黄绍竑之命，到玉林拜会李宗仁。那位巡逻队的军官，不知就里，硬要拉伍、吕两人到团部去喝两杯，想打听梧州那边的情况。当伍廷飓探听得团长李石愚前天已率部队下乡剿匪去了，便放心地跟李团巡逻队的那军官到团部去，准备稍息片刻周旋一番即去见李宗仁，因为此地离李宗仁的旅部只有十几里路，如果绕道而行，偏要多走出三十里来，因此伍、吕两人稍一合议，便决定跟那军官先到团部去。可是出乎意料，他们刚到团部，正好碰着李石愚率队剿匪归来。他怎肯放过这两名叛徒？伍廷飓和吕竞存想躲已来不及，两人相对一望，各自怀着鬼胎，不约而同地向旧上官行了礼，别别扭扭忐忐忑忑地叫了声：

"团座！"

"叭！叭！"

李石愚骑在马上，对伍、吕两人的敬礼狠狠地回敬了两马鞭。

"来人呐，把这两个叛徒拉到大校场后头，挖两个坑，给我把他们埋了！"

李石愚挥着马鞭，威风凛凛地发出命令。接着，十几名士兵便扛着铁锹、洋镐，把垂头丧气的伍、吕两人押到大校场后边去。李石愚对伍、吕带来的那两名随从喝道：

"黄绍竑手毒心狠，一向喜欢活埋对手，今天此举，叫作以其人之道，还治其人之身。你们马上回梧州去告诉黄绍竑那王八蛋，我随时挖好坑等着他，不把他埋了，我李石愚不是人养的！"

那两名随从吓得只恨爹娘少生了两条腿，见李石愚不杀他们，立即鼠窜而去。这下只苦了巡逻队的那个军官，自己竟将同乡送入虎口，但眼前又无法可救，他猛地想起伍、吕两人是受黄绍竑之命到玉林拜会李宗仁的，便立即打马驰往旅部，向李宗仁报告。

恰好李宗仁和黄旭初都在旅部，便一同赶了来。

"住手！"

李宗仁在马上大叫着，那高大的枣红马四蹄生烟，风驰电掣般瞬间已奔到那堆黄土前。李宗仁飞身下马，从一名士兵手里夺过铁锹，跳下坑里，伍廷飏和吕竞存两人被反绑双手，站在挖好的坑里，黄土已填到两人的胸口了。李宗仁和黄旭初亲自动手，为伍廷飏和吕竞存两人铲去黄土，那些原先填土的士兵，见旅长和参谋长亲自下坑铲土救人，也不敢怠慢，忙跟着下去将土铲走。李宗仁和黄旭初又亲手将伍廷飏和吕竞存扶上坑来，伍、吕两人惊喜交集，一齐跪在李宗仁面前，叫了声"德公！"眼泪便扑簌簌地流了下来。

李宗仁和黄旭初带着伍、吕两人回到玉林，随即命人服侍他俩洗了澡，换了衣服，又备办一桌极丰盛的宴席为两人压惊。席间，各叙别后之情，气氛相当亲切融洽。原来，派伍廷飏和吕竞存两人到玉林，这本是白崇禧的主意，因为吕竞存是桂林人，与李宗仁是小同乡，伍廷飏是容县人，与黄旭初又是小同乡，同乡好说话，果然十分谈得拢。李宗仁先责备了李石愚"莽鲁"一番，举酒为伍、吕两人压惊致歉，又问起季宽和健生的近况，俨然仍以上官自居。伍、吕则代表黄、白两人向李宗仁报告了占领梧州和投靠广州大元帅府改称讨贼军的经过。

"季宽混得不错呀！"李宗仁虽表面称赞，内心却矛盾重重，很不是滋味，因为孙中山既然任命黄绍竑为广西讨贼军总指挥，显然，黄绍竑不但不可能再作他的部下，而且论地位和实力，也已在他之上了。

"季公一再要我们向德公表示谢忱，他说，我们是借德公的本钱起家的，吃水不忘挖井人啊！"伍廷飏在玉林出发之前，黄绍竑特地向他和吕竞存交代过，决不能再把李宗仁当作上官对待，此次仅作为礼节性拜会，目的在联络和恢复感情，因此伍廷飏措辞十分谨慎。

"请！"李宗仁举杯。

"德公请！"伍廷飏和吕竞存也举杯。

一些应酬的话说过之后，双方开始感到不知从何谈起了。黄旭初本来就沉默寡言，席间话更是不多，但作为李宗仁的参谋长，他的头脑却像一架极精密的机器似的，在不停地运转着。通过交谈和分析，他已看出黄绍竑和白崇禧派伍廷飏、吕竞存来玉林的目的。尽管黄绍竑不甘居李下，但从伍、吕玉林之行，黄旭初已敏锐地感到李宗仁在黄、白心中仍有着举足轻重的地位。眼下李、黄二人虽然矛盾重重，但利害相关，除了重新联合起来，是别无出路的。联合的基础是什么？黄旭初马上想到了陆荣廷打来的那封电报。

"这里刚收到陆荣廷打来的一封电报，请二位过目，回去把情况向季宽和健生说说。"黄旭初随即把电报拿给伍廷飏和吕竞存看。

"德公准备怎么办？"伍廷飏看过电报后，关切地望着李宗仁问道。

"这是'假途灭虢'之计。"李宗仁说道，"你们回去告诉季宽和健生，我这里先和陆荣廷周旋，迫不得已时，我将以武力阻止韩彩凤和陆福祥两部进入玉林。"

"古人云，唇齿相依，唇寒则齿亡。德公与季宽正是唇齿关系。"黄旭初话虽不多，但却句句说在要害上。

"对，对！"伍、吕两人连忙点头称是，他们心中一块石头总算落了地，因为重新与李宗仁拉上了关系，但又没有使黄绍竑再作李宗仁的部下。临行前，白崇禧曾交给伍廷飏两个"锦囊"，嘱他在到达李石愚的防区时开启一个，另一个则在与李宗仁会谈之前开。在洗澡更衣的时候，伍廷飏估计李宗仁会在宴席上和他们会谈，便趁无人之际，开拆了最后一个"锦囊"，内中写着"唇齿相依，唇亡齿寒"

八个字，不想，这八个字却让黄旭初先说了出来，伍廷飏心中暗暗称奇："真是英雄所见略同啊！"

他们一边喝酒，一边畅谈，直饮到红日西沉，方才罢宴。李宗仁亲自吩咐侍从人员，侍候伍、吕二人漱洗歇息。黄旭初却独自在室内默默地踱步，李宗仁点上一支香烟，悄悄地坐在一旁，知道黄旭初此刻必定在考虑大事，他不想打扰他，但估计黄旭初一定有要事跟他商谈，便坐着耐心地等待。

"德公，我们现在的名义不适用了！"黄旭初停下步子，举头向李宗仁说道。

李宗仁马上明白了黄旭初这话的意思，他的广西陆军独立第五旅这个番号，原是陆荣廷封的。现在黄绍竑当上了广西讨贼军总指挥，广西的"贼"是谁？按照孙中山的解释，当然是陆荣廷、沈鸿英之流，如果要和黄绍竑合作，那么李宗仁现在的名义不但内容不适用，地位也显然不相称了。再者，如不改名义，陆荣廷便会整天纠缠不清，今天要你出兵打黄绍竑，明天又要你出兵攻沈鸿英，因此，不如改换旗号，脱离关系。

"旭初兄，你看改个什么名义好？"

李宗仁无论大事小事，都很尊重参谋长的意见，现在遇到这等大事，又由黄旭初提起，他更不能怠慢。黄旭初对李宗仁的提问，心中早有准备，他走过来，慢声说道：

"这个，我一时也想不到合适的名义，还是让我去把秘书长黄钟岳先生请来合议吧。"

其实，部队用什么名义，黄旭初早已想好了，不过，他觉得一旦李宗仁打出这个旗号，他在李部中便会成为众矢之的。因为他到这支部队任职时间还不长，虽然李宗仁信任，言听计从，可是李部一些有功官佐如李石愚、何武、陆超、尹承纲等人知道改旗号的目的是要实现与这支部队的叛徒黄绍竑联合，便会泄恨于他。况且，像这等大事如果他处处表现出超越主官李宗仁的才智，天长日久，李宗仁会不会对他产生疑忌？黄旭初到了秘书长黄钟岳那里，向他把情况说了一遍，并暗示道：

"改名义势在必行，德公之意，"他顿了顿，放低声音道，"恐怕还得从平定桂局上着眼。"

"平定桂局？"黄钟岳捻着胡须，沉吟道，"嗯，我看就叫作定桂军如何？"

黄旭初的心计，完全由黄钟岳说了出来，他忙点头称赞道："秘书长才思敏捷，高见，高见！"

黄钟岳本是文人，平日里饱读诗书，但他哪知黄旭初的用心，见这位陆军大学出身的参谋长极力夸赞，便满心欢喜。黄旭初又叫来本部参谋张任民，三人一同来见李宗仁。李宗仁便将改换名义的意思讲了，征求诸位意见，黄钟岳便迫不及待地说道：

"叫定桂军甚好，平定八桂，问鼎中原，这才显出德公的气概！"

黄旭初连忙表示赞成，参谋张任民见秘书长和参谋长意见一致，当然推重一番。李宗仁也十分喜欢定桂军这个名称，当下便请黄旭初和黄钟岳拟就定桂军的编制：李宗仁任定桂军总指挥，以黄旭初为参谋长，黄钟岳为秘书长，李石愚、何武、陆超为一、二、三团团长，其编制与黄绍竑的讨贼军相似，并决定李宗仁次日在玉林就任定桂军总指挥之职。

次日下午，李宗仁在玉林大教场举行就职仪式，并发出通电，然后大宴官佐士兵，又留伍廷飏和吕竞存在玉林住了两天。为了表示与黄绍竑的旧谊仍在和礼节关系，李宗仁派秘书长黄钟岳和参谋张任民与伍廷飏、吕竞存同往梧州回拜黄绍竑。

第十八回

暗图梧州　陈麻子出师走南路
四面包围　黄绍竑奇兵袭都城

伍廷飏与吕竞存去玉林后，一连几天，都没有消息。黄绍竑又是个急性人，每天都在司令部里烦躁地踱步，等待伍、吕二人归来。白崇禧见了笑道：

"何不到水娇艇上消遣消遣？"

黄绍竑摇了摇头，说道："去不得，一到她艇上，我就想抽大烟，这些日子，水娇也不让我见她，她说等我戒脱了烟之后，再让我到她艇上去。"

白崇禧见绍竑面有痛苦和惆怅之色，忙说道：

"戒烟成功后，你一定要酬谢她！"

二人正说着，忽有派往南宁去的探报人员回来报告：

"陆荣廷已任命李宗仁为前敌总指挥，要李率所部及韩彩凤、陆福祥两旅，前来攻打梧州。"

这消息来得不早不晚，偏偏又正撞着黄绍竑的那块心病，他虽然面不露色，但心中却有些打愣，仍在急躁地踱着步子，不发一言。白崇禧瞪着眼睛，把桌子一拍，呵斥那报告情况的人：

"胡说！"

那打探消息的人被吓得扑通一声跪下，但却硬朗朗地说道：

"总指挥、参谋长，我要胡说半句，你们砍我的头好了！我的一个老乡，正在韩彩凤部下当连长，他们已向玉林开拔，前日已抵贵县，即将与李宗仁部汇合，准备向梧州用兵。"

"这是陆荣廷的离间计，岂能瞒得了我？休要胡说，你再去认真打探消息，速回报告！"

"是！"

那打探消息的人见白崇禧说得如此确切，岂敢怠慢，急急地又赶回玉林那边侦察情况去了。

"健生，我们还是要准备一下，常言道：'不怕一万，就怕万一。'玉林离此只有几百里，而且伍廷飏、吕竞存一去又无消息……"黄绍竑停下步子，两眼定定地望着窗外。他的司令部正好面对西江，江风阵阵，江上舟楫如林，却只不见水娇那篷顶有条木龙的小艇。

"总指挥，"白崇禧瞟了一眼黄绍竑，说道，"我担心的不是西面的李德邻，而是东面的刘震寰啊！"

"你是说，在广州的桂军总司令刘震寰要打回来？"

黄绍竑立即回过身来，仿佛有人从他身后突然刺来一刀似的。除了玉林的李宗仁外，对于已在广州站住了脚的桂军总司令刘震寰，也一直是黄绍竑的一块心病。黄绍竑担心的倒不是从南宁撤退时的旧账，而是在打下梧州之后他独树一帜，自封广西讨贼军总指挥，对于陈雄从广州带回的那纸大元帅府任命他为刘震寰部第五师师长的委任状毫不理会，此事在广州自然引起了很大的震动。而自沈鸿英叛乱被平息之后，刘震寰在广州大元帅府的地位已上升到举足轻重的程度。刘部虽驻广东，但都是广西子弟，对于广西的前途，刘震寰是抱有野心的。对此，黄绍竑一直放心不下，现经白崇禧这么一说，更觉得问题的严重。

"我们很可能先和刘震寰的部队交锋！"白崇禧冷静地说道。

"要严加防范，刘震寰不是个好东西，他很可能趁我们立足梧州未稳，进行偷袭，抢占梧州这一战略要地！"黄绍竑也肯定地说道。

"孙子云：'备前则后寡，备后则前寡，备左则右寡，备右则左寡，无所不备，则无所不寡。'我们区区几千人，岂能分兵把口，两面作战？"白崇禧说道。

"眼下，玉林这边已闻动静，消息虽不太确切，但不得不备。广东刘震寰这边，有杰夫在广东，有个风吹草动，他一定会及时报告的。"黄绍竑道。

"不，"白崇禧把手一摆，"有李德邻在，玉林那边断无问题。我看，杰夫有可能最近回来。"

"刘震寰会来得这么快？"黄绍竑停下了步子，那双冷峻的眼睛有些惊异地望着白崇禧。

白崇禧点头道："刘震寰回桂，现在倒是最好时机。广东方面，孙中山大元帅已北上韶关督师，广州政府由胡汉民代行代拆，刘震寰有空子可钻。眼下八桂无主，广西各派势力纷争不已，刘震寰在广东已养成势力，现在不图桂，更待何时？"

正说着，门外一声："报告！"两个人急匆匆地撞进来，黄绍竑和白崇禧一看，心里不由一沉，来的不是别人，正是伍廷飏和吕竞存的两名随从，他们衣冠不整，面色惊惶，一进门不待黄、白启问，便风急火燎地报告道：

"伍团长、吕副官长，被……被他们……活埋了！"

"你们说什么？"白崇禧奔向前去，不由分说一把揪住那两个随员的胸襟，厉声问道。

"伍团长、吕副官长两人已被李宗仁的第一团团长李石愚拿去活埋了！"一个口齿清楚些的随员，硬着头皮一口气又重复说了一遍。

"谎报军情，我砍你的头！"白崇禧狠狠一推，把那两个随员推得趔趄，差点倒地。

"报告参谋长，我们不敢谎报军情，方才所报，俱是亲眼所见，伍团长和吕副官长被推下所挖的坑内，已被土埋到半身，李石愚才放我们回来，他还说……"

"他说什么？"白崇禧喝问道。

"他说……"那两个随员看了黄绍竑一眼，面面相觑，"小人不敢说，他们辱骂总指挥……"

"说！"黄绍竑大喝一声。

"李石愚说，黄总指挥……喜欢活埋敌手，他要……即以其人之道，还治其人之身，扬言要打到梧州来，把……把你也给……活埋了！"两个随员战战兢兢地说完，见黄绍竑脸色铁青，腮上的胡子一动一动的，两只眼睛更是冷得如闪射寒光的利剑，他们吓得满头大汗，心中不由想道：这下活不成了。不约而同地把眼睛一闭。

"哈哈哈……"

没想到黄绍竑竟放声大笑起来，用手捋着胡须，过来拍着白崇禧的肩膀：

"健生，你这'小诸葛亮'，哈哈哈……今番倒变成了周瑜啦，哈哈哈……周郎妙计安天下，赔了夫人又折兵……哈哈哈……"

白崇禧被黄绍竑说得脸上一阵红，一阵白，又气又恨。

"凌副官，给我拿烟枪来！"黄绍竑大声吼叫着，命令副官去拿烟枪，他的烟瘾大发，再也抑制不住了。

"慢！"白崇禧很快便恢复了镇静，两只清秀的眼睛透着一种凛不可犯的神气，他紧盯着黄绍竑，说道，"季宽，你要是还信得过我的话，请让我亲到玉林走一趟。"

"说吧，带多少部队去？"黄绍竑果断地问道。

"一人一骑，五天为期，到了第四天还不见我回来，你尽管采取任何行动。"白崇禧平平静静地说道。

"好吧！我就等你五天！"黄绍竑冷冷地说道。

"备马！"白崇禧伸头向窗户外边喊了一声，便急急忙忙往外走。他是很重视衣着仪表的，每次出门，总要换上套高级料子西装，把头发抹上发油，梳得光滑油亮，打扮得风度翩翩，黄绍竑和陈雄常用白话喊他"靓仔"。可这次，他心急如火，哪还顾得上精心打扮，提上那条皮制马鞭，奔到司令部外边的院子里，马夫已把他的马牵过来了。

"健生，这么急急忙忙地去哪里？"

白崇禧刚跨上马背，便见陈雄提着只小黑皮箱回来了，他忙跳下马来，把马缰扔给马夫，过去一把拉住陈雄的手，急忙低声问道：

"刘震寰的部队开拔了吗？"

"啊！你都知道了？"陈雄大吃一惊。

"我掐指一算，就知道你要带回这个情报，走吧，季宽在司令部里。"白崇禧和陈雄走到司令部里，黄绍竑见他们两个突然回来，不觉心里一紧，暗暗说道："白健生这家伙算得真准，看来刘震寰是要动手了！"但只是抬头看了陈雄一眼，会意地点了点头，似乎知道他此时会回来。

陈雄把皮箱往桌上一放，脱下黑呢礼帽，眼巴巴地望着黄绍竑道：

"我一夜没睡，疲乏得不得了，总指挥，赏口烟过过瘾吧！"

"司令部里不准抽大烟！"黄绍竑冷冷地用命令的口气说道。白崇禧忙给陈雄沏了杯浓茶，放到茶几上。陈雄接过茶杯，呷了口茶，没头没脑地说道：

"要打仗啦！"

"杰夫，不要急，先喝茶，慢慢说吧！"白崇禧在陈雄旁边坐下，一边说一边用眼睛欣赏着陈雄身上的呢子外套。

"陈大麻子这回要和我们拼命啦！"陈雄把茶杯重重地放在茶几上，还是没头没脑地说道。他由于日夜兼程赶回梧州，劳累过度，加上心情又十分紧张，竟一时不知从何而说起。黄绍竑焦躁地在踱步，见陈雄说不出个原委，急得大骂起来：

"杰夫，不抽大烟你连话都不会说了！"

白崇禧见状，笑道："杰夫，你太累了，先喘息一下，让我帮你说吧。"

"你不在广州，不知道陈大麻子的事！"陈雄摇头道。

"陈大麻子不就是驻粤桂军第七军军长刘玉山部下的师长陈天泰嘛。"白崇禧笑道，"刘玉山资格老，与刘震寰有矛盾，刘玉山的部队虽也是广西人，但直属大元帅府，其番号是中央直辖第七军，与刘震寰不是一个系统。"

"对。"陈雄道，"陈大麻子在桂军中是员悍将，跟孙中山大元帅东征出过力，他说打仗和耍把戏差不多……"

"杰夫，你先听我说吧。"白崇禧打断陈雄的话，侃侃而谈，"刘震寰想打回广西，但眼下师出无名。他见刘玉山在军中不甚管事，便怂恿陈天泰率兵偷袭梧州，想抢占广西东面的门户，控制广西的经济命脉，然后以优势兵力步步进逼，挤走各派势力，进而独霸广西。"白崇禧思路清晰，把一件颇为复杂的事情，一下子便提纲挈领地说了下去："陈天泰来攻梧州，必然打着出兵南路，对付广州大元帅府的敌人——盘踞南路的邓本殷、申葆藩部作幌子……"

"对，刘震寰找胡汉民给陈大麻子要了个南路招讨使的名义，命他向南路用兵打邓本殷和申葆藩。"陈雄忙说道。

"明修栈道，暗度陈仓！陈大麻子必然兵出都城，暗图梧州。但他那一师人马兵力不足，刘震寰定然暗中调兵相助。"白崇禧肯定地说道。

"我在广州得到消息，刘震寰暗中拨给陈大麻子三千人马。"陈雄忙道。

"刘震寰用的是借刀杀人之计，他也知道图桂不易，如果战败，他不但回不了广西，而且在广东也立足不住，故而让表面上与自己没有关系的陈天泰出兵攻桂。胜时，他便可以由幕后走到前台亲自指挥，想一举而下广西，囊括八桂；败时，便可把责任推在陈天泰和刘玉山身上。"白崇禧继续分析道。

"健生，你这'小诸葛'，简直钻到刘震寰心里去了，把他的心理探得明明白白的啦！"陈雄抚掌击节，赞叹道。

"陈大麻子一师人马，有三千余人，再加上刘震寰借给他三千，总共有六千之众，兵力比我们雄厚，且陈大麻子在桂军中素以善战著称，他所率之兵又是广西子弟，久戍客省，归心似箭，此战将是你死我活之战，我们取胜不易呀！"白崇禧说完望着黄绍竑，请他拿主意。

形势的确严重！黄绍竑听白崇禧说得如此透彻，他立足梧州未稳，兵力有限，既面临陆荣廷和李宗仁的压力，又受刘震寰和陈天泰的威胁，此一战关系到他的生命和前途。黄绍竑立即有了应对之策：

"健生，你马上通知部队，准备船只。如果李宗仁和陈天泰出兵同时攻我，我将放弃梧州，令部队乘船隐蔽溯江西上，养精蓄锐，让他们为争夺梧州这块地盘而拼命，待他们杀得精疲力竭时，我突然顺流东下，以雷霆之势收拾梧州残局！"

"妙！"陈雄立即称赞道。

白崇禧却沉思不语，为免腹背受敌，被动作战，黄绍竑欲放弃梧州之决策，无疑是正确的，但是，最好不要面临这样的局面。玉林方面的消息，白崇禧总有些怀疑，印象之中，李宗仁是位有头脑有抱负的将领。黄绍竑之所以总是提防李宗仁，那是因为他做贼心虚，勾走了李部的俞作柏和伍廷飏，李宗仁虽然怀恨在心，为了维护玉林局面和将来的发展，以李之胸怀是能够容忍的。时局多变，无论是李宗仁还是黄绍竑羽毛都未丰满，在广西还没有什么号召力，眼下两军只有联合作战，才有可能迭克强敌，图存发展。想到这里，他说道：

"总指挥的决策非常正确，我敬佩、拥护。但对玉林李德邻的判断，似乎尚嫌过早了一点。"

"早什么，难道要等他们把我也埋了才算不晚？"黄绍竑气冲冲地说道。

黄绍竑的话像一把剑，刺得白崇禧心里很不舒服，好一会，他才说道：

"以我之见，伍廷飏、吕竞存两人未必已死，因为他们的随从只见到黄土埋到半身。李石愚的团部距李宗仁的司令部仅十数里地，快马一鞭，疾驰而达，伍廷飏、吕竞存都曾是李石愚团的营、连长，同乡好友定然不少，或许有人会暗中驰告李宗仁出面来救。如果伍、吕两人真被李石愚坑害，李宗仁定会亲自前来，负荆请罪！"

黄绍竑听白崇禧如此说，心中甚为不悦，心想，你白健生与李德邻是桂林同乡，说话也处处向着他，但黄绍竑嘴上却不好责备白崇禧，只想以此羞辱他一番，便说道：

"好吧，我们就以此事来下一注，杰夫你做个公证人，如果健生的话兑现，我输他一件宝贝。"

黄绍竑说着，便返身进室内，从保险柜里取出一件闪闪发光的东西来，对白崇禧和陈雄道：

"这只祖母绿的戒指，是我在百色时所得，与我那支已沉入西江的烟枪一样，都是名贵之物。此物，夜里看时，满目生辉，灼灼照人。"

陈雄接过戒指一看，那颗嵌在灿灿黄金之上的像猫眼一般发光的宝石，耀人眼睛，他啧啧叹道：

"总指挥，我和你相处多年，还不知你有这等宝贝哩，健生，这下该看你的手气如何了？"

白崇禧淡淡一笑，说道："总指挥的宝物，理应戴在水娇手上。如果我说的话兑现，你们只说一句'白健生不说瞎话'我便满足了，别无他望！"

正说着，副官来报："伍廷飏团长、吕竞存副官长回来了，同来的还有李宗仁部的秘书长黄钟岳、参谋张任民。"

"啊！"

黄绍竑、白崇禧、陈雄都不约而同地振奋了起来，黄绍竑一步奔到白崇禧面前，在他肩膀上狠狠擂了一拳，兴奋地喊道：

"他妈的，你这个'小诸葛'，真是名不虚传！"

白崇禧也由衷地笑了，心中一块石头终于落了地……

都城是梧州下游九十余里的一个大镇，面临西江，水陆交通都很便利，是由粤西北入桂的孔道。两年前，孙中山命令陈炯明率粤军入桂讨伐陆荣廷，都城曾是粤军攻梧州的主力集结地点。这里城镇古朴，青砖青瓦的房舍，一字儿沿江耸立，高大的房屋顶上，飞檐斗拱，瓦顶呈阶梯形。长条麻石砌就的码头，鹅卵石铺的花阶路，弯弯拐拐从河边伸入镇里。河边，有几株百年古榕，榕树下，系着几只小舟，平日里常有人坐在树下垂钓。十多年来，这里战乱频仍，昔日繁盛的商业，经过兵灾匪患，战火洗劫，已显凋零。数天前，桂军陈天泰部突然开进都城，镇上百姓，更加恐慌。桂军在粤素不得人心，今番进驻都城，立即戒严封锁江面，向商会市民征集给养。敏感的商民预感到战乱又将降临，跑又跑不掉，躲又无处躲，都惊慌失措提心吊胆地过日子。

都城东面有座堂皇的大祠堂，现在，充作桂军师长陈天泰的司令部。祠堂周围全是荷枪实弹的士兵，祠堂前是一个颇为宽敞的大院子，中央正对大门处，五六个卫弁模样的士兵，正在挥锹挖土。

祠堂正中的大屋里，坐着二十几个营长以上的军官，师长陈天泰正在主持召开军事会议。陈天泰长得满脸大麻子，他那麻子和常人大不一样，一般人脸上长麻子都是圆圆点点的，陈天泰脸上的麻子却像大苦瓜一样，东一拉西一拉的，疤痕又深又长，又黑又粗。加上他那粗黑的野蚕眉，铜铃似的大眼珠，塌鼻梁，大嘴巴，矮矬矬的身材，令人一见，便畏惧三分，疑是从庙中跑出的金刚。陈天泰虽然长得丑陋，但作战勇猛。孙中山率滇、桂军东征陈炯明时，他受刘震寰节制，在惠州城下和广州城郊梅花村与陈军悍将杨坤如打了几次硬仗，曾得到孙中山的褒奖。此次受刘震寰指使，率军暗图梧州，刘震寰许他前敌总指挥之职。对于黄绍竑和白崇禧，陈天泰根本不放在眼里，打下梧州，横扫广西，志在必得。他本是绿林出身，虽已投效广州大元帅府，但绿林之习气未扫除，在军事会议上，他赤着双脚，蹲在一张垂直靠背的紫檀雕花椅上，手持一支长竹烟杆，一边抽烟，一边说话：

"黄绍竑和白崇禧那点兵，点火不够我抽袋烟！"陈天泰用烟斗敲着会议桌，口中唾沫乱飞，"打下梧州，就和吃饭一样容易，得了梧州，就卡住了广西的咽喉，什么时候想要广西，就什么时候要！"

"报告师长，黄绍竑、白崇禧联名来电。"一个参谋拿着封急电进来报告。

"念——"陈天泰用烟斗了敲会议桌，拖着声调，命那参谋念电报。因陈天泰不识字，公文函电，全靠参谋、秘书念给他听。

"陈师长鉴：闻贵部欲出南路，剿抚邓、申叛军，然都城非进入南路之地点，为避免误会，乞望率所部由恩平、开平经阳江、阳春路线行进……"

"给他们回电！"陈天泰喷出口浓烟，命令参谋道。

参谋即掏出笔准备记录，陈天泰又用烟斗敲了敲会议桌，骄狂地说道：

"我部奉帅府命令行动，你等休得多管闲事，老子生了两条腿，走南闯北谁敢管！"

参谋照实录下电文，然后拍发电报去了。这时卫队长进来报告：

"报告师长，坑已挖好！"

"起立！"陈天泰一声口令，那些前来参加军事会议的官佐们，"刷"的一声站了起来。

陈天泰不慌不忙地穿上军靴，又一声口令："跟我来！"那些军官莫名其妙地跟在他的身后，鱼贯而行，步出了会议大堂。

陈天泰率领与会官佐，来到大院中央那个新挖的土坑前，用烟杆指着足有一人深的大土坑，对军官们说道：

"你们晓得我为什么要挖这个大土坑吗？"

军官们看了半天，这个大土坑，挖得方方正正既不像掩体工事，又不像防御堑壕，都摇头表示不知道。陈天泰伸出三个手指，对军官们说道：

"这个土坑有三种用途：一是为黄绍竑准备的，他喜欢活埋敌手，我要他尝尝被活埋的味道；二是为那些贪生怕死、作战不力、临阵退却的军官准备的；三是为我自己准备的，如果我打不过黄绍竑、白崇禧，你们就把我埋在这坑里！"

陈天泰说这番话时，目透凶光，面露杀机，他那脸上坑坑洼洼的大麻子，好像是无数个埋人的土坑。军官们吓得胆战心惊，既不敢低头看前面的土坑，也不敢抬头看他那一脸恐怖的麻子。

"今晚天黑进军，奔袭九十里，天亮之前打进梧州，中午在五显码头的紫洞艇上开庆功宴会！"

陈天泰望着军官们，一挥手里的竹烟杆：

"回去准备吧！"

军官们走出大院，各自回部队去了。陈天泰也回到祠堂后边的一间陈设讲究的房子里，卫弁立即给他送上来一只清炖好的大肥全鸡，一坛纯香好酒。陈天泰饮食也是与众不同，每餐必得一只清炖大肥全鸡，桌旁一坛陈年纯香好酒。一名卫弁用一只特制酒勺为他碗里斟酒，他一边撕扯鸡肉送到自己那宽大的嘴里，一边饮酒，其他饮食皆不需用。陈天泰刚刚扯下一条大鸡腿，啃了一口，右手正拿碗要喝酒，只听得"轰隆轰隆"几声炮响，他一下愣住了，正不知何处打炮，但听响声，似乎炮弹正在镇上爆炸。

"报告师长，江面上突然发现五艘粤军军舰，向我镇上驻军发炮猛击！"

"操他娘的！集中炮火还击，把他们敲烂！"陈天泰气得脸上的麻子鼓鼓的。

"是！"

那参谋刚退出去，门外又一军官急匆匆地进来报告：

"报告师长，北面发现一支打着'广西讨贼军黄'旗帜的军队，正急速向我冲来，我团已开火阻击！"

陈天泰见前来报告的是他的第一团团长，他没想到黄绍竑竟会来得如此神速，主动向他出击。他把手中盛满酒的碗狠狠地往地下一砸，"咚"的一声猛地站了起来，大叫一声：

"黄绍竑，老子那个坑总算没白挖，你今天上门送死，好呀！来人！"

随着他一声大叫，十几个贴身卫弁立即奔到跟前，陈天泰一声令下：

"集合卫队营，活捉黄绍竑！"

他亲自挎上一支手提机关枪，大步流星地奔出祠堂。大院里，他的三百人精锐卫队，全部挎着一色崭新的石井兵工厂出的手提机关枪，已经集合完毕。陈天泰也不训话，手里提着枪，独自走在前头，卫队紧随身后，出门后便是一阵疾风闪电般的奔跑。冲出都城北门，只见一支人马呈战斗队形向这边进击，在北门布防的陈师一团，士兵们趴在田埂土坎之下作临时掩体，用步、机枪向敌人射击。但敌军来势凶猛，步、机枪火力竟不能阻挡他们的进攻。陈天泰看了一眼，知道是来者不善，善者不来。忙命步、机枪停止射击，让敌人迅速接近。他率卫队趴在地下隐蔽着。

来者果真是黄绍竑的讨贼军，先头部队是夏威的第三团。原来，黄绍竑得知陈天泰暗图梧州的举动后，正在着急时，团长伍廷飏和副官长吕竞存偕李宗仁部秘书长黄钟岳、参谋张任民前来，黄绍竑、白崇禧见已解除后顾之忧，便全力策划消灭陈天泰。因陈天泰所部兵力较黄绍竑的讨贼军雄厚，白崇禧嘱黄钟岳和张任民速回玉林，请李宗仁向南宁方面陆荣廷做戒备，并派出一支生力军前来相助。黄、张回到玉林的第二天，李宗仁便派钟祖培率所部前来梧州听候黄、白调遣参战。白崇禧令钟祖培开赴戎圩作总预备队。同时请黄绍竑给李济深发电报告急，恳请李济深向广州大元帅府发电要求陈天泰经由开平、恩平经两阳进入南路，从都城撤兵，同时派出军舰封锁都城江面，炮击城内陈天泰军。另派一支部队由德庆渡过西江南岸，西向都城的侧面进攻。黄绍竑则亲率俞作柏的第一团、夏威的第三团为右翼，白崇禧指挥黄超武的第四团及游击司令蔡振云所部为左翼，向都城进攻。

给李济深的告急电报发出不久，便接到回电，告知陈天泰一意孤行，不听劝阻。李济深已派海军江固舰舰长张德思指挥舰只由江面炮击都城，并截断陈天泰军的水面增援和交通，已另派黄琪翔、蔡廷锴两部由德庆渡江，攻其侧后。黄、白接电，心里更为踏实，于是分率左、右两翼部队，分头向都城分进合击，决心消灭陈天泰。

再说夏威的第三团为右翼前锋，在黄绍竑的督促下，进军急速，比白崇禧的左翼提前到达都城北门。黄绍竑本是个性急又喜冒险之人，他见左翼白崇禧尚未到达，而江面军舰已向都城炮击，遂不再等白崇禧及黄琪翔、蔡廷锴等部到达，令夏威率先头部队猛攻都城北门。夏威团马不停蹄，一气攻到城外，遇到守军的步、机枪阻击，略有伤亡，但攻势并未受阻。

打了一阵，守军突然停止了射击，夏威以为敌人经不起冲击，往后撤进城去了，遂下令冲锋攻城。士兵们呐喊着，端枪冲锋，尚未到达城下，突然一阵暴风雨般的火力迎面袭来，夏威团的士兵倒下一大片，后面的还没看清是怎么一回事，只听得杀声骤起，有如山崩地震，仿佛从地底下突然冒出无数敌军，端着手提式机枪，猛兽一般扑过来。夏威团经不住陈天泰卫队营的勇猛反冲击，伤亡惨重，纷纷溃退，任凭团长夏威怎么喝止也阻挡不住。前锋部队一退便是三里多路。陈天泰虽身为师长，但每战必亲麾兵士，向敌人猛冲猛打，每每使敌方阵线动摇乃至崩溃。他见敌军前锋溃败，料想后队必至，便一鼓作气，率卫队营追击，并令后续部队迅速接应。

夏威团溃退了三里多路，正遇着黄绍竑带着俞作柏团上来，黄绍竑见前锋溃败，怒不可遏，严令夏威将追敌击退。无奈陈天泰勇猛异常，夏威无法招架，俞作柏立即将所部投入战斗，但仍不能阻遏陈天泰的攻势。黄绍竑眼看他的右翼全线动摇，支持不住了，而白崇禧左翼仍不见动静，黄绍竑又急又气破口大骂起来：

"他妈的，这'小诸葛'死到哪里去了！"

黄绍竑骂了一阵，还是没有见到白崇禧的动静，他见事态危急，如果右翼溃败，白崇禧左翼便将无法立足，黄琪翔、蔡廷锴也将不能配合左右两翼作战。如果此战失利，他就不得不让出梧州，假如不想再过由南宁到灵山那种流寇式的生活，那就只得仍到玉林去依附李宗仁。想到这里，黄绍竑把心一横，这时不拼，更待何时？他立即传令，檄调李宗仁派来配合作战的钟祖培部迅速投入右翼，又命人通知左翼白崇禧猛扑都城。为了暂时稳住战线不致崩溃，黄绍竑决定亲率自己身边一百余人的精锐卫队，投入反击。那些卫士全是一色驳壳枪装备，平日训练有素。黄绍竑拔枪在手，大叫一声："上！"卫士们见总指挥亲率卫队拼杀，知道仗已打到最后时刻了，遂勇猛出击，举着驳壳枪冲入敌阵。

两军短兵相接，只听得短兵器不断近距离扫射和中弹者倒下的惨叫声。黄绍竑在几十名贴身卫士的护卫下，手握驳壳枪在敌群中冲杀。陈天泰眼尖，看见一个满腮胡须的人，在十几个人的簇拥下，在阵中来往指挥冲杀，料想此人必是敌军主将黄绍竑，便大呼一声：

"抓住那个大胡子，赏银五千块！"

陈天泰亲率他的卫队，向黄绍竑扑过来，手提机枪乱射，黄绍竑的贴身卫士一下子便被打死五六个。黄绍竑此时也看见了满脸大麻子的陈天泰，也忙大叫一声：

"抓住那个大麻子，赏银八千块！"

双方的部队纷纷向主将靠拢，队形密集，大家使用的又多是速射的短兵器。因而战况空前惨烈，两军死伤甚众。但黄绍竑终究经不住陈天泰的强攻悍杀，眼看抵挡不住了。恰在这时，只听得都城西、南面号声、枪炮声骤起，陈天泰的一名参谋骑马驰入阵中，急报都城被敌包围，攻城甚急，守城军快要抵挡不住了。陈天泰闻报大惊，急令正在厮杀的部队火速撤入都城固守待援。黄绍竑听得都城方向枪炮声急促，陈天泰又急忙退兵，料知必是白崇禧和黄琪翔、蔡廷锴率军攻城，便命令部队掩杀过去。陈天泰也不愧是位悍将，亲自率卫队掩护，且战且走，退入城中。黄绍竑追到城下，趁势立即指挥部队攻城。此时江面的军舰正用密集的舰炮向城中轰击，协助黄、白部队攻城。

且说陈天泰狼狈退入城中，率卫队直奔回大祠堂他的司令部，喘息未定，参谋便来报告：

"敌军已攻入城中，穿插分割包围，一、二、三团团长已率部投降！"

正说着，大祠堂院墙外枪声大起，喊声震天：

"活捉陈大麻子，赏银八千块！"

"打死陈大麻子，赏银五千块！"

陈天泰的卫士，一部分登墙抵御，大部分散布在祠堂内外警卫，那些刚登墙的便被击死摔倒下来。那参谋见事态危急，已无可为，便请示道：

"师长，怎么办？"

陈天泰也不言语，只是点燃烟斗里的烟丝，"咝咝咝"地使劲吸着，随即吩咐一名卫弁，给他找出一套干净衣服。陈天泰换上衣服，手持烟杆，命卫兵搬张太师椅，从容地走到祠堂中那个新挖好的土坑前，命卫弁把太师椅在坑中安放好。他一下跳到坑中，端坐在太师椅上，神态悠然地抽着烟，喝令卫弁：

"填土！"

卫弁们恍然大悟：山穷水尽，师长要自尽了。但谁也不敢往下填土。陈天泰从身上掏出他那支护身的白朗宁手枪，"叭"的一声将一名卫弁击毙，大喝道：

"再不填土，以此为例！"

卫弁们吓得战战兢兢，忙操起铁锹，哆哆嗦嗦地铲土往下填。陈天泰神态自若，仍在"咝咝"地吸着烟斗中的烟。院外枪声大作，炮声隆隆，有几发炮弹落在祠堂的瓦顶爆炸，炸得瓦片横飞，木石俱下。陈天泰忙喝道：

"快填土！"

正当黄土填到陈天泰半腰的时候，只听得轰隆一声巨响，院墙被炸药轰破两丈多宽，讨贼军呐喊着冲了进来，大叫："活捉陈大麻子！"可谁也不曾料到，此时陈天泰正坐在土坑之中，由他的卫弁对其进行活埋。

攻祠堂司令部的正是黄绍竑所率右翼部队。黄绍竑为了活捉陈天泰，祠堂围墙破时，他也随士兵冲进了祠堂，一眼见到几名敌兵正往一个土坑里填土，以为敌人正在埋藏钱财或武器，忙跑上前一看，只见坑中一个满脸大麻子的人已被黄土埋了一半了。黄绍竑断定此人必是陈天泰，忙喝道：

"住手！"

陈天泰朝土上敲了敲烟斗，抬头见一个大胡子正站在坑上，料想来者必是他的敌手黄绍竑，便以绿林好汉的口气说道：

"黄绍竑，这个坑本来是我挖给你用的，现在，我自己用上了，你不用操心啦！"

黄绍竑一愣，没想到陈大麻子来这一手，心里对这个视死如归的大麻子顿生怜悯之情。他爱陈天泰的勇猛不怕死，很想劝他投降，忙令人从坑中把土铲出来。陈天泰见卫弁们从里往外铲土，挥起烟杆便乱打，黄绍竑喝道：

"把他拉出来！"卫弁们七手八脚，好不容易才将陈天泰从坑中拉出来，陈天泰却气势汹汹地嚷道：

"黄绍竑，你要是条好汉，就把我埋了！"

"我不埋你！"黄绍竑冷冷地说道。

"那就杀头吧！"陈天泰把脖子伸了过来。

"我不杀你！"黄绍竑摇摇头。

"你要拿我怎的？"陈天泰无所谓地问道。

"我要放你！"黄绍竑还是冷冷地说道。

"你放得过我，我放不过你！"陈天泰硬铮铮地说道。

黄绍竑见陈天泰不可能为己所用，但话已出口，且留陈天泰一条命，对广州大元帅府胡汉民处也好转圜，他也不计较陈天泰的态度，便命令部下：

"将陈师长礼送出境！"

陈天泰用手拍打几下衣服上的碎土，扭头便走，只抛过来一句折不弯的话：

"黄绍竑你听着，我陈大麻子此仇必报！"

"欢迎陈师长整军经武，再来较量！"黄绍竑冷笑一声，客客气气地说道。

陈天泰走了大约半个小时，白崇禧急匆匆地跑来见黄绍竑，说道：

"不能放走陈天泰！"

"他已上船，顺风顺水，怕已走了十几里啦！"黄绍竑轻松地说道。

"啊！"白崇禧顿足，叹道，"放虎归山，终被其害！"

"哈哈哈……"黄绍竑放声大笑，"放一只麻脸老虎又算什么！"

第十九回

一唱一和　黄绍竑演出双簧戏
枪杀陆炎　白崇禧暗拔眼中钉

黄绍竑消灭陈天泰后，仍将部队撤回梧州驻防。都城之战，黄绍竑大获全胜，回梧州后，便休整队伍，他因戒烟已成功，决定到水娇的小艇上休憩几日，军中之事，皆交白崇禧处理。这一日，白崇禧忽到艇上来找黄绍竑，水娇见了，忙沏上一杯香茶，摆上几样点心，招待白崇禧。

"总指挥，有一件事需要请你核准。"白崇禧喝了茶，对黄绍竑说道。

由于已戒掉了大烟，又休息了几日，黄绍竑气色已有好转，脸色渐显红润，只有那一腮黑森森的大胡子，仍是那么长势旺盛。他见白崇禧说话有些转弯抹角的，一反平常那精明干练的作风，便有些不耐烦地说道：

"健生，我不是说过了嘛，这些日子，军中一应大小事务，皆由你处置，我想清清静静地休息几日。"

白崇禧摇摇头，说道："这事，非总指挥决定不可！"

"什么事，你说吧！"黄绍竑最受不得急，忙催白崇禧快快说来。

白崇禧又呷了一口茶，用那双机警的眼睛看了黄绍竑一眼，这才切入正题：

"都城之战，生俘敌兵两千四百人，缴获各种枪支一千八百余支，总指挥准备如何处理？"

黄绍竑笑道："我当是什么了不起的大事，这事，你参谋长处理不就行了嘛，还来问我？"

白崇禧沉思了一下，这才说道："这次都城之战，陈天泰一开始便使用他精锐的卫队营向我猛扑，煦苍和健侯几不支，最后还是总指挥亲率卫队才稳住了战线，这说明，一支精锐的卫队，在战争的关键时刻，是何等的重要！"

"嗯，"黄绍竑点头道，"你是说准备扩编卫队？"

"是的，总指挥。"白崇禧见黄绍竑一下子便看出了他的打算，心中不免有些打愣，他又呷了一口茶，十分谨慎地说道，"俘虏的这两千多官兵，是不是分发到各团去？"

"好。"黄绍竑又点了一下头，接着说道，"再由各团抽调若干精壮士兵，组成一个精锐的警卫团，将所缴获的枪支挑选好的装备他们。"

"总指挥早已有此打算了？"白崇禧内心一震，表面上却装得对黄绍竑表示钦佩，因为黄绍竑说的，正是白崇禧所想的。

"不，不，"黄绍竑那双冷冷的眼睛盯了白崇禧一眼，淡淡一笑，"我是从你的话中得到了启发啊！"

白崇禧头脑里对黄绍竑的这句话立即做了一番快速的考证，觉得这话似有所指，忙警觉地说道：

"那就听总指挥的安排啦！"

"成立总指挥部警卫团，团长由你兼任！"黄绍竑果断得使白崇禧连琢磨这句话都来不及。

"不，不，总指挥，我不能当警卫团团长！"

白崇禧被迫立即作出反应。

"当不当由你，反正警卫团我交给你了，你不当可以保荐别人来当。"黄绍竑仍是那么果断、毫无半点含糊之意。

"总指挥如此信赖我，真是感激之至，但我已说过，不当团长，总指挥既决定成立警卫团，我看吕焕炎可任团长。"白崇禧措辞谨慎地说道。

"好，吕焕炎也是保定军校毕业生，与我等有同窗之谊，无论学历、资历都堪当此任，再者，吕焕炎与你的私交不错，你指挥他也方便。"黄绍竑果断中显着坦率，具有总指挥的气概和风度。不过，为人机敏的白崇禧总感到黄绍竑的话中似有所指，但话已经说到这里，没有什么再好讲的了，白崇禧便起身告辞，黄绍竑一把拉住了他，笑道：

"别急，让水娇做几道菜，我们喝两杯，庆贺警卫团的成立！"

正说着，水娇笑盈盈地端出几样菜来，白崇禧看时，全是在广州见得着的名菜，特别是那个雄鸡图案的大拼盘，以白斩鸡为主料，再配上十几样佐料，拼成一只冠子火红的大公鸡，显得色彩鲜明，图案生动，白崇禧忙赞道：

"水娇真是好手艺，托总指挥的福，我也沾上光啦！"

水娇听到白崇禧的夸奖，忙笑道："唐人李贺诗有'一唱雄鸡天下白'。白参谋长，据我所知，你是最喜欢这道菜的，特别是过生日或是碰到什么喜事的时候，席上总得有这道菜。今天，我祝贺你组建警卫团成功，这道菜当然是少不了你的啦！"

白崇禧听水娇这么一说，心里猛地一阵发怵。原来，白崇禧少年时代便自命不凡，后来在保定军校毕业，步入军界，初露头角，便以"小诸葛"自居。这道雄鸡拼盘菜，是他几年前在马晓军部下当连长，驻扎梧州时，与同是连长的黄绍竑、夏威、陈雄等人上酒馆或到紫洞艇上吃花酒常点的菜。水娇与黄绍竑来往密切，也曾在她的小艇上设宴招待过黄绍竑、白崇禧、夏威、陈雄等人。有次白崇禧便以李贺这句诗作答。水娇是个聪明伶俐之人，当然看得出白崇禧的心思。因此，每次黄绍竑在她的艇上请客，只要座中有白崇禧，便总有这道雄鸡拼盘。白崇禧一向自命不凡，那时黄绍竑和他都是连长，说话无须忌讳。可是今天黄绍竑和白崇禧的地位都已发生了变化，黄成了主官，白却成了幕僚，成立警卫团的事情，白崇禧见黄绍竑如此果断爽快，心里隐隐感到黄的言语不同寻常，但又抓不到破绽。现在，听水娇这么一说，白崇禧"嘿嘿"笑了笑，说道：

"昔日酒后之言，何足道哉！"

他指着桌上那条烹制得金黄的红烧鲤鱼说道："水娇，这道菜才有意思哩！"

"这怎么讲？"水娇睁着那双大眼睛问。

"这叫'九月菊花满地黄'！"白崇禧笑着望望黄绍竑，又看看水娇，说道，"黄总指挥都城大捷，今日正可庆贺！"

原来，西江一带盛产红鲤鱼，当地有喜庆筵宴，制作红烧鲤鱼时，有不刮鱼鳞的习惯，烧鱼时做过一番特殊处理，连那鱼鳞吃起来也酥脆喷香。经白崇禧这么一说，黄绍竑和水娇看时，那盘中的红烧鲤鱼，鱼鳞黄灿灿的微微翘着，很像一簇金黄的菊花。水娇忙道："请问白参谋长，'九月菊花满地黄'这是何人所作的诗句？"

"嘿嘿……"白崇禧眨眨眼，笑道，"黄巢有咏菊诗：'待到秋来九月八，我花开后百花杀，冲天香阵透长安，满城尽带黄金甲。'我是戏改黄巢之诗，嘿嘿……"

"哈哈哈……"黄绍竑仰头一阵大笑，用手抚着黑须，眼里射着冷光，"我成了贼寇首领，你呢？健生，不也成了贼寇幕僚了么？哈哈……"

黄绍竑这么一说，白崇禧心里感到很不自在，勉强吃了点东西，便告辞离艇，回司令部去了。黄绍竑见白崇禧走了，便命水娇把艇摇到码头边上去，那儿有黄绍竑的一班卫士在日夜守候着，有事时，水娇便把艇摇到那里。

"请俞作柏、伍廷飏和夏威三位团长立即到艇上见我！"黄绍竑命令卫士队长。

白崇禧回到司令部，觉得心情怏怏。本来成立总部警卫团，是都城大捷后他心里萌生的念头，上次组建讨贼军总指挥部时，他曾想兼一个团长，以便培植自己的实力，可是硬让黄绍竑给勾掉了，后来黄绍竑虽允他以参谋长身份指挥全军，但毕竟这是黄绍竑的部队。他自百色离队后，在军中一点本钱也没有了。白崇禧自认才智过人，用兵如神，并不甘心做黄绍竑的参谋长，因此时常便想积攒点"私房"，一旦机会到来，便可独树一帜。这次生俘陈天泰二千余人，又缴了一千余支好枪，怎能不使他心动？但是鉴于上次的教训，他决定从都城之战双方卫队的作用为理由入手，建议黄绍竑成立一警卫团，以生俘的士兵补充各团，再由各团抽调精壮士兵，用这次缴获的一千余支好枪装备新成立的警卫团，这样，无论士兵素质还是武器装备，均是全军上乘。对于警卫团团长的人选问题，白崇禧考虑了很久，觉得如果他提出兼任团长的话，定会招致黄绍竑的疑忌，思之再三，他才认为保荐吕焕炎为团长比较稳妥，因吕焕炎也是保定军校毕业生，学历、资历均够担任此职，且吕焕炎与白私交不错，由白保荐吕升任团长，吕无论在感情上还是行动上，定会唯白之命是从。到时，再在团以下军官中安插上自己的一批亲信，白崇禧便可牢牢地控制住这个实力雄厚的警卫团了。

经过一番精密的思考，白崇禧认为组建警卫团的腹案已成熟，便去找黄绍竑请示核准。使白崇禧惊奇的是，黄绍竑竟如此痛快地批准了他的建议，并且提议由白担任团长职务。白崇禧回到司令部，左思右想，总觉得这事情有些不太踏实，特别是黄绍竑那双冷冷的眼睛，很像一对在暗夜中突然闪亮的探照灯一般，总使白崇禧感到有点胆寒。难道黄绍竑看出了他要积攒本钱独立起家的心事？他摇了摇头，因为这事尚未对黄绍竑以外的人说过，而且成立警卫团的原因一是都城之战双方使用卫队的启示，二是俘获了大批人枪，因此组团之议并非突然。再从团长人选上看，也无破绽可疑。对于黄绍竑其人，白崇禧欣赏他的处事果断和手腕，但机智却无法与白匹敌。因此，白崇禧自认黄绍竑是无法窥破这个秘密的。想了一番，白崇禧又从案头翻开《孙子》默默诵读："微乎微乎，至于无形，神乎神乎，至于无声，故能为敌之司命……"读到这里，白崇禧笑了，他为自己神出鬼没、无形无声的妙计而高兴。"黄绍竑算什么，要不是靠我运筹帷幄，他能取得梧州，又能消灭陈天泰？"白崇禧心里说着，脸上露出不平之色！他随手抓起在广州曾托专人制作的那把鹅毛扇，摇晃着，哼起京腔：

"我本是，卧龙岗，散淡的人……"

值班参谋听得白崇禧哼京腔，忙跑进来说道："参谋长，你唱的京味很浓，功夫很深呀！"

白崇禧最喜欢听人恭维，此时他的心情又极好，便笑道："随便哼哼，啊，你去通知俞作柏、伍廷飏、夏威三位团长到司令部来开会。"

"是。"那参谋打了个正立，去了。

不久，俞作柏、伍廷飏、夏威三位团长便陆续到了，坐下后，白崇禧说道：

"今天请诸位来开会，主要是研讨部队的建制问题。经总指挥核准，本军决定新成立一警卫团。士兵来源由诸位团里抽调，每团抽五百人，另以俘虏补充每团五百人，事实上各团实力不会受损，警卫团以新缴获的武器进行装备。请诸位勉力支持……"

白崇禧尚未说完，俞作柏便拍起桌子说道："我的部队打仗减员，你不给兵员和武器补充，还要来抽我的人，这是什么道理？"

伍廷飏也跟着说道："照以往的惯例，打完仗各部队都是均分俘获的人枪。这次打了大胜仗，各团都没一点好处，今后，谁还愿出力拼命呢？参谋长，枪还是分了的好。"

三个团长中，夏威和白崇禧私人关系最好，他俩不仅是保定军校的老同学，而且毕业后又同在一个部队里做事，据说，白崇禧的字"健生"还是夏威给改过来的呢。白崇禧在军校读书时，用的字是"剑生"，夏威认为当个军人，不能光凭武力横行天下，应该有个健全的头脑，因此便在白崇禧的一本书上，将"剑生"改为"健生"。白崇禧深然其说，从此改字"健生"。现在，白崇禧见组团计划遭俞作柏和伍廷飏的坚决反对，便希望夏威能支持他。

"煦苍，说说你的看法吧。"白崇禧虽然心里紧张，但表面上却十分镇静，他并不理会俞作柏和伍廷飏的那些反对意见，他估计夏威会支持他，只要夏威一发表支持意见，他便可据此对俞、伍的意见进行批驳。

"唉！"夏威还未讲话，便先叹了口气，弄得白崇禧真有点神不守舍了。

"参谋长，组建警卫团，看来是非常必要的，更何况又是得到过总指挥首肯了的呢。"夏威说话，慢条斯理的。

"但是，我有难处，对此真是爱莫能助呀！这次都城之战，我们部队打前锋，遭受损失最重，元气大伤，我全团官兵，无不盼望能尽快得到人员武器补充，以便恢复战力。要从我团抽五百人，我部队的架子都塌了啊！"夏威摇着头，说得声泪俱下，"请参谋长向总指挥美言几句吧，组建警卫团之事，能否从缓进行。下次，打个便宜的胜仗，我保证抽出五百人枪交总部使用。"

夏威说完，俞作柏只管眨巴着他那双诡谲的大眼睛，准备看白崇禧的笑话。伍廷飏立即说道：

"煦苍兄所说乃肺腑之言，参谋长，如果逼紧了，恐怕弟兄们……"

"不分，就会有枪响！"俞作柏大大咧咧地说道，"闹到总指挥那里，横直也要把俘获的人枪分了！"

由于三个团长都极力反对组建警卫团，白崇禧攒本钱的计划又一次破了产。他感到愤怒，感到失望，心里颓然，转而一想，又觉得这件事有些蹊跷：一开会，他便说明组建警卫团是总指挥黄绍竑批准的，为何三个团长竟敢置黄绍竑的命令而不顾，即使系一向自大高傲的俞作柏敢于反对，那么胆小怕事服从性向来很好的夏威为什么也敢公开抗拒命令呢？白崇禧想来想去，觉得这里头一定有鬼，说不定黄绍竑做了什么手脚，挑动三个团长来反对他。白崇禧越想越气，越想越恨，决定当即去找黄绍竑摊牌。

白崇禧怒气冲冲，直奔五显码头，此时已是黄昏，落日的余晖映得江面殷红，船来艇往，汽笛鸣叫，江面上十分热闹。花船、紫洞艇在码头一带游弋，吃花酒的、赌雀局的，出入艇上，那些打扮得花枝招展的妓女们，正用各种手段，招徕顾客……白崇禧在码头上下，看了又看，只是不见水娇的小艇。原来，水娇那小艇却是与众不同，她的艇虽小，但装饰得十分雅致，艇上的篷顶有一条木制的龙做船脊，那龙雕得非常生动，昂头摆尾，远远望去，烟波里仿佛有一条龙在游动一般。白崇禧看来看去，却只是不见那条龙，他这才想起，码头附近驻有黄绍竑一个班的卫士。他走到卫士们驻的临时搭起的一座棚子前，问那些卫士道：

"看见总指挥没有？"

"没看见。"一个卫士摇头道，"下午，我们给总指挥的艇上送过了食品，后来便不知去向了。"

找不着黄绍竑，白崇禧也无可奈何，他只得吩咐卫士道：

"见着总指挥时，告诉他在码头等我，我有要事相商。"

一连三天，都见不着黄绍竑的影子，白崇禧疑虑重重，怀疑黄绍竑是避而不见他。到了第四天，白崇禧正在司令部办公室里生闷气，黄绍竑的卫士跑来报告道：

"参谋长，总指挥回来了，现在码头等你。"

白崇禧听说黄绍竑回来了，忙随那卫士走到码头边，果见一只篷顶有龙的小艇泊在那里。白崇禧走下石阶，水娇便笑盈盈地架起一张跳板，把白崇禧接到了她的艇上。

"总指挥，这几天你们跑到哪里去了？"白崇禧上得艇来，颇不快地问道。

黄绍竑正在看一本什么书，见白崇禧上艇来，忙放下书，说道：

"我们驾艇云游去了，探奇揽胜，乐在其中！"黄绍竑舒展了一下身子，见白崇禧面带愠色，忙问道："这几天军中有事吗？"

水娇照例给白崇禧沏上杯香茶，摆上几包点心，然后便到船头修补她的渔网去了。昨天，她和黄绍竑正在驾艇漫游时，忽见一群黄灿灿的金色鲤鱼，她说用飞叉捕两条，黄绍竑却执意要用网捕，他拿起渔网便甩将过去，然后用力一拉，不但没捕着一条鱼，渔网还被江下的礁石给划破了几处。

"总指挥，我不想再干下去了，今天特地来向你辞职，请另委高明之人做你的参谋长吧！"

"出了什么事啦？"黄绍竑瞪大眼睛问道。

"总指挥难道真的会不知道吗？"白崇禧反问道。

"健生，你怎么总喜欢打迂回战？有事痛快点说不行吗？"黄绍竑不耐烦地说道。

在黄绍竑的一再催促下，白崇禧才把三个团长反对，组建警卫团工作受阻的情况说了。

"嗯，这事不好办呀！"

黄绍竑用手捋着胡须，默然良久才说道。其实，内幕他比谁都清楚。当白崇禧一提到如何处理都城之战俘获的人枪时，他便知道白崇禧有所打算了。鉴于上次他勾掉了白崇禧兼一个团长的打算，如果这次再硬阻止，白崇禧是会跳将起来，甚至卷起包袱走掉。现在，黄绍竑无论如何是离不开白崇禧的，白的才智，军中无人可比，黄绍竑要打江山，离了白崇禧当然不行。但是，白崇禧的才干又每每使黄绍竑疑忌。白虽以"小诸葛"自居，但白绝不会像诸葛亮对刘备那样忠心耿耿，鞠躬尽瘁、死而后已来对待黄绍竑的。因此，黄绍竑对白崇禧，既要笼络使用，又不能让其在军中培植个人势力。组建警卫团，白崇禧虽用尽心计，但仍不能瞒过黄绍竑。黄绍竑明知自己不好出面制止白崇禧的计划，但却私下向三个团长授意，由他们出面反

民国年间栖泊于西江上的各种小艇

对，使组建警卫团的事告吹，让白崇禧哑子吃黄连，有苦说不出。

"既然总指挥说不好办，那我就只有辞职啦！"白崇禧愤愤地说道。

"好吧，你走，我也走！"黄绍竑无可奈何地说道。

"你走哪里去？"白崇禧不满地瞟了黄绍竑一眼。

"回容县老家，抽大烟、钓鱼去！"黄绍竑摇摇头，叹一口气，"唉！健生，你我共事多年，难道还不知我的为人？组建警卫团，你为团体着想，这事我比谁都清楚。没想到俞作柏他们跳出来反对，这就难啦。俞作柏、伍廷飏他们连人带枪从李宗仁那里拉了过来，现在俞、伍所部又是我军主力，如果我出面以命令压服他们，他们肯定不服，一气之下，把部队拉走，我们就是再成立三个警卫团，也抵不上他们这两个主力团啊！你说要走，我还能在这里坐得住吗？"

黄绍竑说着，那一双冷峻的眼里，竟流下一串串热辣辣的泪水来。白崇禧与黄绍竑同学、共事多年，还是第一次看见他流泪，白崇禧虽口齿伶俐，能说善辩，但见状一时也无言以对。

一艘内河轮船泊岸了，掀起排排江浪，把小艇一时抬起，一时又按下。黄绍竑和白崇禧都默言不语，任凭波浪摇曳，似乎彼此都内心明白，这是一场人为的风浪，船是不会翻的……

组建警卫团告吹，白崇禧碰了一个不软不硬的钉子，心里郁闷，思来想去，觉得自己在讨贼军中处处受制于人，上自总指挥黄绍竑，下至三个团长，如果不给他们点厉害看看，今后自己在军中何以立足？白崇禧想了一番，一时也想不出个门道来，正在怔怔地出神，忽门外一声"报告"，军需官走了进来。

"什么事？"白崇禧拖着声调不耐烦地问道。

"报告参谋长，本月军饷又不能按时发放。"军需官见白崇禧板着脸，忙小心地报告道。

"为什么？"白崇禧厉声问道。

"陆局长说……没钱。"

军需官说的陆局长，乃是黄绍竑的把兄弟陆炎。陆炎原是百色的烟帮头子，不但帮黄绍竑发了横财，而且在百色被自治军刘日福缴械时，黄绍竑被刘日福关押，刘要杀黄，又是这个陆炎的一位把兄弟刘宇臣将黄绍竑担保了出来。黄绍竑出来后，陆炎的一位把兄弟在右江一带搜罗了百把人的团兵交给黄绍竑带，使之东山再起。陆炎有恩于黄绍竑，这是众所周知的。黄绍竑对把兄陆炎感恩戴德，封陆炎为营长，拉来入伙。

陆炎亦匪亦商，横行于黔桂边，虽练兵作战皆非所长，但靠着把兄黄绍竑的特殊关系，在部队中横行霸道，一般人都怕他三分。打下梧州之后，黄绍竑特地赏给陆炎一个广西油水最多的肥缺——梧州禁烟督察局局长。陆炎顿时成了红极一时的阔人。他营私舞弊、贪得无厌，有人估计他在香港银行有五十万元港币存款。为此，军中曾有两句顺口溜"有官斯有土（烟土），有土斯有财"，把一个陆炎说得入木三分。讨贼军虽据有梧州，但军饷来源仍靠"禁烟"所得。由于有黄绍竑撑腰，陆炎肆无忌惮，常常拖欠军饷，军中对其虽恨之入骨，但碍着黄绍竑的面皮，只是敢怒而不敢言。陈雄早就和白崇禧密议过，要除掉陆炎，但苦于没有机会。现在，黄绍竑正好在水娇艇上消遣，军中之事皆由白崇禧处置，要除陆炎，正是难得的时机。一来可以平众人之怒，二来可以借此出一口气，打击黄绍竑的个人势力，杀一而儆百。想到这里，白崇禧立即命令那军需官：

"你马上带人给我把陆炎扣留，然后查抄禁烟督察局，务必迅速查清陆炎贪污赃款的罪证。"

"是……"军需官一想不妥，忙问道，"陆炎是总指挥的恩人，扣留他……"

"你不服从命令，我要将你军法从事！"白崇禧一拍桌子，瞪着眼睛喝道。

"是……是不是，先禀报总指挥？"军需官害怕捅马蜂窝，小心翼翼地问道。

"现在是我说了算！"白崇禧又拍了一下桌子，"你再敢怠慢，我连你也办了！"

军需官在白崇禧的严令下，立即带人前往禁烟督察局查处陆炎。白崇禧担心陆炎反抗，又派出一连军队，把禁烟督察局围了个水泄不通。过了半天，军需官来报：

"奉参谋长令，已将陆炎扣押，禁烟督察局已查抄，查出陆炎贪污赃款三十万元。"

"好。"白崇禧点了点头。

"陆炎要求见总指挥和参谋长。"军需官报告道。

"不要理他，不能让他见任何人，你给我好生看管着，稍有差池，我拿你是问！"白崇禧狠声狠气地命令道。

"是！"军需官不敢怠慢，将查抄出的款项单据等呈交白崇禧后，忙执行命令去了。

白崇禧将那些单据粗略地看了一遍，便拟电稿，给正在广州的李济深发电报。报告梧州禁烟督察局局长陆炎侵吞烟款及军饷三十万元，请核准法办。原来，李济深自从把梧州防务移交给黄绍竑之后，梧州之事，他一般是不过问的，但他仍兼着西江督办之职，梧州尚在他职权管辖之下。白崇禧是个精细之人，他知道仅靠自己的力量，是处理不了陆炎的。正值黄绍竑休假，委他暂时处理军中之事，他便以黄绍竑和自己的名义，给李济深发电报，呈请李批准法办陆炎，待李电一到，便是黄绍竑有三头六臂，也救不得陆炎了。

白崇禧的电报发出两小时后，便接到李济深批准将陆炎"就地枪决"的电令。白崇禧收下电令，命人将陆炎严加看管，又着人到江边寻找黄绍竑，请其立即返回司令部，有大事待决。第二天早晨，黄绍竑匆匆赶回司令部，一进门，便指着白崇禧责问道：

"你把陆炎扣留了？"

"我怎敢在太岁头上动土？陆华圃（陆炎字华圃）是总指挥的恩人呐，为此，我特地派人去请你回来，这事，看来非你亲自处理不可啦！"白崇禧苦笑着，无可奈何地摇摇头，把陆炎贪污、侵吞烟款军饷的单据罪证及李济深批准枪决陆炎的电令，一并交给黄绍竑。

黄绍竑接过迫不及待地一看，一颗心仿佛马上掉进了冰水里，陆炎侵吞烟款，贪污军饷，证据确凿，李济深批准将陆炎"就地枪决"的电令，更是赫然醒目。黄绍竑沉思了半天，才以祈求的口吻问白崇禧道：

"健生，陆炎乃是我的救命恩人，杀了他，我于心不忍呀，你看，还有什么转圜的办法吗？"

"是呀，我也是这么想的！"白崇禧用深表同情的口吻说道，"陆华圃本不该死，何况他又有大恩于总指挥呢！不过，李任潮已下令枪决，这事恐怕搪塞不过去呀！因为都城之战，我们消灭了奉大元帅府之令进驻南路的陈天泰师，此事据说广州众说纷纭，有的人造谣说：'黄绍竑本是陆荣廷旧部，怎么会参加革命？羽毛丰满了还不是又一个陆荣廷！'还有的说：'黄绍竑现在就敢置大本营的命令不顾，将来还能指挥他吗？'这些舆论，李任潮都给我们顶着了，因为他了解我们是要革命的。但是，如果像陆炎这样侵吞烟款、贪污军饷的腐败事情，我们姑息迁就，恐怕李任潮今后就难以为我们担当风险了。到底该如何处理陆炎，还是请总指挥权衡利弊，三思而后行吧！"

白崇禧这一席话，无疑是一梭子弹，已经把陆炎给枪毙了，纵使黄绍竑有一千张口，一千个胆，也不能再让陆炎起死回生。黄绍竑站在那里，知事已不可为，他虽暗恨白崇禧，但又没有任何把柄可抓，只好说了声：

"陆华圃，我也对得住你了！"

白崇禧见黄绍竑面有戚色，赶忙说道："说真的，我也于心不忍呀！"停了会，他看了黄绍竑一眼，"要救陆炎一命，办法倒是有一个……"

"有何办法？"黄绍竑忙向白崇禧问计。

白崇禧在黄绍竑耳边如此这般地说了一阵，黄绍竑听了连连点头，嘴里直说："行，行，好！好！"

下午，在梧州大校场上，讨贼军全体官兵集合，由总指挥黄绍竑宣布陆炎侵吞烟款、贪污军饷的罪行，接着宣读西江督办李济深关于将陆炎就地枪决的电令。然后由军法执行官将五花大绑的陆炎押赴校场西头的刑场，当着全军官兵，执行枪决。行刑的枪手是黄绍竑的一个贴身卫士，枪法极准。只见他站定，左右两手从腰上同时掏出两支驳壳枪，"叭叭"两声枪响，陆炎头上冒出一片血花，旋即倒地。黄绍竑随即命令军法执行官从部队中叫了十几名官兵，一起前去验尸。众人看时，陆炎头脸全是鲜血，直挺挺地倒在地上，已经一命呜呼。军法执行官一招手，叫了声："棺材！"四名士兵，把早已备下的一副新棺材抬了过来，将陆炎置于其中，赶忙抬了下去。全军官兵，见黄绍竑执法如山，不徇私情，顿时肃然起敬。

其实，陆炎并未真的被打死，这乃是白崇禧献的"金蝉脱壳"之计。特命黄绍竑那枪法极精的卫士，行刑之时，只击中陆炎的两只耳朵，耳朵本是人体血管丰富之处，两枪同时击中，两只耳朵立即冒出鲜血，染红了头脸，使人难辨真相。再则，陆炎已知自己今番必死，早已吓得魂飞魄散，及待两声枪响穿耳而过，便当即倒地昏死了过去，因此人们前去验尸，便见当真死了一般。那四名士兵将陆炎匆匆抬了下去，放到一处秘密地方。黄绍竑早已令医生在那里等候，将陆炎救醒，敷药包扎，只等天黑之后，搭乘轮船，将陆炎暗中送往香港。

黄绍竑见手脚做得干净利索，虽然要了陆炎两只耳朵，但却救得他这恩人一命，心中对白崇禧自是怨恨感激各占一半。入夜，他在司令部里，置酒与白崇禧边饮边下围棋。黄绍竑突出一子，在白崇禧的要害处下了一只"眼"，白崇禧见这只"眼"对自己威胁极大，正在谋划如何拔掉这只"眼"的时候，忽见黄绍竑的两名卫士匆匆跑了进来，报告道：

"总指挥，我们护送陆局长准备乘船的时候，不知从何处射来一枪，正击中陆局长的头部，他……他……当即倒地……死了！"

"啊！"黄绍竑惊呼一声，一下愣住了。

白崇禧却意味深长地说道："恐怕陆华圃平日作恶多端，树敌太多，别人不肯放过他呀！"随即又悲天悯人地长叹一声："他气数已尽，命该如此，我们爱莫能救啊！"

黄绍竑沉思片刻，似有所悟地将手中的棋子一扔，冷冷地看了白崇禧一眼，说道：

"这盘棋，我输了！"

第二十回

与民同乐　陆老帅桂林耍龙灯
兵临城下　邓瑞征黉夜渡漓水

　　白崇禧用计杀了黄绍竑的把兄陆炎，为讨贼军除了一害，黄绍竑虽内心不满，但亦无可奈何，遂按下此事不提，一心谋图和李宗仁联合发展。在白崇禧的精心策划下，黄绍竑的讨贼军和李宗仁的定桂军肃清了贵县、桂平、江口、平南的自治军，占领了由梧州至贵县的交通线，把梧州、浔州、玉林（广西最为富庶的三个地区）掌握在手里。李宗仁占贵县、桂平，黄绍竑占平南、江口，李、黄两军，军势大振，咄咄逼人。直把个老帅陆荣廷急得如热锅上的蚂蚁一般，整天绕室而走，郁闷不已，气极之时，便开枪乱射，上打麻雀，下击花木。有一次，他在室内的一张竹躺椅上假寐，一个丫鬟端着参汤进来，大概是脚步走得重了点，他头也不抬便是一枪，"叭"的一声，子弹击中那丫鬟手中捧着的托盘，把盘中盛汤的描金小碗击得粉碎。丫鬟一惊，吓得一下倒在地上，半天才战战兢兢地爬起来，回去重新取碗送汤。从此后，府中上至秘书、副官，下至丫鬟佣人，出出进进，都提着脚尖走路，生怕什么时候一枪飞来，要了命去。偌大的一座府第，静得怕人，连麻雀们也都避得远远的了。

这样的日子，一直过了一两个月。这天，陆荣廷的心情突然好转了起来，一早便命令秘书陆瑞轩，赶快做好准备，他将于近日到桂林巡视，与民同乐，观看龙灯。陆瑞轩当然明白，老帅此番心情豁朗，并非出巡所致，也不是为了去观赏桂林那有名的龙灯。使陆荣廷高兴的，乃是他的养子马济昨日发来的一封电报。陆荣廷返回广西时，曾派养子马济到北京去向曹锟、吴佩孚求援，希望能接济饷项弹械，以便重新武装桂系军队。曹、吴见陆荣廷已接受北京政府的委任，为了分化瓦解西南的革命势力，使倾向于北京政府的陆荣廷桂系势力能有效地牵制孙中山的革命力量，吴佩孚便拨给陆荣廷一船军火，由海道南下。但是船抵越南海防港时，却被法国人扣留，虽几经交涉，仍不能卸货，最后被迫将满船军火沉入大海。陆荣廷闻知，直似被割了心头之肉，气得他捶胸顿足，将法国人骂了个祖宗十八代还不解恨。

吴佩孚见从海上接济不成，便拨给马济一团人马，令其在湖南衡阳一带整训，准备扩编成武卫军，打回广西，鼎助陆荣廷收拾残局。马济以这一团人马为基干，大招学兵，训练下级军官，短短数月，便扩充为两团军队。马济见扩军有效，便在衡阳打电报给陆荣廷，请其由南宁北上，驻节桂林，以便从陆路打通与曹、吴的交通线。马济本是陆荣廷的心腹，所言之事正中陆的下怀，因此便传令给陆瑞轩做好准备，出巡桂林。

"老帅，桂林现今被沈鸿英的参谋长邓瑞征占据着，沈鸿英一向反对老帅，居心叵测，我们桂林之行，恐怕多有不便呀！"陆瑞轩忙提醒道。

"嗯。"陆荣廷沉思了一下，说道，"我是北京政府任命的广西善后督办，有权出巡广西各地。沈鸿英虽为人不轨，但还是我的旧部，我到桂林，是巡视，与民同乐，看看龙灯。你给邓瑞征打电报，把我此行的意图通知他。"

对陆老帅的话，陆瑞轩心领神会，马上给邓瑞征发了一个电报。经过一番周密准备，陆荣廷便在他的长子陆裕光的护卫下，从南宁启程，前往桂林。那陆裕光其实也不是陆荣廷的亲生儿子，他是在越南的一个圩场上被陆荣廷买过来的。那时候，陆荣廷在龙州边境一带活动。一日，他进入越南境内，见圩场上一个妇女，正在卖一个男孩，那孩子背上插着一只用茅草打结的草标，五六岁年纪，长得聪明伶俐，陆荣廷一看就十分喜欢，便要买这个孩子。那越南妇女哀求道，为了照顾好这个孩子，请允许她跟着孩子一道去。陆荣廷见那越南妇人可怜，便将她和孩子一同带回，给孩子取名裕光，后送入陆军军官学校深造，学成回来，陆荣廷即委以重任，令其掌握桂军精锐部队，出任广西陆军第一师师长。陆裕光人才出众，文武双全，虽不是陆荣廷的亲生儿子，但受其重用反在亲生儿子之上，陆裕光自是感激不尽，一心为陆荣廷效力。因此，时人便有"南北两少帅"之说，那北方的少帅便是人所共知的张学良，这南方的少帅就是陆裕光了。陆裕光率领的广西陆军第一师，本是陆荣廷麾下的主力部队，训练和装备都甚佳。但经过粤军入桂一战，受到沉重打击，已溃不成军。陆裕光此番回来，虽下大力重振旧部，但却只招得散兵游勇千把人，为了便于号召，仍以广西陆军第一师自称，而实力已大不如前。广西经过这次变乱之后，陆氏旧部将领皆拥兵自重，各据一方，阳奉阴违，不听调遣，因此陆荣廷北上出巡桂林，仅只陆裕光这千把人随行护卫。到得柳州，柳州守将韩彩凤本是陆荣廷麾下健将，为人忠厚，作战勇猛，得知陆老帅前来，忙率众出城列队欢迎。韩彩凤见陆荣廷带这么点兵力出巡，忙道：

"老帅，现今八桂不宁，以区区千余人北巡，恐有不测呀！"

陆荣廷听了气得大骂道："那些王八蛋们都不听我的号令，连陆云高这样的人也都避得远远的，哼，我就是单枪匹马，也要到桂林去，谁又敢把我怎么样？"

韩彩凤随即拍着胸膛道："老帅，我韩彩凤一生跟您南征北战，便是赴汤蹈火，也要跟您到底！我要尽起柳州之兵，护卫老帅巡视桂林。"

陆荣廷见韩彩凤忠心耿耿，甚为感动，忙执着他的手，感慨道："古语云：'国危思良将，家贫思贤妻。'有你这样的忠勇之将跟着我，不愁没有世界可捞！"

韩彩凤随即将陆荣廷和陆裕光迎进司令部，设宴款待。第二日，便将柳州守备交给其兄韩彩龙，然后挑选两千精兵，亲自护卫陆荣廷前往桂林。

却说桂林守将乃是沈鸿英的参谋长邓瑞征。他因丢了梧州重镇，狼狈逃到八步后，见着从广东惨败窜回的沈老总，便引咎自责，请予处分。沈鸿英见两处皆败，懊丧不已，但邓瑞征跟他多年，视同股肱，现时形势险恶，更需上下一心，亦赖这位"智多星"策划，因此并不计较。邓瑞征见沈老总对他仍信赖如旧，心里甚是感激，乃绞尽脑汁，为沈鸿英复起出谋划策。沈部从广东败回，仍有一万多人马，平乐、八步地方狭小，无以发展。南边的梧州、桂平、玉林皆被黄绍竑和李宗仁占据，西面的柳州又是陆荣廷的部将韩彩凤占着，这几处地方一时都不好下手，只有北边的桂林是自治军梁华堂占着，梁华堂所部都是土匪民团，乌合之众，攻取不难。邓瑞征便请准沈鸿英，由平乐率一支部队北上进攻桂林，梁华堂果然不堪一击，邓瑞征便一举占领了桂林。沈鸿英遂据有桂林、平乐两府，与占据南宁、柳州、左右江一带的陆荣廷，占据梧州、玉林一带的黄绍竑、李宗仁俨然成鼎足三分之势。广西境内，山河破碎，战乱频仍，民生之困苦，自不待言。

且说桂林自秦汉以来，便是岭南之重镇。人文荟萃，山水闻名，一向是政治、军事、文化之中心。前清至民初，又曾是广西省会，且与湖南接壤，是与北方来往交通必经之地，得桂林便先占了地利。邓瑞征占了桂林，正欲为沈鸿英谋划北联曹、吴，南攻陆荣廷，以统一广西。却接到陆将出巡桂林的电报，又闻马济正在衡阳组建武卫军，便知陆荣廷出巡乃是打桂林的主意，便急急赶往平乐找沈鸿英磋商。

"在永福以南的矮岭设伏，把陆荣廷剿干！"沈鸿英坐在虎皮交椅上，恶狠狠地说道。

民国年间桂林王城的城门

"总司令，"邓瑞征摇摇头说道，"陆荣廷此行由陆裕光和我的把兄三哥韩彩凤护卫，带的人马有四千之众，陆、韩两人，一个精明，一个强悍，我们如在矮岭打伏击，起码得有六千人投入战斗，方能操胜算。但此乃下策，一是兵力难以集结，因贺县方面要防黄绍竑侵袭；二是死打硬拼代价太大；三是陆荣廷既已就任北京政府所委的广西善后督办，我们明火执仗打他可能要触怒吴玉帅，对我们今后发展不利。"

"不打，把桂林白白地让给他？"沈鸿英瞪着大眼，愤愤地说道。

"岂有这样便宜的事情！"邓瑞征冷笑道，"陆荣廷既是以广西善后督办的名义打着出巡桂林的幌子，我们不妨将计就计，去电表示欢迎，把桂林城暂时让与他。一则可麻痹陆荣廷和陆裕光、韩彩凤等，二则在吴玉帅处我们也占理。只待他大耍龙灯之夜，我即率军出其不意兵临城下，一举攻下桂林，将陆荣廷捉了，广西不就是总司令的天下啦！此计在三十六计中称为'上楼抽梯'。"

"嘿嘿，要得！要得！"沈鸿英眨着眼睛，一拍大腿便做了决定。

却说陆荣廷在陆裕光和韩彩凤的护卫下正向桂林进发，这天，已到达桂林城南的将军桥，便见邓瑞征坐在一匹白马上，率部列队前来欢迎。韩彩凤忙道："老帅，我那邓老弟还讲义气，率队前来迎候你啦！"

"唔，那果真是邓瑞征。"陆荣廷骑在马上，手搭凉篷仔细看了看说道。

"只不知他葫芦里卖的是什么药！"陆裕光对沈鸿英和邓瑞征总放心不下，忙传令派出左右两支小部队，搜索侧翼。

"哼，他要敢对老帅不恭，叫他先吃我两马鞭！"韩彩凤扬了扬手中的鞭子说道。

正说着，邓瑞征带领十几名随从，驰马过来，到得陆荣廷马前，便一齐滚鞍下马，邓瑞征立正向陆荣廷敬礼报告：

"邓瑞征在此恭候老帅！"

陆荣廷见邓瑞征仍像往日那样尊敬自己，心里十分高兴，在马上挥了挥手，命令道：

"邓参谋长，请上马！"

邓瑞征上马，紧随陆荣廷身后，按辔而行，笑着对韩彩凤和陆裕光道：

"三哥和少帅辛苦了！"

韩彩凤道："老弟，我们此番随老帅前来桂林巡视，观看龙灯，你不怕挤了你的地盘吗？"

"哈哈！三哥说哪里话来，昔日我与你歃血为盟，同生死、共患难，忠心为老帅效命疆场，今日老帅莅桂，声威远播，重振八桂，正是我等之夙愿。至于说到地盘嘛，不但这山水甲天下的桂林，便是那膏腴之地的广东，也全都是老帅囊中之物啊！哈哈……"

邓瑞征能言善辩，又会察言观色，韩彩凤这个大老粗三哥，如何是他的对手。

"你这样想，那就好啦！"韩彩凤笑道，"我们到底是多年弟兄，只不过，沈鸿英那家伙，脑后长有反骨，是我们桂军中的魏延，老帅对他总放心不下呀！"

"请三哥嘴上积德，沈总司令是我的上司！但我是老帅的部将，又是和三哥吃过血酒的弟兄啊！"邓瑞征诚恳地说道，仿佛他成了世界上最忠厚的人，对上司忠心不二，为兄弟两肋插刀。

陆荣廷见邓瑞征如此说，心里颇感慰藉，他对沈、邓虽存戒心，但由于近来旧部中的许多将领对他不恭不敬，每怀二心，一旦听到像邓瑞征这样将领说出的话，怎能不一时动心？他转过头来，对邓瑞征道：

"邓参谋长，我要提拔你当军长！"

"谢老帅栽培！"邓瑞征赶忙给陆老帅敬礼。

韩彩凤忙道："老弟前途无量，恭喜！恭喜！"

"只有矢志跟着老帅，才有我们的前途啊！"邓瑞征用满怀感慨的口气说道。但他见陆裕光一双警觉的眼睛只管望着前面，知道陆裕光为人机警，且对陆荣廷忠心耿耿，如果不稳住他，那预定的"上楼抽梯"之计便无法实施。于是，邓瑞征便向陆裕光道：

"少帅之忠于老帅，乃是我们八桂军人的楷模呀！"

"啊，邓参谋长过誉了！"陆裕光发觉邓瑞征已在注意自己了，忙说道，"一到桂林，我便想起第一次随父帅到桂观龙灯的情景，十几年，一晃便过去了……"陆裕光沉浸在往事的回忆之中。

"桂林龙灯，名不虚传，今番老帅和少帅莅桂观灯，定使龙灯之夜更生光彩！"邓瑞征在马上谈笑风生，应酬自如。

"只怕有人心中感到不痛快呀！"陆裕光两只眼睛仍然紧盯着前边，旁敲侧击地甩过来一句话。

邓瑞征心中一愣，但忙把话转了过去："当然啰，梧州的黄绍竑、玉林的李宗仁，一向对老帅抗不从命，又投降粤方，当了可耻的'反骨仔'，包藏着不可告人之祸心，他们对老帅北巡桂林，定怀嫉恨，我们对此还得多多提防！"

"邓参谋长所言极是！"陆裕光突然回过头来，用那双机警的眼睛严峻地盯着邓瑞征，冷冷地说道，"只是，老帅还没到梧州、玉林巡视哩！"

邓瑞征一震，知陆裕光这话是专冲他来的，如不先制服这位少帅，那"上楼抽梯"之计不但实现不了，桂林城还有被陆荣廷从他手中夺去的危险，如桂林再失，他还有何面目回去见沈鸿英呢？想到这里，他忙对陆荣廷道：

"老帅，常言道，疑人不用，用人不疑。少帅之言，不知何意？如果信不过我邓瑞征时，请老帅就此把我枪毙，我死而无怨！"

邓瑞征说罢，便跳下马来，拉住陆荣廷的马缰绳，直挺挺地跪在陆荣廷马前。陆荣廷见了，一时愕然，遂也跳下马来，双手扶起邓瑞征，拍拍他的肩膀，豪爽地说道：

"邓参谋长，难得你一片忠心。我陆某人从不怀疑自己人。便是你们的沈总司令，虽在广东与粤军作战不听调遣，使我军功亏一篑。粤军入桂时，他又在平乐通电逼我下野，凡此种种，我皆既往不咎。现在，孙中山重新返粤，粤军对我虎视眈眈，黄绍竑等又甘当'反骨仔'，引狼入室。值此八桂多事之秋，我们桂军将领，应捐弃一切猜疑，团结一致共同对敌！"

邓瑞征一时泪如雨下，他紧紧地握住陆荣廷的马缰绳，对天起誓道：

"我邓瑞征受老帅之恩，重于泰山，若生二心，天诛地灭！"

说罢，亲扶陆荣廷上马，自己则手挽马缰绳，步行在前，为陆荣廷牵马进城，俨然是一个忠心耿耿侍主的马前卒一般。

那陆荣廷本出身绿林，平生最喜起誓赌咒一类的东西，凡遇大事，他均要沐浴焚香对天起誓，或集合部下集体赌咒，以明心迹。如有某位部下被人告发犯有不轨行为时，陆荣廷便召他来当面责问，如被告矢口否认犯有过错，陆荣廷当即厉声喝道："你敢对天起誓么？"那位被告部下便扑通一声向陆荣廷跪下，对天起誓道：

"我若犯有过错，天诛地灭！"陆荣廷随即喝令他起来："回去好好干！"过后并不查究。倘有人再来告发时，陆荣廷便把手一挥："他已经向我赌过咒了！"

邓瑞征本是陆荣廷旧部，对陆的个性为人了若指掌，他一跪下对天起誓，不但立即获得了陆荣廷的谅解和信任，便是陆裕光和韩彩凤对他有一千个嫌疑也不敢在陆荣廷的面前指责他了。

邓瑞征这一手，一下便治住了陆裕光，他为老帅牵着马，心里颇有些得意。只是陆裕光心中闷着一股气，两眼紧盯着邓瑞征的脑后，似乎要从那里找出魏延那块"反骨"来，让他的父帅亲眼看一看，这对天发誓的邓瑞征是个什么东西。

再说桂林百姓，对陆荣廷皆有所好感，因为自辛亥革命以来，各省各地战乱不已，人民流离失所，备尝苦痛之情，而唯独陆老帅治下的广西得享粗安。而陆氏前年去职亡命海外后，广西却陷入四分五裂的战乱之中，弄得民不聊生，一般民众便认为这是陆老帅下台后造成的。人心思治，盼望太平年月，因此今番听说陆荣廷重返桂林，与民同乐，大耍龙灯，一般市民百姓便认为陆荣廷会给他们带来和平与安宁，因此成千上万的市民涌上街头，欢迎这位久违的老帅莅临。陆荣廷骑在马上，因有参谋长邓瑞征为其牵马，也不用卫队开道，便缓缓入城。进得城来，只见街道两旁站着无数的市民百姓，有的还举着红绿小旗不断挥动，向陆荣廷致意。那桂林商会，因为早有准备，已沿街挂出"热烈欢迎陆督办莅桂视察"的大横幅标语，待陆荣廷进得城来，商会便燃放炮仗，敲起锣鼓，大街之上气氛相当热烈，老翁妇孺，绅商市民，贩夫走卒，万头攒动，争观这位统治了广西十年、广东五年的老帅陆荣廷的风采。只见陆荣廷骑在匹高大的黑马上，头戴宽边礼帽，身着马褂长袍，身材魁梧，仪表堂堂，加上又是由沈鸿英手下的名将邓瑞征亲自为其牵马入城，骑在马上的陆荣廷更显得威风凛凛。紧随着陆荣廷身后的是少帅陆裕光和健将韩彩凤，他们的部队排成四路纵队入城。

邓瑞征引着陆荣廷，进了前清的抚台衙门。稍事休息后，邓瑞征便请陆荣廷、陆裕光和韩彩凤赴宴，由桂林绅商名流出席作陪，众人轮流向陆荣廷敬酒，席间气氛空前热烈。宴毕，邓瑞征起立向老帅陆荣廷道：

"老帅，瑞征就此告辞！"

"你要到哪里去？"陆荣廷颇感诧异地问道。

"奉沈总司令之命，恭迎老帅入城后，即率部返归平乐。"邓瑞征道。

"唔，我不过是到此巡视，与民同乐，观看龙灯罢了，桂林是冠南的防区，我看……"陆荣廷沉吟片刻，望着邓瑞征，"你就不要走了吧！"

"老帅，为避免受奸人挑拨，伤了沈总司令与老帅的和气，我还是走的为好，况且沈总司令亦有令在前，我就此告辞了！"

邓瑞征说罢特地看了陆裕光一眼。陆裕光忙笑道：

"邓参谋长这一走，岂不是让人笑话我们挤了沈总司令的地盘嘛！我看，还是不走的为好吧。"

韩彩凤也道："老弟看完龙灯再走也不迟，何必这么匆匆而别？"

邓瑞征笑了笑："少帅如此说，便是把我们当外人看待了。"说着长叹一声："沈总司令今番从广东失败回桂，痛定思痛，他逢人便说：'看来我沈鸿英离了陆老帅便不能在广东立足，要想捞世界，还得听陆老帅的呀！'因此，沈总司令闻老帅要到桂林，又听说马济在湖南扩充了军队，得吴玉帅的鼎助，知老帅此举必能重振八桂，再下广东，特命我恭迎老帅入城后，便即返平乐，听候老帅调遣，以便出兵再图广东。"

邓瑞征这一番话，直说得陆荣廷心花怒放，因为沈鸿英在广东战败之后，实力大不如前，或真有悔改之意。但不管怎样，邓瑞征离开桂林，对陆荣廷打通与吴佩孚的陆上交通线，与马济的力量联成一气，无疑是有利的。因此便说道：

"常言道：'见兔顾犬未为晚，亡羊补牢未为迟。'冠南吃了苦头，有所悔悟，这是难得的。邓参谋长，你回去对他说，让他做好准备，现时孙中山正与陈炯明在东江大战，再下广东，正是千载难逢的时机，不久我将命桂军进攻广东。"

"敝部愿为前锋！"邓瑞征立正答道。

"好！"陆荣廷挥挥手，"你去吧！"

邓瑞征即将桂林防务，交给陆裕光和韩彩凤，率领本部人马，径自向平乐方向去了。

桂林商会早已得知陆老帅前来观看龙灯，便隆重地准备了一番。照桂林风俗，三十夜晚的火，正月十五的灯，这龙灯本是年年正月十五之夜耍的，因听得陆老帅要来观灯，但正月十五又来不了，便只好破例将灯节往后推，不想一推就是一个多月，现时已到了三月初一了。那些望眼欲穿的绅商市民们，这下总算盼到陆老帅光临了，当即请求是晚便耍龙灯，以示对老帅盛情欢迎之意。那陆老帅虽年逾花甲，但却偏偏是个龙灯迷，早先广西省府尚设在桂林的时候，每年正月十五，他总要亲自参加耍龙的，但凡上了点岁数的桂林市民都曾看过他舞龙，印象好极了。今日入城，又是邓瑞征为其牵马，有成千上万的桂林市民夹道欢迎，鼓乐喧天，炮仗齐鸣，陆老帅真是出尽了风头，现在听商会领袖提议是晚便要耍龙灯，兴之所至，便要答应。陆裕光本是个精明谨慎之人，忙向陆荣廷耳语道：

"老帅，我们入城方才半日，防务还没来得及布置，这年头非比寻常日子，一旦发生变乱，恐应付不过来呀，三日之内，再耍龙灯不迟。"

养子马济年轻有为，陆荣廷视为心腹，委之以重任；养子陆裕光文武双全，陆荣廷视之为灵魂，平时言听计从。一些老部下每每为此发牢骚，说老帅尽用螟蛉，亲生之子反不受重视。陆荣廷便哈哈大笑道："我要捞世界，当然用有本事的人，没有本事，他即便是金枝玉叶，我也不看重他！"

当下听陆裕光言之有理，他微微颔首，遂对商会领袖道：

"诸位的盛意，我陆某领了，无奈岁月不饶人呀，一路跋涉，略有倦意，需将息几日，三日后，再与民同乐。"

陆老帅既如此说，商会领袖当然不好勉强，于是，便定农历三月三日晚大耍龙灯。陆裕光便和韩彩凤一道视察防务，督率部下日夜不停地挖战壕掩体，构筑城防工事。韩彩凤道：

"少帅，桂林一带并无敌人，邓瑞征是我的弟兄，今已率部离去，何必大张旗鼓备战，让市民们见了扫了耍龙灯的兴致。"

陆裕光道："孙子云：'无恃其不来，恃吾有以待也；无恃其不攻，恃吾有所不可攻也。'这年头，父子兄弟的话尚不可盲信，更何况邓瑞征之辈的话！据我观之，邓瑞征对老帅显得过分殷勤，他是沈鸿英手下的红人，恐不怀好意。"

韩彩凤摇首道："少帅过虑了，邓瑞征既是我的兄弟，饮过血酒，他的一番好意，少帅休得误会了。"

陆裕光因韩彩凤是老帅早年部将，且年岁长于己，为人一向忠厚，作战勇猛，也不好当面指责他，只是说道："有备无患。"

韩彩凤也知陆裕光谨慎细心，此次护卫老帅到桂，责任重大，加强城防，本是理之所致，也不再多说。经过三日准备，桂林四门，城上城下，都筑了工事，老人山、牯牛山、象鼻山等也都有兵守卫。陆裕光又派出大批便衣侦探，深入到桂林四周乡下，日夜探听消息，回报之人都说，邓瑞征已到平乐、八步去了，桂林外围连一个沈兵的影子都没有。经过这一番准备之后，陆荣廷认为桂林防务已万无一失，遂在三日后晚上按时耍龙灯了。

却说这桂林的龙灯，不但在广西有名，便是湖南、广东也遐迩闻名。太平时节，每逢正月十五夜的前数天，桂林附近县乃至广西各地前来观灯的人便络绎不绝，更有远至湖南、粤西北一带的人，不惜乘船跋涉赴桂观灯。近年时值两广战乱，湖南也不安宁，外省之人当然不敢冒险前来观灯。但此番有陆老帅来桂林坐镇，表示与民同乐，因此消息传开，四方来桂林观灯之人倒比那太平年月更为增多，那些邻近桂林的县份和离城稍远的四方百姓，更是争先恐后，早几天已到桂林觅店住下，准备一饱眼福。一时间，桂林旅店客满为患，有人竟在街前空地上搭起临时棚子过夜。

这天入夜，桂林街道张灯结彩，户户人家门前都挂着各式各样的灯笼。那些灯笼用木条、竹篾或金属制作框架，糊以纱绢，有红庆灯、彩纱灯等。红庆灯呈大红色，配有金色流苏，美观大方，显示政通人和、百业兴旺的升平景象。彩纱灯是在不同颜色的灯笼上，以彩笔勾画出花鸟、山水、虫鱼，再配上金色的云朵和美丽多彩的流苏。更多的人家则是把灯笼做成一条色彩斑斓的鲤鱼、一只戏水的大虾，有的做成一朵艳丽荷花，有的做成一个胖娃娃，有的做成一只红冠大公鸡……各色各样，应有尽有，真是五彩缤纷，灯火通明，蔚为大观，热闹非凡。

赛灯会则设于皇城之内。这桂林皇城，颇有来历，乃是明代靖江王的内城，后来成为南明永历帝的都城，因此桂林百姓，常以"王城"或"皇城"呼之。两年前，孙中山大总统曾设北伐大本营于此，运筹帷幄，挥兵北伐，可惜陈炯明在广州阴谋叛乱，迫使孙中山中止北伐，搬兵回粤。今夜龙灯盛会，皇城内外，更是不同寻常。那四个庄严的城门上，都一字儿挂着四只特大的描金大红宫灯，显得雍容典雅，四周城墙上又都挂着一排四角和六角形的宫灯，这些宫灯品种繁多，有花篮、龙凤、菱角、鸡心、扇面等，图案多为"吉祥如意""福寿延年"。皇城内的灯笼，直如众星捧月，赛灯会的大台上另挂十二只巨型宫灯，里边都燃着棒槌般粗的灿灿红烛。参加赛灯会的各种龙灯，都按先后秩序，前来赛台前燃蜡，然后，炮仗齐鸣，鼓乐之声喧天动地，所有老龙、鼓莲、牌灯、故事、滚龙、舞狮、高跷、龙亭、香亭等，便鱼贯舞出皇城的正阳门外，那充当先导的头行牌报鼓声，顿时响彻大街小巷。观灯之人，闻听报鼓声声，扶老携幼，夹道聚观，长街十里，金吾不禁，万人空巷，盛况空前。便是那银须冉冉的老者，也不得不叹道：

"一生中也没看过几回这般热闹的龙灯哩！"

老帅陆荣廷本是个龙灯迷，虽年逾花甲，但精神矍铄，体魄健壮。他今夜一身青衣短打，足蹬靴子，腰扎武功带，耍着一条老龙的龙头，威风凛凛地出现在正阳门下。那龙头皆是上等纱绢扎制，两只龙角冲天而立，两只龙眼放着异彩，龙口大张，口内两排巨牙，喉咙处燃着能上下旋转的八根明晃晃的大红蜡烛，颏下黄须飘飘。陆荣廷一出现在正阳门下，那头行牌报鼓擂得更加起劲，打鼓之人还一个劲地高呼：

"老帅耍大龙出来啦！老帅耍大龙出来啦！"

多少人观看过桂林的龙灯，但却没有多少人能够亲眼看到作为两广最高统治者的陆荣廷亲自参加耍龙灯。一时间，人山人海，万头攒动，欢呼声、锣鼓声、炮仗声汇成的声浪震动九霄。桂林耍龙灯的习俗，好事者们最喜欢用成串成串的炮仗袭击舞龙者，尤其是耍大龙头的人，更是首当其冲。不管你是谁，尊者也罢，卑者也罢，只要你拿着龙灯耍了起来，那密密麻麻响得不分点的炮仗便向你袭来，浓烈的火药硝烟便将你裹了起来，耍龙者的技巧、体力、胆略一齐经受着最严峻的考验。那陆荣廷虽已年逾花甲，但精力过人，气概不凡，他又是在血火之中闯过来的人，枪林弹雨尚且不使他眨眼，这龙灯中的硝烟火药怎在话下。今晚他亲自出场耍龙，虽是兴之所至，但更重要的乃是出于收揽人心，让这繁华都市的百姓们亲眼看看，他陆荣廷如何爱民，能与民同乐，而又雄心过人，体魄超人。这是一种恩威并重的表演，它将使人感到，要收拾广西残局，重建两广政权，更是非陆莫属！硝烟遍地，锣声、鼓声、炮仗声、喝彩声震天撼地。陆荣廷感到热血沸腾，他像每次率队冲锋拼搏一样，精神抖擞地发出"嗨"的一声吆喝，两条腿拉成弓箭步，跟着一前一后，一左一右，一招一式地把那威武庞大的龙头舞得活灵神现。耍这条老龙的，全是陆荣廷的一班精壮卫士，他们见老帅一声吆喝，也跟着"嗨"的一声，随着陆荣廷的招式起舞。长街之中，顿时变成怒海狂涛，凶龙捣海，黑云卷地，巨龙升天，电闪雷鸣，龙播云雨，海浪轻摇，蛟龙戏水……

正当城内的灯景热闹到极点的时候，城外骤然响起密集的枪炮声，邓瑞征指挥部队扑向桂林的四座城门。

原来，为了迷惑陆荣廷、陆裕光和韩彩凤等人，邓瑞征让出桂林城后，便假装撤回平乐、八步，一路之上，大摇大摆，或造饭，或宿营，皆向百姓说要回平乐、八步去。走了两天之后，邓瑞征接到探报，说陆荣廷已定于明日晚大耍龙灯，他即把部队拉进山野小道，日夜兼程秘密返回桂林。天黑不久，所部便进至桂林南郊将军桥，邓瑞征将攻城指挥部设于将军桥的赤土堡。沈军突然出现在桂林四门外，陆裕光闻报先一惊，转而便镇静下来，因为已有准备。他即着人通报陆荣廷和韩彩凤，请韩彩凤在城内维持秩序，他则登城指挥反击。沈军来势凶猛，加上道路熟悉，邓瑞征又亲临城下督战，攻势相当凌厉。攻东门的沈军，偷渡漓水，攻占象鼻山，直扑城下，竟架起云梯爬城。陆裕光亲临东门，带着卫队，和守城军士用密集火力射击爬城的沈军，那些刚爬到半城的沈军，皆被纷纷击倒，竟无人能登城。

再说城内此时正是龙灯热闹非凡之时，无论是老帅陆荣廷还是一般市民百姓，谁也不会想到沈军突然袭击，兵临城下，加上无休无止疯狂炸响的炮仗声和令人兴奋如狂的锣鼓声，人们对于城外正在进行的激烈交火，竟充耳不闻。及待陆荣廷得报，邓瑞征的部队已将桂林四门包围，正在发起猛烈的攻城时，陆荣廷倒镇静如常，只是对陆裕光派来的人说道：

"告诉裕光，我在这里耍龙，叫他在城上和邓瑞征也好好耍一耍吧！"

那些观灯的百姓，大约也有些感到异样，正在惊慌骚动之际，却看见陆荣廷从容镇定地仍在耍龙，便以为太平无事，仍兴致盎然地继续观赏龙灯。突然间，城内枪声大作，有人高呼大叫：

"不好了，沈军打进桂林城啦！"

原来，在城内鸣枪呼叫的乃是邓瑞征事前留下的便衣队，邓瑞征令其潜伏城内，待到龙灯之夜，听到城外枪响，便在城内骚扰，制造混乱，里应外合，复夺桂林。他们这一开枪呼叫不打紧，对于观灯的百姓，真如头上炸响晴天霹雳。霎时之间，大街小巷，乱成一片，人流奔涌，不分东西南北，互相撞冲，互相践踏，惨叫声、呼救声、咒骂声替代了刚刚正在响着的锣鼓炮仗声。在呼号哭喊声中，又夹杂着跑步声、枪炮声、马蹄声、呵叱声。混乱之中，装饰华美的各色龙灯被抛弃践踏了，城中一片漆黑，母亲在撕心裂肺地呼唤失散的儿女，被踏伤的人倒在街头呻吟，那些四乡进城观灯之人则彷徨歧路无所归宿，在大街小巷中乱窜，匪徒们则乘机劫掠财物，杀人纵火……

城上城下，陆、沈两军正在残酷搏斗，拼命厮杀。顷刻间，便把一座繁华秀丽的桂林城，葬送火海地狱之中！多少年后，人们谈起民国十三年桂林的龙灯之夜时，余悸犹存。

第二十一回

联沈倒陆　李黄白起兵攻南宁
关帝降坛　陆老帅弃城走全州

却说邓瑞征把老帅陆荣廷紧紧围困在桂林城内，每日挥兵攻城，城内多得陆裕光、韩彩凤把守，邓瑞征攻打多日，也没法将城攻破。白崇禧得到陆、沈在桂林交兵的消息，忙对黄绍竑道：

"机会来了，总指挥，我们明日出发桂平去拜访李德邻吧。"

黄绍竑沉吟良久，才说道：

"还是你替我走一趟吧！"

白崇禧知道黄绍竑不愿去见李宗仁，定是心中还有疙瘩，便说道：

"总指挥，这次非得你我亲自走一趟不可，机不可失，时不再来呀，这是我们发展的契机，你若不去，李德邻必不悦，那就误了大事！"

黄绍竑琢磨，丑媳妇总得要见家婆，如要发展，不得不和李宗仁搞好关系。目下沈鸿英在桂林和陆荣廷打得难分难解，要夺取广西军政大权，正是下手的极好机会。但无论是李宗仁也好，他黄绍竑也好，力量都有限，个人是绝对啃不动这块骨头的，为了自身的利益，只有合伙行动。不管李宗仁对他有什么看法，他和白崇禧亲自到桂平去，李宗仁都将表示欢迎。想到这里，黄绍竑那双冷峻的眼睛一亮，果断地说道："明日去走一趟！"说罢便命令副官做好出发桂平的准备。

却说李宗仁得到黄绍竑、白崇禧将赴桂平与他商量两军联合作战的电报，当天便与参谋长黄旭初商量。黄旭初只是微微笑道：

"明日我和德公到码头迎接季宽和健生。"

黄绍竑是个急性人，本来决定第二天赴桂平的，临时改为当夜出发，他和白崇禧带着卫队，乘坐在藤县缴获陆云高的那艘"大鹏号"战舰，由梧州直开桂平。那"大鹏号"战舰航速快，又值春夏之交，西江涨水，因此他们只用一夜时间便驶抵浔江上的重镇桂平。

桂平乃是浔州府治，水陆交通极为方便。李宗仁在黄绍竑歼灭陈天泰后，黄率军沿江而上进攻陆云高时，出兵袭取了桂平和贵县。贵县本来在李宗仁手上，因陆云高要"借"，李宗仁为避免消耗实力，便把贵县"借"给陆云高。陆云高在黄绍竑的进攻下，首尾难顾，李宗仁便出兵将贵县收了回来，为便于发展，他遂将司令部由玉林迁至桂平。这天早晨九点多钟，卫士来报："一艘战舰由下游开上来，离城还有一里多路。"

参谋长黄旭初道："季宽和健生来了。"

"走，我们去迎接他们！"李宗仁道。

李宗仁和黄旭初乘马到达江边码头时，大鹏战舰也正好鸣笛靠岸。李宗仁今天穿一套新的灰布军装，头戴大檐帽，肩上左右各缀着一颗表示少将阶级的梅花肩章，腰上扎着宽宽的武装带，腿上套着锃亮的军靴，显得十分威武庄重。战舰上放下了栈桥，黄绍竑和白崇禧在一大群卫士的簇拥下，威风凛凛地步上码头石级。使李宗仁感到惊奇的是，黄、白二人均不着军装，黄绍竑身穿浅色中山装，头上戴顶白色通帽，足蹬黑色皮鞋，提根黑漆手杖，他学着孙中山的打扮，可是腮上那又黑又密的微翘的胡须，却使人不会联想到孙中山，而是想到那位不可一世的德皇威廉。白崇禧仍穿着那套他平素喜爱的白色西装，打着紫色条花领带，戴副无边近视眼镜，白皙的脸庞配着油黑发亮梳得整齐的头发，再加上他那颀长的身材和翩翩风度，更显得英俊潇洒。

原来，黄、白二人赴桂平时不着军装，乃是白崇禧的心计，他暗自思忖，如果黄绍竑穿军装，在与李宗仁会见时，必得以军礼见，黄原是李的部下，黄如先给李致礼，便有失黄现在的身份，如不先向李致礼，则李必不悦。因此，白崇禧才想出这个计策来。及待黄、白二人上得码头，李宗仁见他二人不着军装，便和黄旭初迎上前去，与黄、白二人紧紧握手。李宗仁一手拉着黄绍竑，一手拉着白崇禧，笑道：

"季宽，看你气色比以前好多了，大概是离开玉林之后心里顺畅了吧！"

"嘿嘿，德邻兄，我把鸦片烟戒掉了。"黄绍竑仰头笑着，颇有些自负地说道。

李宗仁听黄绍竑称他"德邻兄"，心里老大不快，便将拉着黄绍竑和白崇禧的两只手松开了。白崇禧立刻感到有些不妙，忙笑着说道：

"这浔州府乃是富庶之地、鱼米之乡，不知德公将以什么好东西款待我们？"

李宗仁一听白崇禧那口桂林话，心里顿时高兴起来，忙又拉着白崇禧的手，说道：

"君子之交淡如水。此地有西山名茶、乳泉圣水，可供待客之用。"

黄旭初见李宗仁和白崇禧用桂林家乡话谈得十分投机，便马上用白话和黄绍竑交谈起来。黄绍竑与黄旭初本是容县同乡，且黄旭初又曾在马晓军的模范营中当过营副，也算得上是黄绍竑的旧上官，但言谈举止黄旭初却又处处谨慎，左一声"总指挥"，右一声"总指挥"地叫着，俨然把黄绍竑尊为自己今日的上官，黄绍竑心里自然感到舒坦，话也就更多了，白崇禧见了笑道：

"旭初兄，要是我俩把位置调换一下，恐怕两位老总都没得话讲啰！"

李宗仁和黄绍竑听了都哈哈大笑起来。黄旭初一向不苟言笑，仍是谨慎地说道：

"要换还不如合起来的好。"

白崇禧听黄旭初这话正说在点子上，便又笑道："《三国演义》讲的便是天下分久必合，合久必分的道理呀！"

"哈哈……"

李宗仁赶忙拉住黄绍竑的手，两人相对一笑。随从给他们牵过坐骑，李、白、二黄跃上坐骑，直往李宗仁的定桂军司令部驰去。到了司令部里，四人在客厅里饮茶，稍息片刻，副官来报，宴席已备好，请各位长官入席。李宗仁和黄旭初便邀请黄、白二人到后花园左边的一间密室中去，一边饮宴，一边作纵横谈。李宗仁以主官兼东道主的身份，先劝黄、白二人喝酒，酒过三巡，白崇禧便对李宗仁道：

"对眼下桂林的战事，有何看法？"

李宗仁放下酒杯，颇为焦虑地说："沈鸿英乘人之危，派邓瑞征袭攻桂林，陆老帅闭守孤城，恐怕危在旦夕！"

白崇禧摇头道："有陆裕光、韩彩凤坚守，桂林一时不至于城破。"

"马济定会率军南下解围。"李宗仁道。

白崇禧仍摇着头道："马济的武卫军匆匆编成，战力不强，我料他最多进到兴安的严关便成强弩之末。"

"健生，你对目下桂林陆、沈之战又有何高见？"李宗仁见白崇禧见解卓越，忙问道。

白崇禧将杯中之酒一饮而尽，现出几分孔明姿态，说道：

"眼下邓瑞征既不能打下桂林，陆荣廷桂林之围又不能解。"

"何以见得？"李宗仁问道。

"陆荣廷被困桂林，必檄调在湖南的马济和在邕、龙一带的谭浩明、陆福祥南、北呼应来解桂林之围。但马济所部刚编成，谭、陆所部又是乌合之众，必不是邓瑞征的对手，因此桂林之围必不能解。邓瑞征虽足智多谋，所部又剽悍，但他既要攻城，又要防范南、北两路援军，沈鸿英在八步还要对我们梧州警戒，沈军犯了分兵之忌。"

"啊！"李宗仁见白崇禧说得很有理，但又觉得不够明彻，便说道，"两虎相斗，必有死伤。"

"不见得哩！"白崇禧又摇了摇头，说道，"陆荣廷和沈鸿英都与吴佩孚有瓜葛。吴佩孚保荐沈鸿英做广东军务督理，支持他在广东作乱，反对广东大元帅府；吴佩孚又保举陆荣廷当广西善后督办，使陆荣廷卷土重来，好与孙中山大元帅府作对。陆、沈都是吴佩孚绚在一条绳子上的两只蚂蚱，现在这两只'蚂蚱'相斗，自相残杀，岂不使吴佩孚染指两广的想法落空？因此，吴佩孚必命湖南赵恒惕出兵进行武装调停，斯时桂林之围自解，陆、沈便可握手言和，转而图我！"

"对呀！"李宗仁以手击桌，果断地说道，"趁陆、沈在桂林打得焦头烂额，难分难解之际，我们以迅雷不及掩耳之势，出兵攻袭平乐、八步，直捣沈鸿英老巢！"

"德邻兄差矣！"黄绍竑用手捋着胡须，冷冷一笑，说道，"我们的战略方针，应是联沈倒陆，陆荣廷在广西政治上的影响大过沈鸿英，打倒陆荣廷后，我们收拾沈鸿英就较为容易了。从军事上看，眼下陆荣廷的主力被吸引在柳州、桂林一带，南宁、左右江空虚，南宁乃是广西省会，我们一举袭取南宁，无论在政治上还是军事上，都将产生举足轻重的影响！"

黄绍竑的态度和说话口气，使李宗仁心里产生一种说不清楚的反感，因此黄绍竑的话刚一落音，李宗仁便说道：

"季宽之言有悖人之情理，所言战略方针，亦不能言之有据。因为沈的部属强暴，罪恶昭著，沈鸿英本人反复无常，多为两粤人士所不齿，对其大张挞伐，定可一快人心。而陆老帅则有善名，民国成立以来，举国扰攘，而广西得以粗安，实赖有他。陆氏出身微贱，颇知民间疾苦，所以本省民众对他尚无多大恶感。我们如舍罪大恶极的沈鸿英不问，而向陆老帅兴问罪之师，实不易号召民心。"

"德邻兄之言看似有理，实则是书生腐儒之见！"黄绍竑毫不客气地说道。

李宗仁听黄绍竑如此说，气得直用手指敲着餐桌边说道："联沈倒陆，连我们自己都要倒下去，荒谬荒谬！"

白崇禧见李宗仁和黄绍竑在争论中动了气，忙站起来给李、黄两人斟酒，然后举起酒杯，对李宗仁道："德公请！"

"请！"李宗仁也不看黄绍竑，便将杯里的酒一饮而尽。

"德公，我说几句吧！"白崇禧道。

"健生说吧！"李宗仁口气立刻缓和了下来。

"通观全局，联沈倒陆为上策，联陆倒沈为中策，在陆、沈交兵中无所作为乃是下策。"白崇禧说完上、中、下三策之后，接着说道，"因为第一，陆荣廷现时被困桂林，正图自救，谭浩明、陆福祥等必衔命率军前往桂林解围，南宁防务空虚，易于进攻，且又是广西的政治中心，我得南宁，犹如刘备之得成都；第二，陆荣廷占据桂林，与湖南通，湖南又得吴佩孚援助，适于其支援未至之时，出其不意，攻其不备，我们攻占南宁，扫荡左、右江，夺取桂南、桂西有如囊中探物；第三，如果我们舍陆图沈，胜了，陆之势力犹在，广西仍然不能统一，败了，则更不能打陆矣。因此，眼下我们的处境，有如楚汉相争之韩信，联陆则沈败，联沈则陆败，所以我力主联弱攻强，避实就虚。"

白崇禧的话，尽管说得无懈可击，可是李宗仁却摇着头，说道："联恶制善，名不正言不顺，联陆倒沈方为上策！"

话说到这里，已成僵局，黄绍竑只管玩弄着手中那只精致的酒杯，不再说话。李宗仁正在扯着一只鸡腿，白崇禧急得只把那双机灵的眼睛盯着黄旭初。黄旭初在宴会一开始后便一言不发，尽管李、黄、白三人争论得激烈，他却只是低头喝酒，仿佛这场重大的战略争论与他毫不相关似的。其实，自从接到黄、白将临桂平的电报后，他已度知他们的来意，及待李、黄、白三人在宴席上争论，他当然明白黄绍竑与白崇禧联沈倒陆的意见是上策，李宗仁反对联沈倒陆，一方面出自他厚道的秉性，另一方面是对黄绍竑抱有成见。现在会谈已成僵局，白崇禧频频以目示他发表意见，无非是要他站出来说服李宗仁接受联沈倒陆的战略方针。但黄旭初觉得，现在发言，还不是时候，因此便佯将白崇禧那目光曲解为要打麻将，连忙招呼副官，撤去残席，将一副锃亮的麻将牌送上来，白崇禧一脸苦笑，无可奈何地摇了摇头。

黄绍竑和白崇禧回到寓所，黄绍竑一屁股坐在沙发上，驾着腿，愤懑地说道："明天回梧州去！"

"好，走就走吧！"白崇禧回头把副官喊进来，吩咐道：

"通知'大鹏号'舰舰长，升火起锚，我们连夜赶回梧州去！"

"说走就走？"黄绍竑诧异地问道。

"水不急鱼不跳嘛！"白崇禧诡秘地一笑，"总指挥，你稍候片刻，我去去就来。"

白崇禧也不待黄绍竑说话，便独自走了出来，他径直走到黄旭初的住所，敲开了门，黄旭初把白崇禧迎进客厅坐下，沏好茶，不紧不慢地问道：

"健生兄夤夜来访，必有缘故。"

"黄季宽要走了！"白崇禧显得十分焦急地说道，随即从西装口袋里掏出金怀表看了看，"战舰已经升火起锚了。"

"啊，走得这么急？"黄旭初仍是那么平静，仿佛黄、白的去留皆与他无关似的。

白崇禧见黄旭初这不冷不热的样子，倒真的急起来了：

"旭初兄，你当的什么参谋长呀！"

"请健生兄赐教。"黄旭初慢声细语地说道。尽管白崇禧的来意他已了若指掌，他却只是引而不发，但心里十分明白，李、黄两人，虽然矛盾重重，但大势所趋，必将重新合作，"定桂""讨贼"两军合编之后，论才干和为李、黄倚重，白崇禧必将出任两军的总参谋长，他只能排在白的位置之下，无论是才干和实力，他都不能与李、黄、白三人争高低，他只能凭自己的学识、谨慎和勤勉，服服帖帖地跟着李、黄、白，坐稳他的第四把交椅。因此，他虽然知道白崇禧的心计，无非是要他去对李宗仁施加影响，但却装着不知，由白来提示，以免种下白对他的疑忌。

"你快去对德公说，黄季宽和白健生马上要走了，德公既不愿与我们合作对付陆荣廷，那么我们就到广东去请李任潮来帮忙，到时候，打败了陆荣廷……"

"请健生兄回寓所稍候。"黄旭初点了点头，便去找李宗仁去了。

一小时之后，李宗仁偕黄旭初来到了黄、白的寓所。

"季宽、健生，为何匆匆返梧？"李宗仁进得门来，便急急问道。

"眼下陆、沈正在桂林鏖战，形势对我极为有利，此时不图发展，更待何时？况战局瞬息万变，我们欲夜返梧州，回去部署行动。即此向德公告辞！"白崇禧说。

李宗仁赶忙把黄绍竑和白崇禧紧紧拉住，决断地说道：

"我赞成联沈倒陆！"

"德公！"黄绍竑和白崇禧紧紧握住李宗仁的手……

却说陆荣廷困守孤城，无计可施，日夜绕室而走，彷徨不已，被围以来，短短几十天，头发竟全白了。他眼巴巴盼望的援兵，也渺无消息。原来，马济自接到陆荣廷在桂林被围的电报，便派他的武卫军第一团由衡阳南下解围，可是进至全州便被邓瑞征派出的部队伏击，不能再进。邕、龙两地的援军由陆福祥和谭浩明率领北上，进至距桂林七八十里的百寿县属金竹坳一带，亦被沈军击溃。陆荣廷株守桂林，成了瓮中之鳖，怎不火急火燎。他入城之初，本来住在旧抚台衙门，因那里现是围城沈军大炮轰击的主要目标，他被迫将行辕迁入湖南会馆。这一日，他正在房中的一张藤椅上打盹儿，忽见一人血淋淋地闯将进来，对他厉声喝道：

"陆荣廷，你气数已尽，还不快快逃走！"

他心里一惊，抬头看时，此人乃是在"二次革命"时被他枪杀的革命党人刘古香。可再一看时，却变成了被他在桂林杀害的武昌起义元勋蒋翊武，一眨眼，又变成了被他谋害的护法军政府的海军总长程璧光。陆荣廷惊惶不已，睁大眼睛看时，房中却别无他人。他自认晦气入室，忙从床头抽出那支自来德手枪，对着房中的天花板，连开三枪，以示逐出晦气。可是，他再也无法安静下来，独自一人坐在房中，觉得神不守舍。他记起曾听人说过，正阳门外不远有座关帝庙，那里的关圣帝君常可显圣，求签问卜，无所不灵。想到这里，陆荣廷忙唤来家人，准备香烛纸钱，自己又沐浴净身，更换衣服，然后乘上一抬小轿，往关帝庙去了。

到得关帝庙中，果见关帝爷法相端庄，五彩金身，面如重枣，美髯飘飘，身后立着的黑脸大汉、手持着青龙偃月刀的乃是周仓。陆荣廷亲自在神坛前点上香烛，一一插好，然后虔诚下拜，默默祷告，祈求圣君显灵，保佑自己渡过难关，重振旧业，一统两广。祷告一番之后，只见神坛之前，香风拂拂，烛火摇摇，庙祝暗道：

"老帅，关圣君降坛了！"

陆荣廷听了，那颗心更是咚咚乱跳，眼睁睁地盯着神坛，仿佛他一生的荣辱显贵、发迹沉沦全抓在关圣帝的手心里了。又过了一刻，只见神坛上飘出一帖黄纸，庙祝赶忙对着关帝像深深一拜，然后拿过黄帖，满脸喜色地对陆荣廷道：

"恭喜老帅洪福！"

陆荣廷忙看那黄帖，只见上边端端正正地写着八字偈语："围者自围，解者自解。"他心中为之一振，连忙扑通一声下跪，对着关帝像深深拜了三拜。

陆荣廷出了关帝庙，精神抖擞，一反被围以来的彷徨苦闷情绪，命人将这黄帖遍示城中军民，果然激起守城斗志。

当夜，沈军在文昌门一带暗挖地道，用棺材装满炸药炸城，并组织了几百人的攻城敢死队。后半夜只听轰隆一声巨响，土石横飞，城墙被炸裂开，沈军敢死队呐喊呼叫，蜂拥入城。韩彩凤恰在城上巡视，忙指挥士兵堵击。沈军敢死队都是些亡命之徒，竟前仆后继，拼死冲锋，韩彩凤虽然骁勇，但所部士兵不少在沈军炸药轰城中被击死击昏，眼看抵挡不住沈军的攻势，城防岌岌可危，忙令人速报老帅陆荣廷。

陆荣廷自得了关帝那黄帖偈语，有如吃了一颗定心丸，一个多月以来，他第一次睡了个安稳觉，不想正在梦中却被沈军炸城的巨声震醒，他忙问卫队长是怎么回事。正在这时，韩彩凤着人来报，沈军炸开文昌门城墙丈余，正往城里冲来，战斗甚为激烈。陆荣廷一听，立刻拔枪在手，命令卫队向文昌门出击。他虽已六十余高龄，但体格壮健，步履灵活，亲率卫队，一口气跑到文昌门下，此时韩彩凤部下已死伤大半，战力不支，少数沈军，已经突进城来。陆荣廷大叫一声：

"还不快给我滚出去！"

接着左右开弓，手上那两支自来德连连作响，突进城来的十几名沈军一下全被击毙。陆荣廷的卫士们紧接着高声喊道：

"老帅在此，要命的快滚回去！"

一则沈军本是陆荣廷的旧部，二则陆荣廷枪法出神，军中人人闻名畏惧，经陆荣廷这一扫射，卫士们吆喝，直吓得攻城沈军胆战心惊，那些残存的敢死队们有如丧家之犬连滚带爬一齐逃了回去。陆荣廷立即命令韩彩凤指挥士兵修补城墙，自己带着卫队，返回行辕。

陆荣廷打了胜仗，力挽危局，又想起关圣帝君降下的那八字偈语果然灵验，心中好不高兴，在卫士们的簇拥下，慢慢走着，顺便巡视城内。

天上月明星稀，河汉苍茫，暖风润脸，时令已进仲夏。太平岁月，这山水甲天下的桂林，正是宜人季节，游人纷至沓来，无论是文人墨客，还是市井庶民，无不陶醉在这仙境之中。可是自从那场盛况空前的龙灯之夜后，陆、沈交兵，攻防之战已历数十日，一座座画山被炮台占据，为硝烟弥漫，那秀水漓江，被鲜血浸染，时呈殷红之色，正是山动愁容，水作怨声。值此月夜，一场血战过后，枪炮之声骤然停止，万籁俱寂，连夏夜的虫鸣蛙声都听不见，没有一星灯火，没有一句人语，昔日繁华秀丽的桂林城，遍地瓦砾，一片死寂。陆荣廷深夜巡视，有如行进在荒漠之中，满眼所见，皆是断垣残壁，仿佛进入一座已被战火毁灭了的边塞古城，但他鼻孔里却又分明闻到一股令人作呕的血腥味、粪便味和腐尸味。朦胧的月光下，街头巷尾，依稀可见倒毙的饿殍、狼藉的粪便。原来桂林被围之后，不但粮食断绝了来源，便是饮水也大成问题，市民用水全靠从漓江挑取，闭城之后，不能出城挑水，只靠城中那十二口古老的吊井供水，水源极为紧张。柴草等燃料，因四乡不能挑进城，很多人家只得把桌子、板凳、床铺劈作烧柴。还有粪便，原是靠郊外菜农进城来挑的，困城几十天，无人来挑，厕所茅坑全部溢满，许多人只得把粪便排泄在大街之上。居民之中，被流弹炮火击毙的、饿死的、病死的，无法掩埋，遗尸街头，又值仲夏，城中奇臭难闻，疫病流行，百姓苦不堪言。

　　陆荣廷在城中巡视着，尽管有关圣帝君的黄帖偈语为之壮胆，但仍不免心寒，他觉得自己正走进一座令人毛骨悚然的恐怖地狱之中，树影残屋，奇山怪水，全像一个个露着獠牙，张着巨口的鬼魅，这些可怖的鬼魅已经食尽桂林十万百姓，现在正准备吞噬他了。陆荣廷走着，觉得自己那颗心越跳越慢，最后竟至不能再跳了，他感到浑身麻木冰冷，忙将牙齿咬一咬舌尖，一丝疼痛立即传到心窝处，那颗刚停止跳动的心，像被什么拉扯了一下似的，又咚咚地跳了起来。蓦地，他听到有人哭泣，哭声凄厉、愤懑、时断时续，那声音似乎是从坟墓中透出来的一般。陆荣廷凝神细听，这令人发怵的声音，乃是从前边不远处的一座木板房中传出的。陆荣廷带着两名卫士，循声走去，到底是人是鬼，想看个究竟。

　　那木板房顶的瓦片，已被炮弹掀去大半，陆荣廷踮着脚尖，从窗户往里一看，顿时大吃一惊，只见清幽幽的月光下，一个年轻妇女怀抱着一个奄奄一息的小孩，在哽咽着、咒骂着，房中的一张木板床上躺着两个人，陆荣廷透过月光细看，那是两具僵尸，脸部都用白布盖着，他感到背皮发冷，只听那妇女边哭还边骂：

"陆荣廷千刀剐的，沈鸿英万刀杀的，你们都没得个好死的！害得我家破人亡，吃没吃的……呜呜……"

陆荣廷不敢再看不敢再听，掉头便走，那颗心好像又停止了跳动，连魂也跟着出窍了。

陆荣廷走后，那妇人哭着，怨着，恨着，诉着，手里哆哆嗦嗦地拿过一条绳子，从房中的梁上垂挂下来，又搬过来张凳子，然后爬到凳上，将绳子套在颈脖上，那奄奄一息的小孩在地上沙哑地哭着，两只小腿无力地挣着，那妇女又咒骂了一阵千刀剐万刀杀的陆荣廷、沈鸿英后，便把眼一闭，蹬翻了凳子，悬梁自尽了。

陆荣廷急急奔回湖南会馆他的行辕，喘息方定，正要上床歇息，只觉得一阵阴风曳曳，烛影乱摇，蓦地，刘古香、蒋翊武、程璧光和那方才吊死的年轻妇人，一齐来到房中，向他索命。陆荣廷吓得拔枪在手，可是转眼间，那些飘忽不定的人影又都倏地遁去，无影无踪，陆荣廷觉得这房中晦气太重，不能住宿，便唤来卫士，拿取铺盖，临时到花厅打个铺，又命一班精壮卫士，荷枪实弹，坐在花厅四周弹压，他这才恍惚入睡。

陆荣廷一觉醒来，已是日上三竿，漱洗罢，陆裕光便急急来报：

"父帅，城中居民十之八九已经断炊，许多老百姓连芭蕉根、水葫芦都吃光了！"

陆荣廷沉思良久，下令道："传我的令，要城中囤有多粮的住户，把所有米粮悉数交出，即日在行辕门前设粥厂，由我亲自持勺给百姓施粥！"

陆裕光领命去后，不到半日，便由部队扛回百十袋米粮，神情沮丧地对陆荣廷说道：

"父帅，粮仓已经扫地，富户们刀架在颈脖上也只是交出些许米粮了，粥少僧多，只怕维持不了一两天时间！"

陆荣廷狠了狠心，对陆裕光道："传我的令，全军只留三日口粮，余粮全部运到行辕，施舍给百姓。"

陆裕光迟疑地说道："父帅，军无粮草，何以作战？"

陆荣廷叱责道："关圣帝君不是已降乩语'围者自围，解者自解'吗？不稳定人心，何能自解城危！"

陆裕光无奈，只得遵命，将军中已余无多的米粮悉数运来。时近下午，粥厂搭成，几口大铁锅中，熬着稀稀的米粥，几只大木桶里，也盛满了米粥。陆荣廷便着人骑马到大街小巷传呼：

"桂林百姓们，陆老帅在湖南会馆门前开设粥厂，救济市民，无论男女老幼，皆可前往领受！"

经这一传呼，那些正在饥饿死亡线上挣扎的市民，凡能站立的，都站了起来，能走动的，都挂着拐棍，拿着碗、盆往湖南会馆走来，一时间，湖南会馆门前人山人海，扶老携幼的市民把陆荣廷开设的粥厂围得水泄不通。陆荣廷亲自持勺，为前来领粥的市民们舀粥。一个个领到救命粥的饥民们，都用感激的目光望着陆荣廷，甚至有的手捧粥碗跪下向他磕头。有个穿得满身珠光宝气的贵妇人，头上插着金簪，手上戴着玉镯，指上戴着钻石金戒指，手持金碗，拿着象牙筷子，也前来求粥。陆荣廷问道：

"你也来要粥，难道像你这样的人还没有饭吃吗？"

那妇人说道："钱我有，可就是买不出来呀！"

陆荣廷心头一紧，觉得这贵妇人的命运也许就是他的命运了，他的手有些发抖，舀粥时竟泼了一半在地上，那贵妇人也不怕有失身份，忙用手在地上捧着，把些粥渣米粒捧进她那黄灿灿的金碗里。紧接着来的是一位须眉皆白的老者，看年纪大概在七十以上，他扶着拐棍，颤巍巍地来到陆荣廷跟前。陆荣廷见他手里没有拿碗，便问道：

"老人家，要粥怎么不带碗来？"他也不待老人回话，便命站在他身旁的一名卫士，"给这位老人取个碗来。"

"不用！"那老者喝道，"陆荣廷，我不是来求你施舍的，我活到八十岁，还从没求人恩赐过！"

陆荣廷听那老者一说，一时愣住了，只管眼定定地望着他。那老者伸直了腰，用拐棍点着陆荣廷的鼻子，骂道：

"陆荣廷，你也曾是穷苦人出身，你当了大官，又来欺压老百姓，把个好端端的桂林城葬入兵灾战火之中，十万桂林市民，他们何罪之有？你却把他们弄得死的死，伤的伤，活着的也快饿断了肠子，你想用这点小恩小惠来笼络人心，洗刷你残害百姓的罪名，你你你……"

　　"住嘴！你辱骂陆老帅，该当何罪？"陆荣廷身旁的几名卫士都拔出枪来，只等陆荣廷一声令下便干掉那个老头子。

　　"少废话！"陆荣廷立刻喝住了卫士们，接着用低沉的歉疚的声气对那老者说道，"老人家，有话尽管说吧，我陆某人虽不及肚里能撑船的宰相，但也还能听得下逆耳之言！"

　　"你要还是个人的话，就马上带着你的兵马，滚出桂林去，不要再回广西来！"那老者声色俱厉，手中的拐杖已经戳到陆荣廷的脸上了。说罢，一头便向会馆门前的石狮撞去，顿时头破血流，气绝身亡。陆荣廷只觉得眼前一黑，立刻天旋地转，要不是身后的卫士们眼疾手快扶住，他恐怕已经栽倒进翻滚着的粥锅之中了。

　　陆荣廷回到花厅上，在卧榻上躺着，只觉得神思困倦，精疲力竭。秘书陆瑞轩神色惶惶地来报告道：

　　"老……老帅，不好了，李宗仁、黄绍竑乘我们在桂林与沈鸿英交战，南宁空虚，李宗仁和白崇禧分率左、右两支人马，已经攻陷南宁。这是他们发出的请老帅下野的通电。"

　　陆瑞轩将一纸写得密密麻麻的电文呈到陆荣廷面前。

　　"念——"陆荣廷有气无力地说道。

　　"电文中对老帅多有不恭之词……"陆瑞轩迟疑地说道。

　　"念！"

　　陆瑞轩只得硬着头皮往下念。

　　……我省人心厌乱，而陆、沈又起兵交讧，桂林一带兵乱之地，死亡枕藉，饿殍载道，重以河道梗塞，商业停滞，相持愈久，受祸愈深，以我省残碎之余，宁堪一摘再摘？刻柳州、平乐业为沈军占据，田南各属亦曾相继失陷，桂局已成瓦解之势。窃思陆公干卿以胜国遗将之资，辛亥光复之会，因绵旧绩，遂掌我省军权，以此把持民政。民五以还，武力外张，地位益固，乃干公治桂十稔，成绩毫无。以言军政，则不事练兵；以言民政，则任用私人；以言财政，则滥发纸币；余如教育、实业诸政，无一不呈退化之现象，贻桑梓以浩劫。迨客军以退，报颜复出，谬膺善后督办之职……宗仁对于干公夙抱崇敬老成之见，然不敢姑息爱人以误干公；尤不敢阿好徇私以负大局。除电恳干公克日下野外，特联合友军倡议出师，以扫除省政革新之障碍，奠定桂局。关于善后事宜及建设问题，当尊重全省人民之意志，谨电布臆，幸垂明教。定桂军总指挥李宗仁叩。

陆荣廷听了一言不发。陆裕光来报：

"父帅，湘军旅长叶琪率一旅精兵，已开抵黄沙河进行武装调停，勒令沈鸿英撤去围城之兵。目下，邓瑞征已率部后退三十里。"

"啊！"陆荣廷又惊又喜，忙从衣袋里摸出关帝爷降下的那黄帖偈语，细细揣摸，觉得"围者自围，解者自解"正中天意。他猝然而起，忙命陆裕光道："准备香烛纸钱，另备三牲大礼！"

卫士们和家人忙碌了好一阵，手捧香烛纸钱，抬着"三牲"大礼品，随着陆荣廷往关帝庙给关帝爷烧香供奉去了。

进得庙来，陆荣廷点起香烛，献上"三牲"烧化了纸钱，对着关帝顶礼膜拜。香风之中，神坛之上，又飘出一纸黄帖，那庙祝接在手上，面露惶色，陆荣廷心头一沉，接过黄帖看时，只见上面写着七个字：

"神龙见首不见尾。"

陆荣廷双膝一软，不自觉地又跪了下去，好半天也爬不起来。最后在卫士们的搀扶下，才踉踉跄跄地出得庙来，坐上轿子，回到湖南会馆，长叹一声，这才对陆裕光说道："明日启程，你随我到全州去！"

陆裕光见父帅神色颓然，知必是关帝又降了什么不利偈语，他虽不像陆荣廷那样迷信，但见城中弹尽粮绝，已无法再坚持下去了，便默默地点了点头，拖着沉重

陆荣廷下野通电全文

的步子退了下去。

陆荣廷又嘱咐韩彩凤道："你率所部退回柳、庆一带，待机而动，我准备到湖南马济那里住些日子。"

陆荣廷部署一番，第二天便由陆裕光率兵护卫，由桂林北门出城，走往湘、桂交界的全州县城，在湘山寺暂时住了下来。韩彩凤军出南门，由两江、百寿退往融安一带。谭浩明率军援桂失败后，却没退回邕、龙去，他亲带几十名卫士押着十几担金银财宝，由百寿、三江绕道北上到达全州，在湘山寺里会着陆荣廷，郎舅二人相见，唏嘘流涕，感慨不已。

邓瑞征见陆荣廷已弃城出走，遂率兵重占了桂林。这一场陆、沈桂林攻守战，共进行了七十九天，至此方才了结。

第二十二回

剑拔弩张　李石愚火并俞作柏
力挽危局　黄绍竑推戴李宗仁

　　李、黄、白决定了联沈倒陆的战略方针后，当即将定桂、讨贼两军组编为左、右两路军，向南宁分进合击。左路军由李宗仁指挥，包括定桂军的李石愚部和讨贼军的伍廷飏、夏威、蔡振云等部，由贵县乘船溯江而上，直迫南宁；右路军由白崇禧指挥，包括定桂军的何武、钟祖培部和讨贼军俞作柏部，由贵县取陆路出宾阳、上林一带，迂攻南宁，最后与李宗仁会师。黄绍竑则坐镇梧州，留守后方，作为策应。

　　李宗仁、白崇禧进军神速，一举攻占南宁，两军于六月二十五日胜利会师。李宗仁将司令部设于谭浩明的督军署内。这天，李宗仁和白崇禧在司令部里，商议下一步的军事行动。

　　"我原来估计，林俊廷、陆福祥和蒙仁潜他们会死守南宁的，我军会攻南宁，必有一场恶战，谁知敌军一触即溃。"李宗仁掩饰不住兴奋的心情，对白崇禧说道，"下一步，便可进军左、右江，肃清百色、龙州之敌。"

　　白崇禧却沉思不语，显得心事重重，皱着眉头对地图出神。李宗仁见了，很感诧异，忙问道：

"健生，你不舒服？"

白崇禧摇了摇头，没有说话。李宗仁忽然想起，右路军比预定到南宁的时间晚了两天，他曾问过白崇禧是否遇到强敌阻击，白崇禧只说"敌军不堪一击"，便没有再说了。后来他又私下听说，定桂军的何武、钟祖培不听白崇禧指挥，贻误戎机，致使右路军迟滞了抵邕时间，幸好左路军没有遇到强烈抵抗便进占南宁，否则将影响攻城计划。李宗仁亦曾询问白崇禧，是否定桂军的何武、钟祖培不听指挥？白崇禧只是淡淡一笑，并不作答。李宗仁因轻而易举地进占南宁，两军首次合作行动，旗开得胜，遂没有深究。现在见白崇禧郁郁不乐，想必是还为何武等人的事恼气，便说道：

"健生，定桂军中如有人不服从你指挥，可照实说来，我马上撤了他！"

白崇禧叹了口气，答非所问地说道："德公，怕是要祸起萧墙呀！"

李宗仁一愣，忙问道："你是说定桂、讨贼两军出现不睦？"

"岂止是不睦，说不定要以刀兵相见！"白崇禧低头踱步，沉重地说道。

"健生，我们定要约束部下，绝不能发生冲突，重蹈洪、杨（即洪全秀、杨秀清）覆辙！"李宗仁见白崇禧如此说，也感到问题严重。

"德公，陆荣廷、沈鸿英都不是我们的对手，我估计，如果顺利的话，半年之内我们便可统一广西，可是，眼下两军的裂痕越来越大，明争暗斗愈演愈烈，如不能协调，不用陆、沈来打，我们自己便要灭亡。"白崇禧仍在踱步，忧心忡忡，看得出来，这位足智多谋的"小诸葛"碰到他有生以来最感棘手的问题。

"我要急电梧州，请季宽克日赴邕商议此事，如果因我在而不能团结两军的话，我当弃去军职，由季宽和你统率定桂、讨贼两军。"李宗仁激动地说道。

"德公说哪里话来！"白崇禧摇了摇头，随即吩咐参谋，"给黄总指挥发急电，克日赴邕商议要事。"参谋答了声"是"，正要退出，白崇禧却又唤住他，补充了一句"电文写上：'尔如迟日不来，危险就会发生！'"

正说着，只听一阵急促的枪声骤然而响，一名执行军风军纪勤务的军官在门外喊一声"报告"，未待回话，便急匆匆地闯了进来，向李宗仁、白崇禧报告道：

"李总指挥，白参谋长，讨贼军俞作柏团长与定桂军李石愚团长，因为抢占财政厅和税收机关，发生冲突！"

李宗仁和白崇禧闻报，仿佛一颗重磅炸弹落在头上，心中大震。李宗仁也不说话，倏地冲出司令部办公室，口中连连大叫："备马！备马！"不想马夫这时正在给李宗仁那枣红马刷洗身子，修剪鬃毛，马鞍缰绳全取掉了，马夫跟随李宗仁多年，第一次见他如此惊急，竟吓得不知所措，忙丢下手中的马刷，去取马鞍，又丢下马鞍，去套缰绳，马夫正急得手忙脚乱之时，李宗仁已经飞起一鞭，把那枣红马打得奔跑，他随即迅跑十几步，从后跃上马背，双手抓着马鬃，两脚朝马肚上一磕，那枣红马长嘶一声，即随李宗仁疾驰而去。

到得省财政厅门口，只见壁垒森严，俨然已成战场。定桂军李石愚的部队和讨贼军俞作柏的部队，已经刀枪相向，官兵眼红，两军都架着机枪，突击队准备冲锋厮杀。原来，李宗仁指挥的左路军首先进入南宁，李石愚当即率部占据省财政厅和各税收机关，又占据了银行和军火库。及待白崇禧指挥的右路军到达南宁时，俞作柏见李石愚部抢占了财政厅和税收机关这些使人可以发财的部门，心中大愤，他也不和李宗仁、白崇禧打招呼，便着人通知李石愚，要其让出财政厅和税收机关。李石愚见这位昔日的部下竟如此狂妄，气得把桌子狠狠一拍，对来人说道：

"别说他俞作柏，就是黄绍竑来老子也不让，谁想来占这块地盘，就叫他拿血来换！"

俞作柏一听这话，气得那双老大的眼睛几乎要冒出火来，他的表弟李明瑞在所部当营长，也气得双眉倒竖，大叫："李石愚把我们当什么人看待！"

俞作柏正在气头上，一声令下，集合全团人马，把李石愚的团部财政厅围得水泄不通。俞作柏在外喊话：

"李石愚，识相的马上让出地盘，否则我就不客气了！"

李石愚站在财政厅楼上的窗口对下厉声喝道："俞作柏，有本事你就进来！"说罢，用手枪朝俞作柏开了一枪。

李石愚那一枪子弹正好擦俞作柏头顶飞过，击得后面的砖墙落下一片尘土，俞作柏的卫士见了，也不待命令，举起手提机枪便朝李石愚那窗口猛射了一梭子弹。

李石愚大怒，下令机枪还击。俞作柏当然不示弱，调集所部十几挺轻重机枪，对准省财政厅大楼，正要集中火力猛击，恰好李宗仁骑着他那匹没有缰绳和马鞍的枣红马飞驰而来，正在剑拔弩张准备厮杀的李、俞两团官兵见了，无不骇然。

李宗仁翻身下马，提着那条光溜溜的皮制马鞭，一言不发，只身从街的这头踱到街的那头，他脚上那双光滑锃亮的硬底皮靴，有节奏地磕碰着地面，发出咔嚓咔嚓的响声。他那黑里透红的国字型脸膛，因为怒愤至极，已成紫色，宽宽的前额上，沁出细细的一层汗珠，两条粗黑的浓眉，剑一般挺立在眉骨之上，两只眼睛，目光犀利灼人，圆圆的鼻头，两边的鼻翼在翕动着，厚厚的嘴唇往上硬绷绷地翘着，两边嘴角拉起两道凛然不可犯的棱线。他在街中独自走着，街垒上架着机枪，卧着随时准备冲击的士兵，财政厅大楼上，窗户口架着机枪，墙壁上临时掏出许多枪眼，每个枪眼都伸出一支枪口黑洞洞的六八步枪。

在这充满敌对情绪的两团官兵的对峙中，李宗仁此时好像是一位具有无上权威的将军，正在检阅自己的部队。他还是一言不发，手里提着马鞭，从街的这头走到街的那一头，脚下军靴发出的威严声音，不紧不慢，不重不轻，极有节奏地敲击着大地，震撼着官兵们的心。这声音，胜过硝烟弥漫的战场上那威力无比的克鲁伯大炮的轰鸣声，连那些身经百战的老兵油子们都感到这是一种不可抵御的威慑，它使你不自觉地感到必须放下武器，解除武装！

白崇禧也赶来了，他在街头伫立着，焦急地看着正在街中走动的李宗仁。他明白，在这种场合，不需要斗智，而是需要气魄、权威和震慑凝成的威力，这种浑厚的气概，只有李宗仁身上才具有，这是一种统帅和领袖所独有的气质。白崇禧心里惊叹着，一种欣慰之情油然而生。

李宗仁就这样走着，走了足足一刻钟。俞、李两团官兵眼睁睁地看着，一个个都看呆了，仿佛变成了一群泥胎石塑一般。李宗仁这才停下步子，喊道：

"李石愚团长！俞作柏团长！"

这是一种训练有素的军人所特有的嗓音，是运用丹田之气，通过胸腔，在喉咙迸发出厚重的共鸣声，在检阅场上或在战场的危急时刻，每每可以听到这种震人心弦的声音。

沉默——这是一种雷霆震撼大地过后的静谧，一切能发出声响的东西，似乎都感到自己的渺小，不愿出来显示自己。

"有！"

一个有些沙哑的声音，在省财政厅大楼上响起，留着两撇东洋胡须的李石愚终于在一个窗口露面了。

"有！"

俞作柏从一墙壁后站出来，眨巴着他那两只诡谲的大眼睛，脸上带有几分傲气。

"我命令你们，集合部队，带到这街道两边来，听我训话！"

"是！"李石愚、俞作柏各人应了一声，听从李宗仁的命令，将所部官兵，分别集合带到这条街道的两边，列队站立着，听李宗仁训话。俞作柏和李石愚这两团官兵，是讨贼军和定桂军中的主力，共有三千多人，无论士兵素质和武器装备，在两军中皆属上乘，现在这三千多人，集合站在街道两旁，相距咫尺，正是仇人相见，分外眼红，都在暗中摩拳擦掌，要不是李宗仁站在中间，恐怕早已拼起刺刀来了。

李宗仁又来回走了一阵，才严厉地说道：

"抢占地盘，霸占财政税收机关，这是旧式军队的恶习，我决心革除这种恶习。为此，我命令李石愚团，即日退出财政、银行和各税收机关，由政府派员正式接受这些部门！"

李石愚极不情愿地低着头，俞作柏却把头扭到一边去，两军官兵，竖眉瞪眼，怒气未消。李宗仁训完话，便严令李石愚将团部撤出省财政厅，将所部暂时开到一所学校驻扎。俞作柏部撤回原防。两团官兵皆遵命脱离接触，各回驻地。

却说俞作柏并未率部回防，他带着自己这一团官兵离开南宁，向东拔队而去，直走到邕江下游四十余里的蒲庙方才停住。他一则不愿服从李、白指挥，二则估计黄绍竑最近可能会从梧州到南宁与李、白会商军、政大事，他想在这里拦住黄绍竑的座舰，把黄绍竑请到他的团部，说明李宗仁的定桂军不可靠，秘商解决李宗仁部的办法。

俞作柏团在蒲庙住了一夜，第二天下午，在邕江岸边瞭望的哨兵来报："大鹏战舰开上来了。"

俞作柏闻报，知准是黄绍竑来了，忙带着卫士，乘上一艘快船，到江心的航道上去会黄绍竑的座舰。那"大鹏号"战舰鼓着江浪，摇撼着俞作柏乘坐的木船，两船无法靠拢。俞作柏立在船头，向战舰上高声喊话：

"黄总指挥在舰上吗？"

舰上的士兵，有些认得俞作柏的，便进舱内报告，不一会儿，黄绍竑走到前甲板上，见果然是俞作柏，便问道：

"健侯，你为何在这里？"

"有重要机密报告总指挥，请战舰就地泊岸。"俞作柏说道。

黄绍竑正是为李宗仁、白崇禧那份十万火急的电报而来的，一路疑虑重重，他担心的也正是讨贼军和定桂军两军的关系问题，现在俞作柏突然在这里出现，声言报告机密，心想定是南宁出了大事，忙命舰长将舰船泊岸下锚。舰长却报告道：

"此地水浅，战舰不可靠岸，只能偏离航线中心，临时锚泊。"

黄绍竑见不能靠岸，便命人抛缆，将俞作柏接到大鹏战舰上面谈。俞作柏爬上舰面，便对黄绍竑道：

"请总指挥屏退左右！"

黄绍竑拉着俞作柏，走进舰长室，示意舰长退出，他关上门，这才问道：

"南宁情况如何？"

俞作柏眨了眨那双大眼，这才把白崇禧率右路军进攻宾阳、迁江、上林、武鸣中，定桂军的何武、钟祖培等人不听指挥，贻误戎机，迟滞了部队行动，不能按时抵达南宁。到南宁后，俞作柏愤愤不平，欲找李宗仁论理，要求处罚何、钟两人，却又被白崇禧制止。据说李宗仁曾主动问起在右路军的行动中何、钟二人有否违抗命令的情况，白崇禧又隐瞒不予实说，心中明显偏向定桂军。左路军先攻占南宁，定桂军的李石愚又霸占财政厅、银行及税收机关，并要向讨贼军动武，南宁不可住了，他才把部队开到蒲庙，专候总指挥的座舰到来，陈述苦衷，请示对策。

黄绍竑心中本来对李宗仁存有芥蒂，现在听俞作柏如此这般一说，心中隐隐而动，面上却仍然平静如常，问道：

"健生呢？"

"桂林人和桂林人总归好说话呀！"俞作柏又眨了眨那双诡秘的大眼睛，低声说道，"我曾听人说，李德邻准备请白健生当他的副总指挥兼参谋长，将讨贼军的俞、伍、夏、蔡四团编入定桂军中。因此，我才将本团撤出南宁，估计总指挥近日会从梧州赴邕，特在此专候，一则禀报机密，二则拱卫总指挥的安全。"

黄绍竑沉默不语，只管用手捋着颏下的胡须。俞作柏见黄绍竑不说话，想是正在思考定夺，便又说道：

"南宁极不安全，依我之见，总指挥不必再亲身赴邕，就请在蒲庙下船，用手令通知白健生、伍展空（伍廷飏字展空）、夏煦苍、蔡振云等把队伍开到这里，再做商议，这样做，起码不至于全军被李德邻吃掉。"

黄绍竑仍然没有说话，俞作柏又眨了眨眼睛，说道："如果总指挥一定要到南宁去会李德邻、白健生的话，我将率全团护卫。到南宁时，总指挥就住在我的团部，邀李德邻、白健生和定桂军营长以上军官赴宴，由我带卫队营埋伏四面，到时总指挥以掷杯为号令，由我把李德邻以下定桂军官佐一网打尽，以武力收编定桂军。"

黄绍竑仍沉默不语，腮帮上的肌肉在微微抽搐着。俞作柏道：

"自古立大志，成大事者绝不可存妇人之心，优柔寡断！"他迅速瞟了一眼正在沉思的黄绍竑，"常言道：'一山难容二虎。'现在陆荣廷已经垮台，沈鸿英虽然强悍，但必将为我击灭，因为我们有广州大元帅府做靠山，有李任潮的大力支持。但是，即使讨贼、定桂两军暂时联合消灭了沈鸿英，到时我们还得与李德邻刀兵相见，一决雌雄，鹿死谁手，尚难定夺。如果现在采取行动，以迅雷不及掩耳之势，将李军解决，便可兵不血刃，免除后患之忧。"

黄绍竑的性格决定了他不是优柔寡断之人，俞作柏的话说完后，他问道：

"还有什么话要说的吗？"

"没有了，下面该听总指挥的啦！"俞作柏见黄绍竑要下决心了，心中暗喜，因为解决李宗仁的定桂军后，他在讨贼军中的地位，起码可以超过白崇禧。

"我决定还是先到南宁与李德邻、白健生会见，你团沿邕江两岸护卫我的座舰前进。"黄绍竑命令俞作柏道。

俞作柏见黄绍竑基本上采纳了他的意见，忙答了声"是"，便急急下了"大鹏号"舰，乘船登岸，回去部署对"大鹏号"座舰的警戒去了。

"大鹏号"舰鸣笛起锚，驶入正常航线，直往南宁开去。俞作柏全团分作两路，沿邕江两岸搜索前进。

"大鹏号"舰到达南宁凌铁村码头时，李宗仁和白崇禧已在码头上等候多时了。这个码头，原来是陆荣廷专用的，他当了两广巡阅使后，常到梧州、广州一带巡视，上下船便在这个码头。临江岸边，还修了座"避雨亭"，供他临时歇息。这"避雨亭"在前年粤军入桂时已被捣毁，陆荣廷此次回桂，还来不及重修，又被赶下了台，因此码头上仍可见到一堆断砖残瓦。使李宗仁和白崇禧吃惊的是，与黄绍竑同时到达的竟是俞作柏的人马。"大鹏号"舰抵达码头时，俞作柏立即指挥部队严密警戒，除李宗仁和白崇禧外，甚至连他们带来的随从警卫也不让靠近黄绍竑。白崇禧见了，觉得事态严重，非同寻常，他看了李宗仁一眼，但见李宗仁处之泰然，那黑里透红的国字脸上，挂着轻松、愉快的笑容，军靴笃笃地敲击着码头上那长条麻石，发出清脆的响声。黄绍竑刚一登岸，李宗仁便过去亲切地拉着他的手，问道：

"季宽，一路上顺风吧？"

"唉！"黄绍竑喘了口粗气，摇了摇头，说道，"身体有些不适，战舰的速度太快了！"他用手抚着额头，显出长途跋涉后的困倦。

"健生。"李宗仁忙吩咐白崇禧道，"你陪季宽先回去休息吧，省长公署已经腾出来了，可作下榻之处，别事明日再议。"

"好。"白崇禧点了点头，遂和黄绍竑分乘两抬轻巧小轿，往城中去了。俞作柏命令部队，护卫黄、白入城。

到得省长公署，在客厅坐下，随从献上茶来，黄绍竑即挥退左右，问白崇禧道：

"你和李德邻打急电要我从梧州赶来，到底为了何事？"

白崇禧见黄绍竑此时精神抖擞，知黄在码头上说"身体不适"，显然是装出来的，目的是为了支开李宗仁，以便先与他密谈。白崇禧皱着眉头，想摸清楚俞作柏到底和黄绍竑说了些什么，便先来了个打草探蛇：

"健侯不是都跟你讲清楚了吗！"

黄绍竑见白崇禧一脚把"球"踢了过来，便不再转弯抹角，单刀直入地说道：

"健侯劝我对李德邻下手，以迅雷不及掩耳的手段，收编定桂军！"

"你打算怎么办？"白崇禧两眼逼视着黄绍竑问道。

"想先听听你的高见！"黄绍竑呷了一口茶，又把"球"踢给了白崇禧。

白崇禧见黄绍竑态度暧昧，便勃然而起，慷慨直言："健侯之言，荒谬绝伦！"说罢，他在客厅上急促地踱了几步，又走到黄绍竑面前，心情异常激动地说道，"洪、杨（即洪秀全、杨秀清）之败，实非曾、左（即曾国藩、左宗棠）之功，而由于内部分裂，自毁长城，往事匪遥，可为殷鉴！"

黄绍竑沉默不语，用手不断地捋着胡须，那双冷峻的眼睛，像两只透着森森寒气的古井，令人感到幽深莫测。白崇禧见黄绍竑不动声色，气得直冲着他的顶头上司质问道：

"总指挥，你这次来南宁，难道是为了重演陈桥兵变，黄袍加身的故伎吗？"

黄绍竑并不回答白崇禧的质问，沉默了好久，才慢慢地说道：

"我们先去访一访李德邻再说吧！"

从处理李石愚和俞作柏两团冲突的行动来看，李宗仁胸怀坦荡，绝无分裂吞并之意。黄绍竑要去访问李宗仁，无非是要摸清对方的底细，然后再做决定，因此，白崇禧也极愿意此时陪黄绍竑去见李宗仁，以便共同说服黄绍竑，修补定桂、讨贼两军出现的裂痕。为了不惊动两军部属，白崇禧秘嘱副官着人将那两乘小轿悄悄抬到后门等候，他和黄绍竑都换了便装，秘密从省长公署后门上了小轿，也不带随从警卫，径直往李宗仁的司令部走去。到了门前，他们下了轿子，哨兵是认得白崇禧的，便立正致了持枪礼。司令部的值星官正要走进去通报，白崇禧却一挥手，制止了他。黄、白二人，直往里走，快到李宗仁的办公室时，忽听得有人在说话，声音有些沙哑，情绪却非常冲动，白崇禧忙一把拉住了黄绍竑，站住听里边到底在说些什么。

"德公，自古以来，一国难容两主，一山不存二虎，黄季宽此人，曾经咬过我们一口，他又是用卑鄙手段从上司马晓军那里夺下人家的本钱，投奔德公后，又用卑鄙手段勾走了俞作柏和伍廷飏。俞作柏这人，野心勃勃，他串通夏威、伍廷飏、蔡振云等人，大有使黄季宽黄袍加身之概。只有此时除掉黄绍竑，蛇无头则不行，他的部下必不战而投到德公麾下，如旷日持久，必身遭其害，望德公三思而后行之。"

白崇禧听出，说话的正是定桂军的团长李石愚，他听了心中大吃一惊，暗叫不妙。黄绍竑不听则可，一听直怒得颊下的胡须一根根竖直起来，他瞪着双寒光逼人的眼睛，拉着白崇禧掉头便要走。白崇禧心中虽然激愤，倒还能冷静，他知道如果此时放黄绍竑回去，也许过不了一个小时，南宁街头便会枪炮连天，满地鲜血，死尸狼藉，沈鸿英坐在他的虎皮椅上发出狂笑。白崇禧紧紧地拉住黄绍竑，郑重地把头摇了摇，由于紧张和愤怒，他那平素白皙的面孔，一下涨得通红。黄绍竑虽然听俞作柏说过定桂军的情况，但尚不置可否，他觉得白崇禧的看法不乏深明大义，因此想亲自前来和李宗仁面谈，以期尽释前嫌，继续联合作战，待消灭共同的敌人沈鸿英再开善后会议解决他和李宗仁及两支军队的问题。

谁知一来到李宗仁的司令部，劈头便听到李石愚这充满杀机的话，叫他如何不相信俞作柏的那些先发制人的建议？现在，白崇禧紧紧拉着黄绍竑不让走，黄绍竑倒反怀疑白崇禧和李宗仁串通一气，想阴谋除掉他，以夺其军。黄绍竑暗度已入虎穴，此时只有三十六计走为上着，他也不敢出声，只是拼命要挣脱被白崇禧死死拉住不放的右手，一拉一拽，两人都拼出吃奶的力气。黄绍竑自戒除鸦片烟后，体力已大大恢复。白崇禧毕竟左腿胯骨受伤留下残疾，腿上无力支撑，被黄绍竑往回拖走了几步，他一看无法制止黄绍竑的行动了，遂从那西装口袋里掏出他的白朗宁手枪来。黄绍竑见白崇禧掏手枪，心中又惊又怒，但他的右手被白崇禧紧紧地拽着，无法挣脱，只得用左手从腰上抽出那支小号左轮手枪来。白崇禧一见黄绍竑也拔出手枪，急把白朗宁手枪的枪口对准自己的左胸，用低沉的只有两人才听得见的声音对黄绍竑说道：

"总指挥，我不忍心看见讨贼、定桂两军自相火并残杀，我既无回天之力，也不愿作翼王（即石达开）之举，今日便饮下此弹，望你好自为之！"

黄绍竑急忙夺下白崇禧的手枪，两人似乎都听到了对方那怦怦作响的心跳声，彼此相视无言以对。这时，办公室里又响起一个粗粗的嗓音：

"白崇禧那个小白脸，诡计多端，脚踏两只船，我看他是想学孙猴子那一手，钻进我们的肚子里翻跟斗，从内部整垮我们，德公绝不可放过他！"

白崇禧听出说话的正是定桂军的另一团长何武。黄绍竑听了忙用眼睛向白崇禧示意：此时不走更待何时？白崇禧却只是不动，似乎在等待着什么人的话。

"诸位有话只管说好了！"

白崇禧和黄绍竑都听出这是李宗仁的声音，他的话音仍像平时一样平静而稳重。

"绝不可与豺狼为伍！德公，我宁愿听一个排长的指挥，也不愿再听白崇禧的指挥！"钟祖培拍着桌子，愤愤地叫喊着。

白崇禧只觉得心头被无数的重物压抑着，他胸部起伏，似乎连呼吸都困难。黄绍竑紧紧地咬着牙关，要不是此时此地，他真要冲进去，把那些可恶的家伙们狠狠地揍上几马鞭。

"还有话要说吗？"李宗仁平静地问道。

沉默，良久的沉默，也许大家都在看着李宗仁，由他做最后的裁决了。白崇禧听到那熟悉的军靴声，在有节奏地响着——李宗仁此时正在室内踱步。

"诸位，我绝不相信黄、白两人会贸然出此下策。如果他们觉得有我在，他们不易做事，我可立刻引退，让他们二人完全负责，成功不必在我。为广西乃至整个国家和民族的前途着想，纵我不干，我仍希望你们完全服从黄、白二人的指挥，也如服从我一样，以完成统一广西的任务，拯斯民于水火之中！"

沉默，又是良久的沉默。黄绍竑胸中，那被感情冰冷闸门禁锢着的热血，一下溃堤而出，他"乓"的一声推门而入，破例地对李宗仁作深深一拜，激动地喊了一声：

"德公！"

白崇禧也跟着进门，盈眶的热泪从他那激动而变红了的脸膛上滚滚而下。李宗仁和他的那些团长们，一时都愣住了，李宗仁赶忙将黄绍竑扶起来，连连说道：

"季宽，请坐，请坐！"

黄绍竑站了起来，也不落座，只是说了一句话：

"明日上午，我在省长公署设宴，请德公出席，邀请定桂、讨贼两军营长以上军官出席！"

黄绍竑、白崇禧回到省长公署之后，便令人准备明日的盛大宴会，又着人通知讨贼军营长以上军官，上午前来指挥部内赴宴。俞作柏听到黄绍竑要在指挥部内设宴款待两军官佐的通知，心中暗喜，悄悄来见黄绍竑，问道：

"总指挥，明日这鸿门宴还是像在梧州捉冯葆初那样干吧？"

黄绍竑正色道："明日是桃园结义，可不是鸿门宴，你休得误会了！"

俞作柏一听，心里愣住了，忙道："总指挥如何变卦了？"

黄绍竑道："我何曾采纳过你的意见？休得胡思乱想，动摇军心！"

俞作柏见黄绍竑如此说，遂愤愤不平地说道："总指挥，难道我从玉林跟你一同出走梧州的原因，你会不知道吗？一只猫甚至一只狗，扶它上树是可以的，一只猪，无论怎么扶它，是绝不能上树的！"说罢，竟扬长而去。

"站住！"黄绍竑厉声喝道，"回来！"

俞作柏虽然桀骜不驯，但对黄绍竑的将令尚能服从，他一个向后转，又走到黄绍竑面前来，黄绍竑也不客气，用手指戳着俞作柏的胸口，教训道：

"我告诉你，李德邻绝不是一只猫或者一只狗，更不是一只笨拙的猪，他是一只虎，一只猛虎！"

俞作柏被黄绍竑训了一顿，心中怏怏不悦，回到他的团部，遂称病不出，第二天的宴会，由他的表弟李明瑞代替出席。

第二天上午，在省长公署的大厅里，摆开十几桌丰盛的宴席，定桂、讨贼两军营长以上军官，依次而坐，济济一堂，气氛显得非常隆重。黄绍竑精神焕发，起立致辞：

"诸位，为庆祝我们胜利攻占南宁，今天特备薄酒一杯，便饭数桌，招待大家。我们虽然取得了重大胜利，但是仅仅占领了一个南宁城和广西一小部地方，还有很大的地区被陆荣廷和沈鸿英占据着。他们的部队数量比我们多，地盘比我们大，而且南宁的周围都是敌人，我们定桂、讨贼两军如不诚心合作，不严密统一指挥，就是自取灭亡！"

黄绍竑情绪激昂，声音洪亮，大厅里一片寂静。他继续说道："为此，我提议立即编组'定桂讨贼联军'总指挥部，我衷心拥护李总指挥当联军总指挥，我当副总指挥。我们讨贼军原来都是李总指挥的部下，因为那时要袭取梧州，进行讨贼，才分开来的。现在两军都发展了，为将来的更大发展，必须重新结合起来。"黄绍竑当即擎杯在手，高喊一声：

"起立！"

端坐着的军官们，"刷"的一声站了起来。

"立正！"黄绍竑又是一声口令，军官们立正站得笔挺。

黄绍竑举着酒杯，走到李宗仁面前，立正，敬礼，然后说道：

"德公，作为您的部下，我代表'定桂讨贼联军'全体官兵，推举您担任联军总指挥，并向您敬酒致意！"

李宗仁激动地接过酒杯，一饮而尽。黄绍竑又斟满一杯，举杯向全体军官宣誓道：

"今后我们将领，誓当一心一德，服从李德公的领导，果有二心，当如此杯！"

"当"的一声，黄绍竑将手中之杯，掷于地上，那杯跌得粉碎，大厅里寂静无哗，气氛肃穆而庄严。黄绍竑又向李宗仁敬礼：

"请德公训话！"

李宗仁伸出两手，在空中往下按了按："诸位请坐！"

军官们"刷"的一声整齐落座。李宗仁激动地说道："诸位，我八桂人民乃至全国同胞，多少年来，均处于水深火热之中，外有帝国主义的压迫，内有军阀的混战。拯人民于倒悬，救国家民族于危亡，我辈青年革命军人责无旁贷。现我袍泽既上下一心，当矢勤矢勇，以救国救民为职志。而复兴国家振兴民族，当以统一广西为开端，革命大业，肇基于此。本人不揣德薄，愿率诸君共赴之！"

李宗仁致过简短训辞，黄绍竑当即带头鼓掌，大厅之内热情洋溢，宴会直到酒酣耳热方尽欢而散。

第二十三回

激战上雷　"小诸葛"临危施巧计
允带三人　韩彩凤兵败入深山

却说黄绍竑推李宗仁坐上第一把交椅后，接着李、黄、白便正式将两军合编为"定桂讨贼联军"，由李宗仁任联军总指挥，黄绍竑任副总指挥，白崇禧任前敌总指挥兼总参谋长，胡宗铎任总参议。联军总指挥部下辖两军计十一个纵队和若干独立团，其建制为：

定桂军总指挥　李宗仁（兼）

　　参谋长　黄旭初

　　第一纵队司令　李石愚

　　第二纵队司令　何　武

　　第三纵队司令　钟祖培

　　第四纵队司令　刘权中

　　第五纵队司令　何中权

　　第六纵队司令　韦肇隆

讨贼军总指挥　黄绍竑（兼）

　　参谋长　白崇禧（兼）

　　第一纵队司令　俞作柏

　　第二纵队司令　伍廷飏

　　第三纵队司令　夏　威

　　第四纵队司令　蔡振云

　　第五纵队司令　吕焕炎

　　部队整编之后，士气旺盛，李、黄、白遂决定下一步继续执行联沈倒陆的战略方针，分兵三路，扫荡陆荣廷残部。右路由李宗仁和白崇禧亲自指挥夏威、伍廷飏、何武、钟祖培、韦肇隆纵队进攻柳州、庆远，消灭盘踞该地的韩彩凤、韩彩龙兄弟；中路令俞作柏指挥所部和蔡振云纵队，向武鸣进攻，肃清那马、都安残敌；左路令胡宗铎总参议指挥吕焕炎、刘权中纵队，由左江而上，直捣龙州。布置既定，三路人马，浩荡进军。黄绍竑仍回梧州坐镇，黄旭初则留守南宁，以作策应。李宗仁、白崇禧临出发前，即致电沈鸿英，邀请其南下到柳州附近的大塘会谈商议两军联合作战事宜，以便南北分进合击韩氏兄弟。

　　沈鸿英接到电报，寻思陆荣廷已经再度垮台，目下广西境内就剩下他与李宗仁、黄绍竑角逐了，南下夺取柳州，正是极好的机会，只要占领柳州，便可巩固桂北。他即令人发急电，要参谋长邓瑞征由桂林星夜赶到八步来，商量夺取柳州的计划。邓瑞征接电，估计准是商议对付李、黄、白的事，不敢怠慢，带着随从卫队，骑马疾驰奔赴八步。到了司令部，沈鸿英正坐在他那张虎皮椅上等候着。邓瑞征敬了礼，刚在旁边的一张椅子上坐下，沈鸿英劈头便问道：

　　"柳州的事情，你看怎么办？那几个小连长打电报来，要我们去商议。"

　　说罢，便将李宗仁和白崇禧发来的电报交给邓瑞征。沈鸿英在陆荣廷时代当过镇守使和军长，那时李宗仁、黄绍竑、白崇禧都在陆荣廷部下当连长，因此他很不把这几个名不见经传的"小连长"放在眼里。邓瑞征看过电报，便冷笑一声，说道：

"他们想借总司令的本钱去捞世界，天下哪有这么便宜的事情！我已想好一计，叫作'卞庄刺虎'。"

沈鸿英虽是绿林出身，识字不多，但经常要参谋和秘书们向他讲些三十六计、《三国演义》和《水浒传》及前人用兵用计的故事，天长日久，他对一些成语典故之类也慢慢熟悉了，现在听邓瑞征说到"卞庄刺虎"，便一拍大腿说道：

"妙，明日你就出发到大塘去，与那几个小连长扯扯板路吧！"

第二天，邓瑞征奉命到柳州大塘与李、白会晤，为了显示实力和作"卞庄刺虎"之举，他亲率沈军中另一精锐——杨祖德师的五千人马随行。到了大塘，此处离柳州城已经不远，邓瑞征命令部队严加戒备，他自己举着望远镜，观察地形和敌情，在等待李宗仁和白崇禧的到来。不久，哨兵来报，前边发现两乘肩舆和百数人的队伍。邓瑞征忙用望远镜一看，见那支小部队戴的是童子军军帽，便知是李、黄、白的部队，那肩舆上抬着的两个人，准是李宗仁和白崇禧了。邓瑞征在此之前只见过黄绍竑，但未见过李宗仁和白崇禧，他眼珠一转，决定给李、白来个下马威，立即传令，全军进入戒备，几十挺轻重机枪一线摆开，对准那百十人的小部队，其余士兵全部卧倒，举枪瞄准那两抬肩舆，又命令他的卫队营分两排站立，前排的全端着手提机枪，中间的手持上着刺刀的步枪，后边靠近他的则手握雪亮的马刀，全军杀气腾腾，如临大敌。邓瑞征布置好这一切后，便命勤务兵摆开那张行军专用的烟榻，躺到烟榻上，勤务兵给他装烟烧斗，悠悠然抽起鸦片烟来。但在枕边，却放着那架乌黑发亮的望远镜，烧过一斗烟之后，便坐起来，用望远镜看一看那支越来越近的小部队。

那百十人越来越近了，大约他们也看到了前边已进入临战状态的沈军，他们表现有些惊慌，迟疑了一下，便又继续朝前走来。邓瑞征见了，满意地笑了起来，又一头躺到鸦片烟榻上，惬意地吸了两口烟。那支小部队临近了，不用望远镜已经看得清楚了，在阵地前沿，警戒的沈军挡住了那支部队的前进，队伍中的两抬肩舆停住了，从上边跳下来两个气宇轩昂的青年军官。邓瑞征"哼"的一声冷笑，又躺到烟榻上，慢悠悠地抽起烟来，等着李宗仁和白崇禧到烟榻前来拜会他。

"报告邓参谋长，李总指挥、白参谋长派副官前来联络。"

邓瑞征慢慢抬起头来，只见自己的副官引着那两个从肩舆上下来的青年军官到了烟榻面前，邓瑞征暗自一惊，忙问那两个戴着童子军军帽的青年军官道：

"李德邻和白健生呢？"

"李总指挥和白参谋长随后就到。"那两个青年军官答道。

正说着，哨兵跑来报告："报告参谋长，四面山梁上发现敌情！"

邓瑞征赶忙举起望远镜观察，只见四面的山梁上，有骑兵奔驰，步兵跃进，正不知有多少人马。邓瑞征的副官惊呼道：

"参谋长，我们被包围了！"

邓瑞征因不明情况，忙下令派出部队进行搜索。正在这时，他突然发现离自己三百多公尺之处出现一支严整的部队，士兵全戴着童子军帽，着灰布军装。邓瑞征见了，心里又是一惊，那两个从肩舆上下来的青年军官笑道：

"邓参谋长，我们总指挥和总参谋长来了。"

邓瑞征听了跟着又是一惊，因为他率部到此已有一个多钟头，他用望远镜对四处地形都做了仔细观察，又曾派出小部队进行搜索，皆未发现有别的部队，李、白和他们的部队难道会是神兵天降？邓瑞征正在惊疑之中，李宗仁和白崇禧已经走了过来，白崇禧笑容可掬，对着邓瑞征抱拳拱了拱手，说道：

"邓参谋长远道而来，兄弟有失远迎！"说着又指着李宗仁介绍道："这位是我们'定桂讨贼联军'总指挥官李德邻将军。"

邓瑞征也拱了拱手，说道："久仰，久仰。"

附近没有村舍，双方的会谈便在一棵大樟树下进行。这里是个岔路口，一棵合抱的百年大樟，树枝苍劲，树下有几个光滑的大石凳，李宗仁、白崇禧和邓瑞征便坐在石凳下开始会谈。

"李总指挥，你们是来会谈还是来会战的？"邓瑞征因为受到李、白的部队突然包围，心里又气又恨，刚坐下便愤愤责问李宗仁。

"邓参谋长言之有理，"白崇禧因受李宗仁委托做主谈，便笑着说道，"我们既是来会谈的，也是来会战的。"

"此话怎讲？"邓瑞征盯着白崇禧问道。

"会谈么，我们现在不是已开始了吗？"白崇禧笑着轻松地做了个手势，"下一步该商量如何对韩彩凤、韩彩龙会战了。"

"白参谋长对作战计划恐怕早已有腹案了吧？"邓瑞征也确实厉害，架起"炮"便向白崇禧"将军"了。

白崇禧当然也不示弱，他取出图囊，打开军用地图，指着地图对邓瑞征道：

"邓参谋长，目下韩彩凤据守着柳州城，柳州城池虽险固，但坚守待援则可，死守孤城则不行，韩彩凤必将所部撤至柳城县之上雷圩，企图在上雷与我决战。"

"何以见得？"邓瑞征问道。

"韩彩凤乃柳城县上雷圩人，所部皆是上雷一带的子弟兵，韩彩凤在上雷与我决战，占了地利、人和两条，他何乐而不为！"白崇禧用手指戳着地图说道。

"我们何以作战？"邓瑞征不让白崇禧有喘息思索的机会，紧接着问道。

"孙子曰：'故知战之地，知战之日，则可千里而会战。'"白崇禧毫不思索地回答，"敌趋上雷，必据大茂桥与我战。我军正面攻坚，望邓参谋长率贵部迂回其后，则可一举而歼韩彩凤！"

"可以。"邓瑞征见白崇禧主动承担正面攻坚的任务，便点头会意，但又紧接着说道，"我军兵多，桂林、平乐、八步地盘不够，打下柳州之后，柳州地盘须由我军占据。"

"可以！"白崇禧也答得十分干脆，"我们的目的是消灭陆氏残部，地盘可让与贵军，但作战时两军必须协同。"

"口说无凭，请立字为据。"邓瑞征一口咬住白崇禧说过的话不放。

"请邓参谋长赐文房四宝。"白崇禧慷慨地说道。

邓瑞征即命人取来笔墨纸砚，白崇禧磨得浓墨，将纸铺在石凳上，一挥而就。写好字据，请李宗仁在上边签字画押，然后交与邓瑞征收存。会谈就此结束，李宗仁、白崇禧向邓瑞征拱手告辞，率军去了。

却说韩彩凤自桂林退回柳州后，每思报仇雪恨，整日里秣马厉兵，加紧训练部队。陆荣廷退出桂林后，却住在全州的湘山寺，这个地方，乃是明末靖江王后裔石涛和尚驻锡之处。陆荣廷尚眷恋着广西地盘，希望有再次卷土重来之机。

那韩彩凤早年虽跟沈鸿英干过打家劫舍的勾当，但为人忠厚，作战勇敢，平日素得军心，军中称为"赵子龙"。因此陆荣廷把再起的希望全寄托在这位雄踞柳州的"赵子龙"身上了，隔一两天，陆荣廷便有电报给韩彩凤。韩彩凤也忠心耿耿，誓为陆老帅再掌广西大权而效命。这一日，忽接李宗仁、白崇禧亲率大军来攻柳州的消息，又闻邓瑞征率杨祖德师南下与李、白会攻柳州，韩彩凤气得拍桌子大骂他的把兄弟邓瑞征不仁不义，趁火打劫。骂过之后，韩彩凤寻思，柳州城池虽然险固，但若死守，则无援兵解围，只有坐以待毙，他的胞兄彩龙驻军庆远，那也是个战略要地，他兄弟俩虽互成掎角之势，控制柳、庆大片地区，但却难以互为应援。思之再三，韩彩凤决定放弃柳州城，将所部四千余人撤往老家柳城县上雷一带备战。一到老家，韩彩凤便将家产尽行变卖，偌大的房产，只留下个专司供奉祖宗先人的香火堂，牛马猪羊，鸡鸭猫狗，皆屠宰尽净，多余存粮立即充作军食。韩彩凤手持香烛，来到香火堂前，往香火台上插好香烛，又一一摆上供品，然后对着祖宗牌位跪拜，口中念念有词：

"列祖列宗在天之灵，不肖子孙彩凤因效忠陆干公，十数年驰骋疆场，无不尽忠尽勇。今日世事险恶，干公蒙难，彩凤独撑危局，祈求祖宗在天之灵保佑，此战大胜，扭转乾坤！"

祈祷完毕，韩彩凤又向祖宗牌位叩了九个响头，然后慢慢站起，焚化了纸钱，将供品中那九只大酒杯中的酒一一洒在香火台前。

祭完祖宗，韩彩凤便集合全军，来到村前一个庙宇旁，那庙中供奉的既不是观音佛祖，也不是土地山神，只见庙堂的正中，巍然立着一个伟岸的军人，右手拿着一把长剑，左手握一支手枪，仔细看时，却是一个泥塑，倒有几分面似老帅陆荣廷模样。这泥塑正是陆荣廷之像。原来，陆荣廷自夺得广西政权之后，为了树立自己的威望，以便统治广西，便秘嘱手下之人，在各地替他塑像，又编造出一些荒诞离奇的传说故事来。据说泥像塑出来的陆荣廷，右手那把长剑乃是平虏之剑，是八仙之中的吕洞宾传授的，其法力无边，威力无穷，当年陆荣廷在边关与法国鬼对战，用的便是这把宝剑，杀得法国鬼落魄丧胆；左手那支枪名叫镇魔枪，却不知是何人所授，因此陆荣廷枪法传神，百发百中。据说有次陆荣廷行军，忽遇一阵大风，那风也来得蹊跷，直刮得天昏地暗，飞沙走石，日月无光，人马不辨方向。正在危难之时，陆荣廷拔枪在手，"砰砰砰"向天连击三枪，霎时之间，怪风立刹，天地清明。因此，各地塑出的陆荣廷像两手皆是左持平虏剑，右挥镇魔枪。现在，韩彩凤亲率全军官兵，进庙前来参拜陆荣廷的塑像，韩彩凤拜毕，对泥塑高声说道：

"请老帅降下魔法，助我成功，消灭李宗仁、黄绍竑、白崇禧和沈鸿英，夺回广西失地。"

韩彩凤退出后，他部下的官兵鱼贯而入，纷纷进庙来参拜陆老帅。几千人，竟参拜了半日之久。全军拜过了陆老帅后，便集合在村前的大草坪上，听韩彩凤训话。韩彩凤登上一张大方桌，对全体官兵说道：

"弟兄们，我们都是上雷子弟兵，这一仗就在我们家门口打，我们是为陆老帅而战，也是为家乡父老而战，为祖宗先人而战。十几年来，我与你们同生死，共患难，我们由广西打到广东，又打到湖南，转战万里，今日退到老家来了，你们看怎么办？"

"唯有死战！"

数千官兵，一声高呼，声震云霄。韩彩凤"嗖"的一声抽出刀来，对着部下大声叫道：

"歃血为盟，死战到底！"

说罢，用刀在右手食指上一拉，鲜血冒出，卫士端着一只大杯，接下鲜血。然后，全军官兵歃血，竟接得鲜血数升，那鲜血一起倒进一只能盛得下百余斤酒的大缸里。韩彩凤令卫士将血酒盛在壶中，为官兵们一一斟酒。韩彩凤率先举杯，与官兵们将血酒一饮而尽。饮过血酒，韩彩凤对部下说道：

"弟兄们，我韩彩凤跟陆老帅十几年，虽然也当了个军官，打仗有两下子，抓钱的本事却没有。现在我带着弟兄们回到家乡，只得卖掉祖业给你们发饷，钱不多，算我一点心意吧！"

说罢，他令卫士抬着盛满银毫的大箩筐，一五一十地给军官和士兵们发饷。韩彩凤虽治军很严，但能与士兵们同甘苦，颇得军心，现在部下们见师长变卖祖业家财发饷，无不感动流泪。发了饷，韩彩凤将家中屠宰的牛马猪羊鸡鸭猫狗等牲畜大犒士兵，全军饱餐一顿，便进入大茂桥布防，以逸待劳，迎击李宗仁和白崇禧之军。一切就绪之后，韩彩凤巡视了一番阵地，忽地想起《三国演义》中赵云用计的故事，便给邓瑞征写了一封信，立即着人送去。

再说李宗仁、白崇禧别过邓瑞征之后，即率军直趋柳州城下，果如白崇禧所料，韩彩凤将守城之兵全部撤往柳城上雷一带布防，李、白遂进占了柳州城。白崇禧对李宗仁道：

"北有韩彩凤，东有邓瑞征，我军如久占柳州，便是背了包袱，眼下需全力以赴，消灭韩彩凤部，然后进击庆远，再擒韩彩龙，只要抓住了这一'凤'一'龙'，陆荣廷在广西的根便被拔掉了。"

李宗仁点头称是，忙向白崇禧问计，白崇禧道：

"邓瑞征此来，是坐山观虎斗的，待我与韩氏兄弟斗得精疲力乏之时，他便使出'卞庄刺虎'的故伎。因此，我们与韩彩凤不斗到一死一伤的地步，他是绝不会轻易投入战斗的，我胜，邓必出来打几拳死虎，以分柳州地盘，我败，他就过来踢我们几脚。总之，我们对他得处处提防。为此，需兵分两路，德公率韦肇隆纵队的两个营在东泉以北一带活动，一来可监视邓瑞征，二来可袭韩彩凤侧背。我则指挥夏威、何武、伍廷飏、钟祖培纵队，正面攻击韩彩凤。"

李宗仁说了个"好"字，正要分兵，忽参谋来报：

"巡逻队捉到了韩彩凤派往邓瑞征那里送信的一个人。"

参谋将搜获的书信交给白崇禧，白崇禧接过一看，仰头哈哈大笑起来：

"'赵子龙'也会用计啦！哈哈……"

李宗仁忙接信来看，原来是韩彩凤致他的把兄弟邓瑞征的信，大致是邓瑞征着人送来的信已阅，同意双方采取一致行动，夹击李、白之军，事成之后，韩彩凤愿将柳州地盘让与邓瑞征云云。李宗仁道：

"韩、邓本是沈鸿英系统，他们又是把兄弟，此事不得不防。"

白崇禧道："这对把兄弟在桂林已经打破了脸，现在联合谈何容易？邓瑞征已移军洛埠，与韩彩凤和我军保持相等距离，韩彩凤既派人送信与他，为何倒反要经过我们的防区？以此推断，韩彩凤这封信不是送给邓瑞征的，却是明明要送给我们的哩！"

李宗仁大悟，忙道："是的，是的！"

白崇禧随即取过纸笔，一挥而就，忙命参谋将那送信人带进来，白崇禧对那送信人说道：

"韩彩凤这点小计如何瞒得了我？我不杀你，这是我的一封信，你带回去交给韩彩凤。"

白崇禧打发那送信人走了之后，便对李宗仁说道：

"我正面战场将有一场恶战，德公与我必须保持有效的电话联系，以便及时请示磋商战局。"

"一切由你安排！"李宗仁说道。

商议完毕，李、白便各自调度部队去了。李宗仁率韦肇隆的两个营，正要出发，第二纵队司令何武气冲冲地跑来，对李宗仁说道：

"总指挥，你要我听白崇禧指挥吗？"

这何武在"定桂讨贼联军"中资格最老，李宗仁、黄绍竑、白崇禧等人还是陆军小学学生的时候，他已在南京总统府陆军总长黄兴指挥之下的第八师任连长，战功卓著，后来又跟随李宗仁上六万大山。在军中他只服从李宗仁一人，黄绍竑虽是副总指挥，但何武认为黄是偷李宗仁的本钱起家的，因此对黄绍竑甚为鄙夷。至于白崇禧，何武认为此人诡计多端，又是黄绍竑系统的，对他皆无好感。现在要直接受他的指挥，何武哪里肯服，便怒气冲冲跑来见李宗仁。

"白崇禧是当今一位初露头角的军事家，你必须服从他的指挥，这是军令！"

李宗仁的话，硬得像一块钢铁，掷在地上可以叮当作响，不容何武有一丝半点的犹豫。

"好吧，既是总指挥如此说，我去就是！"何武掉转头，扬着手中的马鞭，跨上马背，狠狠地抽了一鞭。

李宗仁、白崇禧率领部队，分头出发，只留些小部队，象征性地看守着柳州城。

却说韩彩凤在大茂桥布置好防线后，正准备与李、白的军队决战，那送信之人回来了，韩彩凤忙问："情况如何？"那送信人道："信没送到邓瑞征手上，却被李、白军队搜去了。"

韩彩凤听了心中暗喜，李、白这下中他的离间计了。那送信人却从怀中掏出一封信来，呈给韩彩凤：

"这是他们给师长的信。"

韩彩凤接过信，撕开信封，看过之后，却愣愣地站着，半天说不出一句话来。原来，白崇禧这封信确实厉害，直触到韩彩凤心中的痛处。白崇禧在信中指出，陆荣廷在广西的统治是"大厦已倾"，韩彩凤"独木难支"，现在退据上雷，"虽得地利人和，然蹂躏桑梓，罪孽深重"，白崇禧指出韩彩凤此战必败，全师覆灭，出路有二——"一投降，二流窜湘、黔"。至于"庆远，乃死城之地，既不可据，亦不可守，乃兄必死城中"。白崇禧最后敦劝韩彩凤："欲全名节，则不可降，吾放你一条生路，退入湘、黔罢，但仅允带随从三人，不可多矣！"

韩彩凤看罢此信，一股凄凉之感顿生心头，仿佛那白崇禧此时已钻入他的肚肠之中，把他的心思早窥得一清二楚。为了驱赶心中的郁闷，韩彩凤取过他那把大刀，在一块长条磨刀石上，泼下一大碗酒，使劲磨起刀来。那刀本来就闪闪发亮，给他这一磨，更闪出一道逼人寒光。韩彩凤提刀在手，拉开架势，舞起刀来。他武功极好，刀法娴熟，只见一片寒光闪耀飞舞，有如平地腾起一道道闪电。

第二天早晨，部下来报：李、白的军队已逼近大茂桥。韩彩凤也不说话，把那大刀往背上的皮带里一插，又把那支子弹装得满满的驳壳枪往前边一挂，大步流星，直奔阵地而去。到了阵地上一看，只见满山遍野尽是戴着童子军帽的李、白军队，正向大茂桥压来。韩彩凤抽出大刀，吼叫一声"杀"，率领部下直扑过去。

却说白崇禧命夏威率所部打头阵，刚接近大茂桥，便被韩彩凤一个猛冲，抵挡不住，往后便退，正遇白崇禧率大队接住。白崇禧见韩彩凤勇猛异常，忙指挥伍廷飏、钟祖培从左、右两翼包抄上去，将韩彩凤团团围困。那韩彩凤毫无惧色，将大刀扔给身边的卫士，夺过掌旗兵手里那面红底白心中间书着一个大"韩"字的军旗，"哗啦啦"地舞将起来。哪里危急，他的旗帜便挥舞到哪里，哪里便转危为安。两军短兵相接，肉搏冲杀，近距离扫射，喊杀声震得大地颤动……

白崇禧把临时指挥所设在一个小山坡上，不用望远镜，那惨烈的厮杀便可一目了然。他见敌军中一个军官挥舞着大旗指挥作战，如入无人之境，料想此人必是韩彩凤无疑，不禁叹道：

"'赵子龙'名不虚传！"

白崇禧忙传下命令："集中轻重火力，务必消灭那个掌旗者！"

霎时间，子弹如飞蝗纷纷射向韩彩凤。韩彩凤连眼也不眨一眨，仍挥舞大旗，时而迅跑，时而滚翻，时而跃进，时而匍匐，但手里的大旗却不停地舞动着，连白崇禧也不得不暗暗喝彩叫绝。两军酣战由晨至午，白崇禧发现自己的部队已渐不支。这时李宗仁打来电话，询问战况，白崇禧只答了一句："与敌正激战中！"李宗仁又问："需要我投入战斗吗？"白崇禧答："德公放心，我还有预备队！"白崇禧放下电话，命令传令兵通知作为预备队的何武纵队，立即跑步投入战斗，绕过大茂桥，直抵敌背。

何武率自己的纵队在距离战场两里多路的一个山坡下警戒，他自己坐在一棵大枫树下，那宽厚的脊背舒坦地靠在树干上，正在一边喝酒，一边撕扯着刚煮熟的一只大肥鸡。这时传令兵急急跑到他的面前，传达了白崇禧的命令。何武啧了一下嘴，说道：

"老子打了快二十年仗，也没有使用过预备队。民国元年我们第八师在南京……"

那传令兵见他满不在乎的样子，想起战场危急，忙又把命令复述了一遍，何武这才不耐烦地把手一挥："我知道了，你回去吧！"传令兵走后，他又喝了一阵酒，直到把那只大肥鸡吃得只剩下一堆骨头，他才起来，伸了个懒腰，又感到有些困倦，此时正是午后时分，太阳炽烈，他酒足饭饱，更不想动，侧耳听了听，只隐约可闻一阵阵枪声和喊杀声，他估计白崇禧胆怯，想过早地使用预备队，口里喃喃道：

"这仗让我指挥，韩彩凤早被抓住了。哼，白崇禧，中国崭露头角的军事家，老子就让你把角都露出来吧！"

说罢，便放翻他那胖大的身躯，挽着手臂，在大枫树下，呼呼睡去。

却说白崇禧见何武的预备队迟迟不动，正想派传令兵再去催促，这时两名电话兵忽然押着一个人到指挥所来报告：

"参谋长，这是邓瑞征派来窃听电话的人，被我们查线时抓住了。"

那个邓瑞征的兵吓得浑身哆嗦不止，白崇禧见了忙亲手替他解开被绑着的双手，用好言抚慰道：

"我不杀你，你告诉我，邓瑞征要你怎样窃听我军电话？"

邓瑞征那兵见白崇禧说话和蔼，便说道："邓……邓瑞征要我和另一个弟兄，寻找你们的电话线，将你们的电话线搭在我拉的一条专线上，这样，便可窃听你们的电话。不想刚才被你们发现，我的那个兄弟被打死了，我……"

"带下去。"白崇禧命令电话兵将那人带走后，马上叫人将通信连连长叫了来，在他耳边如此这般地吩咐了一番，通信连长立即带着几个电话兵，又押着那个被派来窃听电话的敌兵一道走了。

由于何武的预备队没有及时投入战场，夏威、伍廷飏、钟祖培三个纵队经过半日激战，伤亡惨重，无法抵挡韩彩凤的猛攻，已全线动摇。韩彩凤大呼："童子军不堪一击！"仍舞着那面被子弹洞穿累累的战旗，指挥部下，掩杀过来，将白崇禧的指挥所团团围住，韩军喊杀连天，向白崇禧的指挥所发起猛攻。白崇禧也不惊慌，从一名卫士手中夺过手提机关枪，亲率卫队反击，他的卫队都是些精壮士兵，训练有素，枪法极好，人数虽少，却也暂时顶住了韩彩凤的猛烈进攻。韩彩凤见已将白崇禧围在山坡上，心中大喜，高喊着：

"弟兄们，冲上去活捉白崇禧！"

韩彩凤的部队素来骁勇善战，现在见敌军指挥官已陷重围，更是精神抖擞，拼死往上冲。白崇禧见战场危急，连连派出几名传令兵去催何武率预备队增援，但刚下山坡，一个个传令兵便被密集的子弹射倒在地，白崇禧心里一紧，知突围已不可能，便只有横下心来死守指挥所待援。恰在这时，守在电话机旁的电话兵来报：

"参谋长，讯号响了！"

白崇禧提着枪，急往指挥所跑，进得那临时搭起的帐篷中，只听得电话耳机里

"嘀——嘀——嘀——"响起三声长长的讯号。

白崇禧抓过送话器，急促地喊道：

"德公！德公！"

"健生吗？战况如何？"耳机里传来李宗仁颇为焦急的声音。

白崇禧用手捂着送话器，先喘了一口粗气，这才说道：

"报告德公，我部正面已将韩彩凤全军击溃，请德公率部由上雷北面追击前进！"

"好！"耳机里传来李宗仁兴奋的声音。

"韩彩凤残部必窜湘、黔边境，请德公务必将其围堵歼灭，我即率本部袭攻庆远。"

李宗仁又说了个"好"字，白崇禧这才放下电话，又喘了口粗气，用衣袖揩了揩脸上那豆大的汗珠，提着枪，走出指挥所。这时卫队营长跑来急报：

"参谋长，卫队营三个连长两死一伤，部队已伤亡过半，指挥所前沿阵地已全部失守，敌人已开始向我指挥部山头发起总攻击！"

白崇禧一看，只见满山遍野的敌军呐喊着正向山腰发起冲锋。这里虽不是大山，却是半丘陵半山坡，他的指挥所设在这个高地，下边尚有几个波浪式的丘陵形成的山坡，因此便于防守，现在下面的几道矮坡阵地已被突破，他急令卫队营长：

"收缩部队，固守主阵地，再过一个小时，韩彩凤就完蛋了！"

白崇禧提着枪，和剩下的一百余名卫士，坚守在山坡上，卫士们弹无虚发，将冲到阵地前的韩军一一射杀。山坡上，全是尸体，草木为之变色。韩彩凤见数次冲锋都被击退，遂组织了数百人的一支敢死队，悬重赏发起冲锋，他亲自提着大刀，率领卫队督战跟着冲击。白崇禧往下一看，见四周围山坡之中，密密麻麻除了死尸全是韩彩凤的部队，前头的士兵全端着手提式机枪冲锋，后边的全是大刀队突击，黑压压一片，只见刀光血影，弹火如网。白崇禧知道，最后的时刻到了，他看着散布在指挥所四周的卫队，已打得剩下不足百人。他看看腕上的手表，离他给李宗仁打电话的时间已过一小时十分钟。他焦躁地举起望远镜，朝东北方向观看，在他的视野之内，突然发现一支部队正向韩彩凤军的侧后冲来，白崇禧欣喜地喊道：

"邓瑞征到底来了！"

原来，邓瑞征自大塘与李、白会晤之后，将部队开到离上雷十多里便不再前进，他要在这里作观虎斗，或攻韩彩凤，或攻李、白，只等战机到来。为了能及时掌握韩、李两军交战情况，他思得一计，命两名电话兵从他的指挥部里暗中拉出一条电话线，与李、白的电话线绞在一起，他稳稳当当地坐在指挥部里，便可清清楚楚地听到李、白两人通话，以便待机下手。不想他的那两个电话兵偏偏又让白崇禧的电话兵在查线时发现了，一个被打死，一个被抓获。白崇禧审讯那个被抓获的电话兵后，深知邓瑞征的用意，便将计就计，乃命自己的电话兵押着邓瑞征的电话兵，仍到那里，将双方的电话线又绞在一处，并用讯号通知他和李宗仁讲话。白崇禧便在电话中佯称韩彩凤如何战败，以诱邓瑞征出兵攻袭韩彩凤的侧背。邓瑞征虽然足智多谋，但竟听信了白崇禧的话，他知李宗仁率有一支部队驻在自己的北面，不敢乘势袭击白崇禧，但听说韩彩凤已战败，为了战后好分享柳州战胜果实，便急速率军袭攻韩彩凤的侧背，李宗仁在电话中又得白崇禧报告，邓瑞征已投入战斗，他监视邓军的任务已完成，遂率两营，由东北方向加入战斗。韩彩凤虽然能战，但突遭此两支生力军的夹攻，无力抵抗，开始溃败。白崇禧见敌军全线崩溃，便指挥部队追击，直打得韩彩凤丢盔弃甲，落荒而逃，走了一夜，方才摆脱李、白、邓三支部队的追击。

这天早晨，韩彩凤退到一处山隘口，正在埋锅造饭，他检点残部，尚剩三百余人，全是他的骑兵卫队，不觉想起白崇禧给他的信中有"仅允带随从三人，不可多矣"的话，便哈哈笑道：

"老子还有三百多人哩，不愁没世界可捞！"

正说着，只听一声炮响，扫来一阵密集的枪弹，他的骑兵卫队全下了马，正在歇息，遭此突然袭击，立时死伤半数，活着的忙奔上马背逃命。正奔着，又被前边山路上砍下的无数树木挡住去路，又是一阵密集的子弹扫射，韩彩凤部连人带马，打死大半。只听山谷中有人大喊：

"韩彩凤，我们白参谋长放你一条生路，但只准带随从三人同行！"

韩彩凤哀叹一声："天灭我也！"遂拔枪欲自尽，却被身旁的两名贴身卫士挡住，又一名卫士在前开路，口中喊叫着：

"我们韩师长只带三个卫士，请高抬贵手，放条生路！"

山谷中的伏兵果然守诺，并不开枪，放过了韩彩凤和那三个卫士。韩彩凤如丧家之犬，跌跌撞撞，在三名卫士的搀扶下，消失在黑魆魆的大山之中。

第二十四回

严明军纪　李宗仁挥泪撤何武
酒店遇险　黄绍竑夜半遭枪击

白崇禧将韩彩凤部歼灭后，率军直抵庆远城下，守将韩彩龙无力抵抗，又患足疾，逃亡不及，被迫吞食鸦片自杀。

白崇禧未经激战便占领了庆远城，李、白指挥的右路军大获全胜。中路军总指挥俞作柏率自己的纵队和蔡振云纵队由武鸣出发，向那马进攻，陆福祥凭险顽抗，被击重伤，所部溃败。俞作柏乃挥师大进，再战于都安，大败林俊廷，迫其退入黔桂边境。陆福祥逃到靖西，见大势已去，只身逃入越南。俞作柏乘胜向恩隆、百色进逼，迫使守将刘日福投降，右江军事遂告结束。

左路军在总参议胡宗铎率领下，溯左江而上，直捣龙州。盘踞龙州的乃是谭浩明的两个弟弟，一名浩清，一名浩澄，都是花花公子，大军一到，便望风而逃，两谭只身逃入越南，胡宗铎遂进占龙州，左江军事亦告结束。李、黄、白自攻占南宁至肃清柳庆及左、右江之敌，仅用数月时间，兵力不过万余，击溃了盘踞广西十三年之久的陆荣廷及其残部三万余人，占领了广西全境三分之二的地方。

再说陆荣廷在全州湘山寺闲居，听到所部皆被李宗仁、黄绍竑、白崇禧悉数歼灭，知断无再起之日，只得长叹一声，收拾行装，离开广西进入湖南，到长沙后发出再次下野的通电，然后乘江轮东下，由上海抵苏州，做寓公去了。

李宗仁、白崇禧消灭韩彩凤、韩彩龙兄弟后，移军柳州，休整部队，检讨此次战役之得失。何武不听白崇禧指挥，陷全军于险境，李宗仁闻知，便问白崇禧道：

"健生，请将何武违抗军令之事详细对我说来，我要重办他！"

白崇禧寻思，何武是李宗仁的爱将，在李部中为人正直爽快，忠心耿耿，向为李宗仁所倚重，白崇禧不愿使李宗仁为难，便道：

"德公，毕竟我们已经打了胜仗，此事后果也不严重，我看，就算了吧！"

李宗仁见白崇禧如此说，知他碍于总指挥的面子，便十分严肃地说道：

"健生，据我所知，你治军极严，绝不容许部下有此行为，今日为何遮遮掩掩，言不由衷呢？"

白崇禧却不答话，李宗仁更加证实了自己的判断，便断然地说道：

"在我看来，此事甚为严重。军令如山，焉有大敌当前，而敢违令之理？"

李宗仁在室内踱步，他那军靴磕碰着地板，与他的话形成严峻而鲜明的节奏。"何武不听你的命令，就等于不听我的命令！我如知而不办，以后命令岂不当作儿戏，全军将何以作战？因此，我一定要将何武彻查重办！"

白崇禧仍不插话，只是说道："德公，我到部队里检查武器装备去了。"

白崇禧也不等李宗仁回答，便走了。李宗仁马上派人将何武找来。那何武嗜酒如命，正在喝酒之时，听说李宗仁找他，便提着半瓶尚未喝完的酒，大大咧咧地朝司令部走来，进了门，随随便便地问道：

"总指挥，你找我有事吗？"

李宗仁指着旁边一张凳子道："你坐下！"

何武一屁股坐下，随即跷起二郎腿来，问道："什么事？"

"这次作战，我已查出你不听命令。按照军法，这是要杀头的。我念你过去有功，只将你撤职，今日你便做好交代。"李宗仁严厉地说道。

"总指挥，事情有那么严重吗？"何武满不在乎地问。

"上雷一战，你作为预备队指挥官不听白参谋长的命令，几乎使全军覆灭，后果严重，影响极坏，难道这些你都不知道吗？"李宗仁两眼盯着何武说道。

"总指挥，你不是对我说过，白崇禧是当今一位初露头角的军事家吗？他在前边和韩彩凤交锋，我如上去帮他的忙，把韩彩凤打败了，岂不是显不出白崇禧的本事了么，他那'头角'怎么还能露得出来呢？我是一番好心，他倒来向你告我的状！"何武满脸委屈地说道。

李宗仁听了真是哭笑不得，正要斥责他，何武却又说道：

"总指挥，纵使我一时违抗了军令，论私交，我是跟你上六万大山的呀，平时我们从没红过脸，更没有半点过不去的，今日有事，不看僧面也得看佛面嘛！"

李宗仁听何武如此说，心中确实不忍将他查处，但他知道，如果留下一个何武，便将走掉一个白崇禧，从他的事业来看，别说一个何武，便是一万个也及不得白崇禧一个。想到这里，他态度马上和缓下来，对何武道：

"你看过《三国演义》，应当晓得诸葛亮挥泪斩马谡的故事。我们的私交是私交，军令是军令。我如徇私不办，将来便无法维持军令。因此，这次对你必须撤职，既是从私交出发，你应体谅我的苦衷才是。"

何武也是个爽快之人，他见李宗仁如此说，便道："那好，我回家种田去！"

李宗仁紧紧地拉住何武的双手，久久不放。从上六万大山以来，他们之间感情融洽，何武骁勇善战，战功累累，也从未违抗过李宗仁的命令，今日将他撤职，心中难免有些不忍，但大敌当前，李宗仁明白绝不能感情用事，便说道：

"我们革命军人，为国为民战死沙场，当是夙愿，然而解甲归田也是很正当的归宿。论军职，我是你的上官，论年纪你是我的兄长，以后仍希望你常常和我通信。"

李宗仁说着，竟流下眼泪来，何武也至为感动，临行时真诚地对李宗仁道：

"总指挥，现我已卸去军职，你我之间已无上官与部属的关系，我年长几岁，就以兄长之辈向你讲句话可以吗？"

"好的，你说吧！"李宗仁道。

"白崇禧此人诡计多端，黄绍竑又野心不小，我是怕你斗不过他们，我们定桂军会被吃掉。李石愚、钟祖培对此也心怀不满，去掉我一个何武不可惜，难道你还要把李石愚、钟祖培也都赶走吗？"

"你是我的兄长，我感激你，领情了，但此事不可再提，你回去办交代吧！"

李宗仁随即将何武明令撤职，何武办了交代，便回昭平县乡下种田去了。李宗仁这个举动，使白崇禧心中久久不能平静，他感到自己终于遇到了刘备，对李宗仁深感知遇之恩。这件事在"定桂讨贼联军"中，也引起很大震动，将士对李宗仁不徇私情、军令如山、罚赏严明的态度无不敬畏，就连李石愚和钟祖培也做声不得。

李宗仁和白崇禧率部在柳州休整了两日。这天，邓瑞征派人送来一信，要李、白恪守诺言，将柳州地盘让与沈军。

白崇禧随即提笔，在那信上批了个"可"字，着送信人带回去了。李宗仁不解地问道：

"我们流血夺下的地盘，就这样便宜地让与他？"

白崇禧笑道："将欲取之，必先予之。我们的部队，现分散在柳州及左右江一带，一时尚不能集中，眼下难以与沈军决战，柳州地盘，不妨暂时让予他。"

李宗仁点头，遂和白崇禧率军退出柳州，邓瑞征便将柳州城占去。李、白将部队撤至来宾迁江一带驻扎，回南宁去了。此时，黄绍竑偕陈雄乘"大鹏号"战舰由梧州来到南宁，黄绍竑对李宗仁和白崇禧说道：

"李任潮和邓择生不断来电，催我到广州去加入国民党。"

"入党？"李宗仁望着黄绍竑说道，"那样急干什么，我们恐怕得准备与沈鸿英的大战呢，打完沈鸿英再去不行吗？"

"我也是这样想的。"黄绍竑道，"反正我是大元帅亲自委任的讨贼军总指挥，不是和入党一样吗。你看陈炯明那帮人，都是入了党的，结果反孙大元帅最厉害的就是他。我看只要心里忠于孙大元帅就行了，形式上入不入党也没多大关系。"

"对！"李宗仁道，"我看你还是留下来部署与沈鸿英的大战吧，一切待打完仗再说。"

陈雄却摇着头说道："自我们消灭陈天泰的部队后，驻粤桂军总司令刘震寰、军长刘玉山在广州造了我们不少谣言，他们说黄副总指挥是什么'联省自治派'，挂羊头卖狗肉，羽毛丰满了又是第二个陆荣廷。我临离开广州前，陈伯南（即陈济棠，时任粤军李济深部旅长）特地来对我说：'你告诉黄季宽，广州的谣言这样多，如果他再不来入党，我们就很难帮你们说话了。'"

陈雄这话，说得李宗仁和黄绍竑都一时无言以对，李宗仁忙问白崇禧道：

"健生，你说呢？"

"我们既已加入革命营垒，入党之事当然应抱积极态度，黄副总指挥加入国民党，对我们今后的发展，只会大有好处。因此，广州之行，宜早不宜迟。"白崇禧说道，"不过，我掐指一算，黄副总指挥广州之行凶多吉少！"

"啊！"李宗仁大吃一惊，忙问道，"此话怎讲？"

黄绍竑捋着胡须，哈哈大笑道："陈大麻子来找麻烦呗！"

陈雄忙道："陈大麻子被放回广州后，刘震寰和刘玉山仍让他当师长，他在广州也还颇有实力，也曾扬言要报仇。此事我曾对陈伯南说过，担心黄副总指挥到广州的安全。陈伯南却拍着胸口道：'放心，邓择生团现驻广州，而且广州还有其他粤军驻扎着，怕他什么陈大麻子，包你安全无事！'"

白崇禧见黄绍竑捅破了他的话，便不再作声，他暗自盘算着，刘震寰和杨希闵的桂、滇军，眼下正把持着广州，仅邓演达那一团人，是难以担保不出事的，至于其他粤军皆在广州郊外，一旦有事也救之不及。刘震寰等人本想染指广西，不想陈天泰暗图梧州不成，反遭全师覆没，他们深恨黄绍竑，如今黄绍竑只身闯入广州，他们必千方百计，欲杀之而后快，因此黄绍竑广州之行必有性命危险。黄绍竑如死在广州，对于白崇禧来说，正好是个晋升的机会，白将稳稳当当地当上副总指挥。可是，黄绍竑一死，讨贼军难免不发生分裂，俞作柏等人肯定不会服从李宗仁的指挥，再则，黄死之后，"定桂讨贼联军"与广州及李济深的联系必将减弱，对统一广西及今后的发展将大大不利。白崇禧权衡了一下，觉得既不能阻止黄绍竑广州之行，又不能让黄绍竑死在广州，想了一下才笑着说道：

"一般人入教，都要经过洗礼，副总指挥此番到广州入党，怕也要得接受洗礼呢！"

李宗仁却很忧虑地说道："陈天泰这个人，什么事都会做得出来，季宽虽然放了他，说不定反要恩将仇报。去广州入党，我们又不能代替，季宽广州之行可否暂缓……"

黄绍竑原来倒并不热心去广州的，现在经白崇禧、李宗仁这么一说，他那冒险的雄心又被撩拨得痒痒的，用拳头擂着桌子道：

"明知山有虎，偏向虎山行！陈大麻子本是我手下败将，他如有胆量，可再来较量一番！"

黄绍竑广州之行决心既下，且在政治、军事上对李、黄统一广西都极有好处，李宗仁便不再劝阻。白崇禧说道：

"副总指挥履行完入党手续之后，可向大本营要求名义，希望发表李、黄二公为广西绥靖督办和会办，我们有了这个名义，统一广西便顺理成章，也斩断了刘震寰重回广西夺权的企图。"

李宗仁和黄绍竑对白崇禧这一远见卓识都十分赞赏，大家又议了军、政方面的大事，因黄绍竑明日便要下广州，李宗仁请他早点歇息，各自散了。第二天早晨，李、白两人亲自送黄绍竑到达凌铁村码头。白崇禧把黄绍竑的卫队长牛得才拉到一旁，轻声问道：

"牛得才，你家里都还有些什么人？"

"母亲，妻子和一个七岁的儿子，还有个妹子，今年年底要出嫁。"牛得才望着白崇禧，不知他为什么要问起这些。

白崇禧脸色非常严肃地说道："你这次跟黄副总指挥去广州，任务十分艰巨，你一定要舍命保证副总指挥的生命安全，倘有不测，我一定给你赡养好老母和妻儿，你妹子出嫁的嫁妆，我当代为置齐！"

牛得才听白崇禧如此说，又吃惊又感激，他知道白崇禧从不信口开河，这位足智多谋的军师，所言之事，无不应验，但事已至此，他心中坦然地说道：

"请参谋长放心，只要有我牛得才在，副总指挥绝无性命危险！"

白崇禧又郑重地叮嘱道："就是你倒下了，也要使黄副总指挥脱险！我这里有个'锦囊'，你拿去缝在衣服贴身处，等到了广州的那天晚上九点钟，再开拆，会使副总指挥逢凶化吉，遇难呈祥。"

白崇禧说罢，便将一个小小布囊递给牛得才，牛得才接过，细心地放在衣袋里，向白崇禧敬了礼，率领十名精悍卫士，随黄绍竑登上了大鹏军舰。军舰早已升火起锚，鸣笛三声，顺流而下。黄绍竑和陈雄乘军舰回到梧州，为了稳妥起见，陈雄先赴广州做好安排，黄绍竑这才从梧州启程去广州。

这天上午，黄绍竑到达黄埔码头，李济深驻广州的部将陈铭枢、陈济棠、邓演达等人到码头欢迎。他们将黄绍竑迎上汽车，驱车前往南园酒家饮宴，为黄绍竑接风洗尘。

却说孙中山大元帅自实行"联俄、联共、扶助农工"三大政策后，改组了国民党，在苏联顾问鲍罗廷及中国共产党人的支持和帮助下，革命形势发展迅速，不久前，又一举平定了商团叛乱，革命根据地广州进一步得到巩固和发展。

孙中山正在粤北重镇韶关组织北伐大本营，准备出兵北伐，打倒曹锟、吴佩孚等北洋军阀。恰在这时，直系将领冯玉祥、胡景翼和孙岳联合起来，举行"首都革命"，打倒了直系首领曹锟、吴佩孚。冯玉祥等将所部组成国民军，欢迎孙中山北上主持国家大计。孙中山当即复电表示："义旗聿举，大憝肃清，诸兄功在国家，同深庆幸，建设大计，即欲决定，拟即日北上，与诸兄晤商。"十一月十一日，孙中山任命廖仲恺为大本营参议，以胡汉民代大元帅职，十三日由广州乘船启程，经香港北上。因此黄绍竑到广州的时候，孙中山的船已抵上海了，黄绍竑在汽车上看到的，只是广州街头张贴的"欢送孙中山大元帅北上主持大计""打倒军阀""打倒列强"的大标语。大街之上，工人、市民的革命热情高涨，有队伍在游行，有人在演讲，散发革命传单，桂、滇军的军官和士兵，神气十足地在街头横冲直撞。黄绍竑觉得，整个广州城，好似一片大海，有汹涌的激浪，也有不测的漩流。邓演达在车上对黄绍竑道：

"季宽，我早催你来，为的是让你有机会晋见孙大元帅，可惜你来晚了一步，孙大元帅此时已抵上海了。大本营的事，孙大元帅全盘托付给了胡汉民先生主持，前几日又任命廖仲恺先生为大本营参议，军事方面，交给许崇智总司令负责，黄埔军校则由许总司令的参谋长蒋介石出任校长，我也被派往黄埔军校工作去了。"

久不来广州，黄绍竑感到这一切都十分新鲜，但他关注的还是广东方面对他和李宗仁的看法，因此便问道：

"择生兄，对我的入党问题，广州为何催得这样紧呢？"

邓演达道："为的是尽快实现两广统一，建立巩固的革命根据地，以便出兵北伐，统一中国！"

陈济棠道："还怕你会变成第二个陆荣廷，我们都不大放心。"

大家都笑了起来，说着便到了南园酒家，邓演达、陈铭枢和陈济棠三人做东，宴请黄绍竑。宴毕，邓演达和陈铭枢因有事告辞，由陈济棠陪同黄绍竑到东山百子路廖公馆去拜会廖仲恺。

在此之前，黄绍竑还未见过大名鼎鼎的廖仲恺，因此到得廖公馆前，便十分留意。下了汽车，只见在一平缓的坡地上，两幢雅洁的西式楼房比肩而立。楼房为上下两层，均为砖木结构，楼上有小巧的阳台。楼房四周，盛栽花木，美人蕉吐着如火的花蕊，老拙的紫藤千缠百绕，铺下一地的绿荫。院前绕以铁丝栅栏，栅栏上亦爬着花蔓。院后砌有石墙，植有几株常青树。院墙外面，东面也有几幢小洋楼，西北面则是一片青葱的菜地，环境很是静雅。廖仲恺的公馆又名双清楼，这原是廖夫人何香凝用自己在娘家的私蓄建造的。使黄绍竑感到奇怪的是，廖仲恺在国民党内和大元帅府中均担任要职，又是赫赫有名的黄埔军校的党代表，但在他的公馆门前，却见不到一个持枪的岗兵，或挎盒子枪的警卫，门前的一把藤椅上只坐着一个和蔼的看门老人。恰在这时，一群打着赤脚，身背斗笠的乡下农民从门里走出来，一个身材矮小精干身着西装的中年人，将这些农民送出门口，一一和他们亲切握手。黄绍竑看了，更感奇怪。陈济棠马上过去对那中年人说道：

"廖部长，广西的黄季宽来了。"

那中年人马上走过来，紧紧地握住黄绍竑的手，说道：

"你好！你好！我是廖仲恺。"他那双快活的眼睛里洋溢着如火的热情和充沛的精力，嘴里连连说道，"欢迎！欢迎！欢迎！"

黄绍竑跟着廖仲恺进了公馆的客厅，客厅里的沙发上坐着两个人，一个身着长衫，戴金丝细边眼镜，另一个身着军服，留着一撮日本式胡子。经廖仲恺介绍，那穿长衫、戴眼镜的便是胡汉民，穿军服的是粤军总司令许崇智。黄绍竑见过胡、许二人，就在靠近胡汉民旁边的沙发上落座。胡汉民文质彬彬，不苟言笑，待黄绍竑坐下后，便问道：

"季宽，难得你来一趟广州，广西的情况如何？"

黄绍竑已从邓演达口中知道胡汉民现在代替孙中山在广州帅府和大本营中负责，广西的事情必得和他商量，他便将奉孙大元帅之命发动梧州起义，与李宗仁联合，消灭了陆荣廷残部，眼下已占据梧州、玉林、桂平、南宁、柳州约广西全境三分之二的地区，下一步将集中全力，消灭沈鸿英部，统一广西全省的事详细说了。胡汉民认真地听着，点点头，说道：

"你们干得不错，陆荣廷、沈鸿英这些害民贼，不但祸害广西，而且祸害广东，将其歼灭，大得人心！"胡汉民点上一支香烟，那双锋利的眼睛望了黄绍竑一眼，问道，"尔后，你们怎么打算？"

黄绍竑觉得胡汉民的眼光似乎有某种不信任感，使他马上想到都城之战消灭陈天泰的事来，因为陈天泰出兵南路便是奉的大本营胡汉民的命令。黄绍竑忙道：

"我是孙大元帅委任的广西讨贼军总指挥，绝对服从大本营的命令，此次来广州加入国民党，便是为了更好地追随孙大元帅革命。广西统一之后，一切有关军、政、党务方面的事，皆听命于大本营。"

黄绍竑这番话，使胡汉民听了感到非常满意，廖仲恺那双快活的眼睛里也闪烁着兴奋的光彩。胡汉民道：

"好，请季宽回去之后要多做李德邻的工作，两广统一之后，事情便好办了。"

黄绍竑忙说道："我来之前，李德邻提出，我们已占领广西的省会南宁，且已控制广西全省三分之二地区，希望大本营考虑任命相应的职务，以解决广西统一的善后问题。"

胡汉民想了想，问道：

"你们对此有何打算？"

黄绍竑道："李德邻曾提出要求用'广西军务善后督办'的名称。"

胡汉民摇头道："'军务善后督办'是北洋政府沿用的名称，我们反对北洋政府，这个名称不好沿用。"

"李德邻很想要这个名称。"黄绍竑坚持道。

双方斟酌了好久，也想不到合适的名称，最后黄绍竑才提出白崇禧说的那个"广西绥靖督办"的名称来，没想到胡汉民一下子便同意了，即议定任命李宗仁为广西绥靖督办，黄绍竑为会办，白崇禧为参谋长。黄绍竑又提出由原广西省参议会议长张一气为省长，廖仲恺摇头道：

"季宽，省长一职我看还是由你来兼吧。"

黄绍竑却笑道："省长是文职，我这个耍枪杆子的不能兼，况且议长做省长，也还有顾及民意的味道。"

黄绍竑再三推却，廖仲恺便也不再坚持。其实，在黄绍竑眼中，那省长一职无非是个装饰品而已，终究不如抓枪杆来得痛快。胡汉民又说道：

"季宽，这次总算解决你的入党问题了，李德邻也得尽快入党，否则便谈不上军政和党务的统一。"

廖仲恺也忙道："季宽回去之后，就请李德邻也来广州履行入党手续。"

黄绍竑似有难色，望着胡、廖说道："我回去之后恐怕马上就得和沈鸿英打仗了，还是打完仗再说吧。"

胡汉民想了想，说道："那也好。你既然来了，我看明天早上就到中央党部去宣誓入党，可请仲恺和汝为（许崇智字汝为）做介绍人。"

廖仲恺和许崇智满口答应做黄绍竑的入党介绍人。他们又谈了些全国政局以及两广方面的事情，不觉已到晚饭时候，廖仲恺夫人何香凝请客人吃便饭。饭后，他们又接着交谈，直到晚上九点多钟，黄绍竑才告辞出廖公馆。

陈济棠的使命便是专门照应黄绍竑的，他陪黄绍竑走出廖公馆，到门口乘上汽车，黄绍竑笑着问道：

"伯南，我的窝安在哪里呀？"

"季宽兄今晚在东亚酒店下榻，一切我已安排好了，请吧！"

陈济棠命令司机将车子开到东亚酒店去，照旧陪着黄绍竑走进酒店。陈济棠已命人预先订好了房间，那是五楼505号的一个三套间。进得房来，陈济棠领着黄绍竑和卫士长牛得才将房间逐一看了，甚为满意。陈济棠指着最里边的一间对黄绍竑说道：

"你住这一间如何？"

"好。"黄绍竑答道。

陈济棠又指着最外边的一间对卫士长牛得才说道："你率卫士住在这间。"

"是！"牛得才答道。

"这中间的房子我住。"陈济棠对黄绍竑笑道，"季宽兄，粤军旅长陈济棠陪着你，保你万无一失，晚上可高枕无忧放心大睡！"

黄绍竑见陈济棠安排得如此周到，心中甚为感激，忙拉他到自己房间坐下，命卫士沏上壶茶来，两人边饮茶边闲聊，无非谈些军中的趣事，扯些广州大寨（即妓院）中老举们的艳事逸闻。只有那卫士长牛得才不敢闲坐，一进得门来，他便悄悄从贴身的衣袋里，取出在临离开南宁前白崇禧交给他的那个"锦囊"来，拆开仔细一看，只见里边一方白绸布上赫然写着三句话：

"看准后路，枕戈待旦，今夜有事！"

在牛得才心目中，白崇禧便是军中的诸葛亮，所言皆有应验。但是现在看来，便是言过其实。因为这次黄绍竑来广州之前，已命陈雄先走，对黄的安全问题，邓演达、陈济棠早已作好安排。就以今晚来说吧，东亚酒店附近就驻着邓演达那个精锐的步兵团，陈济棠的部队离此也不远，陈天泰根本不可能带兵来打东亚酒店，况且陈济棠又亲自和黄绍竑住在一套房间里，房间里又有电话，万一有事，打个电话不到十分钟粤军便可赶来救援，因此陈天泰无论如何是钻不了空子的。牛得才想到这里，不觉失声笑了起来，觉得白崇禧在故弄玄虚，吓唬自家人。牛得才的笑声不想竟传到黄绍竑房中，黄绍竑以为牛得才笑他和陈济棠议论"老举"的事，便厉声喝道：

"牛得才，你笑什么？"

牛得才吓了一跳，忙小心翼翼地走进黄绍竑房中，低着头说道：

"副总指挥，我错了！"

"我问你刚才笑什么？"黄绍竑板着面孔继续追问道。

"我……我笑白参谋长给我那个布囊中写的三句话，我……错了，请副总指挥处罚！"牛得才嗫嗫嚅嚅说道。

"白参谋长给你什么布囊？"

黄绍竑仍厉声追问着，他最怕白崇禧在他的贴身卫士身上做什么手脚。牛得才一看问题严重，忙将白崇禧给他的那个"锦囊"交了出来，并将前后经过情况老老实实地向黄绍竑说了。黄绍竑和陈济棠看了那三句话，不觉也相对大笑起来。黄绍竑道：

"白健生最喜欢搞这些鬼名堂。"

"灵验不灵验？"陈济棠颇感兴趣地问道，因为他最迷信，大凡行军作战或临大事，他便要请他那位精通阴阳八卦之术的胞兄陈维周上观星相、下看风水或作占卜之术。

"有时也会给他言中。"黄绍竑一来不愿在别人面前贬低自己的参谋长，二来也想以此激一激陈济棠。

"他平素喜欢用何种罗盘？"陈济棠问道。

"哈哈，罗盘？我倒从未见他用过，他一向反对信神信鬼，我们驻百色的时候，有次他还砸了一座庙中的菩萨，地方一些人便断言他要遭难，果不久我们在百色便被刘日福缴械。白健生和夏煦苍两人从城墙上跳下才逃得一命，我却被刘日福关押起来。他和夏煦苍收拾残部，一直逃到贵州的一处叫坡脚的地方。恰巧夏煦苍部下有位名叫张淦的连长，外号'罗盘'，此人迷信风水，带着一只特别大的罗盘，我们的部队被包围缴械时，他什么东西都丢了，唯独带着那只大罗盘。"黄绍竑津津有味地讲述着。

"张连长堪舆之术必然高超！"陈济棠对此十分欣赏地说道。

"是高是低倒难说，不过，倒给他言中了一件大事。"黄绍竑道。

"啊！请详细讲一讲。"陈济棠平素最感兴趣的是这方面的事。

"白崇禧和夏威到贵州坡脚时，正要宿营，那张淦便摆开他的罗盘，前后左右一看，立刻跑来报告白崇禧，说此地不能久留，否则有损主将。白崇禧忙问是否发现敌情？张淦道他发现此地阴阳错位，是块凶地，请白崇禧下令拔队离开……"

"白崇禧走了没有？"陈济棠忙打断了黄绍竑的话问道。

黄绍竑笑道："白崇禧要听信了这话就显不出张淦的本事了。他斥责张淦迷信太深，不准再言此事。张淦懊恼而退，不想到了半夜果真出了事。"

"出了什么事？"陈济棠道。

"白崇禧夜出巡哨，从悬崖上摔跌下去，断了左胯骨！"黄绍竑道。

"啊！张连长不简单，不简单！真不简单！"陈济棠不禁伸出大拇指，连着说了三个"不简单"。

"事后我问张淦：'你怎么知道要出事？'他说'坡脚'与'跛脚'谐音，以阴阳推算必蹶上将军。"黄绍竑道。

"嗯，跛脚之地不可宿营！"陈济棠点点头，深以为然地说道，"这位张连长可提拔为团长！"

黄绍竑笑道："还提拔？白崇禧对张淦可讨厌死了！"

"季宽兄，堪舆之术有科学做根据，家兄维周深谙此道，不瞒你说我原怕你到广州安全会出问题，因此你刚登岸，我便请维周兄给你看了相。"陈济棠道。

"吉凶如何？"黄绍竑见陈济棠如此迷信，忙笑着问道。

"大吉大利！"陈济棠道，"维周兄还做占卜得了两句偈语：'入城则顺，过乡则逆。'城者一曰广州之城，一曰鄙人所姓之陈也，季宽兄既入广州，又住在我陈某之防区，可谓得了双保险，哈哈！"

正说着，只听门外一阵枪声骤然而起，黄绍竑的一名留在门外走廊上放哨警卫的卫士，一头扑进门来，浑身血淋淋地倒在门槛上，口中只说了句"他们打上楼来了……"便气绝身亡。卫士长牛得才胆量过人，闻变毫不惊慌，立即指挥卫士们还击，一名卫士刚冲出门去，便被密集的枪弹击死。牛得才隐蔽在门后，一甩手向外打了一梭子弹，接着便闪出门外，借助一根圆形墙柱的掩护，又打了一梭子弹，走廊上有几个人影栽倒下去。但是对方人多，他们从走廊的两头向505号房合击，情形非常危急。这时，又一名卫士趁牛得才打退敌人合击的一刹那，从门内冲出，隐蔽到牛得才左边的一根圆柱下，向敌人射击。他们这一左一右配合得极好，用驳壳枪准确地射击，打倒了近前的一个又一个敌人。但是，敌人毕竟人数众多，来势凶猛，全是用手提机枪开火，火力猛烈。牛得才正打得上手，突然发现子弹没了，在他正要退回房间取子弹之时，几颗子弹射中了他的腹部，一节肠子流了出来，他捂着肚子，爬回房间里，又一名卫士倏地冲了出去，利用牛得才刚刚隐蔽的圆柱，继续抵抗敌人的攻击。牛得才进得门来，只见陈济棠正在死命地摇着电话机"喂喂喂……"地大叫着，可是一处电话也没打通，他颓然地将电话筒往地下一摔，绝望地对黄绍竑道：

"电话线断了，他们是有预谋的！"

黄绍竑手里握着支左轮手枪，急得像热锅上的蚂蚁一般，在房里乱转。这时，外边的一名卫士又战死了，房里一名卫士马上冲了出去顶上那个位置。房里只剩下四个卫士了，走廊上弹火交织，密集的枪声宛如大年夜的鞭炮一般。

陈济棠急得只是反复地说着："怎的好？怎的好？"牛得才虽然身负重伤，但头脑却还清醒，他蓦地想起白崇禧在那"锦囊"中写的第一句话——"看准后路"，便不顾痛楚，搂着肚子，跌跌撞撞地奔到黄绍竑里屋的窗户下，猛地推开窗子，只见对面一幢大楼栉比相邻，两楼之间的窗户相距不过五六尺，他忙喊黄绍竑和陈济棠快来看。黄绍竑和陈济棠见了大喜，黄绍竑问道：

"对面是何处？"

"先施公司。"陈济棠急中生智忙对黄绍竑道，"快，季宽兄，把你这房门卸下来！"

陈济棠和黄绍竑在两名卫士的帮助下，好不容易才卸下一块房门来，这时，正在门外走廊上圆形柱子后抵敌的两名卫士都被打死了，房中两名卫士立即冲了出去，继续抵抗，情形已万分危急。黄绍竑和陈济棠两人抬着那块门板，走到窗下，将门板伸过对面大楼的窗台上，不想用力过猛，那门板一下没搭上，竟失手落下深渊去了。黄绍竑和陈济棠两人眼前一黑，仿佛也跟着那块门板摔到五楼底下去了一般。他们喘了一口气，互相对视一眼，都不约而同地奔到中间房那扇门前，七手八脚地又将那扇门板卸了下来。这时，门外圆柱下那两名卫士也死了，房里最后两名卫士正要冲出去，却被牛得才喝住："就地卧倒，开枪还击！"牛得才捂着肚子，卧在地上，指挥那两名卫士，用火力封锁着已经攻到门口的敌人。黄绍竑和陈济棠终于将门板架上了对面大楼的窗户。又一名卫士被打死了，牛得才捂着肚子，命那一名卫士撤进中间房，继续抵抗。陈济棠提着左轮手枪，慢慢爬上门板，对黄绍竑道：

"季宽兄，我先过去看看。"

陈济棠爬进了对面的窗户，立即向黄绍竑一招手，黄绍竑也爬上了那架在两窗之间的门板。这时牛得才踉踉跄跄地跑到窗下，背靠窗户，举枪向已冲到里间门口的敌人射击，掩护黄绍竑脱险。黄绍竑刚爬过去，便回头向牛得才喊道：

"牛得才，快过来呀！"

牛得才隔窗向黄绍竑道："副总指挥，我家中老母、妻儿和妹子，白参谋长已经给我安排好了，我死而无憾，请副总指挥保重！"说罢，便使劲将那搭在两窗之间的门板推下了楼底。一阵密集的弹火射来，牛得才还未转过身来，便往后一仰倒了下去。至此黄绍竑的卫士全部战死。

却说偷袭505房间的不是别人，正是被黄绍竑在都城俘虏又放走了的陈天泰。这陈大麻子跑回广州后，每思报仇雪恨，但又无力再打回广西与黄绍竑较量。没想到现在黄绍竑送上门来了，因此黄绍竑一到广州，陈天泰便暗中打听到黄绍竑下榻东亚酒店，他知道粤军必定对黄加以保护，警戒严密无从下手，只有偷袭一着可行。他命人装扮为高级客商包了东亚酒店的五六个房间，趁夜晚黄绍竑、陈济棠不备时突袭505号房，企图将黄、陈二人击毙。没想到竟让他们走脱了。他率先冲到里间房，只见窗户大开，对面先施公司大楼的窗户走廊好像有人影晃动，陈天泰料想是黄、陈二人越窗逃跑，遂登上窗台，大叫一声："黄绍竑，你往哪里跑！"然后运足气，便往对面窗台一跳。由于用力过猛，陈天泰双腿刚接触到对面窗台，一时没抓住窗子便滑了下去，只听"呀"的一声惨叫，陈天泰从五楼的窗口跌下楼底，一命呜呼！

却说陈济棠和黄绍竑从先施公司的楼上摸了下来，也许是被对面东亚酒店的猛烈枪声吓住了，这座大楼门户紧闭，廊上空无一人。他们下得楼来，陈济棠熟路，领着黄绍竑一下子便到了潮音街的公安分局。陈济棠立即给广州公安局局长吴铁城打电话，那吴铁城原是粤军旅长，与陈济棠同一个系统，马上派汽车将他们接了过去。黄绍竑问道：

"吴局长，我们在东亚酒店打了一个多小时，怎的不见粤军来援呢？"

吴铁城叹道："广州治安秩序不好。几乎每晚都有这样的枪战，不是有电话报告，谁也不会出动的。"

挨到天亮，陈济棠问黄绍竑："昨晚季宽兄曾与胡先生约定，今天上午到中央党部宣誓入党，还去吗？"

黄绍竑笑道："维周兄既说我大吉大利，今番大难不死，当然要按时前去履行入党手续啦！"

黄绍竑便在陈济棠、吴铁城的亲自陪同护送下，驱车直达中央党部，办理入党手续去了。